AKİLAH

Pİ

π

3.14159

DESTEK
yayınları

DESTEK YAYINLARI: 572
EDEBİYAT: 218

Pİ / AKİLAH

www.akilah.co

İmtiyaz Sahibi: Yelda Cumalıoğlu
Genel Yayın Yönetmeni: Ertürk Akşun
Yayın Koordinatörü: Özlem Esmergül
Editör: Funda Acar
Kapak Tasarım: İlknur Muştu
Sayfa Düzeni: Cansu Poroy
Sosyal Medya: Özgür Bacaksız & Nathalie Barki & Yılmaz Şener
Reklam Grafik: Tuğçe Budak

Destek Yayınları: Temmuz 2015 (50.000 Adet)
60.-90.Baskı: Temmuz 2015
91.-110.Baskı: Eylül 2015
111.-130.Baskı: Ekim 2015
131.-132.Baskı: Ağustos 2016
133.-134.Baskı: Eylül 2016
135.-137.Baskı: Ekim 2016
138.-140.Baskı: Aralık 2016
141.-143.Baskı: Ocak 2017
Yayıncı Sertifika No. 13226

ISBN 978-605-9913-95-9

Abdi İpekçi Caddesi No. 31/5 Nişantaşı/İstanbul
Tel.: (0) 212 252 22 42
Faks: (0) 212 252 22 43
www.destekyayinlari.com
info@destekyayinlari.com
facebook.com/DestekYayinevi
twitter.com/destekyayinlari
instagram.com/destekyayinlari

İnkılâp Kitabevi Baskı Tesisleri
Matbaa Sertifika No. 10614
Çobançeşme Mah. Altay Sok. No. 8
Yenibosna – Bahçelievler / İstanbul
Tel.: (0) 212 496 11 11

AKİLAH

azra kohen

Pİ

π

3.14159

BU HİKÂYE BURADA BİTECEK
ve SEN BAŞLAYACAKSIN...

DESTEK
yayınları

Eşim Sadok;

Okyanusların kasırgalarını aşıp gözlerinin içindeki o küçük adalarda buldum kendimi. Cennetimsin.

Bildiğimsin. En değerlimsin.

Baruhum;

Bu kitabı yazabilmek için senden çaldığım zamanı yıllar sonra hatırladığında sakın unutma: Her şey senin için. Senin türünün hak ettiği iyiliği bulabilmesi için vazgeçmeyeceğim.

Editörüm Funda Acar, nâm-ı değer Fufu;

Hayat tanıştırdı bizi, sanki "Hak ettiniz, buyrun" dedi. Gözlerine her baktığımda gördüğüm o inançtan, zekadan, dürüstlükten güç almak, her anlamda anlaşılmak, tuhaf bir şekilde bu kadar senkronize olmak, bakışlarla konuşmak... ve nihayet 'OH!' diyebilmek. Stressiz, gerilimsiz ama cephede olduğum unutturulmadan emin ellerde hissetmek... Her zorluğun bir fırsat, her krizin bir şans olduğunun yine bir kanıtısın bana, teşekkür ederim önce hayata sonra sana.

Yardımcım Nathalie;

Kardeşim, kızım, gurur kaynağım... Seni kendi ellerimle yapsam bile bu kadar olamazdın, Yaradan'ın her anlamdaki üstünlüğünün kanıtısın. Bir çocuğa verilen inancın onu nasıl da beslediğini, kendine getirdiğini adım adım güzelleştirdiğini ispatladığın için sağ olasın! Çok değerlisin.

Örnek insanım Sevda;

Bir örnek binlerce farklı türde ve sayıda anlatıma bedeldir. Fazla düşünme, örneksin ve bilesin, bu yüzden bizimlesin. Koşulsuz can sevgin ve iyiliğinle kendimi yenilmez hissediyorum seninle. Aynı vizyonu görenler birleştiğinde dünya değişir.

Yazar psikoloğum Özgür,

Yiğitlik, güvenilirlik, iyiliksin. Parmakla gösteriyorum seni, o bir tanedir diyebiliyorum ya, şükürler olsun!

Tertemiz bir aklın keskin bir zeka ile her koşulda var olacağını gösterip beni huzurla doldurduğu için Hülya'ya,
Muhteşem bir Dodo ve Raşeliko olduğu için Raşel'e,
Dünyanın en iyi babası olduğu için Baruhbabama,
Sonsuz, sınırsız, koşulsuz dostluğu için Ayşedül'e,
Onu bu kadar sevebildiğim için Korhan'a,
Bir telefon uzaklığında ama hep yanımda olduğu için Emin'e,
Desteği başarıya çevirip beni gururlandırdığı için Kırmızı'ya,
İşini çok iyi yaptığı için Zübeyde'ye,
Tatlı, iyi ve ince ruhuyla Destek verdiği için Yelda'ya ve Özen'e,
Bizimkileri korumaktaki çaresizliğime çare olduğu için Yılmaz'a,
Ellerinde güvende hissettiğim için Selen, Cansu, İlknur'a,
MacMerhaba'daki tüm kardeşlerime ama özellikle Betibenzigillerime,
Vazgeçmeden yansıdıkları için 19 arkadaşıma,
Ve büyük resmimi görüp inançla sahip çıktıkları için sosyal sahalarda hep yanımda olan arkadaşlarıma, kardeşlerime ve nihayet **BİZ**'e binlerce kez teşekkür ederim. BİZ olunmadan gerçek ben olunmuyor.

Varlığınız her daim fark yaratıyor, mutluluk ve huzur veriyor.

Etkinin tepkisidir hayat.

π

Bu kitap,

En bilenle en bilmeyenin,

En hissedenle en hissetmeyenin,

En korkanla en korkmayanın,

En vicdansızla en vicdanlının arasında asla kopamaz bir bağ olduğunu,

En gelişenin tekamül edebilmesi için en gelişmemişe yol göstermek zorunda olduğunu,

Başkasına yol gösterenin aslında sadece kendine yol açıyor olduğunu,

Çünkü aynı anda, aynı gezegende ama farklı deneyimlere doğmuş tek bir ruh olduğumuzu bilen, hisseden, korkmayan vicdanlılara ve hakkında hiçbir şey bilmediğim, dünyanın fark etmesi için, belki de benim uyanmam için, ölmesi gerekmiş çocuklara adanmıştır.

Akilah

1. BÖLÜM

1. *Özge*

"Evrimsizlik. Varoluşun anlamını düşünmeden yaşamak. Tırnaklarını geçirdiğin bir inancın içine başını sokup analiz etmeden bir parazit gibi beslenmek. Hayata katkısız, gelişime duyarsız, evrene bilgisiz var olabileceğini sanmak... Tüketmek. Tüketerek tükenmek ve her an ölmek" diye düşündü Özge, çoğu, varoluş nedenlerinden habersiz beş yüz kişinin oturduğu koltukların arasındaki ince uzun koridorda ağır ağır ilerlerken ensesindeki saçların ürperdiğini hissetti. Kendine amacını hatırlatırcasına bayrağa sarılı bıçağı daha da sıkı kavradı. Yemini biten vekil kürsüden inince, yemin etme sırası kendisinin olacaktı. Çektiği dikkatten güç alarak dikleşti, ne de olsa meclise girecek en genç milletvekiliydi ama herkes onun gençliğinden değil güzelliğinden ve dokunulmazlığından konuşur olmuştu. Büyük başlar tarafından desteklendiğini bildiklerinden, kimin metresi olduğunun merakıyla daha şimdiden onu aralarına almaya hazırlardı. Bilmedikleriyse; o dokunulmazlığın Özge'ye evren tarafından kendi potansiyeline ne olursa olsun hizmet etmeyi seçtiği anda verildiğiydi. Ama Özge belki de nefes alabileceğinden de çok derinlere inmiş, potansiyeli kurban eden bu sistemi hedef almıştı, birileri bir şeyler yapmazsa, bir şeyler başlatmazsa dünyanın, potansiyeli filizlenemememiş milyonlarca tohumun mezarlığı olacağını bilerek. Tek başına yenemeyeceğini biliyordu ama çabalaması gerektiğini hissediyordu, evren ona söylüyordu, o yola çıkarsa diğerleri de peşine takılacaktı. Ölümüne hazırdı! Yaşamı korumak için ölümüne hazır olmak şarttı.

Adı söylendiğinde düşüncelerinden sıyrıldı, adım adım yürürken kafasını kaldırdı. Meclisin pahalı koltuklarına oturmuş milletin sözde vekilleri kendi aralarında yaptıkları dedikodulara dalmışlardı. Çoğu, anlamdan, tekâmülden habersiz bu mahluklar nasıl diğerlerinin haklarını korusunlardı!

Hak ancak sahip olduğunu fark etmekle korunabilirdi ve ancak kişinin kendisi kendi hakkını koruyabilirdi. Birbirimize edeceğimiz tek yardım hakkımıza sahip çıktığımızın şahitliğiydi. Yaptığımızın doğru olduğunu söyleyen bir bakış hem en güçlü kalkan hem en doğru silahtı! Etrafına bakındı, bu salonda, bu yüzlerce "kişi" olamamış bedenin arasında ne kadar kalkansız ve silahsızdı. Hak için burada olan kim vardı?! Adım adım yürüdü kürsüye, birazdan yapacağı şeyin haberlerde yer almasa da buradaki bir çoklarının rahatını kaçıracağını ve burada olamayan bir çoklarına da umut olacağını biliyordu.

Yemin ederken elini üzerine koyması için kendisine uzatılan kutsal kitabı elinden çekip aldığı adamın şaşkınlığına aldırmadan önce öptü kitabı, sonra alnına değdirip kürsünün üstüne koydu. Ve elindeki katlı bayrağı hamle hamle açarken bakışını bayraktan almadan sakin bir sertlikle konuşmaya başladı.

"Yağmacılar! Başkasının hakkıyla beslenenler!"

Salondaki uğultu dindi, sözde vekiller ne olduğunu anlamaya çalışırken bu kızın vekillik yemini etmek için çıktığı kürsüde ne saçmaladığına bakakaldılar. Bayrak tamamen açılırken Özge bayrağı kürsünün önünden sarkıtıp devam etti:

"Temsil etmeye yemin ettiği değeri yağmalayan herkes! İnançlıymış gibi davranıp ruhlarını paraya satanlar! İnançlarımızı pazarlayanlar! Hak yerken ne kadar da korkusuzlar! Yaradan'dan da haktan da asla korkmazlar! Tek bir korkuları vardır: Adalet! Çok çalışkanlar! O çok korktukları adaletin yok olması için durmaksızın çalışırlar! Ama bir an kamufle olabilseler de sonunda mutlaka ortaya çıkacaklar! Hayattan asla saklanamazlar, kaçamazlar! Çünkü BİZ buradayız!" dedi ve kürsünün köşesinde bekleyen bıçağı sağ eliyle havaya kaldırdı, kürsünün biraz ilerisinde dikilen adamın kürsüye doğru şaşkın iki adımı arasında, sol avucunu boydan boya kesti. Elinden akan kan bayrağa, kürsüye, kutsal kitaba damla damla bulaşırken, ifadesinde en ufak bir tereddüt belirmeden, kalbinde hissettiği yalnızlığın elinin acısını tamamen gölgeleyen hissinde dimdik, kanıyla yemin etti.

"Aldığım her nefeste, hakkına sahip çıkma onuru gösterenlerin yanında yer alacağıma, adalet için ne pahasına olursa olsun, kiminle olursa olsun, gerekirse kendimle bile savaşacağıma yemin ederim! Varlığım, canın haklılığına armağan olsun! Ne mutlu hakkımdır diyebilene! Hakkı için, hak için var olduğunu bilene!"

2. *Göksel*

Ayaklarını sarkıttığı yüksekliğin umarsızlığında kiremitlerin arasındaki çatlaktan sızan ışığın aşağı süzülmesini izlerken yattığı yerde müziğini dinliyordu Göksel. Deniz'e adanmış ama istenmeyen Ada'nın müziğini... Deniz kabul etmediği için ekranı kırık iPod Göksel'deydi, Ada'dan gelen her şey artık Deniz için ihanetin işaretiydi.

Çalan telefonun cebindeki titreşimi ona Deniz'in kendisini aşağıya çağırdığını söylüyordu, çünkü o, numarayı bilen tek kişiydi. Uzandığı tahtanın üzerinden hemen doğruldu, önündeki ince demire kollarını koyup aşağı baktı, yirmi dört metre aşağıda sahne hazırdı. Bu Deniz bambaşka bir adamdı, kafasına koyarsa yapamayacağı ne yoktu ki?

Deniz iki kere çaldırdı telefonu, tepede Göksel'in doğrulduğunu görüp kapattı. Aşağı inmesi nasılsa birkaç saniyesini alacaktı. Akşamki gösterinin provasını yapan on bir kişi Göksel'in çeviklikle tepedeki demirden karşıdaki duvara atlayıp oradaki merdivenden inişini izledi. Göksel sahneye indiğinde hiç konuşmadan ortaya yürüdü, beklemeden döndü, havada iki salto attı, ortada duran kızı kaldırdı, döndürdü, atıp tuttu, yerine bıraktı ve perendeler atarak sahneden indi. İşi bitmişti. Köşede duran derme çatma masanın üstünden bir elma alırken Deniz'e dönüp artık gidebileceğini onaylayan bakışı bekledi... Bakışı alıp elmayı ısırdı, Deniz'in duymak bile istemediği müziğini kulağına taktı. Çünkü bu müzik, Ada'nın sesi, Göksel'in insanlığının besiniydi.

Ada, "Kayboluşumun kapısısın sen... İçine bak ve bul beni..." derken Göksel çıkmıştı viraneden hallice, ancak restoresi bitebilmiş, eskiden dergâh olmuş, sonra depoya dönüştürülmüş, şimdiyse sanat sokağı olarak kullanacakları bu yerden.

"Sokak" adını vermişti Deniz buraya. Sokak.

Bir mekândan çok herkesin hakkı olan bir yer olsun istemişti. İnsanların yalınayak olabileceği, isterlerse yere uzanabilecekleri, dans edebilecekleri ve kızların o samimiyetsiz topuklu ayakkabılarla asla giremeyeceği zemini kumla dolu bir yerdi burası. Sanatın doğallıkla, samimiyetle sunulduğu sanatçının evde hissedeceği bir yer. Sokak'tan çıkıp yürüdü. Etrafta bakımsızlıktan yıkılmış cumbalı eski evleri geçip artık sadece inşaat malzemelerinin ve vitrin mankenlerinin satıldığı dükkânların istilasına uğramış şehrin en eski caddesine indi. Artık çöp toplamıyordu, amiri kesin yasak koymuştu. Caddeden karşıya geçip bir zamanların en becerikli mimarları tarafından yapılmış, bugünse sahipsiz insanlara ev sahipliği yapan binaların ortasından tepeye tırmanan yokuşun başına geldi. Bu semtte herkes onu tanır olmuştu, dahil olduğu iki kavgadan sonra artık onun polis olduğunu da biliyorlardı, hem de en delisinden.

Onunla karşılaşmamak için dükkânların, kahvenin içine çekilen delikanlıların dikizlemesiyle, yokuşu tırmandı. Attığı her adımda o semte sahip olduğunu bilerek kendinden emin ve ağır ağır çıktı yokuşu. Bir parça ekmek için her türlü zulmü çekmeyi normal sanan kimsesiz çocukların önünden kendi çocukluğunun içinden geçer gibi geçti.

Karakol bu yokuşun hemen köşesindeydi ve bir sonraki caddeyse ülkenin en lüks semtlerinden birinindi. Birkaç yüz metrede bile hayat ne kadar değişkendi. Cehennemin gidilecek bir yer olmadığını artık biliyordu. Herhangi bir şey olabilirdi cehennem ve hiç anlamadan, fark etmeden sahip olabilirdiniz o cehenneme. Ada için Deniz'in kendisine duyduğu tiksinti, Deniz için Duru'nun ihaneti, köşede bekleyen şu mahvolmuş küçük çocuk için belki de annesizlik, kaldırıma oturmuş şu adam için yavrusunun kalbine saplanan bir bıçak, ölmek üzere olan şu köpek için belki de susuzluk... Cehennem sınırlandırılmış bir yer değildi, anlamı parçalayan bir şeydi. İnsana yapışan, nereye giderse gitsin yanında götüreceği, ne kadar savaşırsa savaşsın yenemeyeceği, kaçıp kurtulamayacağı bir an ve bir kere bulaştı mı asla geçmeyecek bir haldi. Bazen bir türlü karşılanmayan bir ihtiyaç, bazense bir türlü unutulamayan bir andı cehennem. Polislik onu diğerlerinin cehenneminde misafir etmişti, birbirinden farklı yüzlerce cehennem bulaştıkları insanların kalplerinden tüm yaşamlarına yayılmış, diğerlerine bulaşabilmek, dünyada yayılabilmek için alev alev yakıyordu ruhları. Acıyla tanışan insan acı veren bir şeye dönüşmeyi hak görür olmuştu. İntikam, cehennemin tek ateşiydi. Hınçla, savaştığın şeye dönüşmekse tek seçenek. Karakola vardığında hiç konuşmadan girdi odasına ve oturup bekledi, nasılsa birazdan bu geceki görev yeri verilecekti. Artık ekibin başıydı. Göreve gidecek, etrafı kırıp dökecek ve gece gösteri başlamadan Sokak'a yetişecekti.

3. *Ada*

Yetmiyordu, ne yaparsa yapsın, ne içerse içsin, bedenine ne alırsa alsın kalbindeki sızı dinmiyor, aklındaki sancı geçmiyordu. Eksikliği dolmuyordu. Son çizgiyi de çekti kokainden ve çıktı odadan, kayıt için stüdyoda kendisini bekleyenleri kaç saattir bekletiyordu... bilmiyordu. Önemsemiyordu. Stüdyoya girince herkes bir anda hareketlendi. Ülkenin en yeni yeteneği, Tugay'ın para makinesiydi Ada. Kulaklığı taktı, kendi sesini duymanın acısında kaybolmaya hazır, şarkısına başladı:

"Dinmiyor... kimse bilmiyor...
Gönül koş diye bağırıyor, akıl dur diyor.
İçimde söndün sanmıştım
Uyanmıştım... ama sen hep varsın!

Aklımda sancısın
Ruhumun ihtiyacısın.
Dünyam senin etrafında dönüyor
Tüm düşünceler sana çıkıyor!
Gitmek istiyorum... kendimden... senden...
Lanetlediğin bu bedenden!
Söyle bana, bir tek kişiye duyulan... aşktan... daha acımasız...
Bir şey var mı!
Senden daha nazik bir cellat
Benden daha istekli kurban var mı!
Dinmiyor... kimse bilmiyor...
Gönül koş diye bağırıyor, akıl dur diyor.
Neden tüm düşünceler sana çıkıyor!
Söyle bana!
Umut var mı... bu yol sana çıkar mı!
Bir tek kişiye duyulan... aşktan... daha acımasız...
Bir şey var mı!
Gönül koş diye bağırıyor, akıl öl diyor..."

Ruhlarında ihtirası bir türlü hissedemeyip, aşkı yaşayamadıkları için şarkılara sığınan herkesin saklandığı o şarkıyı böyle yazdı Ada, Deniz'in duygusuyla çıktı kelimeler içinden ve hemen müziğe dönüştüler. Ülkenin en yetenekli sanatçısıydı o, herkesin taptığı, tanımak için yarıştığı, her TV programının peşine düştüğü Ada, Deniz'in müziğini Şadiye ve Tugay'a sunan, reklam için satan Ada.

Deniz'in suratına bile bakamadığı Ada.

Deniz'in şehre dönmesi hem mutluluğunun kaynağı hem de yıkımının başlangıcı olmuştu. Çünkü müziğe yapılan ihanet affedilemezdi, müziği Deniz'den dinleyen, ondan müzikle konuşmayı öğrenen herkes bunu bilirdi.

4. Sadık

Elindeki telefon ilk defa küçük geliyordu. Onun eşsiz, korkusuz yüzünü daha iyi görmek için yüzünü telefona iyice yaklaştırdı. Özge'nin, elinden akan kanı umursamadan kürsüden inişini izledi. İzlediklerinin etkisiyle çatılan kaşları, gülümsemeye yenik düşen dudaklarıyla resmen kavgadaydı. Yanılmadığının sevinci doğdu önce içine, Özge'nin göründüğü gibi, hissettirdiği gibi olduğunun sevinciydi bu ama sadece bir an sürdü, çünkü o bir andan sonra duygularından, özünden uzaklaşıp yaşamayı seçtiği gerçekliğe döndü, gülümsemesi dudaklarında öldü. Ve tam o sırada hocanın sağ kollarından Rasim aradı, ondan başka kimsenin numarasını bilmediği diğer telefondan.

Telefonu açıp bekledi Sadık. Rasim, "Kim bu?" dedi direkt konuya girerek.

Sadık sadece, "Bizim" diyebildi, yalan söyleyerek. Özge kimsenin değildi!

Rasim, "Nasıl bizim!? Muhalefetten girmiş meclise! Halka yayıldı video, geç kaldık, kaldırsak da izlediler artık. Engellersek iyice fenomen olur bu karı. Haberin var mıydı?" diye sordu.

Sadık, "Tabii ki!" dedi ve Rasim'in tepkisini beklemeden sözüne devam etti. "Zamanı geldiğinde sıçrayacağımız bir muhalefet istemiyor muyduk! Bu yapıyı kurmayı çoktan konuşmuştuk, işte ben ilk adımlarını attım. Kız tamamen bizimdir ve bize sadakati satın alınamayacak kadar temizdir."

Rasim, "Kontrol edebilir misin bu karıyı?" dedi, emin olmak istiyordu, çünkü video acayip bir etki yaratmıştı.

Sadık, "Aynen planlandığı gibi. Kendisine ne söylendiyse onu yaptı" dedi gülümseyen bir sesle ve susup Rasim'in telefonu kapatmasını bekledi. Parmaklarının arasındaki telefonu sıkarak indirdi elini, sahte gülümsemesi zift gibi yapışmıştı suratına ama içindeki endişe bedenine yayıldı, öfkeye dönüştü... Telefonu arabanın camına çarptı ikisinin de kırılmayacak kadar sağlam olduğunu bilerek ve kendini sapasağlam bir hapishanede hissederek.

Kişinin kendi hapishanesinden daha büyük tutsaklığı olamazdı. İçindeki açlık 'samimiyet' diye bağırırken şoförüne yolu değiştirmesini söyledi. Daha önce, bir daha gitmemek için kendine söz verdiği o eve geri dönmeliydi. Özge'ye dokunan o ellerin hissine şimdi ihtiyacı vardı.

5. *Eti**

"Din ne demek? Kelime anlamını biliyor musun?" dedi Eti spor ayakkabısının bağcığını bağlarken, üzerindeki spor kıyafetleriyle Bilge'nin hâlâ alışamadığı bir olasılıklar mucizesi gibiydi. Ölüm döşeğinden sporculuğa sıçrayan her varlık gibi etrafındaki herkesin hayretle izlediği biri haline gelmesi sadece dokuz ay sürmüştü. Sekiz ay önce can çekiştiği o yataktan çıkabilmiş ve denge sayesinde mucizevi bir şekilde kendine gelmiş, şimdiyse Çigong yogasında uzmanlaşmış ve spora adanmıştı. Resmen ölümden dönmüştü. Otoimmün hastalığı denilen durumunun bir hastalık değil semptom olduğunu nasıl anlamazdı tıp dünyası!

Eti. Dinç, dinamik, akıllı, çevik Eti.

Bilge kendini Eti'nin bu sportmen görüntüsünün etkisinden kurtarıp kafasını hayır anlamında salladı. Din kelimesinin anlamını bilmiyordu. Eti, Bilge'nin karşısına dikilip gözlerinin içine bakarak açıkladı.

"Yol demek."

---

* İşaret'in yazarı Deniz Erten'e ve Dr. Zakir Naik'e katkılarından dolayı sonsuz teşekkürler.

Birkaç saniye konuşmadan birbirlerine baktılar… Sportmen, fit Eti ve iş kıyafetleri içinde ülkenin en güçlü adamlarından birinin, Can Manay'ın karısı Bilge. Hayatın kendini anlatmak için seçtiği yollardan birinde karşı karşıyaydılar.

Bilge sakince sordu.

"Niye bu kadar ilgilenir oldun dinle?"

Eti sakince cevap verdi.

"Zaten ilgiliydim hep ama manipüle edilmiş bilgilerin arasında kaybolunca pes ediyorsun. Pes etmiştim. Ama şimdi gelişen teknolojiyle, hatta yeniden keşfedilen fizik kanunlarıyla birlikte kuantum bilgisini yorumlamaya çalışırken aslında başka kaynaklara da ihtiyacın oluyor ve Kuran-ı Kerim bu kaynaklardan biri, hem de en eskilerinden. Tek sorun yüzlerce yıldır yanlış yorumlanmış ve dolayısıyla yanlış anlaşılmış olması. Çok enteresan şeyler öğrendim."

Bilge, Eti'nin daha önce sürekli konuyu açmasına rağmen hep kaçındığı bu din sohbetine bu sefer girecekti! Eti'yi incitmemek için hep kaçınmıştı bu konudan ama dünyayı altüst eden ve din adı altında sürüp giden yağmalamaya Eti'nin kapılmasına seyirci kalamazdı. Oturduğu koltuğa iyice yerleşip, "Nedir öğrendiklerin?" diye sordu.

Eti koşuya çıkmaya hazırdı ama Bilge'nin suratındaki ifadeyi görünce kulağına yerleştirmek üzere olduğu kulaklığı çıkardı çünkü o ifadeyi daha önce sadece bir kez görmüştü Bilge'nin suratında, Ali'nin kendisini hastaneden kucaklayıp götürdüğü o gecenin sabahında. Bilge'nin karşısına oturdu, gözlerinin içine dikkatle baktı, "Endişelenmen değil sevinmen gerekiyor benim için" dedi.

Bilge, "Endişelenmiyorum. Sadece anlayamıyorum" diye cevap verdi ve Eti tam açıklamak üzereyken sakinleştirilmiş kızgınlığını her kelimede vurgulayarak lafına devam etti. "Din… yol demek. Tamam. Peki neyin yolu? Araba kullanırken yakalanan kadının kafasına kadar toprağa gömülüp çocuğunun önünde taşlanarak öldürülmesinin yolu mu? On dört yaşındaki kız çocuğunun okula gitti diye kurşunlanmasının ve sağ kaldı diye hakkında ölüm fermanının yayınlanmasının yolu mu?"

Eti empatisi gelişmiş bir tebessümle ağzını açtı, ama Bilge umursamadı.

"Ya da cihat adı altında önüne geleni öldüren manyakların yolu mu? Ya da cennette göğüsleri erginleşmemiş huri kızlarının dünya erkeklerini beklediği yol mu?!"*

Eti, "İzin verecek misin açıklamama?" diye lafa girdiğinde Bilge konuşmaya devam edebilirdi ama yüzlerce örnek içinden seçip art arda acı dolu cümleler sıralamanın ne anlamı vardı? Susup Eti'nin cevap vermesini bekledi.

"Can dostlarının yoludur din. Bir toplumun yanlış yorumlayarak uyguladığı kurallardan İslam'ı değil, sadece o toplumun cehaletle şekillenmiş insanlarını sorumlu tutabilirsin. Bilgiyi suçlamak, kaynağı inkâr etmek... bu yağmalanmaya yol vermek olur" dedi Eti.

Bilge konuşmak istedi ama Eti neredeyse kükredi.

"Bitirmedim!"

Bilge'nin ifadesi dondu kaldı, ilk defa Eti'yi bu kadar keskin görüyordu, üç ay önce Can ile kapışmasını saymazsak. Hemen kapadı ağzını ve Eti devam etti.

"Bugün tüm bu dehşet verici uygulamaların nedeni Arap dünyasının en başından Kuran-ı Kerim'i yanlış yorumlamasıdır. Asıl suçlularsa, mantığa uymayacak, akla sığmayacak bir sürü şeyin

---

* Ayet 78, Nebe 33'ün bazı mealleri Huri kızlarını, yanlış olarak, "Göğüsleri erginleşmemiş huri kızları" olarak çevirmiştir. Halen günümüzde bu mealler doğru olarak pazarlanmaktadır.

Kuran-ı Kerim'de olabileceğine inanıp, onu okuyup anlamak yerine, etraflarından dinler duruma geçenlerdir! Göğüsleri erginleşmemiş huri kızları! Sence evrenlerin mimarı olan bir kudret insanlığı cennete motive etmek için buna ihtiyaç duyar mı?! Ya da böyle bir kudret sence sübyana şehvet duyacak kadar cinselliğini ehlileştirememiş bir varlığı cennetine alır mı?! Kendi küçücük, kirli, işlemez akıllarında ürettikleri düşünceleri Kuran-ı Kerim'de varmış gibi savunan pisliklerle dolu bu dünya! Çünkü korkuyolar! O kadar gerideler ki gelişimi engellemezlerse iyice geride kalmaktan, başka hiçbir şekilde önemli olamamaktan, ciddiye alınmamaktan korkuyorlar. İşte bu yüzden her yerde, her karanlıkta insanlığı bir adım daha geriye götürebilmek için, ışığı bir derece daha örtebilmek için pusuya yatmış durumdalar!"

Bilge'nin kaşları çatıldı, ne yani şimdi Eti bir anda İslam'ın savunucusu mu olmuştu! Sanki Eti aklını okudu.

"Senden bir anda anlamanı ve İslam'ın savunucusu olmanı istemiyorum! Savaşmanıysa asla! Çünkü karanlıkla savaşmanın tek yolu, fark etmektir. Fark edince ışık olursun. Karanlıkta, etrafını görebilmek için nasıl bir an durup dikkatle odaklanman gerekirse insanlığa rehber olsun diye insana adanmış bu yolu, ancak odaklanıp dikkat ettiğin yani fark ettiğin zaman özgürleşebilirsin."

Bilge, "Ben zaten özgürüm. İhtiyacım yok benim yola! Zaten her yerde, her şeyde olan Yaradan'a varmak için yola ne gerek var?" dediğinde Eti'nin çatık kaşları gevşedi, sonra ne kadar uzun süredir dikildiğini düşündü ve karşısındakinin Bilge olduğunu hatırladı. Ne gerek vardı zaten her yerde ve her şeyde olan Yaradan'a ulaşabilmek için yollara! Ne kadar da mantıklıydı. Bilge'nin karşısındaki koltuğa otururken, "Özgür müsün?..." diye mırıldandı.

Bilge cevap vermedi, Eti'nin konuşmasını bekledi.

Eti devam etti.

"Ben zaten özgürüm dedin ya, gerçekten özgür müsün?" Bilge evet anlamında temkinli bir şekilde kafasını sallarken Eti'nin yumuşak hatlı ama sanki her ifadeyi en usta şekilde sergilemek için detaylıca şekillenmiş yüzünde küçük bir tebessüm belirdi.

"Milyonlarcası köle gibi yaşarken, yok yere kurban edilirken, binlercesi vücutları toprağa gömülmüş taşlanarak öldürülürken ve sürüler Yaradan'a ihanette öldürmeye hazırken sen nasıl özgürsün Bilge?!"

İnsan nasıl özgür olabilirdi, insanlık köleyken?

Bilge cevap veremedi. Nasıl olmuştu da dinden gelmişlerdi buraya... nasıl olmuştu da bir anda yenik düşmüştü kendini en haklı hissettiği konuda! Silkelendi. Eti'nin sorgulayan gözlerine bakıp çıkıştı.

"Tüm bu vahşeti yapabilenler insan mı ki ben parçası olayım! Benim insanlık dediğim şey sanatla, bilimle düşünceyi doğuranlar, etrafındakileri katledip toprağı kana boğanlar değil."

Eti geriye yaslanırken, "İstediğin gibi kandırabilirsin kendini, sen ütopik dünyanda bilim ve sanata sığın ama sakın unutma eğitmediğimiz, hor gördüğümüz herkes bir gün karşımıza çıkacak, üstelik ellerinde silahlarla!" dedi.

Bilge daha önce çok okumuştu bu sözü bir yerlerde... metronun duvarında... sokaklarda... Şehrin içinde gezinen bir fısıltı gibiydi ama şimdi Eti'nin sesinden duymak okuduğu şeyin ne kadar da gerçek olduğunu hissettirdi ona.

Eti devam etti.

"İnsanlık tarihindeki en büyük savaşlar din yağmacıları tarafından çıkarılmıştır. Dini yağmalamak o kadar tekrarlanmış bir davranıştır ki adeta bir insan hastalığı olmuştur. İnanca yapılan bu saldırı toplumlara musallat olan bir düşünce paraziti gibidir. Hayatın kutsallığı için gerekli olan inancın, yaşamı lanetleyen bir duyguya dönüştürülmesi engellenmelidir. Göğüsleri erginleşmemiş huri kızları diye bir şey asla yoktur kitapta! Kuran-ı Kerim Arapça yazılmamıştır ki niye Arapça okunsun! Hz. Muhammed Arapça dahi yazı yazmayı bilmezken kitabın her kelimesi *Allahça* inmiştir ona. Ve Hz. Muhammed de Kuran-ı Kerim'i bu eşi benzeri olmayan dilde yazmıştır. Peki sor bana kaç kişi bilir bu eşsiz dili, kaç kişi çözmüştür bu sadece tek bir kitapta bulunan *Allahça* yazıyı?"

Bilge'nin şaşkınlıkla kalkan kaşları Eti'yi durdurdu, Eti sakinleşip öne gelerek dirseklerini dizlerine dayadı, tüm dikkatiyle Bilge'nin gözlerine odaklandı ve anlattı.

"Kuran-ı Kerim'in dilini okuyabilmek için çok yoğun bir konsantrasyon ve detaylı zekâ gerekir. Araplar bu eşsiz dili hiçe sayıp kitapta Arapçaya olan benzerlikleri yuvarlayıp boşlukları kafalarına göre, benzer buldukları kelimelerle doldurarak yorumlamışlardır. Dikkat edersen çevirisini yapmışlardır diyemiyorum, çünkü anlamanı istiyorum, çevirisi yapılamayacak detayda ancak yorumu yapılarak anlaşılabilecek derinlikte bir kitap bu. Öyle bir derinlik ki tek bir kelimesi üzerine kitap yazılabilir. Arapça olamayan kitabı Arapçaymışcasına çevirmeye çalışmışlar ve bu çevirilere aslında Kuran-ı Kerim'de hiç bulunmayan anlamlar eklemişlerdir. Nebe Suresi 33. ayette Arapça *kevaıbe etraben bazı meallerde göğüsleri yeni tomurcuklanmış yaşıt kızlar ya da dilberler* olarak çevrilmiştir. Arapçada *kevaıbe* ve *etraben* kelimelerinin ikisi de dişi ya da eril anlamda olmadığı halde, yani bu kelimelerle bahsedilen ve cennette yaşadığı belirtilen bu varlığın cinsiyeti belirtilmediği ve hatta cinsiyeti olmadığı halde cehaletle, kendi küçücük akıllarıyla sanki arkalarına şeytanı almışcasına Kuran'ı yorumlamaya çalışan birileri, bu, anlamında kadın ya da erkek cinsiyeti içermeyen kelimelerin tamamen üzerinde oynamış ve sonunda meallere bu varlıkları huri kızları olarak yazmışlardır.

Etraben aslında *uyumlu, denk* anlamına gelir, *kevaıbe* ise *değerli* demektir. Yani huri kızlarıyla, dilberlerle, herhangi bir dişiyle alakası olmayan kelimeler resmen üzerlerinde oynanarak meallere taşınmıştır.

Cennette cinsiyetlerin ve cinselliğin olduğunu söyleyen, belirten hiçbir ima yoktur kitapta! Aksini söyleyenler resmen manipüle etmek için dinleyenlerin bilgisizliğini kullanırlar! Ne gibi biliyor musun, karşısındaki sapığı başka bir sapıklıkla ikna edip günah işlemesini engellemeye çalışmak gibi bu! Bir düşün, kime dersin cennette seni göğüsleri erginleşmemiş huri kızları bekliyor diye! Ne demek bu, bir düşün! Buradaki küçük kızları ellemezsen cennette sana yüzlerce sübyan verilecek demek! Motivasyona bak! Bu ancak bir cahilin anlamadığı anlamı başka bir cahile anlatma çabasıdır. O cahili ikna edip yanına çekme çabasıdır. Bu çaba asla İslam'a ait değildir, anlamları anlayamadığı için kendi zavallı anlamlarını yaratmak zorunda hisseden cahil insana aittir.

Düşün Bilge, cehennem nedir? Cahilin otoritesidir cehennem. Kendi küçücük aklıyla çözdüğünü sandığı evrenin kanunlarını, Yaradan'ın kurallarını öyle indirger ki varoluşun anlamını otomatik, sığ davranışlara dönüştürür. İmanı şekle sokar! Şekilcilik tamamen şeytani bir fikir tasarımıdır. Şekle bakıp aldanırsın. Şekilcilikle kamufle olur kötülük. Sakalı uzatır, takkeyi kafaya geçirir, kamuflaj tamamdır. Halbuki inanmak, inandığını anlamak, anladığını uygulamak ne takkeyle ne sakalla alakalıdır. Zaten anlayanın o takkeye de sakala da ihtiyacı kalmaz çünkü Yaradan ASLA şekilci değildir, şekilci olan şeytandır. Bugün Kuran-ı Kerim'in orijinal fikrini, asıl anlatmak istediğini hiçbir mealinde bulamazsın. Maalesef bugün çok az kişi bilmekte Kuran'ın özde ne anlattığını. Bir örnek vermek istiyorum Bilge, cihat ne demek?"

Eti'nin bu çok iddialı sorusuyla Bilge bildiğini sandığı anlamı bilmediğini anladı, cevap vermek yerine kafasını soru sorarcasına iki yana salladı. Neydi cihat?

Eti açıkladı.

"Cihat kelimesi kökünü *jihaad* kelimesinden alır. *Jihaad* kelimesiyse, gayret etmek, yani ilerlemek için sürekli gayret edip çabalamak anlamına gelir. Cihat aslında kişinin çabada olması, kendi nefsiyle sürekli bir mücadelede olması demekken bugün anlamı nerelere taşınmıştır! İşte bu yüzden inanıyorum şeytanın da yeryüzüne indiğine! Çünkü hiçbir insanoğlu anlamı böylesine çarpıtamaz, kimse bu kadar cahil, bu kadar sapkın olamaz! Kuran-ı Kerim sana nefsinle mücadele et, en büyük mücadele nefsinle olandır, yılma, nefsini yen derken, cihatla, sen gidip can alıyorsun! Güya Allah adına O'nun yarattıklarını öldürüyorsun! Yeni yürümeye başlayan bir bebeğin her ayağa kalkmaya çalıştığında düşmesine rağmen yılmayıp yeniden ayağa kalkmasıdır cihat... ya da bir annenin ölmek üzere olan çocuğunu pes etmeden, yılmadan iyileştirmeye çalışmasıdır. Savaş değildir! İslam adına can almak asla değildir! Kuran-ı Kerim'de savaşı kutsal olarak nitelendiren tek bir kelime bulamazsın! Yoktur! Var diyen onu oraya kendisi koymuştur. Din adına savaşmayı kutsal addedenler bu işten para kazanan din tüccarlarıdır."

Bilge etkilenmişti, duyduğu bilgilerin beyninde yer bulmasını bekledi. Eti, "İyi misin?" diye sorarken, sadece kafasını sallayabildi. İyi miydi? Bir konuda artık her şeyi çözdüğünü sanan birinin aslında o konuda hiçbir şey bilmediğini anladığı andaki kadar iyiydi.

Eti devam etti.

"Allah bir makamdır. Ve insan, bu makamın isim ve sıfatlarının beden bulmuş halidir. İslam dünyasındaki en büyük problem farklı kavramların aynı isimlerle adlandırılmış olmasıdır.

Eğer aynı karmaşa tıp dünyasında olsaydı bir düşün Bilge, böbrek dediğinde hem böbrekten, hem beyinden, hem de damarlardan bahsediyor olduğunu düşün. Ameliyata girildiğinde yapılabilecek yanlışlıkları bir düşün! Bu kavram karmaşası Kuran-ı Kerim'in dilinin eşsizliğinden gelir. Yaratılışı anlayabilmek için önce kavramları iyice anlamak lazım. Peygamberimiz döneminde İslamiyet idraki parçalara bölünmemişti, oysa şimdi İslamiyet idrakinde dört derece vardır. Birincisi *şeriat* mertebesidir, yani kurallara beden olarak uyma mertebesi. İlkelliğin ehlileştirilip tinselliğin tensellikten daha değerli olduğunu anlama mertebesi. Aklın aktive olduğu, insanın kendini diğer canlılardan ayırıp ahlakı öğrendiği mertebedir burası."

Bilgenin kaşları çatıldı, cihadın değiştirilmiş, yanlışlaştırılmış, para peşinde din tüccarlığı yapanlarca manipüle edilmiş anlamından sonra şimdi de şeriat çıkmıştı karşısına. Arap ülkelerindeki uygulanmasıyla tüm dünyaya korku salan, caniliğin temeli şeriat! Kendi çatılan kaşlarının altından bakışlarının değiştiğini fark etmedi Bilge, ta ki Eti ona "Korkma!" diyene kadar.

"Korkma... Aynı kelime, ama ikimizdeki anlamları ve temsil ettikleri dünyalar çok farklı. Kelime anlamına odaklanırsak nedir şeriat?"

Bilge, "Hırsızlık yapanın elinin kesildiği, bilim adına araştırma yapmanın ölümle cezalandırıldığı karanlık, ilkel ve güya dinsel bir yönetim şekli!" diye cevap verdi söylediği her kelimeden tiksinerek.

Eti tebessümle itiraz etti.

"Şer'i at. Şer'i, yani kötülüğü at demektir. İlkel bir ruhun, kendi bedensel ihtiyaçları, keyifleri için diğerlerinin hakkını yememesi gerektiğini anlayana kadar ibadetlerle, ezberletilir gibi hatırlatmaya ihtiyacı olabilir. Şer'i, yani kötülüğü atabilmek için şekillendirilmiş kurallarken şeriat, bugün ifadenin katledildiği, hakkın korkuyla sindirildiği kötülüğün kaynağı haline getirilmiştir birçok Arap ülkesinde. Bugün Müslüman dünyası dediğimiz topluluğun büyük bir kısmı, bu ilk mertebede, yani kurallar kısmında takılı kalmıştır. Fazla sorgulamadan, soru sormayı saygısızlık sayıp biat ederek İslam'ı yaşadıklarını sanırlar ama İslam insandan düşünmesini bekler. Düşünmesini, sorgulamasını, anlamasını. Çünkü özü o kadar sağlamdır ki İslam'ı ne kadar sorgularsan o kadar seversin, anlarsın aslında. Ama İslam'ın özünü bilmeyenler korku imparatorluğu içinde ölümcül kurallarla sınırlandırdıkları insanları Allah'a hizmet etmek bahanesiyle bu birinci basamakta hapsederler. İşte bu birinci mertebeye obsesif bir şekilde takılı kalanlar fanatiğe dönüşürler ve özü hedeflemek ve tekâmülle ilerlemek yerine burada şekille sınırlı kalırlar. Şeriat takıntısıyla sevgisizleşerek şeytana hizmet etmeye başlarlar. Çünkü daha önce de söylediğim gibi şekilcilik şeytana aittir Yaradan'a değil. Bu birinci mertebenin algısını idrak edenler, yani felsefi olarak anlayanlardaysa aşk doğmaya başlar. Aşk. Bir görev gibi uygulanan kurallar, yapılan ibadetler yerini yavaş yavaş aşkla yapılan seremonilere bırakır. Ve muhabbet doğar, burası artık ikinci basamaktır ve bu ikinci basamağa *tarikat* mertebesi denir."

Tarikat! İnsanların bir araya toplanıp beyinlerinin yıkandığı ve tuhaf ölüm makinelerine dönüştürüldüğü ilkel topluluklar geldi Bilge'nin aklına ama Eti'nin devam eden kelimeleri Bilge'yi kendi düşüncelerinden sıyırdı.

"Muhabbetle geçen ikinci mertebede varoluşun bilgisiyle coşarsın, sanki evren sana kapılarını açar, yıldızlara baktığında artık karanlıkta parlayan noktalar değil, yaratılışın hikâyesini görmeye başlarsın, bilimadamlarının anlatabilmek için yüzlerce kitap yazdığı kuantum algısı gelişir doğallıkla ve bu algı kişiyi üçüncü mertebeye ulaştırır, yani *hakikat* mertebesine. Burada artık kâinatın bir parçası olduğunun farkındasındır ve için içine sığmaz hale gelir, ruhunu, özünü hissedersin. Sende sen yoksun aslında, sendeki Allah'tır, bilirsin. İşte bu yüzden Kuran-ı Kerim'de ben sana şahdamarından yakınım der Yaradan! Yakındır ama bu mertebeye gelene kadar bilmezsin. Çünkü hissedemezsin."

Bilge elini kaldırdı, bir anlık araya ihtiyacı vardı. Mertebelerle oluşturulmuştu varoluş. Şer'i atmakla başlayan, tarikatla devam eden ve hakikate varan. Üç etmişti ama Eti dört demişti. "Dördüncüsü nedir?" diye sordu sakince.

Eti açıkladı.

"Hakikat mertebesinin sonunda fark edersin ki Allah herkestedir, her şeydedir, her yerdedir. Bunun idrakine vardığında dördüncü mertebe açılır sana, *marifet*."

Eti sustu, geriye yaslandı, Bilge'nin kendisinden ayrılmayan gözlerine baktı.

"Uzun lafın kısası, temelde herkeste ve her şeyde Allah'ı görmeyen biri, hakiki İslamiyet'i anlamamış demektir ve temelde herkeste ve her yerde Allah'ı gören biriyse birine zarar verdiğinde Allah'ı incittiğini bilir. Yani İslam bugün çoğunun yaşadığı gibi değil Bilge ve şu an dünyanın temel sorunlarından biri, bu kadar muazzam bilgilere hayat olmuş bu kudretin yanlış anlatılması. Anlamıyor musun? Bilmek zorundasın! Çünkü ancak bilirsen anlarsın ve anlamı yutan bu cahilliği, caniliği yenebilirsin. Minarelerin süngüye, kubbelerin miğfere, camilerin kışlaya ve müminlerin askere dönüştürülmeye çalışıldığı, Allah'ın canından intikam alırcasına, kulu kuldan dinle ayıran ve insanı insana kırdıran şey ancak şeytanın hizmetinde olabilir! İbadeti candan hınç alır gibi kullanmak cehennemi dünyaya indirmektir! Cana zarar veren Allah'ı incitir. Bilmek zorundasın Bilge, bilmek ve hakiki insanın var olmasına yardım etmek zorundasın yoksa senin her görmezlikten gelişinde ışığımızı yağmalamaya devam edecekler."

Bilge ağzını açtı, sormak istediği onlarca sorusu vardı ama Eti izin vermedi konuşmasına. Parmağıyla onu susturup "A a!" diyerek ayağa kalktı, kulaklığını taktı. "Bugün sekiz kilometre koşmam lazım, aksatamam. Bana sormak yerine kendin araştırmalısın. Aynı benim yaptığım gibi. Önce bir sürü saçmalıkla karşılaşacaksın, yorulacaksın ama sonra vazgeçmediğini görünce asıl bilgi sana gelecek." Masanın ardındaki konsola doğru gitti, çekmecesini açıp içinden bir kitap çıkardı, kafasındaki soruların işgalinde kaybolmuş Bilge'ye uzattı kitabı. "Al bakalım." Çıkmak üzere açtı kapıyı ve dönüp Bilge'ye baktı. "Rastgele aç bir sayfa ve tek bir cümle oku! Bakalım senin için mi yazılmış kitap!?" dedi ve çıktı, koşusuna gitti.

Sersemlemiş bir şekilde bir süre koltukta oturan Bilge önce kitabı kenara bıraktı, kalktı toparlandı, cep telefonunu bıraktığı masanın üstünden aldı, çıkarken kitabı alması gerektiğini hatırladı. Yapacak bir sürü işi vardı. Çıkmak üzere kapıya geldiğinde rastgele bir sayfayı açtı ve gözüne gelen ilk satırı okudu:

"*İlim bir noktaydı, cahiller onu çoğalttı.*" (Hz. Ali)*

6. *Mahizar*

Gözlerini hiç kapatmıyordu. Kaslarına belli belirsiz yapışan gömleğin düğmelerini açarken o, dikkatle izliyordu ellerini, özellikle ellerini. Daha önce hiçbir erkeğin dikkati bu denli kendi üzerinde olmamıştı. Bu adamla olmak, içinde kaybolmak bir ritüeli yerine getirmekti sanki, henüz birleşmemiş olsalar da.

* Deniz Erten'in İşaret kitabından alıntıdır.

Sakince soydu Mahizar hayatında dokunduğu en güzel ve erkekliğinin farkındaki tek erkeği. Böylesinin var olduğunu asla tahmin edemezdi, yıllar boyunca erkek adı altında deneyimlediği o ihtirassız iktidarsızlardan sonra. Ama yaşadığı şey gerçekti. Onun teninde gezdirdi parmaklarını, göğüs kafesinde dolandı elleri, güce sahip olurcasına gelişmiş bu kasların üzerinde gezdi dikkati. Belki de buydu erkeği kadına bağlayan: Dokunduğu şeydeki güzellik. Ve şimdi Mahizar bir erkeğe dokunuyor, ancak bir erkeğin peşine düşebileceğini ve bir erkekte asla bulunmayacağını düşündüğü bu güzellikten haz alıyordu. Dışarıda bırakılmanın verdiği hüzünle karışmıştı bu haz. Asla kimsenin kimseye sahip olmaması gerektiğini düşünürken, ona sahip olmak için kendine yalan söyleyen bir hipokrata dönüşmekten gelen hüzün, bu erkeğin varlığının verdiği teslimiyetle karışıyor ve ruhunda karakter adına kurguladığı ne varsa yıkıp geçiyordu. İlk defa anlıyordu Mahizar, erkekleri uğruna ölen, öldüren kadınları... anladığı şeyden tiksinerek ve anladığı şeye dönüşerek. Gözlerinin içine baktı, kaşlarının altına saklanmış o keskin ifadede kaybolmamak ne zordu... Ancak bir erkeğe yakışacak yükseklikteki o kartal burna indi gözleri, aldığı derin nefesle hafifçe açılan burun kanatlarını izledi... Öpülürken sarmalarcasına teslim alan, asla teslim olmayan o dudaklara ulaştı... Güçlü, kararlı, dikkatli... tuhaf. Ele geçirilemez.

Öpmek için yaklaştı, ne olursa olsun onun gözlerini kapamayacağını, sürekli yenilmez bir dikkatle kendisini izleyeceğini bilerek öptü onu. Yumuşak ama daha fazlasını isteyen bu öpücük erkeğin kendini geri çekmesiyle kesildi. "Görmek istiyorum..." demişti. "Bana dokunduğunu görmek."

Mahizar dokunduğu her kasa kendini hissettirerek gezdirdi ellerini, içinde büyüyen temkinliliği gizledi. Nihayet onun pantolonunun düğmelerini açarken hissettiği sabırsızlığa rağmen çok sakindi. Madem görmekten, izlemekten hoşlanıyordu, ona sadece dokunmuyor aynı zamanda izleyeceği kadar zaman tanıyordu. Pantolonunu indirdi, iç çamaşır yine giymemişti ve her zamanki gibi erkekliği kendisini beklemekteydi... daha fazlasına henüz izin vermeyen kendine yasaklı erkekliği. Belki bugün diye düşündü... belki bugün birleşeceklerdi. Üzerindeki tek parça elbisenin omuzlarındaki askıları indirip yere bıraktı. Onunla birleşmeye artık sabırsızdı, böylesine gerçek gözüken bir erkekle ilk birleşmesi olacaktı... Göğüs kaslarından onu yavaşça ittirerek yatağa oturttu ve yaklaştı, gözlerini gözlerinden ayırmadan dikildi önünde çırılçıplak. İçine almaya hazırdı onu... Küçük bir son adım attı ama minicik bir dokunuşla engellendi yine, "Dokun bana..." derken ve "İzlemek istiyorum..." diye mırıldanırken Sadık.

Sadık sadece onun ellerini seyrederken Mahizar kendisini ilk defa beceriksiz hissederek yine dokunmaya başladı. Herkesin bir tuhaflığı vardı ama böylesine erkek olabilen, ereksiyon problemi yaşamayan bir adamın karşısındaki kadına sahip olmamasından daha tuhaf ne vardı!

Parmakları Özge'ninkilerden daha uzundu, teni daha açık, saçları daha kadınsı... Sadık'ın gözleri Mahizar'ın üzerinde gezinirken aklı sadece o ellerin Özge'ye nasıl dokunduğunda, ne hissettirdiğindeydi. Aylar olmuştu bu kadına yaklaşalı, her defasında boşalmış ve bir daha gelmemek üzere çıkmıştı bu evden ve her defasında koşarak gelmişti buraya içinde hissettiği basınçtan kurtulacakmışçasına. Mahizar hiçbir şey ifade etmiyordu, Özge'ye dokunmuş olması dışında. Ama artık bu da yetmiyordu.

Mahizar öpmek için dudaklarına yaklaştı yine ve kadın yumuşaklığında dudakların kendi dudaklarını öpmesini bekledi Sadık sabırla. Kafasını geriye çekip izlemek istiyordu ama sabırsızca yapılan artık fark edilir olmuştu, altı aydan sonra artık Mahizar huzursuzdu. Alınmak istiyordu. Biraz daha bekledi Sadık ama dudaklarının emilmesi dayanılamayacak kadar sıkıcıydı, istem dışı kafasını çekip baktı Mahizar'ın güzel, yumuşak hatlı yüzüne, kendisinde meraktan başka hiçbir duygu uyandırmayan bu hüzünlü yüze.

Mahizar tedirginliğin doruklarında çatarken kaşlarını mırıldandı.

"Anlamıyorum."

Kadının suratındaki hüzün ağır geldi Sadık'a, içten içe istenilmediğini bilen ama çok isteyen her akıllı, iyi kadında vardı aynı hüzün. Görmeye cesaret edebilen her erkek için orada, gözlerinin içinde, umutsuzluğun açlıkla umut beklediği o çorak yerdeydi. Daha fazla nasıl kamufle olabilirdi? Hiçbir şey hissetmediği bu kadını yanında tutmak için ne yapması gerektiğini düşünürken, "Özlemle geliyorsun... sana dokunmamı izliyorsun... sonra kaçarcasına gidiyorsun..." demişti Mahizar, kalbini sıkan o dev sancının ağırlığını tek başına taşımaya çalışarak.

Kelimeler ağzından çıktıktan sonra fark etti Sadık konuştuğunu. "Ben de anlamak istiyorum" demişti. Mahizar, "Neyi?" diye sorduğunda o yenilmez merakının kendisini buralara sürüklediğini söyleyemezdi. Sadece baktı Mahizar'ın yüzüne, suratındaki önemsemeyi gördü, bu kadın kendisi için nasıl hiçbir şey ifade etmiyorsa kendisi bu kadın için o kadar çok şey ifade ediyordu. Gözleri ne kadar da hüzünlüydü... ve konuştu.

"Seni anlamak istiyorum. Benimle paylaşmak istemeyebilirsin ama kafamda dönen düşünceler beni engelliyor."

Mahizar'ın gözleri açıldı. Çıplaklığını unutup doğruldu ve Sadık'ın ellerini tutup hemen yanına oturdu, "Ne karıştırabilir ki kafanı!? Sor, ne istiyorsan sor..." derken.

Sadık ellerini tutan ellere baktı, bu eller Özge'nin ellerini de böyle mi tutmuşlardı? "Bir kadın mı yoksa başkaları da oldu mu, var mı?" dedi gözlerini Mahizar'ın ellerinden almadan ve aylardır içinde dizginlediği merakı nihayet salmanın rahatlığıyla.

Mahizar şaşkınlığını üzerinden atar atmaz hemen Sadık'ın bacaklarının yanına yere çöktü, onun bakışını yakalamak istiyordu, göz göze geldiler. Hayatında dürüstlükten daha değerli hiçbir şey olmayan biri olarak şaşkınlıkla bakıyordu Sadık'ın suratına. "Bu mu seni geride tutan?!" dedi rahatlamak isteyen bir ısrarla.

Sadık, Mahizar'ın gözlerinin içine bakıp, "Adı ne kızın?" diye sordu. Her an kafasında fütursuzca gezinen, dilediği anda aklına gelen, zihninden hiç gitmeyen o ismi duymak için dikkat kesilerek. Ve nihayet Mahizar, "Özge..." diye mırıldandı. Tüm dikkati Sadık'ın gözlerinde olmasa onun tüylerinin nasıl da havaya dikildiğini fark edebilirdi ama etmedi, ne diken diken olan tüylerini ne de koşarcasına çarpan o kalbin ritmini.

"Kimdi?" dedi Sadık geçmiş zaman kullanmaya dikkat ederek. Mahizar nasıl cevap vereceğini bilemedi, kendisinde uyandırdığı istek, aşk ve ihtiras dışında pek tanımıyordu bu adamı. Böylesine karmaşık, böylesine doğal ama aynı zamanda da aykırı bir durumu, ilişkiyi nasıl anlatabilirdi? Kaşları çatıldı, kendini çıplak hissetti. Sadık'ın ellerini bırakıp hemen üstüne sabahlığını geçirdi. Sadık bakışları yerde öylece bekledi, bir kadının asla çıplak teslim olmadığını, teslim olan kadınların önce giyindiğini bilirdi.

Mahizar yanına oturduğunda yine sesini çıkarmadı Sadık, bir kadından doğruyu duymak istiyorsa sormak yerine dinlemek gerektiğini de bilirdi, dinledi. Mahizar sahip çıkması gereken bir duygusundan utanmanın verdiği sancıyla açıkladı.

"O benim çok özelim... Göründüğü gibi sapıkça bir şey değil

aramızdaki, değildi yani. Şimdi sadece arkadaşız. Neden bu kadar etkilendin bilmiyorum... Sana nasıl açıklayacağımı bilmiyorum."

"Açıklama... anlat!" derken Sadık, ona dönüp varlığındaki tüm ciddiyeti yükledi gözlerine.

Mahizar derin bir nefes aldı ve anlattı.

"On dört yıl önce tanıdım onu... Tanıdığım herkesten farklıydı. Sevgili falan olmadık hiç, ikimiz de lezbiyen değiliz. Utanmak istemiyorum yaşadıklarımdan, sahip çıkmam gerekenlere ihanet etmek de istemiyorum. Lütfen anla Murat, seni kaybedeceksem sebebi bu olmamalı."

Sadık, "Utanman gerektiğini düşünmüyorum, hele sahip çıkman gereken bir şeye ihanet etmeni asla! Ama bilmek, anlamak istiyorum. Nasıl tanıştınız?" dedi.

Mahizar kuruyan dudaklarını yaladı, önemsediğin biri tarafından yargılanmanın verdiği ızdırapla anlattı.

"Uçakta yanımda oturuyordu, okuduğum bir kitaba yorum yapmıştı, tanıştık. Her şey çok doğaldı, hatta sıradandı aslında... Burada kalacak yeri olmayınca bir odamı kiraladı."

"Bu evde mi?" deyivermişti Sadık, Özge'nin bu evde kaldığı odayı görmenin ihtimaliyle heyecanlanarak.

Mahizar başını salladı. "Üniversiteye gidiyordu. Her şey altı sene önce başladı aramızda... Öncesinde birbirini çok iyi anlayan iki kişiydik, dost... o kadar!" dedi, "Nasıl başladı?" diye sordu Sadık. İfadesindeki dikkat o kadar pürdü ki Mahizar "Neden önemli bu senin için?" diye sorgularken iyice gerildi.

Sadık, "Senin gibi bir kadının başka bir kadınla birlikte olmasını aklım almıyor... Aramızdaki şey daha ilerlemeden nedenlerini bilmek istiyorum" diye cevapladı.

Mahizar bir zamanlar hissettiği duyguların didik didik edilmesinden iyice ezilmişti. Kaşları çatıldı, nasıl başlamıştı Özge'yle?

Ne diyebilirdi ki? Her şey çok doğal gelişmişti. Kadınlaşmış erkeklerin dünyasında erkek olabilme cesaretini gösterebilen bir kadının varlığı çok çekiciydi.

"Yalnızdım, eşimden sonra çok yalnızdım ve bir iki flört denemem olmuştu ama çok tatsızdı her şey. Sanki penisleri olan ama erkek olamamış bir türle habire flört etmeye çalışıyor gibiydim. Daha birbirini anlamakta bile zorlanırken insan nasıl birlikte olabilirdi ki! Özge... ufff... tanıman lazım! Çok doğaldı her şey... Zaten yılda bir iki kere görürüm onu en fazla, aramızda bir şey yok, yani rahatsız olacağın bir şey değil..."

Sadık lafa girdi.

"İlk nasıl birlikte oldunuz?" Ve işte tam bu soruda uyandı Mahizar, sorguladı.

"Sen nereden biliyorsun benim hayatımla ilgili bu kadar özel bir şeyi? Nasıl öğrendin?"

Sadık hazırlıksız yakalanmalarda verilen tepkilerin uzmanıydı, sakince Mahizar'ın gözlerini içine bakıp, "Sence önemi var mı nasıl öğrendiğimin? Duygularını ve o duyguların nasıl, neden harekete geçtiğini bilmek istiyorum. Senin gibi bir kadın, kadınlığın zirvesinde böylesine doğal bir kadın niye başka bir kadınla birlikte olsun? Sence bu merak edilmeyecek bir konu mu? Benim bir adamla ilişkim olmuş olsa merak etmez misin? Düşünmez misin ilk nasıl başladığını?" dedi ve sustu ciddi gözlerini Mahizar'ınkilerden ayırmadan.

Mahizar öyle köşeye sıkışmıştı ki kalkıp odadan çıkmak istedi ama bu sorulara cevap vermemek Murat'ı kaybetmekti. Yüzünü ellerinin arasına alıp bir an bekledi ve sonra doğrulup anlatmaya başladı.

"Dediğim gibi lezbiyen değilim ben, o da değil. Hep etrafımızdaki erkeklerin kadın gibi olmasından konuşurduk, annelerin artık erkek yetiştiremediğinden falan... Bir gün ben bir adamla çıkmıştım ve randevum o kadar kötü geçmişti ki karakolda bitti gece..." dedi ve ardından Sadık'a döndü. "Lütfen Murat beni oralara götürme, inan çok önemsiz, anlamsız! Ruhum sıkılıyor!"

Sadık dehşetin ciddiyetle birleştiği bir bakışla, "Öğrenmek zorundayım" dedi. Mahizar'ın ne hissettiği, ruhuna ne olduğu umurunda bile değildi, merakı öylesine kabarmıştı ki artık duramazdı.

Mahizar suratını ellerinin arasına alıp saklanırcasına anlattı.

"Neyse bir daha kimsenin bana dokunmasını istemeyeceğim şeyler yaşadım. Travmatikti ve travmadayken resmen bir terapi gibi onunla oldum. Sevildiğimi, önemsendiğimi bildiğim, beni rahatsız edecek tek bir hareketin bile olmadığı bir şey yaşamaya ihtiyacım vardı ve onunla yaşadım. Dışarıdan nasıl göründüğü umurumda bile değil..." derken kaldırdı kafasını ve savunmaya geçti. "Çok zor bir zamanda sadece o vardı yanımda ve gelip beni cehennemden çıkardı! Şimdi bunun hesabını sana vermek zorunda kalmam yaşadığım her şeye haksızlık! O bir dost, çok iyi bir dost... o kadar!"

Mahizar'ın dokunsan ağlayacak hali ağırdı, daha fazla konuşturmaya çalışmaksa anlamsız.

"Odayı görmek istiyorum" dedi Sadık, parmağıyla Mahizar'ın saçını kulağının arkasına atarken. Mahizar

"Şimdi mi?" derken Sadık ayağa kalkmıştı bile, üzerindeki endişeyi askıya alıp bu tuhaf ilginin kaynağını aradı Sadık'ın ulaşılmaz gözlerinde... bulamadı.

Birlikte aşağıya, bir zamanlar Özge'ye ait olan odaya indiler. Sadık çırılçıplak dikilmiş, mitolojik bir tanrı gibi etrafı dikkatle incelerken Mahizar da onu inceledi. İçinde biriken sorulara sorular eklendi, kafasının karışıklığı katlandı, sormak ve sormamak arasında gitti geldi... ve sordu.

"Niye burdasın?"

Sadık, o yeşil gözlerde gördüğü ateşin belki de ilk kıvılcımlarını bulduğu yerin bu oda olduğunu düşünmekten aldı kendini ve Mahizar'ın sorusuyla âna geri döndü. Mahizar cevap bekliyordu, huzursuzdu. Sadık sakince, "Hâlâ burada mı yaşıyor?" dedi Mahizar'ın tüm şüphelerini silip götürecek bir dalga gibi.

Mahizar gülümsemekle Sadık'ın boynuna atlamak arasında ikiledi, sonra ona sarılıp, "Kıskanıyor musun?! Bu mu yani, kıskançlık mı şu an sende hissettiğim bu tuhaf duygu?" dedi.

Sadık gözleri hâlâ odada gezinirken Mahizar'ın saçlarını okşadı ve "Fotoğrafı var mı?" diye sordu. Mahizar geriye çekildi, sevgiyle Sadık'a üzerinde durduğu bu durumun çok önemsiz olduğunu açıklamak niyetindeydi ama Sadık, daha o cümleye başlamadan susturdu onu. "Ben kendim karar vereceğim... Fotoğrafı var mı?"

Özge'nin de fotoğraflarının bulunduğu albümü çıkardı Mahizar, sehpanın üstüne koyup kapağı açtı. İlk beş sayfada Özge'den eser yoktu, Mahizar, çocukları ve ölen kocasının fotoğrafları dizilmişti ama beşinci sayfanın ortasında yerine yerleştirilmeden öylece bırakılmış küçük bir vesikalık fotoğraf vardı, Mahizar fotoğrafı daha eline alırken biliyordu Sadık onun Özge'ye ait olduğunu, küçük bir kız çocuğunun ilkokul fotoğrafı olmasına rağmen.

Mahizar göstermedi onu Sadık'a ve sayfaları çevirmeye devam etti. Ve nihayet, Özge'nin başka bir fotoğrafı çıktı karşılarına, Sadık tepki vermeden bekledi, Mahizar ise önce Sadık'a baktı onu tanıyıp tanımadığına odaklanarak ve Sadık'ın tepkisizliğinde rahatladı. Fotoğrafı çıkardı yerinden ve "İşte bu..." dedi ona uzatırken. Sadık fotoğrafı almadı eline, almamalıydı... Mahizar'ın tuttuğu şekilde baktı. Özge beline kadar uzun saçları ve suratında daha önce hiç görmediği neşeli bir gülümsemeyle elinde yarısı yenmiş elmayı objektife doğru uzatmıştı, üzerinde pijamasıyla tek kişilik koltuğa yan yatmıştı. Altındaki pijamanın üzerinde küçük renkli filler vardı, üzerindeki tişörtteyse "Hug me" yazıyordu. Kahkahası çok canlı, kısılan gözlerinin yeşil coşkusu sıcacıktı.

Mahizar fotoğrafı kenara koyup sayfaları çevirirken, "Bisürü var daha görmek istiyor musun?" diye sorguladı, alacağı cevap içindeki şüpheye besin olacaktı.

Sadık "Hayır!" derken aniden döndü Mahizar'a, çekti onu sabahlığını çıkardı, birleşecekti onunla, Özge'nin eski odasında... Koltuğun köşesine sıkıştırılmış, nihayet teslim alınan Mahizar kendini bıraktığı hazzın içinde kayboldu, Sadık'ın boşalırken kafasını kaldırıp sehpanın üzerinde duran fotoğrafa odaklandığını hiç bilmeden, hissetmeden.

Sadık evden çıkarken dönüp tek bir soru sormasa, Mahizar'ın içindeki şüphe belki de hiç kıvılcımlanmazdı. Sadık "Kitabın adı neydi?" diye sormuştu, Mahizar ancak neden bahsettiğini anlamış ve sersemlemiş bir şekilde "*Supernatural*" diye cevap vermişti.

7. Özge

"Şov değildi, kanımla mühürledim orayı... aynı şamanlar gibi!" diye çıkıştı elindeki sargıya rağmen avuçladığı kokorecinden koca bir ısırık almadan önce.

Muammer Bey gözlerini Özge'den ayırmadan, "Pek güzel, kan emiciler tarafından ele geçirilmiş bir yere git kan boşalt bakalım ne olacak sonumuz!" diye kurcaladı bayinin önünde her zamanki yerlerinde otururlarken.

Özge'nin gerginliğini hissedebiliyordu, çünkü nasıl hissettiğini hissedecek kadar önemsiyordu onu. Yardım etmek istiyordu, nasıl yapacağını bilmese de hayat ona en temel yardımın sevdiklerimizi gerçeğin çirkin olasılıklarıyla yüzleştirmemiz olduğunu öğretmişti. Karşındakini kaçırmadan onu nasıl gerçekle yüzleştirebilirdin ki?! Ne kızına sahip çıkabilmişti ne de diğer değer verdiklerine ama Özge'yi asla kendi halinde bırakmayacaktı. Ne olursa olsun yanında olacaktı! Sanki Özge'nin varlığı hayatın ona koruması için verdiği son bir şanstı.

Özge omuzlarını sallarken bir lokma daha aldı kokorecinden, umursamazlığının arkasına saklanmaktan başka çaresi kalmamıştı, içindeki boşluk gırtlağına yapışmış, yuttuğu lokmaların geçmesine yol vermeyen bir duygu yaratmıştı. Ne olmuştu yeminini kanla ettiyse? Karşısındaki ruhu satılmışları, insan bedeninde gezen bu kuklaları korkutmuş muydu! Kendi çirkinlikleriyle yüzleştirip iyileştirmiş miydi! Hayır! Sadece sırtlanların inine çomak sokmuş ve şimdi dışarı çıkmalarını bekliyordu, çıktıklarında ne yapması gerektiğini bilmeden... Eline baktı, sırtlanların davetine de bu sargıyla katılacaktı.

Muammer Bey konuşmaya başladığında lokmasını nihayet yutabildi Özge. "Bizim zamanımızda binlerce kişiydik, solcular deyip yaftaladılar bizi ama umursamadık. Sağ sol fark etmezdi aslında, anlamazdık da, hak için yola çıkmıştık, kimin hakkı olursa olsun. Birkaç kişiyle başladı her şey, sonra sayımız giderek çoğaldı, düzeni değiştirecek kadar fazlaydık! Görsen meydanlar, şehirler dolusu insan adalet için canlarını vermeye hazır! Hepsi sokaklarda! Ama ne oldu biliyor musun?!... O binlerce insan, sonunda yola ilk çıkan o birkaç yüreğin dağlanmasını seyretti aynı meydanlardan! Öylece dikilip izlediler, ahlaklı bir şekilde hakkı korumaya yemin etmiş yiğitlerin asılmasını..."

Özge'ye bakmıyordu Muammer Bey artık, kafası önünde o yürekleri koruyamamış olmanın verdiği aşağılık duygusunun içindeydi, Özge'nin gözlerinde isyana çıkmak üzere olan gözyaşlarını göremeyecek kadar geçmişte, inandığı şeylere yaptığı ihanetteydi. Hissettiği bu duyguyu önceden bilse, geriye gidebilse o yüreklerle birlikte asılmış olmayı seçerdi. Asla vazgeçip seyretmezdi... Çünkü hak için ölenler sayesinde kalkmıştı kölelik, hak için ölenler sayesinde yıkılmıştı saraylar, hak için ölenler sayesinde kabul olmuştu hukuk, hak için ölenler sayesinde susturulmuştu meydanı boş bulan yağmacılar... Hak için ölebilenler sayesinde insan insan olmayı öğrenmiş, kendi anlamını fark edebilmişti. Yeri geldiğinde hak için ölebilmek gerekirdi, her hakiki insan gibi ama asla hak için öldürmemeliydi!

Muammer Bey devam etti.

"Neden biliyor musun? Çünkü kandırıldılar, kafaları karışınca seyre daldılar. Bunların taktiği, dikkati başka yöne çekip adamı seyirci yapmaktır. Kafa karıştırarak, bilgiyi saptırarak sinsi bir virüs gibi girerler akıllara, ne kadar çabalarsan çabala hiçbir şeye etki etmeyeceğine, hiçbir şeyi değiştiremeyeceğine inandırırlar seni ve işte o zaman üşengeçlik iner yüreğine... Gitmesem de olur dersin, ben olmasam da olur dersin, ben yardım etmesem de olur dersin... Olacaksa zaten olur dersin! Ve ancak o zaman kazanırlar. Sen seyrederken yağmalarlar... Peki kim bunlar?! Sağcılar, solcular, kapitalistler, emperyalistler, faşistler değil! Haklarını bilmeyen ve diğerlerinin haklarını yağmalamanın kurnazlık olduğunu öğrenmiş, yedikleri haklar tekâmülsüz babaları tarafından alkışlanmış evrimsiz yağmacılar. İnsan değiller, sadece sahip olmayı bilirler. Sahip oldukça daha fazlasını ister, fazlasını aldıkça acımasızlaşırlar. Acımasızlaştıkça arsızlaşırlar. Ama ne kadar evrimsiz olurlarsa olsunlar kışkırtarak olmaz Özge... Sabırla olur."

Özge daha fazla dinleyemedi, ayağa fırladı, gözlerinde tutamadığı yaşların hesabını Muammer Bey'e sorarcasına baktı. Haykırdı.

"Sabır! Ne kadar sabrettin dünyayı değiştirmeye! Oturdun ve sabrettin, kapına kadar gelip senin için değerli olan ne varsa parçalamalarına izin verdin. Binlerce kişiydik diyorsun, binlerce sabırlı salak! Oturup sizin için yola çıkanların öldürülmesini mi izlediniz! Benim asılmamı mı izleyecekler! İzlesinler o zaman! Bu beni korkutur mu sanıyorsun! Eğer ben gerektiğinde hak için ölmeyeceksem niye yaşayayım ki! Görmüyor musun!" Özge suratına saldıran yaşları bir hamlede silip, gözyaşlarından sızan kendi küçük düşmüşlüğünü yüklenip çekip gitti. Muammer Bey ayağa fırlasa da onu yalnız bırakması gerektiğine emindi, peşinden gitmedi. Daha önce, peşinden gittiklerinin kaybolduğunu görmüştü.

Adım adım yürüdü yolları Özge, her adımında içinden dünyanın toprağına çarpan bir sancıyla. Doğru olan neydi?... Yapması gereken neydi?... Nasıl yardım edebilirdi kendine, kendiyle aynı kaynaktan gelene?... Yürümeye devam etti. Her adımda hayattan bir işaret bekledi. İşaret gelmedi. Hayatı izledi geçtiği köprünün altından hasta bir hayvanın iltihaplı damarındaki kan gibi akıyordu şehrin trafiği, tüm ağırlığıyla yavaşça.

Köprünün bitiminde başlayan gecekonduların arasına daldı, bu sefer eve arka yoldan varacaktı. Gecekonduların arasında yürürken ağlamış olmak daha kolaydı. Burada yaşayanlar haksızlık içinde var olmanın acımasızlığında etraflarında ağlayanlara, ağlamış olanlara dikkat etmemeyi öğrenmişlerdi. Tek sorun buranın, adımlarını nasıl atması gerektiğini bilmeyenler için tehlikeli olmasıydı ama Özge bu arka yoldan eve giderken ayaklarını yere vurarak yürürdü hep, etrafındakilere, kendisine bulaşılırsa kendisinin de bulaşacağını anlatan bir üslupla.

Oturduğu semtin arka mahallesine çıkan yokuşun başına geldi. Önünde uzanan yokuşa baktı, buradan çıkacak ve eve varacaktı. Keşke hayatındaki yollar da bu tırmanacağı yokuş kadar net olabilseydi, ne kadar dik olduğu önemli değildi, belirsizlikti sıkıntı olan.

Birkaç adım tırmanmıştı ki bir grup çocuğun yokuş aşağı hızla koştuğunu gördü. Beş kişiydiler. Arkalarından koşan iriyarı adam elindeki sopayı sallarken küfrediyordu, çocukların bazılarının ayakkabıları bile yoktu. Önce çocukların ne yapmış olabileceklerini düşündü ama düşüncesi hemen ne yapmış olurlarsa olsunlar çocuklara yardım etmesi gerektiğine dönüştü. Kontrolsüzce hızlandı adımları ve tam o sırada adam en arkada yalınayak koşan çocuğu kolundan yakaladı, diğerleri kaçarken fark etmemişlerdi.

Özge haykırdı.

"Bırak o çocuğu!" Adam duymayınca yine tekrarladı ve çocuklar da durup en küçüklerinin yakalandığını o zaman fark ettiler ve Mustafa'ya seslendiler.

Özge, nihayet kendisini duyan adamın yanına varmıştı ama o varana kadar çocuk en az beş tokat yemişti. Suratı kıpkırmızıydı. Bu adama kafa tutamayacak kadar ıssızdı sokak, olaylar ters giderse kendisine yardım edebilecek kimse yoktu etrafta. Özge kaşlarını çatıp "Yine ne yaptın Mustafa! Bu kaçıncı ya! Yengem duyunca çıldıracak!" dedi. Adamın şaşkınlığına bakmadan ikisinin yanına gidip Mustafa'yı diğer kolundan "Hadi bakalım doğru eve!" diye kızgınlıkla çekiştirdi.

Adam hemen bıraktı çocuğu ve tek kelime söylemeden dönüp gitti. Özge ise numaraya devam etti.

"Mustafa oğlum nasıl baş edeceğiz biz seninle!" Diğer çocuklara yetiştiler nihayet, Özge adamın çekip gitmiş olduğundan emin olduktan sonra, "Ne yaptığınızı sormuyorum ama yapmazsınız iyi olur. Herkes sabırlı değildir böyle, spor falan yapın" derken çocuklar Mustafa'yı hemen aralarına alıp uzaklaşmaya başladılar ama aralarındaki en büyüklerinin bir bakışı yetti Özge'nin lafını kesmeye.

Küçük kara gözlerinde, kirli esmer suratında kin vardı çocuğun. Haksızlıktan doğmuş, yardım almamaktan köklenmiş, yalnızlıkla desenlenmiş bir kin. Böyle giderse, ileride önüne gelen ne varsa yıkmaya hazır olacak güçte bir kin. Böyle doğmuyor muydu toplumun psikopatları, katilleri? Çocuk yaşta yaşadıkları travmalarla, çaresizliklerle birer canavara dönüştürülmemişler miydi?

Özge ancak anladı ki ne Mustafa'nın acısı yediği tokatlardandı ne de problem yaramazlıktı. Hemen peşlerinden yetişti ve sordu.

"Ne oluyor? Bu adam sizi neden kovalıyor?" Çocuklar bir an, birkaç saniye dönüp ona baktıktan sonra yollarına devam ettiler, bu kadın onlara nasıl yardım edebilirdi ki!

Özge bu sefer bağırdı.

"Ne oluyor dedim! Anlatırsanız yardım edeceğim size, salaklık etmeyin! Bu saatte beni kim gönderdi sanıyorsunuz!"

Özge'nin milletvekilliğini kullandığı ilk hareketti bu.

Polisleri arayıp camiyi bastırması, hademelik yapan o sapığı tutuklatması, kimsenin onlara böyle davranamayacağını gösterircesine polisin elinden kaptığı copla, tekme tokat girip çocukların önünde o pisliğin ağzını burnunu dağıtması, adama vururken kanamaya başlayan yarasının sargısını çıkarıp umursamadan atması, bizzat kendisi savcıya gidip adamın içeri alınması için gerekli olan her şeyin yapılmasını sağlaması ve tüm işlemler bittikten sonra polis otosuyla evlerine bıraktığı çocuklardan en büyüğünün kendisine söylediği o sözleri duyması.

"Abla! Sen olmasan inanç kalmamıştı bende, öldürecektim o pisliği... sonra da kendimi. Sağ ol. Allah gönderdi seni."

Ve işaret işte böyle gelmişti. Küçük bir çocuğun ağzından, çektiği acının sancısından.

8. Bilge

Özel jetlerin inişi için ayrılmış kısımda arabasının içinde beklerken heyecanlandı Bilge. Nihayet geliyordu!

Can'ın Londra seyahati planlanandan daha uzun sürmüş, Bilge kanalla toplantısını bitirip ortaklığı garantileyince onun yanına gitmeyi düşünmüştü ama Can konferanstan konferansa öyle koşar olmuştu ki bir türlü buluşmayı ayarlayamamışlardı, hatta telefonda bile konuşamamışlardı. Gerçi ikisi de sevmiyordu telefonda konuşmayı, ama on gündür görmüyordu Bilge Can'ı, sesini duymak için onu iki kere aramasına rağmen her seferinde mesajla cevap vermişti Can. İçindeki heyecan onu biraz sonra göreceğinden miydi yoksa ne olduğunu bilmediği ama hissettiği bu tuhaf basınçta mı, bilemedi. Bilmek istemedi.

Hayatı boyunca şanssızlık içinde anbean yenilmiş biri, nasıl da tam şanssızlığı yendiğini düşündüğünde kendini böylesine mağlup hissedebilirdi!

Binlerce yıldır kendini rahatlatmak için kendine yalan söyleyerek evrimleşmiş beyinlerin organizmalarıydık. İşimize gelmeyen hesaplara girmemek, bizi strese sürükleyen konularla yüzleşmemek varoluşumuzun bir parçasıydı. Kendine yalan söyleyebildiği için kendine katlanabiliyordu insan. İnsanlığın alışkanlığıydı bu, kişinin kendine söylediği yalanlara inanması, aklına gelen mantıklı seçenekleri eleyip kendini huzura bırakması... diye düşünür düşünmez kaşları çatıldı Bilge'nin. Fark etti! Kendine yalan söylemeye çalışıyordu ve fark eden herkes gibi kendiyle yüzleşmeliydi. Tehlike sen görmezlikten geliyorsun diye geçen bir şey değildi! Daha önce yaşadığı her yıkıma rağmen hayatta kalabilmesinin nedeni kendine hep doğruyu söylemesiydi! Ne pahasına olursa olsun kendine doğruyu söylemiş ve başına geleceklere hazırlıklı olduğu için hayatta kalabilmişti. Şimdi, hayatında ilk defa kaybedecek çok şeyi olduğu bu anda, en çok hazırlıklı olmaya ihtiyacı olan bu zamanda kendine yalan söylemeyecekti!

Arabanın camını açtı, bir serinlikle suratını okşayan havayı içine çekti. Aklındaki soruyu beyninin her hücresinin duymasına özen göstererek sordu. "Can'ın gelişi neden bu kadar uzun sürdü? Neden telefonda bir kez bile sesimi duymaya ihtiyacı olmadı? Bir tuhaflık var!"

Saatine baktı, istese Can'ı arayabilirdi, jette telefon kapatılmazdı... ama aramayacaktı. Önce ne olduğunu anlamak zorundaydı. Ne olduğunu anlamadan bir insanı kurcalamak o insanı sadece sizden uzaklaştırırdı. Bekleyecekti. Hazırlıklı olmak bazen beklemek demekti.

9. *Ada & Deniz*

Tugay'la gittiği yerlerde gece güneş gözlüğü takmak sıradan bir şeydi. Kokainden hassaslaşan gözleri ışıktan korumak için bir sığınaktı o gözlük, Tugay çok güzel öğretmişti; aniden suratta patlayan spotun yüze sürülmüş makyajın çirkinliğini saklamasına yardım eden bir maskeydi, bunu da Şadiye'nin vokalisti Serap'tan öğrenmişti. Ama şimdi Deniz'in Sokak'ına giden yolun başında şoförüne durmasını söylediğinde, suratındaki gözlük ilk defa ağır geldi. Gözlüğün ardında sanki kafesteydi. Kapüşonunu kafasına geçirdi, tanınmak istemiyordu, arabadan inerken şoförüne beklemesini söyledi.

Mekândan yükselen müzik sesi sokağa girer girmez hissediliyordu, harabeye dönmüş cumbalı evlerde yaşayan kimse neyse ki yoktu, olsa da böylesi bir yoklukta müziği rahatsızlık değil çaresiz hayatlarına eklenmiş bir renk olarak görecekleri kesindi, belki de bundandı çingenelerin her gecelerini çalgılı çengili geçirmelerinin nedeni, kendi yokluklarıyla yüzleşmek yerine hayatlarını eğlenceye teslim edip unutuyorlardı yenilmişliklerini, peki tüm gün uyuyup her gece mekânlarda hayatı kovalayanlara ne demeliydi... sadece fakirlik değildi insanı eğlenceye iten şey... arayıştı... diye düşündü.

Sokak'ın kapısının önüne geldiğinde karar verdi: İnsanlık, aradığını asla bulamayacağı yerlerde, arayışta kaybolmuştu. Her bar, hayatının aşkını arayanlarla doluydu, bulabilecekleri tek şey kimliksizliğin rehberliğinde samimiyetin sömürüldüğü ilişkilerdi, aynı makyajı çıkınca kendisi olamayan bir kadın gibi. Tugay'la gittiği onca barda, eve götürdükleri onca kızda fark etmişti bunu Ada, hepsi arayıştaydı, daha doğrusu onlarınki aslında kayboluştu... Aradıkları şeyi asla bulamayacakları çukurlarda kaybolarak kurtuluyorlardı kendilerinden.

Dev ahşap kapının iki kanat açılışı herkesin anlattığı kadar görkemliydi. Girişte herkesin söylediği gibi bodyguard da yoktu, söylenenler gerçekten de doğruydu. Ama kimsenin söylemediği yazıyı gördü Ada. Kapının üstündeki taşta kocaman boydan boya "Bu sahne herkes için tasarlanmamıştır" yazıyordu ve yazı altta tek sırada daha küçük ama belirgin devam ediyordu: "Anlamın ancak sanatla doğduğunu bilenlere adanmıştır."

Sarsıldı Ada.

Parçası olduğu ana düşünceye nihayet dönen bir kelime gibi hissetti. Ama nokta çoktan konmuştu.

İçkinin satılmadığı bu yerde kalabalığı görmek mucize gibiydi. Birkaç çelimsiz çocuk kızlı erkekli içeri girmek üzereydi... Hepsi dönüp baktılar Ada'ya... Ada tanındığını düşündü ve durdu ama çocukların umursamaz bakışları geçip gitti yanından ve ancak içeri birkaç adım attığında kendisini tanıdıklarından değil suratındaki kocaman gözlüğe hayret ettiklerinden baktıklarını anladı. Her gün, tüm müzik kanallarında, magazinin odağında ve gazetelerin çoğundaydı, nasıl olur da buradaki çocuklar onu tanımazlardı! Belki gözlük yüzünden kim olduğunu anlayamamışlardı. Gözlüğünü çıkardı. Dikkatle yanından geçtiği gençlere baktı... Yine kimse tanımadı... Yoksa umursamıyorlar mıydı! Ada neden tepki alamadığını ancak müzik başlayınca hatırladı: "Gerçek sanatçılara odaklananlar popüler kültürün yarattığı gölgelerle oyalanmazlar!"

Kafasında yankılanan Deniz'in sözleri, dönüştükleri duyguyla Ada'nın kalbine inerken yıkıp geçtiler hissettiği tüm yüceliği. Işıkların loşlaşmasıyla müzik belli belirsiz aktı. Ada müziğe meraklı, kaynağına odaklanarak ilerledi, çünkü ağlayan bir kemandan çıkan bu notalar kesin Deniz'indi.

Dipteki sahneye odaklanmış bekleyen insanları geçti, kimse onu hâlâ fark etmemişti. Ayak parmaklarının üzerine kalkıp sahneye baktı, yerden elli santim yükselen sahnenin ortası tamamen topraktı. Dev, ahşap bir saksı gibi duran sahne boştu. Perküsyonlar hafif hafif yükselmeye başlayınca müziğin kaynağını aradı, bulamadı... Ama tuhaf bir şey oldu, perküsyonlar yükselip birkaç saniye içinde ortamı sanki Arap gecesine dönüştürdüler, yerdeki kumun da etkisiyle kendini aniden vahaya dönüşen bir yerde hissetti Ada.

Kapüşonunu çıkardı temkinli, aylardır ilk defa kendini görünmez hissederek etrafına bakınıp Deniz'i aradı... Göremedi ama sanki o her yerdeydi. Antik binanın duvarlarının tuğlalarında, kafasını kaldırdığında metrelerce yüksekteki çatının devasa tahta payandalarında, çatının kenarlarında asla ulaşılamaz duran küçük pencerelerin yuvarlak hatlarında, kaynağı belli olmayan ışığın yumuşaklığında, bastığı yerin, yer yer kumdan sıyrılmış olan yüz yıllık taşında, duvarları incecik çerçevelenmiş asma katın demirinin oymalarında... ve sahnenin arkasındaki duvara kabartma şeklinde işlenmiş kocaman yumurtadan kafasını çıkarmış o ejderhanın kıvrımlı kabartmasında.

Sahneye yaklaştıkça hatırladı Ada... Daha önce nasıl bir şeyin parçası olduğunu hatırlayıp kendini unuttu, perküsyonların gürlemesinin ortasında tüm bedeniyle kıvranan dansözü gördü. Paçaları yırtılmış kısa ve yer yer parlayan eski pantolonu, belini açıkta bırakmış yırtık pırtık yarım bluzuyla... kimdi bu?!... Tuttuğu nefesi bıraktı, şükürler olsun ki Duru değildi, kız güzeldi ama Duru kadar değildi. Aslında bir dansözden çok, kurtulmuş bir savaşçıya benziyordu, kafasında sadece gözlerini açıkta bırakan, korsanları hatırlatan örtü ve elinde ustaca sallayıp kıvrılırken etrafında tüyleri diken diken eden serilikle çevirdiği o pala olmasa.

Ritim arttıkça dansözün kalçaları cevap verdi müziğe, sahnenin tabanındaki kuma vurup, toprağı kaldıran ayakları kalçalarına katıldı, darbukaya vurulan her darbede dansöz kıvrandı, yere vuran ayağı kumu kaldırdıkça kaldırdı. Ne işi vardı bu dansözün, darbukaların Deniz'in yerinde diye düşündü Ada, sadece bir an, çünkü yine Deniz vardı bu dansözün her hareketinde. Kıvrılan o belde, elde dönen o palada, ayağın her darbesinde, havalanan o toprakta... ve kızgın ateşin üstüne atılan su gibi harareti artıran o kemanın inceden inceye kendini yeniden gösteren her notasında.

Ada'nın düşüncesi, sahneye fırlayan gömlekli adamın kızı kendine çekmesiyle sıyrıldı Deniz'in varlığından. Kimse müdahale etmeyecek mi derken başka bir genç adam atladı sahneye ve kızı kendine çeken gömleklinin eline yapıştı. Perküsyonlar sustu, keman yok oldu derken, önce tekmeler uçuştu havada ve tam kavga çıkmıştı ki dövüş bir anda dansa dönüştü. Kemanlar inceldikleri yerden hızlı hızlı akmaya başladıklarında, davullar ritmi kutlarcasına coştuklarında iki erkeğin arasında kalan kız yere çöküp kendi bedenine gömüldü, erkekler birbirlerini sıyıran tekmelerle devam ettiler dansa.

Ada bir zamanlar parçası olduğu bu etkiyi tepkisizce izlerken oğlanlar havaya sıçradılar, birbirlerini paralel geçip takla atarak kızın üstünden uçup diğer köşelere ulaştılar ve indikleri yerde aynı ortadaki kız gibi kendi bedenlerine kapanıp durdular. Kız yavaş yavaş yükselmeye başladı. Kızı yükselten şey de neydi?! Kumun altında hareket eden şey… Ancak kolları kıpırdayınca anladı Ada kumdan yükselenin bir insan olduğunu… Güçlü, sarsılmaz, sağlam… Göksel. Kız, Göksel'in üstü çıplak, kumlu, kaslı sırtındaydı. Göksel ayağa kalktığında sırtından boynuna dolanan kıza rağmen dimdikti… Tanrı gibi dengeli.

İnsan dengelendiğinde Tanrı'nın sureti değil miydi?

Kemanlar dindiğinde birkaç saniye kıpırtısız durdular. Tüm Sokak'ı sessizlik kapladı. Sonra fırtına başladı, perküsyonlar içlerinde ne varsa döktü, kemanlar ihtirasla haykırdı ve Göksel kızı iki metre havaya fırlattı, üç saltodan sonra tutup bacağına astı, bacaklarının arasında döndürdü, kolundan tuttu yine fırlattı! Hayır! Geri çekip boynuna doladı… herkes sessizce dehşete düşerken.

İnsanlar dansı seyretmeyi bırakmış, yürekleri ağızlarında kızın yere inmesi için sanki duaya başlamışlardı. Göksel müziğin kükreyen ritmiyle yerin toprağını kaldıra kaldıra vurdu güçlü ayaklarını ve kumun içinden önce iki, sonra iki daha, bedenler yükseldi. Sanki Dante'nin cehenneminden kaçabilmişlerdi. Hepsi ayaklarını yere vurmaya başladıklarında perküsyonların ritmine gitarlar da katıldı, tüm yaylılar, vurmalılar, dansçılar aynı ritmin içinde kayboldular, ta ki Göksel kızı boynundan indirip kızın bacaklarını güçlü, güvenilir gövdesine dolayana ve beline sardığı kızla salto atana kadar.

Sonra bir anda karardı Sokak, sadece bir an... Ama ışıklar geri geldiğinde sahne boştu. Dansçılar yok olmuştu. Mucizeleri düşündü Ada, belki de mucize sanılan şey gelişmiş bir aklın gösterisiydi. Fonda başlayan piyanonun sesi tanıdıktı. Düşünceleri mucizelerden sıyrıldı, müziğin notalarına daldı. Hissettiği duyguların şaşkınlığında sarsılırken tam müziğin ne olduğunu bulmuştu ki karşısında Deniz'i buldu.

Piyanonun sesiyle göz göze geldiler, sadece birkaç saniye... fonda başlayan *Million Light Yearning*'le* Ada'nın bakışları kilitlendi Deniz'in ifadesine, o yüzde oluşacak her mimiğe. Deniz gülümsesin, onu kendisine davet etsin diye umutla bekledi...

Hayatındaki kadınların ihanetini gördü Deniz, Ada'nın ürkek, narin, tahrip edilmiş bakışlarında. Duru da vardı orada, kendi ihanetiyle ezilen, kıvranan o bakışlarda... Şehre geldiği gün o iğrenç reklamda kendi müziğini duymuştu, sonra Şadiye'nin mırıltıları arasından kirlenen her notasını inanamayarak dinlemişti... Müziği, ruhunun gizlisi, en mahremi her yerdeydi. O müziği bilen iki kişiden biri olsa da Ada'nın yaptığını asla bilemezdi, tahmin dahi edemezdi o aptal müzik kanalındaki Şadiye ve Ada'nın birlikte röportajını izlemeseydi. En güvendiği yerden dağlanmıştı yeniden. İnancına vurulan son darbeydi Ada'nın ihaneti. İçinde iyice sertleştirmişti Deniz'i, en yumuşak yerinden kanayan herkes gibi. İhanetti Ada'nın kendisine umutla bakan gözleri. İçinde hissettiği sevgiyi kovdu dişlerini sıkarak! Gülümseyemedi. Tanımıyordu bu kızı! O artık yabancıydı.

Daha önce hiç görmediği bir ifadeyle bakıyordu ona Deniz. Ada bir adım attı, hafifçe öne doğru sendelemiş gibi, tek hareke-

* Hainali

tiyle koşacaktı ona. Deniz'in kaşları çatıldı, gözleri "Sakın!" diye haykırdı...

Ada yıkıldı. Önce parmaklarının arasında titreyen gözlük düştü elinden ve Deniz'in arkasını dönüp gidişini öylece izledi dikildiği yerden. Deniz gitti... Bu sefer gerçekten terk etmişti.

Piyanonun ritmi dindiğinde vapur sesleri inlemeye başladı ama Ada duymadı. Dikildi öylece... İzleyicilerin arasında aniden ritmik, senkronize hareketlerle dans etmeye başlayan kişileri fark etmedi bile. Yerde, kumun arasında üzerine basıldığı için parçalanmış gözlüğüne indirdi gözlerini... ve kendini çırılçıplak hissetti. Nasıl olmuştu da hayat onu bu noktaya getirmişti? buraya kendisi mi gelmişti? Düşünmeden attığı her adımda, anlamadan salladığı her başta, her bilmeden yargıladığında, onayladığı her yalanda, kendi kimliğini küçümseyip istenilen olmayı yücelttiği her anda... adım adım buraya gelmeyi seçmişti! Hayat adım adım bir seçimdi.

Vardığı yer ağırdı Ada'ya, bir su canlısının dağlara çıkması kadar imkânsız, bir kartalın kümeste yaşaması kadar suniydi... ama buradaydı. Ait olduğu her duygunun varlığını dışladığı bu yerde!

Nasıl çıktı Sokak'tan, nasıl arabasına ulaştı, nasıl kendini koltuğa bıraktı... bilmiyordu. Her düşüncenin, hissin, her anının saldırısında kıvrıldı koltuğa, bağıra bağıra ağlamaya başladı, kendisine ne olduğunu soran şoförüne haykırdı.

İhanet eden herkes gibi kendine yalan söylemeye çok ihtiyacı vardı. Telaşla burnuna çekerken etrafa döktüğü kokaine aldırmadı, her tarafa bulaştırmıştı... hayatının her tarafına.

Önce kalbi hızlandı ve nihayet kokainin etkisiyle beyninin duygu üretiminden sorumlu limbik sistemi hızlanan dopamin servisi sayesinde hazza boğuldu, gevşedi... "İşte bu!" demişti Şadiye arabanın içine saçılan kokaini Ada'ya hediye ettiğinde, "Bu en kalitelisi! Kimse indiremez seni yere!" Ada başını yaslayıp vücuduna yayılan bu suni mutluluğun, kendisine söylediği yalanlarına hizmet etmesini bekledi... Camdan ağır ağır akan şehir trafiğine odaklandı gözleri ama aklı hâlâ Deniz'deydi. Uçmayı bırak, düştüğü bu dipten çıksa yeterdi.

10. Bilge & Can

Bir saat gecikmeyle nihayet indi uçak. Alanın diğer ucundan dönüş yapıp arabanın durduğu çıkışa gelmesini bekledi Bilge. Aynaya baktı, Can'ın salık görmek istediği saçları, gözlüksüz suratı ve ince makyajı büyük başarıydı çünkü hâlâ kendisi olabilirken aynı zamanda da Can'ın kadınıydı.

Uçağın motorları nihayet durduğunda indi araçtan, kafasındaki düşünceleri kısıp Can'ı ne kadar özlemiş olduğuna odaklandı. Merakını kontrol altına alamayan insan, kaybetmeye daima adaydı. Alanda esen rüzgârın havalandırıp suratının etrafında dolanan bir aleve dönüştürdüğü saçlarının içinde dikkatle, özenle bekledi kapının açılmasını... onun merdivenlerden inip adım adım kendisine yaklaşmasını.

Can merdivenlerden inerken içinde sınırlandırmaya, kamufle etmeye çalıştığı tüm sancısı aniden küçüldü. Londra'da olduğu süre boyunca sadece telefonda adını gördüğünde aklına gelen Bilge birkaç adım ötede beklemekteydi. İçinde dinen ızdıraba şaşırdı, Bilge'nin üzerindeki etkisini hatırladı. Rüzgârda dans eden o saçların sarmaladığı o aklı hatırladı... hayatta kalmasını sağlayan o kız çocuğunu hatırladı... Bilge'ye bir adım kala gözlerine odaklandı... Bu varlığın, bir kız çocuğundan evrenin bilinen en muhteşem yaratığına, gerçek bir kadına dönüşmüş olduğunu hatırladı.

Gözlerini Bilge'den ayırmadan yaklaştı ona ve uçmaya hazırlanan bir kartal gibi açtığı kollarını Bilge'nin vücuduna doladı. Kavrayışı, ancak sarıldığında hatırladığı özlemle sımsıkı bir sarılmaya dönüştü. Bilge'nin yanında olduğu kişiyi... kendini hatırladı, Bilge'yi kokladı, havaya kaldırdı. Onu döndürürken asla teslim alamayacağı zekâsını hatırladı. Kafasını boynuna sokup alev etkisinde dans eden saçlarının arasından koynunu öperken temizliğini hatırladı ve nihayet o lavanta kokusunu hatırladı. Can'ın gıdıklayan ısırıkları Bilge'de kıkırdamalara dönüştü, onun güçlü kollarında çırpındı önce, sonra kurtulup geriye sıçradı. Can dikildiği yerde Bilge'nin arabaya doğru geri geri neşeyle uzaklaşmasını izledi suratına yayılan keyfin her anının samimiyetiyle. Bilge arabaya kaçarken yaramazlığın ona ne kadar yakıştığını hatırladı. Arabaya ilerlerken Can iyice keyiflendi, bayılıyordu onun araba kullanmasına. Onunlayken bu kadar hızda, seri ama güvende olmaya. Bindi. Kendisini bekleyen Bilge'ye baktı sessizce, gözlerinin içinde hissettiği sevginin gülümsemesiyle.

Birbirlerinin gözlerine baktılar, birbirlerinde ne kadar vardılar... hesapladılar. Akıllı iki insan arasındaki her bakış bir hesaplayış değil miydi?

Bilge gözlerini ayırmadan baktı Can'ın siyah, derin gözlerine, o gözlerde kendini görene kadar bekledi... Şükürler olsun, hâlâ içindeydi ama o karanlığın içindeki ışık olduğunu bilemedi. Havaalanına gelirken yapmayı planladığı testi yapmaktan vazgeçti. Ama yine de test için açık bıraktığı bagaj kapağını kapatması gerekti. Can'ın gözleri şimdi kendisine öyle sevgiyle bakıyordu ki geri kalan her şey önemsizleşti. Sadece sorması yeterliydi. "Niye açmadın telefonlarımı?" dedi.

Can'ın gözlerindeki ışık, medcezirle adım adım çekilen okyanusun suyu gibi çekilmese, samimiyet yerini suratına yapıştırmış gibi duran yarım, Can'ın en ilkel zamanlarından kalma ve Bilge'nin çok çok uzun zamandır görmediği o sahte gülümsemeye bırakmasa onu sınamayacaktı Bilge. Telaşla önüne dönüp aracı çalıştırırken, "Kültür Bakanlığı'ndan aradılar, yarın sekiz değil altıda başlayacakmış parti. Başbakan öyle istemiş. Geç kalmamamızı rica ettiler" dedi.

Can, "Tamam hayatım" diye cevap verirken bagaj kapağının açık olduğunu sanki o an fark etmiş gibi indi Bilge.

Bilge'nin inmesiyle suratındaki maskeyi çıkarır gibi gülümsemesini attı Can. Açamamıştı telefonu, dönememişti ülkeye, evine, Bilge'ye. Duru'yu… hissettiği o hissedilemez duyguyu bırakıp nasıl dönebilirdi! Kaşları çatıldı, bagajı açmış bir şeyleri düzenleyen Bilge'ye dönüp baktı, içinde hissettiği sancıyı paylaşmayı düşündü. İnsan, bağımlısı olduğu bir zehri nasıl paylaşırdı? Geçtikleri onca yoldan sonra, bir daha asla hissetmemesi gereken bu duyguların geri geldiğini, bazı anlarda eskisinden bile daha güçlü hissedildiklerini nasıl anlatsındı! Önüne döndü. İçinde kopan fırtınada yıkılan dünyasını gizlercesine maskesini taktı, Bilge'yi beklemeye başladı… ama bir anda sanki yüreği dondu, atması gereken kalbinden gelmeyen ritim sanki kanını durdurdu. Öne eğildi donmuş vücudunu zorlayarak, parmaklarının ucuyla torpidonun üstündeki ince tokayı aldı. Dünyası sarsıldı… Duru'nun tokasının aynısıydı. Elinde toka... kıpırdayamadı. Aklının köşelerine, kalbinin hücrelerine saklanmış tüm düşünceler kükreyerek çıktılar yerlerinden, Duru'nun yokluğunu haykırıcasına ama sadece bir an. Yutkundu duygularını Can Manay, kim olduğunu, Bilge'nin kim olduğunu, birlikte kim olduklarını hatırlattı kendine… ama yetmedi. Dönüp pistte duran uçağa bakmak istedi, bakmadı, bakarsa kalkıp Duru'yu bulduğu yere gidebilirdi. Onu bulmuş olsa da alamayacağı o cehenneme.

Bagajın kapandığını duydu. Elindeki tokayı ne yapacağını bilemezken açtı kapıyı Bilge. Parmaklarının ucunda asılı duran sanki toka değil ruhuymuşçasına elini indirmek için beynine emirler verirken Bilge arabaya binmişti. "Ben de bunu arıyordum!" demişti Can'ın elinden alırken tokayı. Sımsıkı topladı saçlarını. Eve gidince gözlüğünü de yeniden takacaktı, çünkü kim olduğunu Can'a hatırlatması gerekli olacaktı!

O tokayı oraya koyup Can'ın vereceği tepkiyi avlamak, yetmişti konuşulmayan her şeyi anlamasına... Can testi geçememişti. Emniyet kemerini takıp gaza basarken bir kez daha döndü Bilge, son bir umutla baktı ona... Can çekilmiş ama Manay oradaydı, o yarım gülümsemede... gözlerin içinde pusuya yatmış bekliyordu.

11. Deniz

Üşümek... Acıkmak... Açlıktan acımak, ağrımak.

Sadece hayatta kalabilmek için yaşamak... hayatta kalabilmek için hayatı feda etmek, teslim olmak. Umutsuzca yaşayan, gelecekten hiçbir beklentisi olmayan, karnını doyurmak dışında hiçbir çabası olmayan, insan olduğunu unutmuş belki de hiç bilmemiş milyarlarca insan. Uyanmak üzere olan şehrin trafiğinde sistemin onları sürüklediği, gitmelerini emrettiği işlerine güçlüklerine gitmek üzere sokağa çıkacaklardı birazdan.

Şehre döndüğünden beri haftanın bir gecesi sabahlardı Deniz bu çatıda. Güneşin doğmasını, insanlığın caddelere akıp gündelik yaşamın içinde kaybolmasını izlerdi umutla, bir gün çok daha fazla insanın fark edip sistemden sıyrılmış olacağının, izlediği bu kalabalıkların azalacağının, insanlığın asla kaybolmayacağının umuduyla.

Şehrin her köşesini gören çatının, esen rüzgâra yenik düşen manzarasında dikilen tüylerine baktı, üşümüştü. Acıkmıştı. Gidermesi gereken ihtiyaçları bedeninin içinde mırıldanmaya başlamışlardı, kendini ısıtmazsa, karnını doyurmazsa çığlık çığlığa bağırmaya başlayacaklardı. Birincil ihtiyaçlardı bunlar, insanın hayatta kalabilmesi için mutlaka gidermesi gereken ilk ihtiyaçları.

İyice ayaklanan tüylerine bakarken tarlada çalıştığı zamanlarda nasıl da bu ihtiyaçların önemsizleştiğini düşündü, acıkmıyor, üşümüyor, hissetmiyordu o zaman. Çünkü beyni üzgündü, görevlerini unutacak, üzgünlüğün içinde bir sarhoş gibi kendini salacak kadar üzgündü.

Tüm sinir sisteminin tek yöneticisiydi beyin, vücutta ne olursa beynin haberi olurdu, bir terslik olduğunda halletmek, vücuda giren bir bakteriyi, virüsü tespit etmek, orduları gönderip imha etmek, mutasyona uğramış hücreleri kansere dönüşmeden yakalayıp yok etmek... hepsi beynin göreviydi. Bedendeki hayat beynin yönetimindeydi. Ama bu muhteşem mekanizmanın bir zaafı vardı. Üzgün olduğunda yapamıyordu işini, umarsızlaşıyor, yönetmek zorunda olduğu vücudu ihmal ediyordu. Kanser oluyordu birçokları, üzgün, dikkati dağılmış beyinleri yüzünden.

Hayatı düşündü Deniz, doğal elemenin nasıl da devam ettiğini... Deneyimlerini anlamak yerine, kendini kurban ilan edip üzüntüye kapılanların, kendi kendilerini imha etmeleri biyolojik olarak doğaldı. Doğal eliminasyondu bu. Beyinleri adım adım sanki devreleri kapatıyor ve deneyimle baş edemiyorsan öl diyordu bedene. Öl, belki sonra bir daha doğarsın, bir daha doğar belki o zaman anlarsın... Hayatın sana ne anlatmak istediğini anlayana kadar buradasın, acıdasın, gerekirse ölür ve yine doğarsın. Acıyı yenip anlayışa çevirene kadar buradasın! Öfkeyi dindirip, nefreti ezip hayatını hedefe dönüştürene kadar yoldasın! Duyguları üzülmek için değil anlamak için yaşadığını fark edene kadar daha çok doğacak ve öleceksin diye düşündü Deniz. Elindeki sopayla her zamanki gibi yere bir daire çizdi. Evren adı verilen bu dev mekanizmanın içinde küçücük bir hücreydi insan, evren koca bir vücutken dünya adlı organın içinde yaşıyordu. O kadar küçüktü ki neredeyse görünmezdi.

İnsan önemsiz miydi? Asla! Parazit miydi? Kimliğini keşfetmezse evet, keşfedinceyse Tanrı'nın suretindeydi. Cana sahip çıkacak yücelikte ve erdemdeydi.

Kimliksizlikti insanı parazitleştiren, ben olmadan biz olabileceğini sanıp biat eden bakteri kitlelerine çeviren. Önüne konulanı sorgusuz izleyen, izlediğinden etkilenip varlığını tüketime adayan, aldığı ayakkabıyla, bindiği arabayla mutlu olabileceğini sanan, sanki hiç yaşamamış gibi ölen zavallı bir organizmaydı... Henüz doğmamış bir şey nasıl yaşasındı?!

Dairenin ortasından bir çizgi çekti. Hayat da bir daireydi. Zincirleme reaksiyon şeklinde hayattaki her şey birbirine bağlıydı ve deneyimin ne kadar çeşitli olursa, yani dairen ne kadar büyük olursa, ortasından geçen çizgi yani izlediğin yol da o kadar uzuyordu. Ya da yol ne kadar uzarsa dairen o kadar büyüyordu. Gittiğin yolla kapsadığın deneyim daima orantılıydı. Pi diyorlardı buna matematikçiler. Dairenin ortasından dümdüz bir yol gibi geçen bu çizginin dairenin büyüklüğünü belirleyen çevre uzunluğuna oranıydı Pi. Seçtiğin yolun kapsayacağın anlama olan oranı gibi asla değişmeyen bir yanı vardı: 3.141592920... Tarih başlamadan 250 yıl önce Arşimet fark etmişti bu oranı ve Çinli matematikçi 480 yılında netleştirmişti Pi sayısını. 94 gün sürmüştü bir yazılım şirketinin Pi sayısının sadece ilk 12 trilyon basamağını hesaplayabilmesi. Sonsuz bir sayı nasıl hesaplanabilirdi ki? Ama insan dediğin şey vazgeçmediği sürece kendini keşfedebilirdi, gelişebilirdi. Öğrenilmesi gereken sonsuz bilginin sonsuz sayısıydı Pi... Hayat gibi.

Hayatın Pi'siydi bugün kendisini bu çatıya getiren. Duru'nun tetiklediği fark edişlerdi acıyı bedenine indiren ama üzüntüsünde kaybolmak yerine anlamayı seçmişti Deniz. Anlamlandırmayı... Hayata odaklanıp varoluşa kilitlenmişti. İşte o zaman hayatın nasıl da kendisiyle konuştuğunu fark etmişti. Kendini uyuşturarak ettiği ihanetle yüzleşmiş, bilen bir öğretmen olduğunu sanırken aslında nasıl da saklanan bir öğrenci olduğunu fark etmişti. O zaman değil, şimdi. Acıyla inmişti bilgi bedenine, kendisine söylediği her yalanla dövmüştü ruhunu, nihayet uyandırmıştı onu.

Kulaklığını çıkardı, ruhuna akan müzik kesilince ayağa kalktı, kapsaması gereken anlamlar için gideceği çok yolu vardı.*

Fark ettiklerini fark ettirmek için açmıştı Sokak'ı, ilhamın yayılması gereken yer sokaktı. Her sokak.

Anlamları forma sokup maddeye indiren kişiydi sanatçı, her insanın içinde bir sanatçı vardı. Her birimizin anlamları diğerleri için de anlaşılır yapabileceğimiz, fark ettiklerimizi fark ettireceğimiz bir yeteneğimiz vardı. Bazen bir şarkı, bazen bir tabak yemek, bazen bir ilaç... ve daima yaşam... yaşamayı fark eden için yaşamın kendisi sanattı.

Peki neydi sanat?

En güzel elmayı yetiştirmek, en güzel böreği yapabilmek, fark edebilmek, dünyayı kurtarabilmekti. Biliyordu Deniz, hissedebiliyordu, peşinden sanatın diğer dalları da gelecekti.

Çiftçiler uyanacak, topraktan can üretmenin farkındalığına varacak; teknolojiye adanmışlar dünyanın kanını, petrolü emmeyi bırakıp galaksinin en muhteşem enerjisi güneşin halihazırda dünyayı kucaklayan gücünü depolamayı başaracaklardı; müzis-

* Müzik önerisi: *Patric Watson, The Things You Do*

yenler satmak için değil anlatmak için kullanacaktı notaları; sonra işçiler... onlar en önemliydiler, beceriklilikler ini köleliğe değil gerçek üretime adayacaklardı, yönetilmeyip yönetime geçtiler mi bu iş tamamdı!

Bir oldular mı, birlik olup birbirlerine ne pahasına olursa olsun sahip çıktılar mı gerisi mutlaka gelecekti!

Üretime geçmek tek hedefti. İnsan üretime geçmeli ve hakiki insana dönüşmeliydi. Ya da bu gezegen evrenin cehennemine dönüşecekti...

Deniz hayatta olduğunu hatırlatırcasına kendisini üşüten rüzgârda dikildi neredeyse zevk alarak, manzaraya baktı. Karşısında uyandırması gereken koca bir dünya vardı ama yalnız değildi, gezegenin her köşesinde kendisi gibi uyananlar vardı ve bir gün aynı kaynaktan geldikleriyle mutlaka buluşacaktı. Çünkü hayat ne olursa olsun hakiki insanı yaratmak için dizayn edilmişti.

Kim ne saçmalarsa saçmalasın, ne kadar saçmalarsa saçmalasın evrenin evrimi işlemekteydi.

2. BÖLÜM

1 Sene, 5 Ay Önce Duru...

1. Duru

Yıllardır hiçbir şey değişmemişti sanki. Kıyıda top oynayan köylü çocuklara baktı Duru, en son buraya Deniz'le geldiklerinde motorun üstünde yine burada durmuş manzarayı izlemişlerdi. Kitabın içinde bulduğu o fotoğrafın çekildiği yerdi burası, Deniz'le çıktığı ilk tatilin fotoğrafı... Avucunun içinde sıkıştırılmaktan, önce kırışmış, sonrasında da sakladığı yerde nemlenmiş fotoğrafı çıkardı. Deniz'den geriye kalan tek şeydi bu fotoğraf, iki mektup ve bir CD.

Balıktan dönen teknenin yankılanan sesini duydu, kafasını kaldırıp yaklaşan tekneye odaklandı. Deniz'le daha önce yaptıkları gibi buradan Avrupa'ya geçecekti. Ama önce bir balıkçı teknesiyle anlaşması gerekti. Sonrasında artık Avrupa'daydı, Can'ın uzanabileceğinden çok uzakta. Nefes alabileceği uzaklıkta.

Tekne yaklaştıkça içinde büyüyen umut bir anda kesildi, gözleri tekneye odaklandı.

Kontrolsüz bir şekilde iskelenin ucuna yürüdü, yaklaşan teknenin arkasında ayakta durmuş sırtı dönük adamdan gözlerini ayıramadan... Deniz olamazdı bu!... Ama bu duruş, içinde doğan bu his Deniz'den başkasına da ait olamazdı.

Hayır Deniz olamaz diye düşünürken donduğu yerde, onun olmamasını isterken ve onun olmasını dilerken hemen geri döndü. Uzaklaştı, Deniz'in düşüncesinin yarattığı depremi de beraberinde adım adım taşıyarak, her adımda daha da bir sarsılarak.

Nasılsa yeterince uzaktı, yaklaşan teknenin sesine son kez istem dışı baktı... Sadece bir andı ama sadece Deniz'in hissettirebildiği o hissin içine yerleşmesine yetecek kadardı.

2. Deniz

Tekneden çeviklikle atladı Deniz, bereketli geçmişti bu sabah. Yarısı kesilmiş damacanadan kırma kovanın içinde hakkına düşen balıkları da alıp keyif içinde kulübesinin yolunu tuttu. İçindeki acı dinmiş, yerini anlayışa bırakmıştı nihayet, ruhundaki bu hafifleme savaşların savaşılarak kazanılamayacağını anlamasından mıydı yoksa gelen bahardan mı... önemsemedi. Mevsimler gibi insanın da havası ne olursa olsun zamana tabiydi, değişkendi.

Toprak yolda yalınayak yürürken kendini hafiflemiş hissetti ama adımları sabırsızdı. Mangalı yakmalıydı, bu akşam ciddi ziyafet vardı. Kafasını kaldırdığında yolun kenarında bir basamakta oturmuş ayakları fark etti önce, sahibini saklayan duvar ve çiçeklerin dışında kalmıştı, ayakların sahibi üzerindeki pardösüsü, ucu gözüken başındaki örtüsüyle oldukça sıradandı ama niye bu kadar tanıdıktı?... Bu kadına karşı çok uzun süredir kimseye hissetmediği bir ilgi, merak hissetti. Yaklaştıkça yüzünü görmek istedi.

Kadın ayaklarını uzattı yola, kıvırmaktan yorulmuş olmalıydı. Ayak bilekleri ne kadar da ince diye düşündüğü anda durdu. Dikildiği yerde öylece bekleyip kadının yüzünün dönmesini bekledi... Kadın ayağa kalkarken Deniz içini buzla dolduran engelleyemediği bir üşümede kayboldu önce... Sonra ellerinin titremesi başladı, elindeki kovanın yere düşmesi ve Deniz'in dönüp gitmesi sadece bir andı.

Deniz giderken Duru birkaç adım atsa da adımları peşinden gitmedi, kalbini parçaladığı birinin kaçmasına izin verecek kadar merhametliydi.

3. *Duru & Deniz*

Kan ter içinde eve döndü Deniz. İçine yayılan buzları eritebilmek için köyün arkasındaki dağda yürümüş ve saatler sonra kendine varabilmişti. Kulübesine döndüğünde hava inmek üzereydi. Temkinli bir şekilde eve girince etrafa bakındı, Duru'nun kendisini bekliyor olabileceği fikri aklına yayıldı... Ne hissetmeliydi?... Öfke... Nefret... İntikam... Hiçbirini hissedemedi buz tutan bedenin ısınıp çözülmesi gibi tuhaf bir rahatlama dışında.

Duru yoktu. Kapının önündeki sandalyeye çöktü, ruhundaki sancıya odaklandı, Duru'yu gördüğünden beri yine müzik yoktu içinde. Kriz geçirir gibi aceleyle aldı eline defterini, gözlerini kapatıp müziği duymak için kendini zorladı... tek bir nota bile çıkmadı. Duru'nun duygusundan kurtulduğunu sanmıştı... ama hâlâ oradaydı, içinde pusuda, sindiği yerde sancıdaydı... kurtulmamıştı. Gözlerini açtı. Duru tüm yıkıcılığıyla karşısındaydı.

Şok içinde ne hissetmesi gerektiğini bilmeden, önünde ayakta dikilen Duru'ya baktı Deniz. Yarısı kazınmış asimetrik saçları, yorgunlukla incelmiş, bahar pembeliğini sonbahara teslim etmiş soluk teni ve çatlamış dudaklarının kilitli sessizliği...

Duru'ysa yaşadığı, yaşattığı onca yıkımdan sonra hâlâ tüm kudretiyle karşısında duran Deniz'de kayboldu. Yer yer berelenmiş çıplak ayakları, toprağa bulanıp yıpranmış kıyafeti, uzamış saçlarının kamuflesinde güneşle renklenmiş teni ve yeşilin sarıyla buluştuğu o gözlerinin içindeki küçük adacıkların okyanus baskınlarına, fırtınalara dayanmış hali... Bu adamı nasıl bırakabilmişti! Nasıl böylesine acımasızca kurban edebilmişti!... Kıpırdayamadı. Sanki kıpırdarsa Deniz yok olacaktı. Gözlerinden akan yaşlar içinde hissettiği her duyguyu dışarı taşırken kıpırtısız sadece dikildi öylece, Deniz'in adalarla dolu okyanuslu gözlerinde.

Fırtınada kaybolup tsunamiyle kıyıya vuran, çölde çiçek açıp, buzula kök salan iki kişi... nefretle ihtiyacın birleştiği yerde birbirlerinin gözlerinin içindeydiler.

Deniz ancak bir süre sonra ayağa kalkabildi, hareket etmesi ne kadar sürdü emin değildi. İçindeki isteğin çelişkisinde hareketsizdi. Duru'ya sarılmakla onu öldürmek arasında beyni karar veremedi. Hissettiği sevgiyle nefret arasında sanki suyun ateşle birleştiği o yakıcı noktada buharlaştı duyguları. Bir küçük adım daha attı Duru'ya doğru, elini uzattı, sonra hemen geri çekti, ona dokunamazdı! Vurabilirdi ama dokunamazdı! Yaşadıklarından sonra ona asla dokunmamalıydı! Bir adım geriye çekti bedenini içine yuvarlanmaktan sakındığı bir uçurumdan uzaklaşırcasına... Duru'nun yarattığı etkiden çıkması gerektiğini biliyordu, kollarına aldığı tertemiz kadını değildi o! Sadece bir gölgeydi. Dönüp içeri girdi, içeri girer girmez onun peşinden gelebileceğini düşünüp hemen dışarı çıktı. Bu küçük odada onunla nefes alamazdı.

Duru hâlâ dikildiği yerde kıpırtısız sanki şoktaydı. Çatlamış dudakları kıpırdansalar da sessizliğin ağırlığında kaldı sesi çıkmadı, çıkamadı…

Deniz, "Ne istiyorsun?!" diye bağırınca sıçradı.

"NE!" diye haykırdı Deniz yine kalbinden çıkan bir sesle. Nefretle sevginin birleştiği bir nefeste.

Duru, "Yardım et…" diye mırıldandı, dileyeceği hiçbir özrün kabul edilmeyeceğini bilerek dizlerinin üstünde yere yığılıp ağlamaya başladı.

Yardım et…

Katilinin yardım dilenmesi karıştırdı Deniz'in ruhunu. Duyguları dev dalgalar halinde vurdu aklının her köşesine Duru'nun ağlaması hıçkırıklarla iyice yükselirken… Ne dediği anlaşılmıyordu ama kaçmaktan, Can'dan kurtulmaktan, her yere döşenmiş kameralardan, kaybolan tokasından, her yerde aradığı o terliği kamera odasında bulmaktan, kurulan tuzaklardan, hastanedeki tutsaklıktan, tecavüzden bahsediyordu Duru… Mahvolmuştu.

Deniz, Duru'nun hıçkırıklarına karışan kelimelerini dinledi bir süre daha, anbean yumuşamaması, ona yaklaşmaması gerektiğini söyleyerek kendine, bir uçurum kenarındaymış gibi temkinlilikle… ama Duru sonunda kafasını kaldırdı, hayatında gördüğü en samimi, olabilecek en yaralı gözlerle baktı Deniz'e. Hıçkırıklarına dayanmak imkânsızdı… Gerçekten yardıma ihtiyacı vardı. Onu burada bulmuş olması zaten tesadüf olamazdı, evrende tesadüf zaten olmazdı. Mantığını yıkan duygu dalgalarının içinde boğulurcasına hiç konuşmadan, düşünmeden kendini uçurumdan atarcasına kucakladı Duru'yu, hiç suratına bakmadan yatağa yatırdı. Bu oda ikisine dardı, onu yalnız bırakmalıydı… kendini onun etkisinden çıkarmalıydı. Dışarı çıkmak için doğruldu ki Duru onu elinden yakaladı, "Bize tuzak kurdu Deniz… ikimize de…" diyerek.

Deniz bakmak istemiyordu ona, sesinin tonundan acısını görebiliyordu, kalbinin yandığını hissedebiliyordu ama ne tuzak kurulmuş olursa olsun, kendisine yapılanları hiçbir şey haklı çıkarmıyor, hafifletmiyordu.

Tuzaklarla doluydu insan ilişkileri, duygu açları, sahip olmadıkları şeye saldırmak için her köşede pusudaydı. Duru bunu bilmeliydi! Elini Duru'dan gecikmeli de olsa çekerken Duru devam etti.

"Senin Avrupa'ya gittiğini, evde kızlarla partiler yaptığını söyledi..." derken tutamadı Deniz kendini dişlerinin arasından kelimeler sızarken:

"Çocuk musun sen?!"

Kapıyı açıp çıktı.

Duru peşinden fırladı, karşısına geçip içindeki zehri bağırmaya başladı.

"Bana yaptıklarını, hissettirdiklerini unutma Deniz! Ben bir gün dahi unutmadım! Unutamıyorum! Beni dışlamanı, aptal öğrencilerinin senden aldıkları cesaretle bir çete gibi beni ezmeye çalışmasını! Beni yaralayan o iğrenç yaratığa, Göksel'e sarılmanı! O gece peşimden dahi gelmeyecek kadar beni umursamamanı! Yukarı yanıma bile gelmemeni! Her gece kendini uyuşturup hayatı, beni unutmanı! Beni sürekli cezalandırmanı! Müziği benden bile saklamanı! O gece, o odada seni beklerken geçirdiğim her saniye beni öldürmeni!..." Hıçkırıklara boğuldu Duru, konuşmak istiyordu ama içinden yükselen duygular gözlerinden yaş, ağzından hıçkırıklarla çıkıyor, nefes almasına izin vermiyordu. Boğulurcasına nefes almaya çalıştı ama alamadı, hıçkırıklar yükseldi yine nefes yerine.

Kriz halinde titreyen, nefes alamayan, bağıra bağıra ağlayan Duru'nun görüntüsü sanki evrenin yıkılması gibiydi. Deniz elini uzattı, dokundu ona... Kendini yok etmek üzere olan bir gezegene atmosfer verir gibi.

Duru'nun dokunuşu hissetmesiyle dönmesi ve kendisine uzanmış eli itmesi, vurması, Deniz'i ittirmesi bir saniyede oldu. Duru bağırırken artık Deniz'e saldırıyordu. "Her şeyi ama her şeyi bana tercih ettin! Hani beni çok seviyodun! Hani ben en değerliydim! Hani benden daha önemli değildi hiçbir şey! Beni kandırdın! Kandırdın! Her şeyi bana tercih ettin! Beni ona sen bıraktın!"

Deniz tutmak zorunda kaldı Duru'nun kollarını... onu bu hale kendisi getirmişti. Biliyordu. Emindi, çünkü onu ihmal ettiği her andaydı ona ihaneti.

Darbeleri engellercesine kollarının arasına aldı onu, kendisinden koparılmış ve asla geri alamayacağını bildiği, çok değerli bir duyguya veda edercesine sarıldı ona gözlerinden akan yaşlara teslim olurken.

Duru'nun bağırışları kesildi, mırıltısı devam etti. "Niye vazgeçtin benden?" diyordu Deniz'in kolları arasına bıraktığında kendini ve içindeki nefretin bedenini terk etmesi, yaşadığı özlemin yüzeye çıkması birkaç saniye sürdü... çaresizdi.

İkisinin hıçkırıkları karıştı. Hissettikleri aşkla yaralanmış iki ruh, yaralarını sararcasına sığındılar birbirlerine... Birlikte olabilecekleri tek yerde, aşklarının yağmalanmasına izin verenlerin buluştuğu o yerde: Kalplerindeki cehennemde.

3. BÖLÜM

1. Can Manay...

Helikopter Can Manay'ı aldığı çatıya geri döndüğünde şehrin ışıkları âcizce sarmıştı karanlığı. Duru'nun cenazesinden dönmüş gibi indi Can. Pilotlardan biri gelip Can'ı kenara almak zorunda kaldı, korkuluk gibi pervanenin altında dikilmesi helikopterin kalkmasını engelliyordu.

Can yönlendirildiği köşeye yürüdü sualsizce ve kalkan helikoptere hiç bakmadan çöktü dikildiği yere. Helikopterin sesini kafasından atmak istercesine gözlerini kapadı, daha önce Duru'yu bu eve getirdiği anı anlatan bu ses şimdi en değerlisini kaybeden birinin çığlığı gibiydi... Can Manay'ı soğuk betonun üzerinde çöktüğü noktada bırakırken, ses uzaklaşıp gitti tıpkı Duru'nun gittiği gibi.

2. Bilge

Helikopterin sesi uzaklaşırken, çatıya uzanan merdivenlerin başında bekledi Bilge, kamburunu dikleştirdi, tepki çekecek her şeyi yok etmek istercesine. Can Manay gittiğinden beri onun evinde, kırılan pencereleri tamir ettirmiş, etrafı toplamış ve ondan haber beklemişti. Aslında çekip gitmesi gerekirdi. Şimdi kapı açılabilir ve Duru'yla Can Manay aşağı inerken karşılarında Bilge'yi görüp çok rahatsız olabilirlerdi ama böylesine yaralanmış biri yalnız bırakılmamalıydı. Annesi de böyle yalnız bırakılmışlardandı bir zamanlar. Kendi acısıyla mücadele edemeyen, acının geçici olduğunu unutanlar kendini öldürme eğilimindeydiler, istatistikler ortadaydı. Can Manay'ın acısı varlık bilincinden fazla olmalıydı, elindeki o kanlı yaraya olan duyarsızlığı aşikârdı. Sabırla, her türlü aşağılanmaya, kızgınlığa hatta kovulmaya hazır bekledi merdivenlerin başında Bilge insanlık görevini yapmak için... ama kimse gelmedi.

Yaralı, vahşi bir hayvan gibi köşeye çökmüş Can Manay... kendini yere bırakan bedeninde hapis, elindeki sargıda büyüyen kırmızılığın acısına duyarsız ama ruhunda hissettiği acıya teslimdi. Yapayalnız Can Manay... Bilge merdivenleri çıktığına anında pişman oldu, keşke eve gitmiş olsaydı da şu an burada inisiyatif kullanmak zorunda bırakmasaydı kendini. Adım adım temkinli yaklaştı Can Manay'a yaralanmış bir aslana yaklaşır gibi. Can aniden sırtüstü yatıp tüm bedenini tamamen betona serdi, kollarını iki yana açtı. Sanki göğsündeki kalbin kendisinden alınması için bekler gibiydi... Bilge dikkatle baktı. Can Manay'ın gözleri kapalıydı... ama yanaklarından yaşlar iniyordu.

Durdu Bilge, böylesine duygunun içinde olan bir adama ne denirdi ki? "Kalk betonda yatma üşüteceksin" demenin hiç de sırası değildi. Kendini acıya bırakmış birine ne denirdi? Duru'yu bulamamış olmalıydı.

Böylesine seven bir erkek nasıl terk edilebilirdi? Böylesine teslim olan biri nasıl bırakılabilirdi? Aşk en güçlüyü bile nasıl böylesine güçsüzleştirebilirdi?

Sorduğumuz her sorunun cevabını almak için doğduğumuzu düşünmeden aklına ne gelirse korkusuzca sordu Bilge, Can Manay'ı izlerken.

Can Manay'ın ateşini kaybetmiş bir ejderha gibi sönmesini izlemek acı vericiydi... Eti hemen gelmeliydi.

4. BÖLÜM

2.5 Ay Sonra...

1. *Ali*

Arabaya bindiğinde kırılan telefonunu yan koltuğa attı. Dudağının kanayan kenarını torpido gözünden çıkardığı mendille silerken dikiz aynasına baktı. Suratında Can'ın tırnak izleri vardı. Vakit kaybetmeden yola çıkmalıydı, arabayı çalıştırdı.

Eti'nin evine vardığında hava iyice kararmıştı. Eti'nin yardımcısının kapıyı açması, Eti'yi çağırması, dayandığı değnekten destek alarak yürüyen Eti'nin Ali'yi görür görmez üstüne ceketini geçirip çıkması…

Eti ve Ali, şehrin kalabalığından saklanabilmiş ara sokaklardan hızlıca geçip Can Manay'ın içine düştüğü karanlığa doğru yola çıktılar. Daha önce hiç Eti'yi alması gerekmemişti Ali'nin, Can'ın sarhoşluğu kendi köşesinde pasif bir şekilde uyuşup kalmasına neden oluyordu ama bugün durum farklıydı. Her zamanki gibi sabah Can'a uğramış, yemeyeceğini bildiği halde buzdolabını doldurmuş, etrafı toplamıştı. Can'la karşılaşmamaya alışıktı, çünkü sabahları Can evin bir yerlerinde sızmış olurdu hep ama bugün farklıydı. Ali tam çıkarken Can eve gelmişti, üstü başı sırılsıklamdı. Gözlerindeki alev o kadar kırmızıydı ki içinde delilik vardı. Ali'nin konuşmasına izin vermeden onu evine gizlice girmekle suçlamış, yumruklarla saldırmış, Can'a zarar vermemek için kendini güvenlik kulübesine kapatan Ali'nin telefon ettiğini görünce kulübenin camını kırıp ulaşmıştı ona.

Ali kızmamıştı ama saldırıya uğrarken kendini tutabilmek zordu karşındaki çok değer verdiğin biri olsa da. Boğuşmada Can, Ali'nin telefonunu parçalamış, suratını tırmıklamıştı. Kaçmayı başarınca küfürler eşliğinde eve dönmüştü Can. Her şey, Eti'nin aylar önce uyardığı gibi olmuştu. Aylar önce inanmadığı, hayatta olmaz dediği şeyi birebir yaşamıştı Ali ve Eti'yi aramasının zamanı geldiğini anlamıştı.

Eti eve vardıklarında, kendisinden sonra gelecek üç kişiyi sessizce eve sokmasını söyleyerek kendi anahtarıyla açtı kapıyı ve anahtarı dışarıda bekleyen Ali'ye verip içeri girdi. Bundan çok daha kötülerini atlatmıştı Can'la, her şeye hazırlıklıydı. Bastonuyla yürümesi zordu ama bedeni değildi çalışması gereken, beden işini yapacaklar birazdan gelecekti. Aklıydı bu ağırlığı kaldıracak olan. Etrafa dağılan eşyalara baktı, Ali her gün toparladığı ve tamir ettirdiği için durum pek de fena sayılmazdı, yerde kırılan içki şişeleri yüzünden eve sinen içki kokusu dışında. Can kendinden kaçan herkes gibi kendini uyuşturucuya vermişti. İçki, esrar ve şimdi de Ali'nin anlattıklarına bakılırsa kokain devredeydi.

Beyni bakteriyel enfeksiyonlardan korumak için üretilmiş bu kimyasal bileşen kan-beyin bariyerini en kolay aşan uyuşturucu haline gelmişti. Beynin sinir hücreleri arasında iletişimi sağlamak için kullanılan dopaminin daha fazla üretilmesine ve serotoninin aktif bir şekilde kopyalanarak beynin sinir sistemine yüklenmesine neden oluyordu kokain.

Ne tuhaftı, mutluluk beyni bakterilerden koruyan en temel şeydi aslında ama kopyalandıkça anlamsızlaşan, sahteleştiğinde zehirleyen ve içinden çıkılmaz bir arayışa dönüşen tek duyguydu. Mutluluk beyni bir kalkan gibi korurken, sahtesi resmen adım adım öldürüyordu beyni. Kokain, sürekli kopyalayıp, kopyaladıkça değersizleştirdiği bu mutluluk hissiyle, adım adım ele geçiriyordu beynin tüm sinir sistemini, ta ki tüm sistem çökene kadar. Aşkın milyonlarca insan tarafından saplantı haline gelmesinin nedeniydi belki de bu. Uygarlıkların mutluluk takıntısıyla tüketici toplumları doğurmasının da nedeni buydu. Mutluluk arayışı için kahrolmak olacaktı insanlığın sonu! Mutlu olmaya çalışırken nasıl da heba oluyordu insan. Kokainin ilk alımıyla sinir sistemine yayılan mutluluğu aslında sadece on beş dakika hissedebiliyordu kişi ve bir daha asla aynı duyguyu, aynı seviyede hissedemeyecek kadar altüst ediyordu beynin tüm hücrelerini. İlk kullanımla birlikte, ilk defa hissedilen o sahte mutluluk halinin peşindeki bağımlı, her seferinde bir öncekinden daha fazlasına ihtiyaç duyarak yükleniyordu doza... kilitleniyordu o asla ulaşamayacağı ilk on beş dakikaya... sahteliğin içinde eriyip yitip gidene kadar.

Eti sessizce misafir odasına ilerledi, aylardır Can'ın sadece o odayı kullandığından emindi. Misafir odası ve mutfak, Can'ın yaşantısı bu iki lokasyon arasında geçiyordu. Evden gitmek istememesi yenilgiyi hâlâ kabul etmediğini gösteriyordu. Misafir odasının kapısı açıktı, Can odada yoktu. Tuvalette yere yığılmış yatıyordu. Eti sakince inceledi onu, uyuyordu. Lavabonun kenarında bir sergi gibi birikmiş ilaç şişeleri uyumak için kendisine kimyasal bir kokteyl yaptığını anlatıyordu.

Sessizce şişeleri topladı, sonra sehpanın üstündeki uyuşturucuları da ekledi elindeki torbaya. Yatağın yanında dizilmiş şişeler için yatak odasına gidip kıyafet odasından bir valiz aldı ve tam yatak odasından çıkarken gördü: Duru'nun geceliği yatağa serilmiş, omuzları yastığa konulmuş ve üstüne yatak örtüsü örtülmüştü. Sakince misafir odasına döndü, elindeki valizi kapının önüne koydu. Neyse ki çağırdığı herkes gelmişti.

5. BÖLÜM

9 Hafta Sonra...

1. *Bilge*

Eve gir, perdeleri aç. Çorbayı ısıt.

Müziği koy ve çantanı orada bırak, daha önceki gün bıraktığın ceketi al ve çık.

Eti'nin direktifleri her zamanki gibi çok netti. Can Manay içeride olmalıydı ama önemi yoktu çünkü hiçbir zaman onu görmüyordu. Her gün aynı çorbayı götürüp ısıtıyor, aynı müziği açıyor ve değişik bir eşyasını bırakıp çıkıp gidiyordu. Can Manay'ın asistanı olmak her zaman tuhaftı ama şimdi işler iyice tuhaflaşmıştı. Eve girdiğinde karanlıkta kolayca yolunu buldu, evin kıvrımlarına, basamaklarına alışmıştı ama üzerine bastığı şeyin kırılmış bir parfüm şişesi olduğunu ancak ışıkları açınca anladı. Cam kırıkları arasında kan vardı. Ara ara onun kanını görmeye de alışmıştı. Sessizce ilerledi, perdeleri açıp salonu inceledi, dün gece sert geçmişti. Kırılan eşyaların ayıklanmasıyla neredeyse çıplaklaşan salonda cam kırıkları yine her yerdeydi, parfüme karışmış alkol kokusunun etkisi rahatsız ediciydi.

Temiz havanın evi temizlemesini bekleyen bir robot gibi hiçbir şey yapmadan kapının yanında dikilerek hemen bahçe kapısını açtı Bilge. Yarım saatte evin atmosferi değişmişti. Sonra sessizce kapattı kapıları, geri kalan perdeleri de açtı. Cam kırıklarını sessizce süpürdü, devrilen sandalyeleri kaldırdı, ters çevrilmiş sehpayı düzeltti. Çorbayı ısıttı. Eti'nin söylediği gibi kokusunun yayılması için kapağını açık bıraktı. Müziği açtı ve hemen ceketini alıp çantasını bırakıp çıkmak için kapıya gitti ve o an engelleyemediği çığlık içinden fırladı!

Can Manay kapının önünde yere oturmuş, ayaklarını uzatmış, ona dikmişti gözlerini. Simsiyah, karanlık gözleri birbirine karışmış dalgalı saçlarının arasında insanı içine çeken iki kara delik gibiydi... içine bir kez çekildiğinizde size ne olacağını asla bilemeyeceğiniz cinsten.

Bilge elindeki cekete sarılıp bir adım geriledi, Can, "Çantanı unuttun..." diye hırlarken. Bilge mutfak tezgahının üzerine bırakması tembihlenmiş çantaya baktı, bir an ağzını açtı ama ne diyebilirdi ki? Eti ona açıklama yapma demişti, sustu. Dönüp çantasını eline aldı, Can Manay'a bakmadan kapının önünden kalkmasını bekledi... Can kalkmadı. "Niye sürekli eşyalarını bırakıyorsun burada?..." diye mırıldandı.

Bilge'nin kaşları sıkıntıyla çatıldı, niye bıraktığını o da bilmiyordu. Eti'ye sormak gerekiyordu, hani Can Manay'ı hiç görmeyecekti! Konuşamadı, yine sustu. Can'ın ani bağırtısı onu sıçratsa da elindeki çanta ve cekete kenetledi tüm kaslarını ve fırtınanın geçmesini bekleyen bir yaprak gibi dikildiği yerde öylece durdu.

Can, "Bir soru sordum sana!" demişti.

Can'ın yerden kalktığını ve kendisine yaklaştığını bilerek ona hiç bakmadan dikilmeye devam etti. Can dibine kadar gelmişti. Bilge kafasını kaldırmadı, salona giren güneş ışığında onun yaralı gözlerine bakmaya hazır değildi. Cevap vermeliydi. Yalan söyleyemezdi. Acaba delirmiş miydi? Kendine vuracak yakınlıktaydı ama yapar mıydı?... Bunun gibi onlarca soru geçerken kafasından, "Kendinizi yalnız hissetmeyin diye... sanırım..." diyebildi.

Güneş ışığının vurduğu elmacıkkemiğinin üstündeki küçük sarı tüyler ancak böyle bir ışığın altında kendilerini gösterecek kadar belirsizdiler. Belki mikroskopla bakılacak küçüklükteydiler ama dikkatle baktı Can, dikkatle bakarsa her şeyi görürdü insan. Kızın verdiği cevabın kendine ne hissettireceğini düşünürken kararsız kaldı. "Kendinizi yalnız hissetmeyin diye" de ne demekti? Bu kız kimdi ki hissettiği duyguyu bilecekti, bu ne cüretti? Bir de o duyguyu değiştirmek isteyecekti! Ama bir şey demedi, çünkü karanlıkta yolunu bulup geldiği bu salonda her gün farklı eşyalar bulmak onu yataktan kaldırmıştı bugün ve dışarıda akan hayatın hâlâ devam ettiğini hatırlatmıştı ona hiç umursamıyor olsa da. Yanından geçip gitti, koridora girdiğinde aldığı derin nefesi duydu, durdu... ve sonra misafir odasının karanlığına geri dönerken buyurdu.

"Çantayı al, saçındaki tokayı bırak!"

2. *Ali & Bilge*

Kalbinin hızına yetişen adımlarla çıktı Bilge, Can Manay'ın evinden. Toplanmaktan iz yapmış ama tokasız kalan saçları bir arada durmak için ısrar etseler de dağılmışlardı. Bakışı yerde olduğu için hemen önündeki bir çift erkek spor ayakkabısını görüp irkilerek durdu, kafasını kaldırdığında Ali bahçe kapısının yanında bekliyordu.

Uzaklaşmaya o kadar odaklanmıştı ki neredeyse Ali'yle çarpışacaktı. Hemen bir adım gerilerken düşünmeden ağzından çıktı kelimeler. "Spor ayakkabı giymişsiniz?" dedi neden bunu söylediğini bilmeden.

Ali ilk defa salık saçlı görüyordu Bilge'yi. Kolay kolay tokasını çıkaracak biri değildi, düşünmeden sordu gerilen ifadesinin sunduğu telaşa aldırmadan.

"Sana dokundu mu?"

Ali'nin suratındaki ciddiyet, koruma o kadar belirgindi ki Bilge hayretinden sıyrılıp ancak birkaç salise sonra onun Can Manay'dan bahsettiğini anlayabildi. Kafasını hafifçe iki yana salladı. Aslında normaldi, çünkü Can Manay'ın bu hali tabii ki Ali'yi çok endişelendirecekti.

Ali dikkatle baktı Bilge'nin kalın gözlük camlarının gerisine, gözlerinin içine. Bilge bakışını kaçırıp iyi günler diledi, gitmeye hazırdı ama Ali gitmesine hazır değildi.

"Vaktiniz olduğunda bana yardım eder misiniz?" dedi.

Bilge araştıran bir ifadeyle meraklı ama temkinli, "Yardım edebileceksem elbette. Konu nedir?" diye sordu.

Ali dingin varlığında huzur buldu Bilge'nin. "Size danışmak istediğim bir şey var... psikolojik bir şey?" dedi aynı dinginlikle.

Bilge'nin her türlü sorumluluğu ciddiye alan ifadesi doğdu suratında. "Ben henüz psikolog olmadım, stajımı bitirmem lazım. Etik olmaz..." derken, Ali küçük bir hareketle Bilge'nin dirseğine dokundu, nazikçe ekledi.

"Bu konuda sizden daha yetkin biri olamaz" dedi ve elini çekti. Ali bir insan böyle olmalı diye düşünürken Bilge'nin duydukların ı idrak edercesine düşünen suratından gözlerini ayırmadı. Böyle gerçek, böyle sade, böylesine temiz... bir kadın böyle olmalıydı. Suratına baktığınızda huzur vermeli, sizi kapsayan zekâsıyla hayran bırakmalı.

Ali'nin çok iddialı eminliğinden tedirgin, "Konu nedir?" diye tekrarladı Bilge.

Ali anlattı.

"Benim arazide çalışan bir aile var. Dört senedir benimle çalışıyorlar, bir oğulları var yedi yaşında ve otistik. Sadece bir kez görmenizi istiyorum. Belki Doğru'da yaptığınız şeyleri Onur'un annesiyle paylaşıp onlara yol gösterebilirisiniz."

Bilge kendi şüpheciliğinden tiksindi, gerçekten de bu konuda kendisinin de tanıdığı en yetkin kişiydi. Evet demek istedi ama Ali'nin suratındaki bu ifade de neydi! Kendisinden hiç ayrılmayan o gözlerinin içindeki gülümseme niye bu yüze yerleşmişti! Tabii ki de evet diyecekti, ama hissettiği bu yaklaşmaya izin veremezdi. Vermeyecekti. İçinde hissettiği bu gerilimin kaynağı neydi? Saniyeler içinde duygusunu deşti ve Murat'a ulaştı... Gözlerini kapadı görüntüden kaçmak istercesine ama görüntü baktığı yerde değil gözlerinin çok gerisinde, beynindeydi, kaçamayınca hemen açtı... Ali tam karşısındaydı, Murat'ın ölüm haberini getirdiği gibi karşısında uzun vücuduyla dikilmiş kendisine bakıyordu. O an hissettiği acının sahibiydi sanki. Bilge kabaran göğsüne doldurduğu havanın içindeki duyguyu ezmesini dileyerek derin nefes aldı... Duygu ezilmedi ve Bilge bu duyguya rağmen, nihayet evet diyebildi.

Ali'nin, hayatını, nihayet anlayabilecek derinlikte birine tanıştırmaktan doğan hevesi; Bilge'nin, kendisini derinlerine gömdüğü o yıkıcı duyguya taşıyan, bu hiç girmek istemediği hayata misafir olmaktan kaynaklanan sıkıntısıyla harmanlandı.

Hayatın, kendini anlatmak için hep garip yöntemleri vardı.

6. BÖLÜM

1. Deniz

Niye dönmüştü buraya?

Emin olduğu için.

Hazır mıydı?

Evet.

Otoban boyunca yürüdü Deniz, yanından akan trafiğin tozunu, şehrin zehrine aşılanırmışcasına az az içine çekerken. Öldüğü yerdi burası, yeniden doğmak için dönmüştü ama var olmak değildi artık amacı, zaten vardı, bu sefer amaç bir olmaktı. Kendi geçmişinin ölümünden doğan her ruh gibi artık biliyordu hayatın anlamını. Bir olmak... Ben olmadan Biz olunmuyor, Biz olunmadan Bir olunmuyordu. Ben olmak için acıyı anlamak gerekiyordu, geçmişte ölüp anlamda doğmak da bir yoldu. Daha fazla saklanmayacaktı. En iyi bildiği, en iyi yapabildiği şeyle kendini ortaya koyacak, dokunduğu her ruha farkındalık vermek için kullanacaktı en iyi yaptığı şeyi.

Hapsedilmişti tüm anlam, tutsaktı. Yıkılan heykelleri, yakılan kitapları, yasaklanan filmleri, yok olan müzikleri düşündü

Deniz... İçi acıdı, akıldan doğan bir anlamın yaratabileceği etkinin değerini bilen herkesin içi acırdı. Yaratılışa saldırıydı bu, Yaradan'a saldırı. Tekâmüle hizmet etmek için vardı sanat ama sahtekârların eline düşmüştü müzik, kalçalarını sallarken müşterilerine sundukları bir bardak içkiyle sahnelenir olmuştu. Hayatında hiç gerçek müzik dinlememiş çapsızlar tarafından pazarlanır olmuştu, bu yüzden solmuştu. Dinlediğinde bir şey anlatmıyor, hissettirmiyordu. En iyi ihtimalle, belki biraz can sıkıntısına iyi geliyordu artık, o kadar. Anlamı doğuran sesin matematiğiydi müzik ve anlamı unutturan, önemsizleştiren, düşünceyi uzaklaştıran bir gürültü gibiydi artık. Sanat neredeydi?

Devrimi de, evrimi de besleyen tek şeydi sanat! Tüm ihtilaller sanatla başlamamış mıydı?!

Halk köleliğine tarihteki en büyük darbeyi vuran Fransız İhtilali'ni düşündü Deniz, herkes insanların hapishaneleri basıp yıkmasını hatırlardı ama birkaç kitap, birkaç müzik, birkaç heykel, birkaç resim ve anlamı forma sokan bu sanatların üzerine binlercesinin sohbeti değil miydi o hapishaneleri yıkan?! Hakkı korudukları için öldürülmek üzere olanları kurtaran... Konuşmalıydı insan! Sanat konuşmalı, sanat izlemeli, sanat okumalı, sanatı takip etmeli, sanatla beslenmeliydi. Kendine entelektüel diyenlerin anlamı zehirleyen, çatallanmış, sürüngen dillerinden kurtarılmalı, ilkokuldaki çocukların sansürsüz dillerine inmeliydi sanat. Üniversitelilerce korunmalı, annelerce beslenmeli, öğretmenlerce fark ettirilmeliydi... Hepsi olacaktı ama önce sanat hapsedildiği yerden kurtarılmalıydı!

Dinlendiğinde tüyleri havalandıran müzikler, izlendiğinde ayağa kaldıran filmler, okunduğunda fark ettiren kitaplar neredeydi?!

Sanatın her formu sanki yağıyordu bu gezegenin atmosferine ve anlam, onu arayan insanların aklına doğuyordu. Doğmak için sabırsızca, ihtiyaçla kendine zihin arıyordu anlam. Tertemiz, dönüştürücü ve korkusuzdu. Sadece sahip çıkılması gerekiyordu, korunması gerekiyordu, tohumdan yeni çıkan filiz gibi narin ama kök saldığında binlerce yıl yaşayacak bir ağaç gibi güçlüydü sanat. Anlamdı. Ama satılıyor, pazarlanıyor, paraya dönüştürülüp yağmalanıyor ve şekilcilikte kayboluyordu.

"Bu satmaz!" cümlesiydi sanatın ve anlamın katili.

Hakkını vererek tek iyi bir kitap okumamış ama 30 bin kitap okudum diye böbürlenen bir cahil tırnaklarını geçirerek yapıştığı koltuktan karar veriyordu neyin satıp satmayacağına! Doğru düzgün nota bilmeyen müzik prodüktörü seçiyordu satacak müziği.

"Bu satmaz!" değersiz, bilgisiz, anlama bir gün ev sahipliği yapmamış bir ağızdan çıkıp anlamı değersizleştirmek için yayılıveriyordu atmosfere. Satmayacaksa, doğduklarında öldürülen kız çocukları gibiydi sanat. Belki de binlerce dehaya annelik yapacak kapasitedeki o kız çocukları...

Saatte 140 kilometre hızla giden arabalara yol olmuş otobandan sakince karşıya geçti Deniz. Şehre gelmişti. Uzakta yükselen üç köprüye dikti gözlerini, gideceği yol belliydi.

2. *Bilge & Can*

Bilge huzursuzdu. Eti bu kadar hasta olmasa, onu bu halde yarı yolda bırakacak olmasa gelmezdi bu eve.

Profesyonel bir hırsız sessizliğinde girdi, yürümeden gözlerinin karanlığa alışmasını bekledi. Karanlık salona uzanan basamakları inceledi... Kimse yoktu, şükürler olsundu. Eve girmeden hazırladığı kitabı parmaklarının ucunda yürüyerek mutfak tezgahına bıraktı, daha önce onlarca kez bıraktığı eşyalarla aynı noktaya... Parmak ucunda geri döndü, bugün evi toplamayacaktı, nasılsa Eti asla anlamazdı. Çıkışa uzanan iki basamağı inerken karanlığın içinden Can'ın sesi geldi.

"Perdeyi aralar mısın?"

Bilge içinde hissettiği korkudan sıyrılıp sesin geldiği yöne dahi bakmadan pencereye ilerledi, Can artık pusudaydı. Buradan çıkar çıkmaz Eti'ye gitmeye karar verdi, Can Manay'ın daha profesyonel bir yardıma ihtiyacı olduğunu söylemeliydi.

Perdeyi açtı, kafasını hiç kaldırmadan çıkışa ilerledi, gözünün ucuyla daha önce sesin geldiği yere baktı ama Can Manay artık orada değildi... çıkış kapısının önünde sırtı kapıya yaslanmış dikilmekteydi. Pencereden giren ışık, salonun kıvrımlı duvarlarından ulaşamadı Can Manay'ın karanlık gözlerine, Bilge göremedi karanlıkta bekleyen o yüzdeki ifadeyi... görseydi kaçabilirdi.

"Ne bıraktın bugün?" dedi Can Manay, duygusuz bir sesle.

Bilge, "Kitap..." diyebildi sesindeki titremeyi engelleyemeden. Yutkundu. Bir daha konuşursa boğazındaki kuruluk onu engelleyecekti. Neydi bu adamın kendisiyle derdi?! Neydi bu dünyanın kendisiye derdi!

"Adı ne?" dedi Can Manay aynı duygusuzlukla.

Bilge, "*Şeker Portakalı*" diye cevap verdi, hayatında okuduğu ilk kitaptı ve Can Manay'a getirmişti onu.

Can Manay mırıltıyla, "Gidebilirsin artık..." demişti ama kapının önünde o böyle dikilirken nasıl gidebilirdi? Bilge çekilmesini bekledi. Can Manay nihayet kenara, menteşelerin duvarla birleştiği köşeye çekildi.

Bilge dikleşti, kamburunun Can Manay'ın dikkatini çekmesini istemedi. Sakin bir acelelikle kapıya ilerledi, açtı, araladı, nihayet çıkacaktı... Kapının tokmağı elinden kurtuldu önce, sonra ani bir çarpma sesiyle kapı kapandı, Bilge kendini kenara atana kadar Can Manay kolunu yakalamıştı.

Dikkatle yaklaştı Bilge'ye, sıkıca toplanmış saçlarının düzenini incelerken üzerine giydiği gömleğin eline değen ipeksi hissi ilginçti. Artık manto giymiyordu, mevsim değişmiş olmalıydı. Yakası yine boynuna kadar kapalıydı.

Bilge genzini temizleyip, "Benim gitmem lazım, dışarıda taksi bekliyor" diyebildi, kolunu tutan Can Manay'ın sıkı parmakları sanki hiç kendisine dokunmuyormuş gibi, sanki hiç daha da fazla kolunu sıkmıyormuş gibi.

Can bir adım daha sokuldu, "Kitabı al, okumuştum ben onu..." dedi.

Bilge hemen kitabı almaya sığınıp Can'ın elinden kurtulmak istedi, kendini geriye çekip kitaba doğru yöneldi ama Can'ın elleri koluna iyice kenetlenmişti. Buradan çıkar çıkmaz Eti'ye gidecekti! Bu adamın çok daha profesyonel yardıma ihtiyacı olduğu kesindi! Boğuşmaya başlayamazdı, çünkü Can Manay boğuştuğunuzda asla kurtulamayacağınız bir bataklık gibiydi.

Sakince, "Size bir şey daha getirmiştim belki onu beğenirsiniz" dedi.

Can mırıldandı.

"Nerede?"

Bilge tam arabada diyecekti ki Can onun yerine cevap verdi.

"Yoksa dışarıdaki hayali takside mi?!"

Bilge yutkundu, boğazı tamamen kurumuştu. Konuşmak için ağzını açtı ama ses çıkmadı, kuruyan boğazından çıkan hava ses tellerinde dokunmadan dışarı kaçtı birkaç harfle birlikte, Bilge genzini temizleyip, "Ali Bey de dışarıda, ondan alacağım" dedi Ali'nin yine dışarıda olmasına dua ederek.

Can, Bilge'nin nefesini kendi yüzünde hissetmek için yaklaştı, çünkü kızın derin nefesinde hayat vardı. Bilge o zaman görebildi Can'ın karanlık gözlerini... Merakla, kendisine odaklanmış sanki eğleniyorlardı.

Bilge'nin kaşları çatıldı, deli bir adamın oyuncağı olmayacaktı! Aniden ittirdi Can'ı ve elinden kurtardı kendini. Salona, ışığın olduğu yere gitti, koşmadı ama hızlıydı. Peşinden gelip gelmediğine baktı, temkinliydi.

Can kapının önünde, karanlıkta hâlâ beklemekteydi.

Bilge kitabı eline aldı, kendini korumasına yarayacak başka bir şeyler var mı diye etrafa baktı, bulamadı. Boşalmış salonda Eti zaten tüm bıçakları kaldırmıştı. Etrafa zarar vermeye ya da kendini korumaya yarayacak hiçbir şey kalmamıştı. Basamakların başına geldi, bahçenin sadece çatıya ulaştığını kafasında hesaplarken, elinde kitabı tutup, "Artık benim gitmem lazım yoksa Ali Bey merak eder" dedi. En küçük bir hamlede tuvalete koşup kendini kilitleyecek ve Eti'ye telefon edecekti.

Can'ın mırıltısını duydu ama anlamadı. "Gidebilirsin ama önce bana külodunu vereceksin" mi demişti? Anlayamadı, bu ne demekti şimdi! Bu adam artık zırdeliydi! Buradan çıkar çıkmaz Eti'ye gidecekti! Bu adamın çok daha profesyonel yardıma ihtiyacı olduğu kesindi! Bilge aklının anlamadığı bu cümleyi kulakları da duymamış gibi yaptı, "Bugün Eti Hanım gelecek, birazdan burada olur" derken.

Can'ın kahkahası esti durduğu karanlıktan.

Bilge derin nefes aldı, yutkunurken dikleşti, şu kuruyan boğazı bir türlü kendine gelemedi! Ağzından hırıltı çıkmamasını kontrol etmeliydi. Genzini temizledi. Can Manay'ın kahkahası hâlâ devem etmekteydi. Tam konuşacaktı ki kahkaha kesildi, Can'ın bedeni aydınlığa adım atıp yarım da olsa yüzünü gösterdi, "Buraya gelmeyi bırak, Eti belki ölmüştür bugün!" derken.

Kırmızı damarlanmış gözlerin ortasında kocaman siyah gözler, gözbebekleriyle birlikte sanki simsiyah bütündüler… derindiler… tehlikeliydiler… bakanı içine çekebilecek güçteydiler. Sanki annesinindiler. Bilge, Can'ın aydınlığa çıkan tek gözüne bakarken o gözlerden kendisine yansıyan acının şiddetinde küçüldü, omuzları düştü, kamburu çıktı yine, teslim oldu bir insanın kendini maruz bıraktığı böylesine bir şiddete… ona annesini hatırlatan bu hale. Acı deliliğe normallik veren tek şey değil miydi? Konuşmak istedi… ağlamak istedi… ona sarılıp yalnız olmadığını söylemek istedi… annesine söyleyemediği her şeyi söylemek istedi… diyemedi. Herkes yalnız değil miydi? Can Manay belki ilk defa yüzleşmişti ama herkesin yalnızlığı ölüm gibi kesin, net beklemekteydi. Belki de sadece Duru'nun gitmesi değil Eti'nin hasta olmasıydı Can'ı böyle yıkan diye varsaydı, varsaydığı şeyin varsayılmış birçok şey gibi yanlış olduğunu varsaymadan. Can'a doğru adım atıp birinci basamağı indi, gördüğü şeye yenilmişti.

Can karanlıktan fırlayıp tuttu Bilge'yi, bir hamlede karanlığa çekti. Kamburunun öne getirdiği omuzlarının saklamaya çalıştığı o göğüsleri görmek o an yaşamdan tek beklentisiydi. Bu kızın göğüslerini görecek, külotunu alacak ve içeri gidip Eti'nin bulamadığı son paket Xanax'la kendini uyuşturacaktı! Gömleği yırtmayı düşündü önce ama yapamadı çünkü çok tuhaf bir şey olmuştu! Tüm planlarını altüst eden bir şey!

Bilge'nin kolları Can'ın omzuna dolandı, Can Manay bir çocuk gibi kucaklandı. Bilge'nin küçük tertemiz elleri, uzamış, karışmış, kirli saçlarının arasına girip kafasını kendi omzuna bastırırken Bilge fısıldadı.

"Yalnız değilsin… şışşş… biliyorum çok zor… ama yalnız değilsin…"

Yaşadığı duygusal karmaşanın içinde kayboldu Can, çatık kaşlarının altında ne olduğunu anlamaya çalışan gözleri Bilge'nin ipek gömleğinin dokusuna kilitlendiler, karanlıkta görmese de yüzünün sakalsız kısmında hissettiği dokuyu izledi. Gömleği yırtmaya hazır pençeye dönüşmüş parmakları kalakaldı, içindeki karanlık, saldır diye bağırırken bedeni hissettiği huzura teslim oldu, bu küçük, çelimsiz, kamburlu kızın huzuruna.

"Yalnız değilsin... seninleyim... ne olursa olsun seninleyim... seninleyim..." diye mırıldanmaya devam etti Bilge, her çocuğun annesinden duymak isteyeceği bir şefkatle. Gömleğinin ıslanan kumaşının omzuna yapışmasına aldırmadı, Can Manay'ın sırtını okşayıp onun içindeki zehri gözyaşlarına çevirip akıtmasına yardım etti.

İnsan yalnızdı. Ne kadar bir arada olursak o kadar yalnızlaşıyor, kalabalıkta kayboluyorduk. Bazen ağladığımızı kafamızın içindeki gürültüden kendimiz bile duymuyorduk. İdare ediyorduk, ta ki gürültüsünü bastırdığımız aklımızın içinde kaybolana kadar. İlk defa anladı Bilge insanlar niye birlikteydi, yalnız kalmamak için değil, kendi içlerinde kaybolduklarında bir diğerinin çekip çıkarması içindi birliktelikler. Can'ın iniltiyle başlayıp hafifçe yükselen ağlaması yükseldiği anda dindi ve Bilge, aynı Doğru'ya yaptığı gibi, Can'ın kafasını ellerinin arasına alıp vücudunu geri çekti, göz göze geldiklerinde kalın kemik gözlüklerinin arkasından Can Manay'a ulaşamayacağını bildiğinden oyalanmadan onu alnından öptü ve geriye bir adım atıp saçındaki tokayı çıkardı, Can'ın her an pençeye dönmek için tetikte olan elini alıp lastik tokayı bileğine geçirdi. Sessizce ve seri çıkıp gitti.

Can bakışlarını bileğindeki lastik tokadan hiç ayırmadan suratını ıslatan gözyaşlarını sildi diğer eliyle. Kalın, sadece saçı tutması için iddiasızca tasarlanmış siyah tokayı inceledi, ne kadar da oyunsuz, ne kadar da tasarlandığı şeye adanmış bir tokaydı, Duru'nun ince, renkli, oyunlu tokalarından farklıydı... sadeydi. Sağlamdı.

3. Bilge & Ali

Trafik kazasından ramak kala kurtulduğunu sanıp paramparça aracın içinden indiğinde ancak kaza geçirdiğini ve ölmediğini anlayan bir kazazede gibi çıktı Manay'ın evinden Bilge. Saçları toplanmaktan iz yapmış ve tokasızlıktan dağılmıştı yine. Bir daha bu eve gelmemesi gerektiğini söyledi kendine, kalbinin derinliklerinde hem Eti'yi hem de Manay'ı kendi kaderleriyle bırakacağı için kızgındı kendi güçsüzlüğüyle yüzleşircesine. Koca Can Manay diye düşündü, ne kadar da kaybolmuştu... Omzundaki ıslaklığa kaydı gözleri... Çaresiz hissetti kendini. Hemen Eti'ye gitmeli ve bu işi bitirmeliydi... Kapının kenarında Ali'yi görünce irkildi... Hayatında yücelttiği erkeklerin bittiği andı sanki Ali'yle her karşılaşması. Ali'nin kemikli, erkek, ciddi suratında, yanaklarının içe çöküp elmacıkkemiklerini çıkardığı detaya baktı, ilk defa kirli sakallıydı. Ali, "Bana anlatabilirsin. O eve gitmek zorunda değilsin..." demişti.

Bilge ancak o zaman hatırladı, bugün onun arazisine gideceklerdi. Ama neden buraya gelmişti ki! Adresi almıştı, kendisi gidecekti. "Niye buraya geldiniz?" diye sordu, burnunun ucuna kayan gözlüklerini düzeltirken.

Ali cevap vermedi, sadece baktı. Dikkatle. İlgiyle. Bekleyerek. Ne diyebilirdi ki?! Bilge'nin çok değerli olduğunu, onun için burada olduğunu. Can'ın delirdiğini, Bilge'nin o eve girmesinin doğru olmadığını, o eve girdiği her gün burada olacağını, onu asla yalnız bırakmayacağını. Onu asla yalnız bırakamayacağını!

Onu bildiğini, görür görmez bildiğini, bu bilme halinin değerini... beklediğini... ne diyebilirdi ki?... Sustu Ali. Bilge anlayana kadar susacaktı.

"Doğru'yu almam lazım, adresiniz var bende orada buluşuruz" dedi Bilge ve dağınık saçlarını eliyle dolayıp gömleğinin sırtına soktu. "İyi günler" deyip yürüdü.

Ali ardından hemen bakmamak için bir an bekledi, sonra sakince döndü, ipekli gömleğinin yakasının içine sokuldukları için sırtında çıkıntı yapan saçlarına, sade ama anlamlı kıyafetine, ayağındaki ayakkabıların konforuna, attığı küçük adımların temkinliliğine baktı... Arabaya binip tek hamleyle gaza basıp ruhuna yakışacak hızda ve dikkatte yola fırlamasını izledi... Yola yürüdü, bu gidişi görmek zorundaydı. Seri, tereddütsüz, emin Bilge... Bu makine bir kadın tarafından daha iyi kullanılamazdı.

Dikiz aynasına bakmasa da Ali'nin yolun kenarından kendisine baktığını biliyordu Bilge, gözü aynaya kaydığında çok uzaklaşmıştı ama Ali hâlâ oradaydı... Niye bekliyordu?! Neyi bekliyordu?!

4. Deniz

Suyun kıyısında olmak güzeldi. Köprünün ayağındaki teknelerden birine binmek için sıraya geçti, tekneye nihayet bindiğinde huzur içine yerleşti ama sadece bir an huzurda kalabildi çünkü tekne motorunun ve tekneye binmiş insanların uğultusuna rağmen duymuştu ilk birkaç notayı... Aklı benzerliktir diye teselliye girişirken, notaların devamı aktı kulağına...

Dalgaların üstünde hoplaya zıplaya gitmeye çalışan teknenin

dengesizliğinde ayağa kalktı, müziğin çıktığı küçük hoparlöre yaklaştı, dikkatle dinledi. Kesinlikle kendi müziğiydi!

Yanından geçebilmek için yol bekleyen adamı görmedi, hoparlörün başında öylece çaresizlikle dikildi... Kendinden çalınan müziği, ilhamı hapsetmek için varlığını bir tıpa gibi kullanan Şadiye'nin o kalınlaşmış, kendi özünden tamamen uzaklaşmış, buğusunu kaybettiği için boğuklaşmış sesinden dinledi... Kulaklarından giren ses, kalbine indi, ritmini bozacak kadar kendine ait hissettiği bu müzik nasıl olmuştu da Şadiye'ye teslim edilmişti?! Can Manay geldi aklına, çoktan ölmüş birini hatırlarcasına... ama o değildi! O, Deniz'in yıllar önce bestelediği bu şarkıyı nereden bilebilirdi!

Kendisine kabaca çarpıp geçenleri fark etmedi bile, çünkü daha önce onlarca kere kalbinde hissettiği o mırıltı, kendine en yakın olduğunu zannettiği o ses, hoparlörün tüm cızırtısına rağmen oradaydı. Müziğin tam içinde, en mahrem yerinde Ada'nın sesinin o sade mırıltısı sakince söze başladı, reklamını yaptığı bankanın adını söylerken. Deniz hoparlöre arkasını döndü, en kıymetlisini kaybetmenin, en mahreminden afişe edilmenin ağırlaştırdığı adımlarını atarak müzikten kaçarcasına üst kata çıktı. Şiddetli rüzgâr yüzünden kimsenin oturmadığı üst katta kendini teknenin ahşap sırasına bıraktı. En sağlam zannettiği yerde nasıl bu kadar kolay sarsılmıştı? Ayağa kalktı, sallanan teknenin üstünde önce bir uca sonra geriye yürüdü, kafasında yankılanan Ada'nın sesini silmek istedi... silemedi. Teknenin geride bıraktığı dalgalara bakarken içinden çıkan haykırış neyse ki teknenin gürültüsüne karıştı... Deniz'in acısını kimse fark etmedi. Burası, her gün acıyan milyonlarca insanın şehriydi. Deniz hoş gelmişti.

5. Ali & Bilge

İki saatlik yolculuktan sonra nihayet varmışlardı. Araziye tırmanan yolun iki kenarındaki ağaçların arasından evin ne tarafta olduğunu görmeye çalıştı Bilge, Doğru ise ağaçları saymaya devam etti.

Yolun düzleştiği yerde sağdaydı ev, aynı Ali'nin tarif ettiği gibi. Ali'nin arabasının hemen yanına park etti, inşaat malzemeleri ve boru yığınlarının iki metre ötesine. Evin arkasıydı burası. Arabadan indiğinde ona telefon etmesi gerektiğini düşündü ama telefonda konuşmaktan hep rahatsızdı Bilge, evin önüne geçerlerse belki karşılaşırlardı.

Bilge evin taş duvarlarını incelerken, Doğru hâlâ ağaçları sayıyordu. Evin yanından yürüyüp önüne geçtiler. Önlerinde açılan manzarada, dönümlerce ekili tarlanın dama dama desenlediği araziye baktı Bilge. Her dama farklı bir bitkiye aitti galiba. Şehirden iki saat uzaklıkta olduklarına işte şimdi inanamadı. Öylesine etkileyici bir manzaraydı ki bu, arkalarındaki tek katlı yayık taş evin tüm güzelliğini önemsizleştirmişti.

Arazinin etrafı evle aynı cins taştan bel hizasında yükselmiş duvarla çevriliydi. Damaların ortasında bulunan dev kayalar ve tek tük ağaçlar, tarlaya ancak yağlıboya resimlerde görülecek bir etki verirken, tarlanın diğer ucunda bulunan öteki evin parlayan çatısı dikkatini çekti. Doğru'ya döndüğünde, onun da, önünde durdukları evin çatısına pür dikkat odaklandığını gördü. Bu evin çatısı da aynı parlak malzemeyle kaplıydı. Taşranın NASA'yla buluştuğu bir yer gibiydi burası. Uzaylıların bir dünya evi yapmaya çalışması gibiydi görüntüsü. Doğru'ya saydığı ağaçları unutturacak farklılıktaydı. Arazinin diğer ucundaki evin önündeki insanları inceledi Bilge, gözleri Ali'yi ararken ve aklı telefon etmesi gerektiğini söylerken.

Ali yoktu. Traktörün üstündeki adam ve etrafta, tarlada çalışan birkaç kişi vardı ama çok uzaktaydılar. Tarlanın ortasındaki bu büyük kayaları acaba neden kaldırmamışlardı? Doğru'nun yanında olmadığını fark ettiğinde bir an telaşlandı ama evin sağ tarafındaki zeytinliğin gerisinde parlayan şeye doğru gittiğini anlayıp hemen peşine takıldı. Önce ahşap bir aksamı geçtiler, sarmaşığın henüz dolanıp sarmalayamadığı bir çardaktı bu. Zeytinliğin hemen kıyısında yukarıya uzanan yamacın tamamını kaplayan bu parlaklık güneş panelleriydi. Panellere pür dikkat odaklanmış Doğru'nun hemen yanında dikildi ona bakmadan, sanki havayla konuşuyormuş gibi, "Güneş panellerinden oluşan bir enerji tarlası" dedi. Doğru sadece, "Enerji..." dedi gözlerini hayatında gördüğü en parlak şeyden ayırmadan.

Bilge kendi bedeninin etrafında dönerken etrafta başka neler olduğunu görmek için sakince inceledi çevreyi ve Ali'nin tam arkasında, biraz önceki çardağın kıyısından kendilerini izlediğini fark etti. Doğru'yu oradan ayıramazdı, bu parlak panellere uzunca bir süre bakmaya ihtiyacı olacağına emindi. Ali'nin kendisinden ayrılmayan gözlerinin hissettirdiği ağırlığın kendi hayal ürünü olduğuna kendini ikna ederek ona doğru yürüdü. Yaklaştığında geç kaldıkları için özür dilemeyi planlıyordu ki Ali, "Erken geldiniz, hızlı kullanmış olmalısınız. 180?" dedi sakin bir merakla.

Bilge düzeltti.

"Düzde 190, virajda 140." Ve ekledi. "Ufaklığın adı Onur'du değil mi?"

Ali, "Evet. Diğer evde. Bir şey içer misiniz?" dedi.

Bilge kafasını sağa sola sallarken, "Akşam trafiğinden önce dönmemiz gerekiyor, Doğru, trafik sıkıştığında çok rahatsız oluyor" diye açıkladı.

Ali kafasını sallayarak onayladı gözlerini Bilge'nin gözlerinden ayırmadan. Bilge gözlüklerini düzeltti, arkasında kendisini her türlü ilgiden korunakta, güvende hissederek.

Doğru'nun yanına gidip onu diğer parlak çatılı eve bakmaya ikna etmesi altı dakika sürdü. Çok daha uzun sürebilirdi ama Ali'nin çaldığı tuhaf korna ve üzerine bindiği atölye dökümü tuhaf traktör panellerin parlaklığından çok daha dikkat çekiciydi. Doğru hemen traktöre Ali'nin yanına bindi. Eve yaklaşırlarken traktörün sessizliği bölen sesine rağmen Ali anlattı.

"Freiburg. Almanya'da bir şehir. Alman hükümeti, 1970'lerde şehrin birkaç kilometre dışına nükleer santral yapmak için işe koyulunca, Almanya'nın her yerinden nükleer santral karşıtı protestocular şehre yığılıyor ve polisle ciddi bir çatışmaya giriyorlar. Hükümet enerjiye ihtiyaçları olduğunu haykırırken protestocular da dünyaya ihtiyaçları olduğunu haykırıyorlar. 'Enerji üretebilmek için, yaşadığın gezegeni yok etme!' Sloganları da bu. Başta kimse dinlemiyor ama dünyanın diğer ülkelerinden de gelen çevreciler protestoya katılınca nükleer santral yapımı askıya alınıyor. Protestoyu yöneten kişi, yani 1970'lerde baş belası olarak görülen kişi Thomas Dressel, bugün dünyanın en temiz enerjisini üreten, kendine yeterli, hatta Alman hükümetine ürettiği elektriği sattığı için de çok zengin olan Freiburg şehrinin enerji geliştirme müdürü. Şehri görmek yetmişti bana. İlham, insana hedef sunan bir şey. Freiburg'a tesadüfen yaptığım bir seyahatte karar verdim, bir gün bir arazi alıp tarım yapacağım ve tamamıyla kendine yeterli bir sistem kuracağım diye. Ve işte buradayız! Daha yapılacak çok şey var ama iyi gidiyor."

Bilge, Ali'nin anlattıklarını sessizce düşünürken Doğru sihirli bir kelime keşfetmişcesine, "Freiburg!" dedi.

Evin önüne vardıklarında tek hamlede traktörden inen Ali, önce Doğru'yu indirmek için uzandı, Doğru dokunulmaktan hoşlanmazdı, Bilge, Ali'nin hamlesini ve sonrasında gelebilecek bir krizi engellemek için öne atıldı ama Doğru kendini Ali'nin kollarına bırakıp yere zıplamıştı ve işte tam o sırada Bilge'nin de eteği oturduğu yerdeki bir şeye takılmıştı. Takılan eteği ve Ali'nin kollarına kendini bırakan Doğru'nun yarattığı şaşkınlıkla karışık gözleri açıldı, suratındaki ifadenin tuhaflığını fark eden Ali'ye açıklamak istedi, ağzını açtı ama kelimeler çıkamadan Ali Bilge'ye kollarını uzatmıştı. Kendine uzanan kolların kucağa davet eden etkisinde iyice sarsıldı, aptallaştı. Traktörün tepesinden yardımsız inmek için hamle yaptı... Poposu yerçekimiyle aşağı kayarken eteği takıldığı yerde yukarı çekilmeye başladı, anlık bir şeydi, kurtarabileceğine emindi ama o bir an öyle çabuk geçti ki Bilge'nin eteğinin yukarı sıyrılması ve içindeki pamuklu külotunun gözükmemesi için Bilge'nin yerçekimiyle savaşırcasına debelenmesi, debelenirken üzerindeki ipek gömleğin kolunun da traktörün köşesine takılıp yırtılması, Bilge'nin açılan bacaklarını kontrol etmek için yüzünü traktöre tek bir hamleyle dönmesi, döner dönmez Ali'ye döndüğü poposunun birazdan açıkta kalacak olduğunu düşünüp yine önüne dönmesi ve eteğini aşağıya çekmek için elleriyle eteğine asılıp kendini yere bırakırken, eteğin traktöre takılan arka kısmından gelen "cart" sesine aldırmadan onurunu koruyan her kadının yapacağı gibi poposunun üstüne düşmeyi eteğinin açılmasına tercih etmesi bir anda olmuştu.

Traktörün tepesinde sakince dururken, suratındaki o şok ifadesiyle tuhaf bir şekilde debelenen, dönen, yine dönen, üstündeki kıyafeti her tarafa taktırıp yırtan ve eteğini tutmak için kendini yere bırakan Bilge'nin traktörle boğuşması o kadar ilginçti ki Ali çok uzun bir süre bu izlediği şeyin Bilge'yle ilgili en ilginç görüntü olduğunu düşünecekti, ta ki Bilge'yi doğurtmak zorunda kalacağı o güne kadar.

6. Özge

Haber öyle bir patlamıştı ki, etkisi inanılmazdı. Ofise gizlice soktuğu baskıyı dikkatle inceledi, *Darbe*'nin baskısıydı bu ama kimin bastığı belli değildi! Kendisi basmamıştı, basmıyordu *Darbe*'yi, internetten yayıyor ve her yere maillerle atılmasını izliyordu ama bu seferki çok farklıydı. Gittiği her yerde görür olmuştu *Darbe*'yi, her sokakta, apartman girişlerinde, kafelerde... sanki birisi binlerce adet basıp bedava her yere saçmıştı bu hafta *Darbe*'yi, bir ihtiyaç gibi.

Darbe'nin sosyal medyada yayılan yabancı adreslerine artık ülkenin her yerinden, gizli adreslerden fotoğraflar, siyasi skandallar yağar olmuştu ama siyaset çukuruna düşmeden kıyısında dolanabilmişti Özge, ta ki bu son habere kadar. Terör örgütüne finansal destek sağladığı için her yerde aranan Katar'lı bir iş adamıyla başbakanın kızı Hilal'in sarmaş dolaş görüntüleri vardı kapakta. Haber iki kaynaktan sızmıştı. Uzaktan çekilmiş dört fotoğrafın üçünde teknede bu iki kişi net bir şekilde görülürken dördüncü fotoğrafta Hilal adama sarılmış durmaktaydı.

Fotoğrafları kim göndermişti bilmiyordu, kaynağı araştırdıkça fotoğrafları gönderen kişinin asla bulunamayacağını anlamıştı. Yurtdışına taşıdıkları servis sağlayıcıları daha da güvenli hale getirmek için İngiltere'ye gitmişti önce, üç günde gerekli işlemleri yapıp, ne olursa olsun dergiye ulaşılmasını engelleyip sonra da haberi salmıştı, salmamak için kendisiyle ve Muammer Bey'le çok savaşmıştı ama sanki haşaratla kaplanmış bir tarlanın üzerine bırakılan ilaç gibiydi bu haber. Yolsuzluk ve faili meçhul cinayetlerle ün yapmış başbakan omurgasından vurulmuştu bu haberle. Herkes her şeyin değişeceğini düşünmeye başlamış umutlanmıştı, ancak kurşun bir yerden girip diğer yerden çıkmıştı. Akla işlememiş bilgi gibi sadece izi kalmıştı.

Özge haberin etkisi ne kadar büyük olursa olsun bir değişimi tetikleyemeyeceğini biliyordu, sisteme vurulan küçük bir fiskeden başka bir şey değildi bu fotoğraflar, çünkü başbakan sadece bir kuklaydı. Muammer Bey'in anlattığı gibi 1946 yılından beri uygulamaya konulmuş büyük bir planın maşalarından sadece biriydi. O gitse yerine hemen başkası gelecekti, aynı hedef için seçilebilecek yüzlercesinden biri... Ama bizimkisi, zaaflara çalışmada pek becerikliydi. Kimi nereden yakalayacağını, olaylara nasıl yaklaşacağını, atacağı sloganın neyi vuracağını iyi hesaplayan uluslararası bir ekip oluşturmuşlardı ona. Otel odasında üç Rus kızla yaptığı grup seksin kayıtları çıksa bile birkaç ay meydanlarda haykırır, birkaç kişinin hayatını karartır ama yine de otururdu o koltuğa Şaban Meydanoğlu.

Yedi yaşındaydı ülkeye girdiğinde. Hor görülmüş, ezilmiş, aç kalmış, babasının tacizlerine katlanarak hayatta kalmış bir çocuktu Şaban. Dersleri iyi olmamıştı hiç, ne destek ne şefkat görmüştü. Hep aşağılanmıştı. Hırpalanmıştı. Kendi hırpalanmışlığında, katlanmışlığında karakter bulmuştu. Azimli olmuştu, sabırlı olmuştu. Sabırla bekleyeceği planlar kurmayı, bilir gibi yapmayı, yetkinmiş gibi olmayı, çözecek gibi probleme yaklaşmayı öğrenmişti, bilmese de, yetmese de, çözemese de "gibi" yaparak kendini meydanlarda göstermişti. Meydanların oğluydu Şaban! Çok da gösterişliydi. Zeki değildi ama akıllıydı, cesur değildi ama kindardı, kendine, kendi gibilere yapılanı hiç unutmadığı için öç alırcasına çıktı siyasetin basamaklarını. Aslında bir açıdan bakıldığında haklıydı da, uğradığı haksızlığa dönüşmesi, o haksızlığı yapar hale gelmesi hayatın doğasında, karanlığında vardı. Canının yandığı gibi can yakmak, sana işkence yapana aynı işkenceyle cevap vermek, dişe diş, göze göz hak değil miydi!... Değildi, ama o bunu bilemedi.

Başta adalet için yola çıkan herkes gibi intikama odaklanmıştı, kendisine yapılan haksızlıkların hesabını soracaktı, ülkeyi adaletsizlikten kurtaracaktı ama sistemi kuranlar ondan çok daha akıllıydı... Ondaki savaşma azmini, kini, öç almak için atan yüreği, çektiği haksızlığın hesabını sorma isteğini görünce kaparcasına aldılar onu aralarına, dünyayı kurtaracağını, fark yaratacağını fısıldadılar kulağına. Tatlı tatlı anlattılar temsil ettiği ülkenin sorunlarını, değiştirilmesi gereken yasalarını, açılması gereken sınırlarını, öğrenilmesi gereken gizlisini saklısını ve tüm sırlarını. İkna etmelerine bile gerek kalmamıştı iki gün sonra, Şaban tüm kalbiyle sisteme hizmet etmeye hazırdı. Çünkü fark yaratacaktı! Yola devamdı! Ama çıktığı yolda kayboldu.

Açlıktan gelen ve asla doyamayacak olan birçokları gibi güce sahip olmak için ne gerekirse yaptı, adalet için yapıyorum diye ikna etti kendini yediği her hakkın ardından. Binlercesinin önünde meydanlarda sıralarken yalanları adalet için söylüyorum dedi içinden. Çaldırdığı paralar, peşine taktığı hırsızlar yüce amaca hizmet etmek için, her yol aynı adalet içindi. Bu adalet ona daha küçücükken öğretilmişti.

Hakk'ın adaleti içindi tüm bu adaletsizlik, yalan, hırsızlık ve karartılan onca hayat! Ama ne için yapılmış olursa olsun yapılan kötülük nasıl Yaradan'a hizmet etsindi?... Belki de hiç düşünemedi çünkü güce ait olmak böyle bir şeydi, gerekeni feda edebilme cesareti tek gereklilikti. Her şeyi feda edebilenlerin aitliğiydi güç, gözü kara, önüne geleni ezip geçen, kinle çalışan, gövde gösterisiyle kendini sunan ve en sonunda da kendisine yaklaşanı yutan kara bir delikti.

Şaban da adım adım ne feda etmesi gerektiyse feda etmiş, güce ait olduğu o koltuğa ulaşmıştı ve asıl savaş işte o zaman başlamıştı çünkü güce ulaşmak güçte kalmaktan çok daha zordu. Güç bir kere size sahip oldu mu, kurtuluşunuz yoktu. Ait olduğunuz şeye sahip olmak için az gelirdi ruhunuz, değersizleşirdi varoluşunuz. Güç sizi aldığında, etrafınızdaki insanların size nasıl baktığı önemli olur, sizden korkmaları huzur verir, yarattığınız etkide bulurdunuz kendinizi, bir karakterin asla var olamayacağı tek yerde. Diğerlerinin gözünde adam olurken, tüm insanlığınızı kaybederdiniz aslında, çünkü ruh değersizleştikçe güç artardı.

Aniden açılan kapının etkisiyle sıçradı Özge, kapıda dikilen Sadık'ın gözleri kendisine odaklandı. Sadık arkasını dönüp giderken, Özge yerinden kalktı, bunun bir davet olduğu çok anlaşılırdı.

7. *Bilge*

Etrafı çatıdaki gibi parlak materyalle kaplanmış, tuhaf kuyunun başında derinlikten yükselen buhara bakarken bıraktı Doğru'yu, Ali'nin bakışından aldığı ona göz kulak olacağını söyleyen onaylamayla.

Giymek zorunda kaldığı Leyla Hanım'a ait entariyle camdaki yansımasına dikkat ederek girdi eve ve biraz önce kıyafetini değiştirdiği odanın yanındaki kapıyı açtı Leyla Hanım. İçeri girdi sessizce... ve gördüğü şeyin dehşetinde kaybolurken kadın onu Onur'la yalnız bıraktı.

Arka bahçeyi gören pencerenin önünde oturmuş kıpırtısız bir dikkatle bir şeye bakan Onur'u durduğu köşeden izledi Bilge. Sessizce yanına kadar sokuldu, adını söyledi... tepki yoktu. Tekrar... tekrar söyledi, tepki gelmedi. Kulağına eğildi kendi varlığını fark ettirmeye çalıştı... Onur fark etmedi.

Neye bakıyordu? Dışarıda kimse yoktu, olsa da fark eder miydi? Aklından geçen düşüncede emin olmak istedi, aynı Doğru'nun yaptığı gibi Onur da camdaki yansımasına mı bakıyordu? Kendisini fark ettirmek için çabalamaya devam etti... Ama Onur onu asla fark etmeyecekti. Her 100 kişiden biri otizmliydi. Onur'un durumu ne kadar ilerlemişti. Asperger Sendromu* değildi, belliydi. Doğru'ya da otizmli denmişti ama şimdi Bilge'nin uğraşlarıyla o bile Atipik Otizm** seviyesine gelmişti. Acaba Onur otizm çizgisinde neredeydi? Ne kadar ilerideydi? Dezintegratif olabilir miydi?***

Etrafına baktı Bilge, odada bir yatak, birkaç tane ahşap oyuncak araba ve bir avuç da oyuncak araba tekerleği vardı yerde. Halı yoktu. Yatak ve Onur'un oturduğu pencere önündeki tabure dışında oda bomboştu. Gözleri Onur'un altına kayarken aklı sorguladı: Acaba altına yapıyor muydu?

8. *Özge & Sadık*

Asansörün içinde bekleyen Sadık'a adım adım yaklaşırken onunla aynı asansöre binmemek için adımlarını yavaş attı ama Sadık öylece tuttu asansörü Özge'nin kendisine gelmesini bekleyerek... Özge içeri girdi, zaman ağır akar gibiydi. Birbirlerine hiç bakmadan kapının kapanmasını beklediler. Yukarı çıkacaklarını, Sadık'ın ona öfke kusacağını düşünmüştü ama asansör aşağıya iniyordu. Nereye gidiyorlardı? Sormak istedi ama sormadı, bu huzursuz sessizliğin içinde huzur buldu, Sadık'tan saklanırcasına.

Giriş katına vardıklarında Sadık'ı takip etti. Yanlarından geç-

---

* Sözel olmayan iletişim yetilerinin düşük ama konuşma beceresinin var olduğu hayat boyu süren Otizm Spekturumundaki gelişimsel bir bozukluk.

** Sosyal iletişim becerileri bozukluğu dışında diğer Otizm bozukluğu tanı koyma kriterlerinin bulunmadığı Otizm Spekturumundaki gelişimsel bir bozukluk.

*** Sözel anlatım, dil, sosyal becerilerin 10 yaş sonrasında gerilediği psikolojik ve fizyolojik bir gelişimsel bozukluk.

tikleri hiç kimse bakmadı onlara, Sadık'ın görünmezliğini kabul etmek bu şirkette yer almanın ve sistemde var olmanın birinci koşuluydu. Kendisinden bakışını kaçıran herkesi dikkatle inceledi Özge, ne kadar da istekli ait olmuşlardı sisteme. Sistemin işlemesine aracılık etmenin gururunu taşır gibi çalışıyorlardı bu ruhu satılmış medya şirketinde. Hepsinin son model arabası vardı, her biri pahalı kıyafetlerin içinde ne kadar da rahattı... Dikkati insanlardan kayıp yine Sadık'a odaklandı çünkü arka tarafta daha önce önünden bile geçmediği ve kapısında protokolün bulunduğu bir odaya girdiler.

İçeride otuz beş kişi vardı. Beyaz yakalıların ayini gibiydi bu toplantı salonu. Kocaman masanın etrafında toplanmış, volkan kraterinin ağzından acımasız tanrılarına adayacakları kurbanları seçmek için sanki efendilerini, Sadık'ı bekliyorlardı.

Salona girer girmez hepsi ayağa kalktı. Sadık masanın diğer ucunda, en baştaki koltuğa otururken protokolden, daracık elbisesinin ve üzerinde yürümesi mucize olan topuklu ayakkabılarının üzerinde bir kız Özge'yi masanın gerisindeki üçlü küçük koltuğun köşesine yerleştirdi. Sadık'ın beyaz yakalılara oturmalarını buyurmasıyla ülkenin en büyük, en kârlı holdinginin yönetim kurulu toplantısı başladı.

9. *Bilge & Leyla*

Leyla Hanım'ın suratındaki pes etmişlik o kadar büyüktü ki Bilge, kadının kendisini dinlediğinden bile emin değildi: "Beyinde bilgiyi işleyen sinir hücrelerinin birbirleriyle bağlantısını ve bu sinir hücrelerinin birbirlerine gönderdikleri sinyallerin organizasyonunu etkileyen bir düzensizliktir otizm."

Kadın anladığını anlatan küçük bir hareketle başını kımıldattı. Bilge derin bir nefes aldı, anlaşılmadığını biliyordu. Anlaşılma ihtimali bile yoktu, anlaşılma ihtimali şimdi olsa Onur o odada camdaki yansımasına değil, bahçede sistem içinde hareket eden her şeye, hayatın matematiğine odaklanmış olurdu. Kadına acımak istedi, işi tarla çapalamak olan biri otizm düzensizliğiyle ilgili ne bilebilirdi?... Ama acıyamadı, bu kadın her şeyden önce anneydi! Araştırmalı, öğrenmeliydi!

Pes etmiş bir anneye asla acıyamazdı! Kendi annesi dışında.

Kaşlarının çatıldığını, sesinin duygusuzlaştığını fark etmeden konuya girdi.

"Ne zaman konuldu teşhis?"

Leyla hiçbir hecesinde tek bir ton farkı olmayan bir sesle cevapladı.

"Üç sene oluyor."

"Kaç yaşında Onur?" dedikten hemen sonra düzeltti Bilge sorusunu. "Doğum günü ne zaman?"

Leyla bir sırrı deşifre ediyormuş gibi duraklayarak fısıldadı.

"5 Aralık... 2005." Yedi değil dokuz yaşındaydı.

Ali niye yedi demişti? Dikkatle baktı Leyla'nın gözlerine, muhtemelen Leyla yalan söylemişti. Çocuklarının gelişiminde problem yaşayan birçok annenin yaptığı bir şeydi bu, yaşı küçültmek. Önce inkâra saklanırlar, zaman geçip inkâr işe yaramayınca da yaşı küçültmeye başlarlardı. Doğru'nun ilk gittiği merkezdeki birçok annede görmüştü bunu. Normalize edilmiş bir anormallikti annelerin gelişemeyen çocuklarını kamufle etmeye çalışmaları. Gelişimde geciken bir çocuk varsa çocuğa yardım etmenin anneye odaklanmaktan geçtiğine emindi Bilge, kendi annesinden öğrenmişti, sordu.

"Emeklemesi normal miydi?"

Leyla, "Yok, kendini öne ata ata emeklemeye çalışırdı" diye cevap verdi.

Bilge, "Konuşması nasıldı?" dediğinde Leyla açıkladı.

"Başta iyiydi, hatta daha üç yaşına varmamıştı harfleri falan sökmüştü, okuyordu bile, ama sonra sessizleşti... Konuşmanın zekâyla ilgisi yoktur dediler. Biz köyde yaşıyorduk, doktor da yoktu orada..."

"Kaç yaşındaydı sessizleştiğinde?" dedi Bilge, alacağı cevap önemliydi.

"Dörde basmıştı hiç konuşmaz oldu... sonra sallanmalar başladı. Adını duymaz oldu..." dedi Leyla.

Bilge, "Aşıları tam mı?" dediğinde Leyla, "Evet, her aşısı tam" diye cevapladı.

Bilge, "Menenjit aşısı yaptırdınız mı?" diye sordu cevabını aslında bildiği bu soruyu.

Leyla doğurduğu çocuğun vücuduna enjekte edilen, sersemletilmiş olsalar da o en tehlikeli virüslerin neler olduğunu bilmiyordu. Bilmesi gerektiğini dahi bilmiyordu, yavrusunu toplumun ellerine teslim etmek en uygunuydu, öyle öğretilmişti ona. Bilmesine gerek olmadığı, herkesin yaptığını yapmanın doğru olduğu öğretilmiş, gelişmek için yaratılan beyni, adım adım, dinlediğini uygulamaya teslim olmuştu. Kadının, büyük ihtimalle kireçten, tüm dokusunu kaybetmiş epifiz bezini* görür gibi oldu Bilge, beyninin tam ortasında, iki gözünün tam arasında kirece bulanmış küçük beyaz bir parça... Çünkü belliydi bu kadın artık düşünmüyor sadece söyleneni yapıyordu. Kaşlarının yapısı ve gözleri ne kadar da çok kendi annesine benziyordu.

---

* Organizmanın biyolojik ritmini belirmede gerekli, çeşitli hormonların üretildiği, omurgalı canlıların beyninin ortasında bulunan bir parça. Descartes'in ruhun oturduğu yer olarak ve uzak doğu felsefesine göre 'Üçüncü Göz' olarak tanımlanan yer.

Bilge silkeledi aklına gelen düşünceyi ve sordu.

"Ne kullanıyorsunuz?"

Leyla'nın gözlerinin içindeki boş ifade, bir şeklin gözbebeğine bir anlık yansıması gibi bir farkındalıkla değişti ama sadece birkaç saniye... Kaşları çatıldı Bilge'ye "Ne mi kullanıyorum?" derken.

Bilge başını salladı.

"Depresyon için ne kullanıyorsunuz?" Leyla'nın doğruyu söyleyip söylememekte tereddütlü ifadesinde gezdirdi gözlerini, "Prozac!" diye tahmin etti.

Leyla en iyi bildiği şeyi yaptı yine, pes etti, yalan söylemeyecekti... Başını salladı. Büyük bir ihtimalle reçetesiz alıyordu bu ilacı, Bilge tam soracaktı nasıl aldığını Leyla açıkladı, "Kocama yazıldı ben de alıyorum" diye.

Paxil, Aderol, Effexor XR, Stratterra, Lythum, Prozac, Cymbalta, Tegratol, Zolof, Siptimul, Tagratol, Clorazil, Seraquil... ve daha nicellerini, evrenin en gelişmiş sisteminin, insan beyninin kimyasıyla, beynin içine paslı, çirkin, kenarları çatallanmış bir çomak sokarcasına oynayan, insanı sersemletmek ve duyuları yavaşlatmak dışında etkileriyle ilgili hiçbir kanıt bulunmayan ilaçları düşündü Bilge, birkaç ilaç şirketi tarafından üretilen onlarca ilaç dünyanın her yerinde doktorların da işbirliğiyle 100 milyondan fazla insana reçetelendiriliyordu. Leyla'nın gözlerindeki teslimiyetin sadece pes etmekten değil, aklını ilaca teslim etmesinden olması rahatlatıcı mıydı?... Bir annenin umursamazlığını ilaca bağlamak, onun kendinde olmamasını normal kıldığı için rahatlatıcıyken bir insanın teslimiyetini ilaca bağlamak dehşet vericiydi.

Leyla, Onur'un aşı karnesini bulmak için gittiğinde düşünceleriyle yalnız kaldı Bilge. Annesine kaydı aklı. Komodinin üstündeki ilaç şişeleriydi çocukluğundan kalan en kalabalık anıları. Önce ruhunu ezmişti annesi ilaçlarla, zombiye dönmüştü, hissetmeyen, dinlemeyen, görmeyen bir posa ve sonunda da öldürmüştü bedenini yine ilaçlarla. Düşünceleri annesinden Can Manay'a kaydı, içinde bir yerlerde kendini en sorumlu hissettiği o yerdeydi Can Manay, annesinin boş bıraktığı yerde, karanlıkta yardım beklemekteydi. Yalnız, uyuşmuş, kimsesiz... beklemekteydi. Kaşları çatıldı, dahil olamazdı onun travmasına, yardım edemezdi, kendisi zaten çok şanssızdı, böyle giderse olabilecek en kötü şeyin parçası olabilecek kadar şanssızdı, Doğru'yu korumak için buradaydı, Can Manay'ı başkası düşünmeliydi diye aklında kendiyle çelişti.

"Ne düşünüyorsun?" demişti Ali, Bilge'nin çatılan kaşlarının altında çelişen ifadesini fark etmişçesine.

Bilge kafasını kaldırır kaldırmaz yanı başında dikilen Ali'ye "Doğru nerede?" dedi. Hayatındaki en değerli kişi neredeydi? Ali sakince geriye bir adım attı, ilerideki açık kapıdan Bilge'nin Doğru'yu görebileceğini göstererek, "Ayçiçeklerini inceliyor. Çiğdemlerin paterni, altın oran ilgisini çekti" dedi.

Doğru kıpırtısız odaklandığı ayçiçeğinin içinde hesaplara dalmıştı, Fi'de kaybolmuşçasına.

Ali ekledi.

"Başını kaldırdığı an seslenecekler bize. Merak etme, ülkedeki en güvenli yerdesin."

Ali yanına otururken Bilge'nin çelişkili ifadesi karmaşaya bulandı, niye hemen ayağa kalkmamıştı ki! Şimdi böyle yan yana oturmaları pek bir tuhaftı! Ali sordu.

"Ne düşünüyordun?"

Bilge bakışını yerden ayırmadan cevapladı.

"Neden insanların duygularını antidepresan adını verdikleri zehirlerle uyuşturduğunu..."

Ali, kendisine bakmayan Bilge'yi inceledi keyifle, üzerine

giydiği çiçekli eteğin içinde uzay istasyonundan insanlığı incelemek için dünya gezegenine inen bir bilimadamının beceriksizce kamufle olmaya çalışması gibiydi hali. "Hissetmekten kaçıyorlar. Varoluşunu sistemin monotonluğundan kurtaramadığı için, yaşama motivasyonu yok olan insan, bu motivasyonun yok oluşunun verdiği acıyı, yaşama isteğinin kaybolmasının yarattığı boşluğu hissetmemek adına duygularını sindirmeyi tercih ediyor" dedi.

Bilge ekledi.

"Yaşarken ölüyorlar. Acımıyor, hissetmiyor, gelişmiyor, değişmiyor ve bu ilaçlarla yaşarken ölüyorlar..."

Konuşurken onun zihninin derinlerinde annesiyle sarmalanmış Can Manay'ın düşüncesi olduğunu fark etmedi Ali, zaten Bilge de farkında değildi. Anlam vardı bu kızın bedeninde, sesinde, kelimelerinde, bakışında, saçını toplama şeklinde, her gün giydiği o gömleklerin sadeliğinde... sanki dokunduğu her şeye bulaşacak yoğunlukta bir anlam. Dokunsan ne hissettirecek diye ellerini titreten bir hisle oturuyordu yanı başında. Kasaların içine kilitlenmiş gibiydi Bilge'nin bedeni, şifreyi bilmek de yetmezdi, ona dokunabilmek için sihirli kelimeler gerekliydi... Açılsa o kasanın içinde biriktirdiği her anlamı seninle paylaşsa... hayat nasıl olurdu? Ali kendi düşüncelerinden sıyrıldı Bilge başını kaldırınca. Ama kendisine bakmıyordu konuşurken, gözleri önündeki ahşap kapıya kilitlenmişti.

"Bu antidepresanların beyinde nasıl işlediğini biliyor musun?" dedi sakince senlibenli bir cümleyle.

Ali biliyordu ama Bilge'den dinleme zevkini kaçıramazdı. "Anlat lütfen" dedi.

Bilge gözlerini ahşap kapıdan ayırmadan anlattı.

"Düşünceleri oluşturan elektrik akımı yavaşlıyor önce, sonra da sürekli aynı patern üzerinden akan akım zamanla beyin hücrelerini zedeliyor, eskitiyor. Sürekli aynı bölgenin kullanımıyla oluşan eskime sonucu algıları yavaşladıkları için iyi hissediyorlar kendilerini. Tabii bağımlılık başlıyor. Beynin ödül sistemi bu sefer düşünmek gibi en doğal işi yapmak için bile kullanılan ilacın daha fazlasını istiyor."

Bilge iyice dalmıştı konuşurken, sanki Ali yoktu, aklının içinde konuşuyordu, Ali bunu çok net hissedebiliyordu. Onu anladığını anlatırcasına mırıldanarak lafa girdi.

"Herhangi bir duyguyu hissetmeyecek kadar aptallaşıp bedenlerini televizyonlara teslim ediyorlar. Dizilerde yaşıyor, filmlerde hayat buluyor, aktör ve aktrislere âşık oluyor, televizyona çıkan herkesi adam yerine koyuyor ve kitap okumaya çalışınca da hemen uyuyuveriyorlar! Daha fazla hissetmemek için ilaçlara sığınıyorlar... AMA hissetmek için buradayız, hissetmek ve anlamak için, gerekirse acıya da hazır olmalıyız."

Ali gözlerini kırpmadan baktı Bilge'ye, kendisine dönmesini dileyerek... Kendisini görmesini dileyerek. Kalın gözlük camlarının arkasında saklanmış o gözlerin içindeki zekâyla bir kez daha göz göze gelmeyi isteyerek.

Bilge dönmeyecekti, karşıya dikmişti zihnini. Ali bekledi. Bilge nihayet yavaşça, temkinli döndüğünde yine bakmadı ona, bakamazdı, karşılaşacağı bakışta ezilmek istemeyen herkes gibi bakışını uzaklara, uzakta hâlâ ayçiçeğini inceleyen Doğru'ya, huzur bulduğu, bildiği herhangi bir duyguya dikip konuştu.

"Haklısınız. Bunca mutsuzluk veren şeyler olmasına rağmen hayatından mutsuz olmanın bir hastalık kabul edildiği gezegen burası."

Ali gözlerini bir milim dahi ondan ayırmadan, "Yaptıkları işi niye yaptıklarını bilmeyen robotların dünyası burası, söyleneni şikâyet ede ede yapan mutsuz robotların dünyası" dedi. "Mutsuz olanlar hayatlarını düzenlemek, kendilerini mutsuz eden şeyleri çalışıp değiştirmek yerine bedenlerini ilaca teslim ediyor ve düzeltmeleri gereken şeyleri düzeltmek yerine unutmak için beyinlerini ilaçlarla hırpalıyorlar. Katlananların dünyası." Lavantayı andıran o muhteşem sabun kokusunu alabilecek kadar uzun yanında durmuştu Bilge'nin, ona sarıldığı o dehşet günden sonra ilk defa, Murat'ın öldüğünü ona söylediği o günden sonra... ilk defa... almıştı bu aynı temiz, taze, kirlenmemiş kokuyu. Onun gözlerine baktığında hissettiği duygunun kokusuydu bu. Tazeliğin sadelikle birleştiği o duygunun kokusu.

Bilge kendi dalgınlığının içinde bir an döndü ve Ali'nin kendine kilitlenmiş, mühürlenmiş gözleriyle karşılaştı, hemen ayağa kalktı. Bu kalkışın mesafe koymak için umutsuz bir çabalama olduğunun fark edilmemesini umarak.

Üzerindeki bu entariyle kendisi gibi davranmak ne kadar da zordu ama yine de dikleşti. Koyduğu mesafede rahatlamıştı ki Ali kalkıp tam karşısına dikildi. Kocaman bedeniyle ne kadar da... gerçekti. Leyla Hanım'a seslendi Bilge, geriye bir adım atarken kafasını çevirdi sanki geride birilerini arıyormuş gibi... aceleyle. Döndüğünde Ali gitmişti.

Ali Bilge'nin huzursuzluğunu hissedip evden çıkmıştı, huzur vermek istediğin birini huzursuz etmek çok insafsızcaydı. Önüne açılan kocaman tarlaya baktı, topraktan çıkan hayata hayrandı! Ayçiçeklerinin arasında adım adım Doğru'ya yaklaşırken dünyayı düşündü. Can Manay'ın hikâyesindeki* gibi Yaradan'la şeytanın iddiaya girdiği yer değil miydi burası, tüm dinlerde aynı söylem vardı... öyleyse an itibariyle şeytan kazanmaktaydı, üretilen bu ilaçların ve din tüccarlarının yardımıyla kurulan sistem ortadaydı. Özgür iradeye savaş açmıştı sistem, ilaçla, biatla iradeyi uyuş-

* *Fi*, 1. Bölüm, 1. Sahne

turuyor insanı manipüle ediyorlardı. Acıyı engelleyerek, deneyimi yok ediyorlar, deneyimi yok ederek bilgiyi siliyorlardı.

Ali'nin gidişinin ardından koşup kapıdan çıkmak, Doğru'yu aldığı gibi evine dönmek istedi Bilge. Kolay yolu seçmek istedi. Durup yardım etmek o an çok zor geldi. Ama, ancak zor yolu seçenlerin huzura ereceğini hayat ona çoktan öğretmişti, gidemezdi.

Bilge'nin yirmi iki dakika süren bekleyişinin ardından, Onur'a konulan teşhislerin, hastalandığında verilen reçetelerin, yapılan aşıların karnelerinin bulunduğu eski torbayı getirebildi Leyla Hanım, nereye koyduğunu unutmuş olmalıydı, Bilge'nin önüne, mutfak masasının üzerine yığdı.

Bilge oturup çantasından defterini çıkardı, arkasını çevirip Onur'un notlarını almaya başladı. Yazı yazmayı öğrendiğinden beri Doğru için tuttuğu sağlık defterinin aynısını Onur'a da yapmalıydı. Tek tek inceledi eline geçen her reçeteyi, raporu... aşı karnesine ulaşana kadar devam etti.

Bulunduğu bu evde bir gün çocuğunu doğuracağını bilemezdi.

10. *Sadık & Özge*

Otuz beş vahşi yırtıcıyla bir odadaymış gibi hiç kımıldamadan toplantıyı izledi Özge. Telefonu yanında değildi, kâğıt kalemi de yoktu, hiç not alamadı ama kim kimdir öğrendi. Her şeye dikkat etti. Sistemi döndüren kölelerin algılarının nasıl yönetilmesi gerektiğine karar verenlerdi bunlar. Televizyonlardan halka sunulan yalanları icat edenler, kimin ünlü, kimin rezil olacağına, kime ödül verileceğine, kimin ipinin çekileceğine karar veren otuz beş kişi ve Sadık Murat Kolhan.

Sadık'ın hâkimiyetini gördü ilk defa. Bu beyaz yakalı yağmacıların korktuğu tek kişiydi, önünde eğildiği, konuşurken herkesin çıt çıkarmadan dikkatle dinlediği tek kişi... Onu küçümsemişti. O, bu sistemin en değerli kişisi... kişilerinden biriydi. Tehlikenin ta kendisi.

Don Kişot gibi hissetti kendini Özge, değirmenlere karşı savaşan bir zavallı... Sadık Murat Kolhan'ın karşısında vızıldayıp duran bir sinek gibi. Ama bir sivrisinek öldürebilirdi bir devi, aldığı bir ısırıkla taşıdığı virüs içine girebilir, ebola gibi ciğerlerine ulaştığında onu içeriden çökertebilirdi. Tek bir virüs... ebola* gibi bir virüs... sistemi tek bir hamlede çözebilirdi. Sistemin ebolası olmak için neler neler verirdi!

Ağzından çıkan her kelimenin Özge tarafından duyulduğunu bilerek konuştu Sadık. Ona kim olduğunu göstermek için almıştı onu buraya. Bugün etrafa dağıtılan *Darbe*'nin sayıları ortalığı sıkı karıştırmıştı, bu pisliği temizlemek için başkanın kendisinden yardım istemesine yol açacak kadar etkili olmuştu. Özge'nin yarattığı kriz, sistemde kendisine ihtiyaç doğurmuştu. İşine yaramıştı. Ama bunu paylaşamazdı onunla, kızgın görünmek, onu aşağıya, bu çukura çekmek için iyi bir yoldu. Yoksa o koltukta böyle kıpırtısızca nasıl oturtabilirdiniz bir pumayı... nasıl indirirdiniz bu kadar aşağıya, üzerlerindeki pahalı kıyafetleri giyebilmek, kullandıkları arabalara binebilmek, lüks evlerde yaşayabilmek için ruhlarını satmış bu parazitlerin yanına... diye düşünürken düşüncesini susturdu, parazit demişti, aynı Özge gibi kullanmıştı bu kelimeyi... bu kız onu epey etkilemişti. Ona bakmamak için nasıl da kendini tuttuğunu fark etti... Burada milyonları yönet-

---

* Afrika'da ortaya çıkan, sivrisinek ısırığıyla önce damar yoluna giren sonra ciğerlere ulaştığında hücreleri parçalayarak organizmayı içerden parçalayan ve organizmayı gözlerinden, kulaklarından, teninden kanatarak öldüren bir virüs.

mektense onunla sokakta yürümeyi tercih ederdi. Toplantı bittiğinde Özge'nin kendi köşesinde beklediğini düşünerek sakince kalktı yerinden, onun odadan çıkmasını ayakta saygıyla bekleyen kişilerin önünden geçti ve adım adım ilerledi, Özge'yi bir bakışla kaldırıp peşine takıp gidecek, odaya varınca da gövde gösterisine devam edecekti... ama Özge yoktu, gitmişti.

11. Bilge & Ali

"Beni çok ama çok dikkatli dinlemenizi istiyorum" dedi Bilge sofranın başına dikildiğinde. Yere kurulmuş sofrada yemeklerini yemeye hazırlanan Onur'un babası Zeki ve Leyla Hanım şaşkın kaldırdılar kafalarını. Bilge, Doğru'nun da yer sofrasına oturmuş tepsiyi incelemekte olduğunu bir an sonra fark etti ve dikkatini hayatında ilk defa yer sofrasına oturan Doğru'dan koparıp konuşmasına başladı, ellerini kurulayan Ali'nin arkasına gelip dikildiğini hissetmeden.

"1950'lerde bir grup psikiyatr bir odada toplandılar ve kendi deneyimlerinden yola çıkarak bir liste hazırladılar. Bu listeye *Mental Bozuklukların Teşhisi ve İstatistiği Elkitabı** adını verdiler. O günden bugüne altı farklı şekilde geliştirildi bu liste ve bugün, 973 sayfadan oluşan 374 akıl bozukluğunu listeleyen bir elkitabı haline geldi. Artık dünyada yaşayan herkesi bu listede kategorize edilmiş birçok bozuklukla sınıflandırabilirsiniz! Yani her gün gelişen ve deliliği tanımlayan bu listeyi öyle bir geliştirdiler ki, kitabın içeriğine göre hepimiz hastayız. Klinik psikolojinin kutsal kitabıdır bu. Ama asıl konu bu değil! Anlatmak istediğim konu şu, bugün bu kitaptaki sınıflandırma dikkate alınarak 0-3 yaş arası

---

* *DSM-V Amerikan Psikologar Birliği'nin teşhis kitabı.*

çocuklara dahi akıl bozukluğu teşhisi konulabiliyor. Peki nedir akıl bozukluğu?! Bu kitabı yazanlara göre, psikolojik bozukluklar beyindeki kimyasal dengesizlikten kaynaklanıyor. 1965 yılında bu kimyasal dengesizlik teorisini ortaya atan adam Schildkraut, bir çalışmasında beyinde düşüncenin oluşmasına yani beyindeki elektrik akımının bir noktadan diğerine ulaşmasını sağlamakta kullanılan nörotransmitter adı verilen bu küçük elektrik akımlarındaki aksamanın depresyona yol açtığını buluyor."

Sonra aniden, "Lütfen çatalı bırakın elinizden!" dedi elindeki çatalla birazdan yemek yiyebileceğini sanan Zeki ve Leyla'ya. İkisi birden aynı anda çatallarını bırakırken Bilge de onlara yakın olmak için çöktü dizlerinin üstüne ve varoluşunda anlaşılmak için çaba gösteren her duyguyla konuşmasına devam etti.

"Bu anlattıklarımı anlamanız çok ama çok önemli. Bir yere bağlayacağım ve o zaman anlayacaksınız neden bu kadar uzun konuştuğumu. Dinleyin!... Lütfen. Nörotransmitterlerdeki aksama depresyona neden oluyor, yani beyinde kimyasal dengesizlik olabilir. Evet! Peki beyindeki kimyasal dengesizlik ispatlanabilir mi? Kimyasal dengesizliği olan birini siz ispatlayabilir misiniz?! Hayır, ispatlayamazsınız. Mesela serotonin dediğimiz nörotransmitter beyindeki mesajların bir noktadan diğerine aktarılmasına ve bu yüzden de düşüncenin oluşmasına yardım eder, eğer serotonin seviyesinde azalma varsa o zaman mesajlar bir noktadan diğerine kolaylıkla akmaz ve biz düşünemez, hatırlayamaz, hayal kuramaz oluruz... ve kolaylıkla düşünemeyen insan, depresyon, panik atak, heyecan krizleri gibi tuhaf duygularda kaybolabilir. Yani beynimiz... vücudu yönetmek için dizayn edilmiş beynimiz, işini yapamaz hale gelir. Depresyon ilacı alıyorsunuz. Nedir depresyon?! Hiç düşündünüz mü? Nedir?" Bilge cevap bekledi ama karşısında kendileriyle konuşulanın ne olduğunu anlamaya çalışan iki kişinin nasıl da kaybolduklarını fark etti. Dikleştiği dizleri üzerinden inip iyice yere oturdu. Anlaşılmaya ihtiyacı vardı. Onur'un iyileşmesi anne ve babasının anlamasıyla olacaktı! Devam etti.

"Size konulan teşhis tıp dünyasındaki diğer teşhisler kadar bilimsel değil. Sizde kimyasal dengesizlik olup olmadığının bilimsel hiçbir ispatı yok. Kimyasal dengesizlik teorisi üzerine kurulmuş bu kategorizasyon sayesinde, yani bu elkitabı sayesinde bugün bir doktorun ofisine giren birine sadece şöyle bir bakıp ilaç vermesi yasal hale geldi. Her yıl 330 milyar dolarlık dev ilaç endüstrisinin büyümesi için daha çok depresyona, daha çok kimyasal dengesizliğe ihtiyaçları var. O 973 sayfanın içinde her birimize uyan, uydurulmuş bir bozukluk var! Emin olun. Bugün artık 0-3 yaş arasındaki çocuklara da teşhis koyup, hiperaktif deyip ilaç veriyorlar, beyni gelişme döngüsünde olan bir canlıya beynindeki kimyasal dengeyi nasıl etkileyeceği kesinlikle bilinmeyen bir ilaç veriyorlar. Paslı, kocaman bir demiri kafatasının içine soksunlar daha iyi. Çocuğun zekâsı yaramazlığıyken, o yaramazlığı bastırmak için ilaç veriliyor! Daha da kötüsü bugün piyasadaki ilaçların yüzde 75'ini genel cerrahlar dahi reçetelendirebiliyor. Yani psikiyatr, psikofarmakoloji eğitimi almış bir psikolog olmalarına dahi gerek yok. İşte bu yüzden bugün 100 milyondan fazla kişi 2000'den fazla yan etkisi olan pisikoterapik* ilaç kullanıyor ve ayda 3000 kişi bu ilaçlar yüzünden ölüyor! Dünyada 17 milyon çocuğa psikoterapik ilaç veriliyor, gelişme çağında olan çocuklardan bahsediyoruz burada! Ve istatistiksel olarak bunlardan 1000 tanesi kendini öldürecek! Prozac'ın intihar eğilimi yaptığı bilindiği halde depresyon ilacı olarak hâlâ satılıyor!"

---

* Johan A Den Boer, *Looking Beyond the Monoamine Hypothesis*. European Neurological Review, 2006; 6(1): 87-92

Bilge'nin kelimeleri durdu çünkü Leyla ve Zeki birbirlerine baktılar, Prozac kullanıyorlardı. Bilge iyice çöktü yere ve sofraya doğru eğilip son sözlerini söyledi.

"Ben demiyorum ki kimyasal dengesizlik diye bir şey yok ve ilaç tehlikelidir. Kullandığımız sudaki, diş macunundaki florür, yediğimiz domatesin kabuğuna ilaçlamayla bulaştırılmış zehirler yüzünden kimyasal dengemiz zaten bozuluyor. Maruz kaldığımız tüm bu zehirler, ki bunlara çocuklarınıza yedirdiğiniz krakerlerden çikolatalara her yerde kullanılan glutamat, aspartat, sistein gibi beyin hücrelerini öldürdüğü ispatlanmış, onaylanmış aminoasitleri de ekleyin ve hesabı yapın. Depresyonda olmanız için özellikle dizayn edilmiş bir çevrenin içinde istatistiksel olarak bugüne kadar bir tek kişiyi bile iyileştirmediği kanıtlanmış bu antidepresanları, psikoterapik ilaçları kullanarak daha da hasta hale geliyorsunuz. Beyniniz çalışmayınca kontrol edilebilir oluyorsunuz! Anlamıyor musunuz?! Size yedirdikleri içirdikleri bu zehirlerle insanlığınızı, iradenizi öldürüyorlar!"

"Ama acı çekiyoruz?" dedi Leyla, ağzından çıkan kelimeleri kontrol edemeyerek. Zeki karısına sarıldı. Paylaştıkları acıda sanki bir olmuşlardı.

"Çektiğiniz acının kaynağını sorgulayın, kendinizi uyutmak yerine çabaya geçin. Size söz veriyorum iki yıl içinde her şey değişecek. Acıdan kaçmayın, odaklanın. Acı odaklandığınızda küçülürken, ondan saklanmaya, görmezden gelmeye çalıştığınızda her tarafa yayılır, büyür. Sadece size değil etrafınızdaki herkese bulaşır. Hayatınızı kaplar. Odaklanın ve anlayın, acı anlaşıldığında huzura dönüşür... Kolay olmayacak ama vazgeçmediğinizde başaracaksınız."

Sustuğunda kendine geldi Bilge, karşısında birbirine sarılmış bu iki kişinin nasıl da saklanmak için büküldüklerini gördü. Geri çekildi. Çok ileri gitmişti. Anlaşılmak isteyen herkes gibi tüm kalbiyle konuşmuş ve korkutmuştu kendini dinleyenleri. O kadar anlaşılmaya odaklanmıştı ki Doğru'yu unutmuştu, kafasını ona çevirdiğinde şok oldu, Doğru kendi başına daha önce hiç tadına dahi bakmadığı bir şey yiyordu... patlıcan salatası!

Bilge ne yapacağını bilemedi, kendini mutlu hissetti ama içindeki adrenalin çok yüksekti, kalktı, "Ellerimi yıkamalıyım" dedi ve banyoya gitmek için döndüğünde dibinde dikilen Ali'yle karşı karşıya geldi. Neydi bu adamların dibinde aniden dikilmesi!

Ali kenara çekildi, yol verdi. Banyodan çıktığında kapının önünde Leyla bekliyordu. Tuvalete girmek istediğini düşünüp hemen yol verdi Bilge ama Leyla geçmedi, tam tersi ona dönüp, "Çok teşekkür ederiz kızım" dedi ve sıkıca sarıldı. İşte o zaman düşündü Bilge, Can Manay dışında kimse sarılmamıştı uzun süredir kendisine. Sarılmak ne tuhaftı, kollarını sardı Leyla'nın gövdesine ve huzurla bekledi.

Zihninin derinliklerinde annesinin kendisine sarılmasını hatırlattı bu sarılış ona. Doğru'ya bakmaya başladığı zamanlarda aferin demekti bu sarılış, ödüllerin en büyüğü olmuştu Bilge için ve Doğru'ya bakmaktan duyduğu mutluluğun da kaynağı haline gelmişti. Sevgiyle edilmiş bir motivasyondan daha kuvvetli hiçbir şey olamazdı, özellikle de sevginin yokluğunu çeken biri için. Bilge Leyla'nın sarılmayı bitirmesini bekledi... Leyla geriye çekilirken neredeyse ağlayacaktı. Yine teşekkür etti, şimdi de tamamen Bilge'ye teslimdi.

Bilge kadına iyice yaklaştı, suratına eğildi. Söylediği her kelimeye yüklenerek konuştu.

"Buraya sana yardım etmeye gelmedim! Konu sen değilsin!" Elini kadının omzuna koydu, bu bir dokunuştan çok, varlığını karşı tarafa hissettirme çabası gibiydi. Sakince tane tane, "Şimdi kendine gel!" dedi. "Sakın ağlayayım deme! Benim ağabeyimi gördün dışarıda, bırak konuşmayı, yürüyemiyordu bile! Her şeyi tek tek sırasıyla ben öğrettim ona! Ve adım adım bir matematik dehasına dönüşmesine tanıklık ettim! Onun bulduğu bir sayı sayesinde büyük paralar bile kazandık!"

Kadın gözyaşlarını yutkundu, burnunu çekti... ağlamayacaktı. Bilge devam etti.

"Otizmli bir beyin eşsizdir. Otizm bir eksiklik olarak algılanır, çünkü çocuk zamanla diğer insanlar gibi iletişim kuramaz, etrafındaki dünyayı anlayamaz ama fırsat verirseniz büyük bir yeteneği doğurabilecek bir eksikliktir bu!... Yardım ederseniz bir şeyin eksikliği diğer bir şeyin fazlalığına dönüşebilir."

Bilge kadının gözlerinde canlanan ilgiyi gördü nihayet. Devam etti.

"Onur hiçbir zaman diğer insanlar gibi iletişim kuramayacak, seyrettiğiniz aptal dizilerdeki saçma sapan şeylere gülmeyecek, konuşması, sizi algılaması daima farklı olacak, belki biraz gecikmeli olacak ama eğer ona bir şans verirseniz, emek verirseniz diğerlerinin asla yapamayacağı bir şeyi başarabilir. Benim ağabeyime otizm teşhisi konalı yıllar oldu, eksikliğine değil yeteneğine odaklandığım için bugün bir matematik dehasıdır. Eksikliklerimize odaklanıp inancımızı kaybedersek yeteneklerimiz asla var olamaz. Beslemek lazım, eksikliği ne olursa olsun, insanı beslemek lazım. Kolay değil ama başardığınızda hayatınızda keyif aldığınız her şeyden daha keyifli, daha huzurlu olacaksınız. Onur'un hangi aşamada olduğunu bilmiyorum ama öğrenmem bir haftamı alır. Kademesini belirledikten sonra ilerlemek için plan yapıp uygulayacağız... Ve tek bir şeye ihtiyacımız var..."

Bilge sustu, kadının yorgun, umutlanmaktan korkarcasına titreyen gözlerine baktı, bekledi.

Leyla Bilge'nin konuşmaya devam etmeyeceğini on iki saniye sonra anladığında titrek bir sesle sordu.

"Nedir o?"

Bilge sakince cevap verdi.

"İlgi. Senin ilgin. Verebilecek misin bu ilgiyi oğluna?"

Kadın kafasını hızlıca, istekle, yılların ilgisizliğini silercesine sallarken Bilge açıkladı.

"İlgisizlik, nereden kaynaklanmış olursa olsun, otizm düzensizliğinin büyümesine neden olur. Bu düzensizliğin kademeleri vardır, düzensizlik ilerledikçe o bedenin içinde yaşayan kişi, Onur, sanki kaybolur. Sadece doğru ilgiyle bu düzensizliğin artışını durdurabilir hatta azaltabilirsin."

Kadın tutamadı kendini ağlamamak için, kendiyle savaşının sonunda yenilmişti.

Ne umutlarla doğurmuştu Onur'u, nasıl da coşmuşlardı erkek olduğunu gördüklerinde. Nasıl da gururlanmıştı! Sonra nasıl da boğulmuştu o gururun içinde, Onur'un farklılığını görmezden gelip dualara sarılmıştı, yeterince dua ederse geçeceğine inanmıştı... ama geçmemişti. Onur daha kötüye gitmiş, o gülen, kıkırdayan yavrusu resmen o bedende kaybolmuştu. Ağlamaları kısık çığlıklara dönüştü, iki büklüm oldu Leyla, Bilge ona dokunmadan sadece fısıldarken: "Bir tek senin ilgin geri getirebilir onu. Plana uyacaksın ve asla yorulmayacaksın... ve bir daha ağlamayacaksın."

Kadının hıçkırıkları dindi ve sessizliği vereceği, verebileceği her cevaptan daha fazla anlattı çaresizliğini, yaşadığı vicdan azabını.

Salondaki yer sofrasına döndüklerinde şokla kendine geldi Bilge! Şoktaydı, Doğru'nun kendine servis yapmasına, Ali'nin hazırladığı köfteleri itirazsız yemesine, Zeki ve Ali'yi taklit edip nar suyu içmesine! Dikildiği yerde birkaç saniye donup kaldı... ta ki Doğru ona bakana kadar. O bakışla toparlandı, sofraya çöküp yemeğe daldı. Hayatında ilk defa yer sofrasındaydı, hatta uzun süredir ilk defa bir sofradaydı.

12. *Sadık*

Yoktu Özge. Odasında da yoktu, binada hiçbir yerde yoktu. Masasına oturdu Sadık, parmakları telefonun yanında masanın sert zeminine vururken güvenliği arayıp Özge'yi sordurmamak için kendisiyle savaştı.

Her böyle hissettiğinde aradığı adamını aradı. Emniyet müdürüydü adamı, gerektiğinde gerekenin yapılması için aranırdı. Dinlenmesi gereken telefon, izlenmesi gereken insan, bilinmesi gereken ne varsa devletin kaynakları kendisine açıktı. Daha önce bu adamı Özge'yle ilgili aramamak için kendisiyle epey savaşmıştı. Ama insan en çok da kendine yenilmiyor muydu? Konuşma kısa sürdü, devletin tüm kaynakları Sadık Murat Kolhan'ın parmaklarının ucunda kullanılmayı bekliyordu. Özge'nin telefonları dinlenecek, her gittiği yer listelenecek, görüştüğü her kişi bilinecek, kiminle, nerede, ne kadar zaman harcadığı her akşam bir raporla bildirilecekti.

Kaynakları olan her erkeğin merakını çeken kadını bilmek için kullandığı basit yöntemlerdi bunlar, kimisi telefonunu karıştırırdı, kimisi sorardı, kimisi arkadaşlarını sorgulardı. Sadık Murat Kolhan ise rapor çıkarttırırdı. Kaynakları geliştikçe cüreti de artıyordu insanın. Hak buluyordu kendinde, kendine ait olmayan hakları bulmanın hakkıydı bu.

Yirmi dakika içinde geldi ilk rapor, binadan çıkmıştı Özge.

Cep telefonu üzerinden takibe alınmıştı. Yoldaydı. Varınca nereye gittiği bildirilecekti... Sadık bekleyecekti. Nesi vardı bu kızın! Telefonu kırmak istedi Sadık elinde sıkarken ama sakince yerine bıraktı. Niye kaçıyordu! Niye normal insanlar gibi yaklaşmıyor, niye diğer kadınlar gibi kapılmıyordu?! Nesi vardı bu kızın! Gözlerinde görüyordu kendini çağıran o ilgiyi, o gözlerin içindeki yeşilin her tonunda hissediyordu kendisine duyulan merakı ama niye gelmiyordu Özge! Usandırıyordu! Bir türlü gelmiyordu!

Toplantısının başlamak üzere olduğunu, bakanlıktan gelen misafirinin kendisini beklediğini bildirdi sekreteri. Ayağa kalktı Sadık, içine çekildiği bu duygudan silkelendi. Yapacak çok işi vardı. Toplantıya gitmeliydi, ama telefonunu aldı. Haber gelecekti. Özge acaba nereye gitmişti?

13. Ali

Batmakta olan güneşin kızıllığında arabalarına doğru ilerleyen Bilge ve Doğru'nun ardından baktı... bugün dünya ne kadar da huzurluydu. Özenle yapılan her işi izlemekten alınan bir keyifle Bilge'nin Doğru'yu koltuğa yerleştirmesini, emniyet kemerini bağlamasını izledi...

Bilge kendi kapısını açarken bir an baktı Ali'ye, kaçamak, kısa, ani ve hedefsiz bir bakış... Sonra hemen arabaya bindi, kesin yine utanmış olmalıydı diye düşündü Ali. Keyiflendi. Bir bakıştan utanacak kadar tertemizdi. Huzurlu bir nefes alarak hayatında tanıdığı ve tanımasının mucize olduğunu bildiği bu en katıksız insanın arabayla uzaklaşmasını izledi. Bu ilk gidişin geri dönüşlere vesile olacağına emindi. Görebilmek için evin önüne ilerledi, Bilge'nin arabası uzaklaşırken kalbine umut doğdu, yalnız olmadığının umudu. Herkesin nasıl da yaralı olduğunu, eksik olduğunu, her gün mücadelede olduğunu düşündü. Hayat paylaşmayı bilmediğimiz için savaşa dönmüştü, halbuki paylaşmak için birlikteydik savaşmak için değil. Ailesini bırakıp bu şehre geldiği için değildi yalnızlığı, bilgilendikçe, öğrendikçe doğduğu aileye yabancılaşmasından, olduğu kişiyi, rahminden çıktığı anasına tanıştıramamasındandı. Kendi mücadelesinden yenik çıkmıştı. Tarikatta büyümüştü Ali, varoluşu sorgulamanın yasağında çocuk aklıyla kendini günahkâr hissederek gelişmeye çalışmıştı. İstanbul'a gelmesi ve okulu bırakıp taksi şoförlüğüne başlaması hep ekonomik problemlerdendi. Can Manay'la tanışmasa kendi karanlığında kaybolurdu, doğamazdı belki karakteri. Ailesinin kendisine yüklediği korkudan beslenen biri olarak yaşamaya... daha doğrusu ölmeye devam ederdi.

Korkuyla yaşayamıyordu ki insan, adım adım her nefeste ölüyordu, sevgiydi ölümsüz yapan bir varlığı, sevince, yok olmak değil dönüşmek oluyordu ölüm. Cahilliğin temeliydi bu korku, korkuyla şekillenmiş aileler çocuklarının kendilerinden büyüyüp yabancılaşmasını engellemek için, en ilkel haliyle, bilgiden uzak tutuyorlardı yavrularını, kendilerini geliştirip yavrularına yetişmek yerine yavrularını engellemekti cehalet. Aklına gelen sorularla kendini günahkâr hissederek yaşamak, imkânsızlıklar içinde imkân olmuştu Ali'ye hayatın felsefesini keşfetmesinde. Açlığı, yalnızlığı, acıyı... biliyordu hem bedenen hem ruhen, fiziksel olarak deneyimlediğin hallerin duyguya dönüşmesiydi varoluş bilinci. Ali çok zengindi bu anlamda, belki de en zengin.

Sekiz çocuğun ortancalarından biriydi, kardeşlerinden üçünün hastalıktan ölümünü, ikisinin doğumunu, kalabalık içinde doğan bir çocuğun fark edilmezliğini, olduğu kişiyi görünmez kılan ailesinin cahilliğini, her soruda kendisini günahkâr hissetmenin ağırlığını, her oluşu Yaradan'a bağlamanın hafifliğini, sorgusuzluğun cehaletini... her şeyi yaşamış bir deneyim zenginiydi.

Bilge'yi görür görmez tanımıştı, deneyim zenginleri birbirlerini görür görmez tanırlardı. Bilge de onu tanıyacaktı, zamanı gelecek ve gerçekten tanışacaklardı. Bilge henüz fark etmemişti zenginliğini, çünkü düzlükte değildi. Az kalmıştı, o da çıkacaktı. Görüyordu Ali, bekliyordu.

Araba gözden kaybolurken arazinin diğer köşesindeki eve kaydı gözleri, Leyla'nın da Bilge'nin gidişini köşeden izlediğini fark etti. Umudun sadece kendisinde doğmadığına emindi. Bilge bugün nasıl da herkesi etkilemişti.

Evine girdi Ali, her köşesini, hemen hemen her eşyasını kendi elleriyle yapmıştı. Kendini gerçekleştirmek için bir kozaydı bu ev, bu tarla... topraktan beslenecek, tükettiğini üreterek insanlığını keşfedecekti. Şanslıysa kendini bir gün insana dönüştürecekti, hakiki bir insana.

Yaralanarak, eksik hissederek, mücadele ederek öğrenmişti hayatı, halbuki hayat mücadele değildi ki, yardımlaşma olması gerekirdi. Burası, diğerlerini yargıladığımız değil anladığımız zaman ancak yaşamaya başlayacağımız yerdi.

14. Bilge

Ağaçların arasında, toprak yoldan akıp gittiler. Bilge müziği açtı. Radyoda Patric Watson'dan Step Out For a While çalmaya başladı. Doğru kafasını koltuğa yasladı, yol kenarındaki tarlalara odaklandı... İlk defa saymıyor, izliyordu. Sanki ilk defa hesaplamıyor akışına bırakıyordu.

Hızını azalttı Bilge, acelesi yoktu, gidilen yolun tadını çıkarmak istedi. Hayat varılan yer değil, gidilen yol değil miydi?...

Toplum diye düşündü, bugün ilk defa toplumun içindeydi Doğru'yla birlikte. Daha önce onlarca kez maruz kalmışlardı diğer insanların varlığına, kalabalığına ama bugün ilk defa birlikte olmuşlardı diğerleriyle. Nasıl da yer sofrasında itirazsız oturmuştu Doğru ve etrafındakilerden rahatsız olmamıştı ilk defa, onların yediklerinden itirazsız yemiş, itirazsız Ali'nin kendisine sunduğu şeyleri denemişti. Daha önce hiç olmamıştı böyle, ritüelin asla dışına çıkmazdı, çünkü her çıkış bir kriz... her kriz geriye atılan bir adım, her geriye atılan adım Bilge'nin ruhunda açılan bir yaraydı. Doğduğundan beri yanındaydı Doğru onun. Annesinin kendisini nasıl da Doğru'dan uzak tuttuğuydu ilk anıları ve Doğru'nun elinden aldığı kalem yüzünden Doğru'nun kilitlenip saatlerce bağırarak ağlamasıydı onunla ilgili ilk hatırladığı.

Annesinin sürekli kendisine kızması, Doğru'yu rahatsız ettiği için ceza alması, babasının hiç ortada olmamasıydı çocukluk yılları... Nasıl olmuştu da sahip çıkabilmişti Doğru'ya? Hatırladı. Yazı yazmayı öğrendiğinde Doğru'nun ne kadar hızlı hesap yaptığını keşfetmişti, belki de onu ilk defa o zaman sevmişti bir hesap makinesini sever gibi. Sayıları yazıp ona toplatmak ilk oyunları olmuştu, rakamlarla konuşur olmuşlardı... Sonra kendi yalnızlığı, yokluğu içinde kendisini reddetmeyen bir tek o olduğu için yakınlık hissetmişti, hiçbir şey hissedemediği söylenen ağabeyiydi hayatı paylaştığı tek kişi. En yakın arkadaşı otizmliydi.

Derin bir nefes aldı. Doğru'ya baktı, uyumuyordu sadece seyrediyordu... Acaba ne düşünüyordu? Ali karşısında dikilirken koşup kaçmak istediği o evden doğacaktı Doğru, ilk defa bunu hissetti Bilge. Onur'a yardım etmek aslında Doğru'ya yardım etmekti, şimdi anlayabiliyordu bunu. İnsan diğerine yardım edince aslında kendine yardım ediyordu... Dikiz aynasından baktı, uzun süredir ilk defa kendine gülümsüyordu.

15. *Özge & Mahizar*

Gecenin karanlığında, kendisini kovalayan her duygudan kaçarcasına açılan kapıdan içeri girdi. İnsan kaybolmamak için hep kendisini en iyi bilen kişiye gelirdi. Mahizar sevgiyle sarıldı. Özge ağlamaya başladı, kendini güvende hissettiğinde salmıştı duygularını dışarıdaki dünyanın saçmalığından, tuzaklarından saklanmaya ihtiyacı vardı sadece birkaç dakika da olsa... Mahizar'ın kollarında saklandı. Bu saklanışın Mahizar'ın yakalanışı olacağını bilemeden.

Özge'nin ağlamasının geçmesini sormadan bekledi Mahizar. Özge başını kaldırdığında yeşilin kırmızıya karıştığı gözlerinde korku vardı, ancak o zaman konuşmak zorunda kaldı. "Neyin var?" derken usulca, Özge'nin gözlerindeki korkuyu korkuyla beslememek için dikkatliydi.

Özge ayırdı bedenini, "Peçeteye ihtiyacım var..." dedi, akan burnunu silmesi gerekti. Mahizar bir hamleyle peçete getirirken Özge kendini koltuğa bıraktı. "Kocaman bir savaşın içindeyim ve karşımdaki şey o kadar devasa ki sanki kendi kendime savaşçılık oynuyormuşum gibi... Duramıyorum... Ama varamıyorum da! Yorulmak istiyorum, yorulup sıyrılabilmek... ama sıyrılamıyorum çünkü her gün yataktan fırlarcasına kalkıyorum savaşını vermem gereken şeyler için... Her gün yeniliyorum... Korumak istediğim her şeyi her gün kaybediyorum... her gün eksiliyorum. Çoğalmak isterken azalıyorum..."

Mahizar Özge'nin yanına çöktü. Anlamaya çalışarak, "Bir şey

oldu ve olan şeyi anlatmak yerine hayatın felsefesine saklanıyorsun. Saklanmazsan, anlatırsan, benimle paylaşırsan söz azalacak bu his ve sen çoğalacaksın. Anlat..." dedi.

Ama Özge anlatamazdı. Sadık Murat Kolhan'a hissettiği bu duyguyu kimseyle paylaşamazdı, kendi kendine bile düşünemezken, kelimeleri ağzından çıkaramazdı. Beyninde ezerek yok etmeye çalıştığı bu düşüncenin ses olarak atmosfere yayılmasına katlanamazdı... asıl o zaman yenilirdi.

İçini çekti, burnunu sildi, ciğerlerine doldurduğu ikinci havayla daha da güçlü hınkırdı... içinden atmak istediğinin mukus değil etrafında sinsice dolaşan Sadık'ın o enerjisi olduğunu biliyordu. Yenilmeyecekti. Dikleşti.

Mahizar'a dönüp, "İyiyim, geçti..." dedi. Mahizar sevgiyle uzandı ona ama Özge dokunulmak istemedi, başka biri tarafından. Neden buraya gelmişti ki?... Kendini bomboş hissederek nazikçe kalktı. Karnının acıktığını söyledi. Yemek yemesi, Mahizar'la biraz sohbet edip evden gitmesi bir saat sürdü. Evden çıktığında gecenin karanlığına daldı, kim olduğunu hatırlattı kendine. Yenilmeyecekti. Sadık Murat Kolhan'ın kendisine bulaşmasına izin vermeyecekti. Ne hissederse hissetsin, her şey bir testti.

16. *Deniz*

Gecenin kalabalığında, sokaklarda hayata tutunan, umudu başka birinin bedeninde, aşkta bulabilecekleri sanrısıyla gece dışarı çıkan gençlerin arasında yürüdü. Aşkı merkeze koymuş, aracı amaç haline getirmiş herkes gibi mutsuzdular. Tamamlanmak istiyorlardı, eksikliklerini başka birinin şahitliğiyle, sevgisiyle tamamlayabileceklerini sanarak sürekli aranıyorlardı. Bulduklarını sandıkları şeye yapışıp hayattan bekledikleri her şeyi bir kişiye yükleyip birbirlerini sömürüyorlardı.

Aşk zannettikleri duygularla tetiklenen cinsellikleri o kadar ilkeldi ki, sevişemiyorlar sadece izledikleri pornoları taklit ediyorlardı. Yanından geçtiği kızların, bir ilgiyle buluşmak için can atan, arayan gözlerinden sakınırcasına eğdi kafasını ve kendilerine söylendiği gibi kendilerini erkek hissedebilmek için arayışta olan oğlanların arasından geçip, yoluna devam etti Deniz.

Küflenmiş tazelikleriyle, insan ırkının geleceği, saplandıkları aşk arayışında kaybolmuştu. Eksiklik başka biriyle tamamlanamazdı! Aşk sadece motivasyondu, insanı kendi versiyonunun en iyi haliyle var olabilmesi adına tetikleyen bir motivasyon.

Motivasyonu merkeze koyup geri kalan her şeyi ona adamaksa kayboluştu. Biz gelişelim diye hayat tarafından sunulmuş bu araç nasıl olmuştu da bir tuzağa dönüşmüştü? Kendisine takılan akılları paralize eden kocaman bir örümcek ağı gibi yapış yapış ve arayış içinde olanları süründüren bir döngü olmuştu aşk. Yanından geçtiği insanların yüzlerine bakmadan kafası önde, gecenin bangırtılı sokaklarında ilerledi.

Konservatuvardan arkadaşının bir zamanlar işlettiği mekân bu sokağın sonundaydı, "Varoş" bir mekân adı için ne kadar da saçmaydı, acaba Hasan hâlâ orada mıydı?

Kapıdaki güvenliğin önünde oluşan sıra o kadar kalabalıktı ki, gençliklerinde eğlenme sırasının kendilerine gelmesini beklemeye alıştırılmış bu insanların duraklarda saatlerce bekleyebilmeleri ne kadar da doğaldı. Güvenliğe nihayet yaklaştığında Hasan'ı soracaktı ki adam hemen itiraz etti.

"Sen giremezsin."

Deniz dümdüz baktı adamın gözlerinin içine ve sakince konuştu.

"Girmek ister bir halim var mı sence?! Hasan Taza hâlâ burada mı?"

Güvenlik dikildiği iri bedeninin üstünden dikkatle baktı Deniz'e, elindeki telsizle, "Hasan Bey'i soran bir adam var" derken arkasını döndü, Deniz bekledi.

Sonra Deniz'e dönüp bu irilikte bir adamın olabileceği en ilkel şekilde, "Kimsin?" dedi.

Deniz, "Deli Deniz" dedi. Deli Deniz de kimdi! Güvenlik telsize tekrarladı tekrar arkasını dönerek ve cevap bekledi... cevap yerine Hasan geldi.

7. BÖLÜM

5 Hafta Sonra...

1. *Eti & Bilge*

"Bir düşünceyi iki zıt ucuyla düşünebiliyorsan ve tüm zıtlıklarını hesaplayabiliyorsan ancak o zaman gerçekten anlayabilirsin. Fikrin bir ucunda durmak sadece dengeyi bozar, o fikri öldürür. Fanatiklerin sorunu da budur, öldürürcesine inandıkları fikre sadakatleriyle ihanet ederler aslında. Ortada durmayı beceremiyorsan fikri öldürürsün. Peki nasıl ortada durmayı öğreneceğiz?! Nasıl o incecik, belli belirsiz çizginin üstünde, dengede, cambazlar gibi durup inandığımız her şeye hakkını vereceğiz? Hatalar yaparak! Çünkü en yanlışı anlamadan en doğruya ulaşamazsın. Ama biz yanlış yapmaktan korkuttuğumuz nesiller yetiştirdik. Korkaklık içinde kendini geç kalmış hissedip hareketsizleşen, vazgeçmiş nesillere dönüştüler. Sonra senin neslin geldi."

Öksürükle kesildi Eti'nin sözleri. Bedeni iyice ağırlaşmış, sinir sistemi tamamen pes etmişti. Bilge hissettiği hüznü kamufle ederek kalkıp su verdi Eti'ye asla içmeyeceğini bilse de.

Beklenenden daha uzun savaşmıştı Eti bu hastalıkla ama yenilmişti, kesindi. Oğlunu Amerika'ya göndermiş, devamı getirilmesi gereken her şeyini Bilge'ye teslim etmiş, uzandığı yatakta aylardır ölümü beklemişti... ama bir türlü gelmemişti. Eti'nin öksürükleri kesilirken hırıltıların arasından mırıldandı.

"Hiçbir zaman düşüncede hazıra konma Bilge! Başkasının oluşturduğu düşünceyi onaylamak için değil, kendimizinkini oluşturmak için buradayız. Anlatılanla değil yaşadıklarınla, araştırdıklarınla anla hayatı. Diğerlerinin felsefesine değil, yaşamın bilimine odaklan ve kendi felsefesini çıkar. Evreni, varoluşu izle. İzledikçe nasıl da her şeyin birbirine sımsıkı bağlı olduğunu, makrodan mikroya ya da mikrodan makroya her şeyin aynı etkiye tabi olduğunu anlayacaksın. Anlamak için emek ver..."

Öksürükler izin vermiyordu konuşmasına, yorgundu ve her kelimeyle daha da yoruluyordu.

Bilge her sabah geliyordu Eti'ye, onunla sohbet etmeye, kimseyle konuşamadığı gibi, kimseyle paylaşamadığı kadar ve her içeri girişte onun gitmiş olacağı düşüncesinin lanetinde.

Eti, artık çıkmazsa Can'a geç kalacağını hatırlatana kadar, o ev aklına gelmemişti ama bir aydır Can Manay'ın ciddi bir yardım alması gerektiğini söylediği halde her seferinde sonra konuşalım yorgunum sözleriyle susturuluyordu.

Eti öksürükten geride kalan nefesiyle, "Lütfen şimdi yalnız bırakma onu..." diye mırıldandığında Bilge, "Merak etmeyin" diye cevap verdi yine istemese de otomatik bir tepkiyle. Merak etmeyin ne kadar büyük bir yalandı. Yine o eve gitmeli, yine çorbayı ısıtmalı, yine Can Manay'a yakalanmadan çıkmalıydı. İmkânsızdı ama yapmalıydı. Çünkü kendi hayatı için savaşan bir kadının, böylesine harikulade bir insanın, son isteğini nasıl geri çevirebilirdi? İnsan olabilir miydi o zaman!

Eti'yi alnından öpüp, kulaklığını onun kafasına taktı, dinlemesi için aldığı kitabı* kaldığı yerden başlatıp çıktı odadan her sabah yaptığı gibi. Merdivenlerden hızla inip bahçenin kimsesizliğine sığındı. Çaresizliğinin gözyaşlarıyla çıkıp gitmesini, bedeninin hafiflemesini istiyordu... ama imkânsızdı... Bilge ağlayamıyordu.

2. *Sadık*

Özge'nin alev yeşili gözleri... ıslak saçından süzülen o bir damla yağmur suyunun yanağında aldığı yol... erkekliğine uygulanan basınç...

Özge'nin aralanmış dudaklarından çıkan nefesin buğusu... Kirla'nın ellerinin basıncı ve Özge'nin "Sadık" diyen sesinin tınısı...

Yükselişten aşağıya, çakılır gibi düştü Sadık, boşalmıştı.

Sürmesi gerektiğinden, normalde sürdüğünden çok daha kısa... kısır bir anda.

Fırlarcasına kalktı masaj koltuğundan, henüz işini bitirmemiş olan Kirla'dan kurtulurcasına uzaklaştı. Çıplaklığını umursamadan çıktı masaj odasından ve yukarıya fırladı, hizmetçinin yanından geçti, kimseyi görmedi bile. Kendi düşüncelerinde hapisti, çalışma odasına daldı, kapıyı kapattı. Niye rahatlayamıyordu! Niye boşalamıyordu aklı! Odanın ortasında dikildi, kendiyle savaştı... ağlamayacaktı, ağlayamazdı! Her boşalmada sanki daha da dolar olmuştu o gözler, o yağmur damlası, o ağzın buğusu ve o sesten çıkan kendi adı... Gözlerini sıkıca kapattı ve açtı, aklına giren bir parazit gibi dolanan bu düşünceden kurtulmalıydı.

---

* *Holografik Evren*, Michael Talbot

Her düşüncesinde, zamansızca, hadsizce geziniyordu Özge. Aniden geliyordu aklına ve gitmek bilmiyordu. Çıplak bedenini deri koltuğa bıraktı Sadık. Her şeyin geçici olduğunu kendine hatırlattı. Özge'yi düşünüp mastürbasyon yapmak geçmişti aklından ama yapmayacaktı, zaten aklında dolanan bu sinsi hissi ta oralara kadar sokmayacaktı. Sahip olmadığı için böyle hissediyordu, netti. İnsanın, özellikle sahip olmaya alışmış insanın canı sahip olamayınca acıyordu. Sahip olmak bir bağımlılıktı. Sahibi olduğumuz şeylerin üstünden tamamlıyorduk kendimizi. Peki niye kendimizi eksik hissediyorduk?... Çünkü her şey çok sahteydi. Her şey hissedilen bu sahteliği sanki oyalamak içindi. Her şey bu yüzden geçiciydi, çünkü sahtelik tek gerçekti. Bu insanların hepsi ne sahteydi... Özge değildi diye düşünür düşünmez uzandığı yerden kalktı, zihnini temizledi. Kesin o da sahteydi! Sadece kendini çok iyi saklıyordu ve o da aslında herkes gibiydi...

Sadık ayağa kalktı ve kendi gerçeğini hatırladı, yıllar önce feda ettiği onca şeyi feda etmeden önce yaptığı gibi anlamı nihayet yine anlamsızlaştırdı aklında. Aşkı aşağıladı, ama aşkın tekâmüle nasıl hizmet ettiğini, niye var edildiğini hayat nasıl olsa ona öğretecekti. Hiçbir duygumuz nedensiz değildi.

3. *Bilge*

Kapıda dikildi Bilge, içerideki karanlığa girmeden önce derin bir nefese ihtiyacı vardı. Her gün bu eve gelip Can Manay'ı kimyasal dengesizliğin merkezinde bulmak, dönüştüğü şeye tanıklık etmek, karanlığa saklanışını izlemek... annesi gibi günbegün eridiğini görmek... fazlaydı! Hayatın daha önce yaşattıklarından fazlaydı çünkü annesinin kendisine hissettirdiği o âcizlik duygusunun tam ortasındaydı Bilge... yine. Âcizce, bir varlığın kendini kurban edişini izlediği o yerde... daha önce küçük bir kızken annesinin eriyişini izlediği yerin tam dibinde... ve yine çaresizce.

Elinde tuttuğu montu giydi önce, tek tek düğmeleri ilikledi. Anahtarı çıkarırken elinin titreyip titremediğine baktı, titremiyordu, derin bir nefes daha aldı ve sessizliğe sığınıp açtı kapıyı. Evin, yer yer açılmış perdelerinden isyan edercesine içeri sızan gün ışığına karşı koyamayan karanlığı alaca alacaydı. Gölgelere baktı Bilge, dikkatle, tedirginlikle Can Manay'ı aradı... Salonda kimsenin olmadığını anladı, basamakları çıkıp mutfağa vardı.

Tencerenin altını yaktı ve dikkatle yatak odalarına giden koridorun girişine dikti gözlerini... hiç ayırmadan her an Can Manay'ın o karanlık koridordan gelmesini bekledi... karanlıkta ışık bulan o gözlerin belirmesini bekledi... Can Manay gelmedi.

Isınan çorbanın kokusu yayıldı eve ve Can Manay'ın on iki kitabının arasında gördüğü kitaplardan ikisini*, mutfak tezgahının üzerine bırakıp aceleyle çıktı evden. Kapıyı kapatırken hafiflemişti. Eğer elini çabuk tutarsa ve böyle şanslı olursa Eti'ye verdiği sözü her gün tutabilirdi. Ne kadar şanssız olduğunu unuttu. Can Manay'a yakalanmamış olmanın hafifliğinde arabasına bindi, Doğru'yu alıp Ali'nin çiftliğine gidecekti.

4. *Can Manay*

Kapağı açık kasadan boşaltılmış eşyaların altında uzandığı yerde hafif kıpırdandı Can, sanki bu eşyaların altına gömmüştü kendini. Çiçek'in eşarbı, Duru'nun geceliği, en son partide giy-

* Mirdad'ın Kitabı – Mikail Naimy ve Aslında O Kadar da Akıllı Değilsiniz – David McRaney

diği beyaz elbisesi... Can kendi mezarında gibiydi, belki huzur bulabilirdi... ama bulamadı.

Yüzüne örtülü eşarbın altında kapalıydı gözleri. Çiçek'in eşarbının kokusunu içine çekti... kokusu artık gitmişti. Kapalı gözlerini sıktı iyice, içinde hissettiği boşluğu doldurmak, yaşarken ölmüşlükten doğmak istedi... Sıktığı göz kapaklarının arasından sızdı yaşlar batmak üzere olan bedeni terk edercesine.

Açamadı gözlerini Can, kaldıramadı bedenini Bilge'nin içeride gezdiğini bildiği halde, çıkamadı. Hayatında duygu üretmesine neden olan herkesten birer parçayı sakladığı bu odada, uzandığı bu yerde, üzerindeki bu eşyaların altında, sıkıca kapattığı göz kapaklarının açılamaz ağırlığında, kalbinden sızan acının gözlerinden akan ıslaklığında kaybolmak istedi kendisinden kaçarcasına... Bir kez daha öğrenecekti, insan kayboldukça yüzleşirdi kendisiyle aslında.

5. Özge

Ömer'in kendisine uzattığı ayranı alırken, "Var olmayan bir şey korunabilir mi?" diye çıkıştı Özge, Muammer Bey'in bu demokrasi savunuculuğu artık fazla geliyordu. Romantizmin doruklarında, adalet yağmacılarına karşı sevgiyle savaşmaya çalışan bir kitap karakterinin düşünceleri gibiydi söyledikleri. "Milletler demokrasiyi korumak için ayağa kalkabildikleri sürece millettir yoksa parçalanmış toplumlara dönüşür!" demişti. Sadece laftı bunlar, Muammer Bey'in romantizm kokan kelimeleri diye düşünürken Muammer Bey anlattı.

"Sokrates. Günümüzde hâlâ adaletin, hakkın, eşitliğin en büyük savunucusu sayılan düşünür, yargılandığı mahkeme tarafından ölüm cezasına çarptırıldığında yetmiş yaşındaydı. Düşünebiliyor musun Özge, demokrasinin doğduğu Atina'da, adaleti savunduğu için ölüm cezasına çarptırılmıştı en büyük demokrasi savunucusu Sokrates milattan 500 yıl önce. O günden bugüne ne değişti sanıyorsun?"

Düşündü Özge: Peki nasıl zehir içirip öldürebilmişlerdi, ülkenin hatta o günlerin bilinen en zeki kişisini? Çünkü kendi istemişti. *Crito*'da* anlatılmıştı Sokrates'in ölüme gidişi, nedeni, kendisini ölümden kaçırmak isteyen dostlarına nasıl itiraz ettiği. Adalet için gerekirse ölmeli miydi? Hayır! Adaletsizlik için ölmüştü Sokrates. Ölümü adaletin değil adaletsizliğin en büyük deliliydi. Binlerce yıl sonra bile dillerdeydi. Yapılan adaletsizliği tarihe kazırcasına içmişti o zehri. Bugün şu zerre kadar olan adaletin var olabilmesinin temeli o gün Sokrates'in o zehri içmesi bile olabilirdi.

Özge ağzını açtı, hızla atılan bir tazı gibi soruyu karşılamaya hazırdı ama Muammer Bey elini kaldırdı, Özge'nin atağını kesti, devam etti.

"Hiçbir şey değişmedi. Her gelen nesil kendi savaşını veriyor bu dünyada. Nesiller akıllandıkça savaşları da zorlaşıyor aslında. Platon'un idealar âlemi demesinin nedeni belki de bu, aslında buradaki her şey başka bir şeyin yansıması. İç içe geçmiş bir sürü boyuttan sadece üç tanesini algılayabilecek güçteyiz henüz. Ve şurada gördüğün taburenin asıl görüntüsü bu değil. Neden mi? Bu tabureyi bir kâğıdın üzerine çizilmiş haliyle gördüğünde nasıl kâğıda çizilen o iki boyutlu görüntü aslını yansıtmıyorsa, sen nasıl o iki boyutlu haliyle kâğıdın üzerindeki o tabureye oturamıyorsan ve ancak üçboyutlu olunca tabureyi kullanabiliyorsan, bu taburenin dördüncü, beşinci boyutlardaki hallerini de düşünmek

---

* Platon'un yazdığı bir diyalog

lazım. İki boyutlu haliyle sadece şekil olabilen tabure, üç boyut algısı olan biri için üzerine oturabilecek bir şeye dönüşüyor. Peki gerçek ne? Algıladığımız kadarını gerçek sanıyoruz. Yani anladığımız kadarı bizim gerçeğimiz oluyor. Demokrasi de öyle, tüm siyasi sistemler sahibinin anladığı kadar var olabilirler. Aynı teknoloji gibi. Bugün Amerika'nın üst düzey savunma ve uzay çalışanları kuantum bilgisayarlarıyla üçboyutlu işlemler yapıyorken yani holografik bir teknolojinin içinde üçboyutlu bir sistemle olasılıkları hesaplayabiliyorlarken, biz, gelişmemiş ülkeler, dokunmatik telefonlarımızla oldukça mutluyuz, çünkü kapasitemiz bu kadar aslında. Kapasiten arttıkça, her şeyin gelişir, çünkü yönetilen değil üreten olursun. Üreteni yönetemezler!"

Özge'nin gözlerinden fırlayan sabırsızlığı o kadar belirgindi ki Muammer Bey açıklama yapmak zorunda hissetti kendini.

"Biraz daldan dala atlıyorum ama sabredersen bağlamak istediğim yer aklında filizlenecek yeni fikirlere toprak olabilir."

Ömer ağzına tıktığı son lokmasını çiğnerken Muammer Bey'i onaylarcasına salladı kafasını. Özge, Ömer'in onaylamasına bakıp iç çekerek geriye yaslandı. Bu ikisi birbirlerini nedense itirazsız anlıyorlardı. Romantiklikleriydi belki de ortak yanları. Sabırsızlığını bastırdı, omzunu sıvazlayan Ömer'in hareketini görmezden gelip dinleyeme hazırlandı.

Muammer Bey sordu.

"Nedir demokrasi?"

Özge üzerine daha önce saatler boyu kafa yorduğu kelimeyi açıklayacaktı ki, Ömer yeni yuttuğu lokmasının henüz boşalttığı ağzından kelimeleri çıkardı.

"Latince. *Demos* halk demek, *kratia* ise güç, yönetim demek. Orijinali *demockratia* aslında, ama zamanla demokrasiye dönüşmüş. Kısaca halkın yönetimi demek" dedi.

Özge konuşacaktı ama Muammer Bey susturdu yine onu, "Ne diyeceğini biliyorum..." diyerek.

Özge sustu, meydan okurcasına tebessümle baktı Muammer Bey'e, ne diyeceğini nasıl bilebilirdi ki?! Ama Muammer Bey tam da Özge'nin söylemek istediği şeyi söyledi.

"Bugün bu ülkede uyguladıkları şeyin tam adı temsili demokrasi, yani her bir kişinin seçtiği temsilciler, ki biz bunlara milletvekilleri diyoruz, bizim adımıza her şeye karar veriyorlar aslında. Peki kendi yerimize güya seçtiğimiz bir milletvekilinin kim olduğunu biliyor muyuz?"

Özge nefes alırken gülümsedi, bitirilmiş kahvaltı masasında kalan gevreğinden son lokmayı ağzına attı ve Muammer Bey'i dinlerken gülümsemeye devam etti. Asıl şimdi Muammer Bey dikkatini çekmişti, sanki şimdi o gereksiz romantik ön sevişme bitmiş ve nihayet konuya girmişlerdi. Hangimiz biliyorduk ki hırsızlık skandalına haber olmuş milletvekilleri dışında diğerlerini? Bilmediğimiz insanları nasıl seçiyorduk o zaman! Hakkımızı nasıl devrediyorduk hiç tanımadığımız adamlara! Bu tam bir sersemlikti! Neden değiştirmiyorduk bu saçmalığı, neden düzeltmiyorduk bu yanlışlığı!? Sadık'a yalakalık yapmaya gelen milletvekillerini düşündü Özge, ne kadar da isimsiz, ne kadar da suratsızdılar. Kimliksiz, karaktersizdiler. Hepsinin de ceket ilikleme şekli birebir aynıydı! Bunları ceket iliklemek için aynı kursa mı gönderiyorlardı! İliklenen o ilk düğmede, ne istersen yapmaya hazırım yeter ki bana bir kemik at diyen köpek gibiydi pozları. Birkaç saat sonra onlardan yüzlercesinin olduğu bir toplantıya gireceğini düşününce dişlerini sıktı. Katılacağı partinin il toplantısı vardı, önümüzdeki dönem milletvekili adaylarını açıklayacaklardı. Gitmesi söylenmişti.

Muammer Bey devam etti.

"Kim olduklarını hiçbirimiz bilmiyoruz. Hatta ben benim adıma karar vermesi için kardeşime bile vekâlet vermezken bu koca topraklardaki milyonlarcasının hakkı, haklarımızın tamamı, hiç tanımadığımız birilerine teslim. İşte bu da bugün bu ülkede uygulanan temsili demokrasinin özü, yani aslında halkın seçtiği değil, bir tek kişinin seçtiği ve adını da milletvekili koyduğu hiç tanımadığımız adamlar bize ait olanı kendi aralarında paylaşıyorlar. Aslında temsili demokrasi denilen şey seçilmiş diktatörlüktür. Bugün demokrasiyi gerçek anlamda uygulayan tek ülke İsviçre'nin, bizim gibi fikri gelişmemiş, gık desen birbirine düşürebileceğin toplumlara attığı bir kemiktir bu temsili demokrasi. Herkes Amerika'yı suçlar ama organizasyonun beyni İsviçre'dir. İşte o yüzden bizimkiler habire İsviçre kanunlarını alıp uyguladıklarını söyleyip dururlar ama bu durum aynı komşunda olan elektrik süpürgesinin aynısına sahip olman gibidir, o süpürgeyi alman temizliği iyi yapacağını, makineyi iyi kullanabileceğini garantilemez. Kapasiten kadarını hak edersin!"

Özge yine ağzını açtı ama bu sefer Muammer Bey'in suratına yayılan hınzır gülümseme ve yine kalkan eli susturdu onu, Özge kollarını bağlayıp dinlemeye bıraktı kendini.

"Bugün İsviçre'yi incelersen şunları fark edersin: Bir, ne yaparsan yap İsviçre vatandaşı değilsen vatandaşlık alamazsınız. Evlilik yoluyla bile çok zordur. İsviçre daima İsviçrelilerindir! Geri kalan herkesi dışarıda bırakırlar. İki, İsviçre bankacılık sisteminin merkezidir. Ünlü Rothschild ailesinin memleketidir. Dünyanın yüzde 87,2 gelirinin sahibi olan o meşhur yüzde 20'nin evidir İsviçre. Üç, bugün çaldığın bir para varsa en iyi saklayacağın yerdir. Hiçbir ülkenin yasal olarak kabul edemeyeceği her türlü parayı alır ve o ünlü bankalarında güzelce korurlar. İstersen koca bir ülkeyi dolandır, halkın tüm parasını çal ve hepsini İsviçre'deki bir bankaya koy... Halk parasını geri istese bile adaleti değil, hırsızı korurlar. Dört, dünyada gerçek demokrasinin uygulandığı tek ülkedir. Şimdi senin soruna dönersek Özge kızım, 'Var olmayan bir şey korunabilir mi?' demiştin, lafı dolandırdım ama sana şunu söylemek isterim: Korumaya başladığın her şey sen koruduğun için var olurlar... anlıyor musun?"

Düşündü Özge, korumaya başladığımız şeyler korundukları için mi var oluyorlardı?!

Muammer Bey Özge'ye doğru eğilip nerdeyse fısıldadı.

"Ağaç, filizi koruduğun için ağaç olur, filiz tohumu koruduğun için filiz olur. Sen tohumu korumasan ağacı kucaklayamazsın, aynı demokrasi gibi, eşitlik, hakkı koruduğun için var olur; adalet, eşitliği koruduğun için... Sahip çıkmalıyız korumak için, kavga etmeden, savaşmadan sahip çıkmalıyız, işte o zaman kapasitemiz de hak ettiklerimiz de artar."

Adım adım gidiliyordu demokrasiye, korunan her adımda yaklaşılıyordu. Sahip çıktığı her hakta, kimin hakkı olursa olsun, insan bir tek o zaman gelişiyordu, insan oluyordu. Özge konuşmak istedi ama engelleneceğini düşünüp dikkatle baktı, Muammer Bey tebessümle onu lafa buyur etti.

Özge, "Anlamıyorum, demokrasiyi korumak için ayağa kalkmak gerekiyorsa önce temsili demokrasiyi yıkmak gerekmiyor mu?" diye sorguladı.

Muammer Bey cevap verdi.

"Sen hak için, haklı için ayağa kalkınca ne olacağını sanıyorsun? Sahtelik ancak gerçeğin iradesiyle yıkılır. Yıkılması zor gibi görünse de aslında sadece saniyeler sürecek kadar kolaydır yanlışı yıkmak, zor olan, o iradeyi ne olursa olsun göstereceğinin kararını vermektir. Sen her şeyi göze alıp ayağa kalktığında zaten hayat senden her şeyini almaz, sana daha fazlasını verir."

Ömer'in yumruğunu masaya vurmasıyla irkildi Özge. Ne olduğunu anlamak için Ömer'e baktığında, kararlılık gördü. Kendi kararlılığıyla korkusuzlaşan Ömer hayattan bir işaret bekliyordu. Tüm gün bilgisayar başında grafik tasarım yapan çocuk gitmiş yerine savaşmak için ayakta hazır bekleyen bir insan gelmişti. Özge güldü... Muammer Bey katıldı gülüşüne... ve sonra Ömer de... birlikte huzurla güldüler. Hak için feda etmek gerektiğinde önce Ömer'in feda edeceğinden habersiz onun cesaretine sevindiler, zamanı geldiğinde onun tereddütsüzlüğünde nasıl da mahvolacaklarını bilmeden. Muammer Bey Ömer'i kolundan sıkıca tutup, "Ama savaşmak için değil, korumak için kalkacaksın ayağa. Sadece sahip çık. Üşenme, yeter. Gerisini evren halleder" dedi.

Ömer kafasını salladı ve saatine baktı. "Kalkmamız lazım Özge, yol uzun sürer" dedi. Kalktılar. İki aslan, sırtlanların toplantısına doğru yola çıktılar.

6. *Bilge & Ali*

"Demokrasi! Var olabilir mi? Herkesin hakkı tek bir sistem içinde gözetilebilir mi?!... Hakkını bilmeyenin bile hakkı korunabilir mi?!" dedi Bilge, içinde hissettiği tepkiyi dillendirmeden edememişti ve kelimeleri bittiğinde konuştuğuna pişmandı yine, kafasını tabağına eğdi.

Ali ağzındaki lokmayı yutup, "İnsan belirli bir algı seviyesine geldiğinde, her şey mümkün" dedi.

Bilge bakışlarını tabaktan almamaya çalışarak mecburi hissettiği cümleleri söyledi.

"Algı seviyesi... Evrimden bahsediyoruz burada, tekâmülden, yani insanlar öyle bir seviyeye çıkacaklar ki kendilerini düşündükleri gibi bir diğerini de düşünecekler... O algı seviyesine çıkabilmenin şartları var, zor değil ama zorunlu şartlar bunlar!" dedi ve kendini sustururcasına lokmayı soktu ağzına. Neden konuşuyordu ki?! Çenesini tutamadığı o günlerden birindeydi.

Ali, "Nedir bu şartlar?" diye sorduğunda, kafasını kaldırıp baktı, konuşup konuşmamakta kararsız bir ifadesi vardı. Ali başını salladı, küçücük, sakin bir şekilde. Zeki ve Leyla'nın da yemeklerine gömülmüş olması Bilge'yi rahatlattı, aklı ona biraz bilgi paylaşmanın zararsız olduğunu mırıldandı ve nihayet Bilge açıkladı.

"1943 yılında insan motivasyonunun teorisi diye bir teori geliştirdi Abraham Maslow. Aslında bu teorinin anafikrinin daha öncesi de var, ama biz buradan başlayalım. Yeni yeni gelişen psikoloji biliminde herkes deformasyona yani akıl hastalıklarına odaklanırken Maslow potansiyele odaklanmıştı. Geliştirdiği teoriyi bir üçgenle şekillendirdi ve bu üçgene İhtiyaçlar Piramidi adını verdi. 5 basamaktan oluşan piramit sonraları 8'e kadar çıktı ama biz beşi anlasak yeter. Demokrasinin gerçekten var olabilmesi için insanın ihtiyaçlar piramidindeki bu 5 basamağı tırmanmış bir varlığa dönüşmüş olması gerekir, fikrimce."

Bilge, sakince çantasından çıkardığı kalem ve kâğıda bir üçgen çizdi ve birbirine paralel 5 kata böldü çizdiği üçgeni, Leyla ve Zeki'nin de kendisine odaklandıklarını görünce kendine geldi, bilgiyi aktarırken bu kendini kaybetme hali hiç de hoş değildi, hatırladı ne sorması gerektiğini.

"Dinlemek ister misiniz?"

Ali kafasıyla sakince ama hipnozda gibi onaylarken hayatında onu dinlemekten daha fazla hiçbir şey istemediğini düşündü.

Bilge ilk basamağın üstüne birincil ihtiyaçlar yazarken konuştu.

"İnsan, insan olabilmek için nefes almalı, doymalı ve uyumalı, yani hayatta kalabilmeli önce. Hayatta kalabilmemizi sağlayan ihtiyaçlara birincil ihtiyaçlar diyoruz. Ancak bu ilk basamağı çıkabiliyorsanız yani birincil ihtiyaçlarınız karşılanıyorsa hayatta kalıyorsunuz.

Sonra ikinci basamak geliyor, insanın kendini güvende hissetmesi gerekiyor. İlk basamakta karnını doyuran, yaşayabilen insan sığınabileceği bir yer arıyor, ancak yaşam güvenilir bir yuva bulduğu zaman sürdürülebilir yani devam eder hale geliyor.

Üçüncü basamaktaysa sevgi arayışı başlıyor. Hayatta kalabilen, yaşamını sürdürebilen insan artık sevilmek, ait hissetmek, kabul görmek istiyor. Dünya insanının en çok takıldığı yer işte burası: üçüncü basamak. Milyarlarca insanın karmaşa yaşadığı yer. İnsan ihtiyaç duyduğu sevgiyi bulmakta zorlanınca, kabul görmek için farklı yollara başvurabiliyor. Spor müsabakalarındaki holiganlar, terörist gruplara katılan genç insanlar ya da çıkarı olmadan suça ortaklık edenler, politik gençlik kollarına katılıp kitle suçlarına dahil olanlar ya da önüne gelen erkekle birlikte olup bir süre sonra cinsel istismara uğrayan kadınlar... Hepsi ait olmanın açlığında neye ait olduklarına dikkat etmeden kabul görmeye çalışan üçüncü basamağın tutsaklarıdır maalesef."

Ali düşündü, karnımız doysa da, kafamızı sokacak bir evimiz olsa da, sevilmekle ilgili eksiktik çoğumuz. Bırakın diğerleri tarafından kabul görmeyi anne ve babasının yargısı altında büyümeye çalışarak gelişirken bile eziliyordu çoğu insan. Kendisi de böyle ezilmemiş miydi!? Kendi ailesinden göremediği kabul onun hayatını cehenneme çevirmemiş miydi!? Milyonlarcası nefretle büyüyor, üçüncü basamağın aralığında kurban ediliyorlardı ulaşmaları gereken insanlıklarına tırmanamadan.

"Diğerleri neler?" dedi Zeki, Bilge'nin konuşmasına devam etmesini isteyerek.

Bilge kontrollü bir heyecanla kalemi alıp devam etti.

"Üçüncü basamağı aşabilenler, bir mucize gibi sevilen, seven ve kabul görenler nihayet dördüncü basamakta başardığını herkese göstermek isteyecekler. Statü sahibi olmak, kendine güvenerek kendini ifade etmek dördüncü basamağın konusudur. Ama bu basamak birinci basamak gibi hayat memat meselesi olmasa da potansiyel için en tuzaklı yerdir burası. Çünkü statü sahibi olmaya, kendini ispatlamaya takan insan başarıya öyle saplanabilir ki, herhangi bir şeyi başarmak, herhangi bir statüye sahip olmak, kim olduğunu keşfetmenin, kendini başarmanın önüne geçebilir, ki genelde olan budur tüm toplumlarda. Zengin insanların tuzağıdır burası. Zengin olmayı hedefledikleri için başarmışlardır, zengindirler, dışarıdan bakıldığında başarının en tepesinde görünseler de, aslında kendilerine kurdukları tuzağın en göbeğinde oldukları için uyuşturucu, alkol gibi kayboluşa adanırlar o en başarılılar. Çünkü zenginlik bir başarı değildir. Statü sahibi olmanın kestirmesidir. Ve hiçbir kestirme kişiyi kendine götürmez, tam tersi uzaklaştırır. Halbuki, hayatta kalma problemini ilk üç basamakta fiziksel ve duygusal olarak çözen insan için dördüncü basamak aslında karakterin doğduğu yer olmalıdır. 'Kimim ben?' diye kendi kendine sorabildiğin zaman var olursun, nefes aldığın için değil. Düşünüyorum öyleyse varım! Hiç düşündünüz mü ne demek bu?!"

Ali düşünmüştü ama Bilge'nin açıklamasını duymak istiyordu, zamanı geçiştirip cevaba ulaşırcasına kafasını iki yana salladı.

Bilge, "Görmediğinizi düşünün, kapatın gözlerinizi" dedi, hepsi kapattılar. "Hiçbir şey yok, sadece karanlık... sonra duymadığınızı ekleyin buna. Sessizlik... çıt yok. Hiçbir şey duymuyorsunuz... Sonra koku almadığınızı... ve dokunsanız da, size dokunsalar da hissetmediğinizi... Yani beş duyunuzla hiçbir şeyi fark etmediğinizi düşünün... Sessiz bir karanlıkta hissiz bir şekilde belki de ölümde gibi... ama yine de varsınız, çünkü düşünüyorsunuz. İnsan nefes aldığı, gördüğü, tattığı için değil düşündüğü için var. Düşündüğü için var olan bir varlık düşündüğü için asla cezalandırılmamalı."

Herkes gözlerini açmıştı, Bilge devam etti.

"Bazıları kimim ben sorusunun cevabını en güzelim, en dikkat çekenim, en güçlüyüm ya da en zenginim gibi vermeye çalışabilirler. Çünkü kimliği şekilde aramak en kolayıdır."

Can Manay'ın kliniğine gelenleri düşündü Ali, birçoğu dördüncü basamakta kaybolmuştu, suratlarından belliydi. Her birini ayrı ayrı tanımıştı, özellikle Can Manay'ın kadınlarını. Birincil ihtiyaçları karşılanmış, sevilmiş, statü sahibi olmuş birçok zengin kadının estetisyenlerde suratlarına yaptıkları işkencenin kaynağı bu dördüncü basamak olmalıydı. Bu basamağa gelip devam etmek yerine takılmışlardı burada ve kaybolmuşlardı. Neydi bu kadınların sorunu diye düşündü Ali. Bilge'de olan ve bu kadınlarda olmayan, onları kendi şekilci mükemmelliklerinin peşinde tutsağa dönüştüren... ne vardı? Erkekler. Bilge'nin erkeğe ihtiyaç duymayan haliydi onu koruyan. Kimseye ihtiyaç duymayan bu sade hali. Kimim ben sorusunu bir gün bile kendine sormamış heriflerin kısıtlı gözlerinden kendine değer biçmediği için özgürdü Bilge, şekilde değildi anlamdaydı çünkü güzel olmayı anlama feda etmiyordu. O yüzden böylesine ışıl ışıl parlıyordu.

Ali sordu. "Peki ya beşinci basamak?"

"Onca varlıklarına, servetlerine, huzurlarına rağmen diğerleriyle yarışırcasına şekle yapışmamayı başaranlar nihayet beşinci basamağa, kendini gerçekleştirmeye varırlar. Kendini gerçekleştirmek... Peki bu ne demek? Ben niye buradayım demek. Özümde neyim demek. Beni diğerlerinden ayıran en temel şey ne demek. 'Şeklim ne?' değil, 'İçimdeki bu ses ne?', 'İçeriğim ne?' demek.

Böylece kendi ilkelliğinden arınmış hakiki insan doğar. Hakiki insan burada belki daha bebektir ama en azından kendini bilir. 'Transcendence' diyorlar buna. Ruhun tekâmülü, evrim. Ve işte bu evrim olmadan yani her bir birey kendini gerçekleştirmeye odaklanmadan demokrasi var olamaz. Bir diğerinin açlıkla savaştığı bir sistemde siz *transcendence*'e ulaşamazsınız. Kişinin kendini gerçekleştirebilmesi için ait olduğu toplumdan çok farklı olmaması gerek, yoksa, yüzleştiği şeyler yükselmesine değil kendini öldürmesine neden olacaktır. Demokrasi mi kendini gerçekleştirmekten, kendini gerçekleştirmek mi demokrasiden?... İnsanlığın kısırdöngüsüdür bu. Siz de bu basamakların hangisinde olduğunuzu kendinize sorabilirsiniz."

Bunları söylerken Bilge ilk defa gözlerini kaçıramadı Ali'den, ilk defa kaçamadı konuşurken çünkü çok yoğun bir huzur vardı o gözlerde. Anlayan, hak veren. Konuşsun diye bekleyen, daha fazlasını isteyen. Sanki ilk defa göz göze gelmiş gibi odaklandı Ali'nin uzun, kıvrık kirpikli, ballı gözlerine. Kirli sakalın hafifçe kararttığı surat çok erkeksiydi. İçinden gelen her cümleyi, anlaşıldığını bilerek atmosfere bıraktı.

Bilge'nin kelimeleri yükledikleri tüm anlamlarla ulaştılar Ali'nin zihninde. Onun ne düşündüğünü ilk defa merak etti Bilge, daha önce neden merak etmemişti ki! Bunu nasıl daha önce fark etmemişti?... Hayır, fark etmişti ama düşünmemişti. Neden Ali'yi düşünmemişti derken Can Manay geldi aklına. Can Manay'ın düşüncesi Ali'nin kim olduğunu hatırlattı Bilge'ye ve ancak ondan sonra çevirebildi bakışlarını çünkü kendi şaşkınlığına uyanmıştı.

Bilge'nin gözlerine bakarken duyduğu sınırsız saygının içine resmen kendini bıraktı, bu kız nasıl da tırmanmıştı bu basamakları, tek başına ve ağabeyine sahip çıkarak. Başkası için zayıflık olabilen

Doğru, Bilge'nin kalkanı olmuştu. Onu koruma içgüdüsüyle belki de kendini bulmuştu. Koruyabildiğimiz kadar mı korunuyorduk aslında?... Uzanıp gözlüklerine dokunmak istedi... O gözlükler Bilge'nin kabuğuydu sanki... Yalnız değilsin demek istedi... Anlıyorum demek istedi. Ona sevildiğini hissettirmek istedi... Daha önce kimseye böyle hissettirmek istememişti. Bilge sanki kendi varoluşunun başka bir haliydi, hissetti. Bakışlarını kaçırmasını istedi...

Bilge indirdi bakışlarını, bu kadar göz göze bakabilmesi bile fazlaydı, yine de sevindi Ali, çünkü bu ilk gerçek tanışmalarıydı. İnsanlar kendilerini birbirlerinin gözlerinde gördüklerinde tanışırlardı. Bilge ona ilk defa bakmıştı.

Bilge'nin masadan kalkmasıyla ana döndü Ali. Ve tereddüt etmeden o da kalktı masadan, Bilge'nin yaptığı gibi tabağını alıp aceleyle, acemice onun peşinden gitti. Bilge eve girmişti, tabağı mutfağa bırakacaktı, belliydi. Ali takip etti.

Mutfaktan çıkarken karşısında elinde tabakla Ali'yi görünce irkildi, tabağa uzandı alıp lavaboya koymak için ama Ali biraz önce masada yakaladığı bakışı yakalamak için bir an bekledi... Bilge Ali'ye bakmadı, bakışı tabaklardaydı, Ali tabakları Bilge'ye uzattı. Bekleyecekti, ne vazgeçecek ne de ısrar edecekti.

Bilge, "Ben hallederim" derken Ali mutfağa girdi, bulaşık makinesini açtı.

"Şartlar demiştin başta, hakkını bilmeyenin bile hakkının korunabileceği şartlar..." Bilge Ali'ye bakmamaya dikkat ederek cevap verirken tabaktaki artıkları kutuya boşalttı. Burada hiçbir şey çöp değildi, bu artıklar köpeklerindi.

"Dünya deliklerinden geçip daha dengeli bir yerde olmayı hak ettiğimizi göstermemiz gereken koca bir elek" dedi Bilge ve ellerini kurulayıp Ali'nin bakışlarından kaçarcasına çıktı mutfaktan, o bakışların altında suratına hücum eden heyecanı saklarcasına.

7. Deniz & Göksel

İçeri girdi Deniz, kutsallığından haberi olmayan o üniformayı giymiş bir sürü kuklanın yanından geçip danışmaya gitti. Polis merkezi kalabalıktı. Göksel'i burada bulabileceği söylenmişti ama danışmadaki memur onun bugün gelmeyeceğini söyledi. Yeni aldığı telefon numarasını Göksel'e vermeleri için bıraktı Deniz, karakoldan çıktı.

Yokuştan inmeye başladı, nereye gideceğini bilmiyordu. Ulaşmak istediği dört öğrencisi daha vardı. Yedisine zaten ulaşmıştı. Göksel'in polis olduğunu onlardan öğrenmişti. Çıkan ayaklanmada gösterdiği başarı için madalya bile verilmiş, ödül töreni televizyonda bile gösterilmişti. Halka karşı kazanılmış bir zaferin ödüllüsüydü Göksel, düşündükçe içi karardı Deniz'in. Kendisine dalıp acısında kaybolmasaydı, bu kadar özenle koruduğu bu çocukları yalnız bırakmasaydı, herkesi unutup buradan kaçmasaydı...

Deniz indi yokuşun dibine, ayaklarının bilinçsizce kendisini götürdüğü yere. Caddeden karşıya geçti aklındaki düşüncelerin istilasında, kalabalıktan kaçarcasına ıssız bir sokağa daldı.

Nasıl oldu ya da niye bilmiyordu ama başını yerden kaldırdı, soldaki büyük araziye baktı. Toprağın tonları nasıl da canlıydı. Toprak candı. Adımları durdu, bakışları toprağa daldı. Ayakları ağrımıştı. Yıllar önce yapılmış ve bir kez bile yenilenmemiş, unutulmuş kaldırıma oturmak için döndü ve işte o zaman gördü!

Ateş tuğlalarıyla yükselmiş, zamanın giydirdiği eskimişlikle demlenmiş, her bir tuğlasının renginde farklı zamanların pastel tonlarını barındıran dev bir yapı vardı karşısında. Oturmak istediği kaldırıma bıraktı bedenini, bu yapı karşısında ilham bedenine inmiş, ağır gelmişti... Bakışlarını bir an bile binadan ayıramadan ağırlıkla oturduğu gibi, içinde büyüyen ilhamla yine ayağa kalktı. Yavaşça binaya yaklaştı, büyük ahşap kapısının çıkarılan kilidinin boşluğuna dolanmış zincir ne kadar da paslanmıştı. Böylesine güzel bir kapının zincirlenmesi yasak olmalıydı.

Uzun müzisyen parmaklarıyla dokunarak hissetti kapıyı, zamanla griye dönüşmüş ahşabın üstünde mevsimlerin bıraktığı izlere dokundu ve sonra şaşırdı... Bu iki kanatlı dev kapının içinde küçük bir kapı daha vardı. Ama öyle güzel konumlanmıştı ki sanki saklanmıştı.

Birkaç adım geriledi Deniz, yetmedi birkaç adım daha derken yola çıktı, böylesine ıssız bir sokakta bu yol sanki sadece kendisi için yapılmıştı. Vardığını hissetti Deniz! Sanki ilk defa bir yere varmıştı. "İçeri girelim..." dedi bir ses. Deniz hemen dönemedi, dikkatini binadan almak için sanki aklı birkaç saniye istedi ve nihayet döndüğünde Göksel toprak arazinin köşesinde çöktüğü yerden ona bakıyordu.

Deniz kafasını sallarken Göksel onu dikkatle inceledi... Hiç değişmemişti ama sanki şimdi daha da kendisiydi. Önceleri üzerine sinmiş o rahatlık gitmiş yerine keskinlik gelmişti. Göksel ayaklandı, kapıya gidip baktı, hayatının büyük kısmını gizlice girdiği yerlerde uyuyarak geçiren biri için zaten terk edilmiş bir binaya girmek çok zahmetsizdi.

Deniz, Göksel'in üzerindeki beyaz gömleğe ve pantolona baktı, yabancılaştı ama sonra, Göksel bir hamleyle kendini yukarı çekip duvarın yanındaki kırık camlı pencereye tırmanınca, rahatladı. Şeklin içeriği değiştirmeye gücü yetmemişti.

Küçük kapının açılması on beş dakika sürdü ama Deniz zaten zamanın nasıl geçtiğini hesaplamadı çünkü binanın kendisine hissettirdiği duyguya dalmıştı. Neydi bu duygu? Neydi bu hissettiği? Tüylerini dimdik eden, ense kökünden gökyüzüne uzanan bir kablonun varlığını tüm bedeninde hissettiren, kendi varoluşundan çok daha büyük bir şeye olan bağlılığını fark ettiren, gözlerinin içine çekilip sanki içinde yaşadığı bu bedende misafir olduğunu ve buraya görevli olarak gönderildiğini ona hissettiren, daha önce yaşadığı her şeyin, tüm deneyimlerin onu bu ana hazırlamak için var edildiğini bildiren, buranın başlangıç olduğunu söyleyen, sırtında hissettiği ürpertinin tüm bedenine akmasına neden olan... neydi?

Kapıyı açınca dikkatle baktı Göksel Deniz'in gözlerine, etrafındaki herkesi harekete geçirebilen o şeyden eser kalmış mı diye... Yoktu ama başka bir şey vardı. Karakoldan çıktığından beri onu takip etmişti, Deniz'in niye kendisini aradığını sorgulayarak peşine takılmış, her adımda birazdan peşini bırakacağını içinden tekrarlamıştı. Yeni yaşantısında ona yer yoktu ve Deniz bunu anlayamazdı. Kimse anlayamazdı. Kendini kaybetmiş bir şekilde yürümesini izlemişti Deniz'in, kayboluşundan sonra aldığı bu hal ilginçti. Bu sokağa girene kadar her şey sıradandı ama Deniz bu sokağa girmiş ve Göksel'in çocukluğunun büyük bir bölümünü geçirdiği bu eski binayı görünce donup kalmıştı! Bir zamanlar Göksel'in hayatını kurtaran bu binayı sanki tanımıştı.

Açılan kapıdan konuşmadan içeri girdi Deniz, kendisine dikkatle bakan Göksel'in önünde bir an durdu, bir hayvanın gözlerinin içine bakıp kendini hatırlatırcasına ona odaklandı. Deniz'in gözlerinde harekete geçiren o ışık gitmiş, yerine hatırlatan bir hal gelmişti. "Kimsin sen?" diyen bu hal sanki haykırırcasına bakıyordu güz yeşilinin içine doğan sarı güneşin ele geçirdiği bu gözlerden. Hatırlamaktan başka seçeneğinizin olmadığı o yerde Deniz bağırıyordu ya ol ya öl diye.

Göksel kenara çekilip Deniz'e yol verirken kararını da vermişti, bir hayvan gibi içgüdüsel ve netti: Bu adam nereye giderse peşinden gidecekti.

Metrelerce yükseklikteki tavan, dev ahşap ağaçlarla sıra sıra desteklenmişti. Tavana yakın, yerden çok yukarıdaki üst kısımları oval pencerelerden süzülen ışık dalga dalga akıyordu içeri. Binanın tabanına yığılmış kum tepesinin üstüne yuvalamış güvercinler aniden havalanınca Göksel ve Deniz bir an irkildiler ama havalanan kuşların senkronize bir şekilde binanın içinde dolanmaya başlaması ikisini de kıpırtısız bıraktı. Sağdan sola dönen sonra aniden yön değiştiren sürü, tesadüfe yer vermeyen bu hayatın işaret diliyle konuşması gibi dönüşlerini tamamladılar ve kırık olan pencereden uçup gittiler. Her tarafta kuş pisliği olmasına ve bu binanın bu güvercin sürüsünün yuvası olduğuna emin olmalarına rağmen bir daha geri gelmedi güvercinler, sanki binadaki nöbetleri bitmişti.

8. *Ada*

Bu stajyer kız kesinlikle gitmeliydi! Tugay'la cilveleşmesi, ona böyle bakması tahammül edilemezdi diye düşündü kafasına kulaklığını takarken. Müzik yapması için her firmadan reklam teklifi yağıyordu ve günlerdir stüdyodan çıkamıyordu. Gece uyumak için eve ancak gidiyor, vardığında da kafayı vurup yatıyordu. Tugay'ın verdiği haplar uyumasını, sabah çektiği kokainse uyanmasını sağlıyordu. Birkaç ay içinde ev alacak kadar parası olmuştu, kazancın sadece yüzde 10'u bile oldukça iyiydi. Geri kalan yüzde 90'ın Tugay'a kalması onu hiç rahatsız etmedi. Nasıl etsindi, Tugay her şeyiydi!

Gözlerini nefretle oynak stajyer kıza dikip bu kış çıkacak olan yeni kahve için bestelediği müziğe sözleri dizdi. Kız on sekizlerindeydi, ne kadar koca memeliydi! Tugay'ın oynak stajyere kayan gözlerini kendinde tutarcasına şarkısını söylerken vücudunu kıvırmaya başladı... Yetmedi üstündeki bluz fazla gelmiş gibi yaptı, kulaklığı atıp müziğe devam etmesini işaret ederken üstünü çıkardı. Tugay'la birlikte izlediği pornolardaki fahişeler gibi, sutyensiz göğüsleri ince askılı atletin altında bu yavşak stajyerden daha fazla dikkat çekiyor olmalıydı. Sonuçta o Ada'ydı, ülkenin müzik dehası!

Kulaklığı yine taktı, müziği başa aldırıp gırtlağından çıkardığı muhteşem bir sesle girdi notaya ve gözlerini Tugay'dan, sahip olduğu tek erkekten, ilk erkeğinden ayırmadan bir kahve için yapılabilecek en güzel müziği yaptı, ruhunu her notaya katarcasına, stajyer kızdan intikam alırcasına.

Petrolyum atığı süt tozunun kahveyle birleştiği o paket için yapılan bu müzik, öyle popüler olacaktı ki insanlar gönüllü olarak cep telefonu müziği yapacaklardı Ada'nın bestesini. Ülkenin en kârlı kahve reklamı böyle doğdu. Her yudumda biraz daha kanserli hücren olurken iyi müzik dinlemek gibisi yoktu. Müzik bittiğinde çıktı stüdyodan ve dümdüz bakıp herkesin içinde, sümsük stajyeri işaret ederek Tugay'a emretti.

"Gönder bunu!"

Stüdyonun gördüğü son güzel kız oldu o stajyer, Ada kendini eksik hissettiği kimsenin yanında bir saniye bile durmadı, durmayacaktı. Duru'dan sonra dersini iyi almıştı. Ünlendikçe, etrafındakilere hükmetti, hükmettikçe güçlendiğini hissetti, kendi hemcinsine acımasızlaşan her kadın gibi kendi bölgesini diğerlerini kovarak korudu. Ölümüne yalnızlaştığını fark etmedi. Etrafında sürekli kendinden daha azını bulundurarak adım adım azaldı, kendi karanlığına daldı.

Hemcinsini tehlike sanan her kadın o karanlıkta yaşardı.

9. Özge

Laiklik karşıtı olanlardan daha kötü bir şey varsa cumhuriyeti ağızlarına sakız etmiş ama anlamını bilmeyenlerdi ve yüzlercesi bir araya toplanmış parmaklarını kıpırdatmadan cumhuriyeti korumanın yolunu partileşerek bulduklarını sanıyorlardı.

Ömer'i dışarıda bırakırken büyük spor salonunda toplanan kitleye baktı Özge, giydikleri kıyafetlerle güzelliklerini ortaya koymak için birbiriyle yarışan yüzlerce kız; kendilerine statü edinebilmek için siyasete atılmaya karar vermiş birbirleriyle yarışan yüzlerce erkekle tanışmak için toplanmıştı sanki.

Dayanışma yoktu, rekabet vardı. Özge köşede herkesin yerine oturmasını bekledi. Herkes oturduktan sonra da merdivenlerin kenarına çöktü. Merdivenlerde oturan tek kişiydi. Bir adaydan çok toplantının yapıldığı spor salonunda çalışan bir görevli gibiydi.

Herkes kafalarına yüklenen siyasetçi imajına o kadar saplanmıştı ki, kadınların döpiyes takımları, erkeklerin takım elbiseleri, Özge'nin giydiği beyaz gömlek üzerine blazer'ı, altındaki kot pantolon ve spor ayakkabısıyla büyük çelişki içindeydi.

Hizmet etmek için değil, kendilerini önemli hissetmek için sıraya girmiş olan yüzlerce kişi, "En önemliyim, belki şimdi değil ama bir gün çok önemli olabilirim" diyordu etrafa fırlattıkları iddialı tebessümlerle. Görevini küçümseyen herkes gibi ne kadar da zavallıydılar!

Bir milletin onurunu korumak için orada bulunduklarının farkında bile olmadan partinin ileri gelen ama aslında ileri gelebilmek için hiçbir gerçek çabada bulunmamış bir grup insanının, anlam yüklenmeye çalışıldıkça anlamsızlaşmış konuşmalarını dinlediler. Nihayet, milletvekili aday adaylarının listesi açıklandı.

Özge Egeli, küçücük, kimsenin tanımadığı bir kelime gibi söylendi geçti. Özge hariç listedeki herkes ise birbiriyle tanışıktı. Kimse onu fark etmedi. Kimsenin önemsemediği hatta duymadığı bu ismin her şeyi değiştirebilecek güçte olduğunu bilmiyorlardı.

Toplantı sonuna kadar bekledi, sonra kendisine söylendiği il ve parti başkanının elini sıkmak için sıraya girdi. Sıra kendisine geldiğinde sakince başkanın elini sıktı ve kulağına eğilip Mahmut Konmaz'ın selamını söyledi. Mesaj alınmıştı, başkan elini daha da bir şevkle sıkıp, "Sizi şimdiden tebrik ederim küçükhanım, hayırlı olsun" dedi. Selamlaşmaları bitince Özge gitti. Seçimlerin yapılmasına daha zaman vardı ama geri sayım başlamıştı...

8. BÖLÜM

3 Ay Sonra...

1. Doğru

Sağ sol sağ sol sağ sol... Ağacın sallanmasını izledi, her şeyin bir paterni vardı, hayat sürekli kendini tekrarlardı. Paterni bulmak, hayatı anlamak için her hareketi saymak, hesaplamak gerekti... Sağ sol sağ sol sağ sol, ön ve sağ, sol sağ sol, ön, geri, diyagonel, sağ, daha çok sağ, sol, geri ve ön... Ağacın paterni neydi? Nerede başlıyordu ilk hareketi ve nerede kendini tekrara dönüyordu tüm hareketleri? Hesaplamak lazımdı.

Zorlanarak bakışlarını ağaçtan aldı Doğru, en zoru da ağaçlardı, onların hareketlerini hesaplamak yüzlerce yaprağın senkronizeden uzak sallanmasını da katarsak epey karışıktı. Hiç bölünmese, bölmeseler, belki yapabilirdi ama henüz başaramamıştı. Buraya her geldiğinde odaklandığı ayçiçeğine yürüdü. Tarlanın ortasına vardı.

Her zaman durduğu yerde durup varoluşu anlamak için yine aynı ayçiçeğine odaklandı.

Evren bir mekanizmaydı. Dev bir makinenin içindeydi Doğru, sürekli çarkların dönmesini, rüzgârın esmesini, mekanizmanın içindeki her parçanın hareket edip başka şeylere dönüşmesini izler olmuştu. İzlemekten, tüm dikkatiyle izlemekten başka çaresi yoktu, henüz ne işe yaradığını bilmediği bir mekanizmanın içindeydi. Çözmek zorundaydı. Bu mekanizma ne işe yarardı? Niye buradaydı?! Etrafındaki insanların gürültüleri, anlamı bozan hareketleri, mekanizmayı yavaşlatan halleri olmasa anlamak daha kolaydı. Ama insanlar her yerdeydi, izlemek istediği bu mekanizmayı kalabalıklar halinde kaplamışlar, her yerine bulaşmışlardı çamur gibi, işleyişi görünmez kılan bir tabaka gibi.

Bağırarak sıyrılıyordu onlardan. Burası güzeldi, işleyişi izlemesini engelleyecek kadar insan yoktu, hesabını karıştıracak kalabalıklardan uzak, mekanizmanın sanki göbeğindeydi.

Ayçiçeğinin tanelerinin merkezden başlayıp dışa doğru hafif bir eğriyle nasıl da şekillendiğine baktı, fark etti, ayçiçeği büyümüştü! 651 çekirdeği vardı önce çiçeğin, sonra 813 olmuştu, sonra 912, 1029, 1173 ve şimdiyse 1353. 1353 çekirdekle kendi etrafında dönen bir girdap gibi 137,5 derecelik bir açıyla büyüyordu çiçek. Fermat spirali.

Her an büyüyen bu çiçek, güneşten süzülen ışınlar, esen rüzgârın taşıdığı tozlar, toprak, topraktan çıkan tohumlar... Doğru, hiçbir şeyin gereksiz olmadığını anlayacak kadar gözlem yapmış, toplamış, çıkarmış, çarpmış, bölmüştü anlamları, hesaplamıştı hayatı. Durmaksızın izlemesi bundandı. Bir sene önce hesapladığı bir parçanın bir sene sonra nasıl da yine ortaya çıktığını, başka bir parçanın çalışmasını nasıl sağladığını fark etmiş ve her şeyin birbiriyle bağlantısını hesaplamıştı. Döngüler içinde var olan hayatın paternine odaklanmıştı.

Bilge huzurla baktı Doğru'ya, yine o çiçeğin başındaydı. Ne

kadar da sakindi burada. Artık bağırmıyor, atak geçirmiyordu. Anlıyordu onu Bilge, sıyrılmak istediğinde bağırıyor olmasını anlıyordu, odaklanmak için yalnız kalması gerektiğini anlıyordu. Her şeydeki matematiği görebilmeyi anlıyordu. Etrafındaki dünyanın hareketine odaklanmış olmasını anlıyordu. Hasat zamanı geldiğinde ne yapacağını düşündü Bilge bir an ve elinde sırası gelen harfi koydu Onur'un önüne, sıra "L" harfindeydi. "L" dedi. Onur hemen tekrarladı: "L." Ve içinde L olan kelimeleri önündeki kitaptan işaretlemeye başladı, her işaretle birlikte "L" diyerek. 598 sayfalık kitapta epey L vardı, işaretlemesi biraz zaman alacaktı. Göz teması kuracak seviyeye gelmelerine daha çok vardı ama haftalar önce iletişim bağını tetiklemek için burun spreyi şeklinde kullandığı Oxytocin* iş görmüş gibiydi.

Onur'un korku eğilimli tepkiselliği azalmış, merakı artmıştı. Oxytocin'i müzikle tetiklemeye devam edip iki hafta içinde dokunabileceği bir hayvanla bağlantıya geçirmeyi planlıyordu onu. Doğru'da hayvan pek işe yaramamıştı ama Onur farklıydı, denemekte yarar vardı. Bilge yerinden kalkıp tulumbayla uğraşan Ali'nin yanına gitti, onun dikkatini tamirini yaptığı şeyden alıp kendisine dönmesini bekleyecekti ama henüz yanına varmadan Ali yerden kalkıp Bilge'nin gelişini izledi.

"Hasat ne zaman?" dedi Bilge, hasat zamanıyla ilgili araştırma yapan bir bilimadamı gibiydi.

"Her bir mahsulünki farklı. Hangisini soruyorsunuz?" diye sorguladı Ali, aslında hangisini sorduğunu biliyordu ama onu daha fazla konuşturmak istiyordu.

Bilge, ayçiçeği tarlasının ortasında duran Doğru'ya baktı bir

* Özellikle kadınlarda doğururken ve süt emzirmede salgılanan, sevilen kişiye dokunulduğunda, sarınıldığında yükselen, sosyal iletişimi güçlendirmede etkili bir bağ kurma hormonu.

an ve sonra Ali'ye son bir adımla yaklaştı, konuşacaktı ama Ali tedirginliğini görünce hemen, "Ağustos sonu, ekim başı..." dedi.

Neyse ki daha vardı, ama Bilge şimdiden Ali'yle anlaşmalıydı. Karşısındaki kişiden bir şey istemek üzere olmanın ağırlığında ezildi önce, sırtındaki kamburu iyice hissetti ve hemen dikleşti. Kollarını önünde bağladı, bu kadar dik dururken göğüslerinin aldığı pozisyonu gizlemek gerekirdi ve gözlerini Ali'nin suratından ayırmadan sordu.

"Sizden bir şey rica edebilir miyim?"

Ali, her şeyi isteyebilirsin deyip onu kollarının arasına almak, tertemiz başını koklayıp ince, narin vücudunu kendisininkiyle korumak istediğini düşünürken gülümsedi. Kalbi "Her şeyi..." derken, ağzı "Tabii..." dedi.

Bilge, laboratuvar sonuçlarını açıklayan bir laborant gibi konuştu.

"Otizm düzensizliğinde ritüeller önemlidir. Değişiklik yıkım gibi gelebilir. Hep aynı ritüelin içinde kendini evde hisseder Doğru ve buraya geldiğimizden beri o çiçeğe odaklanıyor. Hasat zamanında o çiçeği bırakabilir misiniz? Sizin koparmanızdansa kendi doğal süreci içinde Doğru'nun gözlemleyebileceği şekilde çürümesi Doğru'ya iyi gelecektir. Aksi halde ona açıklayamayabilirim neden çiçeğin koparıldığını."

Ali, Bilge'nin kelimeleri arasında kaybolmuştu, o konuşurken vücut dilinde hapsolmuş, sadeliğinde kendini bulmuş ve zekâsında var olmuştu... Ne dediğini anlamıştı ama hissettiği bu huzurdan sıyrılıp cevap vermesi zaman aldı, yine "Tabii..." derken.

Bilge sakin, küçük, her zamanki hareketiyle teşekkür edercesine selam verdi ve Onur'un yanına ilerledi.

Ali ilk defa çıplak düşündü onu, arkasından bakarken. Daha önce birçok kez aklına gelen ve uzaklaştırdığı bu düşünce artık o kadar yakındı ki uzaklaştırsa bile araya koyabileceği mesafe kalmamıştı, çünkü saygısızlık edeceği duygusu da tamamen kalkmıştı. Merak her fikrini kaplamıştı. Ali huzurla baktığında Bilge'ye dokunabilmek için sabırsızlandı. Bir kadını böyle bir saygıyla sevebilmek... böyle bir sevgiyle sarabilmek... böyle tertemiz bir kadına dokunabilmek... çıplaklığının her hücresine kendini tanıtırcasına acele etmeden tenine dokunabilmek... ona kendini hissettirebilmek... Ali daldığı düşünceden sıçrayarak çıktı, çünkü başıboş bıraktığı tulumbanın pompası dışarıya su atmaya başlamış ve Ali'yi ıslatmıştı! Artık sırılsıklamdı... âşıktı.

2. Sokak

Hasan ancak içeri girdiğinde anlayabildi Deniz'in boş konuşmadığını. Anlattığı her şey gerçekti ve bina bir mucize gibi onlarca çocuğun gönüllü çalışmasıyla temizlenmişti. Kapıda dikilip şaşkınlıkla baktı her köşede çalışmakta olan genç insanlara. Tek bir kuruş almadan hepsi görevdeydi. Bu tembel, hiçbir işe yaramayan, ailelerinden aldıkları parayla iki birayı bile kaldıramayan çoluk çocuk nasıl olmuştu da böylesine adanmışlardı? Neydi insanı böylesine harekete geçiren, emek vermesi için motive eden?... Neydi insanı üretmeye iten?

Binanın ortasındaki dev kum tepesini elekten geçirenlerin yanından geçerken sormak istedi ne yaptıklarını ama asma kattaki demirlerle uğraşanlar daha fazla dikkatini çekti, tam seslenecekti onlara bu kez binanın en gerisindeki ahşaptan yapılmış havuza benzeyen yapıyı gördü, içine girmiş çalışanlara bakarak ilerledi. Gözleri Deniz'i ararken aklında onlarca soru oluştu.

Kaç kişi vardı diye hesaplamak istedi ama her köşede birileri vardı, sayıları yetmişten fazla olmalıydı, kızlı erkekli adanmışlardı. Dünya ancak kızlı erkekli bir araya gelindiğinde adanılacak bir yerdi.

Ellerindeki koca silindiri taşırken yanından geçen üç çocuğa nihayet seslenebildi.

"Deniz burada mı?"

Taşıyanlar değil ama onların arkasında, duvardaki tuğlaların üstünde yarım yamalak kalmış alçıyı hafif hafif kıran, tuğlayı açığa çıkaran kız cevap verdi.

"Deniz öğretmen arka tarafta!"

"Bir ay önce kulüpte her tarafa kusan kız değil miydi bu?!" diye düşündü Hasan arka tarafa yürürken. Üretmeyen insan nasıl da kayboluyordu. Bu kızı da uzun süredir görmüyordu, demek gece kulübe gelmek yerine tüm gün burada çalışıyordu. Havuza benzeyen şeyi geçip çalışan çocuklara soracaktı ki gördü, Deniz eğilmiş, parçalara ayırdığı motora bir çarklı ekliyordu. Yanında motordan anladığı belli iki çocuk vardı. Kontağı dikkatle çevirdiler ve motor çalışınca sevindiler.

"Ne yapıyorsun?" diye sordu.

Deniz bir an kafasını kaldırıp, on kere davet etmesine rağmen, hayatın monotonluğunda hayata olan inancını kaybetmiş Hasan'a gülümseyerek, "İş" dedi.

Hasan şaşkınlığını saklayacak iradesi kalmamış biri olarak çöktü Deniz'in yanına, baktı gözlerinin içine. Daha önce, yıllar önce, gönüllerini ortaya koyarak çalışmışlardı birlikte. Deniz o bakıştaki hatırlamayı gördü, elini uzatıp ensesinden tuttu Hasan'ı ve kafasını kendi kafasına dayayıp, "Biraz inan be oğlum! Az biraz inan! İnsan inanınca insan..." dedi.

Hasan elini Deniz'in omzuna koydu, içinde kıvılcımlanan inancı ona gösterircesine sıktı ve "Özür dilerim..." diyebildi.

O gece, Deniz geri döndüğünde onu aniden saç sakal birbirine karışmış karşısında gördüğünde, çıldırdığını düşünüp planlarını dinlememişti. Deniz anlattıkça ona acımış, kendi hayalinde yitip giden bir adamın hayata tutunmak için çabası sanmıştı anlattıklarını, planladıklarını. Yanılmıştı, özür gerekti. Deniz kalktı ayağa ve elinden tutup Hasan'ı kaldırdı, çocukluklarından beri yaptığı o hareketle omzuna bir tane geçirip, "Gel, niye burada olduğunu göstereyim sana" dedi.

Yürüyüp Sokak'ın ortasına doğru ilerledi. Hasan, çocukluğundan beri anlamaya çalıştığı ama tam anladım dediğinde hemen farklılaşan, öğrendiği yeni şeyleri bünyesine katıp değişen ama asla başkalaşmayan, hayatında tanıdığı en anlamlı adama baktı sakince. Nasıl da zayıflamış, nasıl da hırpalanmıştı, nasıl da ayıktı, tam uyuşturucuyla sönüyor derken sanki kendi içinde erimiş ve özüne dönmüş gibiydi. Her zaman farklı bir şey vardı onda. Konuştuğunda dinleten, söylediğinde anlatan, daha iyisini yapmak için motive eden bir şey. Daha önce uyuşturucunun uyuşturduğu o şey şimdi ağırlıklardan sıyrılmış bedenine iyice sinmiş, sanki tamamen yerleşmişti. Bir farkındalık... sahip çıkılmak için yaratılmış birinin fark ettiğini anlatan bir hal, Deniz'in o zayıf, uzun bedeninden etrafındaki her şeye kendini gösterircesine yayılıyordu. Daha iyisini yapabilme gücüydü bu! Korumak için gerekirse öleceğiniz biriydi, görevliydi.

Hasan takip etti Deniz'i. Binayı gezdiler birlikte, köşe köşe kafasındakini anlattı Deniz, sahnenin nasıl olacağını, duvardaki ejderhanın yumurtasını nasıl kıracağını, girişteki kapının cilasını...

Hasan üzerine düşen her görevi yerine getirmeye hazır biri olarak, "Nasıl yardım edebilirim?" dedi kalbinde daha önce hiç hissetmediği bir adanmışlıkla.

Deniz sakince cevap verdi.

"Ses sistemine ihtiyacımız var ama paramız yok. Sponsor arıyoruz. Bir de çatının bakıma girmesi şart, durumu kötü değil ama risk edemem. Kış geliyor."

Hasan, "Bu kadar mı?" dedi doğal bir hayretle, Deniz Hasan'ın gözlerine baktı, gördüğü şeyi mırıldandı.

"İnanç."

Sonra asma kata tırmandı.

İnanç, bir şeyin olabilmesi için en temel ihtiyaçtı. Deniz'in ardından asma kata çıktı, dev binanın içindeki harekete baktı ve sakince sordu.

"Bu kum tepesi nedir?"

Deniz, "Geldiğimizde buradaydı. Böyle yığılmış bir şekilde olduğu yerde bırakılmıştı..." diye açıkladı.

Hasan, sorusuna henüz cevap alamamış biri olarak baktı ona ve Deniz cevap verdi.

"Temizleyeceğim ve değerlendireceğim."

O kumun her tanesi ulaşması gereken insanı temsil ediyordu, bu yüzden atmamıştı, toprak atılamazdı, elekten geçirecekti, nasıl değerlendireceğini biliyordu ama bunu kimseye anlatamazdı. İnsanlar ancak bitişi yaşadıklarında görebiliyorlardı yaşadıkları şeyin başlangıcını. İnanç daima lazımdı.

3. *Özge & Mahmut Konmaz*

"Anlamıyorum neyine itiraz ediyorlar! Resmen ülkenin kalkınmasına karşılar bu çapsızlar!" dedi Enerji Bakanlığı'nın basın sözcüsü olan adam. Bundan önce acaba hangi işte, işlerde çalışmıştı diye düşünürken sessizce adamı inceledi Özge. Asla kendi fikrini söylememenin verdiği düşünmezlik hali miydi bu surattaki pasif agresif tebessüm yoksa sürekli bir umursamazlık halinin geride bıraktığı leke miydi?... Önüne konmuş kurabiyeleri, üstüne yudumladığı çayla yumuşatarak yutmasını izledi. Kurabiye gırtlağından kayarken, "Böyle bir girişime karşı gelmek için salak olmak lazım! Bunlar hem salak, hem de gericiler. Bir de bize gerici derler! Hayret! Alkışlayıp şükredeceklerine koca nükleer santrali protesto ediyorlar! Kıskanıyorlar! Biz yapıyoruz diye kıskanıyorlar!" dedi.

Gözleri açıldı Özge'nin, parlak yeşil bir ışığı odaklar gibi adama baktı, inanamayarak. Çünkü ilk defa fark ediyordu adamın cahilliğindeki bu koyu samimiyeti. Çok samimiydi. Adam, adı neydi... Salih, gerçekten de çok samimiydi. Kendi fikrinin doğruluğuna inanmışlığın karanlığında, nükleer santrallerin verimli olduğuna inandırılmıştı ve gerçekten de insanların kıskançlıkla protesto ettiklerini sanıyordu! Kâr zarar hesabı yapamayan beyni bunca üniversitelinin, kendini bilgiye adamış bunca insanın neden nükleer santralleri engellemek için ayaklandığını anlamıyordu!

Nükleer santrallere neden karşı çıkıldığını bilmiyordu!

Dünyanın en zehirli teknolojisiyle enerji üretilmeye çalışılmasının nedeni kötülük değildi belki de! İlk defa fark ettiği şeye nasıl tepki vereceğini bilemedi Özge... Daha önce para için ikna edilmiş olduklarını düşünmüştü bu hükümet yandaşlarının ve kendi kazanacağı para için çocuklarının yaşadığı dünyayı yok etmeyi göze alıyor olmaları hayret vermişti defalarca ama şimdi anlıyordu: Bu insanları ikna eden şey sadece para değildi, cahillikleriydi.

Yapmak için bunca savaş açtıkları, bunca kavgaya girdikleri nükleer santrallerin nasıl bir tehlike olduğunu bilmiyorlardı!

Gerçekten de bilmiyorlardı ve sürekli suratlarına vurulan eğitimsizlikleri yüzünden de iyice komplekse girmişlerdi, gerçeğe, bilgiye kendilerini kapatmışlardı. Etraftan edindikleri sahte diplomalarla kamufle olmaya çalışıyorlar, bilmedikleri konuda kavgayla bilirkişi oluyorlardı. İlkelliğin inadıydı bu: Hoşlarına giden şeyler gerçek, gitmeyenlerse yalandı.

Sorun buydu, iyilik ya da kötülük değil. Bilmemek! Büyük resmi görememek. Özge temkinli bir şekilde öne doğru eğilip genzini temizledi, "Salih Bey" dedi.

Masadaki herkes, hükümete yardım için Murat Kolhan medyasının tüm kanallarından, gazetelerinden, dergilerinden toplantıya katılmış herkes, ilk defa bu yeşil gözlü kızın konuştuğunu duydular. Dedikodulardan biliyorlardı Özge'yi, Murat Kolhan'ın değerlisiydi. Gözdesiydi, şimdilik. Etrafta öylece gezinen, getirildiği derginin başında kendi küçük ekibiyle çalışan, kimseye yaklaşmayan, yanındaki tasarımcı çocukla öğle yemeklerinde kendi köşesinden çıkmayan bir kızdı bu. Habire notlar alırdı, belki Kolhan'ın ajanıydı. Tuhaftı. Kızın ne dediği ya da diyeceği değil, Mahmut Konmaz'ın kız ağzını açtığı anda ona yönelen ilgisiydi kızın söyleyeceği şeyi ilginç yapan.

Mahmut Konmaz'ın dikkatini, denize açılan lağım çıkışında artık bekleyen çöpçü balıkları gibi takip eden diğer çalışanlar Özge'ye diktiler gözlerini ve Özge sordu.

"Cesium 137 nedir biliyor musunuz?"

Salih sorunun kendisine sorulmuş olmasına şaşırdı, sınavda kopya bekleyen okul müdürünün oğlu gibi gözleri hemen Mahmut Konmaz'a kaydı. Ne yani şimdi sorguya mı çekilecekti!

Özge cevap beklemedi, devam etti.

"Nükleer reaktörlerin yakıtı olarak kullanılan Cesium 137 gezegenimize ait olmayan bir madde, yani petrol ya da doğalgaz gibi gezegenimizin içinde bulunan bir element değil bu, insan üretimi olarak yapılmış ve insanlık tarihinde bilinen en zehirli maddedir Cesium 137. Küçücük bir demir para büyüklüğünde, toplamda sadece iki gramı bile 3500 dönüm büyüklüğünde bir ormanda ağacından kuşuna, balığından karıncısına toprağın üstünde ya da altında, en derinlerinde yaşayan her şeyi öldürmeye yeter. Kısacası Cesium 137'den daha zehirli bir madde yok bu gezegende. Peki sizce, tonlarca Cesium 137'yi depolayıp yakıt olarak kullanarak, ki lütfen iki gramının dahi bir ormanda yaşayan her cana ne yapacağını unutmayın, kaburgasının ortasından kolu çıkmış, kafa tasındaki deformasyon yüzünden gözü kulağının içinde olan ve buna rağmen yaşayan çocukları hatırlayın ve sorun kendinize böylesine zehirli bir maddeden enerji üretmeye çalışmak tehlikeli değil mi?"

Salih, dudağının kenarında kalmış kurabiye kırıntısı kadar yolunu şaşırmış olan beyninde kızın dediklerini anlamaya çalıştı... Fransa, Japonya, Amerika ve diğerleri aptal mıydı?! Hepsinin nükleer santralleri vardı, eğer bu kadar tehlikeliyse niye yapsınlardı! Mümkün müydü?! Otoritenin böylesine zararlı bir maddeyi işlemesi mümkün müydü!

Salih, "Koskoca Amerika, Fransa, Japonya yapıyorsa eğer bir bildikleri vardır. Hem nereden biliyorsunuz bu maddenin bu kadar zehirli olduğunu?" diye diklendi, agresifti. Gerçeğe odaklanmak yerine taraf tutmayı seçmiş herkes gibi ve herkes kadar agresifti.

Özge dirseklerini masaya koydu, geri çekilmeyecekti, kendisine odaklanmış Mahmut Konmaz'ın susmasını haykıran bakışlarını üzerinde hissediyordu ama susmayacaktı.

"1986 yılında Çernobil'de patlayan reaktörden atmosfere yayılan Cesium 137 yüzünden 985 bin kişi öldü. Hâlâ da ölmeye devam ediyorlar çünkü bu radyasyon 300 yıl kalıyor bulaştığı yerde ve ancak 40 sene sonra yarı değerine düşebiliyor. Henüz yarı değerine bile düşmedi ve hâlâ o çevrede yaşayan herkesi zehirlemeye devam ediyor. Topladıkları meyvede, yağan yağmurda, yedikleri hayvanın etinde her yerde radyasyon var. Radyasyon rüzgârla taşınır, yağmurla toprağa iner ve yetişen her şeye bulaşır. İşte bu yüzden Çernobil sonrasında Minsk'te hasarlı doğum oranı yüzde 250, Gomel'de tiroit kanseriyse 10 bin kat artmıştır. Bugün Çernobil'in toplamda hayatını kararttığı insan sayısı 7 milyondur. 7 milyon kişi radyasyonun zehriyle kanser, kalp hastalığı gibi hastalıklarla mahvoldular. Peki neden insanlar taşınıp kaçmıyorlar o bölgeden? Neden hâlâ doğuracakları çocukların engelli yani sizin anlayacağınız şekliyle söyleyeyim geri zekâlı olacağı ihtimaline rağmen, 40 yaşına gelmeden öleceklerini bile bile neden uzaklaşmıyorlar?"

Özge iyice yüklendi masaya, adama yüklenir gibi eğildi, gelmeyeceğini bildiği halde cevap bekledi.

Salih, Özge'nin söylediği her kelimeyi anlamıştı, fakirlikle büyüyen her çocuk gibi konu tanıdıktı. Ölüm. Kafasını iki yana sallayan Mahmut Konmaz, "Çernobil'le bizim santrali kıyaslamak pek de..." derken Salih lafa girdi gözlerini Özge'den almadan.

"Neden?" dedi.

Özge kıpırtısız bakıyordu Salih'e, susturulan Mahmut Konmaz'ın lafa girmek için ikinci bir hamle yapmasını bekledi, bu anın odadaki herkes tarafından anbean yaşanmasını istiyordu.

Mahmut Konmaz, "Salih Beyciğim, biz konumuza..." derken, Salih gözlerini Özge'den almadan ciddi ciddi yineledi.

"Neden?"

Merakı kaşınmış birinin sabırsızlığı engellenemezdi.

Özge ayağa kalktı, gözlerini Salih'in merakından ayırmadan adım adım ona yaklaştı.

"Çünkü bilmiyorlar. Missouri Üniversitesi Klinik Bilim Laboratuvarı Direktörü Steven Starr radyoaktif Cesium 137 yakıtıyla ilgili şöyle diyor: Doğanın sistemi hücresel yapıyı bozacak her şeyi dışarıda bırakacak şekilde, muazzam bir zekâyla tasarlanmıştır. Cesium 137 gibi bir zehre bu gezegende yer yoktur. Bu muhteşem zekâya siz Yaradan deyin Salih Bey, başkası enerji desin, bir başkası hayat desin... fark eder mi? Aynı şeyden bahsediyorsak ne dediğimiz fark etmez. Yaşamı yaratan o muazzam enerjinin karşısında insan tarafından üretilmiş bu zehir var şimdi, iki metre uzaklıktan sadece birkaç saniye temasta dahi tüm yaşamı anında yok edecek kadar güçlü bir zehir! Ve biz bu kadar kötü bir şeyden enerji üretmeyi planlıyoruz. Neden? Binlerce yıldır gezegenimize resmen hayat veren güneşin tertemiz enerjisi dururken neden böyle bir zehirle uğraşıyoruz ve nasıl bu kadar zehirli bir şeyi oluşturabildik?"

Salih Bey'in yanına gelmişti şimdi Özge, odadaki herkesin kendisine odaklanmasından güç alarak küçülürcesine Salih'in önüne eğildi, dizlerinin üstüne çöktü, bir çocukla konuşur gibi gözlerini onu gözlerinden ayırmadan sözlerini sıraladı.

"2005 yılında, Çernobil felaketinden 19 yıl sonra, Birleşmiş Milletler'in yayımladığı rapora göre Çernobil'in sadece 50 kişiyi öldürdüğü ve çoğu çocuk olan 4 bin kişinin de tiroit kanseri olmasına yol açtığı belirtiliyor. Doktorlar ve biyologlardan oluşan bir orduysa, 9 milyon kişinin hayatı mahvoldu, 985 bin kişi net öldü, yüzde 250 hasarlı doğum oranı arttı diyor ve dünyanın en büyük otoritesi olan, kolları dünyanın tüm ülkelerine uzanan Birleşmiş Milletler ise 50 kişi öldü diyor. Otorite dediniz Salih Bey... otoriteler artık insanlık için çalışmıyor."

Salih, "Bunları ispatlayabilir misin?" dedi, binlerce yıl önce keşfedilmiş tekerleği ilk defa görmüş bir maymun gibi heyecanlı ve stresliydi.

Özge gözlerini kısıp başını salladı, sonra ekledi.

"Her bir kelimesini."*

Salih Özge'ye doğru azıcık eğildi, tekrarladı.

"Belgelerle?!"

Özge, "Evet. Daha fazlasını da..." dedi.

Salih meraklanmıştı, "Fazlası nedir?" derken uzun süredir meraklanmayan, sürekli aynı şeyleri düşünmekten, diğer bölgeleri çalışmadığı için bölüm bölüm karanlığa gömülerek küçülmüş beyninin o zifiri karanlığında ilk defa elektriklenen nöronlarının ışığı doğmuştu. Düşünenlerin ışığı.

Doğan o ışığın yansımasını gördü Özge Salih'in kuru gözlerinde, anlattı.

"Gorbaçov yazdığı günlüğünde der ki, Rusya'nın çöküşünün nedeni Çernobil'dir, maddi ve manevi girilen hasar o kadar büyüktü ki, hasarı karşılayamadık, parçalanmak zorunda kaldık. Nükleer felaketler milletleri bitirir. Peki biz Gorbaçov'dan duymasak nereden bileceğiz Rusya'nın niye çöktüğünü? Bilemeyeceğiz. Çünkü bilmemiz istenmiyor. Bugün Rusya'nın sağlık ve çevre sorunlarıyla baş edebilmesi için gerekli olan miktar ne kadar? 230 milyar dolar! Japonya'ya bakın, Amerika'nın Hiroşima'ya attığı atom bombasından ancak toparlanmışlardı, çok çalışkan oldukları için teknolojileriyle öne geçmişlerdi ki Fukuşima'daki nükleer santralin yıkılması her şeyi değiştirdi, Hiroşima'ya atılan atom bombasından 168 kat daha fazla radyasyon bugün atmosfere ve okyanusa yayıldı. Hâlâ da yayılmaya devam ediyor. Her gün Fukuşima'daki ünitelerden Cesium 137 sızmaya devam ediyor. Peki biz bu kadar önemli bir şeyi neden her gün takip etmiyor ve ne olduğunu haberlerde izlemiyoruz, neden hep birlikte insanlık olarak bu zehri temizlemek için çalışmıyoruz? İki metre

---

* Helen Marry Caldicott - *Nuclear Power is Not the Answer*

uzaklıktan dahi hayatı yok edecek güçte bir zehir bugün okyanus akıntısıyla karşısına çıkan her türlü canlıya bulaşarak dünyayı öldürüyor. Fukişima'daki sızıntıdan çıkan Cesium, 24 Aralık 2014'te Kanada kıyılarına vardı ve Birleşmiş Milletler'in bir yetkilisi 'Etkisi gittikçe azalıyor' diye açıklama yaptı. Ne demek bu? 2011'den 2014'e sadece üç yılda öldürücü etkisinden zırnık kaybetmeyen bir zehir, dalgalarla kıyılara vuruyor. Tek gerçek var: O denize giren herkes ölecek. Düşünün, oğlunuz o dalgaların içinde yüzecek ve kumdan kale yapacak, iki hafta sonraysa onun kanser olduğunu öğreneceksiniz ve asla bilmeyeceksiniz nedenini... Dua edeceksiniz Yaradan'a yavrunuzu kurtarsın diye, o santralin yapılması için destek verdiğiniz o anda, yavrunuzu ve milyonlarca yavruyu kendi ellerinizle öldürdüğünüzü bilmeden. Bilemeyeceğiz çünkü bilmemiz istenmiyor. Düşünün... dinlemeyin düşünün."

Salih düşündü, odadaki herkesle birlikte. İnsanı düşündürmek öldürmekten daha zordu.

Özge dizlerinin üstünde durduğu yerden doğrulmadan hemen önce mırıldandı.

"Yaradan'a inanıyor musunuz Salih Bey?"

Salih düşüncelerden sıyrılıp, "Elhamdülillah" dedi daha önce binlerce kere söylediği o tonda ve şekilde.

Özge devam etti.

"O zaman inandığınızı gösterin! Böylesine şeytani bir şeye emek vermek yerine, Yaradan tarafından bizi ısıtsın diye yaratılmış güneşe odaklanalım. Bir tarafta şeytanın hayat emen teknolojisi bir taraftaysa Yaradan'ın hayat veren teknolojisi. Hangisini seçmeli? Düşünün."

Özge ayağa kalktığında Salih Bey'in başında dikilen Mahmut Konmaz ile karşı karşıya geldi. Mahmut Konmaz'ın dişleri sıkılmaktan iyice genişlemiş çenesi ve o çenenin altında kafasını küçücük sallasa bile sallanan sarkık gıdısı bakılabilecek gibi değildi, yalakalıktan uzamış sarkmış o iğrenç diline yuvaydı sanki o gıdı. Yalakalıkla kazandığı beleşin şişkinliğiydi! Tebessüm etti Özge, dudağındaki bu kıvrımın Mahmut Konmaz'ı kudurtacağını bile bile ve göz kırpıp iyice gülümsedi, gülümsemek devrimin en temel hareketiydi. Sonra yanından geçti ve gitti.

Bir tohum ekmişti, Cesium 137 gibi zehirli bir sürü düşüncenin bulaştığı bir toprağa, belki tohum filizlenirdi belki de yok olup giderdi... Ne fark ederdi ki insan denemeliydi, sürekli denemeli, asla vazgeçmemeliydi. Hayat çabada olanlara cevap verirdi.

Toplantı odasının kapısından çıkana kadar zafer hissetti ama kapıdan çıktığı anda adım adım pişmanlık çöktü kalbine, niye çenesini tutamamıştı? Maskesinin sanki kenarı yırtılmış, herkes görmüştü içinde kimin olduğunu, resmen kurulması planlanan santrallere karşı çıkmıştı! Ne yapmıştı! Suratındaki gülümseme soldu asansöre ulaştığında, bunca zamandır emek verdiği her şeyi son bir saatte yok ettiğini düşünerek asansöre bindi.

Yukarı çıkmak yerine aşağıya inmeye başlayınca kendini akıntıya bırakmış gibi asansörün ilk durduğu katta indi, binanın çıkışına gelmişti. Dışarı açılan döner kapıda durup bekledi... Hayat bir işaret verseydi... hayattan bir işaret gelse çıkıp gidecekti.

İşaret geldi, içeri giren bir grup insandan biri içeri girerken yanındakilere, "İnternetten her sayısını okuyorum *Darbe*'nin. Nihayet birileri bir şeyler yapmaya başladı!" dedi.

Hayat ona resmen göreve dönmesini söylemişti. Kendi aptallığına, çenesini tutamamış olmasına kızarak asansöre geri döndü Özge, kendi katına çıkana kadar sanki karamsarlık iyice kapladı tüm geleceğini. Odasına yürürken kapıda bekleyen Ömer'i gördü, içinden ona sarılıp ağlamak geçti ama Ömer'in suratı allak bullaktı! Sessizce geçip gitti yanından, Özge anladı, izleniyorlardı. Sorgulamadan odasına girdi, nasılsa birazdan bir yolunu bulup Ömer'le konuşurlardı ama gerek kalmayacaktı çünkü Ömer'in neden tuhaf davrandığını odasına girince anladı.

Sadık Murat Kolhan oradaydı. Kaloriferleri örten ahşabın üstüne dayanmış, elleri cebinde, tüm dikkati kapıdan giren Özge'de, beklemekteydi.

Keskin gözlerindeki ışık, beyninde dolanan düşüncelerin zenginliğini yansıtırcasına parlıyordu. Acaba ne düşünüyordu der demez sildi kafasından soruları, girdiği asıl cehennemin Sadık'ın aklı olacağını bilerek, bir anlık şaşkınlığını üstünden atıp doğruca masasına yürüdü.

"Buyurun?" dedi.

Yine o omuzlara oturan gömleklerinden birini giymişti! Cevap vermedi, sadece doğrulup masanın önüne bir adım attı elleri hâlâ cebinde ve Özge'ye baktı.

Bu arada Özge bilgisayarındaki açık dosyaları kapattı, masanın üstündeki not aldığı kâğıtları topladı. Sadık bunların hepsini karıştırmış olmalıydı ama önemli değildi, işle ilgili notlardı bunlar. Saklanacak hiçbir şey bırakmıyordu. Çekmecesini açıp içine gereksiz dosyaları yığdı, Sadık hâlâ ona bakmaktaydı, kafasını kaldırmadan çantasını aldı, telefonunu ve diğer şeyleri yerleştirdi. Sadık'ın söyleyeceği tek kelimeyle çıkıp gidecekti bu binadan, geri dönmeyecekti, emindi... Emin miydi? Değildi. Hayat onu buraya göndermişti. Cehennemi temizlemek için cehenneme girmek gerekirdi.

Kafasını kaldırıp "NE var!" diye bağırmak istedi ama yapmayacaktı. Niye burada dikilmiş konuşmadan hâlâ kendisine bakıyordu? Sormak istedi, ama sormayacaktı. Kafasını kaldırıp bakmak istedi ama bakmayacaktı. Oyun oynuyordu Sadık, onun oyununa katılmayacaktı. Salih Bey'le olan konuşmayı dinlemiş olmalıydı, her yer izleniyor, herkes dinleniyordu bu binada. Kendine hatırlattı: Sadık Murat Kolhan da savaştıkları arasındaydı. En sonunda tahammülü bitti ve başını kaldırdı Özge, Sadık'ın gözlerine kilitledi gözlerini, dikleşti. Kıpırtısızca baktı ona... meydan okurcasına. Konuşmayacaktı.

Sadık gözlerini ayırmadan izlemişti Özge'yi. Her nefes alışta yavaş ama yüksek kalkan ve nefes verişte yavaş ama alçak inen, okyanus dalgalarının ritminde bir göğüs kafesi, göğüs kafesinin iki kenarında omuzlara uzanan köprücük kemiklerinin gömleğin yakasından fark edilen çıkıntısı, kısacık saçların terk etmişliğinde tüm narinliğiyle incecik ama güçlü bir boyun... Özge etrafı toplarken aniden durdu. İki derin yeşil göz karanlıkta denize düşen şimşek gibi çakarcasına aniden baktılar, kendi renklerinin doğallığında özgür koyu pembe dudakları mühürlenmiş gibi kapalıydılar, sivri burnun altında dudakların ucuna yol olmuş iki çizgi sanki o mührün anahtarıydılar. Derin nefesler halinde yükselip alçalan göğüs kafesinden başka kıpırtı yoktu Özge'nin bedeninde. Kafasını kalbine dayayıp hayatı dinlemek istedi Sadık. Belki herkes yaşıyordu ama Özge'nin bedeninde atan bu kalp bir amaç için çarpıyordu. Toplantıyı dinlemişti. Hükümetin katıldığı her toplantıyı mutlaka dinlerdi. Özge'nin söylediği her kelime amaçsızca atan kendi kalbine de sızmış, işlemişti.

Sadece baktılar birbirlerine. Sadık arkasını dönüp elleri cebinde ağır ağır adımlarla odadan çıkarken, önce içinde dalga dalga yükselip çekilen nefesi sonra da kendini koltuğa bıraktı Özge. Neydi bu hissettiği? Hissetmek istemedi. Gözlerini kapattı. Sadık Murat Kolhan özenle şekillenmiş bedeninin içinde dimdik ayakta, elleri cebinde Özge'nin gözlerinin karanlığında durmuş ona bakmaktaydı! Hemen gözlerini açtı. Sadık Murat Kolhan... güçte olmak için her şeyi feda edebilmiş bir adam. Anlayabilir miydi? Yeniden doğabilir miydi?

4. *Ada*

Karanlığın içinde bile fark edilmek. Geçtiğin her yerdeki kafaların sana çevrilmesi, senden ayrılmadan kilitlenip kalması, insanların birbirlerine seni göstermek için gizli çabası... Hayat bu olmalıydı!

Kimin yıldız olduğunu, kimin değerli olduğunu, kime hayran olunacağını en sonunda göstermişti Ada... tüm dünyaya!

Mekâna vardıklarında hepsinin kafası iyiydi. Vücutlarını hissetmeyecek hafiflikte, etrafındakileri önemsemeyecek önemlilikteydiler.

Ülkenin yeni yıldızı Ada'yı gören herkes, hatta kim olduğunu bilmeyenlerin bile gösterdiği sevgi resmen patolojikti!

Salakların sahte sevgisi için kim olduğun önemli değildi ünlü olman yeterliydi. Kulübün girişinde müthiş bir görkemle karşılanmışlar, kendilerine, daha doğrusu kendisine bakan meraklı, hayran kalabalığın arasından geçip localarına ulaşmışlardı. Keşke loca bu kadar yakın olmasaydı, o bakışlar biraz daha üzerinde kalsaydı. Her bakışta, merak uyandırdığı her akılda, kendini daha da güzel, daha da yetenekli, daha da üstün hissetti Ada, merkezinden uzaklaşarak.

Şadiye'nin koca gövdesi ilgiyi hemen çekse de, birkaç adım gerisinde yürüyüp ilginin kendisini bulması ve insanların her yerde adını duydukları Ada'yı birbirlerine göstermeleri harikaydı! Tam da olması gerektiği gibiydi. İlk defa Duru gibi hissetti Ada kendini, yanında Tugay'la Duru gibi her şeye sahipti. Amacın eğlenmek değil, göstermek olduğunu hesaplayamadan, kendisi için yapıldığını düşündüğü bu geceye Tugay'ın hazırladığı iki çizgi kokaini çekerek ve hayatında aldığı en pahalı elbiseyi giyerek gelmişti. Zayıflamış vücudunda güzel durduğunu sandığı elbisesinin göğüs kısmını doldurabilse her şey mükemmeldi. İşte o zaman Tugay başka kimseyle ilgilenmezdi. Şadiye'nin habire bahsettiği şu doktora gidip göğüslerini yaptırmanın vakti gelmişti.

Bundan sonra daha çok insan içine çıkmalıyım diye düşünerek locadaki yerine yerleşti Ada. Daha fazla dışarı çıkmalı ve dünyaya ne kadar harika olduğunu göstermeliydi. Varoş. Şehrin en gözde mekânı kesinlikle söylendiği kadar popüler bir yerdi. Magazinde kim varsa hepsinin genç çocukları buradaydı. Köhneliğin içinde, karanlığı saran müziğin etkisinde dikildikleri yerde sanki hayatın onları bulmasını bekliyorlardı.

Rakipsizliğinin gecesi diye düşündü Tugay. Reklam piyasasını Ada'nın sesiyle, müziğiyle ele geçirmesinin zafer kutlamasıydı bu! Tüm paparazzilere haber verilmiş, magazin basını görevlendirilmişti. Ada'nın, bu çiroz ama altın yumurtlayan tavuğun, Tugay'a ait olduğunun duyurulmasının gecesiydi. Müzik başlamalı, şişeler açılmalı, kokainler çizgi çizgi çekilmeli, birkaç saat sonra da üzerine MDMA* eklenmeliydi. Ada hayatının gecesini yaşamalıydı, hissettiği her güzel duyguyu Tugay'la kodlamalıydı. Ait olmalıydı.

İki sıra kokainin üstüne içilen içkinin nasıl da midesinde kıvılcımlanmış bir ateş gibi vücuduna yayıldığını hissetti Ada, bir an, bir an sonraysa sadece müzik vardı... Müzik önce karın kaslarında atmaya başladı, sonra kalçasına sıçradı, sonra tüm kaslarına yayıldı... Ada durmaksızın bir dansa başladı. Bu ışık oyunları ne harikaydı!

---

* Ekstazi adlı uyarıcı hapın ham maddesi.

5. *Eti & Can*

Telefonun titreşimine araladı gözlerini, kimsenin bilmediği bu numaradan arayabilecek tek kişi olabilirdi. Uyumak ve uyumamak arasında sıkışmış bedenini zorlayarak hemen uzandı, açıp kulağına dayadı. "Can..." diye mırıldandı. Sessizliğin içinde anlamlı bir ses bekledi... Ses hemen gelmedi...

Can nihayet, "Olmuyor" diyebildi.

Eti'nin gücü yoktu artık Can'ı taşımaya, yastığa geri bıraktı başını, aklından geçen onlarca cümlenin içinden en uygununu seçerken derin bir nefes aldı, öksürmemek için kendini tutarak kelimeleri çıkardı.

"Ölüyorum Can, istemediğim halde ölüyorum, sense yaşıyorsun nedenini bilmeden, saplantılarına yenik düşerek. Düşünmeden duygularına kapılarak. Hayat bu mu! Bu mu yaratılış nedenin?"

Can çoktan kapatmıştı telefonu, hat kesik kesik sinyal vermeye başladığında Eti de kapattı.

Artık Can'a gücü kalmamıştı. Biten bir hayatta her şey kontrolden çıkardı diye düşündü ama sonra fikrini değiştirdi, bu sadece kendisi için geçerliydi çünkü hayatları bir gün bile kendi kontrolünde olmayan milyonlarca insan sanki her gün yeniden ölürcesine yaşıyordu.

6. *Bilge & Can Manay*

Gecenin bu saatinde telefonun çalması o kadar tuhaftı ki, uyanıp çalan telefonun ışığına baktığı, sesini duyduğu halde çaldığını algılaması biraz zaman aldı. Gecikmiş bir aceleyle gözlüğünü taktı. Arayanın Eti olduğunu gördüğünde ayağa fırlayarak açtı.

"Merak etme ben iyiyim." dedi önce Eti, neyse ki iyiydi! Anlattı.

Bilge'nin telefonu kapatması, saate bakıp sabaha karşı 3.12 olduğunu görmesi, temkinli bir telaşla hemen giyinmesi ve Doğru'ya not yazıp kapıya yapıştırması, evden çıkması on dakika sürdü. Ancak yola çıktığında birazdan Can Manay'a maruz kalacağı geldi aklına, içi sıkıldı.

Bu geceyi nasıl atlatacaktı, aniden dönüp montunun arabada olup olmadığına baktı, neyse ki mantosu arabadaydı. Gece yarısı Eti tarafından Can Manay'ı kontrole gönderiliyor olmanın sersemliğiyle birkaç saniye gecikti gaza basarken, Ali'yi arayıp aramamayı düşündü ama Eti isteseydi kendisi arardı zaten Ali'yi.

Arabadan inip aceleyle eve girene kadar temkinli olması gerektiğini unutmuştu ama bahçe kapılarının açık bırakılmışlığı ve tüm ışıkları yakılmış evin terk edilmişliği Bilge'yi kendine getirdi. Can Manay asla bu kadar ışıkta duramazdı, bir terslik vardı. Acil bir durumda Ali'yi aramak üzere tetikte telefonunu elinde sıkı sıkı tutarken hızlı ama temkinli Manay'ı aradı... bulamadı.

Tüm odalara, alt kata, dolapların içlerine, çatıya, garaja... bakılabilecek her yere baktı ama Manay yoktu. Odasında, yatağın üst kısmı yere indirilmiş yarım aşağıya kaydırılarak yatak bazasının köşesiyle arasında bir in oluşturulmuştu, oraya da dikkatle baktı. Belli ki Manay yaptığı o küçük delikte uyur olmuştu ama orada da yoktu.

Ali'yi aramaktan başka çaresi kalmamıştı... Salona geri döndüğünde sokak kapısı açıldı. Dağılmış saçları tarafından ele geçirilmiş bir halde, açılan kapının önünde Can Manay dikiliyordu, yer yer lekelenmiş, paçaları tamamen kirlenmiş pijaması ve pijamanın üstünde kendini teslim etmiş gibi duran önü açık kirli bornozuyla ne kadar da... zavallı bir savaşçıydı. Kaybettiği şeyle birlikte kaybolan herkes gibi.

Bilge başta Can Manay'ı bulmak için arayacaktı Ali'yi, ama şimdi karşısında böyle dikildiği için aramak istedi çünkü kendini aniden tehlikede hissetti.

Can kendisine bakmıyordu, yoksa bakıyor muydu? Göz gözeydiler ama sanki kimseyi görmüyordu. Eve girerken tek hamlede ayağıyla kapıyı inletircesine çarparak kapattı, sonra girişin ışığını söndürdü. Çıplak ayaklarının attığı adımların yerde yarattığı titreşimi kendi dikildiği noktada hissederek bekledi, Can Manay'ın kendisine doğru güdümlenmiş bir füze gibi gelmesini.

Kasılan omuzları, telefona kilitlenen elleri sürekli Ali'yi ara diye bağırsa da vücudunu harekete geçiremeyen beyni çaresizlik içindeydi... Can Manay dibine kadar geldi... uzandı ve Bilge'nin arkasındaki elektriği söndürerek dönüp gitti... Onun ardından bakakaldı Bilge, çamurlanmış sabahlıkla ışıkları kapata kapata karanlığı ararcasına gidişine.

Odasına geldi Can. Ayağının altına yapışan toprağın geride bıraktığı çamura, pijamasının kirine, üzerindeki sabahlığa yapışmış yaprak parçalarına baktı... Soyunmaya başladı. Sabahlığı çıkarıp attı yere, üstü çıplaktı. Pijama altını da yırtarcasına çıkardı, çırılçıplaktı ama yetmedi sanki daha da soyunması gerekti... Bu bedenin içinde hapisti. İnsan kendinden nasıl soyunabilirdi!

Çamurlu parmaklarını saçlarının arasına soktu, yolarcasına çekiştirdi, keşke bu bir maske olsa ve çekip çıkarabilseydi. Bu hal çekilip çıkarılabilseydi!

Bilge, bir süre dikildiği yerde bakışlarını Can Manay'ın biraz önce kaybolurcasına girdiği koridorun karanlığından ayırmadan bekledi. O koridor bu eve her geldiğinde gözlerini ayırmadığı yerdi... Can Manay her an geri gelebilirdi... ama gelmedi. Sessizce çıkışa doğru yöneldi, şükürler olsun ki tedirgin olduğu kadar krizli geçmemişti. Kapıyı açmak için uzandığında sesi duydu. Evin derinliğinden gelen ses sanki yaralı bir hayvana aitti... zayıf bir inlemenin hırıltıyla birleşmesi gibiydi. Araladığı kapıyı açıp gidemedi, aklı git diye haykırırken içinden yükselen kısık ama çoğunlukta bir ses yardım et diyordu.

Gözlerini sıkıca kapadı, kapı tokmağını sıktı, cesaretini toplayıp kapıyı kapattı, merdivenleri geri çıktı. Dikleşerek yürüdü, karanlık koridora daldı. Odanın karanlığında yoktu Can Manay, sesin banyodan geldiğini anladı. Kapısı kapalı olsa karışmayacaktı ama kapısı açıktı ve Can yerde çıplak iki büklüm çökmüş iniltilere boğulmuştu... ağlamaktaydı. Bilge gerideki koridorun ışığını yakıp odaya geri döndü. Koridordan sızan ışığın loşluğunda yerdeki yorganı alıp banyonun zemininde iki büklüm olmuş Can Manay'ın üstüne örttü, Can etrafını saran yorganın etkisiyle bir an sıçradı, kendisine dokunanın ne olduğuna baktı ama Bilge umursamadı, eğilip aynı çocukken krize giren Doğru'ya yaptığı gibi, sızmış bir şekilde banyoda bulduğu annesine yapmaya çalıştığı gibi yorganı iyice sardı Can Manay'ın çıplak bedenine ve kendi kafasını onun sırtına dayayarak onu sıkıca arkasından sardı... Kalp atışları ne kadar da hızlıydı... konuşmaya gerek yoktu. Gitmesine engel olamasa da annesine de böyle yapmıştı. Can'ın atan kalbini sessizce dinledi.

Soğuğun etkisiyle diken diken olan vücudu, yorganın yumuşak serinliğinde hemen kendi ısısına kavuştu. Sırtından kendisine sıkıca kenetlenmiş Bilge'yi ittirmek istedi ama gitsin istemedi. Birinin böylesine sıkıca, böylesine umursamayla sarılması ilaç gibiydi. Bedenini yana, yorganın üstüne doğru devirdi Can ve kendini tamamen yere bıraktı, Bilge onu bırakmadı. Hafifçe kollarını gevşetip sonra yine sıkıca sarılmaya devam etti... bir anne gibi...

savaşta yalnız kalmış birini koruyan güçlü bir gladyatör gibi. Bu sarılış birini, yarasından acıtmadan öpmek gibiydi.

Mırıldanana kadar öylece kaldılar banyonun zemininde. "Çatıdan gitmiş..." dedi mırıltıyla, Bilge neden bahsettiğini anlamadı ama sesini çıkarmadı, önemli olan anlaması değil Can'ın kendini anlatmak istemesiydi, susup bekledi... Can devam etti.

"Altı metrelik duvarı o küçücük çıkıntılara basa basa inmiş, çatılardan dört bina ilerlemiş ve apartmana inip oradan yola çıkmış."

Duru'dan bahsediyor olmalıydı Can Manay ama Bilge sormadı. Dinlemek, hafifletmek için buradaydı, anlamak, yargılamak için değil.

Yardım etmek istiyorsan ne düşündüğünün, neyi merak ettiğinin bir önemi olmamalıydı. Dinlemeliydi insan, sadece dinlemeli. Bilmeyi düşünmeden, anlatılanın ardındakini ve anlatılmayanı hesaplamadan, paylaşılmak istenene vermeliydi kendini... güven vermeliydi.

Güvenin verilecek bir şey olmadığını bilmeden bekledi Bilge, Can Manay derin uykuya daldığında kalktı, Doğru'yu yalnız bırakamazdı.

7. *Deniz*

Sokak'ın karşısındaki arsada dikilip sabah ışığının bulutların arasından süzülüp yere inmesini izledi Deniz. Restorasyon bitmek üzereydi, binanın dışını zamanın bıraktığı izleri silmeden olduğu gibi bırakıp koruyacaktı. Boyasını yenileyen, süse ihtiyaç duyan, sürekli pozda bir genç kızdan çok, kelimeleriyle akıllara anlam doğuran, hareketlerindeki sadeliğiyle hayran bırakan bir kadın gibiydi bu bina. Ruhu yaşlanmak yerine zamanla dinlenmişti. Eskimek yerine kendine gelmişti.

Her bir parçası başka modellerden toplanmış, parça parça rengârenk motoruna bindi Deniz. Motorun düşük devirli sesi ıssız sokakta yankılandı. Sokağın sonuna doğru giderken birkaç blok ötede, çok yükseklerde güneşi selamlarcasına saltolarını atan kuşları fark etti. Sokak'a ilk girdiklerindeki kuşlar mıydı bunlar?

Merakla, gözlerini havada sürü halinde dönen kuşlardan ayırmadan bastı gaza Deniz. Çünkü kuşlar bir yere gidiyorlardı... Kuşları takibi bir binanın önünde bitti. Yeni evleri burası olmalıydı. Binanın kapısında motoru durdurdu ama inmedi, içeri girip girmemeyi düşünürken, kapı açıldı, küçük bir çocuk mahmur gözlerle sırtındaki kocaman çantayı iki büklüm taşırken çıktı apartmandan. Beyninin büyümesi için en büyük ihtiyacı olan uykusundan zorla kaldırılmış sabahın köründe, beceriksizliğinin boyutlarını öğrenmeye gönderiliyordu okul adı verilen o işkencehaneye... Çocuğun servise binmesini izledi Deniz, uykulu, anlamaz, fark etmeyecek kadar küçük köleler servisin içine doluşmuşlardı, yola koyuldular kafalarına sokulmaya çalışılan saçmalıklara doğru. Deniz tekrar binaya döndüğünde kapının ardına kadar açık kaldığını gördü, indi motordan. Kapatacaktı kapıyı. İçeri girdi, kapının üstüne baktı, tepesinde kapanması için ittirici bir sistem vardı. Eliyle kapıya dokunur dokunmaz sistem çalıştı ve kapı kapandı. Apartmanın karanlığında kaldı.

Merdivenleri çıktı. Merdivenler bittiğinde çatının kapalı kapısının altından sızan güçlü ışığa baktı, çatı kesin kilitli olmalıydı. Ama değilse kuşları korkutmasın diye yavaşça denedi tokmağı... kapı açıldı. Çatıya çıktı Deniz ve kuşlar havalanmadı. Çatının her köşesinde kondukları yerde Deniz'in kıyıya yürümesini izlediler.

Şehrin manzarasına baktı Deniz, kat kat birbiri üstüne yığılan binalar birbirine hükmeden insanlar gibiydi, her biri kirli, bıkkın ve renksizdi. Karşısındaki çatıya kaydı gözleri, okul önlüğüyle sabahın köründe çatıya çıkmış bir çocuk bitkileri sulamaktaydı. En azından bir çatı canın yeşiliyle kaplanmıştı. Ve kuşlar havalandı...

8. *Can Manay*

Can'ın hayatındaki her şey değişirken oto yıkamada hiçbir şey değişmemişti. Aynı köhne, sıradan yer, aynı büyük demir kapılarla kendini dış dünyadan saklamış, sanki Denge'yi içeride hapsetmişti.

Alkolle karıştırdığı antidepresanların ağır kimyasında hafiflemeye çalışan, zehirlenmiş bir psikolojiyle yaklaştı demir kapıya. Uyandığı banyonun sert zemininin etkisi hâlâ sırtında ve eklemlerindeydi. Kapının nereden açıldığına baktı, bulamadı. Daha önce buraya nasıl girmişti?... Hatırlayamadı, keşke arabasıyla gelmiş olsaydı ama anahtarları bulamamıştı. Zaten kullanmaya kalksa kesin bir yerlere çarpardı. Garajda duran araçların hiçbirinin anahtarı yoktu. Aklına Ali geldi, evet Ali almış olmalıydı. İçindeki kızgınlığa kapılıp telefonunu aradı, Ali'yi arayıp öfkesini kusacaktı ama yanına telefonunu almamıştı.

Yürümek için çıkmıştı, ayağındaki terliklere baktı, ayaklarının üşüdüğünü ancak o zaman anladı. Kafasına geçirdiği kapüşonu indirdi, eşofmanın üstüne giydiği pardösü acayip terletmişti. İnsanın bir yanı üşürken diğer yanının sıcaktan sıkılmış olması nasıl bir çelişkiydi! Pardösüyü çıkarıp atmak istedi ama kolunu kaldıracak hali kalmamıştı.

Gücünün son kırıntısıyla demir kapıya vurdu. Otoparkta oturmuş dikkatli bir kıpırtısızlıkla kendini izleyen çocuğa baktı, on iki yaşlarındaydı. "Şışşt! Bakacağına söylesene açsınlar!" diye bağırdı. Kelimeler ağzından istediği gibi çıkmıyordu ama çocuğun kendisini anladığını biliyordu. Aralarında iki metre falan vardı, çocuk çok uzakta olmasa yanına yürüyecekti.

Demir kapıya yaslanıp kendi kendine havaya bağırdı.

"Açsanıza kapıyı!"

Ve gülmeye başladı, şehrin en köhne semtinde paslı bir kapının önünde içeri alınmak için bekletilmesinin trajikomikliğine güldü, böyle kapıda beklemeyeli yıllar olmuştu diye düşünürken gülüşü aniden dondu, hayır, yıllar değildi, daha yıl bile olmamıştı! Duru'yu kapıda beklerkenki hali şimşek gibi çaktı aklında, o bekleyişte hissettiği tüm duygularla birlikte geri geldi, o çaresizlik hissi! Haykırdı Can Manay, ciğerlerindeki havayı nefretle kovarcasına. Tekmelemeye başladı kapıyı, Duru'yu kendisinden ayıran o lanet olası kapıyı keşke o gece kırsaydı! Keşke tüm kuvvetiyle saldırsa ve parçalasaydı! O kapıydı Duru'yu kendinden ayıran, kırsaydı, Duru'ya sarılsaydı, anlatsaydı...

On iki yaşın önyargısızlığında ama yaşadığı yere gelen insanların çektiği acıların ve kayboldukları anlamsız yaşamların tanıklığında izledi çocuk Can Manay'ı. Birazdan alacaklardı onu içeri. Kameralardan görmüş olmalıydılar. Ayağını vura vura yırtmıştı terliğini. Can Manay bile bu hale düşüyorsa hayat gerçekten acımasız olmalıydı, yoksa acımasız olan insanlar mıydı? Sahip oldukları onca şeye rağmen arsızca, sahip olamayacakları şeyleri istiyorlardı. İstemeye odaklanmışlardı. Ancak istediklerini elde edince yaşadıklarını hissediyorlardı, halbuki sahip olmak bir hiçti, her şeye sahip olan insanların dengesizlikle nasıl kıvrandığını biliyordu çocuk. Çoğunu burada görmüştü. İnsan dengede değilse sahip olduğu şeyler sadece oyalamaydı. Sahip oldukları maddelerin oyalamasında hiçlikteydiler.

Can Manay'ın, demir kapının açılmakta olduğunu birkaç saniye sonra fark etmesini izledi çocuk. Tek ayağındaki terliğin ve sarhoşluğunun dengesizliğinde kendisine açılan iki kola koşarcasına kapının aralığından dalmasına, bahçede ilerleyip sallana sallana ama telaşla eve girmesine baktı. Uzun zamandır oyalanmışa benziyordu.

9. *Ayahuasca*

Bozulan bağırsakları içlerinde hiçbir şey tutmamak için kasılarak ne varsa dışarı atarken kendini yere bıraktı Can, ölüyordu, emindi. Eşofmanının içine sıçarak ölecekti, onu boklar içinde çöplüğe atılmış halde bulacaklardı, emindi!

Bağırdı bir kez daha!... Ama kimse gelmedi, gelmiyorlardı. Kalkabilse, kapıdan çıkabilse, sokağa ulaşabilse, yardım bulabilse... ama kasılan bağırsakları kilitlemişti onu, hafif doğrulabildi ama ağzından fışkırırcasına çıkan kusmuk o kadar tazyikliydi ki boynu önce geriye gitti sonra kafası kustuğu yere yapıştı. Fren yapmış bir arabanın camına yapışmış gibiydi. Kusmuğun devamı aynı tazyikle ama yere yapışmış kafasının frenine takılarak burnundan çıktı. Hayatında ilk defa kusan birinin dehşetinde ve saatlerdir kusmanın verdiği tükenmişlikle kusmaya devam etti Can. Bedeninin kontrolünü tamamen kaybetmiş aklı çığlık atıyordu ama atılan o çığlık ciğerlerden bir türlü çıkmıyordu, kendi sessiz çığlığı içinde kusarak boğuluyordu... Bedeninde ne varsa boşaltması ne kadar sürdü... sürecekti bilmiyordu.

Ne salaktı! Hanım'ın kendisine uzattığı çayı hemen dikmişti kafasına! Düşünmeden, sormadan. İçinde zehir olduğu aklına bile gelmemişti! Yine bağırdı, içinde hava olmayan ciğerlerinden azıcık bir ses çıktı, hırıltının içinde kaybolan boğuk bir ses. Ve yine öğürdü. Öğürmeyle birlikte çayın iğrenç tadı geldi ağzına. Sormuştu "Ne bu?" diye ama sormadan önce zaten içmişti. Hanım "Ayahuasca" demişti ve sonra tebessüm edip gitmişti.

O tebessümü hatırladı Can, öğürmeye devam ederken tüm detayıyla aklını o gülümsemede gezdirdi. Ölüyordu, vücudunun içi boşalıyor ve sırılsıklam terliyordu. Terden ıslanan saçının bir tutamı gözünün önüne gelmişti, ucundaki damla yerde, hemen burnunun dibindeki kusmuğa değmek üzereydi. Her şey sanki bir anda olmuştu.

Neden o çayı içmişti!

Sancı aniden kesildiğinde kendini bıraktı, saçının ucundaki o damla kusmukla birleşti, Can sancının terk ettiği bedeninde içerilere kaçtı, insanın ağrıdan kaçabileceği bir yer var mıydı?

İlk düzgün nefesini temkinle aldı gözlerini açmadan, yıllar süren bir an geçip gitmiş ve geride tek bir hal bırakmıştı... rahatlama.

Nefesini biraz daha toplayınca sanki derisini içeriden yüzmüşler gibi her yanına yayılan ağrıyla yüzleşti ve titremeye başladı.

Kafasını yana çevirip kapıya baktı, kapıya varabilse, sokağa çıkabilse, yardım alabilse... kendisine verilen zehri söyleyebilse, "Ayahuasca" diyebilse... Hafifçe doğruldu, sonra vücudu devreleri kapadı, bayıldı. İnsanın ağrıdan kaçabileceği tek yer bilinçsizliğiydi, bilinçsizlik kendinden kaçanların her anlamda sığınabildiği tek yerdi.

10. *Ada*

Ne kimlerle dans ettiğini, masanın üstüne nasıl çıktığını, neler içtiğini hatırlayabildi ne de nereden düştüğünü, yanağındaki şişliğin nasıl olduğunu, arabaya nasıl bindiğini, Şadiye'nin evine nasıl geldiğini.

Vücudunu alkol ve diğer kimyasallardan sıyırmak için girdiği savaşın ilk cephesini kafasını kaldırarak kazandı, ikinci cephede nihayet doğrulabildi ve gecenin ense köküne yaptığı basınca rağmen etrafına baktı, Şadiye'nin salonundaki renkli divanın üstündeydi.

Başı acayip ağrıyordu. Ellerine ve üzerine bulaşan kurumuş çamur da neydi?! Tugay neredeydi?! Herkes neredeydi?

Tugay diye seslenince, evin hizmetlilerinden biri sessiz ama hızlı adımlarla koşarak geldi ve Ada'ya Tugay Bey'in orada olmadığını, Şadiye Hanım'ın uyuduğunu, sessiz olması gerektiğini ve mümkünse artık gitmesini kibarca açıkladı.

Tuvalette geçirdiği yarım saatten sonra kendisini arabaya yerleştirmesi epey sürdü. Arabası buraya nasıl gelmişti?! Tugay'ı aramak istedi, çantası, cep telefonu neredeydi derken hepsinin arabanın içinde olduğunu fark etti. Anneannesinin çaresiz cevapsız aramalarını es geçip hemen Tugay'ı aradı, cevap alamadı.

Neyse ki mesaj geldi: "Aşkım, toplantıdayım. Dinlen sen bugün, akşam çıkınca ararım."

Saat dört olmuştu. Tugay birazdan arardı. Eve doğru yola çıktı. Yolda kusmak için iki kere durduktan ve bir kere de dalgınlıkla otoban çıkışını kaçırdıktan sonra ancak evine varabildi Ada, kapıda anneannesinin dırdırına maruz kalmaktansa arabanın içinde oturup aradı anneannesini ve kısaca açıkladı neden geciktiğini, güya düşüp fenalaşan Şadiye'ye yardım için hastanedeydi ve bu kadar ünlü birine yardım ederken kimseye haber veremezdi, Şadiye ölebilirdi...

Eve girdiğinde, kendisine sorular soran anneannesini susturup odasına çıktı, bu evden ayrılmanın zamanı gelmişti artık diye düşünürken kendini yatağa bıraktı. Banyo yapması şarttı ama yataktan kalkması da imkânsızdı.

Vücudu şalterlerini indirir gibi bir bir kapadılar sanki bedenini, önce o topuklu ayakkabıların yer ettiği his kayboldu ayağından, sonra sırtındaki ağrı yatağın yumuşaklığıyla sarmalanınca hafifledi, Şadiye'nin koltuğunda uyurken yamulmuş boyun kasları nihayet gevşedi... Ada suyun derinliklerine bırakırcasına uykunun içine bıraktı kendini...

Derine indikçe indi, karanlığın içinde iyice gevşedi... Uykunun ilk aşamasına geçti... Deniz'in suratı aklına doğmasa uykusu derinleşecekti.

Deniz! Parlak gözleriyle insan kalabalığının arasında dikilmiş kendisine bakan Deniz!

Yataktan fırladı Ada! Rüya değildi bu, dün akşam Deniz'i görmüştü ama nasıl!?

Aniden kalkmanın etkisiyle yine midesi bulandı ve banyoya koşup kusarken aklında sadece Deniz vardı. Kafasını tuvaletten kaldırdı, kapıyı endişeyle çalan anneannesine hırladı.

"Yok bir şeyim! Bir rahat bırak ya!"

Gözünü kapadı, Deniz'i görüp görmediğini, aklına gelen bu görüntünün zihninin oyunu olup olmadığını tartmaya çalıştı... Ama Deniz oradaydı. Neredeydi bulamıyordu ama oradaydı! Durmuş kendisine bakmaktaydı.

Hatırlamaya çalıştı Ada, Şadiye'nin kahkahaları geldi aklına ama hafızası boşlukları tamamlayamıyordu. Gözünü açtı. Kalbi hızlanmıştı. Deniz'i görme olasılığı kapladı içini. Başı dönüyordu. Lavaboya tutunup bir kez daha hatırlamaya çalıştı.

Şadiye'nin kahkahaları, vokalist çocukla oynaşması, tuvalette çektiği kokainin dökülmesi, yürüdüğü her yerde herkesin kendisine odaklanması... Tugay neredeydi? Gözlerini yine iyice sıktı hatırlamaya çalıştı. Tuvalete Tugay'ın peşinden gitmişti... hayır! Tugay'ı aramak için gitmişti. Hatırlaması şarttı!

Dans ederken kulübün içindeki ışık oyunlarını hatırladı ve ayakkabılarını nasıl çıkardığını ama Tugay neredeydi?... Aklında Tugay'ı bulsa sanki Deniz'e de ulaşacaktı ama hatırlayamadı.

Kendisine böyle hafıza oyunu oynadığı için aklını cezalandırmak istercesine eliyle kafasına vurdu, bir daha vurdu. Suyu açıp yüzünü yıkadı, ağlamak istedi ama hiçbir şey hissedemiyordu ki ağlasındı! Ağlayamadı. Deniz'e odaklandı yine ama beyni sürekli ona Tugay neredeydi diye soruyordu. Gözlerini kapatıp kafasını silkelercesine salladı, Tugay önemli değildi Deniz neredeydi! Görüntü aniden netleşti. Ada yanağındaki ağrıyı hatırladı ve tuvaletten çıktığını, tuvalet miydi orası?... Evet, evet tuvaletten çıktığında koridorun gerisinde hareketsiz duran tek bir kişi vardı. Herkes gibi kendisine bakıyordu o da ama hareketsizdi... tanıdıktı. Kimdi diye yürümüştü ona doğru ve hatırladı. Deniz'di.

Varoş'un karanlık koridorunda, arka çıkışın önünde duran Deniz belirmeye başladı aklında... Dikildiği yerde öylece durup kendisine bakması hayal olamazdı. Deniz'in dönüp arkasındaki acil çıkış kapısından çıkıp gidişini hatırladı... Sonra Şadiye'nin sesi geldi aklına, Deniz karşısında dururken arkasından kendisine seslenen sesi... Niye Deniz'in peşinden koşup gitmemişti?

Ada daldığı derin bir kuyudan çıkar gibi kendine geldi. Deniz geri gelmişti! Gelmiş miydi?! Gülümsedi. Midesinin bulanması bile geçti. Başı bu kadar dönmese zıplayabilirdi. Tekrar yıkadı suratını. Kafasını aynadaki yansımasına kaldırdığında hâlâ kendini iknadaydı, rüya değildi bu, olmamalıydı.

11. Uyanış

Uzun süreden sonra ilk defa güneşin ışığıyla uyandı Can. Cam tavandan iniyordu ışık, gözlerini kıstı. Vücudunda hissettiği ılıklığa baktığında suyun içinde olduğunu anladı. Kollarının altına geçirilmiş tuhaf şişme plastiğe asılı halde büyük bir küvetteydi, sıçrayarak kalktı, kurtuldu plastikten.

Parmakları buruşmuştu suyun kırıştıran etkisinden. İnanamadı, ölmemişti, zehirlenmemişti!

Yukarıdaki ışığa ulaşırcasına uzanmış bitkilerin arasında yerleri ince kumla kaplı bir odadaydı. Sıcak suyun içinden aniden çıktığı için üşümeye başladı. Tekrar suya girmek istedi ama önce baktı, temiz miydi? İçinde ne varsa çıkarmıştı neyse ki, su tertemizdi. Suya girdi tekrar, boynu ve başı hafif hafif ağrıyordu.

Susadığını anladı. Doğrulduğunda içeri Hanım girdi. Çok ciddi bir ifadeyle baktı çırılçıplak Can Manay'a ve odanın ortasında o sırada konulan sandalyeye otururken, "Bir daha asla buraya bu şekilde randevusuz gelmemelisin" dedi. Sandalyeyi koyan adamı bir işaretle odadan gönderdi.

Can Manay doğrulup, "Ölüyordum!" diye çıkıştı.

Hanım ne olursa olsun asla çözülmeyecek bir soğuklukla "Emin misin?" derken Can söyleyeceği her kelimenin hayatına mâl olacağını hissederek sustu, emin değildi.

"Çok kustum, ölüyordum..." dedi daha sakin bir tonda.

Hanım, "Yüklendiğin zehrin bir kısmını attı vücudun, normalde on gün arınmaya girmeli, sonra bize gelmeliydin ama geldiğinde belli ki gidecek yerin ve bekleyecek zamanın yoktu. Seni biz arındırmak zorunda kaldık. Zorlandın biraz. Gayet normal..." diye açıkladı.

Hanım bu kadar ciddi olmasa, bu tuhaf enerjisi olmasa bağırıp çağıracaktı Can, çektiği acının hesabını soracaktı ama sesini çıkaramadı. Kendisine çare için gelen insanlarla nasıl oynadığını düşündü ve sakince geriye yaslandı, çare için gelmişti Hanım'a ve insan çare ararken sakin olmazsa bulacağı tek şey belaydı. Sakince sordu.

"Dengede miyim?"

Hanım "Sence?!" dedi, Can dalga geçtiğini ancak birkaç saniye sonra Hanım'ın gözlerindeki o küçücük yansımadan anladı. Daha önce sandalyeyi koyan adam bir bardak suyla içeri girdi, Can'a suyu verip sessizce gitti. Can içinde limon olduğunu içerken anladığı suyu çekmedi ağzından, daha önce hiç olmadığı gibi ve kadar susamıştı, hepsini içti.

Hanım, "Kendini bu kadar kirleten biri dengeye varamaz. Önce arınmalısın. Sen onlarca filtreden oluşan bir organizmasın. Ciğerlerin, bağırsakların, sinüslerin hatta kalbin hepsi birer filtre ve attığın toksinlere bakılırsa uzun süredir kendini kirletmekle meşgulmüşsün. Çok kirliydin... hâlâ da temizlenmiş değilsin. Önce arınacaksın. On gün sonra gel, hazırsan alırız. Birazdan sana yeni kıyafetler getirecekler, seninkileri atmak zorunda kaldık. Artık gidebilirsin" dedi ve kalkıp arkasını döndü, gitmek üzereydi.

Can doğrulup sordu.

"Ayahuasca! Nedir?"

Hanım sakince döndü, ellerini birbirine bağlayıp konuştu.

"Kafatasının içinde hemen hemen her şeyin bir sağı ve solu var, ama beyninin tam ortasında küçücük bir parça var, hormonlarının üretildiği, aldığın kararların hammaddelerinin kimyasal olarak oluşturulduğu merkez burası, epifiz bezi. Aynı bir göz gibi dizayn edilmiş, retinası sayesinde ışığı algılayan bir yapısı var. Çam kozalağına benzeyen küçücük bir organ. René Descartes'ın ruhun koltuğu adını verdiği bu organ bizim üçüncü gözümüz. Gözünü kapattığında düşündüğün şeyi görselleştirmeni, aklınla görmeni sağlayan şey, bu parçanın göze benzeyen yapısıdır. Hayal kurmanı sağlar. Beyinde başka hiçbir organ epifiz bezine benzemez. Vücut tamamen karanlıkta uyurken dahi, eğer ayak topuğuna güneş ışığı değerse, epifiz bezin bunu algılar ve melatonin salgılamayı keser. Bu parça, büyüklüğüne oranla en fazla kan basıncının olduğu yerdir, yani enerjinin en yüksek olduğu yer. 1997'de Jennifer Anne Luke kullanılan sodyum florürün epifiz bezini kireçlendirdiğini ispatladı.* İçtiğin asitli içeceklerde, yediğin paketlenmiş gıdalarda ve bugün özellikle Amerika'da şişelenmiş içme sularına dahi florür konulmaktadır. Hatta yeni doğan çocuklara dişleri güçlensin diye florür hapları dahi vermeye başladılar ki Avrupa Diş Hekimleri Odası'nın yaptığı resmi açıklamaya göre florürün dişe bir katkısı yok, tam tersi ciddi bir zehirdir. Vücuda alınan florür epifiz bezini kireçlendirir. Bu kireçlenmenin yan etkisi olarak, zor uyuma, gece saat 2 ile 5 arasında, aslında melatonin seviyesinin en yüksek salgılanması gereken zamanda uyanma görülür. Bu yüzden depresyona girer insan. Ama kireçlenmiş bir epifiz bezi insanı sadece depresyona sürüklemez daha büyük bir etki yapar, kişi karar vermekte zorlanan birine dönüşür ve yönetilebilir olur. Kendisi düşünüp karar veren değil dinlediğini uygulayan bir organizmaya dönüşür. İkinci Dünya Savaşı'nda Almanlar toplama kamplarına koydukları insanlara florür verdikleri için toplama kamplarındaki milyonlarca insanı öldüresiye yönetebilmişlerdir. Kimse ayaklanmamış, hatta itiraz bile edememiştir. Bugün ülkemizde de çeşme suyunda flörür vardır. Her duygu hissettiğinde epifiz bezin titreşir. Ve kireçlenen bir epifiz bezi titreşmez, duygu üretemez hale gelirsin. Boşlukta hissiz ya da tek bir duyguya takılı kalmış, duygu kısırı bir organizmaya dönüşürsün. Duygu üretemeyince huzursuzluk

* *The Effect of Fluoride on the Physiology of the Pineal Gland By Jennifer Anne Luke, 1997*

hissi kaplar benliğini ve sadece sahip olduklarından keyif alır hale gelirsin. Çünkü geri kalan hiçbir şey seni harekete geçiremez, ruhun kireçlenmiştir. İşte Ayahuasca epifiz bezinin kireçlenmesini çözmekte işe yarayan ve şamanlar tarafından binlerce yıldır kullanılan çok özel bir ağaçtır, chacruna yaprağıyla karıştırılarak yapılan çay sayesinde Ayahuasca'nın içinde bulunan DMT* sinir sistemi tarafından emilir. DNA'ya kendini hatırlatan bir ritüeldir bu. Doğum anında ve ölüm anında beyin tarafından en yüksek dozda salgılanan DMT'yi bu bitki sayesinde sisteme alıp filtrelerini kendi ayarlarına döndürmeye çalışırız. Ayahuasca yanlış kullanıldığında öldürücü olabilir ama kesinlikle uyuşturucu değildir. Özellikle eroin ve diğer ağır uyuşturucu madde bağımlılıklarının bırakılmasında Ayahuasca'nın etkisi ispatlanmıştır. İki bin yıldır şamanlar tarafından kullanılan bu bitkiyi senin sistemine yükledik. Perhiz yapmadan geldiğin için sistemin içinde ne varsa boşalttı. Epifiz bezine ulaşana kadar sindirim sistemini temizledi. Perhizli gelseydin etkisi çok daha farklı olacaktı. Amazon'da yetişen bu bitkilerden yapılan çayın doğanın ruhunu taşıdığına inanılır. Saatler geçtikçe kendini daha iyi hissedeceksin. Temiz kalmalı, kimyasal hiçbir şey kullanmamalı, içki içmemeli, kendini uyuşturacak hiçbir madde kullanmamalısın. On gün sonra görüşmek üzere." dedi ve arkasını dönüp çıktı.

Hanım çıkar çıkmaz odaya biraz önceki adam girdi, elindeki katlanmış kıyafetleri sandalyenin üzerine koydu ve gitti.

Can ayağa kalktı, aklı karmakarışıktı, midesi bulanmıyordu artık ama kendini tuhaf hissediyordu, karın kasları spor yapmışcasına ağrıyordu, kusarken çok kasılmıştı. Kurulandı, iyi olup olmadığını bilmiyordu, sarındığı havlunun içinde gözlerini kapatıp aklına Duru'yu getirdi... Kalbine saplanıp beyinciğinden dikey

* DMT - Dimethyltryptamine

bir şekilde çıkmak isteyen o acıyı hissetmedi... acı gitmiş gibiydi... Sıktığı dişlerinin arasından nefes alırken, içinde, "Seni zerre kadar umursamayan bir karı için mi tüm bunlar?" diye konuşan sesi duydu ve gözlerini açtı.

12. *Darbe*

Hukuk hakkın pezevenkliğini yapacak hale getirildiğinde, hak aranacak kadar kaybolduğunda, doğruyu yapmak, doğruda durmak hayati tehlike olduğunda neyse ki *Darbe* vardı. Haberin yayılmasına ihtiyaç duyduğunuzda, elinizdeki delilleri adınızı gizli tutarak paylaşmak istediğinizde, uğradığınız haksızlığı herkese anlatmak istediğinizde *Darbe* size hizmet edecek tek mecraydı artık.

Tüm medya bir görevli gibi sisteme hizmet ederken, hukuk sahtekârlığı korumak için bir kalkana dönüşmüşken, eğitim potansiyelin eritilip yok edildiği bir delikken, her saniye hakları yenen milyonlarca insanın çaresizliğinin çığlığına kulak olmuştu *Darbe*, kaldırımın ziftli kenarında çıkan bir papatya gibi narin ve zamanı geldiğinde her yere yayılan papatyalar gibi yaygındı. Narinliği belki bir zaaftı ama yaygınlığı doğaldı çünkü ihtiyaç haline gelen her mecra bir yolunu bulur mutlaka var olurdu.

Kitapların ortaya çıkış nedeniydi bu, sözle anlatılamayanı anlatmak; gazeteler, televizyonlar, dergiler, cep telefonları, internet... her şey bilginin insandan insana bulaşması için doğmuştu ve kısa bir süre sonra insan tarafından kurulmuş bu kısır sistem tarafından ele geçirilip, bilgiyi bir tutsak gibi tutan, insanları manipüle etmek için odaklanan bir şeye dönüştürülse de iletişimin doğumu devam ediyordu. Bilgi daima yolunu sonunda bulurdu.

İletişimin evrimi ele geçirilemez oluncaya kadar devam edecekti. Sistemin ulaşamadığı bir mecra doğana kadar iletişim doğacaktı.

Darbe'nin basılmış haline baktı Muammer Bey. Artık sadece internette değil birçoklarının da elindeydi. Kimin bastığını ve nasıl dağıtıldığını bilmiyorlardı ama araştırdıklarında her çıkan yeni sayının metroya, otobüs duraklarına, toplu taşıma araçlarının içine bırakıldığını fark etmişlerdi. Artan popülerliğiyle birlikte düşmanları da çoğalmaktaydı. Henüz bir vukuat olmamıştı ama fırtına öncesi sessizlik gibiydi. Özellikle geçen ay çıkan haberle ortam iyice sessizleşmişti. Başbakanın kızının görüntüleri sarsmıştı herkesi. Haberlerde çıt çıkmasa da sokakta, internette bağırıyordu *Darbe*, kendisine gönderilen deliller üzerinden ne varsa sunuyor ama yargılamıyordu, sadece soruyordu. Başlıkta "Hilal'in terör örgütüyle ilişkisi ne?" yazıyordu. Yorum yoktu, herkesin sadece kendisine sorması gereken sorular vardı. Soru sormayan bir millet asla var olamazdı. *Darbe*'yi ikiye katladı. Önündeki sehpaya koyup sessizce kendisine bakan Özge ve Ömer'e döndü.

İki gencecik insan... sadece iki kişi, hakka sahip çıkmak için kendi çaresizliklerinde çabalıyorlardı. Muammer Bey'in hanımı Güler Hanım yemekleri tabaklara servis yapmaya başladığında homurdanarak şikâyet etti.

"Kaldırın şu dergiyi artık, nereye gitsem herkesin elinde bu. İnsanlar delirdiler iyice. *Darbe* diye dergi adı mı olur?"

Muammer Bey Özge ve Ömer'e göz kırpıp, "Bedava olunca her şey olur" dedi.

Kimseye anlatmamışlardı birlikte çalıştıklarını. Haftada bir öğlen yaptıkları gibi Muammer Amca'nın evinde Güler Hanım'ın övülesi yemeklerini yediler. Yemek sonrası *Darbe*'nin internet sayfasındaki reklam gelirleri için anlaştıkları aracı şirketten Londra'daki bankaya yapılan ödemeleri sessizce incelediler.

Muammer Bey'in getirdiği sermayeyi geri ödeyeli iki ay olmuştu ve şimdiden zengindiler. Her şey fazlasıyla yolunda gidiyordu, Sadık'ın abarttığı kadar tehlikeli bir durum yoktu diye düşündü Özge. Korkuyla yönetmeye alışmış birinin abartılı manipülasyonlarına izin vermeyecekti. Sonuçta yalan söylemiyorlardı, kendilerine gönderilen fotoğrafları yorum katmadan sadece sorularla yayımlıyorlardı, o kadar.

Kazandıkları parayı nasıl değerlendireceklerini düşünürken Özge'nin telefonu çaldı, arayan Ayşegül'dü... Anneannesi ve dedesi öldürülmüştü.

13. *Eti & Bilge*

Kafasını koyduğu yastığın yumuşaklığında toprağa çekilen bir hali vardı Eti'nin. Bedeninde tutunmaya çalışan hayat o kadar çelimsizdi ki çökmek üzere olan organlarının temizleyemediği kan, tenindeki sarılıkta yardım beklercesine belirginleşmişti.

Her şeye rağmen gözlerindeki ışıkla mırıldandı Eti.

"Sanırım oğluma haber vermenin zamanı geldi."

Yanında, oturmakla ayağa fırlamak arasında tereddütte olduğu belli olan iki yardımcısı ve Bilge'nin kim olduklarını bilmediği, daha önce görmediği beş kişi aynı anda ayağa fırladılar. Eti'nin başyardımcısı Ata, Can'ın ülkeye dönüşü adına gerekli organizasyonları yapmak için harekete geçerken diğerleri kendilerinden istenecek herhangi bir şeyi yapmak için ona odaklandılar.

Kalabalığın arasında kayboldu Bilge, sabah Eti'yi görmeye geldiğinde böyle bir manzarayla karşılaşacağını düşünmemişti. Dün geceyle ilgili rapor verecek, biraz Eti'yle sohbet edecekti ama şimdi şoktaydı.

"Bilge..." dedi Eti, sanki sadece Bilge'nin duyabileceği bir ses frekansında fısıldamıştı.

Bilge kalabalığı geçip Eti'ye yaklaştı, mesafesini koruyarak. Maalesef bağışıklık sistemi tarafından saldırıya uğrayan bir bedene fazla yaklaşılmazdı.

Eti'nin sararmış gözlerine baktı, ruhuna sarılırcasına ve hayatında ilk defa savaşmadı gözlerine dolan yaşlarla.

Eti, "Çıksınlar..." dedi mırıltıyla.

Bilge burnunu çekerken görev bilinciyle ayaklananlara seslendi.

"Bizi yalnız bırakır mısınız?"

Ama her zamanki gibi sesi duyulmadı, sanki fark edilmemek için yaratılmıştı. Dişlerini sıktı, gözyaşlarını yutarken içinde sıkışan çaresizlik ağzından çıktı.

"Bizi yalnız bırakın!"

Çoğunu tanımadığı yedi kişi bir hamlede dönüp baktılar kendilerine haykıranın kim olduğuna... Can Manay'ın asistanı olduğunu anladılar, Eti'nin bakışındaki onaylamayı buldular ve çıktılar odadan.

Bilge yatağın yanına konmuş, veda sandalyesine çöktü, gözyaşlarını yutkunmayı bıraktı, boşalan odanın sessizliğinde özüne, Eti'nin her bakışında görebildiği o özüne döndü, ellerini birbirine kilitleyip iki bacağının arasına soktu çaresizlikle, sırtındaki kamburun ağırlığında sanki hayatı taşırmışçasına dikti gözlerini Eti'nin veda etmek isteyen yüzüne.

İkisi de çok çaresizdi. Eti, "Seviyorum seni..." dedi, dümdüz, süssüz. İçinden çıktığı gibi söylemişti. Sadece Bilge'nin anlayabileceği bir samimiyette. Bilge cevap vermek istedi, ağzı açıldı, gözlerinden akan yaşlar suratını ıslatırken sesi çıkamadı... Nasıl çıksındı? Hayatında anlayabildiği, kendi olabildiği tek insan gidiyordu. Bilge konuşamadı... kendini daha fazla tutamadı... bıraktı.

Yıllar boyunca yediği her darbede kendinden sızmaması için sanki buza dönmüş yaşlar eridi... içini doldurup damla damla süzüldüler gözlerinden, sonra boşaldılar yağmur gibi. Kaybettiği herkes vardı Eti'nin uzandığı o yatakta... Annesi... Eti'nin kelimelerinde hayat bulan hayalindeki annesi... Murat... Eti'nin aklıyla yarası nihayet kabuk bağlayan Murat... Can Manay... Eti'nin verdiği değerle değer bulan Can Manay... ve kendisi... Eti'nin olduğu kişiyle kendine dönen, kendini gören, bilen Bilge'nin kendi olma hali... Hepsi Eti'nin zayıflamış vücudunun o yastığa bıraktığı ağırlıkla toprağa çekiliyormuşçasına oradaydılar.

Bilge konuşmak istedi, ama çıkmadı kelimeler, gözyaşları izin vermedi. Eti elini uzattı. Her damlada kendi sistemini bozarcasına acı çeken Bilge'ye dokunmak istedi. Keşke dedi... keşke daha önce tanısaydı bu kız çocuğunu... keşke onu daha önce sevseydi... sahiplenseydi. Keşke yanında olabilseydi...

Bilge bacaklarının arasına sıkıştırdığı ellerini çıkardı ve Eti'nin elini aldı avuçlarına. Acıya gömülmüş mimiklerinde, daha önce yıllar boyu olmak için kendini soktuğu her kalıbı kırarken... hıçkırıklarla kapandı o ele. "Gitme!" diye mırıldandı... "Yalvarırım gitme! Gitme... Eti..."

Eti'nin yumuşak sesi "Şışşş..." derken Bilge'ye ulaşamadı çünkü Bilge aslında hayatla konuşuyordu, kendi evreninde kapanmış yalvarıyordu, görünmez olduğu bu dünyada kendisini görebilen tek kişiyi almaması için hayata yalvarıyordu... Daha önce aldığı herkesi unutabilirdi ama Eti gitmesindi. Ne Eti'nin teselli eden mırıltılarını duyabildi, ne ıslanan gözlerindeki sevgiyi görebildi, ne de içeri giren Ali'nin orada dikilip kendisini seyrettiğini...

Sadece "Gitme!" diyebildi Bilge, herkes gitmişti, bir tek Eti gitmese herkesin gitmiş olmasına, çektiği annesizliğe değerdi. "Gitme Eti."

14. Ada

Buraya arabanın girmiyor olması ne iğrençti. Berbat bir halde hissediyordu kendini. Midesi bulanmıyor, başı dönmüyordu ama hali berbattı. Telefonu kapattı Ada, ne Tugay, ne Şadiye cevap veriyordu. Deniz'i sormak için Göksel'e ulaşmaksa hayaldi. Varoş'un kapısı kapalıydı.

Zili aradı, yoktu. Duyulsun diye kapıyı yumruklarken kendisine seslenen adam sordu.

"Kimi arıyorsun?"

Ada kafasındaki kapüşonun ve gözündeki büyük gözlüklerin ne kadar da tuhaf göründüğünü adamın suratında fark edip cevap verdi.

"Dün akşam para buldum burada, onu geri vereceğim. Dün akşam burada olan güvenlikçileri arıyorum."

Adam parayı duyunca telefonunu çıkarıp birini aradı, durumu kısaca anlattı, kulağında telefon varken, "Bana verin ben ulaştırırım..." dedi ama Ada bu isteğe cevap bile vermeyince adam kapadı telefonu ve "Bekleyin, açıyorlar" dedi.

Kapının açılması, Ada'nın içeri alınması, gözlüğün çıkması, kapüşonun inmesi, kim olduğunun karşısındaki temizlikçi tarafından hemen anlaşılmasa da Ada tarafından açıklanınca bilinmesi, içeri bakmasına izin verilmesi, arka taraftaki çıkışa ilerlerken hatırlamaya çalışması, Deniz'i gördüğü yerde tuvaletin o kapısının önünde dikilmesi, dikildiği yerden koridorun sonundaki çıkış kapısına bakması... Deniz oradaymış gibi hatırlaması... Şadiye'nin geriden kendine seslendiği anı zihninde bulup döndüğünde Deniz'in gidişi... niye peşinden koşmadığını anlamak için çabalaması... bir şey hatırlayamadan beklemesi... her düşüncede, her arayışta bir adım daha battığı o bataklıkta Deniz'i bulmaya çalışmanın imkânsızlığını iyice hissettirdi Ada'ya.

Hesapladığının tersine kamera da yoktu bu bölümde, kameralardan bakıp hatırladığı şeyin aklının oyunu olup olmadığını öğrenmek için kalkıp gelmişti buraya. Derin bir nefes alıp tuvaleti kullanmak için arkasındaki kapıyı açana kadar bataklığın dibine kıpırtısız çökmüş gibiydi ama açtığı kapı tuvalete değil de içinde iki deri koltuğun ve palto asmak için kullanılan üç büyük askılığın bulunduğu bir odaya açılınca kıpırdamasını engelleyen o ağır düşüncelerin bataklığı aniden hafiflediler ve Ada paralize olduğu o duygu bataklığının içinde çırpındığını hissetti yanağındaki şişliğe dokunurken.

Tugay'ı bulduğu yerdi burası, hafızası hâlâ net değildi ama kendisine atılan tokat zihninin derinlerinden sızıp görüntüye dönüştü ve tokadı o an yeniden yemişcesine sarstı Ada'yı. Tugay'ın kalkan eli ve yanağındaki acı birleşince açtığı kapıyı hemen kapattı bu odada ne olduysa hatırlamak istemiyormuşçasına. Dönüp koridora, daha önce Deniz'in durduğu yere baktı. Telefonu çalmasa daha çok orada takılı kalabilirdi ama arayan Tugay'dı.

Sesindeki şaşkınlık öyle belirgindi ki, "Ne oldu bebeğim?" derken Tugay, Ada gözlerini kapatıp yutkundu, aklındaki zehri yok edercesine, zihninden sızan o görüntüyü silercesine yutkunup sıktı göz kapaklarını ve yanı başında bekleyen temizlikçiye hiçbir şey demeden çıktı gitti Varoş'tan.

"Bebeğim iyi misin?" diye yineledi Tugay. Ada arabasına ulaşmak için arnavutkaldırımı sokaklarda hızla yürürken.

"İyiyim aşkım. Neredesin?" diye cevap verdi.

Deniz'i gördüğü gibi, Tugay'ın havadaki elini de hayal etmiş olmalıydı. Yüzleşmek yerine kendini kandırmayı seçen herkes gibi Ada da hissedilmek için hazır olan duygularını, fark edilmek için yüzeye çıkan gerçekleri kilitledi. Biriktirilen bu duyguların, kilitlenen bu gerçeklerin kişiliği öldüren en tehlikeli zehre dönüştüğünü düşünmeden arabasına bindi. Kendini kandıran insanın her an eridiğini düşünmedi.

"Aşkım seni görmem lazım..." diyerek ulaştı arabasına. Tugay'ın hediyesiydi bu araba, kendisine çok değer veren Tugay'ın hediyesi... Hemen Tugay'ı görmeli ve hafiflemeliydi. İki çizgi çekse her şey yoluna girecekti.

15. Bilge & Can

İlk defa içeride kendini bekleyen duruma odaklanmadan girdi Bilge eve, olabilme ihtimali olan her şeyden daha önemliydi girme sebebi. Üzerinde dokunulmazlık hissederek açtı kapıyı, salona çıktı ve dümdüz misafir odasına yürüdü, banyoya döndü ama Can Manay yoktu.

Odalardan başlayarak aramaya başladı ve salona geri dönerken "Can Bey?" diye seslenecekti ama cümlenin son hecesi yarım çıkabildi ağzından, Bilge durdu, dondu. Gördüğü şeyi analiz etti beyni, Can Manay mutfak tezgahının üstüne çıkmış, sırtını da duvara dayamış, ayaklarını set boyunca uzatmıştı. Çıplak bedeninde sadece donuyla elindeki yemek kitabını indirmiş şimdi dümdüz Bilge'ye bakıyordu... Tezgahın üzerinde bir torba meyve vardı, dışarıdan alınmıştı. Kim almıştı? Manay dışarı mı çıkmıştı?

Bilge tereddüdünden kurtulup yaklaştı ona, bugün epey normal görünüyordu... Yoksa salonu aydınlatan gün ışığının normalliği miydi bu? "Eti Hanım'a gitmelisiniz..." dedi Bilge vakit kaybetmeden, Can Manay'ın normallik derecesini önemsemeden dümdüz lafa girerek.

Manay'ın suratında bir ifade göremeyince ekledi.

"Bugün mutlaka görmelisiniz onu, yoksa gecikeceğiz..." derken Can Manay tezgahın üstünde döndü, ayaklarını aşağıya sarkıtıp parmağını ayraç olarak araya sıkıştırdığı yemek kitabını kucağına koydu, ifadesiz sordu.

"Ne zaman ölür?"

Gözlerinde resmen ışık yoktu!

Bilge sorunun çıplaklığında sarsıldı, Can Manay'ın duygusuz suratına odaklanamadı. Ne zaman ölürdü Eti? Belki şimdi bitmişti her şey ve o burada Can Manay'ın yanındaydı Eti giderken! "Her an!" dedi içinden kontrolsüz çıkan bir itiraz gibi, gözlerine hücum eden yaşların aktığını hesaplayamadı bile. "Hemen gitmeliyiz. Şimdi yanında olmalıyız. Oyun değil bu! Size ihtiyacı var!"

Can Manay tek hamlede indi tezgahdan ve Bilge'ye doğru yürürken elindeki kitabın parmağıyla ayırdığı sayfasını açıp köşesini kıvırdı, "Sayfa 148" dedi. Kitabı kapatıp Bilge'ye verdi, geçip gitti.

Bilge elinde kitapla döndü ve "Giyiniyor musunuz?" diyebildi Manay'ın ardından.

Manay, "Eti'nin kimseye ihtiyacı olmaz" dedi ve ekledi: "Sayfa 148'i pişirsinler bu akşam. Acıkıyorum."

Bilge birkaç adım takip ederken anlamaya çalıştı.

"Gidiyoruz şimdi, değil mi?"

Can Manay misafir odasına girmişti, kapıyı da kapatmıştı. Bilge bir süre bekledi... Sonra çıldırdı. İçeri daldı. Can Manay'ın, yatağın köşesine dayayarak açtığı inin içine girdiğini anladı, elindeki kitabı yere atıp yatağı bir hamlede Manay'ın üstünden aldı, köşeye kıvrılmış Manay sıçrayarak yerinden doğruldu, bu kız kendini ne sanıyordu, bu ne cesaretti!

Manay'ın ağzını açmasına fırsat vermeden bağırmaya başladı Bilge.

"Ne yapıyorsun! Bu ana geri dönemeyeceksin. Keşke onu son bir kez görseydim diyeceksin ama asla geri dönemeyeceksin! Ne yapıyorsun!? Niye böylesin?! Niye böyle davranıyorsun?! Eti ölüyor ve sen burada saklanıyorsun! Duru gitti! Ne olmuş! Gitti! Bir balerin daha bulursun kendine ama Eti, sana bu kadar sahip çıkan Eti! Bulur musun sanıyorsun! Onun gibi kimse olabilir mi sanıyorsun!"

Kıvrılmasının yarım kaldığı o aralıkta yarım doğrulttuğu bedenini kıpırdatmadan dikkatle izledi Can Bilge'yi. Gergin toplanmış saçları, kendini ifade etme çabasındaki cılız bedeninin büyük hareketleri, gözlük camlarının altından sızan yaşların suratında sıra sıra parlaması... kızla ilgili her şey nasıl da çelişkiliydi. Demir ağlayabilir miydi? Ağlaması ancak çok nadir olan bir doğa olayı gibiydi.

Bir gökkuşağını izler gibi izledi Can, Bilge'nin acısını... rahatladı. Acırken başkasının da acıdığını görmek rahatlatıcıydı. Belki de nihayet dengeye yaklaşmaktı rahatlatıcı olan. Nasıl anlatabilirdi bu zavallı kıza, içinde hissettiği duyguyu? Nasıl anlatabilirdi, Eti'nin ölümünün kendisi için yeniden başka bir doğum olduğunu? Onlarca yılın yaşanmışlığının dibe çökmüş bilgisinin ilişkiyi, karakteri zehirleyen etkisini... Yıllar önce o gece o çatıda aşağıya ittiği Can Manay'dan gerçekten kurtulabilmesi için Eti'nin gitmesi gerektiğini... hayatına hükmeden bir gücün etkisinden nihayet kurtulmuş bir uydu gibi hissettiğini... nasıl anlatabilirdi? Eti'ye ihtiyaç duyduğu kadar ondan uzaklaşmak da istediğini... onu sevdiği kadar nefret de ettiğini nasıl anlatabilirdi?... Olduğu kişinin köklerinin Eti olduğunu, o köklerden kurtulmadan olduğu bu şeyden sıyrılamayacağını nasıl anlatabilirdi?... Kimseye anlatamazdı. Kimse anlayamazdı. Herkesin birbirini yargılamak için resmen yarıştığı bu gezegende bu kadar samimi bir duygu anlatılamazdı. Sevdiğin birinden nefret ediyor olmayı anlamazdı bu maymunlar, çok ilkel, kendilerinden çok uzaktaydılar. Diyecek söz bulamadı Can, karşısındaki kızın acısı o kadar gerçekti ki, o anda ne derse desin, nasıl tepki verirse versin her şey sahtelikle havada asılı kalacaktı. Samimi olmalıydı, içinden geçeni mırıldandı.

"Bu benden daha büyük bir duygu. Baş edemiyorum."

Bilge gözlerini Manay'ınkilerden ayırmadan, "Bu! Bu mu senden daha büyük! Hayatımda tanıdığım en ilham verici kişisin ve temsil ettiğin hiçbir anlama yaraşmayacak küçücük, belli belirsiz bu duyguda mı kaybolacaksın! Kaybolmayı istiyorsun sen, kaybolmak için aranıyor, bekliyorsun. Senden büyük olan şey bu yaşadığın sefillik değil, Eti'nin o yatakta yatıyor olması... seni bekliyor olması. İşte asıl bu senden... her şeyden daha büyük Can Manay! O kadar güçlü ki eğer onunla vedalaşmazsan sonrasında yaratacağı duyguların şiddeti seni ezip geçecek!" dedi ve sanki transtan çıkmış gibi kendine geldi, kendine gelişi lafı bittiği için değildi. Konuşurken Can Manay'ın yarı doğrulmuş bedenine eğilip konuşmanın hareretiyle ona yaklaşmıştı ve kendisine odaklanmış gözlerinin kendi dudaklarına kilitlendiğini fark ettiği anda geri çekti kendini. Hemen dikleşti, hissettiği duyguya arkasını dönüp çıkıp gitti.

Manay'a söylemesi gerekeni söylemişti, artık gerisi önemli değildi. Eti öldükten sonra nasılsa bu adamı bir daha hiç görmeyecekti. Dün gece Manay'ın acısını paylaşmıştı, bir çocuğa yardım eder gibi... ama şimdi iğreniyordu ondan. Kendi acısı içinde kaybolup geri kalan her şeyi, görevlerini, sorumlu olduğu onca şeyi kenara iten bu hain hali iğrençti. Önemi yoktu artık, Eti'nin yanına gitmeliydi. Evin kapısından çıktığında suratındaki yaşları sildi, ağladığını bile fark etmemişti... Derin bir oh çekerek aldı nefesini, ağlayabilmek güzeldi. Kuru, duygusuz bir gezegenden insanlığa geri dönmek gibiydi.

Kapının kapanma sesiyle oturduğu yerden kalktı.Can, suratına sızan belli belirsiz bir gülümsemeyle salona gitti. Bilge gitmişti. Kız sinirlendiğinde kadınlaşan o halinin vahşiliği ilginçti, bir an onu nasıl da öpmek istemişti.

16. *Ada*

İki sıra çektikten sonra sanki hiç çekmemiş gibi burnunu ovuşturup kokainin etkisini bekledi... etki gelmedi. İki çizgi daha dizdi, bununla birlikte altı çizgi olmuştu ve o ilk başta, en başta hissettiği etki ancak şimdi kendini azıcık da olsa gösterecekti. Bağımlılığın arsızlığına hizmet edercesine çizgiyi çekti Ada. Yetmedi, yetmeyecekti...

Kendini tüketen birine nasıl yetsindi?

Ruhu üfledikçe sönen bir balon gibiydi. Bir çizgi daha dizecekti ki banyodan çıkan Tugay uzun ince tüpü elinden aldı, Ada'yı yerinden kaldırıp kollarının arasına alırken, "Arsızlık yapma. Zaten biraz in artık, eve gidip dinlenmen gerek" dedi ve kafasından öperken onu kapıya götürdü. Yarım saat olmamıştı geleli ama içeri girer girmez Ada'nın nasıl başladığını anlamadığı bir hızda sevişmişlerdi.

Kıyafetlerini bile çıkarmamıştı Tugay, kısa bir öpücükten sonra arkasını çevirip hızlı hızlı içine girmişti, sonra da aceleyle banyoya giderken yetişmesi gereken toplantıdan bahsedip masanın üstünde dizilmiş hazır bekleyen kokaini ikram etmişti.

Şimdiyse, yaklaşık yirmi dakika önce girdiği kapının önünde uğurlanmak üzereydi Ada...

"Gitmek istemiyorum..." dedi, dinleneceğini sanarak ama Tugay, "Ben çıkmalıyım, bu akşam çok önemli bir toplantım var. Önümüzdeki seçimler için partiyi alırsam sırtımız bir daha yere gelmez" diye karşılık verdi.

Ada'nın güneş gözlüklerini birkaç adım gerideki sehpadan alıp ona uzattı.

"Şu *Darbe* denen derginin açtığı pislikleri temizlemek için acayip bir kampanya üzerinde çalışmamız lazım. Bu akşam bakanlar tamam derse iki hafta içinde kampanyayı hazır etmemiz şart. Sen de bu arada sakın sokakta bensiz görünme. Şimdi böyle, bu halde çekmesinler fotoğrafını falan. Bir vukuat olursa haber ver" dedi.

Ada ilk defa haline baktı, üzerindeki eşofman, kapüşonlu sweatshirt ve toplanmış saçlarıyla kendini çok çirkin hissetti. Kokainin etkisi geçmişti bile, vücudunun tüm ağırlığı geri gelmişti. Tugay Ada'yı kafasından öpüp, "Hadi dikkatimi dağıtma benim, eve git, dinlen, akşam işim erken biterse gelir alırım seni" dedi. Ada'yı gönderdi.

Asansörün gelmesini beklerken kapanan kapıya dönüp baktı Ada, kendini çok değersiz hissederek. Kata çıkmak üzere olan asansöre binmek istemedi, merdivenlere yöneldi. Arabasına ulaştığında ağlamak üzereydi. Beyninde kokainin yarattığı yükselmenin yere çakılmasını deneyimleyerek, içine sinen bu umutsuzluğun vücudunun kimyasal dengesiyle oynadığı için doğduğunu bilmeden evine döndü. Sanki dizlerine kadar toprağa gömülmüştü ve gittikçe de batıyordu. İçeri girdiğinde anneannesi salonda oturmuş onu bekliyordu.

Ada'yı görünce ayağa kalktı kadın, tek kelime söylememek için kendini zor tutarak dikildi öylece. Ada ona kızmak istedi, siniri aniden yükselmişti. Tek kelime etse bağıracaktı ama anneannesi hiç konuşmadı, öylece baktı... Ada kızamadı. Yukarı çıkmak için bir adım attı ama merdivenler büyüdü gözünde, yer kendisini böyle çekerken nasıl yukarı tırmansındı! Gücü kalmamıştı, merdivenin ilk basamağına çöktü... gözyaşları akmaya başladı. Yaşları tutmak istercesine gözlerini kapadı, Deniz'in arkasını dönüp giden hali, Tugay'ın havadaki eli karanlıkta çaktı, kafasını silkeledi Ada düşünceleri uzaklaştırırcasına, gerçek olamazlardı! Emindi... Gerçek değillerdi.

Anneannesi ona sarılmasa, bu kadar sessiz bir şekilde onu kollarına almasa, başını okşayıp mis gibi pembe pembe kokmasa toprağın dibine girebilirdi Ada, hissettiği değersizlik duygusunun altında ezilir ve çürürdü. Ama şimdi o yükün altında iki kişiydiler, mutluluk paylaşılınca nasıl çoğalıyorsa acı da paylaşılınca azalıyordu. Paylaşmak, paylaşabilmek insanoğlunun tek temel huzuruydu. Anneannesinin kollarında ama kendi hiçliğinde kayboldu Ada.

17. Eti

Ölümü beklemek... Aldığı her nefeste ölümü bekledi Eti. Oğlunun uçağı inmişti, havaalanından hastaneye varması şehir trafiğinde uzun sürebilirdi... Dayanmalıydı. Bedeninin içinde tutunmaya çalışan ruhu biraz daha dayanmalı ve annesi ölürken yanında olamadığı gerçeğini yavrusuna yük olarak bırakmamalıydı. Odanın kalabalığından kurtulmak istedi, yatağın dibine girmeseler de odaya doluşmuş insanlar ruhuna fazla geliyordu ama tepki vermedi, hepsi vedalaşmak için gelmişti... Umut hâlâ gelmemişti. Belki de o çatıda yok olmuştu. Gerçek Can Manay'ın düştüğü o çatıda... Can Manay'a dönüştüğü o anda yok olmuştu.

Gözlerini sıkıca kapadı Eti. Umut'u gördüğü o ilk anın hatırası geldi önüne. O zaman kendi keskinliğine aykırı bir kimsesizlikte bakmıştı Eti'nin gözlerine, cehennemde cevap arayan bir ölümsüz gibiydi. Eti'ye adını söylerken gözlerini kısmış, kaşlarını çatmış, kendi adının verdiği acıyla "Umut" demişti, söylediği her harfte onun nasıl canının acıdığını fark etmişti Eti... Umut, katman katman anlamsızlığın altında kalmış doğmaya çalışan kocaman bir anlam gibiydi. Hafızasının, daha derinlerdeki dosyaları açmasını istemedi, ölürken mırıldanacağı şeylerin geride bıraktığı yavrusunu ezmesini istemedi. Yutkundu.

İçeri giren doktorun herkesi odadan çıkaran telaşlı hali, insanları tedirgin etse de, ölmek üzere olan birinin doktorunu hemen dinleyerek dışarı çıktılar. Koridorda biriken insanların peşinden en son Bilge çıktı odadan. Kimseyi tanımıyordu aslında, bu insanların hepsine işi gereği aşinaydı ama hiçbirini tanımıyordu.

Doktor, "Yarım saat izin verin, merak etmeyin" demişti. Hastanenin restoranına inmeyi konuştu kalabalık, Bilge duymazlıktan geldi, kendi davet edilse bile gitmeyecekti ama zaten davet eden de olmamıştı.

Kalabalık uzaklaşırken Eti'nin kapısındaki küçük camdan doktorun içeride ne yaptığına baktı ama tam o sırada doktor kapıyı açıp çıktı. Bilge kenara çekilip yol verdi adama, peşinden birkaç adım atmıştı, ne olduğunu, nasıl olduğunu soracaktı ki durdu. Koridorun derinliğinden üzerindeki yağmurluğun içinde sanki başka bir zaman diliminden gelmiş gibi ağır adımlarla kendisine doğru yaklaşan Can Manay'ın varlığı insanı durduracak etkideydi.

Doktor bir adımla kenara çekilmiş ve Can Manay'a Eti'nin odasını göstermişti. Can Manay birkaç adım geride kendisine eşlik eden diğer doktoru eliyle yaptığı küçük bir hareketle daha da geride bırakıp odaya doğru ilerledi. Bilge'nin yanından geçerken ona hiç bakmadı, tüm dikkati Eti'nin yattığı odanın kapısındaydı. Ciddiydi. Kısık gözlerinde birikmiş bir duygu vardı... Neydi? Bilge bilemedi. Can kapıyı açıp içeri girdi.

Koridorda doktorlarla yalnız kalan Bilge, başını öne eğip kendisine söylenecek herhangi bir cümleden saklandı. Bekleyecekti. Gidecek başka yeri olmayanlar hep beklerlerdi. Aklı kıpırtısız bir şekilde dur burada derken, adımları küçük küçük yaklaştılar Eti'nin kapısındaki o küçük cama. Ne göreceğinden habersiz baktı Bilge odaya ve yatağın üstüne çökmüş hıçkıra hıçkıra ağlayan Can Manay'ı gördü. Eti'nin hastalıktan incelmiş omuzlarını iki eliyle tutmuş ona "Gitme!" diyordu. Ne konuştular ya da vedalaşmaları ne kadar sürdü bilemedi Bilge, kendisinden kenara çekilmesini isteyen doktorun eli omzuna değene kadar o küçük kare camdan onları izledi.

Doktor içeri girip küçücük bir hareket yaptı Can Manay'a ve sallanan kapının aralığından kesik kesik de olsa Bilge, Can Manay'ın oturduğu yatakta eğilip Eti'nin dudaklarına uzun bir öpücük kondurduğunu gördü. Kapının sallanması tam kesilmişti ki kapı açıldı, önde Can Manay ardında doktor çıktılar odadan. Bilge'nin suratına dahi bakmadan çekip gitti Can, yaşlarla yıkanmış siyah derin gözlerinde hayatın parlaklığı vardı. Belki de biriken şey bu parlaklıktı. Koridordan asansöre doğru yürümesini izledi Can Manay'ın ve merdivenlere açılan kapıdan çıkıp gitmesini...

Dönüp odaya girecekti ama asansörden inen genç çocuğa kilitlendi gözleri. Yanakları hafif içine çökmüş köşeli suratı, siyahın her koyu tonunda gölgelenmiş kalın gür saçları ve o gözleri –kalın, gözlerinin üstüne upuzun yayılmış, siyah kaşların altında "ben" diyen gözleri– sanki Can Manay'a aitti. Onunki kadar net gözleri, sadece onunkinden daha gençtiler.

Atacan koşarak geçti Bilge'nin yanından ve Eti'nin odasına

girdi. Bilge bu benzerlikten kaynaklanan şokun içinde ancak fark etti, Eti'nin oğlu şükürler olsun ki yetişmişti.

18. *Göksel & Ada**

O yokuşu inmek, o yolda yürümek, aynı müziği dinlerken aynı huzura erebilmek... Ve nihayet, içinde ilk duygunun doğduğu o eve, ev olarak gördüğü tek yere, Ada'nın bahçesine gelmek hayatının tek çözümüydü Göksel için, düğüm düğüm olmuş hayatının...

Her adımda kendini onardığı, çocukluğunda başına gelenlerden arındığı bir terapi gibi bu da artık bitmek zorundaydı. O herifle Ada'nın fotoğrafları magazindeydi. Ada'nın kendi ruhundan uzaklaşmış suratında o ifadeyle çıktığı o masanın üstündeki fotoğraf ve Tugay'ın ağzına yapıştığı diğer fotoğraf katlanılacak gibi değildi. Sokak aralarında kadınlığını satan o ucuz fahişeler gibi görünmesi, davranması anlaşılacak gibi değildi...... Hayatında ilk defa bir şeyi anlamaya çalışırken aklına yapışmış bu düşünceyi kendinden çıkarırcasına pençelerini gerdi Göksel, ellerini açabilse aklındaki bu düşünce uçup gidecekti ama açamadı. Şiddetine teslim olup yumruk yaptı iyice ellerini. Tertemiz bir kaynağın, o müziğin çıktığı kaynağın böylesine kirlenmek istemesi katlanılabilir gibi değildi.

Kıskanmıyordu, sadece anlayamadığı bu durumu anlamaya çalışınca hırpalanıyordu. Anlamlandırma çabası, içinde patlıyordu. Onca gördüğü çirkin şeye rağmen Ada'nın kendini koyduğu yerin çirkinliği fazla geliyordu. Bahçeye atladığında artık bu bahçeye gelmekten vazgeçmesi gerektiğini söylüyordu ona içgüdüleri, yıl-

---

* Müzik önerisi: On the nature of daylight by Max Richter Orkestra

lar boyunca hayatta kalmasını sağlayan bu güdüleri dinlemeliydi! Bu geceden sonra gelmemeliydi diye düşünürken divanda oturan Ada'yı gördü. Bakışları Ada'ya değer değmez donup kaldı.

Ne kadar olmuştu onu görmeyeli? Basında çıkan fotoğrafları dışında o kadar çok olmuştu ki, şimdi böyle karşısına dikilince sanki başka birini görmüş gibi hissetmek istedi... Ama pençeleri çözüldü, vücudunun iki yanında sarkan elleri, etrafındaki dünyaya meydan okuyarak evrimleşmiş o kaslı omuzlarının düşen hali, Ada'nın oturduğu köşeye dikilen bakışlarının teslimiyeti... Başka birini göremedi Göksel, Ada tüm narinliğiyle, içindeki duyguların efendisi gücüyle, eşofmanlarına bulanmış tam karşısında oturmaktaydı.

Ada konuşmasa belki de Göksel hiç kıpırdayamayacaktı. "Deniz geldi mi?" demişti. Kıpırdadı ama dönemedi, dönüp gidebilse o duvarı atlayacak, koşup kaçacaktı. İlk duygularının hayat bulduğu o narin suratta şimdi duygularının ölmesine izin vermeyecekti ama kıpırdayamadı... gözlerini ayıramadığı Ada'nın divandan kalkıp yanına gelmesini izledi.

Tam karşısında dikildi Ada, gözlerinin içine bakıyor cevap bekliyordu. Cevap veremedi Göksel. Ada ne kadar zayıflamıştı, kızaran gözlerindeki kızgınlık, öfke çok tanıdıktı, Göksel kendi içindeki duyguları mı görüyordu yoksa onun gözlerinde, aynı karakola gelen o teyzenin kendisine dediği gibi, kendi içimizdeki duyguları mı tanıyabiliyorduk diğerlerinde?! Yanağındaki şişlik de neydi?

Ada yine sordu. "Deniz geldi mi!?" Cevabın hayır olmasını ümit eder yalnızlıkta ve korku doluydu sesi.

Göksel küçücük bir hareketle başını salladı ve Ada'nın gözlerinde, ifadesinde geriye giden mevsimleri gördü. Soğuktan korkarak sığınacak yer aradığı kış bir anda yumuşadı, karlar eridi gözlerinde, yağan yağmurların yoğunluğu gözpınarlarına toplandı ama akmadı, sonbahar bir anda gelmişti ve sanki aynı hızda gitti, yerini yaza bıraktı. Ada burnunu çekti hafif bir tebessümle ve o minicik tebessümde de baharın ilk papatyası açtı... Ada'nın mevsimleri de ruhu gibi karmakarışıktı.

O papatya öfkenin yerine açtı. Gerilen ifadesi gevşedi, meraka teslim oldu ve öfkesi dindi ama sadece bir an... Bir an sonra o ifade daha yeni rahimden çıkan bir bebeğin savrulup atılması gibi çekildi Ada'nın suratından ve sıktığı dişlerinin arasında bir fırtınayı tutarcasına sıktı çenesini ve sordu. "Gördün mü?"

Papatyanın kuruyup solmasını ve sonra kopartılıp parça parça edilmesini izledi Göksel Ada'nın sıkılan dişlerinde, ifadesinde... cevap vermedi. Yapacağı en küçük bir hareketin çıkaracağı en küçük bir sesin Ada'yı, dişlerinin arasında tuttuğu o fırtınanın içine iteceğinden emindi çünkü kendisi de kendi fırtınasının hemen kıyısındaydı. İtilmemek için direnmekteydi... İnsan kendine ne kadar direnebilirdi?... Kıpırtısız, sessiz bekledi öylece, Ada'yla karşılaşmamış olmayı, burada sakince müzik dinlemeyi dilediğini fark edene kadar durdu, sonra arkasını döndü, kendi fırtınasının içine atlayan tasmasının zinciri kopmuş bir kaplan gibi sakince bahçe duvarına yürüdü, sıçrayıp tırmanacaktı ki Ada kolundan yakaladı ve bağırdı.

"Salak mısın sen! Cevap versene ne zaman geldi?"

Elini geçirdiği kola asılırken dişlerini sıktı Ada. Deniz gelmişti. Zihninde dün akşama dair gördüğü şey aklının oyunu değil, gerçekti! Gidişini seyrettiği kişi Deniz'di! Deniz! Göksel'in koluna daha şiddetli asıldı, önce Vietnam Savaşı'ndan yeni gelmiş gibi şok içinde dikilip sonra aniden dönüp gitmesi tahammül edilir gibi değildi. Nefret ediyordu bu salaktan, salaklığından, anlaşılmaz davranışlarından, mantıksızlığından! Bir soruya dahi cevap verememesinden! Kendisinden beklenilen hiçbir şeyi yerine getirememesinden! Severmiş gibi sevmemesinden! Duyarmış gibi duymamasından! Tekrar "Nerde Deniz!" diye haykırdığında Göksel'in kendisine dönen bakışında kendine geldi, ilk defa diğerlerine baktığı gibi bakmıştı Ada'ya. Elini çekti, aklı haykırmak isterken, beyin sapı sakın diyordu, sakın bağırma! Sanki kafesinden çıkmış vahşi bir hayvan vardı karşısında. Kırbacını unutmuş bir aslan terbiyecisi gibi çıplak hissetti Ada ilk defa kendini, onun bakışlarında. Hemen koşarak eve girdi, yukarı çıkıp hızla iPod'unu aldı, kulaklığını aradı, buldu, aşağıya indi, Göksel yoktu!

Evin içine dalıp koşarak ön kapıdan sokağa fırladı, Göksel yoktu. Yok olmuştu! Ayağında çoraplarıyla yokuş aşağıya koştu ve bağırdı. "Göksel!" Sonra yukarıdaki sokağa fırladı, yoktu... umutsuzdu... Yokuştan aşağı inerken son bir kez seslendi. "Göksel!" Ses gelmedi. Sokakta kimse yoktu.

Evin kapısına yaklaştığında kendi eviyle yan evin arasında Tugay'ın arabasına bindiği o gece, Göksel'in kendisini beklediği o aralığa baktı geçerken... Göksel oradaydı, çökmüş, sırtını duvara dayamış, gözlerini yere dikmişti.

Durdu Ada, aralığın başında dikilip bekledi... Ağzından bir kelime çıktı mırıltıyla sanki müzik gibi. "Göksel..."

Göksel kaldırdı başını, Ada kaplandaki kediyi gördü. Yalnız, kimsesiz, sahipsiz... vahşi. Gözlerine sonbahar doldu yine, tüm yağmurları da beraberinde getirdi ama tuttu kendini, yaşların çıkmasına izin veremezdi... bekledi, sonra küçücük bir hareketle elindeki iPod'u Göksel'e uzattı.

Göksel sakince doğruldu, gözlerini Ada'dan ayırmadan. Ada'nın yumuşacık yüzüne bakarken, aklındaki görüntüler şimşek gibi çaktı beyninde, o iğrenç adamla ağız ağıza, bedenini satan ruhsuzlar gibi o iğrenç kıyafetin içinde! Gözlerini kapadı Göksel.

Hayatında ilk defa bir şeyi anlamaya çalışırken aklına yapışmış bu düşünceyi kendinden çıkarırcasına yine gerdi pençelerini, ellerini açabilse aklındaki bu düşünce de uçup gidecekti... Gözlerini kapadı.

Ada'yı stüdyonun ortasında dinlediği o ilk günü çağırdı aklına... ve nihayet Ada müziğiyle birlikte geçmişin anılarından çıkıp geldi, hissettiği tüm şiddeti silip geçti.

Göksel'in kendiyle savaşını izledi Ada. Her an saldırıya uğrayabilirdi. Göksel'in, boynunu kırması sadece küçük bir hamle isterdi... Ada bekledi... Göksel'in kendisiyle savaşının bitmesini bekledi... Önce ellerinin gevşemesini izledi, sonra gözleri aralandı, bakışları onunla ilk defa göz göze geldiği o günkü kadar yumuşaktı. Elinde bir kırbaç gibi tutuğu iPod'u aşağı indirdi. Keşke Göksel'in içindeki öfke dinmese ya da böyle dönüşmeseydi... hissettiği her duyguyu önemsizleştirecek bir şekilde çekip alsaydı benliğini ve hissettiği bu kirlenmişliği temizlercesine kurtarsaydı kendinden kendisini.

Bir adım yaklaştı Göksel, belki konuşacaktı. Ağzı hafifçe kıpırdadı, küçücük bir ses çıktı, ucu çizgiyle kıvrımlanmış ince ama belirgin dudaklarından ama ses kelimeye dönüşemedi. Göksel bir adım daha yaklaştı. Bu sefer ağzı kapanmıştı. Sonra bir adım daha yaklaştı. Şimdi tam karşısında kocamandı ama sanki dizlerinin üzerine çökmüş boynunu eğmişti Göksel, kocaman vücuduyla dimdik ayakta olmasına rağmen gözlerindeki o bakış, o eğilmenin ifadesiydi. Diz çökmüş kocaman bir dev gibiydi. Ada elini uzattı, ona dokunmaktan başka duygusu kalmamıştı. Ama aniden arkalarında duran arabadan üç kişi, kendi aralarında konuşarak indiler ve yanlarından geçip giderken içlerinden birinin çalan telefonunda, Ada'nın o banka reklamı için Deniz'den çaldığı beste atmosfere yayıldı bir zehir gibi. Göksel'in gözleri telefonunu bir türlü açmayan adama odaklandı ve Ada onun ifadesinin değişmesini izledi, elini geri çekerken. O ifade diz çöktüğü yerden fırlayıp kavgaya hazır biri gibiydi şimdi.

Adamlar geçip gittiklerinde, Göksel daha önce Ada'nın hatta, belki de hiç kimsenin duymadığı bir merakla mırıldandı.

"Müziğe bunu nasıl yaparsın?... Deniz'e bunu nasıl yaparsın?"

Kahroldu Ada, Göksel arkasını dönüp giderken. Bunu nasıl yapmıştı!? Deniz'e bunu nasıl yapmıştı! Müziği nasıl reklama satmıştı! Kafası karmakarışık, duyguları kapkaranlıktı... Kafasını istila eden düşüncelerden sıyrılamadı, yok olsa, yeniden doğsa, yaşasa ve yaptığını bir daha yapmasa... Hayat bir şans daha verse ve yapmamış olsa! Deniz gitmemiş olsa! Elindeki iPod düştü boşalan ellerinden, eğilip yerden almak istedi ama almadı. Onun yerine ayağıyla üzerine bastı ve tüm ağırlığını aletin üzerine bıraktı... Bastırdı, ta ki camından çıt diye bir ses gelene kadar. İçindeki en değerli parçayı kendinden koparıp bırakırcasına bıraktı iPod'u yerde ve eve girdi. Bu kadar büyük gümbürtü koparacağını hiç hesaplamamıştı o reklam müziğinin, bu kadar popüler olacağını, her telefona taşınacağını... Odasına çıkarken kalbi iyice ağırlaştı... Deniz'in müziğini satmıştı!... Hayır! Daha kötüsünü yapmıştı! Reklam müziği yapmıştı! İlk defa düşünebildi, yaptığı hareketin ne ifade ettiğini, dehşet vericiliğini. İlk defa yüzleşti kendisiyle. Deniz'e ihanet etmişti. Ölesiye özlediğine insan nasıl bu kadar kolayca ihanet ederdi? Odasının kapısında öylece dikildi. Hayatının sonuna kadar burada böyle dikilebilirdi. Bir yolunu bulup açıklamalıydı ama ne diyecekti? Niye vermişti müziği? Şadiye'nin hayranlığını kamçılamak için ya da Tugay'ın gözünde eşsizliğini korumak için miydi?... Bilemedi. Ancak çektiği dikkatte var olabilen birinin davranışlarının nedenleri bilinemezdi. Bu odaya girmeyecekti. Araba anahtarını alıp kirlenmiş çoraplarıyla arabasına bindiğinde indirdiği ön aynadan baktı kendine, gözlerine… Ne kadar da ifadesizdi ama yanağındaki kızarıklık hâlâ belirgindi.

Tugay'ın havaya kalkan eli, rüya değildi, yanağına inmişti! Gözlerini kapattı. Aklındaki görüntüden kaçarcasına indi arabadan ve daracık aralığa girip yerdeki iPod'u aldı. Müziği kulağına takıp ayağında çamura bulanmış çoraplarıyla yokuş aşağı sahile doğru yürümeye başladı, aklında sürekli çakan o anı kafasından çıkarmalıydı.

Birkaç sıra çekse rahatlayacaktı.

19. Atacan

Köşelenmiş çenesi, yanaklarının hafif içe çöken girintisi, dünyayı karşısına alırcasına çatılmış uzun gergin siyah kaşları ve siyahın derinliğine bulanmış ama Eti'nin kahvesinden de almış o gözleri hayret vericiydi, Can Manay'a olan benzerliği baktıkça insanı içine alacak kadar etkileyiciydi. Daha önce nasıl görmemişti onu Bilge, nasıl bir türlü rastlaşmamışlardı? Nasıl fark etmemişti? Eti'nin gitmek üzere oluşuyla hırpalanmış beyni Atacan'ın Manay'a benzerliğiyle iyice bulanmıştı. Kapının camından, Atacan'ın annesinin başında mahvolmasını izledi, Can Manay'ın Eti'ye veda edişini izlediği aynı noktadan… ta ki izlendiğini hissedip başını Bilge'ye çeviren Atacan'la göz göze gelene kadar.

Bir adım geri çekildi Bilge, kendisine bakan gözlerin Manay'ı hatırlatıyor olmasından mıydı bu geri çekilişi yoksa annesiyle vedalaşması için bir çocuğu yalnız bırakması gerektiğini düşünmüş olmasından mı?… Zihni altüst olmuştu, düşünemiyordu. Ama sonunda Eti'nin gidiyor oluşu her şeyi önemsizleştirmişti. Koridorun sönük ışıklarının altında kendini koltuğa bıraktı.

Kalkıp gidemedi, Eti'yi bırakıp gidemezdi, Eti gitmeden gitmeyecekti. Doğru'yu, çiftlikte Onur'un ailesine emanet etmekten başka seçeneği yoktu. Doğru'yu okuldan almasını Ali'den rica etmişti. Kafasını yasladı duvara, gözlerini tavandaki floresana dikti. Düşünmeye başladı, kendi vücudunun saldırısında olmak ne acıydı. Hastalığının sebebi belli değildi ama sonuç olarak bağışıklık sistemi bedeni imha etmeye karar vermişti. Bu imha ne kadar sürebilirdi? Bir insanın bedeni kendini ne kadar zamanda öldürebilirdi?

Ali yanına gelmese, omzuna dokunup ona "Bana güven lütfen..." demese, sonra Eti'nin odasına girmese o koltuktan belki de Eti gidene kadar kalkmayacaktı ama Ali'yi takip etti.

Ali, Atacan'a eğilmiş sakince kulağına konuşmaktaydı, Bilge anlamadı. Atacan hareketlenip hemen annesinin serumunu toplamaya başladığında, Ali eğilip Eti'yi kucakladı ve adım adım Bilge'nin yanından geçip kapıya vardığında da Bilge durumu hâlâ anlamamıştı. Ali "Kapıyı aç" diyene kadar öylece bakakalmıştı.

Kapıyı açtı ve Eti'yle birlikte çıkıp gittiler.

Eti'yi hastaneden çıkarmaları, Can Manay'ın lüks seyahat minibüslerinden birinin arkasına yerleştirip yola koyulmaları sanki rüyaydı. "Bunu denemek zorundayız" demişti Ali ve eklemişti. "İşe yarayabilir... belki."

"Belki"...

Bu kelime umuda giden yolun ilk basamağı değil miydi?

9. BÖLÜM

10 gün sonra Özge...

Saatine baktı Özge, Ayşegül ve ailesinin uçağı havalanmıştı. Önündeki ekrandan kontrol etti, tam zamanında kalkmıştı. Bir dostun gidişi bu kadar ağır olamazdı, eğer o gidiş kişinin kendisinin sebep olduğu bir yitiş olmasaydı.

Hayatlarını altüst etmişti. Üstelik sadece birkaç kelimeyle ve Ayşegül'ün dediği küçücük bir "tabii" ile. Aslında o an her şey değişmişti ama insan zavallı bir yaratıktı, değişimi ancak olup bittikten sonra anlayabilecek kadar zavallıydı. Her şey bittiğinde görebiliyorduk o her şeyin başladığı noktayı. Halbuki değişim o gün o telefon konuşmasında, Özge Ayşegül'den o iyiliği istediğinde olmuştu. O gün ölmüştü Ayşegül'ün anneannesi ve dedesi, Özge'nin cahilce, bencilce sitenin domain ismini onların üstüne aldığı o lanetli günde, anda yitip gitmişlerdi, Özge'nin hayatının en mutlu o gününde! Domaini sonradan değiştirmişti ama takip edilmelerine engel olamamıştı işte.

Vücuduna bağlanmış bombalar hayal etti Özge, samimiyetinden bir an bile kuşku duymadığı dostunun hayatını altüst etmenin verdiği mahvolmuşlukla. Patladıklarında 25 kilometre çapında her şeyi yok eden, bedenden geriye sadece kocaman bir çukur kalmasına yol açacak etkide bombalar, havalanan o uçağın arkasındaki pisliği temizlercesine patlasalar ve temizleselerdi bu ülkeyi. Ayşegül, çocuklarıyla birlikte gitse ve gittiği yerde mutlulukla yaşasa, tüm bu pisliği arkasında bıraksa, anneannesini ve dedesini düşündüğünde sadece patlamayı hatırlasa... Patlayan bombadan geriye kalan kocaman bir çukur ve o çukurun tam ortasında, merkezinde Özge'nin yok olarak acıdan kurtulmuş bedeni.

Haberi aldığında nasıl da olanların kendisinden kaynaklandığını anlayamamıştı. Arkadaşının acısını paylaşarak kendi üzerine düşen tüm ağırlığı hatta çok daha fazlasını kaldırmaya hazır, önüne gelen ilk uçağa atlamak için koşarak havaalanına gitmişti. Cenaze boyunca yardım edecek, bir kardeşin yapabileceği her şeyi yapacak, bir dostun verebileceği tüm güveni verecek, bir ailenin olabileceği her şeyi olacaktı Özge, Ayşegül ve ailesi için. O iki pisliği bulup kendi elleriyle öldürecekti, yemin etmişti uçağı beklerken. Ta ki Sadık'ın notercisi sessizce karşısında belirene ve bir bakışla onu yanına davet edene kadar... Cehennem kapılarından işte o zaman girdi Özge. Hayatında zarar vermemek için her şeyi yapmaya hazır olduğu dostunun ailesinin ölümüne sebep olduğunu anladığı o anda.

Ayşegül ve tüm ailesi tehlikedeydi, domain sahibi değiştirilmiş olsa da, beceriksizce alınan ilk adresin sahibinin bugün hiçbir önemi olmasa da, birileri kazdıkça kazmış ve sitenin ilk alındığı isme ulaşmıştı. İpin ucuydu orası, çektiklerinde ellerinde kalmış olsa da ipin ucuydu. Darbe'nin sahibine ulaşmak için ilk adımdı. Karşılarında yaşlı iki kişi gördüklerinde nasıl da şaşırmış olmalıydılar, sekiz bıçak darbesinin nedeni bu şaşkınlığın kızgınlığa dönüşmesiydi elbette, cevaplayamadıkları soruların hıncıydı. Cevap alamamışlardı çünkü Dudu nine ve Ali Rıza dedenin haberi yoktu hiçbir şeyden. Peki yanlarında çalışan iki kişi neredeydi? İkisi de izinsiz olarak çalışan kaçak göçmenlerdi. Herkes onların yaptığına emindi ama Özge onlar olmadığını biliyordu, her hücresine yayılmış olan gerçeğin zehriyle baş başaydı, yapayalnızdı. Dostuna destek için binmeyi beklediği uçağa, öğrendiklerinden, Sadık'ın notercisinin anlattıklarından sonra bindiğinde artık her şey değişmişti. Yardıma değil, onlara kaçmalarını söylemeye gitmişti.

Darbe'den gelen tüm parayı kullanıp onları Avrupa'ya çıkarmıştı bugün.

Gözlerini kapadı, kendini cezalandırırcasına sıktı gözlerini ve Ayşegül'ün gözlerini hatırladı, derin, siyah, samimi... Bir dostun hiç değişmeyen gözleri, nasıl da acı doluydu, nasıl da üzgün, yorgun, yenilmişti. O yenilmişliğin üstüne eklenen hayal kırıklığının anbean ruhuna yayılmasını izlemişti Özge, ona hemen ülkeyi terk etmeleri gerektiğini anlatırken. O an daha da için için yanmış, kendi acılarında anlamsızlaşmışlardı. Aklın aynasıydı gözler. Hiçbir şey düşünemeyen bir aklın aynası neyse, işte Ayşegül'ün gözleri öylesine benzersizdi. Kendi boşluklarında benzersiz gözler öylece bakmışlardı Özge'nin gözlerine. Hissettikleri acıyla bomboştular, ilk defa. Özge'nin suratına bakarken tek kelime çıkmamıştı ağzından, çatılan kaşların altında acı içinde kıvranan gözler yetmişti her şeyi anlatmaya, kelimelere gerek kalmamıştı. Nefretin doğumu sessiz olurdu. Bir zamanlar kendisi için hayatını verebileceğine emin olduğu dostu, o an, ölesiye nefret eden bir düşman olmuştu. Birinden hayatı aldığınızda dostluk ölürdü.

Gözlerini açtı Özge, daha fazla düşünürse gerçekten de gidip bomba aramaya başlayacaktı. Yerinden fırlayıp kalktı. Odanın içinde yürümeye başladı. Sadık'a ulaşabileceğini bilse kapısına dayanacaktı ama ne telefonlarına çıkmıştı ne de Özge'yi kendi katına almıştı. Sekreteriyle "Bekle" yazan kısa bir not göndermişti.

"Bekle" ne kadar da sabırsız bir kelimeydi. Ama ona kızamıyordu Özge, kendisi açmıştı tüm bu belayı herkesin başına. Ortaya çıkardığı haberler lağımın merkezine kaymış, politikacıların pislikleri saçılır olmuştu. Bu ülkenin tarihinde ilk defa herkes kimin kim olduğunu biliyordu, ama hiçbir şey değişmemişti, insanlar kimin ne halt yediğini bildikleri halde sistemin içindeki görevlerine devam ediyorlardı. Ortama yayılan metan gazı gibiydi bu durum, çöplükten gelen bu metan gazının patlaması için sadece küçük bir kıvılcım gerekti. O kıvılcımın çakması için ölmeye hazırdı Özge ve çakmaması içinse öldürmeye hazır bir kitleyle karşı karşıyaydı, onlarla arasında olan tek şey Sadık'tı. Kendisini görmek istememesi gayet normaldi. Hatta hâlâ işten atılmamış olması bile mucizeydi. Salağın tekiyim ben diye düşündü, boyundan büyük işlere kalkıştığı için etrafındaki herkese zarar veren bir salak!

Kurtarmak için, uğruna öleceği değerleri korumaya çalışırken yok eden bir salak!

Şehrin binalarına odaklanmış manzarayı kucaklayan cama dayadı ellerini, hafifçe ittirdi, cam sağlamdı, kırmak için sandalye falan atmak gerekecek kadar sağlam ve alnını dayadı cama, ağlamak istedi, Dudu nineyi düşündü, kendisine elma toplatan Ali Rıza dedenin gülüşünü... nasıl öldürüldüklerini... Tek bir damla akmadı gözünden, içinde yanan ateş o kadar yoğundu ki gözyaşlarını kurutmuştu. Kupkuruydu Özge...

Dergiyi kapatmalı ve gidip teslim olmalıydı. Çünkü sırada Ömer ve Muammer Bey vardı. Onları korumak için yapması gereken şey buydu. Teslim olmalı ve konuyu kapatmalıydı. Ama kime teslim olacaktı! İnsan sisteme nasıl teslim olurdu? Direnişi bırakmaktı teslimiyet, olduğun şeyden vazgeçip onların istediği şeye dönüşmekti. Ateş suya dönüşebilir miydi? Ne olduğundan emin biri kendinden başka ne olabilirdi ki? İnsan kendini yeniltebilir miydi?

Alnını, dayadığı cama vurdu, teslim olması gerektiğini söyleyen aklını susturururcasına... ama aklı susmadı, git ve yenil diyordu. Yenil ki değer verdiklerin kurtulsun. Yenil dedi aklı, alnını yine cama vururken Özge... Aklı susmadı, Özge de alnını vurmayı bırakmadı. Aklıyla savaşta, alnını vurduğu camda takılı kalmıştı ki kendi adını duydu, döndüğünde ne kadar zamandır orada olduğunu bilmediği Burcu'yu gördü, Sadık'ın uzun bacaklı asistanı kendisine bakıyordu, delirmiş birine bakar gibi.

"Alnınız fena kızarmış" dedi.

Özge tepki veremedi, sadece bakıp niye kendisine seslendiğini açıklamasını bekledi. Alnı kızarmışsa kızarmıştı, eğer aklıyla kavgası bölünmeseydi o camı kesin kıracaktı!

Bir an Özge'nin ifadesizliği içinde kendi ifadesini kaybetti Burcu ve sonra toparlanıp elindeki kâğıdı uzattı. İkiye katlanmış küçük kâğıdı aldı Özge, "Aracınız birinci otoparkta sizi bekliyor, konuşmayın ve cep telefonunuzu almayın lütfen" yazıyordu.

Ceketini dahi almadan kızı geçip gidecekti Özge ama kız durdurdu onu ve elindeki kâğıdı yavaşça çekip aldı. İyi günler dileyip önden çıktı.

Bedenini akışa teslim etmiş halde, geçtiği yerlerde gördüğü yüzleri algılamadan indi otoparka, kendisini bekleyen siyah camlı, kocaman Mercedes minivana bindi. Kapılar otomatik olarak kapandı, kilitlendi.

Yola koyuldu. Nereye gittiğini bilmeden ama nereye giderse gitsin aklıyla yaptığı savaştan kurtulamayacağını bilerek. Yenil diyordu aklı, yenil!

Yenemezsin, bırak ve yenil...

10 gün sonra Bilge...

Nihayet Eti'yi eve getirmişlerdi. Sokak kapısından yavaşça çıkarken kendisini uğurlayan hizmetçiye sessizce, "Yarın sabah dönerim, bir şey olursa arayın" dedi ve geride duran Atacan'a elini sallayıp çıktı Bilge.

"Hâlâ ölmemiş olması on gündür Eti'ye yapılan işkenceyi haklı çıkarır mıydı?" diye düşünerek arabasına yürüdü. Eti'den akan, daha doğrusu akıtılan kanın görüntüsü geldi aklına ve gözlerini sıkıca kapatıp açtı, görüntüyü zihninden kovaladı. Yıllarca tedavi edilmeyen, ne olduğu bilinmeyen bu tuhaf hastalık bağırsaklarının temizlenmesiyle nasıl da bir anda çaresine kavuşmuştu. Aslında çok da mantıklıydı Hanım'ın anlattıkları, ikinci beyindi sindirim sistemimiz. 200 milyon nöronla tüm sinir sistemimizi tetikleyen ikinci merkezdi. Milyarlarca bakteri nöronların iletimine yardım eden kiracılar gibiydi. Sindirime giren yiyeceklerin parçalanıp sindirilmesine yardım etmeleri karşılığında vücut bakterilerin bağırsaklarda, midede yaşamasına izin veriyordu. Organizmaların işbirliğiydi hayatı devam ettiren şey. Varoluş tek başına olmuyordu. Yardımcı bakterilere ev sahipliği yapan sistem parazitler tarafından istila edildiğinde bağışıklık sistemi sıkıyönetim ilan ediyordu bağırsaklarda ve parazitler çoğalırsa iyileri kötülerden ayıramadığından önüne gelen her organizmaya savaş açıyordu vücut, kendini yok etmek pahasına. İnsanlar ölüyorlardı kendi bağışıklık sisteminin bombardımanında ve tıp dünyası sadece izliyordu, kendi bilgisizliklerini, eksikliklerini çaresiz hastalık adı altında kamufle ediyorlardı günümüz doktorları.

Antikorların bağırsak çeperine saldırmasının ve demir alımını engelleyecek seviyede bağırsak dokusunu yıpratmasının nedeni kron hastalığıydı. Uzun süre çeperi istila eden kandida mantarına* karşı verilen savaşın bıkkınlığa dönüşmüş bir alışkanlığıydı bu antikor bombardımanı. Mideye çıkarsa, mide kanserine neden olacak kadar arsızdı bu mantar. Otoimmün hastalığı demişlerdi önüne gelen her organa saldıran bağışıklık sisteminin şaşkınlığına, bu şaşkınlığın bağırsaklarda yuvalayan parazit yumurtalarının kanla yolculuğa çıkıp vücuda dağılıp organlara yerleşmesinden kaynaklandığını bilmeden. Peki nasıl bilmezlerdi!? Sindirim sisteminde yediğimiz yemeklerden beslenip vücudumuzu besinsiz bırakan parazitlerin neden olduğu onlarca hastalık vardı, tuhaf isimlerle kamufle edilmiş. Yüzlerce çeşit parazitle savaşmaya çalışan bağışıklık sistemi en sonunda bu savaşta kendini kaybediyor ve önüne gelen her organizmayı öldürüyordu. Çinliler sindirim sitemlerini rahatlatmak için binlerce yıl önce ikinci beyine adanmış Çigong adında yoga bile geliştirmişken artık modern tıbbın beceriksizliğine teslimdi hayatlar. Sürekli içilen kekik suyuyla temizlenebilecekken, parazit yağması organlarda hasara yol açacak seviyeye çıkınca hastalık başlıyordu aynı Eti'nin yaşadığı gibi. Mikro parazitlerle kaplanmış bedeni, kendine savaş açmıştı. Sözde çaresiz hastalığın çaresi bağırsakları ve kanı temizlemekti. Kanla vücuda yayılıp organlara hatta beyne yuvalayan mikro parazitler artık kamufle de değildi. Sinsice saklandıkları yerde nihayet imha edilebildiler. Eski insanların sözde ilkel yönetmeleriydi işe yarayan. Doğadan gelmişti çare, her zamanki gibi. Hâlâ sağlığına kavuşmamıştı Eti ama iyileşiyordu.

Son günlerde öğrendiklerinin hayretinde arabasına bindi Bilge, Ali'ye gitmeli ve Doğru'yu almalıydı. Sadece gece yatırırken

---

* Besinlerin etkin bir şekilde parçalanması ve sağlıklı bir besin emilimi olabilmesi için bağırsak fulorasınında yaşayan 100 trilyonun üzerindeki bakterinin %95'i faydalı bakterilerden oluşmalıdır. Kandida mantarı bağırsak çepherine yerleşip florayı bozarak zararlı bakterilerin ve parazitlerin yaşayacağı deformatif bir ortam oluşturur. Özellikle bel bölgesinde yağlanma ve ağız kokusu gibi belirtileri vardır.

görür olmuştu onu ve bir haftadır da yıkamamıştı. Kendini suçlu hissetmek istedi ama hissedemedi. Çünkü tuhaf bir şekilde Doğru'da ciddi bir gelişme vardı. Sosyalleşme yeteneği gelişmişti, az da olsa, etrafındaki sisteme, objelere değil duygulara da dikkat eder bir hali vardı. Bazen fazla ilgi de organizmanın gelişimini engelleyebiliyor, belki de tembellik yüklüyordu. Her anını çocuklarına adayan anneler belki de ilgileriyle zehirliyorlardı çocuklarını, aynı hiçbir anını çocuklarına adamayan annelerin ilgisizlikleriyle zehirlemesi gibi... Hayata denge lazımdı. Her şeye denge lazımdı. Yola çıktığında yan koltuğa attığı telefonuna gelen mesaja baktı... Can Manay! Mesajı açtı... İlk satırları okurken arabayı sağa çekmeye karar verdi, dikkati allak bullak olmuşken kullanamazdı. Mesajda bir adres vardı ve adresten sonra "Bu hafta taşınmış olmalıyım. Hallet..." yazıyordu.

Mesajı birkaç kere okuduktan sonra Zeynep'i mi yoksa Ali'yi mi arayayım diye düşünürken Zeynep aradı. Hemen açtı telefonu, Can Manay ona da mesaj atmıştı. Zeynep'in sevinci telaşıyla karışmıştı. Can Manay evden taşınmış, yeni evi bulunana kadar şehrin en lüks oteline yerleşmişti. Zeynep Ali'yi de aramıştı. Bir saat içinde şirkette toplanacaklardı. Her gün ısıttığı çorbayı kaç gündür boşuna ısıttığını düşünürken Can Manay'ın kendilerine katılıp katılmayacağını sormak istedi Bilge ama sormadı. On gündür Manay'ı görmediği aklına geldi. Hissettiği huzur sadece Eti'nin iyileşmesinden değildi, Manay'a maruz kalmamanın da etkisi vardı, belki. Sanki fırtına dinmişti ama yine de bu işten ayrılması gerekiyordu. Ne zaman ayrılacaktı henüz bilmiyordu ama kararı kesindi.

Arabayı çalıştırıp şirkete doğru yola koyulurken Ali'yi arayacaktı ki Ali aradı. O da şirkete doğru yola çıkmak üzereydi, Doğru'yu da yanında getirecekti. Can Manay nihayet kendine gelmeye başlamıştı, keşke Eti'nin de tedaviye az da olsa cevap verdiğini söyleyebilselerdi Manay'a, bu bilgi çok iyi gelebilirdi ama Eti özellikle tembihlemişti, kimse bilmeyecekti. Boşuna umut verip iyileşmezse tekrardan yıkıma girmesini istemediği çok belliydi, mantıklıydı.

Şirkete yaklaşırken müziği açtı Bilge, "Blackwind" çalıyordu Patric Watson'dan.

Can Manay evden çıkmıştı! Bir yılanın eski derisinden sıyrılması gibi Can Manay'ın da kendi kabuğundan çıktığını düşündü, kendinden sıyrıldığını. Mümkün müydü? Siyah gözlerinin ışıksızlığından arındığını... gözlerini düşündü. Aslında kahverenginin karanlıkla siyaha dönüşmesiydi gördüğü. Bir göz hem bu kadar derin hem bu kadar boş, hem bu kadar anlamlı hem bu kadar anlamsız nasıl olabiliyordu? Yoksa Manay gibi adamların gözlerine bakınca insan kendi içindekini mi görüyordu? Kendi boşluğumuzla ya da derinliğimizle yüzleşiyormuşuz hissi verebilecek fiziksel üstünlükte olmaları mıydı aslında tek üstünlükleri?... Olamazdı. Can Manay'ın zekâsı belki bir süredir uykudaydı ve deliliği şaha kalkmıştı ama Bilge üniversitede ondan aldığı dersleri unutamazdı. Adam ne olursa olsun bir dehaydı. Gözlerinin hissettirdiğiyse dehasının karmaşasıydı. Her deha köklerini delilikten almaz mıydı? Deliliğin derinliğine inebilenler değil miydi zekânın doruklarına çıkabilenler?! Bir kavramın her iki ucunu da anlayabilenler.

10 gün sonra Sadık Murat Kolhan...

Tüm ayarlamalar bitmişti. Darbe'yi Özge'ye bağlayan tek halka da temizlenmişti. Özge'nin sicili incelemeye alınmak için tertemizdi. Önümüzdeki milletvekili seçimlerine hazırdı. Helikopterden indi Sadık, başkente gelmişti.

Bakanlığın içine girince, ülkenin değişik şehirlerinden gelen diğer yöneticilerle selamlaşıp koltuğuna oturdu. Toplantıya çağrılan kişileri inceledi. Bu toplantı, başbakanın güvendiği tüm holding ve medya patronları içindi. Davet edilmeyen birkaç kişi olduğunu fark etti, demek ki onların ipleri çoktan çekilmişti. Üç aya kalmadan iflas edeceklerdi. Devletten daha büyük bir tehlike yoktu, halktan para kazanmaya çalışan biri için. Halkın haraççısıydı devlet. Kimin kimden ne alacağına, ne zaman ve ne kadar alacağına karar veriyordu, kendi yüzdesini de vergi adı altında ekliyordu. Vergilerle yapıldığı halde hâlâ geçmek için para ödenen köprülerin, yolların ülkesiydi burası.

Vergilerin toplandığı devlet bankasının, başbakanın dostlarına holdingler kurmaları için halkın parasını faizsiz olarak hediye ettiği hakların ülkesiydi burası.

Tapularının bir gecede vakıflara hediye edildiği devlet arazilerinin ülkesiydi burası.

Halkın sahip olduğu, atalarının kanıyla koruduğu değerlerin talan edildiği dünyada eşi benzeri görülmemiş bir yağmanın ülkesiydi burası... Derken kendine geldi. Özge nasıl da içine işlemişti, onun gibi düşünür olmuştu.

Hatırladı, bu devlet sayesinde kendisi medya patronu olmuştu, bu hükümet sayesinde halkın parasıyla bedavaya kendi gazetelerini, televizyonlarını kurmuştu. Kendisine hediye edilen devlet arazilerinden birine kurulmuştu holdingi. Süregelen yağmanın başkarakterlerinden biriydi kendisi.

Yanından geçen bakanların elini sıkıp başıyla selamlarken bir yandan da kendiyle yüzleşti Sadık. Kim olduğunu hatırlattı kendine ve niye burada olduğunu. Salakların ülkesiydi burası. "Değerlerine sahip çıkamayan salakların!" diye düşünüp rahatladı.

Başbakanın toplantı masasında yerini almasını alkışlarken

kelimeler istemsizce, zıtlıklar halinde doğmaya devam ettiler aklında.

Bir ağaç kesilmesin diye kendi canını ortaya koyan gençlerin ülkesiydi burası. Doğruyu yapabilmek için çaresizce şiddet göstermeden direnen insanların ülkesiydi. Yağmayı durdurmak için doğru olanı anlatmaya çalışanların ülkesiydi. Özge'nin ülkesiydi. Özge'nin ve onun atalarının ülkesi...

Başbakanın buyur etmesiyle herkes yerine oturdu ve toplantı başladı. Önümüzdeki seçimler için planlanan hamlelerin yer aldığı dosyalar dağıtıldı. Her kurum verilen dosyadaki talimatlara harfiyen uyarsa zaten her şey hazırdı, Amerika'nın hazırladığı oy sistemi sayesinde zaten bu seçimde kesin kazanılacaktı, sadece örtbas için biraz hükümetin yardıma ihtiyacı vardı. Sahte anketlerle sanki iki rakip partiyi başa baş bir çekişmedeymiş gibi göstermek mantıklıydı, medya yine çok iyi çalışacaktı.

Sonuçta hakkına sahip çıkamayan, kandırıldığını bildiği halde kıçını kaldırmayan uyuşukların ülkesiydi burası! Sahip çıkmayı bilmeyen, hareket ederek değil şikâyet ederek rahatlayanların ülkesi... Kimin ülkesi olursa olsun her zaman kazananlardan olacaktı Sadık. Tuttuğu tarafta rahatladı, kazandığını sandığı şeyin parça parça ruhundan götürdüğünü düşünmeden.

10 gün sonra Can Manay...

İzolasyon yatağının* kapağı açıldığında sanki gündüz uykusundan kalkan bir vampir gibi çıktı tuzlu suyun içinden, kendisini bekleyen bornozu çıplak vücuduna geçirdi. Elindeki ize baktı, ne kadar da yaralanmıştı. Aylardır hırpalamıştı bedenini, şimdi

---

* Vücudun ağırlığını alan bir jelle doldurulmuş dinlendirici tüp

toparlaması gerekliydi. Saunaya geçti, üzerindeki tuzu terleyerek atacaktı. Saunanın camlı kapısında yansımasına odaklandı, kıllarını tıraş edince, toprağın altından çıkmış gibiydi suratı.

Saunada on beş dakika durduktan sonra buzlu su havuzuna girdi. Beş dakikada telaşsız çıkıp sıcak duşa attı kendini.

Çelişkilerin gezegeninde duyu organlarına yaşattığı zıtlıkta rahatlamaya çalıştı Can... Spada işi bitmişti.

VIP'lere ayrılmış bölümden odasına çıkan asansöre gelirken önünden geçtiği spa çalışanları hürmette yarışırcasına çekildiler kenara, saunaya vardığında kim olduğunu hatırlamıştı.

İnsan görmeliyim diye düşündü, daha doğrusu insanlar beni görmeli, çünkü diğerlerinin gözünde olduğu yeri izlemek ona iyi gelecekti. Kendi içinde değersizleşen birinin değerini diğerlerinin gözünde aramasının lanetindeydi. İnsansız yaşayamaz olmanın temeliydi ama fazla düşünmedi. Analizini edemeyeceği bir duyguydu bu, ederse altında ezileceği yoğunlukta, değerliymiş gibi yaptığı her saçmalığı yıkıp geçecek gerçeklikte bir kendini bilme haline açılıyordu kapıları... asla açılmaması gereken o kalın, ağır, demir kapıları. Kapıların ardı tehlikeliydi, Can Manay'ın asla var olamayacağı bir haldi bu. Çiçek vardı orada, Duru'nun hemen gerisinde dikilmiş hesap sormayı bekliyordu. Odasına çıktı Can ve askıda kendini bekleyen kıyafetlere baktı, aklındaki kapılardan uzaklaşırken. İstediği her şey alınmıştı. İki beden zayıflamıştı.

Ekiple buluşması için sadece yarım saati vardı. Giyindi. Saçlarını toparlamak için aynanın karşısına geçti, uzun süredir ilk defa kendine dikkat etti. Sakallarından kurtulmuştu ama saçlarının biçimsiz uzunluğu şekle girmiyordu, saçının üst kısmını topladı, daha önce Bilge'nin külotu yerine bıraktığı tokayla. Maske şeklinde kullandığı yarım gülümsemeyi denedi... eskisi gibi oturmuyordu artık suratına. İyice gülümsedi... eskisi gibi yakışmıyordu gülümsemesi... saklamıyordu eskisi gibi... hiçbir şey eskisi gibi değildi.

Aydınlanmak için etrafındaki her ışığa yaklaşan, ışığı çekip yutan ama bir türlü aydınlanamayan kara bir delik gibi hissetti kendini.

Kendini zorlamayacaktı, bir süre gülümsemeyecekti. Eskiyi değiştirmenin vakti gelmişti.

10 gün sonra Deniz...

İnşaatın kabası tamamen bitmişti, detaylara geçilecekti. Havuza doldurulan kumun üzerinde yalınayak dikilip etrafına baktı Deniz.

Elektrik döşenecek, aydınlatma yapılacak ve ses sistemi takılacaktı. Binanın yukarısında ahşap tahtalarla sıra sıra desteklenmiş çatının alt kısmında bir şey olduğunu gördü. Daha dikkatli bakmak için dikildiği sahnenin ucuna yürüdü ama görmek istediği şey çok yukarıdaydı... Biri vardı. Biri çatının ahşap tahtasının üstüne uzanmıştı... Birkaç saniye kim olabilir diye düşündükten sonra seslendi.

"Göksel!"

Binanın içinde çalışan herkes işlerini bir anlığına bırakıp Deniz'e odaklandılar, Deniz ise uzandığı tahtadan doğrulmuş kendisine bakan çatıdaki Göksel'e. Eliyle aşağı inmesini işaret etti, ama nasıl inecekti? Derken Göksel'in bir hamlede karşıdaki tahtaya sıçramasını ve tahtadan bir maymun gibi kollarını kullanarak asma katın ince balkonuna kendini bırakmasını izledi. Göksel'in çatıdan aşağıya inip bir sıçrayışta sahneye sıçraması bir dakika sürmedi.

Deniz, “Açılış için çalışmalıyız” dedi.

Göksel kafasını hafifçe yana yatırırken, “Ne işe yarayacak ki?” diye sordu.

Deniz beklemediği bu soru karşısında kaşlarını çattı, Göksel’in kafasında gezinen düşünceyi tespit etmeye çalıştı... ama imkânsızdı. “Ne işe yaramasını istersin?” diye sordu.

Göksel samimiyetle “Bilmiyorum” diye cevaplarken ilk defa gözlerinden umursamazlığı çekildi.

Deniz elini Göksel’in omzuna koyup sıktı. “Düşün o zaman. Sen ne işe yaramak istiyorsan o işe yaramak için yaratıldın, ancak ne istediğini düşünürsen, anlarsan olman gereken şeye dönüşeceksin. Kendine, düşünce engelleri koymak yerine en iyi yaptığın şey için emek ver. İşe yarayacak olan sadece yaptıkların değil, sensin! Verdiğin o emekle birlikte işe yarayacaksın. Verilen hiçbir emek asla boşa çıkmaz. Sen çabaya geç, emek ver, evren de sana cevap verir” dedi.

Göksel’in suratında gülümsemeye benzeyen ama yıllar önce çocukken kırılıp deforme olmuş bir mimik belirdi, Deniz bu ifadenin kendini güvende hissetmekten geldiğini düşünürken Göksel en iyi yaptığı şeyi düşünüp gülümsemişti. Dans etmek değildi bu Deniz’in düşündüğünün aksine. Şimdiye kadar üç kişiyi öldürmüştü, belki de dörttü, her seferinde sonsuz bir gönül rahatlığı hissederek. Keşke, küçücük bir çocukken karşısına çıkan o ruhsuzlar da öldürülmüş olsaydı. Deniz haklıydı, belki de en iyi yaptığı şeye odaklanmalıydı. O zaman çocukken karşılaştığı insanların var olmasını engelleyebilir miydi?... Evet. Neden olmasındı!

Deniz Göksel’in düşünce yolculuğundan habersiz sahneden atlayıp elektriğin döşenmesi için alınan kabloları kenara taşımaya başladı, Göksel sahnenin üstünde yere çöküp Deniz’e, “Ada’yı görmen lazım” dedi.

Deniz hayır anlamında kafasını sallarken ne yaptığı işi bıraktı, ne de başını kaldırıp Göksel'e baktı. Kendisine ihaneti hatırlatan hiçbir şeyle bir araya gelmeyecekti, ona Duru'nun ihanetini hatırlatan hiçbir şeyi içeri alamazdı.

Göksel, "Sana ihtiyacı var" dedi.

Deniz kabloları üst üste istiflemeye devam ederken yine sağa sola salladı.

Göksel, "Kaybolmak üzere" dedi, sahneden aşağı atlayıp Deniz'le kablolar arasına girip Deniz'in çalışmasını engelledi.

Deniz dikildiği yerde Göksel'e baktı. Birini umursuyor olması ne harikaydı ama Deniz'in başkasını umursayacak gücü kalmamıştı. İlk defa başkasını umursayan birine böyle bir güçsüzlük nasıl anlatılırdı?

Göksel, "Kötü şeyler olabilir" dedi.

Deniz sakince cevap verdi.

"Zaten oldular Göksel... en kötü şeyler. Bundan daha kötüsü olamaz! Neden biliyor musun?"

Göksel bilmiyordu bekledi, Deniz cevap verdi.

"Çünkü artık hazırlıklıyım. Çünkü artık dikkat ediyorum yanıma kimi yaklaştırdığıma, çünkü artık yağmalanmaya açık değilim. Çünkü artık farkındayım. Sarıp sarıp içen, müziği kendinin sanan o salak değilim artık! Konuşmaya değil yapmaya, oluşturmaya ihtiyacım var artık! Çünkü artık harekete geçtim! Çünkü artık odaktayım, çabadayım."

Göksel omuzlarını silkti. "Bizden birini geride bırakarak mı ilerleyeceksin?" dedi ve Deniz'in cevap vermesini beklemeden dönüp sakince gitti.

Göksel'in ardından bakarken sarsıldı Deniz. "Bizden biri..." BİZ! Ne kadar da güçlü bir kelimeydi.

10 gün sonra Ada...

Ada'nın elindeki kemanı çalmaya çalışıp beceremeyince gitara geçmesini, o da olmayınca içeride biraz volta atıp çıkıp gitmesini, birkaç saat sonra yine gelip çalmaya çalışmasını izlemenin işkencesiyle geçen üç günden sonra stüdyo iyice boşalmıştı.

Ses teknisyenlerinden en genci deklerin başında oturmuş neredeyse uyuklamak üzereyken yine baskın halinde daldı Ada içeri, teknisyen aheste aheste açtı dekleri, tamamen umutsuz. Stüdyonun boşaldığına ancak dikkat eden Ada camın ardından seslendi.

"N'oldu? Herkes nerede?!"

Teknisyen sadece omuzlarını silkip deklerin açık olduğunu işaret etti, ne desindi ki günlerce müzik yapamayan bu kıza. Belki de sadece reklam müziği yapabilen biriydi, albüm çıkarmak için fazla üstüne gidilmişti. Umutsuzca geriye yaslanıp bekledi. Bu seferki çıkışında stüdyodaki zamanının dolduğunu ona söyleyecek ve çekip gidecekti.

Ada stüdyonun içinde bir ileri bir geri yürüdü, kafesinde strese düşmüş hayvanat bahçesindeki bir çita gibi... Hızla gidip duvardaki elektrik anahtarını eliyle tokatlarcasına söndürdü. Işığın aniden sönmesiyle kafasını kaldırdı teknisyen, bu kız iyice tuhaflaşmıştı... Şimdi karanlıkta ne yapacaktı!?

Ada duvara dayalı gitarı eline aldı, akorduyla oynadı. Teknisyen kendi hayatına geri döndü. Mikrofonu açıp bir saat içinde stüdyonun kapanacağını söylemeyi düşündü, araya girip kızı bu müzik yapma işkencesinden kurtarmak bir noktada gerekecekti. Şadiye de aramıyordu artık ve Tugay'ın bununla işi nasılsa kısa bir zamanda bitecekti.

Mikrofona eğilen Ada teknisyene "Başlıyoruz" dedi.

Teknisyen küçük, ümitsiz bir bakış atıp kafasını sallayıp kayda girdi, bu belki ellinci kayda girişiydi. Reklamdan bu kadar para kazandırmış olmasa hayatta bu kızı çekmezlerdi.

Elindeki gitarın ince tınıları birkaç notayı geçecek uzunlukta devam edince elindeki telefondan kaldırdı kafasını teknisyen, ama Ada'nın müziği kesilmişti.

Ada "Tekrar" dedi ama teknisyen sadece geriye yaslanıp telefonuyla ilgilendi. O tınılar çıktı yine gitardan ve kulakta derin izler bırakarak uzadı uzadılar, o kadar ki teknisyen müziğin kesileceğinden emin biri olarak kafasını Ada'ya kaldırıp dikkat kesildi, keşke müzik devam edebilseydi... güzeldi.

Gitarın tınısına devam ederken dudaklarına yapıştırdığı mikrofona şarkısını söylemeye başladı Ada, hayret müzik kesilmemişti.

"Düşünceler dibe çöktüğünde
Duygular biriktiğinde
Tenin sana dar
Aldığın nefes az geldiğinde..."

Sesinin tınısı azaldı, kelimeler mırıltıya dönüştüler.

"Uyuyamadığında uyanamadığında..."

Sonra aninden müzik ağıda dönüşerek geri geldi Ada'nın sesine.

"Anlam artık olmadığında
Anla beni! Beni anla!
Kayboluşumun kapısısın sen
İçine bak ve bul beni.
Artık lütfen duy beni!
Hem mezar ol hem huzur
Bırakma!
Ne yaparsan yap ama bırakma!
İçindeki karanlığa göm beni."

Hissettiği acının vücutta damar damar gezen kimyasının zehirleyen etkisinden çıktı müzik. Umudun bittiği yerde sanki insana vazgeçmemeyi öğretircesine cevapları diziyordu hayat. Ada şarkısına devam etti. Sonra ikinci şarkıya geçti. Stüdyonun karanlığında eline aldığı enstrümanın tınısında, kapalı gözlerinin ışıksızlığında Deniz'e söyledi şarkılarını, onunla konuşurcasına.

7. Can Manay

Eşsiz bir arabayı test sürüşüne çıkarırcasına çıktı Can odasından ve boş asansöre bindi aynadaki yansımasına bakmadan. Katlarda durdurulmadan lobiye inerken kapının açılmasını nasıl da sabırsızlıkla beklediğini fark etti.

Asansörden indiğinde kendine gelmişti. İyi görünmek değil kendine güvenmekti erkeklik.

Birazdan katılacakları konferans için lobide buluşan dört kız fark etti önce Can Manay'ı... Epey zayıflamıştı... yanakları çökmüş çıkık kaşları iyice belirginleşmiş... gülümsemesi gitmişti. Gözlerine karanlık inmiş, halihazırda keşfe çıkılmak için sabırsızlık yaratacak birinden, içinde kaybolmak için yarışılacak birine dönüştürmüştü bu yeni görüntüsü onu.

Kızlar bakışlarını ayırmadan Can Manay'ın lobiden çıkıp gitmesini izlediler, ancak çıkıp gittikten sonra fotoğrafını çekmiş olmayı düşünebildiler.

Çok uzun zamandır görülmüyordu adam hiçbir yerde, internet haberlerinde bile hakkında tek bir satır yoktu, şimdi belli ki geri dönmüştü. Acaba nereye gidiyordu?

Meraklarını esir aldığı insanları geride bırakıp çıktı Can otelden, önündeki taksiye binecekti ama otelin köşesindeki pastanenin önünde dikilmiş şok içinde kendine bakan adamla kadını fark etti, sonra otelin bahçesinde elinde bebek arabasıyla duran kadını... yanaşan araçtan inerken karşısında Can Manay'ı gören kızın suratındaki şaşkınlığı ve yanına gelen erkek arkadaşının kıza değil Can Manay'a odaklanmış ilgisini... Kırık da olsa belirdi Can Manay'ın o eşsiz gülümsemesi... Kırılınca daha da bir belirginleşmişti sanki, kırılan şeyler nedense daha da dikkat çekerlerdi.

Çektiği dikkatlerin üstünde yükselerek yürümeye başladı Can, taksiye binmeyecekti. Biraz yürüyecek, merak toplayacak, karşılaştığı gözlerde kendinden parçalar bulup alacaktı, var olacaktı.

8. *Özge*

Araba yolculuğu zannettiğinden ağır geçmişti, yol boyunca gözyaşları akmış, içindeki duyguyu her baskıladığında kalbini yırtarcasına hissettiği hainlik duygusu taşmış ve daha çok yaşa dönüşerek hücum etmişti gözlerine. Sadık'ın evine getirildiğini ancak araba durduğunda başını dizlerinden kaldırıp bakınca anladı Özge. Şoförün kapıyı açmasını beklemeden indi arabadan, buyur edilmeden gitti daha önce götürüldüğü o tuhaf yoldan.

İlk karşılama evine vardı, içeride bekleyen adamın suratına bakmadan cam kapıdan geçip ara bahçeye girdi ve ana eve doğru yürürken "O burda mı?" dedi. Adını bile söylemek istemiyordu, onun arkadaşları daha doğrusu yandaşlarıydı kötülükleri yapanlar. Bu sistemin kuduz köpekleri.

Adam arkasından seslendi.

"Yanlış yöne gidiyorsunuz."

Özge durdu, geçip gittiği evin girişinde kendisine bakan adama döndü.

Adam "Buyrun" deyip yan taraftaki küçük golf arabasına bindi ve Özge'nin yanına gelmesini bekledi.

Özge sakince yürüdü ve adamın yanına oturdu. Evin yan tarafındaki sık ağaçlık alanın arasından ince bir çizgi gibi uzanan küçük patikanın üstünden tıngır mıngır gittiler golf arabasıyla. Yokuş aşağı inmeye başladıklarında golf sahasını fark etti. Burası orman mıydı, golf sahası mı?! Nereye gidiyorlardı? Tam soracaktı ki gerek kalmadı, varmışlardı.

İndikleri yokuşun dibinde golf sahasının ortasındaki büyük beton alanda bir helikopter vardı. Özge'yi Sadık'a götürmek için bekliyordu. Bitti sandığı yolculuğu daha yeni başlamıştı.

9. *Bilge & Ali*

Binanın döner kapısının tekrar çalıştığını görmek kalbi durmuş bir bedende kalp atışı duymak gibi geldi Bilge'ye. Kliniğe yine hayat gelebilir miydi? Can Manay olmadan bu mümkün değildi. Kim bilir ne zaman işe koyulacak kadar kendine gelebilirdi diye düşünürken duraksadı, nasılsa ayrılacaktı bu işten, bunları neden düşünüyordu? Ayrılması şarttı. Döner kapının ardında kendisine bakan Ali'yi fark etti.

Kapıya katılıp içeri girdiğinde Ali onu beklemekteydi. "Nasılsın?" olmuştu ilk söylediği.

Bilge gülümsedi, her kıvrımında sıcacık güven duygusunun olduğu bir gülümsemeyle, "İyiyim. Sen?" dedi.

Ali'nin suratında bir gülüş büyüdü, gülüşün içindeki cesareti gördü Bilge, o cesaretin niye orada olduğunu düşünürken Ali dönüp onu koluna girmeye davet edercesine sağ kolunu kıvrık bir şekilde Bilge'ye doğru uzattı…

Bilge sadece birkaç saniye baktı kendini davet eden kola, o birkaç saniyede içinde hissettiği tereddüdü bastırıp karar vermişti, bu kol ne zaman kendisini davet etse girilecek kadar değerliydi ve sol elini uzatıp Ali'nin koluna girdi. "Doğru nerede?" diyerek hareketini kamufle etmeye çalıştı.

Ali adım adım Bilge'yle yürürken, "Okula bıraktım onu, merak etme" dedi. Bilge kolunun yarım ağırlığını Ali'ninkine bıraktı, taşınacağından emin, kendini güvende hissederek ilerledi. İlk defa birileri kendisi için inisiyatif kullanır olmuştu. Ali'nin vizyonunu görmek, bu sakinliğin, durgunluğun altında adım adım kendi istediği hayatı kuran kararlı birinin olduğunu bilmek ilham vericiydi. Can Manay'ın şoförü diye yaklaşmak istemediği bu adam tanıdığı en değerli kişilerden biriydi. Zaten tanıdığı kaç kişi vardı ki... Ama milyonlarcası da olsa Ali başkaydı, bu kesindi.

Aniden gelmeye başlayan insanların trafiğinden dolayı şaşkınlaşan bekçinin önünden geçip asansöre yürüdüler.

Ali, "Burada görüşmeye geldiğin gün defterlerini düşürmüştün" dedi asansörün kapıları açılırken. Bilge asansörün aynasından bakan Ali'den gözlerini kaçırarak gülümsedi. Birlikte asansöre bindiler. Ali'den gelen en ufak bir belirtide kolunu geri çekmek için tetikteydi ama Ali iyice sıkıştırdı kolunu, Bilge kolunu çekmek istese zorlanacak kadar sarmalanmıştı... Böylesine kararlı bir şekilde kola alınmak... böylesine kararlı bir şekilde sahip çıkılmak ne kadar da huzurluydu.

Asansör yukarı çıkarken kolunun geri kalan ağırlığını da tamamen Ali'ye bıraktı. Kendisine teslim edilen güveni fark edip kafasını Bilge'ye çevirdi Ali. Yan yana durup birbirlerine baktılar, Bilge'nin yanaklarına hücum eden pembelikte huzur buldu, Bilge'nin gözlüklerini düzeltirmiş gibi yapıp gözlerini kaçırmasına hiç alınmadı. Yakası kapalı ipeksi gömleğinin altında alçalıp yükselen göğüs kafesine baktı, heyecanının ritmiydi bu. Burun deliklerinden ciğerlerinin en derin köşesini dolduracak uzunlukta ama sakin, bir nefes aldı Ali, Bilge'den yükselen bu çiçek kokusunu içine doldurdu. Lavanta diye düşündü, lavanta ne kadar da huzurluydu.

Asansör kata geldiğinde bir adım geri çekilirken kolundaki Bilge'nin elini diğer eliyle tutup kolundan çıkardı ve parmaklarının ucunda tutup bir beyefendi olarak yol verdi ona. Bilge kıpkırmızıydı, mırıltının nefesle karıştığı ve saklamaya çalıştığı o heyecanla, "Teşekkür ederim..." dedi. Ali'nin parmaklarına değen parmaklarını yavaşça çekip sanki bir kelebek gibi Ali'nin avuçlarından uçup çıktı asansörden. Ali'nin peşinden takip ettiğini bilerek Can Manay'ın odasına giden koridor boyunca art arda yürüdüler.

Ali, önünde ilerleyen Bilge'nin saçından ayırmadı gözlerini, vücudunun narinliğine, giydiği eteğin altından sadece adım attığında belli olan kalçasının kıvrımına bakmamak için çabaladı. O koridor sonsuza uzansa, Bilge'nin ayakkabılarının çıkardığı o narin ama dolu topuk sesinin hep takibinde olsa... diye düşündü, Zeynep onları karşılayana kadar.

İkisi de sırayla Zeynep'le kucaklaştılar. Can Manay'ın aramasından sonra nasıl da keyfi yerine gelmişti, onun heyecanında mutlu oldular. Zeynep heyecanla yapılacakları anlatırken ne Ali'nin ne de Bilge'nin içindeki Can Manay yaşanmışlığını fark etti. Can Manay'ın çılgınlığından tamamen habersizdi. Hevesle sıraladı bilgileri, Can Manay güya yurtdışından dönecekti, kimse eve kapandığını bilmemeliydi, müşterileri arayıp dönüşü bildirilecekti ama önce Can'dan liste gelecekti. İki haftaya kalamaz kliniği yine açarlardı. Televizyon programı yapmak şarttı ama hangi kanalda ne yer kalmıştı? Programı yeni yayın dönemine yetiştirmek lazımdı. Hele bir Can Manay gelsindi, her taş yerine oturacaktı.

Bilge sakinlikle Zeynep'in heyecanını dinlerken onun nasıl da Can Manay'ın yaşantısını yaşadığını fark etti ve aklına Kaya geldi... Acaba neredeydi? Manay'ı bu durumda görse ne derdi? Belki de görmüştü bu durumda onu ve belki de demişti diyeceğini. Zeynep konuşurken Can Manay'ın odasına geçtiler, Bilge perdeleri açtı, Ali havalandırmayı çalıştırdı. Zeynep de çay yapmaya gitti ama Can Manay'ın bardakları bitmişti, kırılmıştı hepsi. Ali aşağıdan bardak getirmeliydi çünkü toplantı odasında içecekleri çayla, işe koyulacaklardı, aynı eski günlerdeki gibi.

Ali'nin de gidişiyle Manay'ın odasında yalnız kaldı Bilge. Kapalı kalan bina insansızlık kokuyordu. Bilge perdenin kumandasını yerine koyarken Can Manay'ın kitaplarına baktı. Nasıl da özenle yerlerine koyulmuşlardı. Bu odayı darmadağınık görmüştü birçok kez, özellikle Duru gittikten sonra, ama bu kitaplara dokunulmamıştı hiç, her şey yerde atılı durabilirken bu kitapları asla ellememişti Manay.

Bilge saydı, on iki değil on kitap vardı. İki tanesini ona götürmüştü aylar önce. İlk kitabı eline aldı, kapağında *Kybalion* yazıyordu ama yazarını anlayamadı, "Three Initiates" da kimdi? Kelimeleri çevirdi. "Üç İnisiyasyon"* Kapak ne kadar da eskiydi. İçini açıp basım tarihine baktı ama tarihi bulamadan kitap elinden kaydı, Can Manay kitabı yavaşça çekip elinden almıştı. Sıçramakta geç kalan vücudu nefesini tutarak tepki verdi Can Manay'ın ani varlığına, Can kırık bir gülümsemeyle, sıradaki iki kitabı gösterip "Bence bunlardan başlamalısın"** dedi sonra ekledi: "Beni gördüğüne sevinmiş gibisin. Sarılmayacak mısın?" Kollarını hafifçe iki yana açmıştı ki Zeynep geldi, bir çığlıkla Can Manay'a koşup sarıldı.

---

* İnisiyasyon: Varlığın bulunduğu ruhsal aşamadan bir üst aşamaya geçmesini sağlayan süreç. Ruhun evrim yolculuğu.

** Düşünceler – Marcus Aurelius ve Outliers (Çizginin Dışındakiler) – Malcolm Gladwell

Bilge'ye açılan alaycı kollarını Zeynep'e doladı Can bakışını birkaç saniye sonra Bilge'den alarak kendisine sıkı sıkı sarılan Zeynep'e verirken. Niye bunca yıldır Zeynep'le çalıştığını hatırladı. Ne kadar sevildiğini hatırladı. Böyle karşılanmak ne güzeldi. Zeynep'in heyecanlı sorularını cevaplarken arada bakışı Bilge'nin donukluğuna kaydı, hâlâ sımsıkı toplanmış saçları, boğazına kadar iliklenmiş gömleğiyle ne kadar da aynıydı... Her zaman kendisi gibiydi. Niye... nasıl böyleydi?

Zeynep ne kadar zayıfladığından konuya girip giydiği takım elbisenin şıklığından çıkarak elli soru sordu yarım saat içinde ve Can Manay'ın o bıçak kesmez sakinliğiyle her birine doyurucu cevaplar aldı. Arada Avrupa'yı gezmiş olması gibi Manay'ın cevaplarının birçoğu doğru değildi ama onları dinleyen Bilge yargılamadı, Manay Zeynep'i rahatlatmak istiyor olmalıydı.

Ali kapıdan girdiğinde Zeynep ve Can koltukta yan yana oturuyorlardı. Bilge de ayakta, masaya dayanmıştı. Ali'yi görünce ayağa kalktı Can, dümdüz baktı ona, suratındaki kırık gülümseme sanki yapıştırılmış gibi tazelendi ve gülümsemesi genişleyip kollarını açtı Ali'ye doğru gitti, sarıldılar birbirlerine, dünyalarını kucaklarcasına.

Bilge yaslandığı yerden doğruldu, şaşırmıştı, daha doğrusu unuttuğu şeyi hayat ona hatırlatmıştı. Manay, Ali'yi gerçekten de seviyordu. Sonra bir şeyi daha fark etti, Ali, Can Manay'ı ensesinden tutup alnını alnına koyduğunda Ali'nin sadece şoför olmadığını gördü, Manay sanki bir anlamda onun kanatları altındaydı ama değildi de. Ali'nin iri bedeninin yanında Can Manay ne kadar da ufak tefekti. Ali'yle göz göze gelene kadar ikisini inceledi, birbirlerinin arkalarını kollayan iki dost gibiydiler...

Bakışını, Ali'nin gözleri yakalayınca gülümsedi Bilge, kendini salak gibi hissederek. Nasıl olmuştu da görmemişti Ali'nin kim olduğunu, nasıl biri olduğunu? Evine gidip yarattığı yaşantıyı görmüş, şimdiyse Manay'a nasıl destek olduğunu, ne kadar sahici olduğunu anlamıştı. Ali Bilge'ye baktığında onun gözlerinde doğan ışığı gördü önce, suratında hiç görülmemiş bir gülümsemeyle kendine odaklanmıştı. Gözlerini kilitledi Ali, bu bakışı görmek için çok beklemişti. Bu bakışı verebilecek değerde bir kadının var olduğunu görmek içindi bekleyişi önce, Bilge'yi tanıdıktan sonra da ondan bu gülüşün doğuşunu görmek için. Huzur doldu içine, nihayet tanındığının, anlaşıldığının, bilindiğinin huzuru. Can'ın parmağı kendi bakışıyla Bilge'nin bakışı arasına girip şaklamasa Ali Bilge'nin gülümsemesinde kalabilirdi.

Can Manay'ın araya giren önce eli, sonra Bilge'nin gözlerine kilitlenmiş kara bakışları Ali ve Bilge'yi kopardı birbirinden. "Toplantıyı hazırlayın. Anlatacaklarım var" demişti. Sonra Ali'ye dönüp, "Açım, bana bizim büfeden eskisi gibi bir şeyler ayarlar mısın?" diye eklemişti.

Ali yola koyulurken, Zeynep Can'ın kendisinden istediği dosyaları hazırlamaya koştu, Can ise odadan çıkmak üzere olan Bilge'ye dönüp, "Bekle" dedi.

Bilge tetikte, kendisine yapılacak en ufak tuhaflıkta çekip gitmeye kararlı bekledi, nasılsa Eti ölmüyordu henüz ve Manay kendine gelmiş gibi görünüyordu, çekip gitmesi kimseyi yaralamazdı. Kendini Manay'dan koruması gerekirse koruyacaktı ama Can masasının çekmecesinden küçük bir kitapçık çıkarıp uzattı. Bilge kitapçığı aldı. Can Manay'ın el kitapçığıydı bu! Kendisine daha önce verilenden farklıydı kapak rengi, kırmızıydı. Kapağı açtı...

CM *Deneyiminde Sistem* yazıyordu.

Bu ikinci aşama olmalıydı. İlki hayattı buysa sistem! İçinde yükselen heyecanla savaşamadı Bilge, Manay delirmiş olabilirdi, belki de hep deliydi ama zekiydi de, bu zekâda birinin kendisini ikinci aşamaya davet etmesi ilgi çekiciydi. Peki ikinci aşama da neydi?! Sayfanın tam ortasına konmuş tek bir paragraf vardı burada.

Bilge okudu.

"Nihayet buradasın, tam yanımda. Her şey şimdi başlıyor. Bulunduğun yerin ulaşılabilirliği seni yanıltmasın. İnisiyasyondan düşersen, gidersin. Bugün varsan yarın ancak kendi çabanla burada olacaksın. Ama önce kendini bilmek zorundasın. Sınırlarını bilmeyen birinin emeği ameleliktir ve kendin olmak en büyük cevaptır. Kendin ol, kendini asla kimseye sunmadan ve olduğun şeyden yılmadan. Unutma, ya her an fark ederek doğarsın ya da anbean umursamazlıkla ölürsün. Seçim senin. Parçası olmaya hak kazandığın bu sistem sana ne istiyorsan onu getirecek. İstediklerine dikkat et."

Paragrafın kelimeleri bittiğinde kafasını kaldırıp Manay'a baktı Bilge... Karanlıktan döllenmiş bir aydınlık vardı bu adamda. Bir şey nasıl bu kadar anlaşılmaz ama aynı zamanda anlaşılır olabilirdi? Sanki ilk defa oyun yoktu. Bu bakış devam edemezdi, Bilge kitapçığını alıp dönüp gitti.

Kapıdan çıkarken Can Manay, "Ekibi topla. Başlıyoruz" dedi. Bilge bir an durdu, çıkacaktı ama dönüp baktı ona, başlamak için hazırlanmış ama aslında hazır olmayan birini gördü. Bu sistem Can Manay'a da ne istediyse onu mu vermişti? Belki de uzun süredir öylesine istemekle meşguldü ki ne istediğine dikkat etmeyi becerememişti.

10. Özge

Binaların üstünden geçip şehrin sınırlarından çıktıklarında kafasına takılan kulaklıktan pilotun duyacağını umarak sormuştu Özge.

"Nereye gidiyoruz?"

Pilot aşağıyı göstermiş ve alçalmıştı, kuşlarıyla ünlü gölün üstüne doğru. Burası milli park değil miydi?

İndiklerinde, Özge'yi pistin köşesinde bekleyen araba aldı, Sadık'a varmak ne kadar da zahmetliydi. Neredeydi bu adam? Ona varılabilinir miydi?

Nihayet yüksek taş duvarla çevrilmiş bir araziye geldiler, demir kapılar açıldı, arabayı içeri aldı. Özge indiğinde kendisini bekleyen hizmetli onu bahçenin ortasındaki büyük beyaz eve buyur etti.

Hiçbir şeyin anlamı kalmamıştı. Aklı hâlâ yenil diye bağırıyor, Ayşegül'ün o son bakışı düşüncelerini dağlıyordu.

İçeri girdiler, Sadık Murat Kolhan yukarıdaki çalışma odasındaydı. Sakince kendisine açılan kapıdan girdi çalışma odasına Özge ve Sadık'ı aradı gözleri, yenilmişliğini gizleyebildiği kadar gizlemeliydi. İnsanların yenilmişlikleriyle beslenen bu adamı beslemeyecekti.

Odanın derinliğinde, çalışma masasının köşesinde, imzaladığı evraktan kafasını kaldırdı Sadık, Özge'ye baktı. Daha önce orada olmayan bir anlayış vardı gözlerinde. Özge buz gibi bir merhabanın ardından, "Buyrun" dedi. Kafasındaki sesi bir susturabilse, göz kapaklarının karanlığına yapışmış, her göz kırptığında karşısına dikilen Ayşegül'ün o bakışını silebilseydi.

Sadık doğruldu, dikkatle baktı ona... Özge'nin sabrı kalmamıştı. Bu bakışlar, bu oyunlar, bu kapsamaya çalışmalar çok fazlaydı. Kafasını düşünmeden iki yana salladı. "Bunun için çok yorgunum..." diye mırıltıyla düşünceleri ağzından çıkardı, dönüp biraz önce girdiği kapıdan çıkmak için adımlarını hızlandırdı. Nerede olduğunu bilmiyordu, milli parkın kıyısında bir yerlerdeydi ama gerekirse yürüyerek eve gidecekti, şanslıysa yolda ölebilirdi. Hayatında değer verdiği, en mutlu çocukluk anılarının kahramanları kendisi yüzünden katledilmişti... Gözünden sızmak üzere olan yaşlar çıkmadan çekip gitmeliydi. Buraya neden gelmişti ki!?

Beklediğinden daha fazlasıyla karşılaştı Sadık. Özge'nin umudunu yitirmiş ifadesi acıyla yıkanmış, hüzünle renklenmiş, o yeşilin içine kırmızılar, sarılar bezenmişti. Duygularının yoğunluğunda bu kız nasıl da rengârenkti, zengin bir sonbaharın tüm renkleri bedenindeydi. Buraya onu biraz korkutup haddini bildirmek, domine etmek için getirmişti ama ışığını kaybetmek üzere olan bir güneşin kızıl korluğundaki hali domine edilemezdi.

Özge arkasını dönünce hemen peşinden gitti Sadık, kapıdan çıkmak üzereydi ki yakaladı onu ve çekip yavrusuna sarılan bir baba gibi aldı onu kollarına, sımsıkı kavradı, kanatladı.

Sarmalandığı anda tekmelemeyi, ısırmayı, onun kollarından kurtulmak için yapabileceği hamleleri düşündü Özge, ormanın ortasında ıssız bir yerde olduğu şimşek gibi çakarken beyninde, kolların çekimi etrafına dolandıklarında durdular... İleri gitmediler ve epey sıkıydılar... Yoksa zararsız mıydılar?! Çıkmak için biraz kıpırdandı ama Sadık bırakmadı. Sarılışında sadece şefkat vardı.

Neden olduğu bu acıya kucak olmak rahatlatıcıydı. "Biliyorum..." dedi. "Biliyorum." O da Özge gibi yorgundu. Sistemle savaşmaktan değil, kendiyle savaşmaktandı onun yorgunluğu. Özge'nin hıçkırıkları Sadık'ın kollarının arasında, ışık girmeyen o karanlığa yayıldı... Sadık derin bir nefes alıp gözlerini kapadı, Özge'nin acısında huzur bulurcasına. Aslında acısında değil çaresizliğindeydi hissettiği huzur. Onu kucaklamak, ancak çaresizlik içindeyken mümkündü. Yaklaşabileceğiniz bir ateşi tüm sıcaklığıyla kucaklamak gibiydi. Sadık'ın huzurla gevşemesi Özge'nin bir anda kollarından sıyrılmasıyla son buldu. Yine ona yaklaştığında Özge kütüphaneyle duvarın köşesine dönmüştü yüzünü ve kendisine uzanan kolu ittirip, "Yalnız bırakın beni!" diyebildi, hıçkırıkları konuşmasını engellemekteydi.

Sadık yeniden sarılmak istedi ama bu sefer Özge izin vermeyecekti, iki büklüm kendi içine çökene kadar öylece bekledi Sadık, sonra odadan çıkıp gitti.

Birlikte acı çektiğimiz, birlikte sevdiğimiz, birlikte düşündüğümüz, birlikte ürettiğimiz insanlardı birlikte hissettiklerimiz. Sadık çok uzun süredir kendini kimseyle birlikte hissetmemişti. O çiftliği bastırmak belki de gereksizdi. Kafasındaki düşüncelerden silkeledi benliğini, pişmanlığını engellercesine. Özge'yi korumak istedi ama insan karşısındakini kendinden nasıl koruyabilirdi? Aşağı inen merdivenlerin başında dikildi, geri dönüp onunla konuşmayı deneyecekti kibirden. Kapı açıldı ve Özge gözünü yüzünü koluna silerek çıktı odadan, merdiven başında bekleyen Sadık'ı görünce direkt sordu:

"Lavabo nerde?"

Sadık banyoyu işaret etti ve onu kapının önünde bekledi.

Özge birkaç dakika sonra banyodan çıktı, yıkanmış suratı, kızarmış burnu ve geriye atılmış saçlarıyla Sadık'ın karşısına dikildi ve "Niye burdayım?" diye sordu.

Sadık sersemlemişti, kızın öyle bir duygu yoğunluğundan böylesine hızlı savunmaya geçebilmesi etkileyiciydi. "Konuşmamız lazım" diye cevap verdi.

Özge aynı sertlikle, "Dinliyorum" dedi.

Sadık çalışma odasına doğru yönelmişti ki Özge, "Başka bir yerde lütfen" diye itiraz etti. O odaya girmek istemiyordu, biraz önce içinde yükselen duygular sanki onu yine orada bekliyordu.

Sadık merdivenlerden indi Özge'nin kendisini takip ediyor olduğunu bilerek. Mutfaktan arka bahçeye açılan kapıdan çıkarak bahçe boyunca ilerledi. Sadık'ın ardından yürüyen Özge, evin arka bahçesinin güzelliğine daldı yürürken. Özenle hazırlanmış kumdan ve taştan tabanın üzerinde, küçük bonzai ağaçlarının ataları gibi dal dal kıvrımlarıyla yükselen devasa ağaçlarla doluydu bahçe. Toprağın beji, küçük yuvarlak kayaların koyu grileri, ağaçlar arasından etrafı taşlarla bezenmiş kanallarda akan suyun maviliği ve ağaçların parlayan yeşilliğiyle kutsanmış gibiydi. Adım adım bu muazzam bahçeyi geçip misafir evine vardılar.

Sadık kapının yanındaki kutucuğa girdiği numaralarla açtı kapıyı. Evin salonuna geçti ve onca koltuk olmasına rağmen masanın sandalyelerinden birini bir hamlede ters çevirip oturdu.

Bir an ne yapacağını bilemeyen Özge de diğer sandalyeyi taşıyıp Sadık'ın tam karşısına koydu. Oturup onun konuşmasını bekledi.

"Dergiden kurtulmak zorundasın" dedi Sadık, Özge bekledi. Konuşmasının tarzını belirlemek için dikkatle baktı Özge'nin ifadesine ama hiçbir ipucu göremedi.

Özge sessiz ama keskin dinlemekteydi.

Sadık, "Çok daha kötü olabilirdi..." dedi, Özge'nin sessizliğinin devam edeceğini sanarak.

Ama Özge, "Olamazdı" dedi. Dik, düz, duygusuz, ifadesiz. Sanki kendini gördü Sadık Özge'nin yüzünün her karesinde, yıllar önce duygularını iğdiş ettiği o olayların her birinde aynı Özge'nin şu an hissettiği şeyleri hissetmiş olmalıydı.

"Olabilirdi ve olabilir..." dedi Sadık aynı düzlük ve diklikle, kendiyle yüzleşircesine.

Özge, "Korumak için çaba sarf ettiklerinin yok oluşuna neden olduysan zaten olan olmuştur. Kim yaptı? Şimdi tek önemli olan bu" dedi.

Sadık'ın ifadesinin düzlüğü kıvrımlandı, vücudunun dikliği eğildi, sakince ve samimiyetle, "Önemi var mı artık?..." dedi.

"Yapan daha fazlasını da yapmak için hazır. Anla artık. Dallandıkça budaklanacak bir ağ bu, her gün kendilerine katılan yüzlerce kişinin kamuflajında bir sistem. Anla lütfen, adalet yok. Evrenin, doğanın yapısında bile olmayan bir şeyi insan hayatında aramak saçmalık, mantıksızlık."

Özge, "Anlamıyorsun. Evren, doğa yasalarıyla adaletlidir. Suni olan insanın kurduğu bu sistem..." derken Sadık lafa girdi.

"Nasıl adaletlidir doğa!? Güçlü olanın hayatta kalması üzerine kurulu, güçlü olan üzerinden kendini var edebiliyor hayat. Nasıl bir adalet bu! Güçlüyü kayıran güçsüzü ezen doğa kanunları mı adalet!"

Özge içinde "Yenil!" diyen sesi çiğnercesine ayağa fırladı.

"Anlamıyorsun, o küçücük, kavramları şaşmış, her şeyi anladığını sanan ama içinde yaşadığı kutucuğu evren sanan beynin anlamıyor değil mi! Hayat güçlüyü kayırmıyor, her varlığa güçlü olabilmek, kendi versiyonunun en güçlüsü olabilmek için fırsat veriyor, yaşadığımız her kötü olay aslında bir egzersiz, yaşadığımız her kötü travma aslında zihnimize kazınan bir yol haritası, yaşadığımız her darbe aslında gelişmesi gereken yanımızın aşısı! Evren güçlüyü kayırmıyor, güçlü olabilecekken kendi gücünü bulmayıp saklanmaya çalışanları, kaçanları eliyor! Yaradan'ın adaletini fark edemeyecek kadar zavallısın!"

Sadık yutkundu, kendisine edilen hakaretleri duymazdan gelecekti, tepki verirse Özge tekme tokat girebilirdi. Dişlerini sıktığında çene kasları genişledi ve tane tane, içinde yükselen siniri kontrol altına alarak konuştu.

"Evrenleri yaratan yaratıcının adaletine özeniyorsun... Ve sanıyorsun ki O'nda olan adalet sende, senin gerçeğinde, senin dünyanda, burada var olabilir. Bununla mı avutacaksın kendini Özge? Peki ne kadar sürecek? Seni ne kadar gerçekten saklayacak bu düşünce? Ali Rıza ve Dudu'nun ölümleri nasıl bir fırsat olabilir senin için!? Nasıl bir yol haritası ya da nasıl bir aşı?... Adalet yok, gerçeği görmek zorundasın. Tanrı'nın adaletine ulaşabilmek sadece bir hayal... Sonsuzluğun küçücük bir olasılığından sızmış karmakarışık bir hayal."

Özge sıktığı dişlerinin arasından, zekânın kırıntısına sahip olmayan tek hücreli bir canlıya konuşuyormuşçasına bir adım attı Sadık'a doğru ve açıkladı.

"Ali Rıza dede ve Dudu nine Afrika'da bir kabilede yaşıyor olsalardı ve aslanlar tarafından yenmiş olsalardı, bu kadar üzülür müydüm sanıyorsun! O bölgede yaşamalarına rağmen hazırlıklı olmaları gereken bu duruma hazırlıklı olmadıkları için, aslanlar tarafından yenmeyecek bilgiye sahip olmadıkları için belki kızardım bile onlara! Ama burada, haberleri dahi olmadan, hazırlanmak için en ufak bir ipucu dahi verilmeden, bilmedikleri bir olay yüzünden yok edildiler! Elenmediler! Kurban edildiler. Elenmeye karşı değilim ben, sana verileni kullanamıyorsan elen ama bu elenmek değil, kurban ediliş! Mantıksız olan, yaratılışa aykırı olan bu! Haksız olan bu! Asıl saçmalık bu! Yıllardır içinde yaşadığın bu sistemi hayatın kendisi sanacak kadar gerçeklikten uzaksın Sadık Murat Kolhan! Senin hayal sandığın o adalete ulaşabilmek için gerekirse bin kere doğar bin kere ölürüm ben, senin için karmakarışık olan şey benim için tek gerçek! Gerçeğe dönmek mi istiyorsun?! Tekrar hayatın, evrenin bir parçası mı olmak istiyorsun?! O zaman onlara bunu yapanı bul! Bul!"

Nefes nefeseydi Özge, inip kalkan göğüs kafesi içindeki fırtınanın dışarı taşmasını engelleyen bir okyanusun dalgaları gibiydi. Konuşurken sıktığı yumrukları gevşedi ve Sadık'a eğilmiş vücudunu sakince toparlayıp dikleşirken, "Kim yaptı?... Şimdi tek önemli olan bu..." diye yineledi.

Sadık'ın burnundan aldığı nefesi dinledi Özge, bekledi. Hiç konuşmadan ama aralıksız bir şekilde birbirlerine bakarak durdular öylece...

Sandalyede oturan Sadık ve karşısında ayakta dikilen Özge...

Sekiz dakikadan fazla geçmişti, duvarda sessizce zamanın akışını gösteren saatten biliyordu. Burada böyle oturmanın anlamı yoktu. "Benim eve gitmem lazım" dedi Özge.

"Daha güvenli bir yere taşınmak zorundasın, yanındaki çocuğun adı neydi onu da uyarmalısın. Tanıdığın herkesi uyarmalısın" diye lafa girdi Sadık. Özge'nin ifadesi değişti, çatılan kaşlarının altında kısılan yeşil gözleri konuştu sanki.

"Bana tedirgin olacak bir şeyin olmadığını söylemişti yardımcınız."

Sadık, "Yok ama daha önce de yoktu" dedi. Korkutarak kontrol etmek en hızlı kontrole alma yöntemiydi.

Özge, "Niye daha önce söylemediniz!" diye tepki verirken telefonunu aradı... bulamadı, hatırladı, yanına almamıştı!

"Telefon etmem lazım..." diyerek ayağa kalktı.

Sadık koltuğun yanındaki sehpanın köşesinde duran telefonu gösterdi.

Özge numaraları çevirirken, "Böyle bir durumda burada oturmuş bekliyoruz. Niye daha önce uyarmadınız beni!" dedi neredeyse hırlayarak.

Sadık ne cevap versindi ki! O sessizlikte, sekiz dakikada, oturduğu süre içinde nihayet aklına gelmişti bunu söylemek. Korku diye düşünmüştü, bir insanın içindeki üzüntüyü nasıl korkuya çevirir ve sana kaçmasını sağlarsın ki? Kendisine yaklaşmasını istiyordu onun, ama o her hamlede uzaklaşıyordu. Korkup sığınması gerekirken, uzaklaşıp hesap soruyordu. Onu korumak istiyordu, tüm benliğiyle hayatında ilk defa birini korumak istiyordu... ama insan birini nasıl kendisinden korurdu? "Bulacağız..." dedi, onun karşısında durmak yerine, yanında olmalıydı. "Söz veriyorum bunu kim yaptıysa ödeyecek" diye ekledi asla tutmayı düşünmediği bu sözü hayatın ona tutturacağını bilmeden.

İnsanın en büyük cezayı bir tek kendisinin kendisine verebileceğini görecekti. Kulağında telefonla bakışlarını duvara dikmiş Özge'nin, o semsert yeşil gözlerinin sulanarak yumuşamasını izlemek her türlü yalanı söylemeye değerdi. Özge'nin gözünden yuvarlanarak akan bir yaş, yanağının kenarından eğimli bir şekilde kayıp dudaklarına kondu. Çatık kaşlarının altında acıyla kısılan gözlerini sildi elinin tersiyle. Sadık o el olmak istedi, onun gözlerini silmek, dudağına konan o damlaya ulaşmak istedi... İnsan nefret uyandırdığı bir şeyi nasıl böylesine korumak isterdi?

10. BÖLÜM

*2 hafta sonra Can Manay...**

Kaç gün olmuştu, bir hafta çoktan geçmişti, yoksa iki hafta mıydı?... Belki de daha fazla ya da daha azdı. Hanım'a gitmesine iki gün kalmıştı, tek bildiği buydu: kalan zaman. Geçen zamanı hesaplayamayacak kadar kafası bulanıktı.

Başını avuçlarının arasına alıp saçlarını iyice karıştırdı ve yerinden fırlayarak kalktı. Bu otel odasında gece geçmez olmuştu, her yer kapkaranlıktı. Hayat ışıksızdı.

Odanın içinde yürümeye başladı, süitin salonuna geçti, burası da hayat gibi ışıksız, kapkaranlıktı. Karanlıkta dikilip her şeyin nasıl da ters gittiğini fısıldadı zihni ona. Sanki duymak, düşünmek istemediği bir düşünce beyninin derinliklerine kilitlediği o lanetli yerden sızmış gibi kafasını silkeledi. Can Manay'ın hayatı yolunda gitmiyor olamazdı!

Kanallardan geri dönüş olmamıştı, çağırdığı hastaların yarısı aramaları cevapsız bırakmış, dönmemişti. Herkesi tekrar toplasa bile nasıl seans yapacaktı?! Kendisiyle savaşan biri, diğerlerine

---

* Müzik önerisi: Sia - Breathe me

nasıl huzur satardı! Adımları odada, elleri saçlarında dolandı... Böyle olmayacaktı.

Kafasını dağıtmak zorundaydı!... Peki nasıl dağılırdı kafa? Mastürbasyon.

Bir boşalsa, o eskiden önemsemediği, umursamadığı, kıymet bilmediği rahatlamayı bir kez yaşasa, azıcık rahatlasa bu basınç azalacaktı!

Erkekliğinin tepkisizliğinde bir erkek bu hayatı nasıl yaşardı?

"İktidarsız!" diye haykırdı kendine. Pencerenin camına yansıyan siluetinde, kontrol edemediği, duygu uyandıramadığı vücuduna baktı... zayıf, çökmüş, incelmiş, iktidarsız Can Manay... Hızla döndü sırtını, buzdolabına gitti, eline gelen ilk şişeyi çekip kapağını açtı, bu küçük şişelerden ne kadar varsa bayılana kadar içecekti.

Nihayet kendinden kurtulabilecek, bir geceliğine de olsa, sızarak da olsa uyuyabilecekti... Aklında bu istekle şişeyi götürdü ağzına ama kapının yanında duran servis arabasının üstündeki boş çorba kâsesine takıldı gözü.

Denge.

Dengede olmayı hak etmek için günlerdir girdiği ama bir türlü çıkamadığı diyetin başarısızlığı yüzünden bu durumdaydı. Her şey bu yüzden bu kadar uzamıştı. Böyle devam edemezdi. İçki şişesini attı bir köşeye ve başladı yine karanlık salonun içinde yürümeye... Tüm gece böyle yürüyemezdi, ama duramazdı da! Dün geceyi de böyle geçirmişti, bir gece daha böyle geçmezdi! Geçmiyordu. Bir boşalabilse bu basınç azalacaktı, dengeye uzanan bu iki günü beklemek kolaylaşacaktı.

Kumandayı aldı eline ve otelin erotik kanallarından birini açtı. Satın alınmayı bekleyen filmler liste halinde sıralandı. Ayakta dikilirken hepsine sırayla göz attı, her seferinde içinde büyüyen sıkıntıyla diğer filme geçti. Süslenmiş sahteliklerinin içinde kadın taklidi yapan robotlar gibiydi ekranda gördüğü her kadın. Hissettirmesiz, otomatize edilmiş çiftleşmelerin, orgazma ermeyen boşalmaların, sahte inlemelerin ustasıydılar. Eskisi gibi uyarılmıyordu duyguları, hormonları, içinde erkekliğe dair ne varsa, hepsi en derin uykusundaydı, öfkesi hariç.

Gözlerini kapatıp içindeki karanlığa baktı. Bu gece de uyuyamayacak ve sabahın ilk ışıklarıyla kendini ofise atıp tüm gün ofisteki koltuğa gömülüp kalacaktı. Uyku ilacı içebilse... Ama aklına gelen bu düşünce de, mantığı tarafından yaka paça çekiştirilip aklının en derinlerinde hapsedildiği yere geri yollandı. İlaç alamazdı, eski ritmine geri dönebilmek için kimyasallardan uzak durmalıydı yoksa Hanım onu kabul etmeyecekti. Yaptıkları kan tahlilinde her şey net bir şekilde çıkıyordu! Her seferinde bu tükenmişliğe yenilip aldığı ilaçlar yüzünden Hanım onu kabul etmemişti terapiye, resmen çaresizdi. İki gün daha beklemeliydi. Bu kadar sabretmişti, iki gün daha sabrederse dengeye girecekti... Az kalmıştı... hayır çok vardı! Beklemenin cehenneminde anları hızlandırmak istercesine göz kapaklarını iyice sıkıştırdı ve karanlığın içinde çözüm arayan karmaşık problemlerin arasından sızan bir ışık gibi aniden gördü onu... ne kadar narin, ne kadar doğal, ne kadar huzurlu, ne kadar Duru'ydu.

Uçuşan beyaz elbisesinin kıvrımlarından geçen havayı içine çekti Can, Duru'nun çıplak parmak uçlarının değdiği o kütüğün kokusu geldi burnuna ve fonda çalan müziğin ritmi atmaya başladı kanında, kalbinin ritmiyle birleşti gözlerinin karanlığında izlediği anının tüm dokusu... Duru'yu gördüğü o ilk anda, o bahçenin sarmaşıklarının arasında huzur buldu, huzurun sadece geçmişte kalan bir duygu olduğunu düşünmeden elini pijamasının içine soktu ve erkekliğini avuçladı, ereksiyonu tüm ihtişamıyla avucunun içindeydi. Vücudunun ağırlığını arkasındaki koltuğa bıraktı. Her biri

10 bin diğer nörona bağlı, bin trilyon sinaptik bağlantıyla saniyede bir trilyon bit'lik* bir işlemciye sahip muazzam bir bilgisayar gibi çalışan beyninde yaklaşık 1000 terabit** datanın içinden çekti çıkardı Can Duru'yla yaşadığı anları. Baş edemediği gerçeklikten kaçıp nöronlarının elektrokimyasal sinyallerine sığındı. Duru'nun dans edişini aklında detayıyla izledi önce, sonra evin kapısından ilk girdiği andaki saçlarının dağınıklığını tokayla toplamasını, açılan ensesinin dokusunu, o beni, onu merdivenlerden çıkarırken beline dokunduğunda hissettiklerini, yatağa uzandığında kafasını gömdüğü boynundan içine yayılan kokunun ciğerlerine yerleşmesini, "Bırak" demesini, bacaklarının arasına girdiğinde gözlerindeki ifadeyi, dudaklarına kenetlendiğinde vücudunun tepkisini... Hissettiği o duyguların çok önceden deneyimlenmiş o ilk hissini hatırladı bedeni... Bastırıldıkları yerden yavaş ama hedefte kararlı çıktı duyguları ve aklının izlediği anıların komutasında hızlanarak hücum ettiler Can'ın nöronlarına. Beyni ele geçirdiklerinde Can boşalmıştı. Uzun süredir vücudunda azalmış olan Vasopressin'in*** bir anda salgılanmaktan baş döndüren etkisi dişetlerinden geçip gözlerine hücum ettiğinde, ağlamaya başladı.

Sıkıca kapattığı gözlerinin arasından sızan yaşlar yüzünü yıkarken asla açmadı gözlerini, gözlerini bu gece hiç açmayacaktı. Ne Duru'nun sadece bir anı olduğunu düşünecekti, ne de sadece onun anısıyla boşalabildiğini... Sperminin ıslaklığında huzur bulurcasına kıvrıldı ve nihayet kendini uykuya bırakabildi.

---

* Yalnızca 0 ve 1 kullanılarak oluşturulan bilgisayar ve bilgi depolama aygıtların kullandığı dilde en küçük birim, harf.

** Bir terabit 10^{12} bittir. Dünyanın en büyük kütüphanelerinden biri olan Amerika Meclis Kütüphanesi'nin 19 milyon hacimli bilgisi 10 terabitlik büyüklükteyken, beynin 1000 terabitlik kapasitesi muazzam bir büyüklüktekdir.

*** Vasopressin – 16-24 dakika arasında etkisi süren, sevgiliyle bağ kurma ve cinsel motivasyonu aktive eden bir hormon. Kadınlardaki Oxytocin'in erkeklerdeki halidir.

2 hafta sonra Bilge...

"Kendinizi beş kelimeyle tanımlayın" idi soru.

Kız, "Zeki, çalışkan, kararlı, güçlü, karakterli" diye cevaplamıştı. Karakterli diye düşündü Bilge, karakterli olmak bir meziyet miydi ki? Zaten herhangi bir organın geliştiği gibi gelişmesi gereken bir yön değil miydi karakter?

Toplumu düşündü. Etrafındakilerin sevgisini, ilgisini dilenen milyonlarcasıyla doluydu toplum. Başkasının gözünde oldukları kadardılar bu yüzden ve o gözlerde yükselebilmek için gizlice bir sürü pisliğe girip sonra podyuma çıkar gibi çıkıyorlardı diğer insanların arasına, tamamen kamuflede. Karakterli olmak bir ihtiyaç olsa da henüz insanlık bu ihtiyacını karşılayacak seviyede değildi. Evet diye geçirdi içinden Bilge, karakterli olmak bu kadar karaktersizin arasında meziyet sayılırdı.

İkinci soruya geçmişti ki Zeynep kapıyı açıp baktı, ona doğru yürüyüp, "Nasıl gidiyor görüşmeler?" dedi.

Bilge, "Gitmiyor" diye cevap verdi. "Aradığımız, daha doğrusu Can Bey'in aradığı kriterin ne olduğunu bile bilmiyorum. Bu sekizinci kız ve hepsi gayet iyi görünüyor" diye ekledi.

Zeynep, "Sadece son soruya bakacaksın, Can sana söylemedi mi?" derken Bilge'nin elindeki kâğıdı aldı ve son sayfasını açıp baktı. Son soru, "Sen kimsin?" idi.

Upuzun bir cevap vardı altında, belli ki yazan kişinin çocukluğundan başlayıp devam eden bir kimlik hikâyesiydi.

Zeynep kâğıdı kapatırken, "Eğer son soruda sadece adı soyadı ya da bilmiyorum yazmıyorsa at çöpe. Böyle uzun uzun kendisini açıklayanlarla işi olmaz Can'ın. Kim olduğunu bilen insan, kendini anlatmaya kalkmaz, bilmeyen de bilmiyorum der. Gerisiyle bizim işimiz olmaz. Can anlatmadı mı sana?"

Bilge başını iki yana salladı. Terfi ettiğinden beri odası onun katına, Kaya'nın eski odasına taşınmış olsa da Manay işe geri döndüğünden beri iki kez kısacık görmüştü onu. İki görüşme de o kadar rahatsız ediciydi ki bırak soru sormayı onunla aynı ortamda bile bulunamazdı. Manay birazcık toparlasa, çekip çıkacaktı bu kâbustan, Eti'yi yüzüstü bıraktığını hissetmeden, ama böylesine yıkılmış birini bu durumda terk etmek karakterine sığmazdı. Piyasanın en pahalı asistanı olduğu düşüncesiyle birlikte Kaya geldi aklına... bir zamanlar oydu en pahalısı. Kim bilir Manay'la neler yaşamıştı? Kimse kendisi kadarını yaşayamazdı Manay'la diye düşünürken, odadan çıkmak üzere olan Zeynep unuttuğu bir şeyi hatırlayıp döndü, "Ha! Bir de sormak lazım, 'Niye burada çalışmak istiyorsun?' diye. Eğer başarıdan falan bahsederse hele, ihtiyaçtan bahsederse tamamdır. Can hep, 'İhtiyaç hedef olursa başarı gelir, yoksa başarı denilen saçmalık sadece hayaldir!' der. İhtiyaçla motive edilen bir şey asla sönmez, bıkmaz, vazgeçmez."

Zeynep odadan çıktığında kendi mülakatını düşündü Bilge, son soruya sadece adını yazmıştı ve neden burada çalışmak istiyorsun sorusunu da ihtiyaçlarından bahsederek cevaplamıştı. Kendi kendine gülümsedi, Can Manay'ın hayalindeki asistanın ta kendisiydi! Gurur mu duymalıydı? Manay bu kadar sapıtmasa belki evet ama ne burada olmanın ne de onun asistanı olmanın gurur duyulacak bir yanı kalmıştı. İşe ilk kabul edildiğinde nasıl da hayatında ilk defa şanslı hissetmişti kendini ama değildi. Buraya gelmiş ve Can Manay'ın yıkılışını anbean izlemişti. Belki de sorun kendisiydi, kime yaklaşsa yıkılışını izliyordu... Karamsarlık çöktü kalbine, keşke hayat ona bir kez olsun yol verseydi. Hayatın onu belki de en büyük savaşa hazırlamak için bunca zamandır eğitimde tuttuğunu bilmeden kendine ve etrafındakilere acıdı Bilge, son defa.

2 hafta sonra Özge...

Daha önce kaç kez yürümüştü bu şehirde, kaç kez geçmişti geçtiği yerlerden ama hiçbirinde böyle şeyler hissetmemişti: Haddi ölümle bildirilmiş bir çocuk gibi. Sistem onu yenmişti. Çalan telefonuna baktı, açmayacaktı, ne Muammer Bey'i dinleyecek ne de Ömer'e umut verecek gücü kalmıştı. Birazdan yemek yiyeceklerdi, Muammer Bey'in yeni evinde. O zamana kadar yalnız kalmalıydı. Tüm hayalleri elinden alınmıştı, savaşmak için yola çıktığı her şey üstüne yığılmış, ezip yok etmişlerdi içindeki savaşçıyı, hem de tek bir hamlede.

Vitrini televizyonlarla dolu mağazanın önüne gelene kadar etrafındaki hiçbir şey dikkatini çekmemişti ama televizyonlardan birkaçındaki haberin altyazısı görmezlikten gelinemezdi. 38 yıl yazıyordu! Yaşı büyütülerek öldürülen çocuğu protesto ettikleri için içeri alınan bir grup genç, devlete karşı çete olmaktan 38 yılla yargılanıyordu!

Etrafına bakındı Özge, yoldan geçip gidenlerin habere dikkat edip etmediklerine baktı. Bakanlar vardı ekrana ama kimsenin umurunda değildi, belliydi. Gözlerine hücum eden yaşları yutkundu ve telefonunu alıp haberin detaylarını okumaya başladı. Aralarında 19, 20, 22 yaşlarında gencecik insanlar vardı. Dört mahkeme tarafından iptal edilen ölüm kararını kanunsuzca uygulayanları durdurmaya çalıştıkları, hakka sahip çıktıkları için yargılanıyorlardı! Cezalandırılıyorlardı! Sistem onları da yakalamıştı!

Bir sel gibi hücum eden yaşları yutkunamadı bu sefer ve hıçkırıklara boğuldu yanından geçen insanların önünde. Bağırmak istedi, "N'apıyorsunuz, neyi bekliyorsunuz, niye sahip çıkmıyorsunuz, direnirlerken alkışlıyordunuz, şükrediyordunuz onlara peki şimdi niye yardım etmiyorsunuz!" diye ama tek bir ses çıkmadı ağzından, yaşarken ölmüş insanların şehriydi burası, haykırsa da duyarlar mıydı?

Ayaklarını vura vura yürümeye başladı, ne gözlerinden akan yaşlar ne de kendisine bakanlar umurundaydı. Zaten hakkı savunduğu için hayatları elinden alınmış insanlara seyirci kalan bu parazitler, sokakta ağlayan birini gördüklerinde umursarlar mıydı! Ama o umursayacaktı! Umursamak zorundaydı! Evren onu umursamak için yaratmıştı. Kendisi gibi yakalanmışları bulmalıydı, belki faydası olmayacaktı ama yanlarında olacaktı. Korumak için savaştıkların tarafından yalnız bırakılmak en büyük acıydı. Bu acıyı onlara yaşatmayacaktı, en azından bunun için elinden geleni yapacaktı.

İnsan elinden geleni yapmadan gerçekten var olamazdı!

Bugünden sonra her sabah şu soruyla aynaya baktı Özge: Elinden geleni yaptın mı?

Daha yürüyebilirdi ama Muammer Bey'in semtine gelmişti. Saatine baktı, yemeğe daha vardı. Hissettiği suçluluk duygusu paylaşıldıkça büyüyen bir bulut gibiydi, Ayşegül'ün ailesine olanları anlattığı andan itibaren Ömer de Muammer Bey de nasıl sarsılmışlardı, hiçbir şey eskisi gibi değildi. Ve biraz sonra yapacakları konuşmadan sonra belki eskisi gibi olan her şey de bitecekti.

2 hafta sonra Deniz...

Biz! Biz! Biz! Biz! Biz! BİZ! Davullar kelimenin ritminde dövülmeye başladılar.

Marş alırcasına "Biz" ritmi yükseldi binanın içinde, önündeki dekten sesi iyice yükseltti Deniz, ses sisteminin sınırlarını bilmesi gerekliydi.

Perküsyonda ritim tutan 9 kişi gözlerini bir an olsun ayırmadılar Deniz'den, her darbede durmaları istenebilirdi... ama istenmedi.

Deniz sesi yükselttikçe "BİZ" atmosferde inledi.

BİZ... her şeyi içine alan, varoluşun en büyük kelimesiydi. Deniz'e odaklanmış bakışıyla komut alır almaz söze girdi kızlardan en kısa olanı.

"Zamanı gelmiş o düşünceyiz BİZ" dedi sesindeki tınıyla her kelimeyi süsleyerek.

Ve halihazırda ritim tutan, "Biz" diye bağıran perküsyonların önünde diyaframlarından çıkan sesin gücüyle müthiş bir senkronizasyonda şarkıya başladı 12 kişi.

"*Silahımız akıl, kalkanımız inanç, gücümüz evrendir!*"

Bir erkek sesi kükrercesine yükseldi.

"*Savaşın pisliğine çekilemez, ilkelliğe yenilmeyiz!*"

Hep bir ağızdan yine.

"*BİZ! Evrendeki en güçlü şeyin temsilcisiyiz!*
Tekâmüle hizmet eder, çabadan vazgeçmeyiz.
Biz düşünceyiz, gerçeğiz, geleceğin ta kendisiyiz!"

Alto bir kadın sesi yükseldi grubun arasından.

"*Zamanı gelmiş o düşünceyiz!*"

Ve grup devam etti.

"Son bulmayız, birimiz kopsa yerine on tane doğarız
Sonra yüz, sonra bin olur coşarız!
Cana sahip çıkmak için burdayız!
Asla korkmayız çünkü BİZ zamanı gelmiş o düşünceyiz!
Her an, her adımda birleşir, birleştikçe yüceliriz.
BİZ zamanı gelen o fikiriz.
Bölünmez, yönetilmez, ezilmeyiz!
Biriz ama aynı değiliz!
Ne olursa olsun biz geleceğiz!"

Perküsyonlar ritimlerinde sakinleşirken yaylıların arasından çıkan ses kelimelere ahengini vererek tamamladı parçayı.

"Unutma. Ancak birlikte tek ve hepiz, yoksa bir hiçiz.
Hepimiz hakiki insanın doğumuna hizmetteyiz.
Emekteyiz, vazgeçmeyeceğiz!"

Göksel ikinci elmayı da çoktan bitirmişti, sahnedeki insanların coşkuyla birbirlerini kutlamalarına baktı önce ve sonra dikkatini hâlâ ses sisteminden almamış olan Deniz'in kararlılığına. Bu adam neyin peşindeydi? "Biz" de kimdi?! Oturduğu yerden tek hamlede doğrulup Deniz'in olduğu setin üstüne sıçrayarak çıktı ve Deniz'in yanına konarcasına demiri atlayıp sordu.

"Biz kim?"

Deniz önce "Şışşt..." deyip susturdu onu ve dekteki ayarı bitirip ancak çok dikkatli bir şekilde kulak kesildiğinde duyulan cızırtıyı aldı atmosferden, sonra kafasını kaldırıp cevap verdi.

"Cana sahip çıkmak için ahlaklı bir inisiyatif kullanabilenler... Biz. Asla geride bırakmayacağımız ve bırakılmayacaklarımız."

Göksel kaşlarını kaldırdı, o BİZ'in içinde kendisinin olmadığına emindi. Herkesin canı cehennemeydi! Omuzlarını silkip tırmandığı demirden bir hamlede aşağıya indi, öğle arası bitmişti, işe geri dönmeliydi. Herkesten daha çabada, herkesten daha büyük bir emekle cana sahip çıkmak için yaratıldığını henüz bilmeden binadan çıkıp gitti. BİZ'in amaç olduğu bir geleceğin her saniyesi onu beklemekteydi.

5. *Can Manay*

Uyumak diye düşündü, birincil bir ihtiyacın karşılanmasının karşı konulamaz doygunluğunu hissederken. Uykusuzluğun yerini hiçbir şey dolduramıyordu, artık bunu çok iyi öğrenmişti. Nihayet hiçbir şey kullanmadan uyuyabilmiş olmanın zaferiyle indi asansörden. Öğleye kadar uyumuş, her tarafı tutulmuştu ama ne olursa olsun uyumuştu! Ofise varır varmaz bir zafer sigarasıyla ödüllendirecekti kendini ama acaba sigara diyetini etkiler miydi?

Zeynep coşkuyla karşıladı onu odasına geçirirken, uyumaktan yumuklaşmış gözlerine iltifatlar dizip kendince mutluluk saçtı. Zeynep'in cıvıltılı enerjisinden tiksinerek odasına girdi Can ve kendi gezegeninden birini görmek istercesine, "Bilge nerde?" diye sordu.

Asistanlık için başvuran kızlardan biriyle görüşmede olduğunu duyunca Bilge'nin odasına gitmeye karar verdi. Kendisine tanrı gibi bakacak genç bir kız ona iyi gelebilirdi. Kahvaltı isteyip Zeynep'i işe koyarken Bilge'nin odasına gitti, çalmadan kapıyı açtı. Bilge, iki kızın karşısına oturmuş mırıltıyla konuşuyordu. Acaba ne diyordu? Kızların ifadeleri allak bullaktı, Bilge'ye sıradan gelen şeyler bu zavallıları altüst edebilirdi. Kızlar, kapıdan kendilerine bakan Can Manay'ı görünce, heyecanla ayağa fırladılar. Onları selamlarlarken gülümsedi Can hafifçe, ta ki geride duran kızın tenini fark edene kadar.

Beyazdı. Pembe beyaz. Bilge "İyi misiniz?" diye sormasa kendi suratındaki ifadenin tuhaflığını fark etmezdi. Kızın teni, içinde saklanmış, ortaya çıkmamak için inatla kuşanmış duyguları hafif de olsa kıpraştırmıştı. Suratından düşmek üzere olan gülümsemesini toparlayıp taktı yine yüzüne ve o yarım gülümsemenin eşsizliğinde kızlarla vedalaşıp Bilge'ye hemen odasına gelmesini söyleyip çıktı.

Aceleyle peşine takıldı Bilge Manay'ın. Adamın tuhaflıklarına alışmıştı ama giderek derinleşen bir kıyıdan uzaklaşıyor gibi hissediyordu kendini onu takip ederken. Önemli şey ne olabilirdi ki, hiçbir şey rayına oturmamış, doğru düzgün işleri bile başlamamıştı.

Manay odasına girer girmez, "Kim bunlar?" diye sordu.

Bilge sorunun sıradanlığına şaşırıp, "Aaa... adı... Sibel sanırım... evet Sibel. Kusura bakmayın sabahtan beri bu altıncı, isimlere o kadar dikkat etmiyorum tabii eğer son soruda yazmıyorlarsa. Zeynep Hanım dedi ki..." derken Can kelimeleri Bilge'nin ağzına tıkadı.

"Arkadaki kız kim?"

Bilge'nin nefesi dondu sanki, istem dışı bir dikkatle baktı Manay'ın gözlerine, zihnini görebileceği tek yere.

Manay beklediği cevabın sabırsızlığıyla çatmıştı kaşlarını. Bilge, "O da Sibel'in kuzini. Sizin hayranınızmış, çok ısrar ettiler..." derken yine Can lafa girdi.

"Onu al işe."

Bilge sorgulayan bir tedirginlikle konuşmak için ağzını açtı ama bir şey diyemedi çünkü Manay'ın keskin ifadesi fazlasıyla ciddiydi. Sadece birkaç saniye baktı gözlerine ve kıvranırcasına bekleyen bir ihtiyacı gördü Manay'ın gözlerinde. Sabırsız bir çaresizliği.

Bilge'nin bakışı o kadar sakin, dingin ve anlamaya yönelikti ki çıplak hissetti Can kendini, çırılçıplak! Bu hissin siniriyle, "Neye bakıyorsun?" diye hırladı.

Bilge hadsizliğinin sanki o an farkına varmış gibi kaçırdı gözlerini ve "Peki" deyip odadan çıktı. Yavaşça kapıyı kapatıp kendi odasına yürürken hâlâ inanamıyordu, Manay'ın kontrolsüzlüğü, o kızı istiyordu. Fark ettiği şeyin etkisi o kadar kuvvetliydi ki ancak odaya girdiğinde, durumu kızlara ifade etmesi gerektiği gerçekliğiyle baş başa kaldı. Ne diyebilirdi ki? Dümdüz adının ne olduğunu dahi bilmediği beyaz tenli kıza döndü ve sordu.

"Bizimle çalışmak ister misin?"

6. *Muammer Bey*

Bahçeye kurulan masada yemekleri bitirdiklerinde, "Kim kahve içmek ister?" diye sorarak masadan kalktı Güler Teyze. Ömer, Muammer Amca hepsi içeceklerdi, hatta yanında tatlı da yerlerdi. Ömer sofrayı toplamakta Güler Teyze'ye yardıma koyulurken Muammer Amca Özge'ye işaret etti, yeni taşındıkları sitenin bahçesinde bir yürüyüş yapmak güya iyi gelecekti. Ömer'in hevesle masa toplamaya başlaması, Muammer Bey'in kendisiyle bir konuşma yapmaya hazırlandığını anlattı Özge'ye, belli ki kendi aralarında konuşmuşlardı.

İyice yapayalnız hissetti kendini. "Her şerde bir hayır var. Korkumuzdan yirmi yıldır yaşadığımız evden kaçtık ve yirmi sene sonra benim romatizmalar iyileşti" dedi Muammer Amca bir zamanlar ağrıyan eklemlerine vurarak. Özge'nin hissettiği suçluluk duygusunu hafifletmek istediği belliydi. "Güvenliğin olması da güzel. Hepsi çok iyi çocuklar" diye ekledi ama Özge'nin burukluğu hafifleyemezdi. Kendi suçunu bilen kimse eğer sosyopat değilse hafiflemezdi.

Sessizce yürüdüler bir süre daha, sessizlik tuhaflığa dönüşmek üzereydi ki Muammer Bey önünden geçtikleri bir bankı gösterip, "Oturalım biraz" dedi.

Yan yana oturdular, Muammer Bey konuşmak istiyordu, konuşmak isteyip de kendini engellediği her an yüzünde beliren o çizgiden belliydi... Çizgi derinleşti Muammer Bey konuşmadı... konuşmayacaktı, ama Özge dayanamadı.

"Yüzündeki her çizgide yaşadıklarını görüyorum, her çizgiyi seviyorum çünkü bana üstesinden geldiklerini anlatıyor ama şurda bir çizgi var." Parmağının ucuyla Muammer Bey'in sağ gözünün dış köşesinden çıkıp şakağına doğru kayan çizgiyi gösterdi. "Bu... bunun dışında. Yapmak isteyip de yapmadığın şeylerin, yapmamak için kendinle savaştığın anların çizgisi bu. Vermek isteyip veremediğin tepkilerin, söylemek isteyip söyleyemediklerinin çizgisi. Dikkat ettim, her kendini tuttuğunda suratını öyle bir geriyorsun ki bu çizgi çıkıyor hemen ortaya, başka zamanlarda ya da güldüğünde değil sadece kendini tuttuğunda derinleşiyor. Bu derinliğe gelmiş olması için çok tutmuş olmalısın kendini Muammer Amca. Benimle açık açık konuşabilirsin, anlarım."

Muammer Bey dikkatle baktı Özge'ye, ağzını araladı ama vazgeçti söylemeyecekti. Özge itiraz etti.

"Bak yine gerildi o çizgi ve tam şu an yine kendini yineledi, daha da derinleşerek belirginleşti."

Muammer Bey derin bir nefes alırken çizgisi hafifledi ve konuşmaya başladı.

"Bazen söylemek istediklerin yapmak istediklerini engelleyebilir. O çizgi kendimi eğitmemin çizgisidir. Kelimeleri içinde tutabilmeyi başardığında anlamları korursun. Her aklına geleni söylemek marifet değildir, kendinle savaşamadığının göstergesidir. İnsanın en büyük savaşı kendisiyle olandır, bunu anladığında birçok şey daha kolay gelir. Senin o sevmediğin çizgim benim en sevdiğim çizgi çünkü o çizgi sayesinde bugün hâlâ hayattayım. Aklıma gelenlerin filtresidir o çizgi, kendimle savaşımın ve kendimi yenip anlamı koruyuşumun çizgisidir. Kendiyle savaşmayan insan anlamlanamaz."

Özge gülümsedi. "Belki de o çizgi yüzünden bugün hâlâ ben de savaşmak zorundayım. Senin neslin söylenmesi gerekenleri söyleyip yapılması gerekenleri yapsaydı belki bugün ben bu kadar saçmalamak zorunda kalmayacaktım."

Muammer Bey, "Sürekli hesap soruyorsun, anlıyorum nedenini. Kızgınsın. Ama henüz yaşamadığın duyguların tahminini yapıp bildiğini sanmak haksızlık etmek olmaz mı?" diye sordu.

Özge itiraz etmek istedi, hissediyordu Muammer Bey'in ayrılık konuşması geliyordu ama, "Haksızlık etmek olmaz mı?" Aklı kapılmıştı Muammer Bey'in sorusuna... sustu.

Muammer Bey devam etti.

"İdeolojilerin suça dönüştüğü bir yer burası. Nedir ideoloji?... Hayatın milyonlarca felsefesinden birinin amaç haline gelmesidir. Problem inandıklarımızın farklılığı değil Özge, fanatikliğimiz. İşte benim kendimle savaşım içimdeki o fanatikliği ehlileştirmek içindi... Şimdi sende görüyorum o aynı masum koruma duygusunu ve o duygunun köklerinin uzandığı, o derin, dipsiz kuyuyu. Kızgınlığını beslerken bir fanatiğe dönüşürsün ve korumak için yola çıktığın düşünceye en çok zarar veren şey olursun. İnsanlar senin fanatik tepkiselliğin yüzünden, düşünceyi anlamak yerine düşman kesilirler. Savunduğun düşünceye, ideolojiye değil fanatik tepkileredir düşmanlık... Çünkü savunulan her şey saldırıya uğrar ve her ideoloji, zihnimize, savunucusunun davranışıyla kodlanır."

Özge'nin burnunun yanında beliren çizgiye dokundu Muammer Bey. "İşte bu..." dedi. "Bu, senin fanatikliğinin dayandığı köklerin yeryüzündeki ilk işareti. Fanatikliğini kontrol altına alıp, bu duygunun sende neden köklendiğinin derinlerine inmezsen, yüzü nefret çizgileriyle dolmuş birine dönüşeceksin... Hiç olmadığın o kişiye. Karar ver neden çabadasın? Anlamı ortaya koymak için mi yoksa anlamı korurken kurban edilmişlerin intikamını almak için mi? İkisinin yolları farklıdır. Anlamı ortaya koymak için fanatikleşmeden üretime geçmen şarttır, bu da bir tek sanatla olur. Kurban edilmişlerin intikamını almak içinse... ölmen gerekir. Anlam için ölebilen her ruh ilham olarak geri döner düşünceye. Kararını vermek zorundasın. Kalıp üretecek misin yoksa daha önce feda edilmiş binlercesinin üstüne yeni bir kurban olarak eklenecek misin?"

Özge'nin kaşları çatıldı, anlamlar haklı çıkmak için aklında kavgadaydı. Biri "Ne saçma!" diyordu. "Ne yani ortalığı boş mu bırakalım, bize istediklerini yapsınlar, biz işimize mi bakalım!" Diğeri itiraz ediyor, "Yeterince kurban verildi, cephede kalıp üreterek savaşacaklara ihtiyaç var! Ortalığı boş bırakmak değil bu, üreterek sahip çıkmak!" diyordu.

Muammer Bey, Özge'nin ifadesinde gördü kendisiyle savaşını. Onu, sürekli kendini haklı bulanların düştüğü o "ben bilirim"den uyandırmak istemişti, galiba şimdilik başarmıştı da. Sakince mırıldandı.

"Sanatla buluşmayan her fikir suça dönüşebilir. Sanat anlamın şekilde hayat bulmasıdır. Anlamı yasaklayıp sadece düşüncede var olmasına izin verip düşüncenin her türlü ifadesini engellersen, yani fikri yok etmeye çalışırsan, anlam senden intikam alır. Anarşizm olarak çıkar karşına, bazen nefretle atılmış bir sloganda, bazen bir kurşunda. Resim, film, kitap, müzik aracılığıyla şekil bulmuyorsa, kelimelerle çıkmıyorsa bedeninden, kanınla akar anlam. Düşüncesi için öldürülmüş milyonlarca insanın fikrinin intikamıdır kaos. Anlamı yok edemezsin, belki şekil almasını erteleyebilirsin ama asla engelleyemezsin. Anlam var olsun diye gerekirse milletler yok olur, medeniyetler çöker... Yeterince kurban verilmiştir. Şimdi ihtiyaç, üretime geçen anlamın askerleridir. Tek silahları sanat, kalkanlarıysa evrendir. Etrafındaki bu pislik daha fazla kanla temizlenemez Özge, müzikle inceltilmeli, kitaplarla silkelenmeli, filmlerle yıkanmalı, çünkü bu pislik daha önce kurban edilenlerin kanının lekesidir, onu bir tek sanat temizleyebilir. Senin gördüğünü görebilseler, senin bildiğini bilebilseler, senin fark ettiğini fark edebilseler sana karşı çıkarlar mı sanıyorsun? İkna etmek için burdasın imha etmek için değil." Elini Özge'nin omzuna atıp sıkıca kavradı Muammer Bey ve ondan destek alıp ayağa kalktı. "Kös kös kenara çekilip şikâyet etmektense kurban edilmeye bile razıydım ben, sonra sen geldin ve ilk defa üretime geçtik. Senin sayende üretimdeyiz. Çabadayız. Fark ettiriyoruz. Asıl önemli olan bu, çabada olmak. Eğer bırakırsan bu sefer her an kendine niye öldü o insanlar diye soracaksın, her gün, her sabah, her akşam, gecenin bir yarısında uyku dediğin o boğuşmanın tam ortasında... niye öldüler? Senin salaklığın yüzünden mi? Hayır! Onların kötülüğü yüzünden mi? Hayır! Maalesef ki hayır. Umursayanların, fark edenlerin, hissedenlerin çabasızlığı yüzünden öldüler! BİZ çabadayız ya ne olursa olsun gam yemem."

Özge şoktaydı, Sadık'ın bahsettiği adamların yapacakları kötülüklerden bile daha kötüydü Muammer Bey'in ayrılıyor olduğunu düşünmek, kendine itiraf etmemişti ama içinde kıvrımlanan bu korkuyla gelmişti buraya ve bir ayrılık konuşması beklerken kucaklaşmayla karşılaşmıştı şimdi, sımsıkı sarıldı Muammer Bey'e. Korkuların değil amaçların beslenmesiydi insana hayat veren.

Gerçek dost amaçlarını besleyen kişiydi, içine sızan o korkuda var olmaya çalışan değil!

7. Ali & Bilge

"Evrene baktığında gördüğün beş yaygın element var, yıldızlarda, gezegenlerde, göktaşlarında. Beş element! Hidrojen, helyum, oksijen, karbon ve nitrojen!" dedi Ali, konuşmasının Bilge'yi nasıl da ilgilendirdiğini görmek heyecan vericiydi. İyi anlatılan bilgiden daha ilginç, o bilgiye adanmış dikkatten daha çekici hiçbir şey yoktu Ali için. Bilge'nin dikkati, odaklanmış gözleri, derin nefesler alırken alçalıp yükselen göğüs kafesinin etkisi... Kendi gezegenlerinden uzak düşmüş ve bu sıkıcı gezegende nihayet birbirlerini bulmuş iki kaçak gibi hissederek devam etti.

"İnsan vücuduna bakıldığındaysa evreni oluşturan bu elementlerden hidrojen ve oksijenin yoğunluğu görülür yine. Ki ikisi birleştiğinde suyu oluştururlar ve insan vücudunun üçte ikisinin su olduğunu düşünürsek hidrojen ve oksijenle dolu bedenimiz. Sonra karbon ve nitrojen gelir. Yani biz, bugün evrenin yapısında hangi elementler varsa onlardan oluşuyoruz. Evrenle maddemiz aynı, bir yıldızı oluşturan kimyasal elementlerle bir insanı oluşturan kimyasal elementler aynı! Biz evrenin bir parçasıyız, hatta kendisiyiz! Nasıl bir şey bu!"

Ali'nin heyecanına kıkırdadı Bilge, ne kadar da tanıdıktı. Kendi kendine düşündüğü, heyecanla şaşırdığı bilgileri biriyle paylaşır olmak inanılır gibi değildi.

Bilge ekledi.

"Olması gerektiği gibi aslında. Hayat karbon üzerine oturtulmuş. Herhangi bir organizmayı incelediğinde paternlerin dahi karbon üzerinden oluştuğunu fark edersin. Evrenin parçasıyız, apaçık bir şekilde bir yıldızın göbeğindeki reaksiyon sonunda oluşan böyle bir element bedenimizin hammaddesini oluşturuyor!"

İkisi de varoluşun heyecanındaydılar, Ali lafa girdi.

"Nedir karbon? Bir de bunu düşün! En katıksız halini düşün, elmas. Düşünebiliyor musun en katıksız haliyle elmas olan şey senin varoluş paternlerini oluşturuyor."

Birbirlerinin gözlerinin içindeki ışıktaydılar. Anlaşılmak diye düşündü Ali, dünyanın en huzurlu haliydi.

Paylaşmak diye düşündü Bilge, sadece çok şanslı olanların deneyimleyebileceği kadar narindi.

Birbirlerinin ışıklarına ışık katarcasına varoluşun maddelerinden, katmanlarından, felsefelerinden konuştular. Dünya bileşiklerinin yüzde 94'ünü oluşturan karbondan çıkıp ancak ölü yıldızların çarpışması sırasında oluşan ve bugün kanser tedavisinde kullanılan, güneşin zararlı ultraviyole ışınlarını engellediği için astronotların kasklarının içinin kaplandığı altın madenine girdiler. Böylesine kullanışlı bir madeni insanların kulaklarına, boyunlarına, bileklerine takı olarak takmalarının komikliğine güldüler. Anladılar, anlaşıldılar, huzur buldular, paylaştılar. Birbirlerinde var oldular. Gülüşmeleri bir aralıkta durduğunda, oturduğu koltuğa yaslandı Bilge, hemen yanında durmuş kendini masaya dayamış Ali'ye baktı dikkatle. Birine böylesine dikkatle bakmak daha önce deneyimlediği bir şey değildi. Hep gizlenmiş bakışların arasından incelemişti ilgisini herkesin ama şimdi Ali'ye bakınca kendi geçmişine gülümsedi.

Ali sordu "N'oldu?" diye gülümsemesinin güzelliğini düşünürken.

İnsan o gülümsemenin bir parçası olmalıydı! Bilge pembeleşti, cevap verecekti, daha önce aklındakini tam da düşündüğü gibi söylediği milyonlarca kezden sonra ilk defa şimdi konuşmadan önce söylediği şeyin kesinlikle anlaşılacağını bilerek, tedirginlikten uzak olmanın tebessümünde, "Daha önce kimseyle böyle olmamıştı... olmamıştım" dedi.

Ali'nin gözleri, anlamların en saf hallerinde ve tüm lezzetleriyle sunulduğu bir sofra gibiydi. Her halini kucaklarcasına iyice odaklandı Bilge'nin gülümseyen pembeliğine. Ne kadar da doğal, tertemiz diye düşündü Ali, elini yavaşça uzatıp parmağının ucuyla, Bilge'nin ince kemikli burnunun üstünde iz bırakarak hafif aşağı kaymış olan gözlüğünü hafifçe yukarı kaldırdı... Ucunun yuvarlaklığı, kusursuz burun deliklerinin kanatlarıyla sivrileştirilmiş burnunun ucuna dokundu... Bir burun nasıl bu kadar dokunulası olurdu?... Bilge'nin gülümsemesi derin bir nefese dönüştü, burnunun ucunda gezinen hissi tüm dünyasında hissetmek için gözleri kapandı... Kapı aniden açılmasa kim bilir o an ne kadar uzardı...

"Hallettin mi?" diyerek bir hışımla açmıştı kapıyı Can. Odadaki atmosferin rahatsız edici huzuru suratına çarptığında, hızla yarım gülümsemeli maskesini taktı suratına ve Bilge'ye olması gerekenden daha yakında duran Ali'nin konuşmasını keserek, "Karnım aç. Bizim büfeden iki tane mozzarellalı al" dedi, daha önce Ali'nin duymadığı didaktik bir buyurmayla.

Ali "İyi misin?" diye sorguladı Can'a doğru giderken.

Can kocaman gülümseyip Ali'nin omzuna bir tane geçirerek, "Tabii iyiyim. Kaşar yemiyorum artık" diye cevapladı, tuhaflığı her saniye artan o gülümsemesiyle.

Ali kısacık baktı Bilge'ye odadan çıkarken, Bilge önündeki dosyaları dizmeye başlamış, meşgul görünmeye sığınmıştı. Can'a itiraz etmeyi düşündü ama daha yeni kendine gelen birinin dengesizliğine itiraz etmenin kime ne faydası vardı?... Vazgeçti Ali, bu sefer Can'a izin verecekti, odadan çıktı.

Ali'nin ardından maskeyi yırtarcasına çıkardı suratından Can, dikildiği yerde Bilge'ye bakıp, "N'oldu?" diye sordu. Ciddiydi.

Bilge başını kaldırıp omuzlarını silkti, ne olmuş olabilirdi! Hiçbir şey. Can'ın nevrotik davranışlarının bir sonraki hamlesi belli olmazdı ama gelip de Bilge'nin masasının önündeki koltuğa oturup kaykılması enteresandı. Bu oturuşun ne anlama geldiğini anlamak için elindekileri bırakıp Can'a odaklandı Bilge.

"Neler oluyor?" diye sordu Can gülümsemeden, biraz önceki delilikle harmanlanmış yavşaklığından eser yoktu. Sanki gözleri eski siyahlıklarını kazanmış ve uzun süredir ilk defa meraktaydılar.

Bilge merak edilmiş olmanın şaşkınlığı ve Manay'ın başka bir şeylerin peşinde olabileceğinin kuşkusu arasında sıkışıp kaldı. Kaşları çatıldı, ifadesi soru sormaya hazırlanan ama hangi soruyu sorması gerektiğini bilemeyen bir şekle büründü... Tam konuşup "Neden bahsediyorsunuz?" diye sorgulayacaktı ki Can ayağa kalkıp iki elini Bilge'nin masasının üstüne pat diye koyup yüzünü onun suratına uzatarak sorguladı.

"Neden bahsettiğimi anlamamış olamazsın!"

Bilge'nin gözleri açılmış, kendini tehdit altında hissettiğinde oluşan o ifade gelmişti yüzüne yine. Tek bir hamlede uzanıp gözlüklerini çekip çıkardı Can, gözlükleri gözünden çekilince irkildi Bilge, kendini geriye çekti hafifçe ama Can uzaklaşmıştı. Elinde gözlüğü döndürürken Bilge'ye bakıp, "Lens diye bir şey var duydun değil mi?" dedi. Alaycılığı, ifadesinin ciddiyetiyle tamamen çelişkideydi.

Ayağa fırladı Bilge ama ne yapacaktı ki, Manay'ın üstüne atlayıp gözlüklerini mi alacaktı! Dikildiği yerde dondu kaldı.

Can gözlükleri gözüne takıp daha önce oturduğu yere oturdu, ayaklarını karşısındaki sandalyeye uzatıp, ellerini göğsünün üstünde kavuşturarak Bilge'ye baktı, kız sanki şoktaydı. Bilge'nin ifadesini taklit etti bir an, sonra kendi ifadesine geri dönüp, "Bana senden daha fazla yakıştı" dedi ve ekledi. "Hâlâ cevap bekliyorum."

Bilge, Manay'ın dengesizliğini deneyimlememiş olsa gözlüklerini çekip alırdı ama aralarındaki mesafeyi koruması daha mantıklıydı. "Neyin cevabını?" diye sordu, sabrı kalmamıştı.

"Hayatın niye bu kadar anlamsız olduğunun?" dedi Manay aniden ciddileşen bir ifadeyle.

"Anlamı görememeniz var olmadığı anlamına gelmiyor. Sadece onu görecek zihin uyanıklığında olmayabilirsiniz" diye cevap verdi Bilge, Manay'dan bile ciddiydi.

"Sence ne yapmalıyım?" diye sordu Can.

"Saçmalamayı bırakmalısınız" dedi Bilge, Manay'dan gelecek her türlü tepkiye hazırlıklıydı. Gerekirse eşyalarını alıp bir hamlede bu binadan çıkabilecek kadar hazırlıklı.

Manay sessizce salladığı ayak uçlarını çekti sandalyeden ve bir sıçrayışta jimnastik olimpiyatlarında perende atmaya hazırlanan biri gibi ayağa fırladı, yerinde iki üç kere zıplayıp omuzlarını, kollarını, ellerinin uçlarını bir boksör gibi iki yandan sarkıtıp salladı. Boynunu başının çevresinde döndürdü, önce sağa sonra sola ve durup Bilge'ye döndü. Kıpırtısız, konuşmadan baktı...

Gözlerini kaçırmaması gerektiğini, kendisine yapılan bu meydan okumayı karşılayıp tüm ciddiyetiyle dimdik durması gerektiğini söylüyordu zihni Bilge'ye, Manay'ı kendi gözlükleriyle görmek ne tuhaftı diye düşünürken...

Can aniden arkasını döndü, yürüdü. Kapıya yaklaştığında Bilge seslenmek istedi, gözlüğünü isteyecekti ama Manay çıkıp gitmişti. Peşinden gitmek istedi, gözlüğünü alması gerekti ama her temasta bulaşan bir şeyin peşinden gidilmemeliydi.

11. BÖLÜM

1. Can Manay

Önce konuşmasını istemişti kızın, ilk edepsiz kelimeden sonra da susmasını. Soyun demişti, ama kız soyunmaya başladığı anda hızla kızı giydirip ellerini ondan çekmişti. Müzik koysa, biraz dans ettirse mi, yoksa onu okşayıp tahrik olmayı beklese mi?... Bilemedi Can Manay. Erkekliğini hissetmeyen biri nasıl bilsindi ki? Her saniyede giderek kendini daha da bataklıkta hissetti. Sadece becerebilmek için işe aldığı bu stajyer kız hem hiçbir işe yaramadığı gibi hem de başlaması olası skandalın da kahramanıydı! Can Manay stajyerini beceriyor! Daha önce yapmadığı bir şey değildi, ama ilk defa beceremediği için endişeliydi. Becerse çıt çıkmazdı ama erkekliğini kaybetmiş bir Can Manay'ı herkes ağzına dolardı!

Birbirinden lanetli olasılıklarla yaptığı savaştan yenik düştü Can, kendini arkasındaki koltuğa bırakırken erkekliğini kullanamayan her erkek gibi namusa sığındı.

"Burada olman doğru değil. Çok gençsin ve seni yanlış etkilemek istemiyorum..."

Sutyeninin askılarını toplayan kız kocaman açtığı gözlerini

yaşadığı şoku anlatırcasına Can Manay'a dikerek yaklaştı ona. Ne yani Can Manay'la sevişemeyecek miydi! Dansçı Duru'dan sonra kendisi çıkmayacak mıydı o magazin programlarına!

Kızın hayal kırıklığını fark eden Can başını da koltuğa bırakıp, "Bir de bununla uğraşıyorum!" diye bıkkınlıkla kendine kızdı. "Önünde kocaman bir hayat var. Kendi yaşında biriyle daha mut..." diyordu ki kız bir hamlede eğildi ve fermuarını açtı Can Manay'ın, bu odadan Can Manay'ın sevgilisi olmadan çıkmayacaktı!

Önce kendini geriye çekerek erkekliğini hamle yapan kızdan korudu ama kız kararlıydı, Can'ın erkekliğini avuçlayıp yakaladı. Gittikçe daha da tuhaflaşan bu durumda, kızın avucunda minicik olan erkekliğinin çaresizliğinde şimdi de tacize uğramak üzere gibi hissediyordu kendini, ayağa kalkmaya çalıştı ama kız onu ittirip avucundakini beceriksizce ağzına aldı. Hızlı, beceriksiz, ne yaptığını bilmeyen bir acelecilikte daha önce kim bilir nereden öğrendiyse emmeye başladı Can'ın kendi içine saklanmış erkekliğini... Hiçbir basınca cevap vermeyen, minicikliğinde tutsak erkekliğini.

Birkaç hamleden sonra başını kaldırdı kız ve hesap soran gözlerle Can Manay'a bakıp "Ne oluyor?" dedi. Emdiği halde erekte olmayan bu ilk penisti.

Can bu işkencenin bitmesi gerektiğini sessizce haykırırken, "Söyledim sana, çok gençsin, doğru bulmuyorum bu yaptığımızı" diye açıkladı. Eliyle erkekliğini kızın elinden alıp pantolonuna sokarken ayağa kalktı.

Kız, "Ama sen istedin beni! Sen dedin bana çok istiyorum diye!" itiraz ederken sesi incelmeye başladı, bu kızdan kurtulması için onu pencereden atması gerekeceğini düşünmeye başlamıştı Can ve kız "Şimdi istemiyor musun?!" derken sesi tamamen kırıldı, ağlamaya başladı.

Olacak gibi değildi! Can gördüğü saçmalığın karşısında şokta olmasa kahkahalarla gülecekti ama ağzını açıp iki kelime söylemesine fırsat vermeden kız hıçkırıklar içinde fırladı ve Can Manay'ın banyosuna daldı. Can'ın kelimeleri ağzında tıkalı kaldı, bu kızı odasından çıkarmayı düşünürken şimdi de banyoya dalmış olması inanılamazdı! Sanki bir fare kaçmıştı içeri ve onunla uğraşıyor gibi hissederek yürüdü banyoya, kapanmış kapıyı açmak için tokmağı çevirdi ama kahrolası salak kız kapıyı kilitlemişti!

Sabrı kalmamıştı Can'ın, bu kızı on dakika içinde odasından çıkarmazsa çıldıracaktı! Tokmağı iyice zorladı. "Açsana..." Kızın adını hatırlayamadı! Düşündü... hatırlayamadı. "Açar mısın?!" diye seslendi yine.

İçeriden ince ince gelen ses "Niye istemiyorsun beni!" dediğinde kendini daha fazla tutamadı kapıya vurmaya başladı sesi "Açsana! Açsana konuşalım!" diye yükselirken.

Kızın zırıltısı duyuluyordu ve Can kapıyı şimdi yumrukluyordu. Bu kapıyı kıracak bu karıyı da boğacaktı!

Kapıya vuran elinden gözlerini ayırmadan dişlerini sıktı, şimdi sadece elinden çıkan ses, vurduğu kapının avucunda oluşturduğu basınç ve sıktığı dişlerinin hissi vardı ve tam o hissin ortasında bir şey attı Can'ın beyninde, şimşek gibi çakan bir düşünce, bir hayal, bir görüntü... bir his. Kapıya vuran elinin geçmişten gelen hatırası... Belki kapının rengi böyle açık değildi, belki eli bu kadar güçsüz değildi ama elinin acısıyla, hissettiği duygunun karışımından doğan o his geri geldi... Duru'nun kendini içeri kapattığı o gün yumruklamaktan vazgeçmeseydi, elinin acısını duymadan vurmaya devam etseydi, o kapıyı kırmış olsa, Duru'ya ulaşmış olsaydı...

Vücudunu geri çekip tekmelemeye başladı, aklı geçmişte yumrukladığı ama açamadığı o kapıdaydı.

Tekmeleri kapının üstünde yer yer kırıklar oluştursa da kapı henüz kırılmamıştı ama açıldı, kız, kapıya çılgınca saldırmaya başlayan Can Manay'dan tedirgin kapıyı şok içinde açmıştı.

Kapının aralandığını görse de havaya kalkan elini indirdi kapıya Can, içindeki şiddet bir kere çatlak bulup sızmıştı, kendini durdurması artık imkânsızdı.

Kız bir sıçrayışta geri çekildi, hızla açılan kapının ardından içeri dalan Can Manay'ın öfkesi inanılır gibi değildi. Geri geri gidip duvara yapıştı Ece, sadece biraz mızıldanıp nazlanarak Can Manay'ın kendisini göndermesini engellemek istemişti ama adam resmen delirmişti. İçeri dalan Can Manay'ın hışmından kolunu kaldırıp kendini sakladı... Can şimdide değil, geçmişin o gecesindeydi.

Havaya kalkan kolun teninin beyazlığı durdurdu tüm hareketini... İçinden sızan şiddet lavın buzla buluşması gibi yavaşladı, dinmedi ama sertleşip bir kabuk gibi şiddetin sızdığı çatlağın üstünü kapatırcasına Can'ın aklına yayıldı... Pürüzsüz tenin gerçekliğini test edercesine temkinli, uzattı parmaklarını ve kolun çıplak teninde gezdirdi parmak uçlarını... Parmak uçları kayıp avucuyla kavradı teni, içindeki şiddeti soğutmasına iyi geldi... Gözlerini kapadı... varlığını tamamen hissettiğine bıraktı.

Kız ona konuşmasa, Can gözlerini açmak zorunda kalmasa, karşısında olanın Duru olmadığını hatırlamak zorunda kalmasa, nihayet açılan kapının geçmişin hatırası olmadığıyla yüzleşmek zorunda kalmasa ve avucunun içiyle sarmaladığı o tenin hissettirdiği duygularda kalabilse huzur bulacaktı ama kızın sesini duymuş ve gözlerini açmıştı bir kere, zamanda yolculuk yapmış gibi cennetin hatırasından kopup gelmişti cehennemin şimdisine.

Elini çekti tereddütle ve aniden kızın kolunu pençelerini geçirircesine yakaladı, kızı çekiştirerek çıkardı banyodan, bir şeyler geveleyen kızın ne suratını görmek ne sesini duymak istiyordu.

"Sus!" diye bağırdı pantolonunu indirirken, birkaç saniye olsa da sanki uzun bir hayat gibi gelmişti gittiği o hatıranın hissi, yaşamla dolmuştu Can'ın bedeni ve erkekliği. Uzun süredir ilk defa ereksiyonunun otoritesinde kendini güçlü hissetti Can, kıza soyunmasını haykırırken.

Nihayet beklediği şeyin tuhaf bir şekilde de olsa gerçekleşmek üzere olduğunu anlayınca heyecanla soyunmaya başladı Ece, kendini kadın ve bedenini kullandırmayı da kadınlık sanan, kadınlığın yüceliğinden bihaber her zavallı orospu gibi keyifliydi. Ne Can Manay'ın kendisini görmek bile istemediğini anladı, ne de varlığının hiçbir şey ifade etmediğini, sadece beyaz teni yüzünden davet edildiği bu yerde, bir obje gibi kabul edildiğini hiç fark etmedi... Zaten ne önemi vardı ki kim olduğunun, niye var olduğunu dahi bir kez düşünmemiş birinin?

Hızla soyunup Can'a yaklaştı, Can gözlerini onun bedeninden bir an bile ayırmadı, geçmişin gerçekliğiyle yükselen erkekliğinin bu salak kızın varlığıyla düşmesini istemiyordu sürekli "Şışşş..." diyordu kıza, tek bir ses çıkarmaması için, aklına söylediği yalanı devam ettirebilmek için.

Can'ın ereksiyonunun verdiği kendine güvenle, kendinden emin elini uzattı Ece ama Can gözünü kızın beyaz karnından ayırmadan kendine uzanan kolu çekti, kızı çevirdi, arkasına geçti, boynundan yakaladı, saçlarını sıyırıp ensesini açtı, odaklandı... Kızın içine girmesi, gözlerini odakladığı o noktadan ayırmadan hipnotize olmuş bir şekilde nihayet kavuştuğu erkekliğini hızla deneyimlemesi acele ve çaresizdi.

Kız yüzünü dönmek için çabalamasa, ensesindeki tüylerin koyuluğu kumral saçlarının boyalı olduğunu anlatmasa, sırtındaki dövmenin adiliği bu tenin Duru'ya asla ait olamayacağını bağırmasa ve Can'ın beyni Duru'yla birlikte olmadığını haykırmaya başlamasa boşalacaktı ama sadece birkaç dakika süren ereksiyonu öylesine hızlı söndü ki erkekliği üşüdü.

Aniden çekilen kanın geride bıraktığı doku eriyen bir buz kadar soğuktu. Otomatiğe alınmış kalçası hâlâ kızın içinde gidip gelirken gözlerini çekti kızdan, etrafına bakındı, Duru'yu düşünmeden boşalmalıydı! Bu kadar yaklaşmışken! Bir kez aşsa, bir kez boşalsa her şey farklı olacaktı! Kalçaları hızlandıkça hızlandı, hareketleri iyice otomatikleşti, çaresizlikle çatılan kaşları, kızaran gözlerindeki yaşları baskıladı. Gözyaşları öyle yoğundu ki etrafını bulanık görmeye başladı. Gözünü sıkıca kapadı ve o karanlığın içinde bembeyaz parlayan Duru'nun görüntüsünden kaçarcasına hemen açmak zorunda kaldı gözlerini. Yanaklarından bir çığa kapılmış gibi indi yaşlar. Kalçasının ritmi hamle hamle yavaşladı, kafasını yaşadığı yenilgiye itiraz edercesine, hayır dercesine sağa sola sallamaya başladı, erkekliği olmayan âciz bir zavallıydı.

Erkekliğinin tepkisizliğinde, bir erkek bu hayatı nasıl yaşardı?

Birkaç salise sonra ritmini durduracak, kızı bırakacaktı. Masanın üzerine attığı gözlüğü görmese bu lanetten asla kaçamayacaktı. Ama kemikten yapılmış kalın çerçevesiyle o gözlük sapasağlamdı... Bilge'nin kalın telli, gür saçları gibi sağlam, boğazına kadar iliklenmiş gömleği kadar gizemli, üzerine oturduğu o ince kemerli burun kadar kendinden emin, dokunduğu yanaklar kadar sağlıklı ve her şeyden daha gerçekti. Pamuklu bir külot kadar gerçek. Yavaşlayan ritmi aklına doğan Bilge'nin düşüncesiyle sabitlendi, ne daha yavaşladı, ne de hızlandı. Gözlükten bir an bakışını ayırmadan, elini kızın beline kilitleyerek tuttuğu bedenin Bilge'ye ait olduğuna odakladı aklını Can, o gömleği yırttığını düşündü önce, ama hemen sonra aklı düzeltti bu yanlışlığı, düğme düğme, ilik ilik sabırla açmış olmalıydı. Bilge'nin gömleğini kimse yırtamazdı! Önce bileklerindeki düğmelerden başlamış olmalıydı, gömleği çıkarttıktan sonra yavaşça altındaki pamuklu atleti kaldırıp daha önce kimsenin öpmediği o teni öpmüş olmalıydı, dokunulmaz olan memeleri ellemiş, o gür, güçlü saçlardan, sakin bir hamlede yavaşça çekip saçın üstünde kaydırarak çıkarmış olmalıydı tokasını, parmaklarını saçlarının arasına geçirdiğinde bu gözlüklerin arkasından kendisine bakan o gözlerden gözlerini ayırmadan, içine girmiş olmalıydı... Kimsenin girmesine izin verilmeyen o yere. Ve nihayet boşaldı Can, yer çekirdeğiyle bağlantısını kaybetmiş bir yanardağın mucizevi patlaması gibi.

Duru'dan kaçıp, elleri arasındaki bedeni inkâr edip Bilge'ye sığınarak boşaldı. Bilge'nin hissettirdiği güven onu nihayet kendinden kurtarmıştı.

Kendini zaferde sanan Ece boşaldığından emin olduğu Can Manay'a dönüp sarılmaya kalktı ama Can yanağından bir makas alıp onu kendinden uzaklaştırdı, etraftan topladığı eşyalarını eline sıkıştırırken birazdan muhasebecisinin geleceğini söyledi, Ece hemen gitmeliydi.

Apar topar giydirilip çıkarıldı odadan Ece, daha önce yaşadığı o duygu çöktü kalbine ama aklı ona "önemli değil" dedi. Nasılsa Can Manay'la sevişmişti! Kendini yüce hissetti dibe vurmasına bir deneyim daha kala. Bunlar da böyle evrimleşeceklerdi, aşağılana aşağılana, ta ki aşağılanmaya doyup kim olduklarını düşünmeye başladıklarında, belki ilk defa kukla olmaktan çıkacaklar, karşılarındaki erkeği ellerinde tutabilmek için şekilden şekile girmekten vazgeçecekler, bedenlerini bir delik gibi kullandırmak yerine, kimim ben, ne istiyorum diye soracaklardı ilk defa kendilerine!

Ve işte bu ilk soruyla başlayacaktı doğum ve "Niye buradayım?" diye devam edecekti. Belki o zaman önce kendilerini, sonra doğuracakları çocukları ve nihayetinde kimliksizlik içinde hapishaneye dönüşmüş bu toplumu kurtaracaklardı. Gerçek kadının doğduğu o gün, erkekliği çükten ibaret sananlar, erkekliği; karakterlileri tüketerek karaktersizliği marifet haline getirmiş toplum, karakterlere sahip çıkmayı ve kadını ellenecek mal gibi gören bu parazit dünyanın insanı da anneyi öğrenecekti.

2. Çiftlik

Baktığı küçük gri parlaklığın üzerindeki şekilleri böylesine bir detayda görebiliyor olmak saymaya alışık olduğu yıldızların sayısal üstünlüğünü bastırmıştı nihayet. Ali'nin "Neye bakıyorsun?" sorusuyla gözünü teleskoptan çekip kendi kendine mırıldandı Doğru: "Ay. 384403 kilometre uzaklıkta ama yine de görebiliyorum..." Aklı yıldızlara odaklanmış Onur'a "Sen de görebilirsin" dedi ama Onur odaklandığı yerden ayırmadı gözlerini, Doğru gözünü yine teleskopa yapıştırdı ama sonra hemen geri çekip Onur'a baktı, otomatik bir şekilde açıkladı.

"4,5 milyar yıl önce Mars'ın dünyaya çarpmasıyla oluştu Ay, görmek istemediğine emin misin?"

Onur sesini hafifçe yükseltti.

"2 milyar 387 bin 579" derken, görmek istemediğine emindi. Yıldızları sayması bitmemişti. Bitmeyecekti. Ancak saymayı bitirince bakabilirdi, insan sınırlarını bilmediği bir şeyi göremezdi ki.

Onur'da kendini görmenin karmaşasında, birkaç saniye ona baktı Doğru, sonra kafasını kaldırıp yıldızlara baktı, sayılamazlardı. Ağzını açtı, Onur'a yıldızların asla sayılamaz olduğunu anlatacaktı ama sustu... Onur bu yıldızları saymaya çalışarak geçirdiği zamanın kendisine kattığı bilgiye, bu çabayı vermeden nasıl ulaşsındı? Kafasını yıldızlardan indirip dikkatle Onur'a baktı yine, gitmek istediği yere varamasa da çıktığı yolculuğun onu değiştirmeye başladığını fark ederek cümlesini tamamladı.

"Ay her an bizden uzaklaşıyor" diye ekledi, Onur'un ne olursa olsun saymaya devam edeceğini kendi deneyiminden bilerek.

İnsanın kendi özelliklerini başkasında görmesi, davranışla yüzleşmesi kendini bilmeye giden yolun kapısıydı. Onur'la geçen her saatte içeri girdiği o kapıda bir adım daha kendini fark ediyordu Doğru. Karşısında dikilen Onur'a bakarken suratına yayılan meraktan habersiz tekrar teleskopa gözünü dayadığında, Bilge de geri yaslanıp ayaklarını uzattı. Avucunun içinde tuttuğu çayın ısısı içilecek kıvama gelmişti, bir yudum aldı ve hemen yanındaki şezlongda gözlerini yıldızlara dikmiş Ali'ye baktı.

Birbirlerine baktılar, Ali aniden dönünce aynı anda gülümsediler.

Bilge'nin gülümsemesindeki teşekkürü gördü Ali, kendi gülümsemesindeki aşkın Bilge tarafından hissedilmesini umarak gözlerini ayırmadan baktı ona. Biliyordu, birkaç saniye sonra Bilge nasıl olsa gözlerini çekecekti... ama bu sefer çekmedi Bilge, o bakışmanın hissettirdiği huzura kapılmış sürüklenen bir yaprak gibi bıraktı kendini. Hissettiği duygularla gülümsemesi ağırlaştı, o kocaman gülüşten dudağının kıvrımında kendini gösteren küçük bir çizgi kaldı çünkü tüm duygular gözlerinde toplanmıştı. Kalın gözlük camlarının arkasından bile fark edilen, o anlayan gözler, Ali'nin gözlerinde gördükleri duyguları inkâr edemeyecek kadar gerçekçiydiler.

Ali, "Ben hep burdayım..." diye mırıldanmıştı ki Doğru lafa girdi.

"Neden Ay'ın hep aynı yüzünü görüyoruz?"

Kendini akıntısına bıraktığı duygular Doğru'nun konuşmasıyla medcezir suları gibi çekildiler, Bilge bir anlık gecikmeyle de olsa bakışını alabildi Ali'den ve Doğru'nun kendisine odaklanmış sorusuna yöneldi, hissettiği sersemliği atarak konuşmaya başladı.

"Milyonlarca yıl önce Ay da aynı Dünya gibi hızlı bir şekilde kendi etrafında dönüyordu ama merkez ısısının, kütlesinin sadece yüzde 17'si kadar olduğunu düşünürsek, merkez ısısı kütlesinin yüzde 30'unu oluşturan Dünya'nın çekim kuvveti zamanla Ay'ın dönüşünü yavaşlatıp 29,5 güne indirdi. Biz 24 saatte dönüşümüzü tamamlarken ay 29,5 günde dönüşünü tamamlıyor. Bize her yaklaştığında dönüş hızı artsa da uzaklaştığında hız azalıyor ama ne olursa olsun Dünya'nın çevresinde, Dünya'ya senkronize bir şekilde sürekli aynı yüzünü göstererek dönmesi değişmiyor. Ay'ın kendi çevresindeki o yavaş dönüşünün Dünya'nın çevresindeki dönüşüyle senkronize olması yüzünden biz Ay'ın sadece aynı yarısını görebiliyoruz, geri kalan yarısını görebilmek için uzaya çıkmak, etrafından dolanıp diğer yüze bakmak şart."

Ali "Ay'ın karanlık yüzü" dedi ama Bilge itiraz etti bakışlarının ona kaymasını engelleyerek.

"Evet öyle diyorlar ama aslında bizim asla görmediğimiz o kısım karanlık değil, yani düzenli olarak Güneş'ten ışık alıyor. O nedenle Ay'ın öteki yüzü demek daha doğru olur."

Doğru bir robot gibi dümdüz yineledi.

"Neden sürekli aynı yüzünü görüyoruz?"

Alışık olduğu bu sorgulamaya gülümseyerek ayağa kalktı Bilge, Ali, "En iyisi ben bilgisayar getireyim" deyip yerinden fırladı. Ali merdivenlerden inerken, Ay'ın Dünya ile senkronize olan rotasyonunu kelimelerle açıklamak isteyen Bilge'ye baktı ve geri dönmek için hissettiği aceleyi bastırmadan koşup bilgisayarını aldı, yukarı çıktığında Bilge ayakta eliyle Ay'ın hareketlerini taklit edercesine Ay'ın kendi çevresindeki dönüşünün yavaşlığının, Dünya'nın çevresindeki dönüşünün hızıyla eşdeğer olmasını anlatmaya çalışıyordu.

Neyse ki Ali'nin bulduğu iki dakikalık bir video bu açıklamayı

Doğru'nun algılamasına yardımcı oldu. İşin ilginç yanı Onur'un da videoyu seyretmek için sayı saymaya ara vermesiydi.*

Video boyunca Ali, daha önce hissetmediği bir hafiflikte, var olduğunu bile tahmin edemeyeceği bir huzurda dikkatle baktı hemen yanında duran Bilge'ye, ne kadar güzeldi.

Tokası gevşemiş gür saçlarının telleri yanaklarına dokunurcasına salınmışlardı, gözlüklerini çıkarmıştı, üstündeki bluzun eski dokusu ve kendisini salmış yakası içindeki atletin askısını gösteriyordu, o askının asıldığı köprücük kemiği ne kadar da belirgin, ne kadar da sadeydi. Bir kadının kemiklerinden daha göz alıcı bir mücevher yoktu diye düşündü Ali, Bilge'nin azıcık kendini gösteren köprücük kemiğine bakarken, gözleri kontrolsüzce kaydı hafifçe öne eğilmiş Bilge'nin azıcık da olsa kendini gösteren dekoltesine... bluzunun iddiasız yakasından zarifçe gözüken dekoltesinin kıvrımına.

Bilge aniden dönmese belki aklında hiç gitmemesi gereken yerlerde bulacaktı Ali kendini ama Bilge bir hamlede Ali'ye dönmüş, suratındaki kocaman gülümsemeyle Doğru'nun iştahlı merakının kendi üzerinde yarattığı mutluluğu paylaşmıştı onunla.

Normallik. Ne büyük bir özlemdi deneyimleri anormal olan biri için. Ali'nin evinin çatısında, Zeki ve Leyla'nın seyrettikleri dizinin bahçede yankılanarak kendilerine ulaşan hafif gürültüsünün eşliğinde evreni anlamaya çalışmak, dünyayla yeni yeni iletişim kuran Onur'un merakının filizlendiğini görmek, Doğru'nun sorularına cevap verebilmek... normalmiş gibi hayatı yaşayabilmek. Derin bir nefes aldı Bilge yerine çökerken, Ali'nin kendisine odaklanmış bakışının daha ilk andan beri farkındaydı. Başkası olsa diye düşündü, ne kadar rahatsız olabilirdi, karşısında uyandırdığı ilginin hangi eksikliğine odaklan-

* Video önerisi: Synchronous Rotation of the Moon

mış bir merak olduğunu düşünür, hissettiği kompleksle kendini nasıl da değersiz hissederdi... Ama başkası değildi Ali. Onun yanında eksik hissedilemezdi, tamamlanmışlık duygusunun kaynağıydı o. Sorgulamadı, Ali'nin kendisinden bir an ayrılmayan gözlerini. Sanki hayatta ilk defa her şey nihayet olması gerektiği gibiydi. Hatta bakılmak, böylesine ilgi uyandırmak keyifliydi.

Ali "Burada kalmalısınız" diyene kadar Bilge'nin suratındaki gülümseme belirgindi. Ama bir anda gelen teklifin şaşkınlığı ele geçirdi Bilge'nin gülümsemesini ve daha da karıştırdı karmakarışık ifadesini. Ne diyeceğini bilemeden baktı Ali'ye, ama Ali beklemedi, bu gece içinden geleni söyleyecekti.

"En doğalı bu olur, burada kalmanız... Ben eklentiye taşınırım."

Son bir aydır zamanlarının çoğunu çiftlikte geçirir olmuşlardı, akşam yemeklerini bile burada yiyor, bir tek uyumak için gecenin bir saatinde eve dönüyorlardı. Burası dışında her yer köhne geliyordu. Onur'un gelişimi, Doğru'nunkini de tetiklemişti ya da Doğru'nunki Onur'unkini... Daha önce Ali'yle birlikte kalmayı düşüneceğini bile düşünse şok geçirirdi ama şimdi sanki dünyada birlikte kalınabilecek tek kişiydi o, çok değerliydi... Ama istismar etmemeliydi onu. Kendi yükünü onun üzerine bırakıp burada bir sığıntı, daha doğrusu bir yağmacı gibi yaşayamazdı. Bunu düşünmek bile ne kadar aşağılayıcıydı!

Kişi kendi ağırlığını, asla başkasına bırakmadığı için kişiydi, bırakırsa kişiliksizdi.

Ali düşüncelerin, Bilge'nin mimiklerinde bıraktığı izleri izledi, Bilge, incecik bir sesin mırıltıyla karıştığı ve Ali'nin kalbine sızdığı o tonda "olmaz" dese de aslında cevabın "olur" olduğuna emindi. O "olmaz" alışılagelmiş toplum kurallarının kişilere yüklediği önemsiz bir tepkiydi, olmuştu bile, olacaktı. Olması bu kadar doğal olan bir şey nasıl olmazdı! Bilge ait olduğu bu yerde yeniden doğacak, hayır, doğmayacak, asıl dönüşmesi gereken şeye dönüşebilmek için sadece ayıklanacaktı.

Ali mırıldandı.

"Soru sormadım ki!"

Doğru soru sormazsa, Onur dikkatini saydığı yıldızlardan almazsa ve Bilge gözlerini kaçırmazsa dudaklarını Bilge'nin yanağına değdirecekti Ali, itiraz gelmezse hemen ardından hafifçe dudaklarına da dokunabilirdi.

Hayatının dönüm noktasında olduğunu bilmeden tam o noktaya birkaç saniye kala kendini huzurun merkezinde, mutluluğun sahiplenmesinde hissetti Bilge, tüm itirazları kırıp geçecek iradede bir sahiplenmenin korumasında olmak tüm endişeleri geride bırakan, tüm sorunları önemsizleştiren etkisiyle ne muhteşemdi! Ali'nin kendisine yavaşça yaklaşan vücudunun hâkimiyetine bıraktı kendini, gözlerini ondan çekmeyecekti.

Telefonu çalmamış olsa, bulunduğu bu noktada kök salardı... ayıklanırdı, ama telefonu çalmıştı ve Doğru, Onur herkes bir anda çalan telefona ve telefonu açmayan Bilge'ye odaklanmıştı.

Bilge dikkatini mecburen Ali'den alıp bir an baktığı ekranda Can Manay'ın adını görünce gerildi.* İfadesine yansıyan gerilim koluna dokunan Ali'nin "Bu saatte arar mı?" demesiyle kesildi, Bilge kafasını iki yana salladı. Aylardır kendisini bu saatte hiç aramamıştı. Aslında Can Manay kendisini hiç aramazdı.

Ali "Aç istersen" dedi, bu tavsiyesinin hayallerine mâl olacağını bilmeden.

Bilge Ali'yi dinleyip açtı telefonu "Efendim?" diyerek, Manay'dan ses gelmedi... "Alo?!" dedi Bilge bu saatte aranmasının nedenini sorarcasına bir tepkiyle.

---

* Müzik önerisi: Brotsjör - Olafur Arnalds

"Bilge... uyuyor musun?" dedi Manay daha önce Bilge'nin hiç duymadığı bir tınıda, şok eden bir umursamayla.

"Hayır" diye cevap verdi Bilge, sanki kendi adını ilk kez duymuş olmanın şaşkınlığında.

"İyi misin?" dedi Can, ilk defa.

Bilge ne diyeceğinin kararsızlığında "Siz iyi misiniz?" dedi, bu ani alakanın, bu önemsemenin ve bu farklı tınıdaki sesin nedeni de neydi?!

Bilge bekledi ama Can cevap vermedi... Bilge konuşmak üzereydi ki Can nihayet mırıldandı.

"Şimdi iyiyim..."

Can'ın aldığı derin nefesi duydu Bilge, insana dokunulmayı çağrıştıran çıkardığı kelimeden daha fazlasını taşıyan bir titreşimde... hızlanan kalbinin etkisinde sessizce bekledi, Can'ın nefesini dinlerken ne diyebilirdi ki ve Can tane tane, her harfinde hissettirdiği önemsemeyle "İyi geceler" dedi ve aldığı derin nefesi bırakırken sanki ilk defa duyduğu eşsiz bir kelimeyi tekrarlıyormuşçasına "Bilge" diye ekledi.

Hissettiği şaşkınlığın şokuyla konuşmakta gecikti Bilge ve tuhaf sessizliği "Size de" diyerek böldü, kapatacaktı ama Manay'ın o tuhaf nefes almasından kurtaramadı merakını, dinledi, beklemek istememişti ama bekledi, merak insanı böyle bekletirdi.

Can Manay telefonu kapattığında, yüzlerce atın koşarken kaldırdığı toz bulutuna benzeyen bir sorgulamalar sisinin içinde bıraktı Bilge'yi. Can Manay... niye aramıştı?! Niye kalbi böylesine hızlanmıştı!...

Gözleri Ali'nin gözleriyle buluşunca ancak o sisin içinden çıkabildi Bilge, içindeki karmaşayı kamufle etmek için gülümsemeyi düşündü ama böyle sorulardan oluşmuş bir gülümsemenin sahteliğini hemen görürdü Ali. Bilge'nin omzuna dokunup suratına baktı, ne olursa olsun yanında olduğunu hatırlatırcasına.

Bilge Ali'nin elinin varlığına kilitledi düşüncesini ve Manay'a doğru şaha kalkmış merakını sakinleştiririrken nedense aklına Manay'ın Duru'nun ensesine dokunduğu o an geldi. "Acaba Duru neler hissetmişti?" diye düşünürken kaşları çatıldı, niye şimdi aklı buraya kaymıştı!

Can'ın telefonuyla sarsılmıştı Bilge, daldığı düşüncelerden çıkmak için çabalıyordu. "Ne dedi?" diye sordu Ali, Bilge'yi çekip çıkarırcasına. Bilge dalgın kafasını kaldırdı, "Hiç... İyi geceler dedi" diye açıkladı.

Ali dokunduğu omzu okşadı yavaşça, kendini hatırlatırcasına ve gülümseyerek başıyla Doğru'yu işaret etti, Doğru teleskopun ayarını anlamak için bir robot gibi bu sefer de teleskopun mekanizmasını incelemedeydi. Nihayet gülümsedi Bilge, biraz önce daldığı yerden çıkmıştı... ama gülümsemesine bir durgunluk gelip oturmuştu.

Vahadan çıkıp etrafındaki çölü yeni fark etmiş biri gibi Manay aramadan önce hissettiği huzura kilitledi dikkatini ve içindeki sesi dile getirdi.

"Niye onunla hâlâ çalışıyoruz?"

Ali hafifçe okşadı Bilge'nin omzunu, sakince cevap verdi.

"Biz de gidersek asla toparlayamaz çünkü."

"Bulaşıcı bir yanı var..." diye mırıldandı Bilge.

Ali, "Bir ay daha sabredelim. Zaten buranın işleri yoğunlaştı, artık mahsul almaya başlıyoruz, istesem de devam edemem... ama aniden gidemem, gidemeyiz, çok emeği var bende, vefasızlık etmek istemiyorum. Sana da değer veriyor, takılma sen onun saçmalamalarına..." diye karşılık verdi.

Bilge gözlerini ayırmadı Ali'ninkilerden ve Ali Bilge'nin bakışını kucaklarcasına özenle odaklandı Bilge'nin gözlerinin anlatmak istediklerine... Nihayet yine huzurla doldu Bilge. Anı paylaştılar bir bakışta, belki birkaç saniyede ama sonsuza kadar.

3. *Can*

Kendini sırtüstü yatağa bıraktı Can, uzandığı yerde elindeki sigarayı yaktı, hayatının en büyük zaferini kazanmış gibi hissederek. Geri kazanılmış erkeklikten daha büyük bir zafer var mıydı?

Derin bir nefes çekti, zehir ciğerlerinden vücuduna sızarken gözlerini kapatıp Bilge'yi hayal etti... Şimdi burada olsa, o çekingen haliyle şu yatağın başında dikilse, "Can Bey" dese, göğüslerini saklamaya çalıştığı o kamburuyla ürkek, diz altına inen eteğinin altındaki ince bacaklarıyla narin, giydiği düz ayakkabıların konforunda sade, sıkıca toplanmış saçlarının kontrolünde ve burnunun üzerine düşünce işaret parmağının ikinci eklemiyle otomatik olarak düzelttiği gözlükleriyle utangaç, bakire kendisine baksa... Can ayağa kalkıp yanına kadar sokulsa, onun ürkekliğindeki lavanta kokusunu içine çekse, eteğini sıyırıp narin kalçalarını avuçlasa, sade pamuklu külotunu çekiştirip sıyırırken onun utangaçlığını kırsa, döndürüp onu kucağına oturtsa, yavaşça içine girse, içine girerken suratındaki gerilimi izlese, daha önce kimsenin yaşatmadığı orgazmı ona yaşatıp bakireliğini alsa...

Fırlayarak doğruldu Can, elindeki sigarayı yere atıp üstüne basarken bornozunun altına soktu elini ve erkekliğini avuçlayıp yarattığı basınçta Bilge'yi hayal etti. Hiç görmediği o vücudun üzerinde gezdirdi ellerini, içine boşalırken inlemesini dinledi, spermleriyle onun rahmini dölledi. Bugün ikinci kez gelmişti.

4. Göksel

Güneş doğmadan uyandı Göksel, yataktan kalkmasıyla köpekleri de ayaklandılar. Büyümüşlerdi, sokak köpeği annelerinden aldıkları karma DNA'larla dayanıklı, Göksel'in beslemesiyle güçlüydüler.

Dördü birden her sabah yaptıkları gibi banyonun önünde dizilip Göksel'in soğuğa aşılı bedenini yıkamasını izlediler. Sıranın birazdan kendilerine geleceğini bilmekten kaynaklanan sabırsızlıkları, Göksel'in eğitiminin verdiği disiplinle ehlileşmişti. Banyodan çıkınca, en ufak bir işarette harekete geçmek için atakta duran köpeklerine baktı, kendini ilk defa ailede hissederken. İnsanlardan bu kadar zarar gören birinin hayvanlarda aileyi bulması doğaldı. Kurulandı, dördünün nasıl da dik, nasıl da tetikte ama sessiz beslenmeyi beklediğine bakıp ağzıyla küçük kısa bir ıslık çaldı. Hepsi birden koşup kapının yanına dizildiler. Kapıyı açtı Göksel, ama köpekler dışarı çıkmadan beklediler, başını okşadı her birinin ve okşananlar sırasıyla gecekondunun bahçesine çıkıp Göksel'in köşeye yığdığı toprağa tuvaletlerini yaparlarken hızlıca giyindi Göksel. Dün gece sert geçmişti, kolundaki çizikler kentsel kalkınmaya karşı çıkan mahalleliyle geçen sert gecenin izleriydi.

On yıllar önce köylerinden gelip yerleştikleri ve yıllar içinde tapusunu aldıkları gecekonduların, yıkılıp büyük inşaat firmalarına peşkeş çekileceğini anlayan mahalleliler nasıl da direnmişlerdi. Ama hiçbir güç devletten daha dirençli değildi. Gücünü halktan alan ve her karşı gelindiğinde o güçle halkı tekmeleyen mecraydı devlet. Koltuğa oturanların pezevenkliğini yaptığı bir güç kerhanesiydi hükümet.

Göksel bile anlamıştı sistemi, içinde en ufak bir duygu hissetmese de, verdiği etkinin tepkisini bilmese de sistem, o kadar ortadaydı ki, en umursamazı bile bir bakışta nasıl işlediğini anlardı. Köpekler geri geldiklerinde, Göksel mamaları koymaya başlamıştı bile. Servisi bitse de tabaklarına saldırmadan beklediler ve nihayet Göksel'in çaldığı küçücük ıslıkla yemeklerine daldılar. Yemek yerken sırtlarını sıvazladı her birinin, gururla. Evden çıkarken selam verdi her birine işe giden bir babanın edasıyla.

5. *Özge & Sadık*

Sabahın ilk ışıklarına şahitlik edercesine, gözünü doğan güneşten ayırmadan, sahilde yürüdü Özge. Uyuyamıyordu. Muammer Bey ve Ömer'in desteğine rağmen yapayalnızdı. Hissettiği yenilmişlikte sanki bir tek o vardı yaşadığı bu suçluluk cehenneminde.

"Hissettiği yenilmişliği kaç kişi hissetmişti bu gezegende daha önce ve kaç kişinin içi titremişti, binlerce yıldır sürprizsiz doğan güneşin ışıklarına, çaresizlikle bakarken..." düşünceleri geçerken aklından, milim milim, adım adım çıktı güneş denizin ardından.

Gözlerini güneşten ayırmadan yürümeye başladı, "Kaç kişi değiştirmeye çalıştığı kötülüğün peşinde heba etmişti sevdiklerini, kendini böylesine aptal hissetmiş, böylesine gömülmüştü kendi şiddetinde patlarcasına kendi içine..." Daha da hızlandı adımları. "Kaç kişinin bedeni duyguları yutan bir kara deliğe dönmüştü... kaç kişi yaşarken ölmüştü..." Koşmaya başladı Özge, sorumlusu olduğu şeylerden kaçarcasına.

Koşarken kucakladığı rüzgârla harmanlanan gözyaşları başlarına buyruk bir şekilde sahipsizce aktılar yanaklarından, Özge kendiyle yarışırken... "Kaç kişi kaçmak istemişti kendi gerçekliğinden?"

O kadar hızlanmıştı ki neredeyse karnına değiyordu dizleri,

kolları vücudunun iki yanında aralıksız bir ritimle ileri geri gidiyordu. Hızlanabildiği kadar hızlandı ve vücudu isyan edene, kalbi ritimden gerilene ve nefesi kesilene kadar koştu... Yorulmuştu. Kendi hızına karşı koyan bir sıçramayla zıpladı, ayaklarının üstüne indi ama yer onu daha çok çekti, dizlerinin üstüne bıraktı kendini, durmanın şiddetini dizlerinde hissetti.

Kendisini içeriden ele geçirmiş ölümcül bir virüsle savaşırcasına derin bir nefes aldı, çöktüğü yerde suratının ıslaklığını hızla silerken. Ve titreyen bacaklarının üzerine doğruldu. "Kaç kişi kurban edilmişti bu sisteme?"

Yüzünü güneşe döndü, bundan sonra ona her baktığında kendisine heba edilmiş sevdiklerini hatırlatacağını bilmeden. Ama nereden bilebilirdi ancak kendini ölesiye lanetlenmiş hissedenlerin dünyayı değiştirebileceğini? Arkasını güneşe döndü. Kafasını kaldırdığında gördüğü manzara karşısında kaşları çatıldı, içinde yükselen hayretle gözyaşları kurudu. Arkasında bıraktığı güneş, tam karşısındaki binanın camlarında tüm kızıllığıyla parlıyordu, Özge ciğerci Çavuş Amca'nın tam önündeydi.

Gecenin karanlığında "Elinden geleni yaptın mı?!" sorusuyla kendini atarcasına indiği sahil boyunca buraya vardığını bilmeden yürümüş, kendinden kaçarcasına koşmuştu. Ne kadar uzun olmuştu buraya gelmeyeli. Sadık'la yedikleri o son yemekten sonra burası da mahremiyetini kaybetmişti sanki... hayatındaki her şey gibi.

İflah olmaz köhneliğiyle aklına gelen tüm lezzetlerin en lezzetlilerini çağrıştıran virane restorana bakıp dikildiği yerde dikilecekti Özge içeri girmeyi düşünmeden, eğer Çavuş Amca kendine seslenmemiş, onu ısrarla içeri davet etmiş olmasa.

Sabah fırından çıkan sıcak ekmeğin ısıttığı cevizli ezmeyi çiğnerken buranın kaybedilmiş olmadığına karar verdi, belki burayı Sadık satın almış olabilirdi ama para ödemiş olması buraya sahip olması anlamına gelmezdi. Çünkü ruhu olan bir şeye parayla sahip olunamazdı. Bu ruh burada kendini hissettirmeye devam ettiği sürece parasını kim vermiş olursa olsun burası Çavuş Amca'nındı... Hisler, anlamlar satılamazdı. Acıkmıştı, her lokmada kendini rahatlatırcasına, ciğercinin sahipliğini söktü aldı Sadık'ın elinden. Lokmayı yutarken inatla karar verdi, bundan böyle buraya her gün gelecekti!

Çavuş Amca elinde manda tereyağıyla yanına geldiğinde Özge doymuştu ama insan gerçek lezzetin tadını asıl doyduğunda çıkarmaz mıydı?

"Yoksun, uzun zaman oldu, nere kayboldun?" demişti Çavuş Amca, yan masanın üstüne kaldırılmış sandalyelerden birini Özge'nin karşısına oturmak için indirirken. Herhangi bir şey söyleyebilirdi Özge ama gözlerinde samimiyet gördüğü birini samimiyetsizlikle kirletmek istemedi.

"İyi değildim... Çıkmadım hiç" dedi.

Çavuş Amca, "Neyin vardı?" diye sordu, iyi olmamaya çoktan alışmış biri gibi ısrarsızdı.

Özge, beklemediği bu detay karşısında bir an durakladı, sonra, "Kafam karışıktı" dedi.

Çavuş Amca'nın bitkin kahkahası yükseldi aniden ve kahkahası dinerken, "Bırak karışsın kızım! Kafa karışmak için yaratılmış, ancak karışınca büyüyor akıl" dedi.

Karıştıkça anlıyordu insan, haklıydı Çavuş Amca ama sorun karışmak değildi aslında, yalnızlıktı diye düşünürken kendini nankör hissetti Özge, Muammer Amca ve Ömer'den sonra nasıl yalnız hissedebilirdi ki... Sonra ikisinin isminin yanına Mahizar'ı da ekledi, nihayet zengin hissetti.

"Bir şey sorucam sana Çavuş Amca" diye lafa girdi.

"Sor kızım" dedi Çavuş Amca, Özge'nin önündeki ekmekten

bir lokma koparıp getirdiği tereyağdan bir parça alırken. Sonra mutfağa seslendi, biraz peynir ve domates getireceklerdi nerede kalmıştı. İçeriden gelen bir çocuk beklenenleri de getirince asıl kahvaltı başladı. Çavuş Amca'nın iştahında rahatlayıp samimiyetle sordu Özge.

"Nerden tanıdın Sadık'ı… Murat Kolhan'ı?"

Ağzındaki lokmayı çiğnerken cevapladı Çavuş Amca.

"Çocukluğunu bilirim ben onun."

Konuşurken Özge'ye bakmış olsa suratındaki merakı fark ederdi ama gözü ekmeğindeydi, zaten kız Murat Kolhan'a Sadık demişti, samimi olmalıydılar yoksa kaç kişi bu ismi bilirdi?

Özge bir an bekledi cümlenin devamını ama gelmeyince kurcaladı.

"Nasıldı? Anlatsana."

"Nasıl olcak, çocuktu işte. Hayvanları pek severdi. Yaramaz değildi ama abisi ölünce çıldırıverdi, kavgacı oldu. Anasıgil camiye göndermese, büyük adam değil, eşkıya olurdu…" diye cevapladı Çavuş Amca.

Özge, "Niye öldü ki abisi?" diye sordu içindeki ilgiyi gizlemeye çalışarak.

"Murat… askerde öldü. Gitti ve dönmedi. Pek yiğitti… Allah rahmet eylesin. Yaşasa avukat, doktor... ne varsa iyi, olurdu" diye cevapladı lokmasını yutarken.

Özge daha fazlasını sormak istiyordu ama bir yandan da Çavuş Amca'nın sorgulandığına uyanmasını istemiyordu, umursamıyormuş gibi görünerek bir lokma daha aldı ekmekten ve "Allah rahmet eylesin. Sadık biraz anlatmıştı" dedi.

Çavuş Amca bir anda kaldırdı kafasını, gözündeki ifadede hayret vardı.

Özge'nin lokması ağzında kalakaldı.

Çavuş Amca, "Anlattı demek" dedi hayretle.

Özge kendini sahip olmadığı bir bilgiyi kullandığı için hırsız gibi hissederek kafasını salladı, "Çok az" diye eklerken.

Çavuş Amca, "Konuşamaz Murat'ı, kimseye de anlatmaz. Sakın söyleme ona biz konuşuyoz böyle. Sana anlattıysa pek yakınsınız demek!" dedi ve gözlerindeki gülümsemeyi ağzına da bulaştırıp ekledi.

"Hadi bakem! Hayrola!"

Özge Çavuş Amca'nın imasında kızarırken blöfün doruklarında, gizlice girdiği bir ailenin içinde sanki onlardan biriymiş gibi yapmanın sahteliğinde, "Merak etme sen Çavuş Amca, anlatmam!" diye ekledi.

Konuyu konuşacaklarının iştahındaydı ama çıngırtılarla açılan kapıya kaldırdı bakışını, üzerindeki kazağın omuzlarındaki duruşunu görmese içeri girenin Sadık Murat Kolhan olduğunu anlayamazdı, kafasındaki o spor şapkası ve altındaki eşofmanla onu böyle tanıması imkânsızdı.

Özge'nin bakışındaki hayrette gördü Sadık kendi etkisini. Şapkasını hafifçe düzeltirken ona yüzünü gösterdi. Çavuş Amca kalkıp coşkuyla karşıladı Sadık'ı, sırtına vururken, "Menemen geliyor!" dedi, mutfağa gitti. Sadık gözlerini Özge'den ayırmadan tek eliyle bir sandalye kaldırdı masanın üstünden ve Çavuş Amca'nınkinin yanına koydu. Özge'nin çaprazına oturdu. "Beni mi takip ediyorsun?" dedi, gülümsemeden.

Özge'nin kaşları çatıldı, kendini zan altında hissederek ne diyeceğini şaşırdı. İkisinin de sabahın bu saatinde burada olması çok tuhaftı. Şaşkınlığını sindiremedi, tek kelime çıkmadı ağzından, geriye yaslandı, Sadık'la karşılaşmanın verdiği garip bir duygu yayıldı içine… o duygunun içinde azıcık da huzur vardı.

Sadık ciddi bir şekilde "Ezmeyi de bitirmişsin!" diye çıkıştı.

Masanın üstünden aldığı ekmekten bir parça koparıp azıcık kalan ezmenin tabağını sıyırdı ve lokmayı ağzına attı. Lokmayı çiğnerken gözlerini ayırmadan Özge'ye bakmaya devam etti.

Sadık'ın aklından söyleyebileceği onlarca söz geçerken, Özge'nin aklından açabileceği onlarca konu geçti ama ikisi de konuşmadılar. Yaslandıkları sandalyelerinde birbirlerine baktılar.

Özge öne geldi hafifçe, kalkacaktı ki Sadık "Ben iyi değilim" dedi.

Öyle ani, öyle samimi, öyle sade bir itiraftı ki bu Özge çakıldı kaldı Sadık'ın kelimelerinde. Neden diye sormak istedi ama alacağı cevap gitmek istemediği bir yere götürebilirdi, onun yerine "Sevindim" dedi.

Sadık öne geldi, duyduğu kelimenin biraz önceki itirafıyla geçilen bir dalga olup olmadığını anlamak için yaklaştı ve hafifçe kıstığı gözleriyle Özge'ninkilerde anlam aradı. Dalga geçmiyordu Özge, dümdüz bakan ifadesiyle gayet ciddiydi. Sadık "Niye sevindin?" dedi daha da masaya yaklaşıp kollarını masaya koyarak.

Özge kıpırdamadan konuştu.

"Bunca lanetin arasında iyi olmayacak ve sahip olduğun bunca varlığın arasında kaybolacak kadar 'insan'sın... nihayet."

Sadık kollarına yüklenerek öne eğildi ve sorguladı.

"Her şey bu kadar felsefi olmak zorunda mı? Her şey bu kadar zor olmak zorunda mı?"

Özge hiç tepkisiz mırıltıyla cevapladı.

"Ben de hep aynı şeyi soruyorum kendime. Sence?"

Sadık kafasını sağa sola salladı.

Özge kafasını sallayarak Sadık'ın hayırına itiraz ederken sordu.

"Niye buradasın?"

Sadık öne gelen vücudunu hafifçe geri çekip, "Seninle aynı nedenden olabilir. Beni hep karşında görüyorsun, yanına geçiyorum ama hemen tekrar karşıma geçiyorsun, benimle aynı tarafta olmak seni öldürür diye düşünüyorum. Ne yaparsam yapayım karşımda olacaksın. Ama neden?" dedi.

Özge, "Dayanıklıyım galiba. Pes etmiyorum" diye cevap verdi gözlerinin içinden asla pes etmeyeceğinin sinyallerini Sadık'a gönderircesine.

Sadık, "Dayanıklılığı inatla karıştırma!" dedi ve yine vücudunu öne eğip Özge'ye yaklaşıp sordu. "İnada bindirdiğin bu şey bizi nereye götürecek?"

Özge itiraz etti hemen.

"Bizi?! Karşı karşıyaysak hep farklı uçlara gideceğimiz kesin."

Sadık altdudağını ısırdı, sabırla bakışını bir an eğdi ve sonra yine Özge'ye sapladı gözlerini, "Neden karşı karşıyayız? Neden yanımda değilsin ya da neden her yanına geldiğimde karşıma geçiyorsun?" derken.

Özge kaşlarını çattı, iyice ciddileşti. Mantığı sus derken kalbi ver şunun ağzının payını diye bağırıyordu.

"Gerçeği söylememi mi istiyorsun? Gerçekten gerçeği söylememi mi istiyorsun yoksa senin felsefi sandığın o şeye sızma çaban mı bu?"

"Söyle" dedi Sadık duyacağı şeyin kendisini kızdıracağından emin bir tonda buyururcasına.

Özge fısıltıyla karışık bir tonda, "Çünkü seninle aynı tarafta olursam hayatımda savaştığım her şeyle aynı tarafta olacağım, çocuk katilleriyle, silah tüccarlarıyla, din pazarlamacılarıyla. Kulağa hiç felsefi gelmiyor de mi! İnadımdan mı sanıyorsun... ama haklısın keşke her şey bu kadar zor olmasa. Cehenneme gideceksin ve ben seninle gelmek istemiyorum."

Derin derin nefes alırken düşünceler ağzından çıkabilmek için yarıştı Sadık'ın aklında ve Sadık yıllardır maruz kaldığı ve maruz bıraktığı anlamsızlığı kelimelere dökercesine cevap verdi.

"Belki cehennem yoktur."

Özge önce acıyla gülümsedi kafasını iki yana sallarken, ağzından çıkmak üzere olan cümleleri engellemek için dudaklarını birbirine kenetledi.

Sadık kaşlarını kaldırdı, küçük bir tebessümle meydan okurcasına Özge'nin cümlelerini davet etti. Biraz önce söylediklerinden daha yıkıcı ne söyleyebilirdi ki!

Özge'nin gülümsemesi dondu, dudaklarındaki kenet açıldı ve kelimeler çıktı.

"Cehennem var, eminim!... Çünkü ben bu sabah oradaydım."

Özge'nin acısındaki ciddilik çarptı Sadık'ın meydan okuyan gülümsemesine ve darmaduman etti. Sonra Özge ekledi.

"Hep tam karşımda, senin olduğun yerde aslında."

Sadık'ın donan ifadesi Özge'nin titreyen gözlerindeki samimiyetin etkisiyle sertleşti. Lanetlenmiş gibi hissetti kendini Sadık, lanetlendiğini Özge'nin titreyen gözlerinde gördü, o gözlerin neredeyse kendisine acıdıklarını fark etti.

Sadık'ın oynayan çene kasları, sıkılan dişlerinin gerginliğini yansıttı Özge'ye ve derin bir bıkkınlıkla nefes alıp kalktı Sadık, Çavuş Amca menemeni getirirken yanından geçip çıktı ciğerciden.

Hiddetle kapıdan çıktığında, yükselen güneşin sarılığı gözlerini kamaştırdı ama sıktığı dişlerinin hiddeti güneşin sarılığından daha keskin bir etkide içinde gezinmekteydi. Dönüp yürümeye başladı. Öfkelendiği için kalkmıştı masadan! Hayır! Özge'nin gözlerinde gördüğü acımaydı onu çıldırtan. Buraya hiç gelmemeliydi! Gece boyunca bu sahilde onun yürümesini takip etmişti. Ona burada rastlamak iyi bir fikirdi ama onu yücelttikçe nasıl da alçaldığını fark etti. Fazla uzamıştı bu iş diye düşünürken durdu. Geri döndü, ciğerciye doğru geri yürürken, Özge çıktı kapıdan, elleri cebinde yükselen güneşe bakarken Sadık'ın kızgın bir şekilde kendisine doğru geldiğini fark etti, ellerini çıkardı cebinden.

Sadık, "Beni istiyor musun istemiyor musun! Net bir cevap istiyorum! Dürüst bir cevap! Gözlerine baktığımda hissettiğim şeyle ağzını açtığında çıkan kelimeler arasında uçurumlar var ve ben artık yorgunum! Seni anlamaya çalışmaktan, beni sürekli aşağılamandan, küçümsemenden yoruldum!" derken iyice yaklaştı Özge'ye ve kendini kaybetmiş birinin çaresizliğinde karşısında dikilip devam etti konuşmaya. "Ben mi istedim dünyanın böyle bir yer olmasını! Her şey benim suçum mu! Tüm ağırlığı alıp bana yığıyorsun! Elimden geleni yapmaya çalışıyorum sadece senin için ve karşılığında gördüğüm tek şey nefretin! Cevap ver beni istiyor musun istemiyor musun?"

Özge şoktaydı, ne diyeceğini, ne yapacağını bilmeden şaşkınca açtı ağzını ama kelimeler çıkmadı, çünkü zihni bomboştu, böyle bir yüzleşmeyi beklemiyordu. Sadık'tan böyle bir dürüstlük, böylesine bir zaaf beklemiyordu! Sinsice etrafında dolanması, fırsat bulursa öpmeye kalkması, tuzaklar kurması normaldi ama karşısına böyle dikilip kendini ortaya koyması çok beklenmedikti. Bir erkek gibi cevap istiyordu. Ellerini kaldırıp avuçlarını açtı, şaşkınlığının tüm vücudunu ele geçirdiğini anlatırcasına biraz da korkuyla. Sadık sabırsız, daha da yaklaştı Özge'ye, gözlerinin içine bakarak öfkeyle bağırdı.

"Bunu hak etmiyorum!"

Bir nefes uzaklığındaki Sadık'ın acılı gözlerinde kendini gördü Özge, ilk defa. Dudakları titredi, öfkeden nefes nefese kalan Sadık, Özge'nin titreyen dudaklarında saniye saniye sakinleşirken gözlerini dudaklarından ayırmadan fısıldadı.

"Bunu hak etmiyorum. Görmüyor musun?!"

Zaman donmuş gibiydi. Dudaklarından milim milim kayarak gözlerine ulaşan Sadık'ın gözlerinde daha önce hiç fark etmediği bir duyguyu fark etti Özge... Yalnızlık o gözlerin içinden en çaresiz haliyle kendisini davet etmekteydi. Ağabeyinin ölümünde kaybolmuş bir çocuk vardı o davette ve hayatta kalabilmek için güçlenmek zorunda kalmış, gücü ezmek sanmış bir ruh. Kayıp, yalnız bir ruh, yolunu bulmak için yardım beklercesine bakıyordu kendisine. Tüm o ikiyüzlülüğünü, insanlığa ihanetini affettirebilecek samimiyetteydi... belki, ama yapamazdı, Dudu nine ve Ali Rıza dededen sonra gerçek yumuşatılamazdı.

Özge'nin yeşilindeki sertliğin nasıl da yumuşayıp yaprak gibi titrediğini gördü Sadık bir an, o bir anda emindi duygularının karşılığından, hayatın onu kendisi için yolladığından... ama sonra aniden yeşil bir yakuta dönüştü titreyen o yaprak ve tüm sertliğiyle parladılar, Özge burnunun dibinde kendi nefesini soluyan Sadık'a mırıldanırken.

"Bilmiyorum."

Bir milim daha yaklaştı Sadık, sanki Özge'yi öpecekti ve belki Özge ilk defa kendini geri çekmeyecekti ama gardını indirip ortaya koyduğu bunca duygudan sonra, "bilmiyorum" ne acımasız bir kelimeydi! Silah tüccarlarının gaddarlığında, çocuk katillerinin duygusuzluğunda, din pazarlamacılarının umursamazlığında bir acımasızlık!

Dudakları Özge'ninkine bu kadar yakınken Sadık içinden bir nefes gibi çıkardı kelimeleri.

"Sandığın kadar benden farklı değilsin." Ve çekip gitti.

6. *Bilge & Can*

"Can Bey sizi bekliyor" demişti güvenlik, Bilge ana kapıdan girerken. Telefonuna baktı, aranmış ve ulaşılamamış mıydı? Hayır, kimse aramamıştı, mesaj da almamıştı. Asansöre doğru adım adım ilerlerken içinde sancıyla doğan hissi düşünceye çevirmeye çalıştı...

adını koyamadı ama Manay'ın sesindeki yumuşaklığın, nezaketin, küfürlü, kaba halinden çok daha tehlikeli olduğuna sanki emindi. Eminliğinin sankisi daha önce onu hiç nazik görmemesindendi.

Kalbinin ritmi hızlanırken temkinli bir şekilde çıktı yukarıya, Manay'ın katında indiğinde buranın artık kendisinin de katı olduğunu hatırladı, içi iyice sıkıldı. Sanki hayat peşini bırakmış ama daha zor kurtulabileceği bir şeyi peşine takmıştı. Koridorun sonundaki Manay'ın kapısı açıktı.

Sakince yürüdü, ayakkabılarının her adımda çıkardığı o tok sesi Manay'ın da duyduğunu düşünerek girdi içeri, gözleri Manay'ı aradı, odasında yoktu. Toplantı odasına ilerledi. Daha önce Deniz'le yapılan toplantıları hatırlatan odaya adım adım yürüdü, büyük masanın başındaydı Can Manay. Bilge'yi görünce dikleşip diğer sandalyeye oturmasını işaret etti. İfadesinin dinginliği çok ilginçti. Tuhaf bir kararlılık gelmişti. Oturdu Bilge konuşmadan, iyi misiniz saçmalıklarına girmeyecekti. Manay onu buraya bir şey için çağırmıştı, bekleyip görevini öğrenecekti. Nedense sandalyeye oturduğu anda belki de işten çıkarılacağı geldi aklına ama düşüncesi hemen yenisiyle şekillendi, işten çıkarılacak olsa bu binaya asla giremezdi.

"Nasılsın?" diye sordu Can, sesindeki o tuhaf tınıda dün geceden beri hiçbir şey değişmemişti.

"Teşekkür ederim" diye cevapladı.

Can üzerine basa basa "Nasılsın?" dedi, ciddiydi.

Bilge temkinli bir şaşkınlıkla cevap verdi.

"İyiyim... Siz nasılsınız?"

"Gördüğün gibiyim" dedi Can ve gözlerini dikti Bilge'ye. Hissettiği basınçtan kaçarcasına gözlüğünü düzeltti Bilge, işaret parmağının ikinci boğumuyla.

Can sakince sordu.

"Bana baktığında ne görüyorsun?"

Bilge ayağa kalkmak istedi, ayağa kalktıktan sonra ne yapardı bilmiyordu ama keşke ayağa kalkabilse hatta uçabilseydi... Ayağa kalkmadı, çünkü uçamayacağından emindi, kafasında dolanan düşüncelerin her biri ona dikkatli olmasını söylerken, "Her gün değişiyor" diyebildi. Çünkü baktığı bu adam sanki her bakışta değişen bir şeydi.

"Peki bugün ne görüyorsun?" diye sordu Can. Samimiydi... Ama neden? Dikkatle baktı Bilge, sonra bakışlarını masanın üzerine kaydırıp kafasındaki düşünceyi inceledi.

"Görünmek istediği gibi olan birini... olduğu gibi görünmemek için sürekli savaşta olan birini" dedi Bilge, cümlenin sonunda kafasını önünden kaldırıp baktı Manay'a. Sürekli savaştaydı Can, kendisiyle, istedikleriyle, istemedikleriyle... belki de her şeyle. Kendisiyle savaşta olanlar sonunda her şeyle savaştaydılar.

Kaşları çatıldı Can'ın, ukalalık olsa sesinde, görüntüsünde, içinde yükselen öfkenin adresi olabilirdi ama kendisine hissettirilen ukalalık değildi. Samimiyetin cevabıydı bu. O yüzden her kelimesi ağırdı, zekânın samimiyetle çalıştığı bir akıldı Bilge'ninki. Duyduğu cümlenin anlamıyla Bilge'nin kendisine odaklanmış gözlerinin yarattığı hissin gerçekliğini hazmetti. Sessizce ama düşüncesini kaplayan bir farkındalıkla, "Bilge..." diye mırıldandı, aynı dün akşam telefondaki gibi çıktı sesi.

Utangaçlığın bekâretinde Bilge iyice pembeleşti.

Birkaç saat önce boşalırken fantezisini kurduğu şeyin köklerinin çok daha derinlere dayandığını anladı Can Bilge'ye bakarken. Tahrik olmaya benzeyen ama çok daha yavaş, daha kalıcı bir duygu, "merak" iyice sardı aklını. Merakla çıkılan keşfin hayal kırıklığından arındırılmış yolculuğu değil miydi aşk?

"Neden böylesin?" dedi, aklındaki düşünceyi çatılan kaşlarının altında, sıkışan gözlerinden çıkarırcasına. Yerinden kalkmamak, Bilge'nin yanına atılıp ona dokunmamak için ellerini masaya geçirmişti.

Bilge sorunun ve Manay'ın masayı sıkmaktan beyazlaşmış parmaklarının tuhaflığında ne demesi gerektiğini bilemedi. Aklının karmaşası suratındaki ifadeye de yansıdı, kaşları iyice çatıldı, gözleri iyice odaklandı, "Nasıl?" derken. Ne demekti "Neden böylesin!" Tuhaflığının suratına vurulmasına alışmıştı ama sorgulanması ilk defaydı.

12 saniye... gözlerini dahi kırpmadan dikkatle bakmıştı Can Bilge'ye.

Bilge şoktaydı! Manay'ın sarhoş olup olmadığını, ilaç alıp almadığını, bu tuhaflığın kaynağını taradı... bulamadı. Sarhoş değildi, ilaç almadığı belliydi, tuhaflığın kaynağı karakterinin köklerindeydi. Kıpırdamadan karşısında dikilmiş bakıyordu. Siyah gözlerinin içindeki o karanlık okyanus sanki tsunamiye hazırlanıyordu.

Bilge seri ve temkinli kalktı ayağa ve odadan çıkıp gitti. Bir kadın ancak ne zaman gitmesi gerektiğini bilince kendini koruyabilirdi.

Manay'ın odasından çıkarken toplantı salonundan gelen "bam" diye gürültü bir an onu durdurdu ama sadece bir an, çünkü aklı Can Manay'ın neye vurduğunu merak etmişti, sadece bir an...

7. *Meteor*

Odadan hızla ama koşmadan temkinli çıktı. Koridora geldiğinde Zeynep gelmiş, masasına yerleşmek üzereydi. Bilge'nin sarsılmışlığını fark etmeden, "Günaydın" dedi.

Gecesinin nasıl geçtiğini anlattı, söylediği tek kelimenin dahi dinlenmediğini anlamadan, konuşmaya devam etti, bugün için ayarladığı kanal toplantısını hatırlattı. Kanal toplantısını duyana kadar Can Manay'ın gözleri vardı Bilge'nin aklında, daha önce birçok kere odaklandığını gördüğü o gözlerin nasıl da kendisine saplandığını aklından çıkaramadı.

Ali gelip karşısına dikilmese, gözlerinin içine bakıp aklından geçenleri okurcasına "Ne oldu?" demese kalırdı Bilge aklında büyüyen Manay'ın düşüncesinde... ama Ali'nin varlığı çıkardı onu kapıldığı düşünce girdabından.

"Yok bir şey" derken kendine geldi.

Ali parmak uçlarıyla Bilge'nin dirseğinin üstüne dokundu, değdiği ipek gömleğin altındaki sıcaklığı hissederek ve kendi sıcaklığının da hissedildiğini bilerek.

Bilge derin bir nefes aldı, sanki tüm varlığı, Ali'nin koluna değen parmak uçlarındaydı. Gülümsedi.

Ali elini kaydırıp hafifçe tuttu Bilge'nin dirseğini ve diğer eliyle de Bilge'nin hafifçe kaymış gözlüğünü düzeltti, "Öğlen balık yiyeceğiz, seni bahsettiğim yere götürmek istiyorum. Kanalla toplantı ne zaman?" derken.

Aralık kapının uzantısında, koridorun beyazlığında dikilen Bilge ve Ali'ye baktı Can, kendini çarpışmak istediği gezegenin yörüngesinde ama uzakta bir meteor gibi hissederken.

8. Mahmut Konmaz

Bu sabahtan sonra iyice sarsılmıştı Özge. Kalkanı zedelenmiş ve etrafı düşmanlarla çevrilmiş bir uzay gemisi gibi boşlukta hissetmişti kendini, çıkardıkları sözde eğitim dergisinin toplantısı boyunca. Hayatta her şey berbat giderken bu boktan dergi iyi gidiyordu, cemaatin tüm kurumlarına gönderildiği için zaten satışları garantilenmişti, devlete bağlı üniversitelere de gönderilmeye başlamıştı. Önümüzdeki hafta liselere de gireceklerdi. Nihayet damara ulaşabilmiş kanserli bir hücre gibiydi. Yayıldıkça yayılacak, ağlanarak her tarafta olacaktı.

Derginin iletişim bölümüne başvuran çocuklarla hemen bağlantıya geçiliyor, bulundukları bölgenin gençlik kollarında göreve alınıp sisteme dahil ediliyorlardı. Her biri resmen ajan olarak yetiştiriliyorlardı.

Tüm gerçekliğin, ülkenin durumunu anlatan rakamların tamamının ve tüketilen kaynakların hesabının değiştirilerek genç beyinlerin kandırılmasının organizasyonuydu bu ve Özge bu organizasyonun en önemli kişisiydi.

Sadık da böyle mi hissetmişti kendini diye düşündü, ilk defa sisteme dahil edildiğinde. Yaptığı şeyin nasıl bir pislik olduğunu fark etmiş miydi? İçi acımış mıydı hiç? Çelişkiye düşüp kıvranmış mıydı? Yoksa sistemde yukarılara tırmanmaya odaklandığından daha fazla görev mi istemişti?

Toplantı bitiminde kendisini ayakta alkışlayanların suratlarına bakmakta zorluk çekti Özge. Dosyalarını toplayıp odasına geçti aceleyle.

Ama rahat yoktu, çünkü Mahmut Konmaz, sarkıklığından hiçbir şey kaybetmemiş gıdısı ve sanki Saint Bernard köpeklerinden genetik olarak miras aldığı sarkık göz altı torbalarıyla içindeki anlamsızlığı iyice yansıtan bir ifadeyle baktı içeri giren Özge'ye.

Kızgın görünüyordu, leşi elinden alınmış bir akbaba gibi. Kapının ağzında bir an durup Mahmut Konmaz'ın varlığına baktı, sonra masasına doğru yürüdü Özge. Davet etmediği birine merhaba demek zorunda hissetmiyordu.

Mahmut "Sana son bir şans vereceğim" dedi buz gibi bir sesle.

Özge kaşlarını kaldırdı, insanlar kendilerini ne kadar da gereksiz bir şekilde ciddiye alıyorlardı, sakince yürüdü masasının önüne ve masaya dayanıp kollarını önünde bağladı.

Özge'nin dikkatinin kendisinde olduğundan emin olan Mahmut, "Benim bulunduğum bir ortamda bir kez daha, Salih Bey'le olduğu gibi saygısızlık yaparsan, bir daha ne bu şehirde ne de diğerlerinde iş bulabilirsin! Garanti ederim. Aklın başına gelir ve bir özürle bana gelirsin diye bekledim, seni umursadığımdan değil Murat'a olan saygımdan bekledim. Ama görüyorum ki sen minnet duymaz, saygısız bir kadınsın! Nevrotiksin! Bu katlanılmaz hallerini gençliğine verirdim ama buraya yükselecek kadar kafan çalışıyorsa etrafına saygı gösterecek kadar da aklın başında demek. Uzatmayacağım. Önümüzdeki toplantıya katılmana izin veriyorum ama yine saçma gösterilerinden birini çevirmeye kalkarsan o zaman seni bitiririm! Haddini bil" dedi.

Son toplantıdaki konuşmasından etkilendiği için Salih, enerji zirvesi öncesindeki başbakanla olacak toplantıya özellikle "Özge Hanım"ın katılmasını istemişti. Daveti duyunca çıldırmıştı Mahmut. Kontrol edemediği her ilgi onun için çok tehlikeliydi. Özge konuştuğu herkese giderek bulaşan bir tehlikeye dönüşmek üzereydi. Ne vardı bu kızda insanları kolayca ikna eden! Onu kontrol altına almazsa onun tarafından kontrol altına alınacağını biliyordu, şimdiden kanalda herkes bu karıyı konuşuyordu. Güzelliği akılla birleştirmiş ve üzerine amacı eklemiş bir kadından daha tehlikeli hiçbir canlı yoktu bu gezegende. Ortaçağda yakılırdı bu kadınlar, Arap ülkelerinde başları kesilirdi hemen. Çünkü ya öldürürdünüz bunları ya da sistemi sallayan kıvılcım oluverirlerdi bir anda.

Lafı bitmişti, kapıya doğru ilerlerken ekledi.

"Ateşle oynayan mutlaka yanar!"

Mahmut önünden geçerken ona baktı Özge dişlerini sıkarak ama ne kadar kendini tutsa da yutmaya çalıştığı kelimeler ağzında ses olarak çıktı. Önce "Mahmut Bey!" dedi. Mahmut tam kapıda döndü baktı Özge'ye. Gözlerinde nefret vardı. Özge gözlerini o anlamasız nefretten ayırmadan "Ya ateş bensem?" diye ekledi.

Mahmut dudaklarını ısırdı önce, sonra aklından geçen kelimelerin içinden Özge'ye en dokunacak olanı seçti. "Orospu!" dedi her harfinin üzerine basarak ve çıkıp gitti.

Özge yaslandığı yerden sinirle fırladı, peşinden gidecek, bu herifin o yalan söylemekten sarkmış dilini koparıp ona yedirecekti. Ama fırladığı gibi geri yaslandı masaya. Derin bir nefes alıp gözlerini kapadı. Hunharca adaletsizlik yapmayı, bilgileri saptırıp bir ülkenin yağmalanması için pisliğe zemin hazırlamayı, her başbakanın elini salyalı bir şekilde öpmeyi ve vicdansızlığı iş edinmiş, böylesine zehirli birine saldırmak mümkün değildi, henüz!

Peki ne zaman mümkün olacaktı!

Ne zaman bu herifler ilahi adaletle yargılanacaklardı! Hayat ne zaman uyanacaktı!

Kendisine söylenen kelimeyi duysa emindi, Sadık Mahmut'un kulağını çekerdi... Ama bu sabahtan sonra her şey değişmişti, zaten kulağını çekse ne fark ederdi. O kelime bir kez söylenmişti.

Gözleri doldu, bu herif nasıl kendisine orospu diyebilirdi! Adalet neredeydi!

9. *Can & Bilge*

"Bilge kullanacak" demişti Can Manay, Ali'nin suratına bir an bakıp. "Senin gelmene gerek yok. Bir saate döneriz" diye eklemiş ve ön koltuğa yerleşmişti bile.

Tuhaftı, her zaman biraz tuhaftı zaten ama bu sefer daha farklıydı. Davranışı değildi çünkü tuhaf olan, Ali'yi dışlayan tavrıydı.

Daha önce hiç böyle dışlanmamıştı Ali. Kendisine şaşkınlıkla bakan Bilge'ye döndü, açtığı kapıyı bir hamlede çarparak kapattı. Aklına o anda gelen Kaya'nın nasıl da dışlanmış olduğu düşüncesini kafasından atarak Can'ın oturduğu ön koltuğa yürüdü. Kapıyı açıp Can'a yaklaştı, dümdüz gözlerinin içine bakıp "N'apıyorsun?" dedi.

Can'ın ağzından çıkacak kelime bir sonraki davranışını belirleyecekti. İhtiyacı olduğu için değil, minnet duyduğu, kendisine duyulan ihtiyaca vefasızlık etmemek için sabrediyordu bunca zamandır. Ama Bilge'yi yalnız bırakmayacaktı, Can'ın bu dengesizliğiyle.

Düşündü Can, içinden gelen tepkiyi mi verse yoksa aklını mı kullansa... Aklını kullanarak dikmişti bu binayı buraya ve içinden gelen tepkiye teslim olduğu için düşmüştü şoförünün bile kendisine meydan okuyacağı bu çukura. Aklını kullanmayı seçerek, "Bana danıştığı şeyleri senin yanında konuşamayız" diye cevapladı soruyu.

Ali resmen salaklaştı duyduğu cümlenin etkisiyle, Bilge Can'a danışmıştı! Can göz kırptı Ali'ye, geleceğin olasılıklarının en güzellerini vaat edercesine. Ali'nin çatılan kaşları yumuşadı, hissettiği salaklığı ancak üzerinden atıp, "Sizi takip etmemi ister misiniz?" dedi.

Can hayır anlamında kafasını salladı, eliyle Ali'nin sırtını sıvazlarken.

Ali geri çekildi, Can kapısını kapattı.

Ali, Bilge'nin tarafına geçip şoför koltuğuna geçerken bir an olsun bakışlarını kaçırmayan Bilge'ye arabanın hangi düğmeye basınca nasıl çalıştığını, diğer arabalardan farklı olan otomatik vitesin nasıl kullanıldığını anlattı, el freninin yerini gösterdi ve anahtarı uzattı.

Bilge gözlerini Ali'ninkilerden ayırmadan aldı anahtarı, parmaklarının Ali'ninkilere değmesinin etkisini onun gözlerinde anbean görerek.

Kapı kapandığında kemerini bağladı ve motoru çalıştıran düğmeye bastı, yan koltukta oturan Can Manay'a hiç bakmadan yola koyuldu. Kendine itiraf edemediği o tuhaf heyecanı sindirircesine baktı dikiz aynasından geride bıraktığı Ali'nin bekleyen, anlayan varlığına. Kızgın hissetmek istedi.

Otobana çıktılar, Manay konuşmasa belki her şey yoluna girecekti ama Manay, "Kanala gitmiyoruz. Sağdaki yoldan dön" demişti.

Nasıl kanala gitmezlerdi! Toplantıyı ayarlamaları kolay olmamıştı. Manay'ın gösterdiği yola dönerken kanala gitmezlerse, kurmaya çalıştığı ilişkiyi bir daha hiç kuramayacağını düşündü ama bunu nasıl ifade edeceğini bilemedi. Konuşup da Manay'ın o keskin algısını üzerine çekmek istemedi.

Manay aklını okumuş gibi açıkladı.

"On yıldır, bir kez bile bir müdürle toplantı yapmadım ben. Muhatabım program müdürü değil, genel yayın yönetmenidir. Zaten hiçbir zaman kurmak istemediğim bir ilişki için zamanımı harcayacak değilim. Program müdürleri ıslak mendil gibidir, işe yararlar ta ki bir sonrakine kadar."

Kanala değil, ajansa gidiyorlardı. Can Manay'ın dönüşünü halka duyurmaları şarttı. Halk isteyince kanallar zaten peşlerine takılacaktı. Konuşması boyunca Manay'ın üzerinden ayrılmayan bakışlarını görmezlikten gelebilmek için bir kez bile gözünü yoldan ayırmadan kullandı arabayı, hızlanmamak için kendisini tutarak. Bilge'nin direksiyona uzanan kolunun ince bileğine baktı Can, o bileğe değen ipek gömleğin dokusunun, direksiyonun hareketleriyle yumuşacık şekil almasını izledi. Elini uzatmak ve kozada gibi ipeğin içine saklanmış olan Bilge'ye dokunmak istedi. Aklında beliren istekle elini kaldırmıştı bir an ama hemen kendine geldi, aniden sessizce havaya kalkan eli kendiyle yumruklaşırcasına kapattı parmaklarını, yumruğunu sıktı ve elini indirdi

Can. Bakışını dışarıya çevirdi. Çok yabancı bir teknolojinin tahmin edilemez bir ürünü gibiydi Bilge, diğer kadınlara dokunduğun gibi pervasızca dokunamazdın ona, dokundurmazdı. Bakışını yoldan almayan bu katı haliyle ne kadar da kendine saygılıydı. Birazcık ilgi için birçok şeyi yapmaya hazır, ilgi açı bunca kadının arasında parıldamasına rağmen sessizce kamufle olmuş gibiydi.

Manay sessizliği buldozerle yıkarcasına "Niye kendini tutuyorsun?" diye sordu. Bilge şaşkınlıkla kafasını çevirip bir an baktı Can'a. Vücudunu neredeyse oturduğu koltuğun kapısına yaslayıp çapraz bir şekilde kendisine bakan Manay'ın ciddiyeti, sorusundan daha tuhaftı. "Tutmuyorum" dedi Bilge, dikkatini yine aceleyle yola çevirerek, keşke dönüp bakmasaydı!

Arabanın orta konsolundan Bilge'nin camını açtı Can, saatte 100 kilometre hızla giden arabanın camından giren rüzgârın, Bilge'nin sıkıca atkuyruğu yapılmış saçlarını kırıştırmasını bekledi... ama o saç öylesine özenle toplanmıştı ki sadece salık kalan kuyruk bir kırbaç gibi savaşıyordu rüzgârla. Bilge ona hiç bakmadan tek bir hamleyle düğmeye basıp camını kapadı. Cam tam kapanmıştı ki Can açmak için yine düğmeye bastı. Bilge bakışlarını yoldan ayırmadan sakince camı yine kapadı. Can yine açtı, Bilge yine kapadı... Ve yine Can açacaktı ki Bilge aniden gaza bastı! Öyle kökledi ki pedalı Can sarsıldı, motordan gelen ses aniden devir değiştirmekte zorlanan otomatik dişlilerin boğulduğunu söylüyordu ama ayağını çekmedi Bilge, ibre 160'ı gösterdiğinde trafiğin içinde arabaları sollamaya, sağlamaya başlamıştı. Manay'ın elini o düğmeden uzak tutmak için gerekirse ışık hızına da çıkardı. Bir şeylerin ters gitmemesi için tek çare varmaları gereken yere olabildiğince hızlı varmaktı.

Manay'ın kahkahası duyulana kadar tüm dikkati yine yoldaydı, Manay gülerken, "Ancak kazındığında kendini gösteren bir maden gibisin. Üstteki bu tabakanın altından çıkan şey kendini gösterdiğinde sanki alev alacak" demişti.

İbre 200'ü gösterdiğinde, Bilge gözünü yoldan almadan, "Şimdi de bana mı asılacaksınız!?" dedi, sesinde bir gram mütevazılık yoktu. "Her seferinde bundan daha küçük düşemez diyorum ama her seferinde beni yanıltmayı başarıyorsunuz Can Bey! Çiftleşmek için işe aldığınız asistanlarınızla aynı materyalden yapılmadım ben. Size benimle böyle konuşmamanızı tavsiye ederim!" diye ekledi.

Yine gurur duydu Can, nedenini bildiği ama kaynağını bilmediği bir gurur kalbiyle aklının birleştiği yerden yükseldi, daha önce o yerden hiçbir duygunun yükselmediğini hatırlatarak. Kalp ve akıl ne kadar narin birleşirdi. "Kızma" dedi dingin bir gülümsemeyle ve Bilge'nin kendisine bakmasını bekledi ama Bilge bakışını yoldan bir milim bile çevirmedi. Hızı iyice artan arabanın çılgınca diğer araçları sağlayıp sollamasını izledi huzurla Can ve sakin, küçücük bir hamleyle emniyet kemerini açtı. Arabanın emniyet kemer sinyali çalmaya başlayınca Bilge ona bakmak zorunda kaldı.

Bilge'nin telaşlı "Ne yapıyorsunuz?" sorusuna Can'ın "Seni daha yeni tanıyorum" cümlesi karıştı. Bilge emretti.

"Kemerinizi takın!"

Can, "Daha önce kendimi hiç bu kadar güvende hissetmemiştim, merak etme beni sen öldürmeyeceksin" diye karşılık verdi ona.

Bilge yavaşlamak zorunda hissetti kendini, bu işe kesinlikle devam edemezdi, mutlaka istifa etmeliydi, arkada bıraktığı Ali'nin düşüncesi kendisine odaklanmış Manay'ın dikkatiyle birleşince suçluluk doldu içine. Bu hafta hatta bugün bu işi bırakmak zorundaydı.

GPS otobandan çıkmalarını söylerken Can müziği açtı, Max Richter'den "She Remembers" çalmaya başladı. Üzerinden bir an ayrılmayan gözlerin huzursuzluğunda ve dinlediği müziğin huzurunda, üzerinde hissettiği ilgiyi müziğin hissettirdiği duyguya kodlayarak karmakarışık bir halde kullandı arabayı Bilge ve nihayet adrese geldiklerinde "Ben sizi burada beklerim" dedi, gözü hâlâ dışarıdaydı. Ama Can "Şışşş..." dedi, sonra dilini şaklatmaya başladı ve hipnotize eden bir sesle ekledi.

"Bunu bir tek seninle başarabilirim. O gece bana banyoda sarılmasaydın bugün çıkabilir miydim o halden... evden? Sen olmasan olmazdı."

Bilge aklından komut almadan hızlanan kalbinin isyanıyla savaşırcasına, sersemleyerek kapattı kontağı, Can Manay'ın kendisinde yarattığı fiziksel etkiyi engellemeye çalışırken arabadan inip Can'ı takip etti. Aracın diğer tarafında dikilmiş dümdüz kendisine bakan Manay'ın suratındaki o tuhaf tebessüme pembeliğinin sebep olduğunu bilemeden kafasını çevirdi.

Aklı kaç diye bağırıyordu ama kalbi kal, sana ihtiyacı var diyordu. İhtiyaç. Bir parazitin kana duyduğu ihtiyaç gibi ihtiyacı vardı Can'ın Bilge'ye ve bir koruyucunun korumaya adandığı şeyi koruyabilmek için kurban olmaya hazır olduğu kadar hazırdı Bilge, hiç fark etmese de. Ajansa girerlerken, "Sen olmasan olmazdı..." yankılanıyordu Bilge'nin aklında, Can'ın ihtiyacı, deliliğini silebilecek kadar anlamlıydı. Her birimizin bir yemi vardı hayatta, kendi yeminin ne olduğunu bilmeyen biri ne kadar zeki olursa olsun hep gafildi.

10. *Sadık & Mahizar*

Şapkasını giydi, merakının onu sürüklediği yere gitmek için şoförüne beklememesini işaret ederek indi arabasından. Toplantılarını iptal etmişti bugün. Sabahki sarsıntıdan sonra hiçbir şey yapmadan yürümüş, Özge'den nefret etmek için kendiyle uğraşmış, sonra da kendini buraya gelmeye ikna etmişti.

Yoğun trafikle tıkanmış olan caddeden sakince karşıya geçti. Yıllardır bu bölgeye inmediğini düşünüp dikkatle etrafına baktı... İki binası vardı bu bölgede iş merkezi olarak kiraladığı. Hastane bu binalardan birinin hemen yanındaydı.

Fizik Tedavi Rehabilitasyon Eğitim ve Araştırma Hastanesi. İçeri girdi. Asansörü beklemek yerine merdivenlere yöneldi, sadece iki kat çıkacaktı.

Kata vardığında saatine baktı. Randevusuna daha on dakika vardı. Yürürken koridor boyunca uzanan aynadan kendisine baktı. Şapkası ve kıyafetleriyle spor müsabakasından çıkıp gelmiş gibiydi. Her gün spor yapsa da insanların arasına böyle çıkmayalı yıllar olmuştu.

Resepsiyona vardı, randevusu olduğunu söyleyip fizyoterapistin oda numarasını aldı. Adımları odaya yaklaştıkça daha önce hissetmediği benzersiz bir heyecan yükseldi içinde. Merakı sanki vücudunun içinde gezinmekteydi, avuçlarının içi karıncalandı, parmaklarının ucu kaşındı, ellerini yumruk yapıp açtı. Yine saatine baktı, dokuz dakika kalmıştı.

Kafasını saatten kaldırdığında, odasından çıkmış yanındaki gence boyun kasının önemini anlatan fizyoterapisti gördü. O olmalıydı.

Adımları yavaşladı ama ona doğru yaklaşmaya devam etti. İnternetteki resminden daha güzeldi.

Kadın yanındaki çocukla vedalaştıktan sonra kendisine doğru gelen Sadık'ı fark etti... Daha önce tanık olmadığı enerjide biri kendisine doğru yürüyordu. Kafasındaki şapkanın gözleri kamufle eden açısıyla gözlerini göremiyordu ama kendisine odaklandıklarını hissedebiliyordu. Üzerindeki dikkatin yoğunluğuyla kalbi hızlandı Mahizar'ın, kafasını diğer tarafa çevirip odasına geri girmek istedi ama adam yanına gelmiş, "Mahizar Hanım?" diye seslenmişti bile.

Adını duyunca birkaç salise gecikmeyle de olsa "Buyrun?" diyebildi. Adamın kendisini tanıyor olması, yanından geçip gitmesinden daha rahatlatıcıydı... ya da rahatsız ediciydi... Karar veremedi, uzun süredir bir adam görmemiş gibi hissetti kendini. Belki her gün etrafında onlarca erkek vardı ama adam olmak çok başkaydı.

Sadık yüzünü daha görünür kılacak bir hamleyle, hafifçe şapkasını düzeltirken, "12 randevunuzum" dedi. Mahizar'ın yüzü güzeldi. İçinde cirit atan heyecanı baskılayıp odasına buyur etti adamı, yerine otururken randevu defterine baktı, adını merak etmişti. Adam kendini tanıttı.

"Murat Muratoğlu."

Mahizar gülümseyip konuya girdi.

"Buyrun, nedir şikâyetiniz?"

Sadık küçük bir tebessümle bekleyip kadındaki etkisini ölçtü, gülen gözlerinin içinde kendisini gördüğüne memnun olan bir kadın vardı karşısında ve kesinlikle lezbiyen değildi. Sakince konuştu.

"Bir süre önce kayakta düştüm, çok yoğun olmasa da omurgamda ve kürekkemiğimin altında bazı sabahlar basınç hissediyorum."

Adamın suratındaki tuhaf tebessümden kaçırdı gözlerini ve önündeki kâğıda not alırken sordu.

"Düşmenizle ilgili tetkikler yapıldı mı?"

Sadık, "Evet, röntgen, MR... ne varsa çekildi, her şey sağlam. İyi bir fizyoterapistle çalışmam gerekiyor sanırım" dedi.

Kaldırmıyordu gözlerini defterden, not alması bitmişti ama masanın üstündeki diğer objelerin arasında bir şey arıyormuş gibi yapıyordu, Sadık'ın küçük tebessümü bir an için büyük bir gülümsemeye dönüştü ama sonra ifadesini topladı Sadık Mahizar görmeden ve ayağa kalktı. "Lütfen yüzüstü uzanın..." demişti Mahizar.

Sadık üstündeki kazağı çıkardı sakin bir hamleyle, Mahizar soyunmasını istememişti ama soyunmaya daha onu koridorda gördüğü o ilk an karar vermişti. Özge'nin bedeninde gezinmiş o ellerin kendisine dokunabilmesi için gelmişti zaten buraya. Yüzüstü uzandı ve alnını dayadığı zeminin karanlığında gözlerini kapattı.

Sıcak elleriyle kürekkemiğinin altına baskı uygularken, "Ağrıdığında söyleyin lütfen" dedi. Önünde uzanan çıplak bedenin güzelliği görmezden gelinemeyecek seviyedeydi. Kürekkemiklerinin arasına soktu parmaklarını ve baskıladı. Bir hat boyunca baskı uygulayarak omurgaya ulaştı. Murat Bey'den ses çıkmıyordu, daha fazla baskıladı... Sadık internette bulduğu Mahizar'la Özge'nin fotoğrafını düşünüyordu. Yazın sıcağında o zamanlar uzun olan saçlarını kafasının tepesinde toplamış, suratındaki komik dehşet ifadesiyle boynunu yana yatırmıştı Özge ve arkasından kendisine saldırmak üzere olan Mahizar ve iki küçük çocuk, ağızlarında takma vampir dişleriyle saldırıya hazırdılar... Ama Sadık'ın odağı resmin bütününde değil, Özge'nin boynuna dokunan Mahizar'ın parmaklarındaydı... O parmakların şimdi kendisine de dokunuyor olmasının yumuşaklığına bıraktı kendini, Mahizar ne kadar bastırıyor olsa da huzurla derin bir nefes aldı.

Murat Bey'in aldığı nefesle parmaklarını çekti Mahizar, çok baskılamıştı, büyük bir ihtimalle canı acımıştı ama Sadık hemen alnını kaldırıp kibarlıktan uzak dümdüz bir sesle "N'oldu?" demişti.

Kendini parmaklarını baskıladığı noktaya geri koymak zorunda hissederken, "Ağrıdı mı?" dedi, kendisini daha önce hiçbir seansta bu kadar tuhaf hissetmemişti.

"Hayır" diye net bir cevap verirken alnını yine dayadı ve gözlerini kapadı Sadık, birkaç saniye önce aklında canlandırmaya çalıştığı Özge'nin görüntüsü silinip gitmişti, omurgasına dokunan parmaklar aniden değersizleşmişti. Bir hamlede dönüp kalktı, buraya gelmesi hataydı! Mahizar'ın suratına dahi bakmadan, kazağını başından geçirdi, şapkasını aceleyle giydi ve çıkıp gitti.

Mahizar tek kelime bile edemedi. Murat Bey'in odadan aniden çıkması hissettiği heyecanın yanında neredeyse doğaldı. Acaba adam anlamış mıydı kendisinde uyandırdığı ilgiyi? Acaba dokunuşundaki keyfi hissetmiş ve bu yüzden mi kalkıp gitmişti? Kendini iğrenç bir tacizci gibi hissetti... Yıllar önce Özge'ye dokunduğu o ilk andan beri hiç böyle hissetmemişti kendini.

11. Can Manay & Tugay

"Magazin eskisi gibi çalışmıyor" demişti adam. "Başka gerilla taktikleri bulmak şart" diye eklemişti. Bilge bu kadar özel bir konuşmanın dinleyicisi olmaktan rahatsız bakışını Manay'dan ve Tugay'dan sakınıp sehpanın üstündeki kurabiyelere odaklandı.

"*Darbe* denen bu dergi iyice sarstı magazin âlemini, siyasetçilerin kirli çamaşırları bizim şarkıcılarınkinden çok daha kokulu geldi halka, artık herkes *Darbe*'nin peşinde. Düşünsene muhabir olarak halkı kullanıyorlar. Fotoğraflarıyla, delilli melilli haber yapıyorlar" diye açıkladı Tugay.

Can sordu.

"Nasıl kapatılmaz böyle bir şey? Devlet mi yapıyor yoksa?"

Tugay, "Yok devlet değil, yurtdışında yaşayan bir hacker'mış galiba, arkasında CIA var diyorlar. Merkezi de Kore'ymiş. Geçen sayılardan birinde başbakanın kızının fotoğrafları çıktı, o yüzden devletin yapmadığı kesin!" dedi.

Can bilmiyordu, bu tuhaf dergide çıkan haberlerin içeriğini. Başbakanın kızının resimlerini basmaya biri nasıl cesaret etmişti!

Ama soramadı da, kendisini çok dışarıda hissederken bir de bunu Tugay'a belli edemezdi. "Peki ne yapmak lazım?" dedi.

Tugay düşünürken kafasını hafifçe salladı, sanki yapılması gereken şeyleri listeden eler gibiydi. "Bir anda yok oldun, çok beklettin. Yurtdışından gelen formatlar kapladı programları. Şimdi Vizyon Terapi gibi bir programa çıkacak ünlü kalmadı, dediğim gibi insanlar artık siyasetin magaziniyle ilgilenir oldular, şarkıcılarla değil... İyi düşünmek lazım..." dedi, bir sağa bir sola kafasını sallamaya devam etti.

Ayağa kalktı Can, bir zamanlar merkezinde hissettiği hayatın şimdi kıyısında bile değilken hareketsiz oturmak sancı vermişti. Kendi şımarıklığıyla çıktığı döngüye nasıl girecekti hayat bu kadar hızlı akarken ve her şey bu kadar hızlı değişirken? Dikildiği yerde düşündü.

Can Manay'ı böylesine zayıf görmek, gücünü kaybetmesini izlemek, daha önce birçok kişinin başına geldiğini görse de, pek ilgi çekici geldi Tugay'a. Devler bile küçülebiliyordu işte. Nasıl da zayıflamıştı, her zaman kısa boyluydu ama bedensel ölçülerini, etrafına yayılan o ışık kamufle ediyordu. Şimdiyse ışıksız, sanki çırılçıplak duruyordu Can Manay, kısacık boyuyla ne kadar da sıradandı. Hele yanında getirdiği bu kız tam da şu anki güçsüzlüğüne uygun, Can Manay'ın kadınlarından ne kadar da alakasızdı. Kızın düztaban basit ayakkabılarına bakarken Can'ın kendine kayan gözlerini fark etti Tugay, sanki adam aklının derinlerine dalmış kendisiyle ilgili düşüncelerini görmüş gibi bakmıştı. Can Manay'ın sahteliği görmekte uzman gözlerinden kaçamayacağını hissedip kamufle olmak için Bilge'ye "Siz mezun oldunuz mu?" diyebildi. Kaya gibi alanında marka olmuş bir adamdan sonra bu kıza mı kalmıştı Can'ın işleri? Gitmeden önce, imajı için bu kızdan kurtulması gerektiğini ona söyleyebilirdi... ama söylemeyecekti. Zaten herif bitmişti. Kız kaşını kaldırıp hiç gülmeden baktı Tugay'a, bu devirde kim böyle gülümsemesiz bakabilirdi bir başkasına, hele kendisi gibi ülkenin en ünlü reklamcısına!

Can Manay "Toplantı bitti" dediğinde hızla kalktı yerinden kız, hızlıca ikisi de elini sıkıp apar topar odadan çıkıp gittiler. Arkalarından bakarken bu kadar tuhaf iki kişiyi uzun süredir bir arada görmediğini düşündü ve bir de Can Manay'ın artık ölmüş olduğunu.

Asansörden inerken bakışını yere dikti Can, Bilge dikkatin kendisinde olmamasından rahat mırıldandı.

"Giriş yapmadan gelişmeye çalışıyorsunuz."

Can kafasını kaldırdı, ne demek istediğini anlamayarak "Nasıl?" derken Bilge'ye baktı. Girişi onlarca yıl önce yapmamış mıydı!

Bilge açılan asansörün kapısından Can Manay'ın önden çıkmasını beklerken açıkladı.

"Bıraktığınız yere çok uzak değilsiniz ama tek bir hamlede de oraya gidemezsiniz. Bir adım gibi görünse de hissettirmeden küçük adımlarla ilerlemelisiniz. Yoksa çabanız itici durabilir. Adımlar lazım" derken binadan çıkmışlardı. Bilge yürürken konuşmaya devam etti ama Can durmuştu, Bilge de durmak zorunda kaldı.

"Parti yapsanız. Doğum günü partisi gibi bir parti."

Can'ın kaşları çatıldı, en son istediği şey yaşına dikkat çekip insanlara bir de yaşlandığını hatırlatmaktı.

Bilge, Manay'ın ifadesini fark edip düzeltti.

"Herhangi bir parti. Büyük bir organizasyon. Herkesin katılmak isteyeceği cinsten. Yurtdışından davetliler, modeller, siyasetçiler, şarkıcılar, film yıldızları... karma bir grup... Haber olacak bir şey. Can Manay ve partileri..."

Gözlerinin içi parladı Can'ın. Evet. Can Manay ve partileri... Ne kadar da doğruydu. Can yine yürümeye başladı, Bilge susmuştu. Arabaya bindiler. Yola çıktıklarında Can sordu.

"Doğum gününü unut. Başka neyi kutlayabilirim?"

Bilge düşünmeden cevap verdi.

"Taşınacağınız yeni evi... işinizdeki onuncu, on beşinci yılınızı... Bir de aslında partiyi siz organize etmeseniz, sizin yerinize birileri yapsa çok daha etkileyici olur. Yani size sürpriz olsa..."

Can sessizleşti, kendine döndü, düşünmeye başladı. Can Manay'ın sapkın ilgisinin kendi üzerinden çekilmesi rahatlatıcıydı, sakin ama seri kullandı arabayı Bilge. Arada gözü Can'ın düşünen haline kaydı, ince ince. Kafasını sabitlemiş, gözünü torpidonun bir noktasına dikmiş kıpırtısız düşünmesi saatli bir bomba hissi verdi. Kucağında birleştirdiği iki elinin parmak uçları nasıl da sabitti, bir tek başparmakları arada yapışıp ayrılıyorlardı, nabız gibi. Kaçamak bakışlarla Manay'ı inceledi Bilge, ilginçti... çünkü kendine benzetti. İçine girdiği düşüncenin sınırlarını belirliyordu şimdi, dış dünyadan kopmuş kafasının içinde gezideydi. Bakışları yol ile Manay'ın arasında gidip gelirken Manay aniden kafasını kaldırdı ve ona baktı, göz göze gelmeleri Bilge'nin bakışını yola çevirmesini geciktirse de nihayet koparabildi bakışını Manay'dan. Vücudundan yükselen bu ısı, hızlanan kalbinin basıncı... bunlar da neydi! Manay kendi organizmasını kontrol altına alırken mırıldandı.

"Teşekkür ederim Bilge."

"Bilge..." Tuhaf düşünceleri uyandırırcasına dokundu, Manay'ın kendi adını söyleyen sesi tekrarlandı içinde ama gözünü yoldan ayırmadı ve olabilecek en soğuk tonda "Gerek yok" dedi. Niye teşekkür edildiğini dahi aslında anlamamışken, aklı Manay'ın adını söyleyen sesini tekrarlayıp durdu... Sesin tınısı, harflere vurgusu... Manay'ın karanlığın siyahını ışığa çeviren gözleri... hepsi aklında birleşti. Yanaklarındaki sıcaklığı hâlâ hissetmekteydi ve üzerindeki bu kontrolsüz etkiyi gizlemeliydi. "Her kadının Manay'a hissettiği şeyler miydi bu hissettikleri?" diye düşünür düşünmez tuzağın çevresinde dolanan bir kurban gibi hissetti kendini. Aklını ve duygularını toparladı. Onun kurbanı olabilecek kadar, güzel bile değildi! Yanaklarındaki basınç Duru'nun düşüncesiyle tamamen geçti. Manay'ın dengesizliği kendisini hedef almıştı, önemli değildi. Aklında yankılanan sesini, "Bu adam kendinde değil" diye düşünerek sildi. Bir can yeleği gibi Ali'yi yakaladı düşünceleri ve nihayet Manay'ın etkisi hafifledi.

Arabadan indiğinde bile bakmadı Manay'ın suratına, direkt binaya doğru ilerledi. Manay ise Bilge'nin öne geçmesi için sakince adımladı yolu. Önden binaya giderken inceledi onu. Pamuklu külotunu giymişti yine, emindi... Küçücük kalçalarının organik temizliği ve pamuklu külotunun tazeliği... Bilge içeri girmişti.

Kapının önünde bekleyen güvenlikten bir sigara istedi. Adam telaşla çıkardı bir sigara, uzatıp yakmak istedi ama Can izin vermedi. Her zafer sigarası kişinin kendisi tarafından yakılmalıydı. Sigara ve çakmağı adamın elinden aldı ve binayı tüm ihtişamıyla göreceği bir açıya doğru yürüyüp sigarayı yaktı. Ne kadar uzun olmuştu, iki sigarayı aynı gün yakmayalı...

12. Bilge

Bilge, "Ne biçim bir zehirdi bu?" diye düşünürken bindi asansöre. Manay'ı bu kadar ünlü yapan şey, etrafında oluşturduğu bu histi demek. Daha önce fark etmediği, zekâsından kaynaklandığını sandığı tüm ilgi, Manay'ın etrafındaki her şeyi ele geçiren enerjisiydi, belki de. Aklını temizlercesine Ali'ye geçirdi düşüncelerini. Manay'ın kendi üzerinde yarattığı etkiyi silmeliydi! Acaba Ali neredeydi? Odasına gidince öğrenecekti. Gitmeyi planladıkları yemeği kaçırmıştı ve karnı çok acıkmıştı. Etraftaki restoranlardan bir şeyler sipariş edeceğini düşünerek el salladı Zeynep'e ve ofisine girdi. Ama masasının üstünde hazırlanmış küçük sofra ve odaya yayılan hafif yemek kokusu huzurla karşıladı onu.

Daha önce kimse böyle düşünmemişti onu. Hatta daha önce kimse ona yemek almamıştı! Masaya yaklaşırken Ali'yi aramak için cep telefonunu çıkardı cebinden, o arada masadaki notu gördü, tebessümle alıp okudu. "Sen olmasan olmazdı!" yazıyordu, Can Manay'ın el yazısıydı.

Belki on kere okudu Bilge elindeki kısacık notu. Yemeği hazırlayanın Can Manay olduğuna inanamayarak. Nasıl bu kadar hızlı planlamıştı? Bu notu ne zaman yazmıştı?! Sandalyesine oturdu, yemekte bamya vardı.

13. Arşiv

Saatler geçmişti ama hazırlaması gereken liste hâlâ bitmemişti. Manay'ın sürpriz partisi için gerekli olan her şeyin seçilmesi şarttı, seçimleri Zeynep yapacaktı ve mutlaka davet edileceklerin listesini çıkarmak da Bilge'ye kalmıştı. Manay sadece hazırlanan listeyi ayıklayacaktı. Arşivden başlayarak işe koyulmuştu Bilge, geçmişten günümüze en sadakatli hastalarını listelemişti önce, bunun için yıllardır arşivde toplanmış ve bilgisayara işlenmek için sonraya bırakılmış dosyaları bilgisayara işlemesi de gerekmişti.

Bu işi yaparken Bilge'nin Zeynep'le ilgili fikri de değişmişti, işini iyi yaptığı için değil sadakati yüzünden Can onu seçmişti. Yoksa böylesine detaycı bir adamın arşivi, böylesine dağınık, böylesine düzensiz olamazdı. Her şeyin sonraya bırakıldığı bir yer gibiydi burası.

Bilgisayara işlenen dosyaları gruplaması nihayet bittiğinde bayağı geç olduğuna emindi ama saati bilmiyordu. Grupladığı dosyaların arasında çöktüğü yerden kalktı. Bacaklarını kıvırdığı için epey uyuşmuşlardı. Çıkardığı ayakkabılarını giymeyi düşündü ama bu saatte kimse inmezdi buraya, vazgeçti, bedeninin ağırlığında kıvrılmış ayaklarını oynatarak rahatlattı. Gerilerek omurgasını düzeltti. Çökmekten yukarı toplanan eteğini çekiştirip düzeltti.

İlk grup dosyayı alıp uyuşan bacaklarının üzerinde rafa ilerledi, yerleştirdi. Sonra ikinci grup... Bütün dosyaları sabırla yerleştirdi. Notladığı numaraları aldı, köşedeki küçük masanın üstündeki bilgisayara işlemeye başladı. Omurgası bükülmekten çok ağrımıştı, yine gerildi, vücudundaki her kasın kanla yıkanmasına yetecek kadar açtı kollarını, gerinirken bekledi, kanla birlikte vücudunda dolanan oksijeni hissetti. Ayak parmaklarını kıpırdattı, yalınayak soğuk zemine basmak biraz da olsa rahatlatmıştı. Boynunun ağrısını geçirmek için kafasını çevirirken birden Can Manay'ı fark etti!

Kapının girişinde, Bilge'nin sırtını döndüğü yerde yere çökmüş, kollarını önünde bağlamış, siyahın derinliğindeki gözlerle dümdüz, ilk bakışta manasız, ama hemen ardından içinde kaybolunacak anlara boğulmuş gözlerle bakıyordu Bilge'ye... Ne kadar zamandır ordaydı? Ne kadar zamandır kendisini izliyordu? Ne zaman girmişti içeri? Neden buradaydı?!

Aniden doğan binlerce sorunun ardından "çevir kafanı" diye bağırdı Bilge'nin aklı, bakma diyordu. Bir pumanın gözlerine bakılmazdı!

Can yaklaşık bir saattir hissettiği huzurdan uyandı Bilge'nin kendisini fark etmesiyle. Dümdüz baktı ona. Bilge'nin şaşkınlığını belli etmeyen akıllı yüzünü inceledi birkaç saniye ve sakince ama seri bir biçimde ayağa kalktı ve çekip gitti.

Bilge çevirmişti kafasını Manay'ın bakışından. Ne düşündüğünü, ne düşünmesi gerektiğini bilmeden işlemeye devam etmişti dosyaları, aklı ona ayakkabılarını giymesini söylerken, pembeleşen suratının basıncını indirmeye çalışırken kafasını tekrar çevirdi. Can gitmişti.

14. *Terk edilmiş tersane*

Kendi hücreleriyle savaşan bir vücudun antikoruydu Göksel, diğer polislerle birlikte. Ellerinde ülkenin bayrağıyla "Vatan için ölürüz" diyen liseli gençleri toplamış, otobüslere doldurup karakola getirmişlerdi. İçeri girer girmez, topladığı nüfus cüzdanlarını teslim etti, hiçbir zaman kâğıt işiyle ilgilenmemişti. "Çıkıyorum ben" dedi amirine, işi bittiğinde mutlaka haber vermesi gerektiği, en kibar şekilde istenmişti ondan. Çekiniyorlardı diğerleri Göksel'den, sessizliğinden, hiç konuşmadan aniden harekete geçen çevikliğinden. Ancak korku veren şeye saygı duyabilen bir sürü olarak da saygı duyuyorlardı ona, yalnızlığına, umursamaz doğasına...

Çıkıp gidecekti eğer memurlardan biri "Göksel Abi bugün dört kere seni bi kadın aradı" demeseydi.

Göksel sadece dönüp baktı genç memurun suratına, çocuk üstüne düşen bir tuğlayı kaldırır gibi cevap verdi.

"Nerde, geldi mi diye sordu, kaçta gelecek dedi. Önemliymiş." Göksel'in bakışı devam etti, çocuk geç de olsa anlayıp açıkladı.

"Adını vermedi."

Kadın. Bir tek kadın vardı dünyada. Göksel karakoldan çıktı, ışığı kaybetmek üzere olan havanın diyaframında rahatladı. Yokuştan aşağı inmeye başladı. Sokak'a gidecekti, bu akşam son prova vardı. Önümüzdeki hafta kapıları herkese açacaklardı.

Birbiri üstüne eklenerek ancak yaşayabilen insanların, üst üste hayatlarının yanından geçip indi yokuşu, Sokak'a varmak için ana caddeden karşıya geçmeliydi ama geçmedi. Sağa döndü, sakin sakin dümdüz yürüdü. Otobana bağlanan yola vardığında yine sola döndü, yokuşu çıktı adım adım. Eskicilerin antik eşyalarla sokakları kapladığı yokuşa girip aşağı yürüdü. Sahile inecekti. Sokak'tan iyice uzaklaşmıştı. Provaya yetişmesi de zaten artık imkânsızdı.

Göksel eskicilerin sokağına geldiğinde aracından inmişti Ada, arabayla bir arabayı takip edebilirdiniz ama her an trafiğe kapalı bir sokağa girme olasılığı olan bir insanı takip etmek mümkün değildi. Çekilip çekilmemesini önemsemeden caddenin kıyısında bırakmıştı aracını. Göksel'le arasındaki mesafeyi koruyup onu takip etmeye devam etti. Bu takip en sonunda onu Deniz'e ulaştıracaktı... nedenini bilmiyordu ama hislerinden emindi.

Okuldan eski tanıdıklarını aramıştı, ama daha ilk kelimede bile herkesin kendisine nasıl kızgın olduğunu anlamış, soramamıştı Deniz'in yerini. Bir tanesine mırıldanmıştı ama o da telefonla birlikte konuyu da aceleyle kapatmıştı. Birlikte ilham paylaştığı arkadaşları, artık kendilerinden görmüyorlardı Ada'yı.

Göksel aşağıya vardığında büyük parkın içine girdi, Ada mesafesini koruyarak sabırla takip etti onu. Parkın bittiği yerde duvar yapmış plakanın kenarından etrafı demir plakalarla çevrelenmiş bir araziye girdi.

Ada önce kafasını sokup baktı, plakaların çevreledikleri şey kocaman bir limandı. Ortasında, karaya çekilmiş, paslanmış iki gemi birbirine dayanmıştı. Yıllarca geçip gitmişti bu demir duvarların yanından, içinde ne olduğunu bilmeden. Gemilerin buraya yanaştığını çok kez görmüş ama hiç ilgilenmemişti. Deniz'in böyle bir yerde ne işi olabilirdi? Göksel'in yan yatmış olan gemiye doğru ilerlemesini seyretti. Aralıktan geçip, dev palangaların arasına gizlendi... Göksel o gemiye girmişti. Koştu Ada, Göksel aniden çıkarsa yolun ortasında ona yakalanmamak için, Göksel'in girdiği yerde Deniz varsa ona ulaşmak için korku ve heyecanla...

Paslı merdivenden çıktı, eğimli güverteye indi, bir zamanlar yolcuların oturması için yapılmış olan sıraların çoğu sökülmüş, güvertede sadece iki sıra sağlam kalmıştı. Buraya oturup denizden doğacak güneşi izlemenin keyfini düşündü Ada bir an ve etrafına bakındı, Göksel'in girebileceği tek bir kapı vardı. Kapıdan içeri girdi. Artık saklanmayacaktı. Gözleri karanlığa alıştığında, ilerideki diğer kapıdan ışık geldiğini fark etti, adımlarının çıkardığı sesi umursamadan hızla ilerledi, içinden "Deniz!" diye bağırmak geldi. Odaya girdi. Burası kocaman bir salondu, sandalyeler yerlerinden sökülmüş bir kenara yığılmışlardı ve ortadaki alanda iki kişi vardı. Ada algılayamadı. Biraz yaklaştı. Ortalarındaki küçük tüpte ısıttıkları kaşığa odaklanmışlardı. Ada'yı fark etmediler bile. Ancak filmlerde görebileceği bir şeye canlı tanıklık ediyor olduğunu birkaç saniye sonra anlayabildi Ada. Eroin pişiriyorlardı. Deniz yoktu. Hemen geri çıktı ama yan kapıdan gelen ses dikkatini çekti. Temkinli bir şekilde sesin geldiği odaya girdi. Yere atılmış paçavralar üzerine yığılmış insanlar öksürük tıksırıkla kendilerinden geçmiş bir halde neredeyse üst üste yatıyorlardı.

Korkunçtu! Bir tanesinin burnu kanıyordu. Ada hemen geri çıktı odadan ve hızlı adımlarla çıkışa yöneldi. Biraz önce girdiği kapıdan akşamüstü olmasına rağmen sızan ışık içerisinin karanlığından kurtuluşu temsil edercesine çekti Ada'yı kendine, kapıya yaklaşmıştı ki duyduğu sesin tanıdıklığı durdurdu adımlarını. Tek başına bir kemandan çıkan notalar biraz önce geçtiği kapının gerisinden geliyordu. Biri beceriksizce "Adagio for strings"i çalmaya çalışıyordu. Notalara iyi basmıyor, yaylılar da akmıyordu ama deniyordu. Dönüp sesin geldiği kapının üzerindeki lomboza yaklaştı Ada. İçeri baktığında kolundaki turnikesini çıkarmadan titreyen elleriyle elindeki kırık kemanı çalmaya çalışan birini gördü. Çıplak kolları delik deşik, ayakları çıplak ve yaralıydı. Topuğunun köşesindeki yara öyle cıvıktı ki irin doluydu. Baktığı görüntünün acımasız gerçekliğinde sarsıldı Ada, beynine akan müzik ona her notasında fısıldadı, yerde çökmüş bu varlığın kendiyle aynı kaynaktan geldiğini.

Yaşlar Ada'nın gözlerine hücum etti, izledikleri gerçekliğin etkisini bulandırıp hafifletmek istercesine. Elini uzattı kapıya, açacaktı, içeri girip yerdeki kızı kaldıracak ve onu evine götürecekti. Ama Ada kapıyı açmadan kız kafasını çevirip gemi kapısının lombozundan kendini izleyen Ada'yı fark etti. Müzik durdu önce, sonra kız küfürlerle kalkıp Ada'yı nefretle kovaladı. "Paylaşacak malım yok!" diye bağırırken delice saldırgandı.

Ada hızla ışığa koştu. Arkasına bakmadan indi, yan yatmış geminin paslı merdivenlerinden. Kızın savaş çığlıkları silikleşene kadar yavaşlamadı, girdiği demir levhaya doğru ilerledi. Sessizlik nihayet çökünce durup baktı, yan yatmış paslı geminin aklının her hücresine kazınan görüntüsüne... Ölürken aklına gelen son görüntünün bu an olacağını bilmeden.

Levhanın aralığından eğilip geçti, dışarı çıktığında neredeyse koşacaktı ama "Bekle" demişti Göksel. Nereden geldiğini anlayamadığı sesin etkisiyle sıçradı. Sesin geldiği yöne döndü, Göksel sırtını demir levhaya dayamış yerde oturuyordu.

Bağırmak istedi Ada, biraz önce şahit olduğu şeyleri gördüğü için kızgınlık hissediyordu, çaresizlikten gelen her kızgınlık ilk önce öfkeye dönüşüyordu. Gözlerindeki yaşları silip, suratını buruşturarak, "Ne işin var burda!" diye bağırdı Göksel'e.

Göksel sakince ayağa kalktı, "Senin?" dedi... Başka bir şey söylemedi, sadece baktı.

Ada dişlerini sıktı önce, arkasını dönüp yürümek istedi, ama gidemedi. Ellerini yumdu, sonra açtı. Bedeninde gezinen huzursuzluk hareketlerine yansımıştı. Göksel'e çıkıştı.

"Ne biçim bir yer burası?!"

Göksel sadece baktı.

Ada yine çıkıştı.

"Deniz burda değil!"

Göksel sadece baktı.

Ada yine çıkıştı.

"Niye geldin buraya? Deniz'i görmeye?"

Göksel sakince ve çok ağır bir şekilde başını iki yana salladı.

Kızın görüntüsü aklından çıkmıyor, beceriksizce çaldığı kemanın sesi beyninde sürekli yankılanıyordu. Kafasının içine sızan bir düşünceyi çıkarmak istercesine başını kaşıdı Ada, derin bir nefes aldı ve düşünceyi içinden atarcasına nefesini dışarı bıraktı. "O zaman sana iyi günler!" dedi aceleyle Göksel'e. Bu lanet olası yerde bir an daha durmayacaktı! Yürümeye başladı.

Göksel, "Ada" dedi, seslenmemişti, sadece adını söylemişti ama Ada dönüp "Ne!" diye haykırdı, sonra yine "NE!" dedi. Ne vardı! Ne istiyordu! Ne derken geri geri adım atmaya devam etti ve ekledi.

"Konuş!"

Göksel mırıldandı.

"Hatırladın mı onu?"

Ada'nın kaşları çatıldı.

"Kimi?" Kimi hatırlamış mıydı?! Adımları durdu.

Göksel sadece baktı.

Ada beyninin içinde soruyu sorgularken, soru aklından çıkmayan o yarayla eşleşti önce, aklı çıplak ayaktaki yaradan kayıp kollardaki iğne izlerine vardı, kan içmekle kalmayıp iğnesini soktuğu yeri koparan bir sivrisineğin saldırısına uğramış gibi delik deşikti kızın kolları, küçük ama irinli yaralarla doluydu teni, aklındaki görüntüyü izledi Ada, kızın kirden yumaklaşmış saçlarına ve oradan da yüzüne vardı... Kirin, kanla ve yarayla karışıp kamufle ettiği o yüz tanıdık mıydı?... Gözleri dehşetle açıldı Ada'nın, biraz önce gözlerine hücum eden yaşlar aniden saldırıya geçercesine yine toplandılar. Aklındaki görüntünün kendisine ifade ettiği anlamın gücüne teslim oldu Ada... dehşet, korku, kayboluş içinde büyüdü... ağzından tek bir isim çıktı.

"Nihan."

Geri dönmek, Nihan'ı, konservatuvarda birlikte çalışırken yeteneğine gıptayla baktığı kızı o çukurun içinden çekip çıkarmak istedi bir an... Sonra aklı ona "Karışma" dedi. Karışsa da kendini bu seviyeye indirmiş birine insan nasıl yardım edebilirdi! Edemezdi. Kendini kandırdı Ada, yardım etmesi gereken yerde yardımdan kaçanlar hep kafalarını çevirebilmek için kendilerini kandırırlardı. Aralığa doğru bir adım atmış olsa da hemen geri döndü ve hızla parka doğru yürümeye başladı. Zihnindeki görüntüden uzaklaşabilecek olsa koşardı da, parka varmak üzereydi ki buraya neden geldiği çaktı beyninde. Durdu, sinirle geri döndü, kıpırtısız aynı noktada dikilen Göksel'e yaklaşırken cebinden iPod'u çıkardı. Göksel'in yanına kadar gelip ona uzattı.

Elleri cebinde durmuş Ada'ya bakan Göksel, kendisine uzatılan şeye baktı. Sonra kafasını kaldırıp ne olduğunu soran gözlerle Ada'ya sabitledi bakışlarını.

"Al!" dedi Ada ve ekledi. "Deniz için."

Göksel cebinden çıkarmadı ellerini, Ada, " Alsana!" dedi, gerçekten hemen oradan gitmek istiyordu ve uzatılan müziğe karşı Göksel'in umursamaz tavrı inanılır gibi değildi!

Göksel, "Bu hale bir günde gelmedi... anlamalısın. Bu hale bir günde gelinmiyor ama mutlaka geliniyor Ada" dedi kıpırtısızca.

Göksel'in ima ettiği şey midesini bulandırdı Ada'nın, öfkesi tiksintiyle birleşti, "Küçük beyinli salak!" derken suratını ekşiterek baktı Göksel'e. "Ne ima ediyorsun sen! Geri zekâlı!" diye bağırdı ve uzattığı iPod'u ona fırlatıp çekip gitti.

Hızlıca yürürken dişlerini sıkıyor, kendi kendine "Geri zekâlı!" diye mırıldanıyordu. Ucunda durduğu uçurumun kıyısında koşarcasına geçti parkı.

Ada'nın uzaklaşmasını izledi Göksel. Sonra dönüp demir plakadaki aralığa baktı, bir an sadece bir an içeri girip Nihan'ı sırtlanıp o delikten çıkarmak geldi aklına ama yapmayacaktı. İnsanlardan böylesine zarar görmüş birinin merhameti sadece anlıktı. Kafasını çevirdi, yerdeki iPod'u aldı eline. Camı kırıktı. Çalıştırdı, kulaklıktan yükselen müziğin sızıntısını duydu ama kulaklığı kulağına takmayacaktı. Müziği kapattı. Provayı kaçırmıştı ama Deniz'i bulmalıydı.

15. Deniz & Göksel

Prova iyi geçmişti, Göksel'in eksikliğine rağmen idare etmişlerdi. Çocukların toparlanmalarını bekledi Deniz, işini bitirenler yanında toplanmaya başladılar.

11 genç insan karşılığında hiçbir kazanım beklemeden üretime geçmiş, anlamı dansa, müziğe, harekete dönüştürüp duyguya dönüşebilmesi için aralıksız emek vermişlerdi. Açılışa bir hafta kalmıştı.

Sokak'ın herkese açılmasıyla, içki içmeden de o yüce duyguya erişilebilen, ruhlarının kaybolmasına gerek kalmadan da eğlenilebilen, eğlenirken anlamlanılan, sanatın bedene dokunduğu, anlamın her gece yeniden doğduğu bir yerin yeryüzünde yapılabileceğini ispatlayacaktı nihayet.

Belki bazıları garipseyeceklerdi, belki tuhaf bulup görmek istemeyeceklerdi, Deniz'in oluşturmaya çalıştığı farkındalığı... Çünkü belki de buraya ait değillerdi... İşte o an kapının üstüne yazacağı yazı geldi Deniz'in aklına: "Bu sahne herkes için tasarlanmamıştır... Anlamın ancak ve ancak sanatla doğduğunu bilenlere adanmıştır."

Nihayet gençlerin hepsi toplandılar. Deniz her birinin kararlılıkla bezenmiş ifadelerine baktı tek tek, minnettardı. Elini yavaşça kaldırdı, güçlü ve emin alkışlamaya başladı, gözlerini etrafında toplanan çocukların gözlerinden ayırmadan. Deniz'in alkışına aynı eminlikte tereddütsüzce katıldı hepsi. İnsanın kendi kararlılığını samimiyetle alkışlamasının coşkusu yayıldı atmosfere. İnanç vardı o alkışta. İnsana, insanın yapabileceklerine, olabileceklerine olan inanç ve emek. Vazgeçmeyenlerin emeğinin dünyayı daha yaşanır bir yer yaptığının alkışıydı bu.

Alkış dindiğinde konuşmasına başladı Deniz, kendisine anlamın koruyucusu gibi saygıyla ve inançla bakan 11 gencin gözlerine bakarak.

"Niye doğar insan?... Niye var olur?... Cevap, ancak düşününce, hayatı aralıksız analiz etmeye başlayınca kendini gösteriyor. En güzel tarafı da bu cevabın herkes için farklı olması. Senin cevabın bana uymuyor, benimkisi de sana. Hepimiz burada en iyi yaptığımız şeyi birlikte yapabilmek için toplandık. Herkesten daha iyi dans ediyoruz, daha iyi müzik yapıyoruz! Çünkü bunun için yaratıldık. İlham vermek için buradayız! Peki bu kadar mı? Akşam buraya gelip diğerlerinin önünde dans edip dünyayı mı kurtaracağız?"

Yüksek sesle telaffuz etmeseler de çocukların da kendilerine bu soruyu sorduğunu biliyordu Deniz, hepsi akıllıydı, ama yine de kendisinde gördükleri inancın mantıktan beslenen köklerini bilmeseler de, adanmışlardı. Akılla, mantıkla desteklenmeyen her inanç, ne kadar köklü ve samimi olursa olsun, biata dönüşürdü. Biatın olduğu yerden sadece lanet doğardı. İnsan sorgulasın, sorgularken gelişsin diye yaratılmıştı, bu yüzden biat insanın doğasına tamamen aykırıydı. Ve Deniz kurmaya çalıştığı bu sistemin beslendiği mantığı açıkladı.

"Hayır! Dans ederek kurtarmayacağız dünyayı. Dans ve müzik... resim, heykel, edebiyat, sinema, tasarım... ne kadar da gereksiz aslında, çünkü hayatta kalmak için bunlardan hiçbirine ihtiyacı yok insanın. Müzik dinlemesek, dans etmesek, film izlemesek, kitap okumasak, bir resme heykele bakıp düşünmesek de gayet mutlu, sağlıklı yaşayabiliyoruz. Yaşamak için sanat çok da gerekli değil aslında..." Göksel nihayet Sokak'a vardığında Deniz, "Peki ne için gerekli o zaman sanat!?" diyordu. Sessizce bir köşede dikilip konuşmayı dinledi.

Deniz, "Yaşamak, hayatta kalmak için değilse ne için bu çaba, sanatçılar tarafından yüzlerce yıldır verilen bu emek neden?!" dedi kendisine odaklanmış çocukların gözlerine tek tek bakarak. Ve sonra devam etti. "Gelişmek ve kendini gerçekleştirmek için gerekli!... Hakiki insan olabilmek için! İnsan hayatta kalabilmenin çok ötesinde, gelişmek, kendini aşmak için var edilmiş bir varlık. Bugün artık yaşamak için ihtiyaçları giderilmiş bir insanlık var karşımızda. Herkes bir şekilde hayatta kalıyor! Yaşıyor. Ama olmaları gereken şeye dönüşebiliyorlar mı? Kendilerini aşabiliyorlar mı? Kendi potansiyellerini fark edip doldurabiliyorlar mı?!" Hepsinin kafası sağa sola sakince sallanırken Deniz devam etti. "Sadece birkaç kişinin fark yarattığı ve geri kalanların sürüler halinde takipte olduğu bir insanlık... potansiyelinden habersiz, kimliksiz, ne için doğduğunu bir gün bile düşünmemiş, varoluşunun değeri aklına bile gelmemiş milyonlarcası... İşte sanat bu yüzden var. Kişiyi yola çıkarmak için! İnsana varoluşun ilhamını yükleyip insanın kendi potansiyelini keşfeden bir organizmaya dönüşmesinde yardımcı olmak için. Sanat canınızı kurtarmaz ama kesinlikle varoluşunuzu kurtarır, sizi yaşarken ölmekten kurtarır! Çünkü insan takipçi değil, keşifçi olarak tasarlanmış bir organizmadır.

Peki nasıl yapar bunu sanat? Nasıl kendi potansiyelini keşfettirir insana? İlhamla! İlhamla dokunduğunuz her insan, içinde bulunduğu takipçilikten sıyrılıp olduğu kişiye dönüşmek için çabaya geçer! Ve işte asıl doğum o çabada başlar! İçindeki kâşifle tanışır birey. Ve keşifçiliğini fark eden biri asla bir başkasına kuyruk olmaz. Karakterin doğumu, o karakter büyüdükçe, geliştikçe niye var olduğunun cevabını verir kişiye... Herkes için farklı olan bu cevap bugünün düzeninde öyle önemsizleştirilmiştir ki, insandan insanlığı resmen alınmıştır! Yıkmak zorunda olduğumuz bir hapishanedeyiz! Ve bu hapishanenin duvarları savaşılarak, kan dökülerek, nefretle ötekileştirilerek yıkılamaz! Sadece ilhamla yıkılabilir! İlham yüklenen biri ne olursa olsun kendini keşfetmek zorunda kalacaktır. Bugün! Bu sahnede! Bize düşen tek şey, ilhama aracı olmak, hizmet etmektir. Müzikle, dansla insana insanlığını hatırlatmak, sadece kolaylıkla hayatta kalabilen bir organizmadan çok daha fazlası olduğunu göstermek, kendi gerçek doğasını fark ettirmek için buradayız! Ve asla yalnız değiliz, bugün dünyanın her köşesinde bizimle aynı fark edişe hizmet eden yüzlerce, binlerce ilham hizmetlisi, insanı kendine hatırlatmak ve dönüşmek olduğu parazitten sıyırıp hakiki insan olma çabasına sokmak için çalışıyor... Ve asla unutmamamız gereken bir şey var: İnsanlık, yüzyıllar boyunca ilhama hizmet edenler tarafından geliştirilmiştir. Bizim tembelliğimiz varoluşun tamamına ihanet olur. Yapmak için dizayn edildiğimiz her neyse, eğer çabaya geçmez ve emek vermeye devam etmezsek, yaratıcıya ihanet ederiz. İşte bunun için buradayız, sadece dans etmek ve müzik yapmak için değil!"

Deniz'in konuşması bittiğinde, Deniz'den kendilerine bulaşarak hissettikleri inancın köklerinin ne kadar da sağlam bir temele oturduğunu fark etti gençler. Deniz'in kelimelerinin taşıdığı anlamlar yuva buldu her birinin aklında. Deniz tek tek baktığı suratlarda biatın asla var olamayacağını izledi. Fark etmek çok değerliydi, çünkü farkında olanların gösterdiği cesaret ve çaba kadar keşifçi, fark ettiklerine sahip çıktığı kadar değerliydi toplumlar.

Herkes sırayla sarıldı Deniz'e, alkışlayan hiç olmadı. Gençler dağılırken geride dikilmiş kendisini izleyen Göksel'e baktı Deniz ve bakar bakmaz anladı, Göksel konuşmak istiyordu. Normalde bu kadar az konuşan birinin konuşmak istediğinde yaydığı enerjinin kuvveti çekti Deniz'i. Göksel'e doğru yürürken "Neden geç kaldın?" diye sordu.

Ama Göksel cevap vermedi, elindeki şeyi uzattı Deniz'e. Deniz camı kırık iPod'u aldı, play'e bastı, sakince kulaklığı taktı... Müzik akmaya başladığında kilitledi Deniz'in aklını, kendisine ait olmayan ama bu kadar güzel olan şeyleri dinlerken kilitlenirdi çünkü gerçek bir sanatçı.

Ada'nın sesi müziğe katılmasa, "Kayboluşumun kapısısın sen... İçine bak ve bul beni..." demese kilidini kıramazdı Deniz, böylesine ruha işleyen müziği bırakamazdı. Ama Ada'nın sesiyle birlikte kulaklığı çekip çıkardı kulağından.

Göksel, Deniz'in yüzünde kare kare gördü akan müziğin etkisini ve hemen ardından Ada'nın sesinin yarattığı ani sancıyı da. Kulaklığı çıkarıp kendisine uzatan Deniz'in allak bullak olmuş ifadesinde rahatladı, umursamazlık görmektense önemseyen birinin sancısını izlemek rahatlatıcıydı... iPod'u geri alırken "Onu görmek zorundasın" demişti ama Deniz dönüp gitmişti.

Göksel peşinden gitti, yanlarından kendilerine hoşça kal diyerek evlerine giden gençleri geçip arka taraftaki bölüme vardılar. Bu bölümden yukarı çıkan demir merdivenleri tırmandı Deniz, kendi odasına gidecekti. Göksel takip etti, merdivenin başında aniden durup döndü Deniz Göksel'e ve "Kapat artık bu konuyu! Kaybedilmiş bir güven yakılmış bir ağaç gibidir. Ne meyve ne de gölge verir. Bitmiştir. Yoktur!" dedi, sonra da yürüyüp odasına girdi.

Peşinden gitti Göksel, Sokak'ın sahnesini tepeden gören yuvarlak pencerenin önünde durdu. "Nihan'ı gördüm bugün" dedi. Deniz elindeki CD'leri bırakıp aniden döndü, "Nerdeymiş?!" diye sordu.

Göksel, "İyi değil… Eski tersanede" diye cevap verdiğinde kaşları şiddetle çatıldı Deniz'in "Nasıl!" derken. Göksel'in bakışından aldı cevabını. Kafasından bin soru geçti nasıl'dan neden'e uzanan ama kelimeler gereksizdi. Böyle bir durumda konuşmak yerine harekete geçmek gerekirdi.

16. *Darbeye hazırlık*

"Artık gitmen şart, oradan yayına girmen daha kolay. Halimize bak, zehirleneceğiz burada havasızlıktan" dedi Özge. Ömer'in evinin kömürlükteki deposundaydılar. 2 metrekarelik bir delikte üç laptopla kendilerine gelen haberleri ayıklayıp içlerinden işe yarayanları seçiyor ve *Darbe*'nin bir sonraki sayısını hazırlıyorlardı.

Darbe'nin hazırlanması bir gecelik işti ama haberin seçilmesi, delillerin incelenmesi, daha derin bir şekilde araştırılması daha uzun sürüyordu. Ülke içindeki interneti kullanmak istemediklerinden Strong VPN ile İngiltere'ye bağlanıyorlar, girdikleri sitelerin, mail trafiğinin takip edilmesini engelliyorlardı.

Darbe şekilci bir dergi değildi, mizanpajı falan gayet amatörceydi, baskıyla falan da uğraşmadıkları için internet sitesine fotoğrafları yüklemek kolaydı, Özge haberin tamamını birkaç saatte yazıp bitirebiliyordu. Zaten belgelere dayanan bir haberde yazıya o kadar da gerek kalmıyordu ama Özge işini garantiye almak için mutlaka başlıklara sorular koyuyordu. Fotoğrafları görenlerin kendilerine sormaları gereken sorulardı bunlar. Çünkü ancak doğru soruları sormayı bilenler aydınlanabiliyorlardı. Konular o kadar vurucuydu ki kimse ne imla hatalarına takılıyordu ne de fotoğrafların kimi zaman düşük olan çözünürlüklerine. Rahat ve hızlı çalışıyorlardı. *Darbe*'nin bir sonraki sayısını hazırlamak için ayda bir toplanıyorlar, ellerindeki malzemeden bir ay içinde her sayı için kullanacakları haberleri seçiyor ve ayıklıyorlardı. Daha sonra Ömer tek başına devam ediyordu haberi siteye yerleştirmeye hafta hafta ama seçimleri Özge yapıyordu. Önlerindeki üç sayı şimdiden hazırdı, zamanı gelince sadece sayfaya yerleştirilmesi gerekecekti.

Gecenin yarısıydı, işleri nihayet bitmişti, yarın Ömer hazırladıklarını yükleyince yeni sayı hazırdı. Bilgisayarları kapatmadan yeni gelen mailleri indirmek istedi Özge, fotoğrafla yüklenmiş bir data olduğundan inmesi biraz zaman alabiliyordu. İnmek üzere olan maillere baktı. 41 mail vardı, her gün onlarca skandal ekleniyordu sisteme.

Özge esnerken Ömer "Benim işim bitti, bir baksana" dedi. Yükleyeceği sayfa hazırdı. Özge hızla resimleri geçip kendi yazdığı yazıların yerleştirilmesine baktı, her şey yolundaydı. Sonra dönüp mailin yüklendiği ana hesabı kapatacaktı. 41 mail olmuştu, 63. sayfanın köşesine kapatmak için tıklayacaktı ki maillerden birinin başlığını gördü: "Mahmut Konmaz kimdir?" yazıyordu.

Özge hemen tıkladı. Tam iş nihayet bitti derken, yeni sayıyı en baştan yapmaya başladılar. Çünkü evren size işaret gönderdiğinde ne kadar yorgun ya da doygun olursanız olun görmezlikten gelemez, fırsatları biriktiremezdiniz.

17. Deniz & Nihan & Göksel

Tekmeleyerek araladı pastan sıkışmış kapıyı Deniz, daldı içeri, birkaç adım gerisinden gelen Göksel'e baktı, öfkeliydi. Göksel öne geçip Nihan'ın sığındığı odacığın kapısına geldi, içerisi zifiri karanlıktı. Kapıyı omuzladı ama kapı içeriden kapatılmıştı. Kapıyı açmaya çalışırlarken çıkardıkları patırtıyla kapının lombozunda ışık yandı, içeri baktı Göksel.

Nihan sızdığı yerden doğrulmuş, titreyen eliyle diğer mumu da yakmaya çalışıyordu.

Deniz aştı Göksel'i, ayağa kalkan Nihan'ın yanında tuttuğu çivili kalası titreyen elleriyle almaya çalışmasını izledi. Emin olamadı, bu Nihan mıydı?! Nefesi daraldı, izlediği varlığın çaresizliği karşısında. Kız nihayet yalpalayarak da olsa ayağa kalkmıştı, kalası elinde sallayarak lomboza yaklaştı, camın gerisinde ne olduğunu göremediği karanlığa bağırmaya başladı.

"Mal yok bende! Siktirin gidin orospu çocukları. Mal bitti! Yok!"

Deniz bir adımda geriye çekti kendini, bu ses, o surat Nihan'a aitti. Evrendeki anlamın dünyaya inmesine aracılık yapacak güçte, yetenekte biri yakalanabileceği en güçlü yeme yakalanmıştı. Uyuşturucu, sanatçının yemiydi. Bu sistemde herkesin bir yemi vardı, Afrika'da açlıktan ölen çocuklar, hayatlarını gündelik yaşantının zorunlu işlerinde harcayanların, kendilerini çalışmazlarsa öleceklerine inandırmaları için yemdi. Ülkenin yol gitmemiş yerlerinde yaşayan insanların terörle öldürülmesi, değerli topraklarını bırakıp şehre gelenlerin şehir düzenine sığınmazlarsa teröre heba olacaklarına inandırılmaları için yemdi. Uyuşturucuysa anlama aracı olacak yetenekteki sanatçıların içlerindeki kalabalıklığı dindirmeleri için yemdi... Bu sistemde herkesin bir yemi vardı. Kişinin algısına, yeteneğine göre tasarlanmış bir yem! Yeteneğiniz ne kadar güçlüyse yeminiz de o kadar öldürücüydü. Anlamı engelleyerek insanı köleye dönüştürmeye çalışan bu sistem için sanatla uğraşanlar en büyük tehlikeydi.

İlhamın askeriydi sanatçı, savaşmadan anlamı forma sokan sihirli bir gücün hizmetlisiydi çünkü. Sistem devam etsin diye, uyuşturulmalı, uyuşturulamıyorsa öldürülmeliydi. Ne olursa olsun engellenmeliydi anlamın forma sokulması, akla bulaşması, insanı uyandırması, uyanan insanın fark edip cana sahip çıkması! Çünkü Yaradan'laydı sistemin asıl savaşı. İnsanın yaratılmaya değmeyecek, Yaradan'a ihanet edecek bir parazit olduğunu ispatlamaktı amacı.

Artık çok net görüyordu Deniz, etrafında olan her şeyin nasıl da birbiriyle bağlandığını, nasıl da ancak birleştiğinde anlamlandığını. Kendini topladı, lomboza döndü tekrar ve yumruklayarak bağırmaya başladı.

"Nihan! Nihan benim!"

Kendi köşesine çekilmek için âcizce hareket eden Nihan zar zor ayaklanıp lomboza yaklaştı, adını duymak şaşırtıcıydı. Camın gerisinde gördüğü yüzü karanlıkta tanıyamadı ama ses tanıdıktı. "Deniz... Deniz hocam" dedi hayretle.

Nihan'ın kapıyı açmasını, Deniz'in Nihan'ın gözlerine bakıp lağım kokusuyla karışmış gülümsemesinde tanındığını anlayan bir huzur bulmasını... ona sıkı sıkı sarılıp elinden sıkıca tutmasını ve itirazsız bir şekilde kendisiyle yürüyen Nihan'ı o delikten çıkarmasını anbean izledi Göksel. Küçücük bir çocukken kendisinin tek başına mücadele ederek çıkmak zorunda kaldığı o lanetli labirentte kaybolan Nihan'ın, çocukken kendisine gösterilmeyen bir nezaketle çekip çıkarılmasının düşüncesi yansıdı suratına, önce bir gülümseme oldu o düşünce, sonra gözlerde toplanan suya dönüştü... Bir hamlede geri çekti sularını Göksel burnunu içine çekerken ama silemedi gülümsemesini, peşlerinden yürürken.

Gemiden indiklerinde kucaklamıştı Nihan'ı Deniz, demir plakanın aralığına geldiklerinde yere indirdi, o aralıktan eğilip geçeceklerdi. Geçmeden dönüp baktı Göksel'e... Suratındaki tuhaf tebessümü fark etti ve içindeki düşünceyi söyledi.

"Ne kadar zamandır biliyorsun Nihan'ın burda olduğunu! Onu bu halde görüyorsun ve yardım etmiyorsun!... Neyin var senin!" Göksel'in gülümsemesi Deniz'in kelimeleriyle parçalandı... Haklıydı.

"Neyim var benim?" diye düşündü Göksel, neden yardım etmemişti?... Neden bu ana kadar bir şey hissetmemişti?... Aralıktan geçtiklerinde Deniz Nihan'ı kucaklayacaktı ki, Göksel tek hamlede aldı Nihan'ı kucağına, lağımdan çıkarılmış bir çuval gibiydi. Yürümeye başladıklarında gözlerini ilerledikleri yoldan almadan "Hissetmiyorum... Birinin hissettiğini görene kadar hissetmiyorum..." diyebildi, bir özür gibi.

Hisleri çocukken dağlanmış biri nasıl hissedebilirdi?

18. *Denge*

Eskisine nazaran kendini daha iyi hissetse de, artık boşalabiliyor ve biraz uyuyabiliyor olsa da işkenceye dönüşmüştü dengeyi kovalamak. Yaklaştıkça uzaklaşıyordu sanki, buraya her geldiğinde Ayahuasca saçmalığını yüklüyorlardı vücuduna, neyse ki eskisi gibi kusup sıçmıyordu ama pek bir şey hissetmiyordu da... bazen anı yakalayabiliyordu, sadece birkaç saniye sakinleşiyordu ama yetmiyordu. Dengeye ulaşamıyordu.

Ödevini nihayet iyi yapmış bir öğrenci gibi sabırsız bekledi tahlil sonuçlarını ve onay geldi, nihayet işlem başlayacaktı.

Bu sefer yatağa koymadılar onu, rahat bir koltuğa oturttular ve solunum yollarını kapsayan maskeyi takıp gazı açtılar. Önce boyun kaslarının yumuşadığını, kafasını sıkıştırırcasına gerilmiş omuzlarının rahatladığını hissetti, sonra omurgası kuyruksokumuna kadar gevşedi. Sanki bedeni kemiksizleşti... yerçekiminin etkisi bir anda geçti... nihayet hafifledi.

Bedensiz hissetti Can kendini, hapisten çıkmış gibiydi.

Gözlerini kapattı. Derin bir nefes alıp dilinin boynuna bağlandığı noktayı gıdıklayan gazı, iyice doldurdu ciğerlerine. Bedensiz aklının karanlığında çocuk halini gördü. Annesinin onu kucağına alıp döndürdüğü, gıdıklarcasına öptüğü, kokladığı, sevdiği, okşadığı yüzlerce anda... sevgiyle doyasıya beslendiği o anlarda gezindi aklında. Üç yaşını daha geçmemişti, annesinin pembe beyaz tenine değen kumral saçın ucunu eline alıp okşarcasına nasıl da huzurla kucağında kendinden geçmişti. Doğanın renklerini yıkayan gün ışığının altında beyaz elbisesiyle ona dönmeyi öğretmesini izledi. Sevgiye doyduğu, doyurulduğu anılarında dengeye geldi Can.

Kokladığı şeyin keskinliği sarsıcıydı, beyni ona "Uyan!" diye bağırdı. Gözlerini açtığında yanında duran doktor kılıklı adam, kafasındaki solunum kitini çıkarmaktaydı. Vücudunda hiçbir ağrı hissetmeden doğruldu. Adam eşyalarını toplayıp sessizce gittiğinde etrafına dikkatle baktı... anbean... artık nihayet andaydı.

Hayatın anlardan oluşan katman katman yapısının farkındalığında ayağa kalktı. Önünde dizili bekleyen seçimlerin her birinin varacağı yolları görür gibi giydi ayakkabılarını, sakince bağladı bağcıklarını. Olasılıklar evreninde, attığı her adımla hayatını bir yöne yöneltiğini bilerek yürüyüp çıktı Denge Merkezi'nden.

Oto yıkamada kendisine dikkatle bakan çocuğun yanından geçerken sakince selamladı onu. Çocuğun ciddi suratındaki merakın rahatlamasını, kocaman bir gülümsemeye dönüşmesini izledi, nihayet başardın dercesine elini sallaması pek neşeliydi.

Gözlüklerini taktı, kafasına kapüşonunu geçirdi, yürüyerek ofise gidecekti. Sözde sürpriz partiyle ilgili aklına nihayet çok iyi bir hareket gelmişti.

İnsan anda olunca, problemleri de daha net çözülebilirdi. Anda olmak için geçmişin yükünden geleceğin endişesinden sıyrılmak gerekirdi.

19. *Özge*

Toplantıya kaç kişi katılacaktı? Konu başlıkları nelerdi? Mahmut neden kendisini de götürmek istemişti?...

Hiçbir şey bilmiyordu Özge, ne Salih Bey tarafından –son karşılaşmasında Çernobil'le ilgili bıraktığı etki sonucu– davet edildiğini ne de kendisini dışlamak için verdiği onca çabaya rağmen Mahmut Konmaz'ın Özge'yi davet etmek zorunda bıraktıklarını biliyordu. Tek bildiği bu toplantının Mahmut Konmaz'a hayatının hediyesini vermek için güzel bir fırsat olduğuydu.

Esnemesini tutarak girdi toplantının yapılacağı binaya. Yeni açılan üniversitelerden birinin seminer salonundaydı toplantı. Listede adını sorgulatmak için lüks bir havayolu şirketinin hostesi gibi giyinmiş kızların yanına gitti, kızlar hemen buldular listede adını çünkü toplantıya katılan dört kadından biriydi ve dört kadının isimi sayfanın köşesine, sanki ait olmadıkları bir yere davet edildiklerini hatırlatırcasına tükenmez kalemle iliştirilmişti.

Salona girdiğinde U şeklindeki büyük masanın dışına dizilmiş sandalyeleri gördü, U'nun açık ağzının olduğu yerde üç kişinin oturacağı daha küçük ve daha süslü bir masa vardı. Süslü masaya en uzak olan köşeye oturdu Özge ve hemen sandalyeleri saydı. 23 kişi katılacaktı. O an kaşları çatıldı, Mahmut Konmaz böylesine küçük bir toplantıya kendisini davet etmiş olamazdı... Belki de davet etmek zorunda kalmıştı! Daha fazla detay düşünemeden hostes kızlardan biri gelip kendisine yerini gösterdi. Oturduğu köşenin karşısındaki köşede, diğer üç kadınla birlikteydi ama onlar henüz gelmemişti.

Toplantının başlamasına 18 dakika vardı. Kaynağını bilemediği bir stres hissetmeye başladı. Aceleyle çantasından bilgisayarını çıkarıp telefonuyla hotspot yaparak internete bağlandı ve internette tuttuğu Çernobil'le ilgili araştırmayı masaüstüne indirdi. İçgüdüsel olarak açtı power point'i. Hızlı bir şekilde kaynakları belli olan bazı bilgileri, en çarpıcı olanlarını, büyük büyük yapıştırmaya başladı. Sayfalar tamamlanmamıştı ama toplamda 12 sayfalık bir sunum olacaktı, her sayfada sadece bir başlık ve rakamlar vardı. Belki hiç kullanmayacaktı bu sunumu ama en son konuşmalarında "İspatlayabilir misin?" demişti Salih. Sıradan bir sunumla da olsa ispatlayacağı rakamları sıralayacaktı. Buraya bu amaçla davet edildiyse, düşürüldüğü tuzağa teslim olmayacaktı. Hazırlıksızlığını açıklamaya kalksa Mahmut'un nasıl da durumu saptırıp kendisini küçük düşürmek için zaten usta olduğu yollara başvuracağını hayal etti, iyice morali bozuldu.

Hazırladığı sunum pek amatörce görünüyordu ve bitirmek için 6 dakikası vardı! Kafasını kaldırdığında peşinde yalakalarıyla Mahmut Konmaz'ın karşısındaki bölümün en başına, süslü masaya en yakın olduğu yere oturduğunu gördü. Özge'yi görmüş olmalıydı. Çünkü geçip giderken geride bıraktığı nefret hissi havadaydı.

Adını duyana kadar sayfaladığı bilgileri işlemeye devam etti Özge. "Özge Hanım hoş geldiniz!" demişti Salih hayret veren bir misafirperverlikle! İnsanın hazır olmadığı bir samimiyeti, saygı duymadığı birinden görmesi sarsardı. Sarsıldı Özge, karşı tarafa aynı samimiyeti gösterememenin sancısıyla tokalaştı Salih Bey'le.

Salih, "Hazır mısınız?" dediğinde "Neye?" demek istedi ama ayağa kalkıp kollarını açmış Salih'i kucaklamak üzere olan Mahmut'a baktı onun yerine ve başını salladı. Her şey apaçıktı, salak ilan edilmek için getirilmişti buraya. Hükümetin iki danışmanı yanlarında İngiliz bir adamla girdiler salona.

20. Deniz

Nihan'ın titreyen, hasta, solmuş haline bakarken, gelincik kadar ince yapraklı narin bir çiçeğin, böylesine bir yıkıma neden olabilecek güçte olmasının ironisini yaşadı Deniz. Özütünden opium, opiumdan morfin, morfinden eroin yapılan çiçekti Papaver Somniferum, poppy bitkisi. Acidic anhydride ile birleştirilen morfin, eroine dönüşüyordu. Aslında yıkıma neden olan çiçek değildi, insandı.

Milattan önce 3500 yılının ilkelliğinde Sümerliler tarafından organik bir ağrıkesici olarak kullanılan çiçeğin özü nasıl olmuştu da dünyanın en bağımlılık yapan zehrine dönüştürülmüştü? Acı çeken birinin ağrısını dindirmek adına tanrılar tarafından hediye edildiği düşünülen, antik zamanda hayat kurtaran, bir canlının acısına çare olmak gibi kutsal bir amaca hizmet eden opiumun amaçsızca kullanımı yaratmıştı eroini. Amacını kaybeden her şey gibi kendi amaçsızlığından evrilerek zehre dönüşmüştü. Amaçsızlık hayatı çürütürdü. Varlığı acıdan arındırıp yaraya müdahaleyi kolaylaştırmak ya da ölmesi kesinleşmiş bir cana huzur vermek yerine, canla beslenir olmuştu bulaştığı her bedende.

Ön beynin tüm mekanizmasını kapatıp kişinin etrafındaki dünyanın nedenlerini, hayatın neden-sonuç ilişkisini anlamasını engelliyordu eroin. O yüzden eroinmanlar ihtiyaç duydukları eroini bulabilmek için vücutlarını satıyor, adam bile öldürüyorlardı hiç düşünmeden çünkü ön beyin kapanınca insan zaten düşünemiyordu. Bağımlıların akılları çalışmıyordu artık, beyinleri sadece bağımlılığını beslemeyi hedef koyuyordu kendine.

Nasıl olmuştu da canın kurtarılmasına olanak veren Tanrı'nın ilacı, şeytanın uyuşturucusu haline gelmişti? Bugün modern tıbbın gelişmesini sağlayan, bir yaralının tedavi edilmesine olanak veren bu madde aynı zamanda milyonlarcasının sefalet ve acı içinde kıvranarak ölmesinin de nedeniydi.

Bir şey, nasıl bu kadar birbirine zıt etkiye neden olabilirdi? Zıtlıkların dünyasındaydık!

Var olan her şey aslında bir çizginin iki ucunu ifade ediyordu. Aydınlık karanlığın diğer ucuydu, sevgi nefretin, güzellik çirkinliğin diğer ucu... Her şey sanki birbirine tamamen zıt iki uçla ancak var olabiliyordu.

Nihan'ın krizi yükseldiğinde ve doktor Deniz'e odadan çıkmasını işaret ettiğinde, denge diye düşünüyordu Deniz, denge!

Varoluşun tam ortasında olabilmek!

Uçlardan uzakta ya da her iki uca en yakın noktada, tarafsızca, fanatikleşmeden, fark ederek var olabilmek. Sadece varoluşun tarafını tutmak, cana sahip çıkmak! Dengeyi buldurmak için oluşmuştu evren. Varlığa dengeyi buldurana kadar genişleyecek, herkes herkesin duygularını anlayıp, hor gördüğü, eleştirdiği her hareketi yapana kadar devam edecekti hayat! Anlamak için buradaydık. Ne için yaratıldığımızı anlamak, kim olduğumuzu anlamaktan geçiyordu. Ancak kendini tanıyan biri varoluşun nedenlerini anlayabilecek seviyeye gelebiliyordu.

Kimliksizlik seviyesizlikti! Küçücük lomboz camından krize girmiş Nihan'ı izleme işkencesinde, bağımlılığın organları öldürecek derinlikteki bu evresinde beklemekten başka çare olmadığını söylemişti doktor. Hasarın ne kadar derin olduğunu anlamak birkaç gün alacaktı.

Nihan'ı en son –veda gecesinde– gördüğünden bu yana hayat nasıl da değişmişti... Hiçbir şey, hiç kimse eskisi gibi değildi. Keşke daha önce bulmuş olsaydı onu diye düşündü Deniz, Nihan'ın kıvranan bedenine çaresizce arkasını dönüp koridorda yürürken. Keşke daha önce şehre gelmiş olsaydı... Keşke gitmemiş olsaydı... Hissettiği suçluluk içinde iyice büyüdü çünkü hisseden ve hissettiğiyle üreten insanın, kendini uyuşturmaya eğilimi vardı. Bunu en iyi kendinden biliyordu, kafasını uyuşturamadığında nasıl da uyuyamıyor, aklına doğan müziği nasıl da kontrol edemiyordu... Ama aslında kendini uyuşturdukça parça parça ölüyordu yeteneği, bedeniyle birlikte. Ama bunu insan ancak arınınca anlıyordu!

Ölümden uyanmış gibiydi şimdi. Keşke analizini yapabildiği deneyiminin, onu getirdiği bu düşüncenin özünü, anlamı dünyaya indiren herkesle paylaşabilseydi. Ama evren böyle çalışmıyordu. Vücut nasıl kendi kanını üretiyorsa akıl da kendi analizini kendi deneyimlerinden sentezleyerek düşünceyi oluşturuyordu. Herkesin kendi düşüncesini üretmesi bekleniyordu. Diğerlerinin deneyimlerinden yararlanacak zekâya gelebilmek için de sürekli gözlemleyip fark etmek gerekiyordu. Ancak çabada olanlar başlarına gelmeden anlayabiliyorlardı.

Hastaneden çıktığında yanından geçen öğrencilerin birbirleriyle hararetli konuşmasında gördü Nihan'ı, kaldırımın köşesinde karşıdan karşıya geçmeye çalışan çocuğun sırtındaki gitarda da Nihan vardı, yanında dikilen iPod'undan dinlediği müziğin etkisiyle hafifçe kafasını sallayan gencin ritminde de... Çevresindeki dünyanın Nihan'ın varlığını haykıran etkisinden sıyrılmak için kafasını önüne eğdi. Sokak'a doğru giden yolu adımlarken Nihan'ın konservatuvara geldiği ilk günü düşündü.

Yetenekli, sakin ve neşeli... İçinde büyüyen yeteneği hisseden ama henüz sınırlarını çizmekte beceriksiz bir kız çocuğuydu. Büyüyecek, kendini tanıyacak, içinde olana sahip çıkacak diye düşünmüştü Deniz, o zaman içinde kaybolduğu kendi savaşını görmezden gelerek. Kontrol etmekte zorlanıp kendini uyuşturmaya sığındığı yeteneğinin ağırlığını öğrencilerinin de taşıyacağını hiç hesaplamamıştı. Ne kadar da âcizdi! Ne kadar da rüyadaydı! Ne kadar da her şeyi çözdüğünü sanmış ve ne kadar da yanılmıştı!

Hiçbir zaman kolay değildi insanın yeteneğini kucaklaması, hele taşıması. Üretime geçmeden yaşamak ve hissettiklerini yansıtamamak hiçbir zaman huzur vermezdi üretmek için yaratılmışlara.

Neden uyarmamıştı öğrencilerini? Neden onlarla paylaşmamıştı, üretmek zorunda olanların psikolojisini? Neden onları hazırlamamıştı içlerinde büyüyüp tüm dünyalarını kaplayacak olan yeteneklerinin yoruculuğuna, üretmeyen bir dünyada üreten birkaç kişiden olmanın sıkıntısına!?

Yargılamıştı, küçümsemişti ürettiklerini diğerleri sevsin diye çabalayan sahteleri... Gerçek olanlar kendi yeteneklerinin altında ezilip kaybolurlarken, kim suçlayabilirdi meydanı boş bulan sahteleri! Kimse tarafından anlaşılmamanın, göz önünde olmaktan dolayı sürekli yargılanmanın yalnızlığını anlatamamıştı onlara!

Yapmadıklarının, yapamadıklarının toprağa çeken etkisinden kurtulurcasına kaldırdı yerden kafasını ve gökyüzüne baktı. Bulutlarla yamalanmış gökyüzü evrenin derinliğiyle araya girmişti sanki... Korunaklı bir hapishane gibi. Keşke geriye gidebilse, fark etmediklerini fark edebilse, fark ettirebilseydi öğrencilerine. O zamanlarda sürekli kendini uyuşturduğu için duygularını analiz edemiyor, düşünemiyordu! Yasaklar koyarak kontrol altına almaya çalışmıştı hayatını, müziği... ve başaramamıştı! Hayat yasaklarla değil ancak anlayışlarla kontrol altına alınabilirdi!

Kendini o kadar uyuşturuyordu ki, bilmesi için aklının ucunda sıralanmış onlarca anlam üst üste yığılmış, en sonunda dünyasının üzerine yıkılmıştı. Ama düşünülmeyi bekleyen, birikmiş anlamların altında ezildiği için uyanmış, içindeki acıyı uyuşturamayacağı için de nihayet ayılmıştı! Yaşadığı acıyı düşününce Duru geldi aklına... derin bir nefes alıp kimsenin anlayamayacağı bir şekilde minnet hissetti ona. Kendini böylesine uyuşturan biri ancak acıyla uyanabilirdi... Aynı yatağında acıyla kıvranan Nihan gibi... ya uyanacak ya da ölecekti.

21. Can & Bilge

Kapı açıldı, Bilge üzerinde çalıştığı listeden kafasını kaldırmadı. Sanki beyin sapı öyle gelişmişti ki kendini bir kertenkele gibi hissetti kıpırtısız beklerken. Listenin üstüne aldığı notları almaya hareketsiz devam ederse tehlike geçecekti... Can Manay belki sadece bakıp gidecekti.

Lavanta değildi aslında, Bilge'den yükselen, odaya yayılan bu koku... lavanta moleküllerinin renklendirdiği bir meyve bahçesi gibiydi. Güneş vardı kokuda, toprak da... ve de o topraktan çıkan birkaç küçük filiz. Dengede olunca daha bir fark eder oluyordu insan. Detayları anlıyor, paternleri görüyordu. Can içinde büyüyen duyguyu, merakı ölçmek için gelmişti buraya. Bilge'yi ölçmek için.

Manay masasına doğru adım adım yaklaşırken kafasını kaldırmadı Bilge, bakmayacaktı. Listeyi on parmak bilgisayara işlemeye başladı, listeyi yazması bitince çekmecedeki dosyaları çıkarıp meşguliyetini sürdürmeyi planlarken. Can iyice yaklaştı, masanın etrafından dolanıp Bilge'nin arkasına geçti, sanki her şey ağır çekimdeydi. Manay'ın varlığıyla zaman yine yavaşlamış... ağırlaşmıştı. Arkasında öylece dikildiğini, kendisine baktığını biliyordu ama dönüp bakmadı, bakmamalıydı, yazmaya devam etti her zamanki hızından taviz vermeden, yoksa Manay yavaşladığını hemen anlardı.

Dikildiği yerde Bilge'nin narin bedeninin kendini korurcasına, saklarcasına nasıl da kamburlaştığına baktı. İki adım kenara kaydı, incecik parmaklarının bilgiyi yazıya dönüştürmekteki hızını izledi... dosya bitmek üzereydi... Sıkıca toplanmış topuzunun açıkta bıraktığı ensesine kaydı gözleri, anbean dinlendi orada Can. Bilge'nin boynunda atan damarının köşesinde gezdirdi gözlerini. Sade, sahipsiz, korunmasız, savunmasız ve ne kadar da güçlüydü. Elini uzattı ama parmakları ensesine değecekken durdurdu kendini... eli havada, parmakları Bilge'nin teninden birkaç milim uzakta bekledi... Elini yukarı kaldırdı, işaret parmağının ucuyla sıkıca toplanmış topuzuna dokundu. Bilge'nin parmakları iyice hızlandı, dokunulduğunu fark etmemiş olamazdı... saklanıyordu. Onu saklandığı yerden çıkarmak istedi Can, parmağının ucunu saçından çekip kulağının arkasına kaydırdı ama dokunmadı. Bilge yazmaya devam etti... robot gibiydi... Hayır, korkmuş gibiydi!... Hayır, sanki sapasağlam bir kalkanın içindeydi. Can parmağının ucuyla iyice yaklaştı kulak memesine ve sonra aniden elini çekti, odaya girdiği eminlikte seri, tereddütsüz çıkıp gitti.

Koridora çıktığında karar verdi, merakı hissettiğinden daha derin, Bilge ise ölçebileceğinden daha ilginçti.

Can'ın çıkmasından ancak birkaç saniye sonra onun varlığının odayı boşalttığına emin olunca durdu Bilge, ellerini yumruk yapıp göğsünün önünde birleştirdi. Gözlerini kaldırmadı bilgisayarda yazdığı listeden. İşaret çubuğuna odakladı gözlerini... yanıp sönen çubuk sanki atan kalbinin ritmiyle senkronizeydi. Ne hissettiğini, neden böyle hissettiğini bilemedi ve ilk defa durduğu yer de belli değildi.

22. Mahizar & Sadık

Eleştirdiği, küçümsediği tüm o kadınlar gibi sinsice Murat Muratoğlu'nu merak eder olmuştu Mahizar, hem de bir günde. Hastanenin randevu kaydını incelemiş, onunla ilgili bir bilgi bulma umuduyla internette ismini aratmıştı. Hiçbir şey bulamamıştı. Nerede çalıştığını, nerede okuduğunu, kardeşi olup olmadığını, kayak yaptığı yerin neresi olduğunu düşünüp durmuştu gün boyunca, hastalarına fizyoterapi yaparken. Aklına girmişti bir kere, merakına saplanmıştı. Olabilecek en tuhaf şekilde kalkıp gitmişti şu masaj koltuğundan. Gece boyunca aklında, uzun süredir kimsenin girmediği o en mahrem yerdeydi. İşi bitmiş olmasına rağmen yarım saattir oyalanıyordu muayenehanesinde. Düşünmek istemiyordu ama içindeki ses belki gelir diyordu... belki gelir dün aniden çıkıp gittiği gibi bugün aniden geliverir... ama kimse gelmemişti. Çantasını topladı ve yanından geçtiği çalışanlara iyi akşamlar dileyip çıktı.

Otoparka indi, araba anahtarı yine çantasının hangi deliğine girmişti!... Anahtarı buldu, çıkarıp arabasını açarken fark etti... Fark ettiği şeyin suratında gülümsemeye dönüşmesini engelleyemeden durduğu yerde baktı umutla.

Spor arabasına yaslanmış kafasında şapkasıyla bekliyordu Murat... Bir erkeğin ifade etmesi gereken tüm heyecan dikilmişti sanki tam karşısına.

Yavaşça yaslandığı yerden doğruldu Sadık, gözlerini bir an bile ayırmadı Mahizar'dan, yarattığı etkiyi görmek yarım saattir beklemesine değmişti... "Acaba bu gülümsemesi miydi Özge'ye çekici gelen yoksa gözlerinin sakinleştiren etkisi mi?" diye düşündü yan koltuğun kapısını açarken. "Dün için özür dilerim" demişti Murat bir erkeğin hissettirmesi gereken her hissi uyandırarak.

23. *Bilge & Ali**

Sabırsızlıkla beklediği kişinin nihayet gelmesinin heyecanı, Bilge'nin kendi içine dönmüş düşüncelerinin ifadesine yansıyan karmaşasıyla sarsılmış ve Ali'yi sanki aç karnına içilen güzel bir Türk kahvesi gibi insanın içini oyan o sancıyla baş başa bırakmıştı. Hazırlanan sofrada sessizce oturup arada Doğru ve Onur'a bakıp gülümseyerek yemeğini yiyen Bilge'den ayıramadı gözlerini.

Onunla bir kez olsun göz göze gelmek, içinde hissettiği duyguyu ona hissettirmek için yemek boyunca bekledi... ama Bilge sanki yoktu. Bedeni burada ama düşüncesi soluktu.

Yemek sonrasında sofrayı toplamaya yardıma kalktıklarında mutfakta ona yaklaşıp "İyi misin?" demek istemişti ama Bilge onu görür görmez "Birazdan gitmemiz lazım..." demiş ve tabakları makineye yerleştirirken yüzüne bakmadan eklemişti. "Parti hazırlıkları yüzünden bu hafta çok yoğun." Arabada Bilge'yi fark ettiği o ilk andan beri kendini bu kadar çaresiz hissetmemişti Ali.

---

* Müzik Önerisi: *Final Movment* - Clint Mansell

Sanki bir gezegendi, varoluşundan beri kaplandığı buzulların soğukluğunda, ısıdan uzak, yalnız, yörüngesiz, güneşsiz bir gezegen... yaklaşmak üzere olduğu yıldızın ısısıyla buzullarından kurtulup üzerinde hayatın bereketini deneyimleyebilecek bir gezegen... yıldız tarafından yörüngeye alınmadan döngüsünü tamamlamak için uzayın yine diğer ucuna gönderilen yalnız bir gezegen... Evren yasalarına yenik düşmüş hissetti Ali kendini, hissettiği güneş şimdi yüzünü çevirmişti ona... aniden ısısızlaşan bir ışıktı.

Bilge dönüp gidecek, kendini arabaya teslim edip akan yolda aklının karmaşasını düzenleyecekti ama Ali tuttu kolundan, gitmesini engelledi. Ne onun gözlerine bakmak istiyordu, ne de başkasının, tek başına olmak, düşünmek istiyordu. Ne hissettiğini, neden hissettiğini anlamaya ihtiyacı vardı. Kolunu tutan Ali'ye kafasını kaldırıp bakmak zorunda kaldı. Ali'nin yalvaran gözleri ne olduğunu anlamak için kendisine sabitlenmişti ama insan anlamadığı bir şeyi diğerine nasıl anlatırdı? Kafasını sağa sola salladı Bilge ve Ali sakince Bilge'nin kolunu bıraktı.

Elini Bilge'nin sıcak kolundan çekerken sanki kalbi yine yalnızlığın buzuyla kaplanmaya başlamıştı. Doğru'yu alıp gitti Bilge, inen gecenin yıldızlarına karıştı uzaklaşan arabasının farları. Arkasında bıraktığı Ali'nin dünyası, karanlığa boğan bir yalnızlıkla kaplandı... yine.

24. Mahmut Konmaz'ı tanıyor musunuz?

Darbe 12 saat önce "Mahmut Konmaz'ı tanıyor musunuz?" başlığıyla yayınlanmıştı ama Mahmut Konmaz'ın haberi hâlâ niye patlamamıştı! Çıt yoktu sosyal medyada! Beklemekten bıkkın kapattı bilgisayarını, kalkıp dişlerini fırçalamaya gitti. Bedeninde gezen adrenalin uyumasını engelleyecek dozdaydı ama yatağa gitmekten başka yapacak bir şey de kalmamıştı.

Dişlerini fırçaladı, aynadaki yansımasına kilitlediği gözleri hiçbir şey görmezken aklı kendisine "Orospu!" diyen o iğrenç adamdaydı. Bugünkü toplantıdan zor sıyrılmıştı. Aceleyle hazırladığı sunum beceriksiz gözükse de Çernobil'le ilgili delilleri ortaya koymasına yaramıştı. Gerçi o yabancı adamın suratında Özge konuştukça büyüyen o tiksinç ifade ve sürekli Mahmut Konmaz'la bakışmalarının sinsiliği o kadar belirgindi ki, kendini büyük bir tuzağın etrafında geziniyor gibi hissetmişti toplantı boyunca.

Ağzını çalkalayıp odasına geçti. Yatağa uzandı, gözlerini tavana dikip karanlığın içinde, camdan giren ışığın tavanda bıraktığı desene baktı. Birkaç dakika mucize olmasını bekler gibi yattıktan sonra fırlayıp kalktı, salonda bıraktığı telefonunu alıp sosyal medyada yine Mahmut Konmaz'la ilgili bir gelişme var mı diye baktı... yoktu. Çıt yoktu.

Yatağa geri dönüp tavandaki o desene gözlerini diktikten sonra nasıl uyuduğunu bilmiyordu ama telefonu çaldığında sanki birkaç saniye önce dalmıştı uykuya, telefonun sesiyle yerinden fırladığında sokak lambasının ışığı hâlâ aynı desendeydi, gece yarısıydı. Arayan Ömer'di.

Korkuyla açtı telefonu, Dudu nine ve Ali Rıza dededen sonra korkacak çok neden vardı. Ömer "Twitter'a bak hemen!" demişti.

"N'oldu?" dedi Özge zorla uykuya dalmanın ve aniden uyandırılmanın yorgunluğunda.

Ömer, "Twitter'a bak. Sonra ara beni..." diye yineledi.

Özge "Tamam" derken telefonu kapatmıştı bile.

Telefonun ışığıyla kamaşan gözlerinin kuruluğunu hafifletmek için gözlerini kısarak Twitter'a girdi Özge. Kendi hesabından çıkıp gündeme ulaştı... "Ajan Mahmut Konmaz"dı gece yarısının gündemi. *Darbe*'deki haber patlamış, her hesapta tartışılıyordu.

Varlıklı bir ailenin oğluydu Mahmut, hükümetler değişse de görevde kalmayı başarmış bir bakanın oğlu. Babadan oğula geçen birçok şey gibi hükümetlere olan yakınlığı da babasından geçmişti ona. *Darbe*'deki haber, Mahmut'un babasının yurtdışında okuyabilmek için aldığı yabancı bursun kaynaklarının CIA'le ilişkisi olduğu spekülе edilen bir vakıftan verildiğini ispatlamakla başlıyor ve aynı bursu Mahmut Konmaz'ın da almasıyla devam ediyordu. Toplam iki tam sayfalık haberin sonunda Mahmut Konmaz ve atalarının başa geçen her hükümetin içinde milletvekili, bakan ya da yayın organlarının başında halkı manipüle edecek bir konumda olabilmek için yetiştirildiği ve ülkeyi bölmek için 1946 yılında yapılan Büyük Plan'ın uygulanması için özellikle görevlendirildiği belgelerle sunuluyordu. Konmazların, sağ ya da sol hangi kanattan olursa olsun, sosyalist ya da kapitalist hangi ideolojiden gelirse gelsin başa geçen her hükümette, nesillerdir ve hiç ara vermeden görev alabilen bir aileden geliyor olmaları tesadüf ya da beceri değildi. Detaylandırılmış bir planın görevli piyonlarıydı Konmazlar. Gerek hükümette, gerek devletin organlarında ya da medyanın herhangi bir köşesinde çalışıyor olmaları o Büyük Plan'ın adım adım tıkırında işlediğini kontrol edebilmelerini sağlıyordu. Zorluk çıkaran kişileri devlet organlarını kullanarak önce mimliyorlar sonra da medya organlarından yaydıkları manipülasyonla halkın gözünden siliyorlardı. Peki neydi amaçları? Yüzlerce yıl önce bu topraklarda kurulması planlanan ama bir tek kişinin ahlaklı bir inisiyatif kullanmasıyla başlayan bir halk hareketi sonucu engellenen planın uygulanmasıydı. O planı uygulamak için güçlünün yanında taraf olduğu için yakalanmış ve cezalandırılmış atalarının intikamını alacaklardı. Kulağa film gibi geliyordu ama haberin sonundaki belge bu plana hizmet eden kişilerin hepsinin nasıl da yıllardır, babalarından, dedelerinden başlayarak aynı vakfa üye olduklarını kanıtlıyordu. Nesiller boyunca aynı vakfın yardımıyla hepsi yurtdışında okumuşlar, seçimleri hangi parti kazanmış olursa olsun, değişen hükümetlere rağmen hepsi aynı görevlerde var olmuşlardı. İnanılır gibi değildi ama gerçekti. Yaşadıkları ülkenin varoluşuna savaş açmış, düşmanlarla işbirliği yapan atalarının kimliklerinden sıyrılıp kamufle olarak saklanmışlardı. Bu ajan aileleri, finansal olarak mutlaka besleniyorlar, çocuklarını uluslararası ilişkilerle ilgili işlere yerleştiriyorlardı. Aileden mutlaka bir tane bakan ya da Mahmut Konmaz gibi bir medya fenomeni çıkıyordu. Çalışmadığı gazete, yalakalık yapmadığı başbakan kalmamıştı ama kurt en sonunda kocamıştı... şimdi artık sıra ona gelmişti. Nedenini bilmiyordu Özge ama Mahmut Konmaz'ın ipini epey güçlü biri çekmişti, bu belgelere ulaşmak güç isterdi hem de çok.

Evin içinde hoplayıp zıplayıp adaletin yerini bulmasının coşkusunu yaşadı Özge, Mahmut Konmaz'ın ipinin çekilmesinin nedeninin adalet olmadığını, altından çıkartılacak bağlantıyla ülkenin bir fırtınalar zincirine bağlanmak istendiğini bilmeden.

12. BÖLÜM

1. Sokak davet

Saatine baktı Deniz, derslerin bitmesine 12 dakika vardı. Herkes konuşulduğu gibi yerini almış, kendi kamuflesinde zamanın gelmesini bekliyordu. 36 kişiydiler. Eyleme geçip şehre bir mesaj vermek isteyen 35 genç ve Deniz.

Elinde cep telefonu, her an çekime başlamak için beklerken geçen ay okulun önünde simit satarak kimliğini gizlediği an geldi aklına Göksel'in. Şehrin eski merkezindeki okulda olay çıkarmak için dört gün simit satmıştı. İşaret geldiğindeyse içeri dalmış, vandalizmin doruklarına varmıştı, solcu naralar atarken. Sol sağ neydi umurunda bile değildi ama saldırının organizasyonunu yapanların, solun tam karşısında olduklarından emindi. Amaç: Bu solcuları kötü göstermekti! Epey de başarmışlardı. Ertesi gün tüm gazetelerde, TV haberlerinde solculara lanet yağdırılmıştı. Beklerken merak etti Göksel, neden hükümet nefret ediyordu bu solculardan! Kimdi solcular! Saatine baktı, telefonunu hazırladı, eylem birazdan başlayacaktı.

Simitçiden aldığı simidin son lokmasını da yuttu Deniz, üniversiteden çıkanların çıkışta yığılmasını bekledi... kalabalık hazırdı. Tuşa bastı. Umarsızca üzerinde oturduğu hoparlör titreşimlerle müziği atmosfere yaymaya baladı. "Superstar"* çalmaya başladı.

Kalabalığın içinde kamufle olmuş bir genç ritimle birlikte ani ama acelesiz dansa başladı, yanında telefonla konuşan kızın kapüşonunu indirince dans kıza da bulaştı. Senkronize hareketlerle dansa devam eden iki kişi oldular. Kız önlerinden geçen bir gence tekme atınca üç, o genç de elindeki tenis topunu uzakta onları izleyen bir kıza atıp da kız da bulunduğu yerden koşup havada bir salto atıp gruba katılınca dört kişiydiler artık. Kızın saltosundan sonra okuldan çıkan herkes etraflarında toplanmaya başladı. Dördü birden havada takla atıp yere dizlerinin üstüne dindiler, birkaç saniye beklediler, kalabalığın kenarlarından fırlayan iki genç iki kanattan salto attı ve dizlerinin üstünde bekleyenler de ayağa fırlayıp dansa devam ettiler. Sonra dört kişi daha katıldı, derken sekiz kişi daha... ve nihayet 33 kişi siyah kıyafetler içinde, senkronize bir şekilde havada taklalar atıp ritmine kapıldıkları müziğin her notasını şereflendirircesine dans ediyorlardı.

Okulun önünden geçen otobüsler bile durdu, insanlar arabalarından inip trafiği tıkadıklarını umursamadan, gösteriyi telefonlarıyla kayda almaya başladılar. İşte o zaman elindeki mantar tabancasıyla gösteri alanının tepesine yükseltilmiş büyük balonu patlattı Göksel, balonun içindeki yüzlerce flyer meydana yayıldı. Dans bitmek üzereydi ama izleyenler de dansa başlamıştı... İnsanlara bir şey anlatmak istiyorsanız suratlarına bağırarak değil onları dahil ederek anlatmanız şarttı. Bu dahiliyete, danstan daha iyi bir davet olamazdı!

---

* Müziğin versiyon önerisi: Superstar - Marten Horger Remix, Stanton Warriors

Havadan yere inen avuç içi büyüklüğündeki flyer'ları yakalayan küçük bir çocuk alıp okudu: "İnsanın nasıl muhteşem bir varlık olduğunu görmek istiyor musun? O zaman gel." Altında küçük bir adres ve ertesi günün tarihi vardı, buradan çok uzak da sayılmazdı.

Dans bittiğinde sanki hiçbir şey olmamış gibi dağıldı 34 kişi, izledikleri gösterinin etkisinde kalan kalabalığın arasına karıştılar hatta neredeyse yok oldular.

2. Özge

Can Manay'ın sürpriz partisi pek de önemli değildi ta ki dünyanın en seksi ikinci modelinin jetinin ülkeye geldiği haberlerde tekrar tekrar çıkana ve bu gelişin Can Manay'ın sürpriz partisi için olduğu fısıl fısıl yayılana kadar! Ama bu kadarla da kalmamıştı, en seksi birinci modelin de davetli olduğu kulaktan kulağa yayılmıştı. Can Manay artık hiçbirinin umurunda değildi ama bu asalaklar süper modelleri görmek için o partiye mutlaka katılacaklardı!

Burcu'nun kendisine ilettiği mesajla Sadık davete gitmesini istemişti, belli ki kendisi gitmeyecekti. Can Manay ne kadardır yoktu ortalarda. Kendi yaşantısının girdabına öyle kapılmıştı ki Özge, kan davalısını unutmuştu.

Can Manay'ın etkisi pek de kalmamıştı içinde ama sistemin içine girdikçe anlamıştı onun olduğu kişiyi. Eskiden aklın aptallığa hizmet edemeyeceğini zannederdi ama şimdi biliyordu aklı satılık olanlar da paralı askerler gibiydi. Mahmut Konmaz, Can Manay... Haklılığa, adalete bakmadan parayı veren tarafın kazanmasını sağlayacak kadar şerefsizdiler. Akıllı olma meselesi değildi bu, şerefli olma meselesiydi. Gerçi Mahmut Konmaz ve ataları on yıllar önce imzalanması planlanan anlaşmayı geçerli kılmak için görevlendirilmişti. Can Manay gibilerle aralarında bir fark vardı belki ama hangisi daha kötüydü, emeklerle var edilmiş bir toplumu kurnaz planlarla yıkmaya çalışmak mı yoksa aklını paranın hizmetine salıp akıl orospusu olmak mı?

Davet yarın akşamdı.

13. BÖLÜM

1. *Parti*

Zeynep tekneyle getirecekti Can'ı, Bilge burada bir yerlerde olmalıydı. Kendini misafir gibi hissederek girdi konağın bahçesine Ali, partiye gelen süslü insanların arasından geçti, etrafa yayılmış olan şık güvenliklerden birine yaklaşıp, "Bilge Hanım nerede?" dedi.

Telefonunu açmıyordu Bilge, duymuyor olmalıydı bunca işinin içinde. Güvenlik, "Üst katta" diye cevap verdi. Ali günlerdir görmemişti Bilge'yi. Ne ofiste görmüştü, ne de çiftliğe gelmişlerdi. Aklı "İşi çok o yüzden" derken kalbi "Ne olursa olsun böyle olmamalı" diyordu. Konağa girecekti ki bahçede incecik bir detayla süslenmiş kocaman ağacı fark etti. Bu bir sedirdi. Yaratıcıdan, yalnız değilsiniz diyen kocaman bir işaret gibiydi sanki.

Konağın içine girdi, yumuşak sarı aydınlatmanın etkisiyle cennet hissi verilmiş salon gerçekten de güzeldi. Gereksiz süsler yerine sarının her tonu kullanılarak yapılmış ışık kümeleriyle bezenmişti. Bilge'nin zevkiydi bu, her şeyle o ilgilenmişti. Sanki kendinden küçük parçalar bırakmış gibiydi Bilge, yer yer ışıklanmış bu salonun her köşesine.

Merdivenleri çıktı Ali acele etmemek için kendiyle savaşarak. Üst katta dikilen güvenlik ne işin var der gibi bakmıştı ona. Açıkladı.

"Bilge Hanım'ı arıyorum."

Bilge Hanım en alt katta mutfaktaydı. Mutfağa indi, davetli 150 kişiye sunulmak istenen lezzeti hazırlamaya çalışan 30 kişinin arasında gördü onu. Saçlarını her zamanki gibi geriye toplamıştı, üzerindeki mürdüm rengi kıyafetin rengi dışında her şeyiyle aynıydı. Gözlükleri, giydiği düz ayakkabıları, derli toplu saçları... Nereye koysan asla değiştiremeyeceğin bir maden gibiydi Bilge, parlak, sağlam, dokununca enerji veren cinsten.

Mutfağın girişinde sakince bekleyip Bilge'nin yapılması gerekeni sakin bir şekilde anlatmasını, yönetmesini izledi. İlk çalışmaya başladığındaki çekingenliği tamamen gitmiş, yerine kontrolün kendisinde olmasının en doğru çözüm olduğunu en sonunda keşfetmiş kararlı biri gelmişti. Can Manay gelmeden açık büfe hazırlıkları bitmiş olacaktı. Yemek salonu henüz davetlilere açılmamıştı, ortada dolandırılan ordövrler şimdilik yeterli olacaktı.

Elindeki programı mutfağın her köşesine yapıştırdı Bilge ve yüksek sesle mutfaktakilere seslendi.

"Kafası karışan gelecek ve buradaki programla kendini senkronize edecek! Şimdi saatlerimizi ayarlayalım. Şu an saat 20.12. Yemekleri yerleştirmeye başlayabilirsiniz, saat 21.35'te ışıklar sönecek! Işıklar söndüğünde şampanya servisi yapacak herkesin yukarıda olması lazım! Unutmayın, kafanız karışırsa her şey burada yazılı, saatinize bakın ve programla senkronize olun!"

Konuşması bittiğinde bakışını elindeki programdan ayırmadan çıkışa doğru ilerledi Bilge. Ali koluna dokununca kaldırdı kafasını. Bilge'nin gözlerinde kendi varlığını fark etmekten kaynaklanan o ışığı aradı Ali... Vardı ama sanki altında kalmıştı yapılması gereken onca işin, sorumluluğun ya da başka bir düşüncenin.

"Nasıl yardım edebilirim?" demişti Ali elini Bilge'nin çıplak teninden çekmeden. Bilge gülümseyip etrafına bakındı, nasıl yardım edebilirdi?! Keşke gözlerinin içine öyle umutla bakmasa, keşke bu kadar yaklaşıp kendisini hissetmeye zorlamasa ve keşke hissedemediği duyguların suçluluğunu yüklemese o bakışlarla... Düşünürken bir adım atarak kolunu Ali'den kurtardı Bilge ve "Her şey hazır burada, Zeynep sana iş vermedi mi?" diye sordu.

Ali buz gibi hissetti kendini, Zeynep kendisine iş vermediğinden, Can detayları onunla hiç konuşmadığından, kimse ondan yardım istemediğinden ya da onu hiçbir şeye dahil etmemiş olmalarından değil, Bilge'nin teninden çekilen elinin, içine doldurduğu soğukluktandı. Dokunulmak istemeyen bir kadını anlayacak zekâdaydı. Kibar bir şekilde, "Ben yukarıda kapının yanındaki alanda olacağım. Herhangi bir şey gerektiğinde oradayım" dedi. İçinde hissettiği yalnızlığı saklayıp arkasını döndü Bilge'ye ve merdivenleri çıktı.

Ali giderken kendini yine suçlu hissetti Bilge, Ali'nin gözlerinde kendisine ulaşmak isteyen şeyi karşılayamadığı için, onun kadar iyi bir ruha eş olamadığı için, hissedemediği için, içinde büyüyen Manay'ın bu gece yapacağı şovu merakla beklediği için... Manay'ı merakla beklediği için! Silkeledi hemen düşüncelerini, Manay'ı asla düşünmemeliydi. Elindeki listeye indirdi kafasını ama aklını kurtaramadı düşüncelerden ve Kaya geldi aklına aniden! "Kopuksun..." demişti. "Yaşamıyorsun, izliyorsun!" demişti. "Bu deformasyonun Can'ın sende yayılmasını engelleyecek" demişti... İşten ayrıldığı o gece anlamamıştı Bilge onun ne demek istediğini ama şimdi kendini o kadar da deforme hissetmiyordu artık içinde yayılan Can'ın düşüncesiyle. Evet, izliyordu, yaşamıyordu ve şimdi Can'ın gelmesini beklerken sanki hayatının başlamasını bekler gibi hissettiğini anladı. Etrafına baktı, ne zaman Can'ın hayatını, Can'ı merkezine koyar olmuştu. Daha bir ay önce Ali'ye hissettiği o duygu neredeydi? Çiftlikte yıldızlara baktıkları gece onunla yaşamayı nasıl da istemişti. Ne olmuştu da böyle birden soğumuştu? Ya da ne olmuştu da Can'a böyle ısınmıştı!? Bunları sorgularken "Can" dediğini fark etti Manay'a... Ne olmuştu da Can Manay, Can olmuştu?

Aceleyle merdivenlerden inen takım elbiseli bir adam kalabalığa bakıp Bilge'nin adını bağırmasa düşündüklerinin hayretinde, yaşadığı duygu değişiminin merkezinde kaybolacaktı belki de ama "Burdayım" diye cevap verdi dibinde olmasına rağmen kendisini uzaklarda arayan adama. Adam elindeki paketi teslim etmeye gelmişti. Can Manay'dan özel olarak Bilge'ye gönderilmişti.

2. Özge

Boğaz'ın incisi sanki yeni açmıştı istiridyesinin kabuğunu. Kanal tarafından ayarlanan tekneyle yalıya yaklaştıkça, sarı ışıklandırmanın buğusunda huzur hissetti Özge. Hayatının tüm huzursuzluklarına anahtar olmuş Can Manay'ın, böylesine huzurlu ortamlar yaratma ustalığı, tüm çelişkisine rağmen inkâr edilemezdi.

İskelede indi ve yol boyunca sıralanmış ince ışıkların arasından, sanki cennete girermiş gibi girdi bahçeye. Dev sedirin yanından geçti, ağacın kozalakları böylesine zarif nasıl ışıklandırılabilmişti? Nedenini bilemedi ama hissetti, sanki bu ağaç hayatında gördüğü en değerli şeydi.

Bahçe kapısından geçince salonun bahçeden de güzel olduğunu fark etti. Ilık havalandırmanın hareketlendirdiği ipekler ve sarının her tonuyla güneşin enerjisini karanlığa dağıtmışcasına huzur veren ışıklar… Daha önce böylesine güzel, böylesine sade, böylesine… böylesine gereksiz her şeyden arınmış bir parti mekânı görmemişti. İlk defa bu partiyi, bu ortamı kim düzenledi diye düşündü. Elinde kocaman kutuyla yanından geçip üst kata çıkan Bilge'nin varlığını fark etmedi bile, tüm dikkati mekâna yayılan ışığın huzurundaydı.

Erken gelip Can Manay gelmeden stratejik bir köşe bulmak istemişti kendine. Mekân büyüktü, bir sürü köşe vardı. İçerisi kalabalıktı, insanlar model kızları görmenin heyecanıyla şimdiden gelmeye başlamışlardı. Magazin basınının timsahlarını, hayattan alabildiği tek zevk uçkuru ve midesi olan yöneticilerden birkaçını ve onlarca paparazziyi fark etti Özge. Sanki konuklardan çok paparazziler, dedikodu sütunlarının yazarları davet edilmişti. Kendi kendine gülümsedi, uzun süredir ortada olmayan eski bir ünlünün can simidiydi bunlar, onlara sarılıp yeniden çıkacaktı kıyıya.

3. *Ada*

Gelmek istememişti buraya, kendisine Duru'yu, Deniz'in gidişini, sonra dönüp varlığını inkâr edişini hatırlatan Can Manay'ın sürpriz partisine. Ama ısrar etmişti Tugay, orada olmaları şarttı.

Yalıya yaklaşana kadar telefonu düşmedi kulağından Tugay'ın, işleri çok iyi gidiyordu. Müşterileri artmıştı. Telefonu nihayet kapatmıştı ki Ada'ya bakmadan mırıldandı.

"Zavallı Can Manay, pahalı partiler vererek geri tırmanabileceğini sanıyor."

Alındığı andan beri bir iltifat ya da birkaç kelime bekleyen Ada hâlâ onunla konuşulmadığı için iyice içine kapandı. Sessizce Tugay'ın fark etmesini bekledi. Erkek organizmasının, umursamadığı bir şeyi asla fark etmeyeceğini hiç düşünmedi. Valeyę yaklaştıklarında, Ada, "Tugay" dedi. Gözlerine bakılmasını, hissettiği yalnızlığın paylaşılmasını istiyordu, ona Nihan'ı anlatmak istiyordu. Belki yardım bile ederlerdi birlikte.

Tugay döndü Ada'ya, gözlerine baktı, tam konuşacaktı ki kaşları çatıldı, "Çok yorgun görünüyorsun sen" dedi. İç cebinden çıkardığı küçücük camdan tüpü Ada'nın eline tutuşturup, "Bu sana enerji verir" diye devam etti ve beyazlatılmış dişlerini ortaya koyan ani bir gülümsemeyle, daha doğrusu umursamaz bir sırıtışla arabadan indi.

Avucunun içinde kokain dolu küçük tüple Tugay'ı takip etti Ada, yalının bahçesine girdi. Tugay eve doğru giderken karşılaştığı tanıdıklarıyla, samimi olduğu –daha doğrusu paraya bağladığı– paparazzilerle selamlaşırken, bir adım arkasında durdu. Bir gölge gibi selamlaşmaların bitmesini beklerken kafasını kaldırdı ve yalının boyuyla yarışan ağacı gördü... Sanki kimsenin duymadığı bir şarkıyı söylüyordu, rüzgâra eşlik eden dalları, yaprakları... Ağacın gövdesinden köklerine kaydı bakışları, toprağın altından yer yer kendini gösteren kökleri ne kadar derine iniyordu diye düşünürken o kökler Deniz'i hatırlattı.

Yıllar önce konservatuvara ilk girdiğinde aklına gelen müziği kaçmasın diye stresle defterine notalarken bir ağacın önündeydi böyle, ardı ardına gelen notalar o kadar yoğundular ki deftere yazmak için aklıyla yarışmak zorunda kalmıştı eli, yarışı kazanması imkânsızdı. Tam o imkânsızlığın çaresizliğinde "Teslim ol" demişti Deniz. Eliyle omzuna dokunmuş, hafifçe sıkıp, "Kapat gözlerini ve dinle onu... bırak duyguya dönüşsün, duyguya dönüşen bir şeyi asla unutmazsın ve istediğin zaman notalarsın" diye fısıldamıştı kulağına.

Köklere diktiği gözlerini kapadı Ada, Deniz'in duygusuna eşdeğer müziği çağırdı aklına.* Müziği duyguya değil, duyguyu müziğe dönüştürmeye başladı... Birbirlerinin zaaflarından, zayıflıklarından beslenerek var olan ahlaksız insan kalabalığının arasında, yapılan dedikoduların mırıltısından belki de milyonlarca ışık yılı uzakta, zihninin derinlerinde önce piyanonun sesini duydu, ince akordun aniden kalınlaşan vurgusuyla devam etti müzik kalbinin yalnızlığını yakınırcasına. Kendi türünden uzak, kendi kaynağına ihanette yaşamaya çalışırken aklıyla sarıldı bestelediği müziğe.

4. *Bilge*

Kutuyu yatağın üzerine koydu ve bir adım geri çekildi, ellerini önünde kavuşturup hissettiği tuhaf duyguyu analiz etti Bilge... heyecandı. Biraz önce düşündüklerinden eser kalmamıştı. Daha önce hissetmediği, hayır, belki Murat'ın omzuna dokunduğu o gün hissettiği cinsteydi bu heyecan. Birleştirdiği ellerini ayırdı, yumruklarını sıktı ve bir cesaretle kutuya yaklaşıp kapağı açtı... İçindeki kâğıdı kaldırdı ucundan... Kâğıdın altından ortaya çıkan kumaşın rengi kilitledi gözlerini, grinin fümeye dönüp kırıntılar halinde yıldızların parlaklığıyla bezenen hali, sanki ışıkla verilmişti. Dokundu, dokusu parmaklarını esir aldı, çekemedi elini... Dokunmaya devam etti. Yavaşça omuzlarından tutup kaldırdı elbiseyi. Omuzların koyu grisi giderek koyulaşıyor ve diz altına inen eteklerde artık siyaha dönüyordu ama parlaklık, siyah elmas etkisinde devam ediyordu. Elbisenin küçük vatkaları omuzlara

---

* Müzik önerisi: Heinali - Sway, sway

sivri bir etki vermişti, vatkaları incelerken Bilge, elbisenin sırtının açık olduğunu fark etti ve hemen indirdi elbiseyi. Bunu nasıl giyecekti?!

Kalbinin ritmi iyice yükseldi, saatine baktı, şimdi aşağıda olmalıydı. Telaşla elbiseyi kutunun üstüne bıraktı, bırakırken zarf düştü, zarfı alırken bu elbisenin kendisine yakışmayacağından emindi. Sinderellacılık oynamanın anlamı yoktu! Kapıyı açıp aşağı indi.

Salonda, kendilerine ikram edilen ordövrleri yiyip şampanyalarını yudumlayan insanlara baktı, her biri şıklık içinde parlamaktaydı. Salonu geçip mutfağa indi, yapacak çok işi vardı. Manay'ı ciddiye almamalıydı... hele hayatının merkezine, hiç almamalıydı! Programını yukarıda unutmuştu ama önemli değildi zaten her tarafta asılıydı, en önemlisi her detay zaten aklındaydı. Rusya'dan gelen müzisyenlerin müziğe başlamasının zamanı geliyordu. Güvenliği aradı, müzisyenleri yerlerine yerleştirmeleri için uyardı. Elinde hâlâ Can Manay'ın zarfı vardı.

Yukarı çıktı, küçük orkestralarının başına geçen müzisyenler müziklerine başlarken DJ'in müziği azaltarak susturmasını izledi. Her şey yolundaydı. Küçük orkestra başladı. Manay'ın sevdiği bossa nova tarzının remikslenmiş örnekleri herkesi havaya sokmaya yetti.

Nihayet avuçladığı küçük zarfı açtı, içinden çıkan peçetenin üzerine yazılmış yazıyı okudu: "Benim için" yazıyordu.

Bilge'nin suratı öyle kızarmıştı ki, kendini hiç bu kadar deşifre olmuş hissetmemişti. Kendisinde yarattığı etkiyi bilen biri ancak "Benim için" diyebilirdi. Ona hiç renk vermemişti, Can... Can Manay nasıl bu kadar kendine güvenebilirdi? Öfke hissetti, kendini küçülmüş hisseden her kadın öfkelenirdi.

Telefonu çaldı, hissettiği öfkenin kontrolünde yine ne oldu dercesine açtı telefonu, arayan güvenlik olmalıydı... ama değildi!

Can Manay, “Seni o elbise içinde görmek bu salak partiyi vermek için katlandığım tüm bu işkenceye değecek” dedi. Cevap veremedi Bilge, ne diyebilirdi ki? Çıkaracağı her ses zaten tuhaflığın sınırlarını zorlayan bu durumu, anında daha da tuhaflaştırabilirdi.

“Benim için” dedi Can ve aldığı derin bir nefesle şükürler olsun ki telefonu kapattı.

Ali, anbean, katman katman, karmaşasını yaşadığı duygu tarafından ele geçirilmesini izledi Bilge’nin. Avucunda buruşturduğu zarf, elindeki peçete, peçetenin üstünde sıkıca tuttuğu telefon, pembeleşen suratının yaşadığı duyguya yabancı olduğunu anlatan şok içindeki ifadesi, telefonda dinlediği kişinin üzerindeki etkisi...

Çaresiz hissetti kendini Ali, işe yarayacağını bilse koşup alırdı o uğursuz zarfı, çekerdi telefonu ve haykırırdı hattın diğer ucunda, Bilge’nin içine işleyen o zehrin sahibine “Defol git! İstenmiyorsun!” diye. Kırardı o telefonu, bu eşyaları, bu yalıyı yakardı... ama hiçbir şey yapmadı. Dikildiği köşede, fark edilmek için geldiği bu yerde öylece izledi Bilge’nin merdivenleri çıkmasını. Peşinden gitmemek için zor tuttu kendini, bu kadar etki altında bir kadının peşinden gitmek sadece tiksinti verirdi ona, emindi.

5. *Sokak*

Sokak’a gelmiş, etraflarında ne olduğunu, ne olacağını anlamak için birbirleriyle sohbete dalmış insanların uğultusu, davullar vurmaya başladığında kesildi.

Çıkışı ziyaretçilere kapatılmış ve binayı çevreleyen asma katın tamamına yerleşmiş orkestra, ilhamın askerleri olduklarının bilincinde dimdik hazır beklerken davullarla başlamıştı ritme.

Gösteriye gelen herkes başlarını kaldırmış, gök gürültüsünü taklit eden davulların ritmine odaklanmışlardı. Ardından kemanın, gök gürültüsünü koşarcasına geçen sesi hızla yükseldi! Ve sanki çıktığı yükseklikte kavuştuğu şeyin etkisiyle birden sessizleşti.

Başları yukarıda aniden kesilen müziğin hayretinde kaldı herkes... ama o bir anlık sessizlikten sonra, incecik bir tınıyla ritme girdi bir gitar ve kalabalığın içinden bir keman yükseldi tangonun isyankârlığında, sanki bir kadının rüzgârda havalanan eteğinin dalgasında akmaya başladı.

Herkes kemanın nereden yükseldiğini anlamak için bulundukları kalabalığın derinlerine baktı, kıpırtısız kalabalığın yavaşça kenara çekilip kemana yer açtığını fark ettiler. Gencecik, yalınayak bir kız, kalabalığı yararak elindeki kemanı çalmaya devam etti, gözleri yerdeydi ve üzerindeki beyaz kıyafet sanki bir gelinlikti. Lekelenmiş, etekleri sökülmüş, yıpranmış, duvaksız bir gelinlik.

Kız adım adım yürüdükçe kenara çekildi insanlar iki kişi hariç. Etraflarında olanlardan tamamen kopmuş, diplerine kadar gelen kemana bir kez bile bakmamış, gözlerini birbirlerinden ayırmadan aralarındaki bir adımlık mesafeyi koruyan bir erkek ve bir kadın üzerlerindeki eskimiş ya da katıldıkları savaştan dolayı yıpranmış kıyafetlerle ve çıplak ayaklarıyla ne zamandır orada öylece kıpırtısızdılar!

Kemanın çifte yaklaşmasıyla, çifti fark etti kalabalık ve çiftin birbirlerine sabitlenmiş hallerinde heyecan buldular. Kemanın sesindeki değişimle iyice yaklaştı çift birbirine, vücutları değmedi ama gözleri tamamen kenetlenmişti. Orkestra kemanın yalnızlığını dindirircesine müziğe girdiğinde ve müzik tangonun daha önce işlenmemiş nağmelerinde gezinmeye başladığında iki sevgili... ya da iki düşman dansa başladılar, gözlerini bir an bile birbirlerinden ayırmadan.

Ateşe sürüklercesine çalan kemanın sesine bıraktılar kendilerini. Tangonun meydan okuyan hareketleriyle başlayan dans, adamın kadını çekip döndürerek havaya fırlatmasıyla ve yakalayıp kendi bedeni çevresinde döndürüp, bacaklarının arasından geçirip, sırtından dolandırıp vücudunun önüne almasıyla, imkânsızın sahnelendiği bir gösteriye dönüştü.

Kız adamın kucağında tam suratını yaklaştırmıştı, sanki öpüşeceklerdi ki bir hamlede yukarı çekti kendini ve fethettiği bir tepeye tırmanır gibi tırmandı adamın üstüne, elinden kurtuldu, omuzlarına basıp sıçradı ve yukarıdan sarkıtıldığı daha önce fark edilmemiş ipe atladı, ipte sallanıp diğer uçtaki sahneye attı bedenini.

Ayakları sahnenin toprağına değdiğinde müzik kesilmişti. İzleyen herkesin bakışı kızdaydı. Kız doğruldu topraktan tamtamlar yükselirken. İzleyenlerin dikkati, kalabalığın içinde omuzlarına astıkları davullarla aniden beliren davulcularla, kendi bedenlerine dolanmış büyük beyaz ipleri dolana dolana açarak binanın tepesinden inen kızlar arasında bölündü.

12 davulcu öyle doğal bir ritme başladı ki, samurayların savaş marşına ait olan bu giriş ritmi izleyenlerin kanına bulaştı.* Ve kızlar bağlı oldukları sargıların ucunda kıvranarak dansa başladı. Asma katta dimdik ayaktaki orkestra ellerini birbirine vurarak ritmi hızlandırdı. Önce birkaç kişi ellerini vurarak taklit etmeye başladı ritmi, sonra birkaç kişi daha ve on dakikadan daha az bir sürede Sokak'ta bulunan herkes elleriyle ritme katılmıştı.

Kocaman salonda Deniz dışında herkes müziğe katılmıştı.

---

* Video önerisi: Japanese war music

Deniz dekin başındaydı. Sokak'ın özellikle karanlık bırakılmış köşesinin ışıklarını yakmak için kemanların notaya girmesini bekledi...*

Kemanlar notaya girdikleri anda karanlıktaki köşeye, ejderhanın yumurtadan çıktığı o duvara, önünde konuşlandırılmış perküsyona ışık verdi ve perküsyon ustaca kemanın ritmine daldı. Perküsyonun kemanla yumuşadığı, kemanın perküsyonla güçlendiği o müzik başladığında kalabalık artık dansa başlamıştı.

Göksel, dans edenlerin arasında, dinlediği müziğe kafasıyla hafif ritim tutarak gezindi. Birazdan kendi parçasına sıra gelecekti ama önce kurallara uyulduğuna emin olmak istedi. Dans edenlerin arasından arka bahçeye geçti ve bahçe kapısının hemen yanında sigara içen gençlere kafasını uzatıp seslendi.

"Burada sigara içilmiyor!"

Çocuklar şaşkınlıkla baktılar karşılarında dikilen çam yarmasına, itiraz etmek istediler, açık havada nasıl sigara içilmezdi sormak istediler ama Göksel kafasını iki yana sakince salladı, sanki ne derlerse desinlerdi!

Dans edilen bir yerin kıyısında köşesinde sigara içilemezdi, ayinin doğasına aykırıydı.

6. *Can Manay*

Paranın sunabileceği en lüks teknenin önünde, saçlarını karıştıran rüzgâra karşı dikilmiş, kendisi için hiç de sürpriz olmayan sürpriz partisinde, tükendiğini sanan herkese, Can Manay'a yakışacak bir cevap vermek için yoldaydı.

Parti önemli değildi. Planladığı fotoğraf yarın basına düşecek

* Müzik önerisi: Nuttin' But Stringz - Broken Sorrow

ve yukarı çıkan o yolda, yürüyen merdivenlerin seriliğinde, onu olması gereken yere yükseltecekti, yine.

Boğaz'ın diğer ucunda olmasına rağmen sarının her tonunda parlayan yalıyı, bu uzaklıktan bile fark etmemek imkânsızdı. İyi iş çıkarmış olmalıydı Bilge. Şimdi geriye baktığında onu işe almak hayatının en iyi kararıydı. İçinde kopan fırtınadan, yanında Bilge değil de Kaya olsa, asla sağ çıkamazdı, sadece kendisi değil yanındaki birkaç kişi dahil. Fırtınanın düşüncesiyle birlikte yine Duru'nun hissi sızdı içine. Onu düşünmemek için panikle kafasını yaklaştıkları yalıdan çevirip teknenin gerisine yürüdü.

Çalan müziğin ritminde, arkada bıraktıkları dalgaların gece karanlığında parlayan maviliğine baktı.* Sonra kendine hatırlattı, dengedeydi... düşünceyle, geçmişle, hatta gelecekle baş edecek haldeydi. Düşünce kapılarını açıp bilincini saldı içeri. Duru kimdi? Gerçek miydi, yoksa ona yüklediği her anlamla duygu duygu oluşturulmuş bir hayal mi? Hayır! Bundan daha fazlasını düşünmeye gerek yoktu! Hayal ya da gerçek, özgün ya da ona yüklenmiş duygularla oluşturulmuş bir rüya olsun önemi yoktu, kalmamıştı. Bitmişti. Kalbine saplanmış kılıcı çıkarmış ve yarayı da acıyla dağlamıştı. Şimdi kalbinde, aklında, Duru'nun olduğu her yerde üzerinde 'hayatının dersi' yazan kocaman bir damga vardı!

Aynı dersi iki kere almak zorunda kaldığını, yaşadıklarının kendine ne anlatmak istediğini analiz etmeyenlerin, aynı dersi daha da büyük darbelerle almak zorunda kalacağını düşünmedi Can, gözlerini yaklaştıkları yalıya dikti ve motor durduğunda yalının ışıklarının bölüm bölüm sönmesini izledi. Işıkların sönmesini, davetlilerin sürprize hazırlanmasını bekleyeceklerdi, evden

* Müzik versiyon önerisi: Hot 100 Originally by Kanye West - Runaway (akustik versiyon)

işaret gelince harekete geçeceklerdi. Bölüm bölüm sönen ışıkların en sonunda hâlâ açık kalan ağacın ışığına dikti gözlerini, yalının ihtişamına meydan okurcasına nasıl da büyümüştü bu ağaç... ne kadar da güzeldi... görkemli, güçlü, eşsiz.

Ağaca sahip olmak istedi. Parti sonrasında bu ağacın kesilip atölyesine taşınmasını istemeliydi, karar verdi. Yıllardan sonra atölyesinde üzerinde çalışmaya değecek görkemde bir ağaç bulmasına gülümsedi.

Nihayet işaret gelmişti, motorlar tekrar çalışıp tekne yalıya yaklaşırken görünmemek için içeri girdi Can.

Neredeyse 100 yıl önce, küçük bir çocuk ve dedesi tarafından vatanlarını yağmacıların elinden kurtarmanın anısına dikilmişti o sedir. Kozalaklarından düşen tohumlarla yanında üç ağaç daha bitmişti, doğanın tohumuna engel olmak mümkün müydü? Ne fırtınalar, ne yağmalamalar görmüştü o ağaç ama dayanmıştı. Dayanan her şey gibi dayandıkça güçlenmiş, güçlendikçe değerlenmişti, değerlendikçe kendisine dikilen gözler arsızlaşmıştı ama kesilmesi asla mümkün değildi. Evren, hayat, Yaradan buna izin vermeyecekti! Ama bunu bilmiyordu Can, küçük, şımarık bir çocuk gibi sadece istiyordu. İstediği şeyin kendisine ne dertler açacağını düşünmeden, hesaplamadan istemeye devam ediyordu. Tekâmülüne hizmet için doğduğunu, etrafındaki her şeyin sadece ruhunu Yaradan'ın anlayışına yaklaştırabilmek için var edildiğini unutmuş ve istemeye kurban olmuştu, sahip olma duygusunda kaybolmuştu. Kimseye ait olamayacak şeylerin sahipliği için ruhlarını satan yüzlercesinin ibretiyle doluydu tarih, görmek isteyene; anlamanı sağlamak için yaratılmıştı hayat gerektiği kadar tekerrür ederek ve asla evrimde geriye gitmeyerek, anlamak isteyene.

7. Göksel

Göksel müziğin içine sızar gibi sızdı kalabalığa, sakince yürüdü ve sahnenin önünde durdu, yukarıdan sarkıtılan ipin inmesini bekledi, etrafına bakındı.

Bir gram yorulmadan dans eden kalabalık saatlerdir spor yapıyormuş gibi terlemiş, sırılsıklam olmuştu. Ayinde gibiydiler.

Bu müziğe maruz kalıp da öylesine dikilmek mümkün değildi. Kimse birbirine bakmıyor, kimse bir diğerini yargılamıyordu. Herkes ayine katılmış yaşamı dansla kutluyordu bedenlerindeki canın ritmine yaklaşırcasına.

Sırıttı Göksel, ilk defa kendini etrafındaki insanlarla aynı hissetti birkaç saniye. Sonra üzerindeki beyaz işçi tulumunun ön fermuarını kapattı, karanlıkta kalan sahneye çıkıp diğerlerinin arasında yerini aldı.

Orkestra susmuş ve elektronik bir ritme girmişti.* Deniz kalabalığı izlediği yükseklikten kulaklığını kafasına takıp mikrofonu ağzına getirirken sahneye ışık verdi.

Işıkla birlikte karanlıkta bekleyen işçi ordusu aydınladı. Beyaz işçi tulumlarının içinde, cinsiyetleri belli olmayan 19 kişi, birbirlerine senkronize kurulmuş makineler, ipe bağlı kuklalar gibi ritme başladıklarında Deniz vokale girdi.

"Ritme bırak aklını... kalbinin attığı her vuruşta...
Müziğe teslim olduğun her anda... doğacaksın yeniden...
Söyle bana... niye burdasın?
Sor kendine... ne kadarsın?
Düşün... ancak o zaman varsın..."

---

* Müzik önerisi: Behind the Wheel - Depeche Mode

Kuklalar gibi sistematik bir şekilde kendi tutukluklarıyla engellenerek ritim tutan 18 kişinin ortasında sanki aniden kapıldığı elektrik akımının etkisiyle titremeye başladı Göksel. Diğerleri tutuk ritimlerine devam ederken titreyen Göksel'in üstüne yukarıdan bir ışık huzmesi indi. Işık huzmesinin altında titremesi hafifledi, tuttuğu ritim yumuşadı, sanki bir robotun insanlaşması, kuklanın birey olması gibiydi hareketleri. Sarmalandığı 18 kişiden bağımsız ve sanki onların tutsaklığından habersiz, onlardan tamamen farklı, erkeksi dans etmeye başladı. Sıçrayıp havada takla attı, yere indiğinde tek elinin üstünde amuda kalktı ve öylece kaldı... Tek elinin üstünde dengede amuda kalkmış bekleyen Göksel'in dengesini kaybedip sakince, milim milim kayarak yana devrilmeye başlaması ve bir ağacın devrilişi gibi vücudunu hemen dibinde dans edenin üstüne yıkması saniyeler sürmüştü.

Bir blok gibi üstüne devrilen Göksel'in ağırlığıyla yere yapıştı yanındaki. 17 kişi dansa devam ederken iki kişi yerdeydi. Göksel bir sıçrayışta kalkıp havadaki perendelerine devam ederken ışık huzmesi düştü diğerinin üstüne ve aynı titreyiş vücut buldu bedeninde, nihayet o da insanlaşınca Göksel'e katıldı. Karşılıklı vücutlarının üstünden sıçrayıp havalandılar, perende atarken ikisi de gerideki iki kişiye çarptılar. Diğerleri danslarına devam ederken çarptıkları o iki kişi yere yapıştı bu sefer ve yine aynı ışık huzmesiyle titreyip insana dönüştüler...

Dansçıların hepsi düşüp sonra da ışığa teslim olana kadar devam etti bu döngü. En sonunda birbirinden farklı ama ahenk içinde taklalar, perendeler atarak dans eden 19 kişi oldular sahnede. Bir bedenin birbirinden ayrı ama birlikte çalışan organları gibi ahenkteydiler.

Evrenin sayısı değil miydi 18'in 1'e bağlanması ve 19'a ulaşması? Döllenen bir tohumun ilk oluşturduğu kalp hücresinde sadece tek bir hücreye hayatın doğması değil miydi koca vücuda yaşamı indiren? Hayat da anlam gibi bulaşıcı değil miydi, dokunduğu her bedene yerleşen?

8. Can Manay

Tekne yaklaştığında yaktı sigarasını Can, zafer sigarası için bundan daha iyi bir zaman olamazdı. Derin bir nefes aldı, hemen ardından bir nefes daha... zehri çekti içine, dumanın içindeki zift ciğerlerine yapıştığı için sersemledi, hücrelerinin ölümünde kafa buluyordu insan, gerçekten garipti.

Yaklaşan tekneden inmeden önce parmaklarının ucundaki sigarayı fırlatıp attı denize... yanına gelen Zeynep'e baktı, nasıl da anne gururundaydı. Bir sıçrayışta iskeleye atladı Can ve Zeynep'in inmesine yardım etti. Yanında yürümeye kalkan Zeynep'e önden gidip kapıları açmasını hatırlattı, partinin sürprizliğini hatırlatan bir göz kırpmayı da ekleyip onu yolladı.

Ceketinin yakasını kaldırıp başladı yalnız adamı sergilemeye. Kaşları çatık, saçları darmadağınık, keskin kısık gözleriyle jilet gibi Can Manay yürüdü bahçeye, başını yerden kaldırmadan. Birkaç adım önünden giden Zeynep'in açtığı salon kapısından geçti. "Işıklar..." demişti, sanki kapalı olmasına şaşırırcasına. Tam o sırada ışıklar açılmış ve Can Manay'a sürprize gelen herkes sahteliklerinin doruklarında "Sürpriz!" diye bağırmıştı.

Hayretle kafasını kaldırmıştı Can Manay, yakası kaldırılmış pardösüsünün içinde, kızarmış kısık gözlerindeki ifade ertesi gün tüm gazetelerin magazin sayfalarında olacaktı. Öyle bir bakmıştı ki o fotoğrafı gören her kadın ve hatta bazı erkekler Can Manay'la kurdukları fantezilerini hatırlayacaklardı. Araya giren diğer oyuncuları çıkarıp yatağa Can Manay'ın o ifadesiyle girecekti bazıları, bazılarıysa uzun bir süre atmayacaktı gazetenin o sayfasını. Ama bu kadarı yeterli değildi.

Magazin, kendi hayatlarının değersizliğinde çaresizlik içinde diğerlerinin hayatıyla beslenen ahmakların odağıydı. Magazin sayfasından daha öne geçmeliydi Can, emindi. Haberlere oturmalıydı, sadece bir an. Bir kıvılcım yetecekti, asıl akıllarına düşmesi gereken kitleye ulaşmasına. İzleyeceği yol çok klişeydi. Ama klişiye klişe yapan daima işe yaraması değil miydi?

Etrafında toplanan insanların elini sıkarken hüzünlü bir şaşkınlıkta gibiydi ifadesi. Hüzünlü bir savaşçıdan daha çekici ne olabilirdi?

Şampanyalar patlatılmış, Can Manay'ı kutlamak isteyen insanlar coşkuyla onu sarmalamıştı. Ali dikildiği köşeden dikkatle izledi kalabalığı ve Can'ın hüzünlü tavrını... İlk defa fark ettiği bir hal suratına ifade olarak yansıdı, kaşları çatıldı. Can nasıl da samimi rol yapıyordu. Sürpriz partiyi bilmiyormuş gibi davranması değildi şaşırdığı, yaptığı rolü ne kadar samimi oynuyor olmasıydı. İçi sıkıldı Ali'nin, aklı ona Bilge'nin hallerini Can'a bağlamasını söylerken kalbi itiraz ediyordu. Yıllardır yanında olduğun adamı mı kıskanacaksın, sana sahip çıkan adama nankörlük mü yapacaksın diyordu. Etrafa bakındı dikkatle... Bilge neredeydi? Göremedi. Derken merdivenin gerisindeki büyük bitkilerin arkasındaki siyah parıltıyı fark etti. Kafasını çevirecekti ki bitkilerin arkasında neredeyse saklanmış gibi duran kişi geri çekilip merdivenlerden indi. Ali otomatik bir adım attı peşinden, ama durdu, aklı ne düşüneceğini şaşırmıştı. Sakince merdivenlere yaklaşıp grinin siyaha kavuştuğu parlak elbisenin içinde merdivenlerden mutfağa inmesini izledi Bilge'nin... Peşinden gitse ne diyecekti: Neden üstünü değiştirdin mi! Belki de Bilge değildi diyerek yalan söyledi kendine, mutfağa doğru inerken... mutfak boşalmıştı, dört aşçı dışında tüm elemanlar yukarıdaydı. Mutfağın derinliğinde tek başına dikilmiş ve Bilge olmaması için neredeyse dua edeceği kişiye baktı dikkatle. Elbisesinin açıkta bıraktığı sırtının kendini saklamak isteyen kamburluğu, o kamburluğun iyice sergilediği omurgasının ince kemikleri Bilge'ye aitti. Gözlerini Bilge'nin çıplak sırtından ve elbisesinin narin parlaklığından kurtarıp suratına baktı, arkası dönüktü ama başı hafifçe yana dönmüştü, düşünüyordu. Ali bu duruşta, dalgınlıkta bir kadının neyi düşündüğünü biliyordu, daha fazla izlemeye gerek yoktu. Duvarlar üstüne üstüne gelirken çıktı merdivenleri ve kendini bahçeye attı. Hissettiği yalnızlık o kadar büyümüştü ki bir yere yaslanmazsa sanki yalnızlık onu devirecekti. Yürüdü ve sırtını o ağaca yasladı. O sırada ağacın ışıkları aniden yandı. Elerini bedeninin iki yanına sarkıtıp gerisindeki ağaca dokundu avuçlarıyla... yalnız olmadığını söyledi ağaç sanki ona. İnsandan da, yaşanmışlıklardan da, dünyada var olan her olgudan da daha güçlü bir şey vardı, gözlerini kapatıp aslolanı hatırladı Ali.

Bir yaratıcı vardı, evrenleri yaratan, bu ağaca can veren ve etrafındaki her şeye anlam yükleyen. İnsan hatırladığı sürece o anlamın bir parçasıydı, hissettiklerinde kaybolmamalı ve asla neyin parçası olduğunu unutmamalıydı! Anlamsızlaşmamalıydı. Anlam asla diğerlerine bağlı olamazdı. Hep vardı... fark edilmeyi beklediği yerde hep pusudaydı.

9. *Bilge & Can**

Görevliler mutfağa inmeye başladığında, üzerindeki şık kıyafetiyle nasıl da aralarında sırıttığını fark etti Bilge ama yukarı çıkamazdı, kendini gösterircesine Can'ın... Manay'ın karşısına dikilemezdi. Kamufle olmak için eline aldı programı ve etrafındakilerin seri şekilde işlerini yapmasını kontrol etmeye başladı.

Telefonu hiç çalmasa, iskeledeki güvenlik yanaşmak isteyen lüks tekne için Manay'ın teknesinin çekilmesine izin istemese, davet edilen herkesin geldiğini zaten bildiği için sürpriz yapıldıktan sonra gelen bu kişinin kim olduğunu Bilge merak etmese, asla çıkmayacaktı bu mutfaktan ama çıktı.

İstenmeyen birilerinin partiye katılması engellenmeliydi. Belki gelen Eti'ydi. Güvenliği arayıp kendisini beklemelerini söyledi. Hızla çıktı merdivenleri, üst kata ulaştığında daha önce kamufle olduğu bitkinin ardına sığınıp salona baktı, bulunduğu noktayla sokak kapısı arasında kimse yoktu, fırlayıp bahçeye çıktı. Ağaca sırtını dayamış kendisini izleyen Ali'yi fark etmedi. Binanın etrafından dönüp ön bahçeye geldi. Salon kapısı iki kanattan açılmış, davetliler ısıtmaların konforunda bahçenin de keyfine varıyorlardı. Manay'la karşılaşma riski olduğu için kaçamak bakışlarla iskeleye doğru hızla yürüdü Bilge.

Zeynep ona seslenmese, Bilge dönüp Zeynep'le konuşmak zorunda kalmasa, bakışı, ortasında bulunduğu kalabalığın ısrarlı ilgisine rağmen kendi üzerine dikilmiş Can Manay'ın bakışıyla buluşmasa... buluştuğu yerde gözleri bu kadar uzun kalmamış olsa...

Kafasını çeviremedi Bilge, ne Zeynep'in kıyafetiyle ilgili iltifatlarını duyabildi ne de çalan telefonunun sesini... Sesler uğultulara, insanlar gölgelere dönüştü, baktığı yerde bir tek Can Ma-

* Müzik önerisi: Nightbook "The Planets" - Ludovico Einaudi

nay vardı... suratındaki gülümseme kayboldu siyah gözlerindeki anlamın altını çizercesine, sonra bakışı sertleşti kendisinden kaçıldığını bilircesine ve kafasını sakince birkaç milim sağa yatırdı kendini tamamen ortaya koyan bir labirent gibi tüm kapılarını açmış davet edercesine...

Zeynep'in dokunmasıyla resmen sıçradı Bilge, bakışını Can'dan koparıp çalan telefonunu açmasını söyleyen Zeynep'i dinledi. Açtı telefonunu. Güvenlik yaklaşan tekne için izin bekliyordu. Bilge izin verilmesini söylerken iskeleye yürüdü. Kalbi sanki atmıyor göğsünü parçalayıp çıkıp gitmek istiyordu. Daha önce yaşadığı milyonlarca anın hiçbirinde böylesine âciz, böylesine kontrolsüz hissetmemişti kendini Bilge, ne annesinin ölümünde, ne Murat'ın yok oluşunda... daha önce sanki hiç hissetmemişti.

İskeleye birkaç adım kalmıştı, yürürken ellerini iyice yumup sıktı, hissetmek yaşamaktan bile ağırdı.

Bilge karanlığın içinde kayboldukça elbisesinin parıltılarının artmasını izledi Can. Çıplak sırtının kemikleri her adımda kıvrılıyordu sanki... daha önce hiç dokunulmamış, hiç hissettirilmemiş, kendini hazza bırakmamış bir tenin çekiciliğiyle. Duygular ve zevklerin bedene indiği o ilk anların yarattığı etkiye tanıklık etmek, o ilk defaların sebebi olmak, o ilk hazların rehberliğini yapmak... Yemin edebilirdi Can, bu elbisenin altında bile Bilge'nin o pamuklu külotunu görür gibiydi.

10. O an Özge...

Sadece doymaya odaklanmış doyumsuz asalakların, asla doymayacaklarını bir türlü anlamadan yemelerini, içmelerini, etrafındaki tüm anlamları tüketen dedikoduları birbirlerine bulaştırmalarını, giydikleri kıyafetlerin, ayakkabıların, taktıkları çantaların pahalılığında kendi değersizliklerini saklama çabalarını izledi Özge, çekildiği köşeden.

Hiçbir şey değişmemişti, değişmiyordu. Konforun tuzağına düşen insanlar yüzyıllardır aynı şekilde kayboluyorlardı. Ulaştıkları konforu arkadan gelenlere yolu açmak, üretmek için kullanmak yerine, yollara gişeler koyup arkadan gelenlerden para kesiyorlardı. Çeşmenin başına geldiklerinde sırada beklerken çektikleri susuzluğu unutup, geride, sırada bekleyenlerle bağlarını koparıp onların susuzluğunu umursamadan çiçeklerini sulamaya dalmış cahil zengin ordusu gibiydiler. Periyodik aralıklarla susuz ve geride kalmışların o bahçelere girip önlerine gelenleri öldürmesi, ihtilaller ve devrimler adeta ihtiyaç olmuştu insanlık için. Kollarına taktıkları gösterişli ama ruhsuz karıları ve öznesi para olan anlamsız konularıyla ne kadar sıkıcı, ne kadar zavallı ve ne kadar tehlikeliydiler. Hepsi bu gece yok olsa... ı ıh! Hiçbir şey değişmezdi, daima çeşmenin başına çöreklenecek tekâmülsüz birileri gelirdi. Tek çare vardı. Çeşmenin başına geçmek ve herkesin ihtiyacı olan suyu aldığından emin olmak.

11. O an Ali...

Ağırlığını dayadığı ağaçtan zorla koparmıştı bedenini Bilge'nin peşinden giderken. Keşke gitmeseydi... Önce Zeynep'in Bilge'ye atılan heyecanlı halini izlemiş ve sonra Bilge'nin suratındaki ani değişimi fark etmişti.

Telaşın ve kaynağı bilinmeyen bir tedirginliğin nasıl da hücre hücre yüzünü terk ettiğini, güneşinin çekimine kapılmış bir gezegen gibi nasıl da baktığı yöne çekildiğini gördü Ali... Kendi hissettiği duyguların doğumunu izledi onun yüzünde... ve sonra sakince o doğuma neden olan kaynağa çevirebildi bakışını... Can... güneşi olmaya hazırlandığı gezegenin kendisinden çok daha büyük bir kütlesi olduğundan ne kadar da habersizdi.

12. O an Ada...

Ruhunda gezinen melodilere teslimdi Ada, ne konuşulanları duyuyordu ne de sorulanları cevaplıyordu.* Ne denirse densin kafasıyla onaylıyor ve aklında akan, kendisini kanal olarak kullanıp dünyaya inen müziği dinliyordu, iskeleye yaklaşan muhteşem yelkenliden gözlerini ayırmadan.

Gecenin içinde parlayan elbisesiyle bir kız girdi tekneyle arasına... Etrafındaki adamları yönlendiren kızın hali ne kadar da ilginçti... becerikliydi. Grinin siyaha kaydığı parlaklığı izledi. Gözlerini insanların üzerinde gezdirdi...

Can Manay gözlerini tekneye dikmişti, geri kalan herkesse Can Manay'la tekne arasında gidip gelmekteydi. Şu köşede dikilen kız hariç, ne kadar yeşildi gözleri...

Ada ve Özge göz göze geldiler, içinde bulundukları kalabalığa olan yabancılıklarını birbirlerinin gözlerinde gördüler.

Ada isyanı gördü Özge'nin yeşilinde, Özge kaybolmuşluğu fark etti Ada'nın ifadesinde. İkisi de hafifçe gülümseyip düşüncelerinin kendilerini götürdüğü yerlere doğru yolculuklarına devam edercesine bakışlarını birbirlerinden ayırdılar.

Özge anlamları, Ada müziği işlemeye devam etti.

Peki ya şurada tek başına, sanki bu dünyaya ait değilmişçesine dikilen genç erkek de kimdi? İskelenin karanlığında parlayan

---

* Müzik önerisi: In Principio - Ludovico Einaudi

kıza dikmişti gözlerini ama sonra arkasını sakince dönüp gitti... gitmek istemeyen biri gibiydi. Ada'nın müziği devam etti.

13. O an Can...

Sohbeti eşit bir ağırlıkla dağıtmıştı etrafında toplanan, sorular soran kalabalığa. Sürprizin ilk saniyelerinde Şadiye karşılamıştı onu, sonra İrem, Arzum... Her duruşunun özellikle çağrılan magazin ajanları tarafından kaydedildiğini, fotoğraflandığını bilerek küçük ve anlamlı hareketler içindeydi Can.

Bilge'ye hissettiği merak biraz kontrolsüz bir etki yaratmıştı ama olsun diye düşündü, bu kontrolsüz salakların yanında kendi kontrolsüzlüğü asla fark edilmezdi. Dengedeydi. Üzerine kitaplar yazması gerekirdi anlatmak için.

Kendi teknesi yer açmak için açılmıştı, yelkenli yaklaşırken tamamen arkasını döndü iskeleye ve sohbetleri dinledi, zayıflayan ve çizgileri derinleşen suratına artık yakışmayan yarım gülümsemesi tamamen silinmiş, yerine gözlerinin karanlığında parlayan bir ışık gelmişti, silik ama kendine çeken bir ışık. Acıyla renklenmiş bir ışık. Bir erkeğin gözüne en çok yakışan ışık.

Bir anda gazeteciler hararetle uzaklaştılar Can'ın markajından, kendi üzerinden alınan dikkatin nereye gittiğine hemen dönüp bakmadı Can... planladığı gibi birkaç saniye bekledi.

Etrafındaki insanların da dikkati paparazzileri takip edince sakince döndü, önünde yığılan kalabalığın arkasından yürüyüp köşeye, ağacın önüne geldi ve Evangelin Noglie'nin her adımı zarafetle yüklenmiş, her hareketi alışık olduğu ilgiyle bezenmiş, her hali güzellikle donanmış yürüyüşüne baktı... gözleri hafifçe açıldı, aklına gelmesine izin verdiği Duru'nun fikri düşüncesine yayıldı ama fikri hemen sınırlandırdı yoksa hissettiği dengeye rağmen sarsılacaktı, Duru'ya hissettiği duyguyu Evangelin Noglie'ye hissettiğini düşündü... olmadı!

Bakışı istemsizce birkaç milim kaydı ve dünyanın en ünlü, en seksi, en çok merak edilen, en çok istenen Hollywood yıldızının ardında, birkaç adım gerisinde, elindeki listeyi kontrol eden Bilge'de durdu. Derin bir nefes aldı, Evangelin'in kendisine yaklaşmasını beklerken, gözünün ucuyla Bilge'yi izlerken...

Fotoğraf flaşları ve kendisiyle tanışmak isteyen sosyetik ünlülerin merakının arasında adım adım yaklaştı Evangelin Can Manay'a. Tam da söylenen yerdeydi. Özel jetle bu tuhaf ülkeye gelmesi, üzerindeki elbiseyi giymesi, bu tuhaf sürpriz partide iskelede inmesi ve bu adama yürümesi, onunla bir kez öpüşmesi 3 milyon euro getirmişti, masraflar hariçti.

Paranın içinde kaybolanların dünyasıydı burası, amaçsızlaştıkları için imajlarına harcıyorlardı kazandıkları parayı. Diğerlerinin düşüncelerinde oldukları sürece var olduklarını hissediyorlardı, yoksa, sanki hiç doğmamışlardı. Yarattıkları imajdı tüm gerçeklikleri, çünkü hiçbiri gerçek değildi.

Evangelin'den gözlerini ayırmadan onu izledi Can, izlendiğinin farkında çapkınlığının doruklarında bir ifadeyle, hiçbir şey hissetmese de. Evangelin, üzerinde krem rengi parlak pullarla bezenmiş, beyaz bir yılanı anımsatan ve göğüs dekoltesi karnına kadar "V" şeklinde inen, her adımında sağ bacağını izleyicilerine sunan, cinselliğin ve kariyerinin doruklarında genç bir kadın olarak nefes kesiciydi. Filmlerdeki hallerinden daha güzeldi. Tropikal bir ormanda, çiftleşme öncesi hallere bürünmüş nesli tükenmek üzere olan, nadide bir kuş gibi...

Bu kadın davet edilmemişti, listeyi ezberlemişti Bilge, dünyanın en çok istenilen starı davet edilse bilirdi. "Can davet etmiş olmalıydı, acaba tanışıyorlar mıydı?" diye düşünerek kaldırdı başını elindeki listeden ve durdu, nefesi tutuldu!

Evangelin elini uzattı Can'a ve Can elini parmaklarının üstüne koyup burnuna götürdü, öpmek yerine tenini kokladı sakince, burnunu hafifçe sürtüp bileğinde kaydırarak ve bileğinde durup bir nefes daha alarak. Evangelin diğer eliyle Can'ın kulağının üstündeki saça dokundu, kulağının kenarında kaydırdı parmaklarını... Can başını kaldırdı, birbirlerine baktılar. Centilmen bir hareketle Evangelin'i içeri davet etti. Belinden tutup onu yönlendirirken başparmağını, sırtı neredeyse kalçasına kadar açık elbisesinden aşağı hafifçe kaydırdı, okşarcasına.

14. *O an Bilge...*

Kalabalığın arasında kayboldu Bilge, kendini dünyanın en aptal kadını hissetti ve o an ilk defa kadın gibi hissettiğini fark etti, üzerindeki elbisenin içinde sanki cehennemdeydi.

14. BÖLÜM

*1. Sokak**

Sabahın ilk ışıkları, Sokak'ın tepedeki pencerelerinden sızıp zemine ulaşmaya başladığında, birkaç dakika önce üzerinde çalışmaya başladığı tuhaf görünümlü dekten kafasını kaldırdı Deniz. Asma kattaki demirin ucuna gidip ışığın yolculuğuna baktı... huzurla.

Sonra tekrar deke döndü. İki piyanoyu birleştireceği ve elektronik olarak diğer enstrümanları kaydedip dilediğinde akan müziğe ekleyebileceği bir alet olacaktı bu, üst üste iki piyano görünümünde geliştirilmiş bu synthesizer onlarca ekstra düğmesi ve kendine bağlanmış iki bilgisayarıyla her türlü sesi kaydedebilen, müziğe dönüştürebilen kocaman bir aletti.** Uzaktan bakıldığında arkasından çıkan kabloları, bilgisayarlarının ekranında ritmi gösteren grafikleriyle sanki müzik gezegeninden gelen bir uzay aracıydı. Bir ses stüdyosunun yapabileceği her türlü manevrayı yapabilecek kadar gelişmiş, bir piyanonun sığabileceği her yere

* Müzik önerisi: Ólafur Arnalds - Gleypa okkur

** Video önerisi: Ólafur Arnalds – Full Performance (Live on Kexp) sığabilecek kadar küçüktü. Aletin altına girip son kabloyu da bağladı ve her şey hazırdı.

Daha önce kaydettiği kemanın kaydını akıttı, biraz acele geldi keman, siyah düğmelerden akışı yavaşlattı ve üzerine ara ritim veren elektronik bir ses ekledi ama yakışmadı. Hemen çıkardı.

Yıllardır bu aleti kafasında tasarlamıştı Deniz. Hayatın çıkardığı sesleri kaydedip müziğe eklemeyi, enstrümanları aynı anda kullanabilmeyi sağlayacaktı. Yaylılar synthesizer'ın içinde pek verimli değildi, çünkü akışa göre kontrol etmek gerekirdi, yaylıları müziğe eklemek için birinin yanında o yaylıyı çalması daha iyiydi ama geri kalan her şey elinin altındaydı. Dünyanın sesleri sanki müzik olmayı bekliyorlardı.

Uzun süredir zihnine uğrayan müziği çağırdı, bugün onu yakalayacaktı. Düşünmeye başladı ve müzik zihninde akmaya başladığında kayda başladı. Piyanonun tuşlarıyla girdi notaya ama sonra hemen durdu kemanın girişini ayarlamak için, her notanın kaç saniye süreceğini hesapladı ve kemana piyanodan 30 saniye sonra girmeyi işaretledi... Modifiye ettiği deki ilk defa kayıt için kullanmaktan kaynaklanan ufak tefek aksaklıklar oldu ama kesmedi kaydı, kayda başladıktan 99 saniye sonra zihninde dolanan müziğe ulaşmıştı.

Deniz'in kaydettiği ilk müzik o gün doğdu. Kaydı Nihan için yapmıştı, ona hatırlatacaktı: Niye doğduğunu, neden burada olduğunu, görevini...

Ancak görevini bilen biri bağımlılıkla, bıkkınlıkla, yenilmişlikle savaşacak gücü kendinde bulurdu. Görev. Anlamı fark edenlerin insanlığın tekâmülüne hizmet için burada olma nedeniydi.

Kaydı internete yüklemek için internete bağlandı. Sokak için açılan sosyal medya sayfası açıldı ve Deniz gördüğü takipçi rakamı karşısında donup kaldı. 57 bin kişi takipteydi. Müziği sakince sayfaya yükledi. Bu sayfaya giren herkes dinleyebilirdi. Bilgisayarı kapatacaktı ama arama motoruna sadece Sokak yazdı. Dünyanın çeşitli sokaklarından haberler sıralandı alt alta, kendi Sokak'ından bir link bulamadı. Sonra videolara bastı, dün akşamki gösterinin yüzlerce farklı telefondan çekilen yüzlerce videosu karşısında sıralandı. Sokak sosyal medyada patlamıştı.

2. *Özge*

Fırlayarak kalktı yataktan, hemen kapıya doğru ilerlemeye başladı, koridor boyunca saatin kaç olduğunu düşünüp kalktığında hemen saate bakmış olmaktan dolayı kendine kızarak. Ama belliydi sabahın körüydü, güneş bile yeni uyanmıştı.

Kapının önüne geldiğinde uyku sersemliğinden ancak sıyrılabilen şüpheciliği bu saatte kapısını çalan kişinin kim olduğunu sorgulaması gerektiğini fısıldadı aklına. Bir an bekleyip kapı yine ısrarla çalınca delikten baktı Özge. Sadık'ın noteri dikiliyordu kapının önünde. Kalbi aniden öyle hızlandı, vücuduna yayılan kortizol öyle bir dozdaydı ki çaresizlik ve kötü bir haber almak üzere olduğunun çığlıklar atan duygusu sarstı Özge'yi. Eli titreyerek araladı kapıyı.

Adam, eşofmanının üzerine giydiği yağmurluğu ve suratındaki herhangi bir duygudan tamamen yoksun ifadesiyle pek tuhaftı.

Özge'ye eliyle sakince bir dakika beklemesi gerektiği işaretini yaparken elindeki tuhaf telefonun tuşuna bastı, kulağına götürüp bekledi. Sonra sakince Özge'ye uzatıp, "Murat Bey" dedi.

Özge hemen aldı telefonu, acaba birine bir şey mi olmuştu! "Alo?" dedi telaşını gizlemeden. Sadık, "Adın bugün kesinleşti, bir ay içinde incelemeye gireceksin. Telefonun, maillerin, tüm iletişimin dinlenmeye alınacak. Muhalefetten gireceğin için durum çok da kötü değil... ama yine de saklamak isteyebileceğin her şeyin peşinde olacaklar" dedi. Özge ne söyleyeceğini, söylemesi gerektiğini bilemeden konuşacaktı ki Sadık "Hoşça kal" dedi ve kapattı telefonu, sanki veda edip gitmişti.

Telefonu adama geri verdi Özge, vücudunda gezinen kortizol adrenalinle baskılanırken koltuğa oturdu, dizlerini kendine çekip düşündü. Milletvekili olacaktı... peki sonra ne olacaktı?... Büzüştüğü koltuğa vücudunu devirirken ateşi çıktığı o günü hatırladı. Sadık'ın onu küvetten çıkarıp buraya taşıdığı o günü... Eve gelen doktor bademciklerine bakarken Sadık'ın nasıl da tetikte, dikkatle kendisine baktığı o an geldi aklına. İyice büzüştü Özge, sıkıca kendini kucakladı. Sırılsıklam şu masaya dayanıp nasıl da bakmıştı Özge'nin gözlerinin içine, "Artık gider misin?" demişti Özge ve Sadık kafasını sallayıp nasıl da sakince gitmişti. O gün başlamıştı her şey, o olmasa bugüne gelemezdi. Hislerini kontrol altına almak için onu ne kadar hırpalarsa hırpalasın minnettardı. Hayatında en minnettar olduğu kişiye teşekkür edemeyecek mesafede olmanın sancısını hissetti, o kişinin vicdanını dağlayan her şeyin sorumlusu olduğunu henüz bilmeden.

3. *Bilge & Can*

Gece yarısı gelmişti eve, birkaç saat uzanmış, uyuyabilmek için bilinciyle savaşmış ve uykusuzluğun huzursuzluğunda kalkmıştı Bilge her zamankinden daha erken. Ali'nin mesajlarını okuduğunda daha da ağırlaşmıştı. Konuşmak istiyordu Ali. Anlamak istiyordu. Doğru'yu okula bırakıp kliniğe giderken ona cevap yazdı, bugün işten ayrılacaktı. Bugün bu işi bitirecekti. Kafasının içinde ağlar ören bir örümcek gibi gezinen Can Manay'dan kurtulacaktı bugün. Ali hemen aramıştı. Sesi çok rahatlamış, ruhu hafiflemiş, "Yanındayım!" demişti.

Bilge Manay'ın kendisine hissettirdiği tuhaf, anlamsız, karmaşık duyguları koparıp suratına atmayı düşünürken teşekkür etmişti Ali'ye ve nihayet sabahın köründe kimse gelmeden varmıştı kliniğe. İçeri girdi. Güvenlikten geçerken, güvenlikçinin elindeki gazetenin manşetini fark etti.

"Can & Evangelin" yazıyordu kocaman fotoğrafın üstünde, kocaman harflerle. Yelkenli teknenin güvertesindeki koltuğa takım elbisesiyle yarım uzanmış Can Manay ve onun göğsüne yatmış Evangelin arkalarından doğan güneşin önünde nihayet kavuşmuş iki sevgilinin anlamlarla dolu aşkını anlatırcasına kucaklaşmışlardı. Evangelin'in güzel yüzü kameraya dönük, gözleri kapalıydı, Can Manay'ın bakışı güneşte ve profilden çekilmiş fotoğrafta rüzgârla ayaklanan saçları sanki yeni doğan güneşin alevleriyle bulanmıştı.

İfadesi çalkalandı Bilge'nin, kaşları çatıldı, dudakları gerildi fotoğrafa bakarken. Herkesle oynuyordu Manay! Her duyguyla, zaafla, oynayabileceği ne varsa tehlikeli bir hayvan gibi kokusunu alıyor ve içeri sızıyordu, insanı içeriden ele geçiriyordu... Gazeteyi buruşturup yırtmak istedi, yırtacak yere atacaktı, eğer güvenlik "Can Bey de biraz önce geldi. Sizi sordu" demese!

"Beni mi sordu!" diye çıkıverdi kelimeler savaşa hazırlanırcasına büzülen ağzından, hayretten çok yapılan hadsizliğe tepkiydi kelimeleri. Asansöre yürüdü. Önce kendi odasına gidecek, hazırladığı resmi istifanın çıktısını alacak, sonra Can'a hadsizlik nasıl yapılırmış gösterecekti. Asansöre bindiğinde önce yanlış bastı düğmeye, eski odasının katına gidecekti neredeyse, sonra hatırlayıp Can Manay'ın katına bastı yine, artık kendisinin de katıydı orası. Sanki hayat, şanssızlık peşini bırakmış ama Manay'ı peşine takmıştı.

Odasına girerken Manay'ın kapısının açık olduğunu gördü, printerdan çıktıyı alıp sakince yürüdü.

Manay odasında değildi, kararlı yürüdü daha önce Deniz'le yapılan toplantıları hatırlatan o odaya, kim bilir kaç kişinin canı yanmıştı bu odada! Büyük masanın başındaydı Can... Manay. Dün geceden kalma takım elbisesi, düğmeleri yarı açık bırakılmış gömleğiyle ışıklı bir gülümseme yayıldı suratına Bilge'yi görünce ama oturduğu masanın başından kalkmadı.

Masanın diğer ucuna Bilge'nin oturmasını işaret etti. Oturmakta tereddüt etti Bilge ama oturdu konuşmadan, iyi misiniz saçmalıklarına girmeyecekti. Elindeki kâğıdı masanın üstüne koydu. Manay onu buraya bir şey için çağırmıştı, kendi hamlesini yapmadan önce bekleyip öğrenecekti.

"Nasılsın?" diye sordu Can.

"Teşekkür ederim" diye cevapladı Bilge, soğuk, mesafeli.

Can "Nasılsın?" dedi yine, geriye yaslanırken ciddiydi.

Bilge temkinli bir netlikle yine soğuk cevap verdi.

"İyiyim... Siz nasılsınız?!" Neden sormuştu ki! Kendini âciz hissetti.

"Gördüğün gibiyim" dedi Can ve ardından sakince sordu. "Bana baktığında ne görüyorsun?"

Bilge ayağa kalkmak istedi, ayağa kalktıktan sonra ne yapardı bilmiyordu ama keşke ayağa kalkabilse ve hatta uçabilseydi... Ayağa kalkmadı. Kafasında dolanan düşüncelerin her biri ona dikkatli olmasını söylerken ve bir tanesi "Hadi bitir şu işi!" diye bağırırken, "Her gün değişiyor" diyebildi. Çünkü baktığı bu adam sanki her bakışta değişen bir şeydi.

"Peki bugün ne görüyorsun?" diye sordu Can. Samimi miydi?

"Ama neden?" diye düşündü Bilge, bir anlayışlılık hali vardı ya da bu da o tuhaf manipüle oyunlarından biriydi. Bu odada yine böyle anlayış içinde nasıl da bitirmişti Deniz'in işini ve Bilge cevap verdi.

"Amacı olan birini."

Can'ın kahkahası yankılandı, abartılı değil ama samimi bir kahkahaydı, uzun süredir gülmeyen birinin kahkahasıydı. Bilge iyice ciddileşti, kahkaha biter bitmez konuya girecekti ama kahkaha bitmedi, kahkahayı bölercesine gerilimle ayağa kalktı, o gerilimle Can'a baktı.

Sustu Can, bıçakla kesilmiş kahkahası ani bir sessizlik doğurdu.

Bilge, "Gidiyorum ben..." dedi, elindeki kâğıdı önce ona uzattı sonra aman yakına gelmesin diye düşünüp masanın üstüne koydu.

Can kalktı ayağa ama Bilge hemen döndü, kapıdan çıkmak üzereydi. Can atıldı ona doğru, Bilge hızlansa da Can'ın kendisine uzanan elinden kaçamadı. Kolundan yakalanmıştı.

Can sarsıp çekti Bilge'yi ve savurup açık kapının önüne geçti. "N'oldu!" diye bağırdı.

Bilge sıçradı yüksek sesin etkisiyle ama hemen toparladı.

"Sizin avucunuzun içine alıp yoğurarak oynayacağınız, şekilden şekile sokup, elbiseler giydirip, ağzına laflar koyacağınız, istediğinizde yanınıza alıp istediğinizde geride bırakacağınız, hayatını kendi oyun alanınız gibi kullanacağınız biri değilim ben! Psikolojik oyunlarınızın karakterlerinden biri değilim! Sizi anlamak istedim... gerçekten de istedim, elimden geleni yaptım! İmkânsızsınız! Bu kadar imkân içinde nasıl bu kadar imkânsızsınız! Saygısızsınız! Bu bakışlarınız!... İmalarla dolu bu sinsi bakışlarınız!... Yeter!... Yeter!"

Adım atıp Can'ı geçmek istedi ama Can kapının pervazına kolunu dayadı ve Bilge'yi engelledi, dişlerinin arasından, "Dinle beni" derken.

Bilge bakmadı Manay'ın suratına, önünde turnike yapmış kolun kalkmasını bekledi kıpırtısız.

Can konuştu.

"Yetmiyor... hiç yetmiyor. Hainim ben. Hadsizim... Büyük yaşıyorum duygularımı, herkesten daha fazla seviyorum... daha çok nefret ediyorum. Daha çok sıkılıyorum hayattan. Saygı duyamıyorum... iki lafa kendilerini bırakanlara, bir fotoğrafa âşık olanlara, ne istersem düşünmeden yapanlara, gördüğünün ötesini anlayamayanlara duymuyorum saygı... tiksiniyorum. Bu kadar imkân diyorsun ama bilmiyorsun bu kadar imkânın arasında bu kadar yalnız olmak, savaşta olmak... anlamsızlaşmak, imkânsızlaşmak... bilmiyorsun nasıl savaşıyorum... kendimle. İki ucun, her iki ucunda da duruyorum hep Bilge... Bilmiyor muyum sanıyorsun!"

Gözleri bir an Manay'a kaysa da hemen geri çekti gözlerini Bilge, yolunu kesen kola odaklandı, her hecesini sakince vurgulayarak "Yeter!" dedi, gitmek istiyordu.

Can vücudunu Bilge'nin bakışına doğru bir adımla kaydırdı ve hafifçe eğilip gözlerinin içine bakıp mırıldandı.

"Bir tek kişinin çıkıp bana yeter demesini yıllardır beklemiyor muyum sanıyorsun..."

Bilge'nin gözlerine hücum eden duygular öylesine birbirleriyle savaşıyorlardı ki, bir duygusu acıyordu baktığı gözlere, diğeri içinde bulunduğu bedene, bir diğeri git diyordu, bir başkasıysa kendini bırakmak istiyordu. Hepsi isyan ediyordu. İçinde duyguların savaştığı bir bedenin sancısı vardı gözlerinde. Dişlerini sıkarak "Deniz..." dedi gözlerini Manay'ınkilerden ayırmadan. Manay kafasını iki yana salladı, anlamazlıktan gelmeyecekti. "Çektirdiğimi katbekat çektim, sen şahitsin" dedi.

Bilge, "Duru" dedi elindeki en etkili silahı Manay'ın düşüncesine indirircesine.

Manay'ın kelimeleri bir an tıkandı ama sonra kaşları çatıldı, ifadesi sancıya bulandı. "O bir hayaldi Bilge... her karesini benim boyadığım, her anını benim tasarladığım bir hayal... Sen de biliyorsun bunu. Yalnızlığımın bana yaşattığı bir serap gibi. Asla olmayan bir şeyi yaratmaya çalıştım. Gerçeksizim ben görmüyor musun?" derken iyice yaklaştı Can, gözlerini Bilge'nin yüzünde gezdirdi... yüzün sadeliğinde, toplanmış saçlarının disiplininde, o kemikli gözlüklerin gerçekliğinde... gözlüklerin arkasından kendisini korumaya almış gözlerin sancısında... Derin bir nefes aldı, "Ve sen ne kadar gerçeksin" derken bir milim daha yaklaştı.

Bilge kafasını sağa sola salladı, dibine kadar sokulan Can Manay'ı göğsünden ittirdi ama elini geri çekemedi çünkü Can sıkıca bileğini yakaladı. "Beni kimse görmüyor Bilge... kocaman bir billboard görüyorlar, beni görmüyorlar... senin dışında..." derken sesi kırılmıştı.

Bilge'nin gözlerini ele geçiren yaşlar öyle birikti ki denizlerdeki kış dalgalarını hatırladı Can, her geri çekilişinde daha da güçlenerek geri geleceklerdi. Bilge'nin kurtulmak için çekilen, gerilen kolunu daha da sıkı tutup kendine çekti ve "Bırak..." diye fısıldadı, iki büklüm olan vücudunu bir milim daha yaklaştırarak. "Bırak kendini... al beni!" dedi.

Kafasını yine iki yana salladı Bilge, buraya her şeyi geride bırakmak için gelmişti, kalbiyle yaptığı savaşı kaybetmiş olduğunu bilse de içindeki doğrunun son kırıntısını da korumaya çalışarak. Kafası aklının yönetiminde "Hayır!" derken eli kalbinin emriyle titreyerek hafifledi... direncini kaybetti ve Can küçücük bir hareketle bileği kaldırdı, kendine çekip ipek gömleğin kıvrımlarının değdiği o incecik, el değmemişcesine temiz, kimse görmemişcesine saklı bileği kokladı.

Başını bulutların arasına sokmuş, dünyadan saklanan bir dağın karları arasında kendine yuva bulmuş o imkânsız lavantanın ince, narin ama kesintisiz kokusu doldu ciğerlerine. Derin nefeslerle Bilge'yi içine çekti Can, dudaklarını değdirdiği yerde bulaşırcasına var oldu... Kendi bedeninde kendini nefessiz bir esir gibi hissederken Bilge'ninkinde nefes nefes hayat buldu. Elinden bırakmadı bileği, kapattığı gözlerinin karanlığında, o lavantanın derinlerinde kendini buldu Can.

Bilge kayboldu içinde doğan duygunun aklını imha eden basıncında, bileğine dokunan dudakların "Ah..." diye soluyan mırıltısında aklı karıştıkça karıştı, gözyaşları akıp gittiler, iç çeken bedeni Can'ın dudaklarının mırıltısıyla sakinleşti. Bileğinin kendisine hissettirdiği duygu, teslim aldı Bilge'yi. Aklı daha dün gece başkasının bileğini böyle kokladığını hatırlattı ona ve işte tam o sırada Can derin bir nefesle fısıldadı.

"Sendin dün hissetmek istediğim... O iskeleden gelişin... ben bu bileği çok istedim."

Gözleri kapandı Bilge'nin, başı hafifçe geriye gitti, boyun kasları gevşedi, bileğinde gezinen dudakların dokusu, Can'ın inleyerek aldığı nefesin zihnindeki yankısıyla karıştı. Can'ın dudakları çekilmese, eli kol düğmesini açmak için harekete geçmese belki de o anda kaybolacaktı Bilge. Gözlerini açtı, kol düğmesini açmış daha da fazlasına ihtiyaç duyan Can'dan ancak çekebildi kolunu. Aklı düşünmek istedi içinde gelişen duyguyu ama beyin sapı* "Koş!" dedi ve Bilge binlerce yıldır evrimleşmiş her insan gibi beyin sapının emrini dinledi, kolunu hızla çekip bir hamlede çıkıp gitti.

Öyle hızlı koştu ki koridoru, sanki kapıdan çıkıp bir adımda binmişti asansöre.

---

* Hayatta kalmak adına en ilkel reflekslerimizin davranışa dönüşmesi için beynin diğer tüm sistemlerini kapatıp devreye girebilen, sürüngenlerle aynı yapıdaki, refleks merkezi.

4. Bilge & Ali

Asansör aşağı inerken altındaki boşluğu hissetti Bilge. Düşünceleri kendi karmaşasının içinde kaybolmuş, aklı biraz önce yaşadığı deneyime yapışmış, geri kalan hiçbir şeye dair fikri kalmamıştı. Düşünceyi oluşturan nöronları kesmişti elektrik akımlarını.

Daha önce böyle hissetmemişti, hissettiği duygu öyle köklü, öyle sarsıcı, öyle etkiliydi ki sanki daha önce hiç hissetmemişti. İçinden bir ses yükseldi "Kendine gel!" diyen.

"Kendine gel!" Kendinde kaybolan biri zaten neredeydi ki! Aklından çıkmak istedi, aşağı inerken gözlerini sıkıca kapatıp açtı, sonra yine ve yine, ama aklından çıkması imkânsızdı, gözünü kapadığı her karanlıkta ve açtığı aydınlıkta aynı düşüncenin anısı, aydınlık ya da karanlık, oradaydı! Can Manay'ın kelimeleri, gözleri, elleri, dudaklarının hissi... aldığı nefesin sesi... Dikildiği yerde, yerden nasıl da yükseldiğini, vücudunun tüm ağırlığını taşıyan ayaklarının bedenini hafif hafif sallayan etkisini hissetti. Yaslanmak zorundaydı ama kıpırdarsa sanki yıkılacaktı. Asansörün hızla yere indiğini düşünüp kendini boşluğa bıraktı.

Zemine vardığında bakışlarını ayaklarından ayırmadan otomatik adımlarla çıktı koridora. Yer sarsılıyordu! Attığı her adım sanki yeri sarsıyordu, etrafındaki duvarlar sallanırken, sabit durmak için etrafındaki dünyayı sarsmayı göze alan bedeni adım adım yürüyordu.

Adımlarına devam ederken gözlerini kapatıp duvarların yıkıldığını, yerin yarıldığını gördü Bilge, tüm şehir toprağa karışmıştı. Sonra yine dalgalar geldi, önlerine kattıkları toprağı altüst edip varoluşun izlerini, hallerini silercesine yıkadılar, yıktılar her şeyi... O dalgalarla bir oldu Bilge, çarptı önüne gelen her engele... yıktı ve geçti.

Kolunda hissettiği el olmasa kapattığı gözlerinin ardından, her şeyin yıkılışını izleyecekti... ama Ali'nin eli ve "N'oldu?" derken insanı kendi cehennemine sürükleyen o sesi sanki kurtardı dünyayı Bilge'nin afetinden. Dalgalar geri çekildi, duvarlar yerine geldi, binanın sallanması, yerin sarsıntısı durdu, açtı gözlerini Bilge. Ne diyebilirdi ki? Öylece baktı Ali'nin anlamak isteyen, ölçen, hesaplayan, tanıyan, bilen gözlerine.

Ali irkildi. Hem kendi duygusuna hem Bilge'nin karmaşasınaydı bu irkilmesi. Onu gördüğü o ilk günden beri, aynadan gözlerini görmeye çalıştığı o ilk andan beri, arabadan inerken geride bıraktığı o lavanta kokusundan beri onu nasıl beklemişti ve o günden beri onu hiç böyle karışık görmemişti. Tuttuğu kola kendini hatırlatırcasına hafifçe sıktı ellerini. Gözleri, Bilge'nin kendi içinde kaybolmuş derin gözlerinde, baktı ona dikkatle, sabırla... kendini tanıtırcasına. Onu daha önce neden öpmemişti! İçindeki karmaşaya bulanmak, ağzından çıkan nefesi içine almak, dudaklarının dokusunu tatmak, dinlediği tüm o fikirlere beden olmuş bu bedende hayat yaratmak, ondan çocuk yapmak, onunla hayatı paylaşmak, hayatı onunla paylaşmak... başını döndüren düşünceler Can'ın yine ne saçmalıklar yapmış olabileceğinin merakını ve kendi karmaşası içinde çırpınan Bilge'nin uzaklığını aldı Ali'den. Bu sabah sesini duyduğunda verdiği karar kapladı beynini, onu bir daha görürse, ona bir daha yaklaşabilirse açacaktı duygularını. Geri kalan hiçbir şeyin önemi olmayacaktı. Ortaya koyduğu duyguları gereksiz her şeyi koparıp atacak, Bilge'nin karışıklığını temizleyecekti. Çünkü gerçekti hissettiği. Ona doğru eğildi yumuşak, dikkatli, önemseyen, arlı bir hisle, Bilge'nin donukluğuna hayat verircesine dokundu dudaklarına.

Bilge transtan çeker gibi çekti kendini Ali'den... dudaklarından. Yukarıda yaşadıklarından sonra dokunulmak istemiyordu!

Kim olursa olsundu... Can dışında. Ve Ali o an yine fark etti, Bilge'ye bulaşan, aklında kıvrıla kıvrıla yol alan şeyin etkisini... Sakince "İyi misin?" diyebildi ciddiyetle çatılan kaşlarını kontrol edemeden.

Bilge telaşla kafasını salladı "İyiyim" derken, keşke dünya bir an dursa da şu kafasında dönüp duran düşünceyle baş başa kalabilseydi diye düşündüğünü fark eder etmez, düşündüğü şeyin karşısındaki kişi tarafından da anlaşıldığını anladı. Ali... her zaman anlardı, hep anlamıştı. Kolunda çekilen elin sıcaklığının soğumasını hissetti Bilge önce, sonra Ali'nin geriye attığı adımın okyanusları araya koyan mesafesini... Arkasını dönüp gitmesini izlerken ona seslenmek istedi ama seslenemedi. Şu kafasında dönüp duran düşünceyle baş başa kalması o an her şeyden daha gerekliydi... ihtiyaçtı.

5. *Ali & Bilge & Can*

Ali her adımı bir öncekinden daha hızlı vardı arabasına ama binmedi... Bilge'den kendisine bulaşan karmaşaya karşı gelmeliydi! Geri dönmeliydi! Geri dönmeli ve bu olan her neyse düzeltmeliydi, Bilge'yi böyle geride bırakamazdı! Yaşadığı her neyse yanında olup onu anlamalıydı! Öldürmek istedi Can'ı, kim bilir ne yapmıştı!

Önündeki arabayı tekmeledi kapısı çökene kadar, duramadı çünkü daha önce birine böyle değer vermemişti ve kendini böyle çaresiz de hissetmemişti. İşi ilk bırakalım dediğinde "Tamam" demeliydi! Ama dememişti! Geri dönmeli ve her şeyi düzeltmeliydi!

Dikleşip hızla geri döndü binaya, pencerelerin gerisinde, ayakta, bıraktığı yerde öylece dikilen Bilge'yi gördüğünde kalbi iyice hızlandı, birkaç adım sonra o binaya girecek ve hayatını geri alacaktı! Ne olursa olsun Bilge'ye kendini hatırlatacaktı. Can'ın onunla oynamasına izin vermeyecekti!

Döner kapılara yaklaştığında koridorun ortasında bakışları yerde öylece dikilen Bilge'nin arkasındaki asansörden çıktı Can ve uzun, sert adımlarla ona yaklaştı.

Ali şaşkınlığını üstünden atıp aceleyle girdi döner kapıya ve kapıyı ittirerek çıktı diğer ucundan, Bilge'ye sadece 19 adım vardı... Can daha önce varmış Bilge'yi arkadan aniden kollarıyla sarmıştı... Ali yürümeye devam etti, Bilge'ye dolanan kolları çekip kurtaracaktı onu... ama... ama Bilge kendine sıkıca sarılmış kollara tutundu, başını eğip yüzünü Can'ın çıplak ellerine bıraktı...

Ali dondu olduğu yerde...

Can sarmaladığı Bilge'yi nefes nefes kokladı boynundan, yavaşça kendine döndürdü, sıkıca toplanmış saçlarındaki tokayı çekip çıkardı ve başını saçlarına gömdü... milyonlarca sahteliğin içinde tek bir gerçekliğe dalar gibi daldı o kokunun içine. Tutunmak için çabaladığı dengenin merkezindeydi sanki... Bilge'nin dengesinden beslendi.

15. BÖLÜM

1. *Can & Bilge*

Elinin içine aldı Bilge'nin elini ve adım adım çekti onu yaşantısından... kendisininkine götürürcesine çıkardı odasına.

Odanın girişinde sol taraftaki duvarı ittirince küçük bir oda açıldı, Bilge'nin gözlerinden aralıksız akan yaşlara dudaklarını sürttü Can, hayatın kaynağından geliyorlardı bu yaşlar... tertemiz duyguların özsuyuydu.

Bilge daha önce efsane şeklinde anlatılan bu odanın gerçekliğine bakarken Can'dan uzaklaştı... bu odaya girmeyecekti. Arkasını dönüp daha önce Can'la yan yana ağladıkları koltuğun köşesine oturdu, bacaklarını kendine çekip dikkatle bakan Can'a gel dercesine hafifçe elini koltuğun minderine vurdu.

Can Bilge'nin yanına otururken odayı karanlığa boğan düğmeye bastı, kapkaranlıktı ama Bilge kumandayı aldı Can'dan ve ışığın bir çizgi şeklinde gireceği bir aralık bıraktı perdelerde.

Can iyice yaklaştı Bilge'ye, suratını yüzüne sürttü, Bilge ellerini Can'ın saçlarının arasına soktu, bir aslanı sakinleştirircesine parmakları saçlarının arasında kafasını uzaklaştırdı kendisininkinden ve alnından öptü.

Can bıraktı başını Bilge'nin kucağına, saçlarının arasında gezinen ellerin korumasına... sakinleşti, birkaç dakikada uyumuştu. Daha önce hiç uyumadığı kadar derin bir uykuydu. Hissettiği tek duygu huzurdu.

2. *Bilge*

Doğru'yu okuldan alırken, eve gelmek için arabasını kullanırken, kapının kilidini açarken, ona yemek hazırlarken otomatize hareketlerle devam etti işlerini yapmaya çünkü aklı kucağında uykuya dalan Can'ın kendisinde uyandırdığı duygulardaydı.

Savaşmıyordu artık, savaşı dindirmenin, kişinin kendisiyle uzlaşmasının tek yolu analize başlamaktı. Ne hissettiğini, niye hissettiğini analiz etmeliydi insan. Tek tek anlamalıydı duygularının her bir kaynağını, kombinasyonlarını... Analize başlamak, dev bir depoda milyonlarca duyguyu sıraya sokmak gibiydi, başta sanki imkânsızdı ama emek verirsen duygular zamanla buluyorlardı yerlerini ve altlarına gizlenmiş anlamları sunuyorlardı insana.

Doğru'yu otomatik pilotta yıkadı, kurularken telefonuna bakmamak için kendiyle savaştı. Her on dakikada bir aradı mı, mesaj attı mı diye beklemede olmak yıkıcıydı. Doğru'yu yatırana kadar umudu da kayboldu, her şeyin düşündüğü gibi olduğuna karar verdi. Can Manay'ın klişe krizlerinden biriydi bugünkü de... hiçbir şey değişmemişti. Parmaklarını birbirine değdirip birkaç saat önce parmaklarının arasındaki Can'ın saçlarının hissini çağırdı aklına, gözlerini kapadı... tekrar tekrar yaşadığı duyguyu yine yaşadı.

Can'ın kafasını kucağına koyması, kafasını kucağına sürtüp saçlarının arasındaki eline uzanması, yüzüne çekip öpmesi, parmaklarında dudaklarını gezdirmesi, kendi parmaklarını parmaklarının arasına geçirip kenetlemesi ve saçında gezinen elin hareketlerine nefeslerle karşılık vermesi... sanki bir aslanın uykuya dalmasını izlemişti Bilge. Huysuz, sert, umursamaz, arsız bir aslanın yumuşacık, özenli, saygılı dokunuşlarla ehlileşmesi gibiydi.

Uykuya dalmasını izlemek, kucağında saatlerce başının ağırlığını hissetmek, uykuyla derinleşen nefesini dinlemek, Can'ın bedeninin ana rahmindeki bir cenin gibi uykuda huzur bulduğunu hissetmek... ancak yaşandığında hissedilebilecek kadar anlatılamaz ve ancak hissedildiğinde anlaşılacak kadar eşsiz bir duygu doğurmuştu Bilge'de. Eğer Can'ı uyurken bırakıp Doğru'yu almaya gitmeseydi acaba şimdi onunla olabilir miydi diye düşünür düşünmez bu duygudan kendini koparırcasına açtı gözlerini...

Olasılıklarda kaybolmak, ihtimallerde umut bulmak mümkün değildi. Can aramamıştı, belki bir daha da aramayacaktı... kesin aramayacaktı. Bu duygu ondan kalan bir vedaydı. Onu okulda gördüğü ilk gün geldi aklına, derslerde konuşurken kelimelerinin etrafta yarattığı etkiyi fark etmenin anılarıyla doluydu düşüncesi, dosyaları ona götürdüğünde eline verdiği sigaranın parmağının ucunu yakan hissi geldi aklına, Duru'ya bakan gözlerindeki kararlılık, karanlıkta kendini kovalayan aynı gözlerinin karanlığı... anbean yaşadı Can'ın hallerini. Bir damladan okyanusa dönüşmek üzere olan hüznü atarcasına kalktı Bilge koltuktan, telefonuna uzandı eli ama hemen geri çekti, bu duygunun peşinden gidip ihtimallerde umut avlamaya kalkmayacaktı.

Odasına gitti, kendi kendine kucağında uyuyan halin bile yeterli olduğunu söyleyerek ve onun iyi olmasını evrenden dileyerek soyundu, geceliğini giydi. Banyoda dişlerini fırçaladı. Toplu saçlarına baktı aynada ve gözlerini kapatıp Can'ın yaptığı gibi tokasını çıkardı başından, saç köklerindeki hafiflemede onun duygusunu buldu, boynunda gezinen suratını hissetti yine ve hemen gözlerini açtı. Olasılıklarda kaybolmayacaktı!

Odasına döndü ve yatağına uzandı. Gözlerini kapattı ve Can'ın siyah gözlerini gördü karanlığın içinde, ışık gibiydiler, açtı gözlerini ve tavana dikti... zihni onu bir labirent gibi içinde büyüyen duyguya götürüyordu. Analiz etmeliydi. Analiz etmeli ve yaşadığı bu duyguyu ehlileştirmeliydi. Anlamalı ve kontrol altına almalıydı yoksa bir damladan okyanusa dönüşen bu duygunun içinde boğulacak gibi hissetti kendini. Kıyısından geçtiği yaşamın şimdi çok uzağında hissetmeye başladığında gözleri doldu... Kapı çaldığında analiz etmek için önünde sıralanmış milyonlarca duygu kombinasyonunun dev bir toplamı gibi duran o duyguya bakıyordu Bilge zihninde, çaresizlik içinde.

3. *Can*

Odanın zifiri karanlığında uyandı Can... Aralık bırakılan perdeden giren suni ışık ona gece olduğunu anlatırken "Bilge" dedi. Ne Bilge ne de ona yakın olduğunda hissettiği huzur vardı. Hemen kalktı, kumandayı alıp ışığı açtı. Yine seslendi. Oda bomboştu. Kumandanın yanında notu gördü. "Uyandırmak istemedim. Doğru'yu almalıyım" yazıyordu.

Odadan fırlayarak çıkması, asansörü beklerken geçmek bilmeyen zamanın ağırlığı, bekçinin suratındaki gülümsemede bugünün herkesin kendisinden bahsettiği gün olduğunu hatırlaması, köşede bekleyen taksiye atladıktan sonra adres almak için Zeynep'i araması ve adrese vardığında merdivenleri hızla çıkıp kapıya ulaşması... ulaşılmak istenen yere, şeye giderken önüne çıkan gereksiz ayrıntılardı.

Ve nihayet kapı açıldı, üzerinde beyaz pamuklu geceliğiyle, huzurun kaynağı Bilge taptaze duruyordu karşısında, gözlüklerinin arkasından bile ıslaklığı fark edilen kirpiklerinin çevrelediği gözleri şaşkındı.

İçeri daldı Can, Bilge'ye uzandı, kendine çekti, ağzını ağzının içine alırken geceliğini kaldırıp aklının köşesinde kendine yuva bulmuş o pamuklu külota ulaştı elleri... tam hayalindeki gibi, tüm organik dokusuyla küçük kalçalarını sıkıca sarmıştı. Emdiği dudaklardan kopardı kendini Can ve Bilge'nin geceliğini kaldırırken çöktü dizlerinin üzerine, dikkatle baktı, elleri dokusunda gezinen pamuklu külotuna... Beyaz, sade, temiz, üzerinde kendi dokusundan küçük bir desenin tekrarlandığı külotuna... Desen sonsuzluk işareti miydi? Yoksa hissettiği duygu sonsuzluğun yenilmez huzuruna eşdeğer miydi? Bilemedi...

Kafasını gömdü pamuğun dokusuna, Bilge'nin kokusunu nefes nefes içine çekti, parmaklarıyla kalçalarını iyice kavrarken hafifçe külotu sıyırdı, Bilge'nin siyah tüyleri çöldeki bir vaha gibi gösterdi kendini. Yüzünü dayadı Bilge'nin kızlığına, dokundukça kadına dönüşeceğini bilerek dokundu suratıyla.

Dizlerinin üstüne çökmüş, bacaklarının arasına gömülmüş Can'ın hissi kaplarken bedenini içindeki duygu dalgalarla coştu, bu yaşadığından sonra bir daha asla geriye dönüş yoktu. Aklı açılma, bırakma diyordu ama duyguları ele geçirmişti bedenini ve kalbi almak istiyordu... Can'ı almak ve onunla bir olmak... başka hiçbir duygu, istek yoktu. Can'ın dudaklarını hissetti yaptığı şeyin ustalığında, bu arsız dudakların verdiği his ne kadar da karşı konulmaz bir histi. Elleri onun saçlarının arasına geçti okşarcasına ama sonra asıldılar zevkin içinde kaybolmamak için tutunurcasına.

Can nefesinden çıkardığı hırıltıyla kalktı ayağa ve Bilge'nin ağzına yapışırken indirdi pantolonunu, kararlı bir aceleyle ve ulaşmak için çok uzun bir yolculuktan gelen erkekliğini, bir savaşçının evine kavuşması gibi kavuşturdu Bilge'yle. Açmadı gözlerini, ayırmadı dudaklarını, bırakmadı o pamuklu külotun dokusunu parmaklarının arasından ve durmadı bir an bile... içinde ne varsa boşalttı... boşaldı temizlenircesine... yenilenircesine... kendi boşluğundan doğarcasına. Boşalırken omurgasından beyin sapına yayılan zevk ağı teslim aldığında ancak ayırdı ağzını Bilge'ninkinden, bulunduğu noktadan evrenin sınırlarını ölçercesine yükselip geri indi bedenine.

Bir an kapamamıştı gözlerini Bilge, anbean izlemişti hissettiği duyguları kendisinde doğuran adamı... erkeği. Ağzından ayırmadığı ağzıyla verdiği nefesi alışını, kapalı gözlerinin ardında inleyişlerle aldığı zevki, parmaklarını geçirdiği etten aldığı kuvveti... boşalırken geriye giden kafasının açığa çıkardığı boynunda atan şahdamarını... o son inleyişteki teslimiyetin kutsallığını... gözlerini nihayet açtığında, kendi gözlerinin içine baktığında içinde gezinen sevginin yansımasını... var olduğu için duyduğu minnetin hesabını... gördü Bilge, Can'ın her hareketinde, gözlerinde, inlemesinde, nefesinde.

Alnından öptü Can erkekliğini çıkarırken ve Bilge'yi yumuşacık bir hareketle elinden tuttu, banyoya götürdü. Kapıyı kapattı, önce külotunu çıkardı, derin bir nefesle koklayıp kenara bıraktı. Sonra gözlüğünü çıkardı, gözlerinin kenarlarını öptü, açık saçlarında gezdirdi parmaklarını, azıcık daha emdi dudaklarını ve kollarını küçücük bir hareketle kaldırıp geceliğini çıkardı aşağıdan yukarı çekerek.

Bilge çırılçıplaktı. Armudi göğüslerinin altında sıra sıra dizilmiş kaburgalarının üzerinde gezdirdi Can parmaklarını ve her dokunduğunda havalanan görünmez tüyleri hissetti, göğsünü aldı ağzına iştahla ama sakince emdi küvet dolarken...

Bir saat boyunca okşanarak yıkandı Bilge, kolunu dahi kıpırdatmadan kendini tamamen Can'a bıraktı. Küvetten çıktığında ıslak saçlarını taradı Can, uçlarını kurulayıp, sıkıca tokayla topladı. Çıplak bedenini havluya sarıp Bilge'yi odasına götürdü, yatağına yatırırken havluyu çekip çıkardı, Bilge çırılçıplak uzandı.

Hiç konuşmadılar, kelimelere ihtiyaç yoktu senkronize olan iki kişi için. Anda birlikteydiler. Üzerini örttü sakince ve çıktı odadan.

Telaş etmedi Bilge, Can'ın gitmediğini biliyordu, aralarındaki bağ o kadar güçlüydü ki uzaklaşması mümkün değildi. Yattığı yerde huzurla kapadı gözlerini, uykuya dalmak üzereydi. Banyodan gelen su seslerinin huzuruna bıraktı kendini. Can yıkandıktan sonra bedenine sardığı havluyla tekrar döndü odaya. Bu ev, bu oda, bu çarşaflar, Bilge, her şey tertemiz kokuyordu. Havluyu yere bıraktı Can, çırılçıplak girdi yatağa. Çıplak nemli tenini Bilge'ninkiyle birleştirince Bilge açtı uykulu gözlerini ve Can'ın gözleriyle birleşti. Can mırıltıyla "Al beni..." dedi ve Bilge'nin dudaklarını emerken onun üstüne çıktı yavaşça. Bedenini bacaklarının arasına soktu, eliyle tutunurcasına göğsünü kavradı ve çekti ağzını onun dudaklarından. İçine girerken yüzünü görmek istiyordu. Can'ın erkekliğinin kendini hissettiren basıncıyla gerildi Bilge, gerilimi hafifletircesine gözlerini sıkıp kapadı. Can ulaşmıştı Bilge'ye... gözlerini o bedende yarattığı her etkiye, keyfe tanıklık edercesine Bilge'nin yüzünden ayırmadı ve elini kavradığı göğüsten çekmedi, kalçasını yavaş yavaş ritimlendirirken mırıltıyla "Huzursun..." dedi. Bilge'nin aralanan gözlerindeki ifade kilometrelerce uzunluktaki karanlık tünelin ucundaki ışık gibiydi.

16. BÖLÜM

Bugün

1. *Davet*

Kültür Bakanlığı'nın sponsorluğunda ve ülkenin milli televizyon kanalının ev sahipliğinde hazırlanan davete, davet edilen herkes katılmıştı.

Diğer ülkelerden gelenler de vardı, Uluslararası Maden Arama Enstitüsü'nün genel müdürü, Merkez Bankası'nın yöneticileri, Dünya Sağlık Örgütü'nün icra kurulu başkanı, Barclays PLC'nin CEO'su, Uluslararası Atom Enerjisi Kurumu başkanı, Uluslararası Petrol Araştırma Enstitüsü... dünyanın büyükbaşları.

Global ekonomiyi kontrol eden üç beş aile için çalışan, sistemin ana damarları vazifesindeki tüm bu kurumların yöneticileri, yeni yapılan sarayda, seçimleri kazanması yıllar önce –1946 yılından beri– ayarlanmış hükümeti kutlamak için gelmişlerdi. Tabii sadece kutlama değildi bu ilginin sebebi, kısa bir süre sonra kendilerine tamamen açılacak ülkeyi yağmalamada kaptıkları köşeleri de sağlama almak istemişlerdi.

Her biri aynı sistemin parçası olsa da hiyerarşi vardı aralarında. Alttakinin her an üsttekinin yerini alabilmek için tuzaklar kurabildiği ve üsttekinin de yerini kaptırmamak için alttakini her fırsatta ezebildiği bir hiyerarşiydi bu. Sisteme ve sistemin planlarına zarar vermedikleri sürece birbirlerinin kanından beslenebilirlerdi. Cehennem kurallarıyla çerçevelenip, güce ait olma ölçüsüyle lanetlenmişlerdi.

Hepsi, adına yaşam dedikleri bu süre içinde sağlıklarını satın alacak ve diğerlerinin hayatlarıyla diledikleri gibi oynayacak kadar zenginlerdi. Ama hayatın sadece bir an olduğunu, evrenlerin mimarının, varlıkları, bu gezegene, bedenlerine inen yaşamın, Çi'nin, her formdaki, türdeki, bedendeki değerini bilip bilmeyeceklerini, varoluşa ne kadar saygı göstereceklerini test etmek için gönderdiğini bir türlü fark edememişlerdi.

Evrende yanlış ve gereksiz hiçbir şey yoktu. Bu lanetlenmişlerin kurduğu kanserli sistemi kullanarak varoluşun tamamını test ediyordu hayat. Ya yaşamın yanında, varoluşa saygıdaydınız ya da tam karşısında canın yağmasındaydınız. Durduğunuz yerdi varoluşunuzun değeri. O yer tekâmüle hak kazanıp kazanmadığınızı belirleyecekti. İşte bu yüzden, nerede durduğunuzu iyi bilecektiniz, niye orada durduğunuzu asla unutmayacak ve asla yerinizden oynamayacaktınız, şartlar ne olursa olsun.

Can Manay ve zekâsı dillere dolanmış akıllı karısının salona girdiğini görünce kendi düşüncelerinden sıyrıldı Özge. En son, aylar önceki sürpriz partisinde görmüştü bu adamı. Öldürülemez bir vampir gibiydi, tam bitti derken bir hamlede eskisinden bile daha sağlama almıştı kendini. Hükümetin izniyle TV kanalına ortak bile olmak üzereydi. Etrafına baktı Özge... her yerdeydiler. Mecliste kestiği eline, yarasına indirdi bakışını, ama asıl yarası hissettiği yalnızlıktı.

"Evrende her şeyin birbirine bağlı olduğunu, tesadüf adını verdiğimiz şeyin aslında zihni gelişmemişlerin hayatın matematiğine taktığı bir isim olduğunu anlatıyor, okumanızı tavsiye ederim" diyen o ses tanıdık gelmese, kafasını çevirdiğinde sesin sahibine karşı kaynağını bilmediği bu tanışıklık hissi yara gibi içinde büyüyen yalnızlığını aniden ve içgüdüsel olarak doldurmasa, arkasında sohbet eden üç adama yaklaşmazdı Özge. Çünkü herkesten uzak durması gerektiğine emin olarak gelmişti buraya.

Adamlardan diğeri, "*Nakar*. İlginç bir isim…" dediğinde, Özge biraz önce duyduğu sesin sahibinin cevaplamasını umarak başını öne eğip tetikte bekledi.

Nihayet, "Konuları ve karakterleri tamamen birbirinden farklı olsa da *Eden*'in devamı *Nakar*. *Eden*'i okumuş muydunuz?" demişti o sesin sahibi.

Özge, engelleyemediği bir hızda kafasını kaldırıp sesin sahibine baktığında, adam da aniden kafasını Özge'ye çevirdi ve küçük bir tebessümle gülümseyip aniden, "Merhaba Özge Hanım" dedi. Tanımadığı ama çok tanıdık gelen biri tarafından verilen selamın şokuyla ve diğer iki adamdan birinin bakanlıkta çalıştığını diğerinin de Sadık'ın kıçını yalamayı görev edinmiş bir milletvekili olduğunu bilmenin temkinliliğiyle zoraki gülümsedi Özge. Peki bu adam kimdi? Niye bu kadar tanıdıktı hali… sesi?! Adını nereden bilmişti?

Adam rahatça elini uzattı Özge'ye, onu da sohbete dahil edercesine, doğallıkla, "Yeni milletvekilimiz" diye tanıttı diğerleriyle. Sosyal medyada hızla yayılan meclis töreni videosundan kendisini tanıdığını düşünse de hâlâ şaşkındı, fırsatını bulsa sizi nereden tanıyorum diye soracaktı ama adamın bakışında öyle bir hal vardı ki, sanki "Bekle…" diyordu. Kitaplardan, yeni çıkan filmlerden, eğitim sisteminde her hafta yapılan değişikliklerden sohbet ettiler. Özge sormadı, sabırla bekledi. Sadece dinleyip gülümseyerek hiç katılmadığı fikirleri dinlerken bekledi, işkence gibiydi. Ama o arada adamın adının Özen olduğunu öğrenmişti, isim de hiç tanıdık gelmedi. Sosyal Hizmetler'de çalışan bir doktordu, bu da hiç tanıdık değildi. Özen'in sesi dışında hiçbir şey tanıdık değildi.

Diğer iki adamın dikkati aniden başka bir şeye çevrildiğinde nihayet fırsatını bulacağını sandı Özge, küçük bir adımla yaklaştı Özen'e ama sormasına fırsat kalmadan, "Özge Hanım tebrik ederim" demişti Sadık Murat Kolhan. Sese döndü, Sadık'ın kendisine uzattığı ele birkaç saniye gecikmeyle uzattı elini ve tokalaşırlarken, "Teşekkür ederim Murat Bey" diye karşılık verdi.

Hissettiği şoku içine gömüp sanki sıradan bir selamlaşma yaşıyor gibi yapmak ne zordu!... Çünkü onu o sabah Çavuş Amca'nın yerinden beri görmemişti, mevsimler geçmişti. İşten ayrılırken Sadık'ın yardımcısı Burcu kabul etmişti istifa dilekçesini. Sadık'ı hayatının geri kalanında sanki bir daha görmeyecekmiş gibi gelirken şimdi karşısında dikiliyor olması ne çelişkiydi! Sıktığı elin sıcaklığı kendi teninde yer bulurken hissettiği şaşkınlık sevince dönüştü birkaç saniyeliğine ve elini çekti Özge. Sadık'ın bakışlarındaki sabitlik sanki o sevinci fark etmişti.

Gözlerinin yeşiline yansıyan ışık sıcacıktı, kendisini gördüğü için sevinmişti, belliydi. Hüzün hissetti Sadık... avuçlarını açmıştı Özge elini çekerken. Gözlerini kendininkilerden ayırmadan, "Sizinle tanışmak isteyenler var" dediğinde, Sadık'ın içtenliğinin üzerinde yarattığı ikilemi atarcasına hafifçe geri çekti bedenini, sadece Sadık'ın anlayabileceği küçük bir geri çekilişti bu. Sadık'ın ifadesindeki ışık solarken Özen'e döndü Özge, konuşmak, daha doğrusu sorgulamak için sabırsızlandığı adam sohbete daldığı bir başkasıyla uzaklaşmaktaydı.

"Tabii" dedi ve Sadık'ın yol gösteren elinin önüne geçip, hemen dibinde, hafifçe koluna dokunarak gittikleri yönü belirlemesi için ona izin verdi.

Yanlarından geçtikleri politikacılar, genel müdürler bakışlarını onların üzerlerinde gezdirip selam verirken Sadık'ın tek düşündüğü elinin değdiği o tendi... Oda sanki bomboştu. Davete katılan 600 kişi yok olmuş, iki parmağının ucuyla değdiği koluna yön vererek ilerleyen Sadık'la Özge'yi baş başa bırakmışlardı. Sadık ileriye diktiği bakışlarını bir an kaydırıp Özge'ye baktı. Özge'nin bakışları ileride, dudakları kapalıydı, açık göz kapakları kirpiklerini iyice dikleştirmişti... Sadık'ın kalbi hızlandı, iki parmak yetmedi, elini hafifçe kaydırıp Özge'nin kolunu kavradı, tutmadı, tüm eliyle temas ediyordu sadece. O dokunuşla birlikte Özge gözlerini hafifçe ona çevirdi ama bakmadı. Salonun bir ucundan diğer ucuna yürüdüler, sanki bu salonda, bu gezegende ikisinden başka kimse yokmuş gibi...

Özge'nin milletvekili olduğu partinin başkanına yaklaştılar, adamın coşkulu selamı sırasında elini çekti Sadık.

Özge en son genel toplantıda tokalaşmıştı bu adamla ve Mahmut Konmaz'ın selamını söylemişti ona. Hakkında çıkan haberden sonra ortadan kaybolmuştu Mahmut Konmaz, bir siyanür torbası gibi içi boşalır boşalmaz sistemden atılmıştı, karanlığa adanmışların geri dönüşümü olmazdı. Dünyada işleri bittikten sonra belki evren bile kabul etmeyecekti bu ruhu satılmışları. Özge milletvekili seçildiği partinin genel başkanıyla tokalaşırken Sadık bir anda elini Özge'nin omzuna koydu, parmaklarının hissi vardı ama kolunun ağırlığı yoktu. İtiraz etmedi. Öylesine kolunu atmış birinden çok, kanatlarının altına almış biri gibi hissettirdi.

Etrafı kalabalıktı başkanın. Fırsatçılarla, yalakalarla, ajanlarla çevrelenmişti ama cep telefonunun yazılı olduğu küçük kartı verdi Özge'ye, diğerleriyle sohbetine dönmeden önce ve ekledi.

"İstediğin zaman hizmetindeyim Özge Hanım. Murat Bey'in arkadaşı bizim değerlimizdir."

Suratındaki gülümsemenin sahteliğini zorla taşıyarak başkanı selamlayıp yanından ayrıldı Özge. Başkanı olduğu partiden seçilmiş milletin vekili olduğu için değil, sistemin ana kumandalarından Murat Kolhan'ın arkadaşı olduğu içindi değeri. Biraz önce kanatlarının altında kendini korumada hissettiren o parmaklar adamın sözüyle önce anlam sonra da his değiştirdiler, kendini kapsanmış hissetti Özge. Uzun bir adım atıp omzuna dokunan parmaklardan kurtuldu. Ve dibindeki Sadık'la arasına mesafe koyarken Sadık'a sordu.

"Anlamıyorum. Siz hükümetin adamı değil misiniz? Neden muhalefet size bu kadar kıymet versin? Yaklaşan parti başkanlık seçimleri için medyadan destek alabilmenin yalakalığı mı bu?"

Sadık yanlarından geçen garsonun tepsisinden aperitif aldı, birini ağzına attı, çiğnerken alçak sesle ama gülerek Özge'ye eğilip, "Muhalefet! Anlamamakta ısrar ediyorsun Özge Hanım, muhalefet falan yok. Cephenin iki yakası da sisteme ait. Bu adamı kim koydu oraya sanıyorsun? Küçük bir skandal çıkartıp, daha önceden omurgasından yakaladıkları birini başa getirdiler. Gerçek bir muhalefet istiyorsan sen geçmelisin başa" dedi. İmayla gözlerine bakıp kulağına eğilerek, "Lütfen al bunu, sonra anlayacaksın neden" diye fısıldadı. Özge neden bahsettiğini anlamak için onun yüzüne odaklanırken diğer elindeki aperitifi Özge'nin dudaklarına doğru uzattı Sadık.

Kendi ağzına uzatılan lokmaya baktı Özge, kaşlarını kaldırıp yapmacık bir gülümsemeyle selamlayarak, "Onu verecek birilerini bulacağınıza eminim. İyi akşamlar" dedi ve arkasını dönüp gitti. Sadık'ın davranışları hiç bu kadar yapış yapış olmamıştı. Nesi vardı!

Özge'nin adaplı kıyafetine baktı Sadık, elindeki aperitifi ağzına atarken. Üzerindeki diz altı döpiyes ve altına giydiği erkek ayakkabılarıyla oyunun kurallarına şekil itibariyle uymayı kabul eden mızıkçı bir çocuk gibiydi.

2. Can & Bilge

Sabırsızlık içindeydi Can. Sabırsızlandığı şeyi kimseyle paylaşamayacak bir sabırsızlıkta sıkışmış, etrafını izlemekteydi. İşten kovdurduğu kızın, Murat Kolhan'ın yanından ayrılmasını izledi. Murat bu kızla çok ilgiliydi, peki milletvekili olduğu doğru muydu bu kadının?

Bilge koluna dokunup bu sezon işe aldıkları genel yayın yönetmeninin selamlaşmak için beklediğini belirtince bakışını aldı Murat Kolhan'dan. Genel yayın yönetmeniyle yapılan kısa sohbetin ardından diğerleriyle selamlaşmaya devam ettiler.

Can'ın dibindeydi Bilge ama sanki çok uzaktı. Her tokalaşmadan sonra önünde bağladığı kollarının sıkılığı, kolunun üzerindeki parmaklarının durmak bilmeyen ritmik hareketleri, kendisine sorulan sorulara verdiği üstünkörü cevaplar ve sürekli etrafında olan gözlerinin kendininkilerle hiç buluşmaması tuhaftı.

Bir şey olmuştu, emindi. Biraz kurcalasa çorap söküğü gibi gerisinin geleceğini biliyordu ama kurcalamanın varacağı yer, gitmek istediği yer miydi? İşte bundan emin değildi... Ne yapması gerektiğini bilmiyordu Bilge, sadece ne yapması gerektiğini bilmediği zamanlarda acele etmemesi gerektiğini biliyordu. Sanki hayat o zamanlarda insanın sabrını test ediyordu. Sabrının testinde sakin olmalıydı. Bakışlarını Can'dan aldığında kendilerine doğru yaklaşan Arzum Unsur'u fark etti.

Neredeyse uçlarına kadar sergilenmiş göğüsleri ve modası geçmiş kısa elbisesiyle artık tam bir klişeydi Arzum. Üne, paraya sahip olan ama hayatında huzur bulamayan, o magazin kadınlarından biri olmuştu. Hiç istemese de, her toplantıda defalarca zekâsıyla ezmek zorunda kalmıştı onu Bilge. Diğer alanlarda meydanı boş bulabilirdi ama zekâ gerektiren birkaç konuda ve Can'ın çıkarlarının söz konusu olduğu her konuda kontrolü ona bırakamazdı Bilge, sorumluluk kendisindeydi. Onca pasif agresif kapışmadan sonra Arzum nihayet yerini bulabilmişti. Aksi takdirde ortaklık yapmaları imkânsızdı. Madem bu kanala birlikte ortak olacaklardı, kurallar en başta konulmalıydı.

Yurtdışından getirdiği programlarla kendi küçük medyasını kurmuştu Arzum, başta Can'ın desteği ve tabii sempatik, her yola gelir tavırlarının da etkisiyle. Tüm detaylarını Bilge'nin yönettiği kanalda Can Manay'ın diğer ortağıydı Arzum.

Kıvrıla kıvrıla kendilerine yaklaşan Arzum'un Bilge'ye verdiği selamla, Bilge'nin nasıl da her şeyi yola koyduğunu anladı Can. Şaşırmadı. Birkaç haftada halledeceğine emindi zaten, ama kaçırması şanssızlıktı, bu süreci izlemek zevkli olurdu diye düşündü Arzum'a selam verirken. Arzum, eğilip öptü Can'ı... Hayret, dokunuşunda cinsellik yoktu diye düşündü Can. Bilge'ye epey saygı duymaya başlamış olmalıydı. Akıllı kadınlar saygı duydukları kadınların erkeğine bulaşmazlardı. Bilge ile seviyeli bir ilişki kurabilmenin çabasındaydı, nihayet. Arzum, "Başbakanı bekliyormuşuz. Ben çok açım" dediğinde Can da itiraf etti açlığını.

Gecenin değişen detaylarını sormak istedi Bilge, atıştırmalık bir şeyler de getirecekti. Arzum ve Can'ı baş başa bırakıp büfeye, başbakanın ne zaman geleceğini öğrenmeye gitti.

"Uzun kaldın Londra'da, iki haftadır seni bekliyoruz" diye çıkıştı Arzum, kendi getirdiği yabancı formatlar ve Can Manay'ın programıyla büyük fark atacaklardı. Can Manay'ın bir türlü Londra'dan dönmeyişi şaşırtmıştı.

Can gülümseyip, "Bensiz her şey yolunda görünüyor, ben gidince konuları ikiniz daha iyi halletmişsiniz" dedi.

Arzum kendisine uzatılan tepsideki içkilerden birini alırken garsona söylendi.

"İçki tepsilerinin yanında aperitif de olmalı!"

Sonra Can'a dönüp gülümsedi, içkisinden bir yudum alıp aklındakini söyleyip söylememekte tereddüt eden bir ifadeyle gözlerini kıstı. Can profesyonel bir sırıtışla, "Söyle, çıkar baklayı" derken sanki kendisine söylenecek şeyi zaten biliyordu.

Arzum, "Nasıl bir adamsın sen?" diye çıkıştı ve sonra bir yudum daha alıp kendisinden kısa olan Can'a eğildi. "Nereden buluyorsun böyle kadınları?" diye fısıldadı.

Sırıtışı gevşemedi Can'ın, lafın devamı gelecekti, bekledi. Arzum, "Senin bu cadı karın herkesi ipe dizdi. Sakin, sessiz falan ama atmaca kadar sakin, karınca kadar sessiz ve çalışkan" dedi kafasını sağa sola sallayarak. "Avukatla avukat, yönetmenle yönetmen, bankacıyla bankacı oluyor kadın! Aklım durdu, pes ettim gördüğün gibi. Yaslandım geriye, emniyet kemerimizi bağlayalım götürsün bizi."

Can kahkahalarla güldü Arzum'a. Bilge'de gördüğü yüzlerce şeyden sadece birkaçını Arzum'un görüyor olması hoştu, başta adam yerine koymayıp hatta ezmeye çalışıp şimdi böyle teslim olmasıysa ironi. Arzum kafasını hâlâ hayır, olamaz dercesine sallarken Can'ın kahkahasına, yaklaşıp, "Ayrıca nasıl bir araba kullanmadır o kardeşim öyle! Kadın profesyonel rallici sanki! Yapamadığı bir şey var mı bu kadının?!" dedi.

"Oral seks" demek istedi Can, ama gülmeye devam etti. Bilge'yle ilgili böyle bir bilgiyi kimseye veremezdi.

3. Bilge & Özge

Saygılarını, ancak onlara saygınızı kaybettiğinizde kazandığınız insanlar nasıl da küçülüyorlardı. Nasıl da gereksizleşip anlamsızlaşıyorlardı. Yemek bulma bahanesiyle uzaklaşmıştı Arzum'un yanından Bilge, saygıyı kaybettiğiniz birine gülümsemek zordu. Can bunu nasıl başarıyordu diye düşünerek onlara baktı barın önünden. Kahkahalarla eğleniyorlardı... Belki bir gün kendisi de öğrenecekti böyle rahat olabilmeyi. Barın üstüne dizilmiş tepsiden dört tane aperitif sığdırdı elindeki peçeteye. Daha fazla alırsa komik olacaktı. Başını kaldırdı, önünde dikilen servis elemanına tam yemek ne zaman diye soracaktı ki yanındaki kız ondan önce davrandı.

"Yemek ne zaman?" diye hafifçe seslendi Özge, Can Manay'ın karısının önünde duran elemana. Kadının da acıktığı ve bu sorunun cevabıyla ilgileneceği kesindi.

Garson, "On beş dakika önce olmalıydı. Hemen öğreneyim hanfendi" deyip gittiğinde, Özge, Can Manay'ın karısına bakıp gülümsedi.

Kızın yeşil gözleri ne güzel diye düşündü Bilge, gülümserken nasıl da pırıltılı bir hale gelmişlerdi. Gülümsenmeye alışık değildi, karşılıksız sunulan bu alışık olmadığı tebessüme hemen samimi bir tebessümle karşılık verdi.

"Ben de şimdi aynı şeyi soracaktım."

"Aklın yolu birdir. Özge ben..." dedi ve elini uzattı kız, gülümsemesi güzel yüzünde daha da büyürken.

"Geçmiş olsun" dedi Bilge, sargılı elini ima ederek.

Özge yaralı elini kaldırıp, "İş kazası" derken yine gülümsedi.

Bilge safça, "Ah çok geçmiş olsun. Ne oldu?" deyince Özge'nin gülümsemesi hafifledi, basit de olsa böyle bir tepki beklemiyordu. Kızın gözlerinde ilgi vardı... gerçek miydi? Sessizliği doldurmak için ilgi yumurtlayan tavuklarla doluydu etraf. Ama Bilge'nin samimi bir hali vardı. Bu sahtelikten uzak ifadeyi, yapmacıksız tebessümü tanıyordu Özge. Neredeyse uzman olmuştu. Ama Can Manay'ın karısıydı bu kız, onun gibi biriyle evlenmişti! Hangi tarafta duruyordu belli değildi, belki henüz seçmemişti diye düşününce merak kapladı içini ve bilmek istedi. "İsterseniz nasıl olduğunu izletebilirim size" dedi.

4. *Can Manay*

Bilge'nin o kadınla konuşmaya başladığını fark ettiğinde, kahkahası boğazına takıldı Can'ın. Özge elindeki telefonda bir şeyler karıştırırken Can'ın yüzüne yansıyan stresi fark edip onun baktığı yere döndü Arzum. "N'oldu?" diye sordu.

Can, "Ne işi var bu kadının burada?" diye hırladı. Acaba ne gösterecekti Bilge'ye!

Arzum, "Bilmiyor musun?" dedi şaşkınlıkla, Can, bilinir olması gereken bir şeyi bilmemenin tedirginliğiyle Arzum'a döndü. Arzum, "Bu kız, Özge Egeli. Milletvekili. Mecliste yemin ederken bıçak çıkarıp elini kesti ve öyle bir konuşma yaptı ki donup kaldı herkes. Videoyu görmedin mi?!" dedi.

Can duyduklarını hazmetmeye çalışırken tepkisiz kaldı. Arzum telefonundan videoyu açarken Can'ın gözü yine Bilge ve Özge'ye kilitlendi. Milletvekili! İşte bu inanılır gibi değildi!

5. *Özge & Bilge*

Bilge kendisine uzatılan telefonu alırken kaza anını seyredecek olmanın tuhaflığı tedirgin ediciydi. Özge, "Dehşet bir şey değil!" dedi, onun tedirginliğini hissetmişti.

Bilge hâlâ tedirgin bir şekilde gülümserken başlattı videoyu. Özge, "İzlemenize gerek yok dinleyin yeter" dedi.

Bilge bir merhabadan konunun buralara gelmesini tuhaf bulsa da merakla izlemeye başladı. Akan videoda kürsüye çıkan Özge vardı. "Milletvekili misiniz siz?" dedi Bilge bir rahatlamayla.

Özge kafasını sallayıp, "Dinleyin" dedi.

Bilge, ses duyulmadığı için videoyu iyice kulağına yaklaştırıp dinlemeye başladı.

"Yağmacılar! Başkasının hakkıyla beslenenler! Temsil etmeye yemin ettiği değeri yağmalayan herkes! İnançlıymış gibi davranıp ruhlarını paraya satanlar! İnançlarımızı pazarlayanlar!"

İyice açıldı Bilge'nin gözleri ama kulağından çekmedi telefonu, dinlemeye devam etti.

6. *Sadık Murat Kolhan*

Sadık sakince izliyordu. Etrafında toplanan kalabalığın boş sohbetine katılıyormuş gibi gülümserken gözleri uzaktaki barın hemen önünde, Can Manay'ın karısına videosunu izlettiren Özge'deydi.

Gerçi Can Manay'ın allak bullak olmuş hali de izlenmeye değerdi ama gözlerini hiç ayırmadan bütün gece Özge'ye dikecekti, herkes onu izlediğini, gözlerini ondan ayırmadığını görene kadar bakacaktı ona. Özge'ye verilen değeri diğerleri fark etmeliydi.

7. *Bilge & Özge*

Bilge kulağına dayamıştı videoyu iyice, Özge, "Hayattan asla saklanamazlar, kaçamazlar! Çünkü BİZ buradayız!" dediğinde telefonu kulağından çekip uğultular yükselen meclise baktı.

Özge'nin elinden ve bıçaktan kan damlıyordu. Hemen yine kulağına yapıştırdı telefonu, çünkü yine konuşmaya başlamıştı.

"Aldığım her nefeste, hakkına sahip çıkma onuru gösterenlerin yanında yer alacağıma, adalet için ne pahasına olursa olsun, kiminle olursa olsun, gerekirse kendimle bile savaşacağıma yemin ederim! Varlığım, canın haklılığına armağan olsun! Ne mutlu hakkımdır diyebilene! Hakkı için var olduğunu bilene!" diye bitirdi konuşmasını Özge birkaç alkış dışında derin bir sessizlikte. Elinden damlayan kanı umursamadan indi kürsüden.

Özge anbean Bilge'nin ifadesini izlemişti, şaşkınlığın nasıl da gülümsemeye dönüştüğünü, o gülümsemede bir umut doğduğunu, hafifçe sallanan kafasının onayını fark etmiş ve Bilge'nin durduğu daha doğrusu zamanı gelince duracağı tarafı görmüştü. Bugünlerde insanların nereye ait olduğunu anlamak çok kolaydı! İki tip insan vardı hayatta, umursayanlar ve umursamayanlar. Sokakların duvarlarına yazılıyordu bu cümle: "Umursamayanlara karşı umursayanlar!" "Çatlama cesareti gösteren tohumlar" yazısının yanında, sağında, solunda... Umursamayanlar böyle bir yemini salaklık olarak görürken, umursayanlarda bir tebessüm doğuyordu. Umut dolu, "Nihayet!" diyen bir tebessümdü bu, Bilge'ninkiyle aynı.

Video bittiğinde Bilge şaşkınlığın tebessümle birleştiği samimi bir ifadeyle, "Harikasınız!" dedi ve sonra heyecanla ekledi. "Eşimle tanışmanız şart!"

Özge gülümseyip telefonunu geri alırken, "Eşinizle tanışmıştık biz yıllar önce, teşekkür ederim. Başka zaman selamlaşırız" dedi ve Sadık'tan öğrendiği uzmanlıkla, konuyu değiştirircesine, cevabını bildiği soruyu soruverdi.

"Siz ne iş yapıyorsunuz?"

Bilge'nin psikolog olduğunu söylemesi, Özge'nin bir terapiye ne kadar ihtiyacı olduğunu belirtmesi, Bilge'nin telefon numarasını verip onu davet etmesi öylesine doğal ve akıcı gelişti ki Can Manay, Özge'nin videodaki salaklığından aldığı keyifle kafasını kaldırıp Bilge'ye baktığında Özge çoktan onun numarasını kaydetmişti. Vedalaşmak için tokalaşıyorlardı.

8. *Can Manay & Arzum*

Bilge elinde bir avuç aperitifle döndü. "Acayip biriyle tanıştım Can! Biraz önce seyrettiğim şeyi seyretmen şart!" dedi.

Arzum hemen atladı.

"Ben şimdi seyrettirdim."

Can, "Ne salak insanlar var, kendi kuyusunu kazmış!" diye mırıldandı.

Bilge, "Saçmalama. Muhteşem konuşmuş! Umut doldu içime!" diye tepki verdi ve Can'ın ifadesinde gördüğü anlamsız keyiften rahatsız, çattı kaşlarını.

Can gülümsemek zorunda hissetti yüzüne yansıyan zalimliği saklamak için. Bilge'nin burnunun ucundan küçük bir makas alıp, "Ben kızın iyiliği için diyorum. Yoksa bana ne? Tanımıyorum bile" dedi.

Bilge "Tanımıyor musun?" diye sorgulayacaktı ama tam karşısında, gelip giden insan trafiğinin gerisinde, uzakta kendisine odaklanmış iki yeşil göze yakalandı gözleri...

9. *Özge Egeli*

Özge gözlerini ayırmadan Bilge'ye baktı... İşaret parmağını dudağına götürdü ve sus diye küçük bir işaret yaptı. Sonra yavaşça parmağını indirdi, hafifçe gülümsedi, başıyla selam verdi. Tüm bunları yaparken gözleri "Güven bana!" diye bağırıyordu.

10. Bilge & Can Manay

"Yemek ne zamanmış?" demişti Can ama Bilge duymamıştı, sanki hipnotize olmuş bir şekilde odaklanmıştı, bir yere, bir şeye, birine... Uzanıp Bilge'nin odaklandığı yere baktı... ilgi çekici bir şey göremedi. Tanıdık kimse yoktu, kalabalıkta sohbet eden insanlar dışında. "N'oldu hayatım?" dedi parmağının ucuyla onun kulağının arkasına dokunarak.

Bilge dalgınlığından sıyrılamadan "Hiç..." dedi sanki yanında değilmiş gibi. Can "Bilge..." diye mırıldandı, her adını söylediğinde ona çağrıştırdığı şeyden emindi.

Bilge dalgınlığından sıyrıldı. Kendisi için umut dolu bu mucizenin Can için salaklık olması ne acıydı... Aslında ne kadar farklıydılar. Zihnini Can'a odakladı, hiç istemese de, ne kadar da umursamaz ne kadar da alaycı olduğunu düşündü. İlk defa Can'la ilgili bilmediği şeylerin sadece geçmişi olmadığını fark etti, mesela inandığı şeyler nelerdi?

11. Özge Egeli

Salih kendisine seslendiğinde irkildi Özge, Mahmut Konmaz skandalından sonra görmemişti onu. Salih yanına gelip, "Valla ben de sizi arayacaktım bu hafta! Allah'ın işine bak kısmet bu hayırlı güneymiş" demişti.

Özge yine, samimiyetle kendisine sunulan gülümsemeye, aynı

samimiyetle karşılık veremediği için ezildi ama yine de gülümseyebildi. O kırık gülümsemenin, kendi satılmışlığının dışarı yansıttığı sahtelikten kaynaklandığını bilmeyen Salih, anlattıkça anlattı. Enerji zirvesi yapmışlardı. Özge'nin anlattıklarından sonra Salih'te güneş ve rüzgâr enerjisi merakı uyanmıştı. "Arkadaşları inandıramadık ama holdinglerden birkaçını yatırım yaptırmaya ikna ettik" dedi. Her yıl hükümetin istediği yere, istediği kadar para göndermeye alışmış olan holdinglerin birkaçından alınan bu haracın yüzde 10'unun aheste aheste güya yenilenebilir enerjiye yatırılması kesinleşmişti. Herkesin tırtıklayacağı o yüzde 10'dan kim bilir geriye ne kalacaktı? İşte bu yüzden başarısızlık kesindi. Sonra da bu asalaklar konuşmaya başlayacaklardı, yenilenebilir enerjide iş yok diye.

Ama yine de Salih'in cehaletinin altında kalmış merakının, aslında nasıl da kendi çapında çabaladığını fark etti Özge. İşte o zaman samimi bir gülümseme doğdu yüzünde.

Salih anında fark etti kabul gördüğü bu ifadeyi. Özge'nin omzuna vurup, "Sen iyi birisin Özge Hanım!" dedi ve etrafına kaçamak bir bakış attıktan sonra kulağına yaklaşıp, "İyi gösteri çıkardın. Bizimkiler meraklandıydı ama anladık ki çoktan planlanmış" diye ekledi. Sırıtırken seni hınzır der gibiydi. "Hem kadınsın, hem dişli istesen seni parti genel başkanı bile yaparlar."

Özge şok geçirdi. Planlanan neydi? Bizimkiler kimdi? Nasıl anlamışlardı? Neyi anlamışlardı?! Yaparlar mıydı!? Özge'nin tebessümü tiksintiye bulanmış karışık bir sırıtışa döndüğünde Salih, "İyi misin Özge Hanım?" dedi, salaklığının doruklarında.

Özge kafasını sallarken onlarca tepkiden hangisini vermesi gerektiğini seçmeye çalıştı, konuşamadı. Boşluğa kaydı gözleri ve baktığı boşlukta kendisine dikilmiş bakışı fark etti, sanki milyonlarca ışık yılı uzaktaydı Sadık, yanında kendisiyle konuşan bir grup adamın arasında bakışını ara ara Özge'ye kaydırmaktaydı.

İçkisini ağzına götürürken milimetrik bir hareketle hafifçe bardağını kaldırdı Özge. Birkaç saniyede olmuştu her şey, Özge bakışını Sadık'tan çekip, "Elim acıyor biraz" dedi Salih'e.

Salih salak salak, yaranın ne kadar zamanda iyileşeceğinden, iz kalırsa yapması gereken kocakarı çarelerinden bahsederken henüz anlıyordu Özge, neden herkesin ona selam verdiğini. Kendilerinden sanıyorlardı. Şimdi anlıyordu neden bu kadar sempatik bir şekilde karşılandığını. Bu sabahki yeminini planlanmış sanıyorlardı. Şimdi anlıyordu neden Sadık'ın o tuhaf sempatik tavırlarını ve ağzına o aperitifi uzatmasını, elini omzuna koymasını... neden hâlâ başına bir şey gelmediğini. Çünkü hem ciddiye almıyorlar hem de Sadık'ın sevgilisi sanıyorlardı.

Don Kişot'tu Özge, ama değirmenlere karşı değildi, karşısında umursamazlar vardı. Yüzlerce umursamaz bir arada ona gülüyorlardı.

Salih'in uğultuya dönüşen saçmalamalarının arasında derin bir nefes aldı. Donuk bir yağ gibi suratına yapışmış gülümsemesi kalbinde hissettiği ateşle erimek üzereydi. Lafa girip tuvalete gitmesi gerektiğini söyledi. Adım adım yürürken yanından geçtiği insanlara baktı, selam verse kesin selam vereceklerdi, hatta bazıları o selam vermeden selam vermişlerdi bile!

Tuvalete girdi. İçerisi ışığa üşüşmüş sinekler gibi aynada makyajlarını tazeleyen kadınsılarla doluydu. Girdiği gibi çıktı. Ve çıkarken uzun boylu bir kadınla çarpıştı. "Pardon" diyerek yoluna devam edecekti ama kadının elindeki bir şeyler yere düşmüştü. Eğilip almak ile yoluna devam etmek arasında tereddütte kalarak eğildi Özge, yere düşen üç karton sigaradan bir tanesini alıp uzatırken sigaranın tuhaf şekilde tanıdık gelen yabancılığına baktı. Gitanes yazıyordu daha önce hiç görmediği tuhaf paketin üzerinde. Gitanes... isim kesinlikle tanıdıktı... Hatırladı! *Darbe*'nin ilk sayılarının yakıldığı o arsada topladığı izmaritlerden birinin üstündeydi bu yazı.

"Murat Bey'in karın ağrısı sigaraları" dedi Burcu paketi Özge'den alırken. "Dışişleri bakanı hediye getirmiş, arabasına götürüyordum" diye ekledi, daha önce hiç yüzünde belirmeyen sıcacık bir gülümsemeyle bakıyordu Özge'ye. "Bu arada Nasılsınız Özge Hanım? Tebrik ederim."

Şüphe kasırgalarının arasından zorla sıyrılıp gülümsedi Özge, sanki on tonluk bir taşı mimikleriyle kaldırır gibi zorlamaydı gülümsemesi çünkü aklını, hâlâ kutuda tuttuğu izmaritlerden, *Darbe*'yi bulduğu o konteynerin içine girdiği anda hissettiği öfkeden sıyırıp niye tebrik edildiğini anlaması zor olmuştu "Sağ olun" diye cevap verebildi. "Sadık'ın sigara içtiğini bilmiyordum."

Burcu'nun gülümsemesi askıya alınmış gibi durdu ve düzeltti.

"Murat Bey'in." Sadık Bey de kimdi?!

Özge, "Pardon. Murat Bey'in" diyerek onayladı Burcu'yu.

"Nadiren, sadece çok canı sıkıldığında" dedi Burcu ve iyi akşamlar dileyip ağzından çıkan bir cümleyle Özge için her şeyi değiştirdiğini bilmeden dönüp gitti. Sivri topuklu hafif platformlu ayakkabılarının üstünde, uzay sirkinde çalışan bir cambaz gibiydi.

12. Can Manay & Bilge

Başbakanın gelişi yarım saat süren bir coşkuyla karşılandıktan sonra yemek salonu açılmıştı, yemekler dağıtılmış, karnı doyan insanlar çeşitli bakanların konuşmalarını dinlemişler ve tatlılara geçildiğinde bürokrasi hafiflemişti. Can yoktu uzun süredir. Hal hatır sorması gereken kişilerin masalarını dolaşıyordu, Bilge yalnız başına etrafını seyre dalmıştı. Etrafına bakındıkça bir tek kendisinin bekliyor olduğunu fark etti, başka kimse yoktu masasında oturmuş bekleyen. Herkes kısmet avına çıkmış gibi koparabilecekleri sözlerin peşinde milletvekillerinin, bakanların masalarını ziyaretteydiler.

Can nihayet yanına geldiğinde, "Artık gidebiliriz" dedi. İşini başarıyla halletmiş gibiydi. Hemen ardından Arzum da geldi masaya, heyecanla Can'ın omzuna dokunup, "Acayip bir adamsın sen!" dedi. Can'ın nasıl da yeni program için Radyo Televizyon Kurulu başkanından avantaj kopardığını anlatmaya başladı. Kendini küçücük hissetti Bilge, sanki küçücük bir kız çocuğuydu ve diğer küçücük çocuklarla birlikte büyükçülük oynamak için toplanmışlardı. Etrafındaki herkes aslında küçücüktü, tek bir yetişkin yoktu ortamda. Kendi küçük ihtiyaçlarını hayatın merkezine koymuşlar, geri kalan her şeyi unutmuşlardı. İlk defa fark ediyordu Bilge, çünkü daha önce elini sıktığı onlarca milletvekilinin rüşvet almak ve birtakım işleri kolaylaştırmak için aracı olmanın çok dışında, aslında yüce bir görevleri olduğunu, ilk defa düşünüyordu.

Can toparlanıp kalkarken Bilge'nin durgunluğunu kurcaladı "İyi misin?" diyerek. Bilge başını salladı, konuşmayacaktı ama ayaklandığında kendisine dikkatle bakan Can'ın cevap isteyen hali samimiydi. Yanlarından geçen kişilere hoşça kal dercesine selam verirlerken yürümeye başladılar.

Koluna aldı Can Bilge'yi, kolunun ucundaki elini de avucunun içine alıp yavaşça okşadı çıkışa doğru ilerlerken. Bilge ona fısıldamaya başladı.

"Halimize bak. Neyin parçasıyız biz? Bu adamlara rüşvet veriyoruz, sözler veriyoruz ve bize izin veriyorlar. Bu normal değil."

Can fısıltıyla Bilge'nin lafına girdi.

"Biz vermezsek o sözleri, rüşvetleri, verecek başkaları kuyruk olmuş sırada bekliyor. Bunda şaşılacak bir şey yok. Binlerce yıldır bu böyle devam ediyor. Gayet normal. Asıl anormal olan, bunu şimdi, tam buradayken sorgulaman."

Çıkışa varmak üzerelerdi, Bilge sustu. Can haklıydı. Bunu konuşacaklarsa bile yeri burası değildi.

"Gidiyor musunuz?" demişti kültür bakanının sözcüsü. Can ve Bilge dönüp selam verdiler. Can'ın yeni eve döndüğü için yorgun olduğunu açıklayıp kibarca izin istediler. Adam sımsıkı sıktı Can'ın elini, iki eliyle. Tam ayrılacaklardı ki, "Harika olacak bu yeni gösteri merkezi. Avrupa'nın en büyüğünün ülkemizde olması ülke açısından da büyük reklam. Yurtdışı ülke tanıtımlarımıza bile koyduracağız. Ama elinizi çabuk tutun Can Bey, bitsin hemen!" dedi.

Bilge anlamadı adamın ne dediğini! Avrupa'nın en büyüğü... gösteri merkezi?!

Can adamın gülümsemesine sırıtışla karşılık vererek, "Tabii, merak etmeyin" demişti. Arkalarını dönüp ilerlerken Bilge açıklama beklercesine baktı Can'ın yüzüne, Can stresli bir gülümseme halindeydi. Geride bıraktıkları adam yine seslendi.

"Adını düşündünüz mü?" Can dönüp geçiştiren bir hareketle el salladı adama ve çıktılar kapıdan.

Arabalarına doğru ilerlerken bir cümle bekledi Bilge ama Can aracın nerede olduğuyla ilgileniyordu. Bilge beklemeye devam etti.

Araca bindiler, Can ne kadar yorgun olduğunu anlatarak başını Bilge'nin kucağına koyup uzandı, kafasını Bilge'nin kucağına sürtüp hadi saçımla oyna dercesine gözlerini kapadı.

Bilge, tuttu Can'ın kafasını kaldırdı kucağından. "Bir dakika kalkar mısın?" derken döndü ona ve gözlerine bakıp sordu.

"N'oluyor?"

Kaçış yoktu. O salak boşboğaz herif yüzünden Bilge sorgulamaya başlamıştı ve şu an söyleyecekleri Bilge'nin merakını dindirmezse her şey sarsılacaktı. Derin bir nefes alıp pes etmiş gibi cevap verdi.

"Sana sürpriz olacaktı eğer bu salak herif her şeyi bozmasaydı!"

Bilge'ye yaklaştı, öpüp dikkatini başka şeye kaydırmak istedi ama Bilge hafifçe sabitledi Can'ın kendisine yaklaşan bedenini. "Ne sürprizi?" diye sorguladı.

Can hınzır bir ifadeyle, "Anlatırsam sürpriz olmaz..." diye mırıldandı.

Bilge dümdüz, "Bir gösteri merkezi, bana, ancak benim için yapıldığı söylendiğinde sürpriz olur" dedi. Laf oyunu oynayacak halde değildi. Can iki hafta geç gelmişti, yüzündeki o ifade tuhaftı, her şey tuhaflaşmıştı ama şimdi bu gösteri merkezi her şeyden daha tuhaftı.

Can teslim olurcasına yasladı bedenini koltuğa ve açıkladı.

"Bu kültür bakanı başımın etini yedi! İlla benim yönettiğim bir projeyle böyle büyük bir gösteri merkezi yapmak istiyorlarmış. Hani bir ara kalkışmıştım ya bir merkez yapmaya oradan akıllarında kalmış. Projeyi benim yönetmemi istiyorlar çünkü parayı bana ve benim etrafımdaki birkaç enayiye harcatmak istiyor işte, bedavacılar! Devlet bu, öyle hayır falan derken dikkat etmek lazım. Yoksa meraklısı değilim gösteri merkezi yapmanın! O yüzden söylemedim sana moralinin bozulacağını bildiğimden, suratın düşmesin istedim bu asalakların yanında. Bunlar bir paranın kimde olduğunu bir de kimin onlara kızgın olduğunu hemen anlarlar! Üstümden atmanın yollarını arıyorum." Sonra Bilge'ye doğru yaklaştı. "Haftalardır görmüyorsun beni, hiç mi özlemedin?" Burnunu Bilge'nin yanağına sürttü, boynuna indi, kokladı. Yüzünü kaydırıp ağzını ağzının içine aldı, uzun uzun öptü. Dudakları ayrıldığında, "Bunca sahteliğin içinde tek gerçeğim sensin" diyerek başını kucağına koydu, okşanmak istercesine sürtündü Bilge'nin eteğine.

Bilge parmaklarını soktu Can'ın aslan yelesi saçlarının arasına ve karıştırıp okşamaya başladı başını. Can gözlerini kapattı. Artık huzurluydu... Bilge bakışını dışarı çevirdi. Artık huzursuzdu.

*13. Sokak**

Bu sefer iki kişiydiler. Elindeki kemanla zayıf, narin Nihan ve başına oturduğu o tuhaf aletle Deniz. Sokak'ın zeminine attıkları minderlere yayılmış gözlerini bir an olsun kendilerinden ayırmayan gençlere orkestra kıvamında müzik yapıyorlardı.

Her cuma Sokak'taki bu canlı müziği sosyal medya sayfasına yüklüyorlardı. Hiçbir zaman aynı müziği iki kere çalmıyorlardı. İşi müziğe kanal olmak olanlar için müzik yapmak zaten nefes almak gibiydi. Aldıkları her nefes nasıl bir öncekinden farklıysa müzik de öyleydi. Müzisyenlerin maddeye olan eğilimi, sürekli ve birlikte müzik yapmanın ritmiyle siliniyordu, sürekli kanal olmanın yorgunluğu bir terapi gibiydi, zihinlerini gerektiğinde kapatmalarını sağlıyordu.

Program 22.00'de başlayıp gece 02.00'ye kadar sürüyordu. Tekrarını dinlemek isteyenler internetten ücretsiz indiriyordu. Tek bir şart vardı, bir şey satmak ya da ikna için yapılan herhangi bir sunumda, reklamda kullanmak yasaktı.

Bazen bir balerin yoktan var olurcasına başlıyordu dansına bir köşeye doğan hafif sarı ışıkta. Işık sönüyor ve başka bir köşede başka bir dansçı yeni bir ritimle hayat buluyordu. Karanlığın içinde müziğe şahitlik yapanlar ister müziği yapanlara dikiyorlardı

* Müzik önerisi: Eyes Shut (Live at Yellow Berlin) - Nocturne in C Minor Eyes Shut (Live at Yellow Berlin) - Reminiscence
Brim - Ólafur Arnalds

gözlerini ister her müzikte değişen dansçılara ya da kapattıkları gözlerinin karanlığına... Bazen birkaç kişi kalkıp bedenlerini sessizce dinledikleri müziğe bırakıyorlardı. Ne izlerse izlesinler, dans etsinler ya da etmesinler hepsi anlamla doluyordu.

14. *Ada & Tugay*

Kapının çalmasıyla sızdığı minderlerin üstünden kalktı Ada, kapıya doğru ilerlerken yerdeki kemana bastı, ayağı acımıştı. Nihayet düğmeye ulaştığında, "Kim?" dedi. Tugay, "Aç canım" diye cevap verdi.

Saat kaç olmuştu, Tugay onu alacaktı ama saatler önce gelmesi gerekmez miydi? Sahi saat kaç olmuştu! Stüdyoya yürüyüp duvardaki saate baktı. Gece yarısıydı.

Tugay içeri girdi, elindeki çiçekleri Kültür Bakanlığı'nın davetinden getirmişti. Üzerindeki yazıyı söküp atınca yeni alınmış gibiydi. Çiçekleri Ada'ya uzatıp, "Aradım ama ulaşamadım sana, açmadın telefonunu" dedi.

Ada telefonunu ararken, "Hiç çalmadı ki" diye itiraz etmişti.

Tugay hemen deke gitti, yeni kayıtları görmek istedi. Dört şarkı daha vardı. Şimdiden Ada iki albüm çıkaracak kadar şarkı yapmıştı. Ama en iyilerini Şadiye'ye satmışlardı. Altın yumurtlayan çirkin bir tavuk gibiydi Ada, dudağının kenarından suratına yayılmış uçuğu ne kadar da iğrençti. Neyse ki uçuğu bahane edip öpüşme zahmetinden kurtulmuştu Tugay. Gözlerini kapatıp bir vazifeyi yerine getirir gibi beceriyordu onu, bu kadarı yeter de artardı.

Şarkıları kaydetmek için deke daha önce taktığı belleği aradı, bulamadı. Eğilip dekin arkasına yerleştirdiği belleğe baktı. Yoktu. Düşmüş müydü? Derken Ada, "Ne arıyorsun?" dediğinde ona döndü. Hiç çağrı olmadığına emin olduğu telefonunu sehpaya bırakırken kül tablasında yarım kalmış jointi yakmaya çalıştı.

Tugay, "Bellek vardı burda?" diye sordu.

Ada yaktığı jointten bir nefes çekip, "Eeee?" dedi. Günlerdir buradaydı, bu aradım ulaşamadımlar eskimişti, aynı vücudunda etkisi eskiyen uyuşturucular gibi. Ne alırsa alsın etrafında olanların hesabını yapamayacak kadar uzun uyuşmuyordu artık.

Tugay kaşlarını kaldırıp, "Ne demek eee? Sen mi aldın?" dedi.

Ada ayağa kalkıp kuruluktan eğilen bir çalıya benzeyen bedenini taşıyarak iki adım attı Tugay'a. "İstemiyorum artık o karıyı müziğimle beslemeyi!" diye çıkıştı.

Tugay'ın kaşları çatılırken Ada devam etti.

"İnsan bir kez arar. Kız kardeşimmiş! Kıçımın kız kardeşi. O orospu mahvetti her şeyi!"

Tugay, "Olur mu hiç! Şadiye çok seviyor seni..." derken Ada lafa girdi öfkeyle.

"O yavrusunu bile yiyen pis bir örümcek! Ne sevmesi! Telefonlarıma bile çıkmıyor!" diye haykırdı. "Sen de saf mısın! Görmüyor musun?" Ada'nın gözlerinden birkaç damla süzüldü, burnunu hızla çekip damlaları sildi, izmaritin son nefesini de somurup, "Deniz haklıymış! Neyse, yalnız bırak beni" dedi stüdyonun içine doğru yürüyerek. "Masanın üstüne bırak!"

Tugay iç cebindeki beyaz tüpü çıkardı, madem artık maskeler inmek üzereydi, suratındaki şaşkın ifadeyi silip, "Burada geçirdiğin her dakikanın bir fiyatı var. Eğer bana müzik veremezsen burda kalmaya devam edemezsin" dedi. Elindekini masaya bırakmadan bekledi.

Ada geri döndü, elinden çekip aldı kokain tüpünü ve "Defol git şimdi!" dedi dişlerini sıkarak. Tugay arkasını döndüğünde de ekledi.

"Aramışmış! Çocuk muyum ben! Herkes arıyor ulaşıyor sen her aradığında ulaşılamıyor! Yemeğe götürecektin beni!"

Bir an düşündü Tugay, dönüp Ada'nın gönlünü alsa, geceyi onunla geçirip belleği de alabilirdi ondan... ama yapmamaya karar verdi, ona dokunmaya bile tahammül edemiyordu artık, giderek de zorlaşıyordu ama nasılsa tüm müzik hâlâ buradaydı. Hele bir ayılmaya başlasın, hele canının çektiğini bu kadar kolay bulamasın o zaman gösterecekti kimdi defolup gidecek olan! Tugay cevap vermedi, kendisinden son bir umutla samimiyet bekleyen Ada'ya bakmadı bile, çekip gitti.

15. Bilge & Can

Yatağında uyuyan Doğru'ya baktı huzurla Bilge. En sonunda başarmış olduğunu hissediyordu ona her baktığında. Sanki onu sırtına almış ve yapayalnız bırakıldıkları zehirli bir bataklıktan savaşarak çıkmıştı. Başarmıştı. Can'ın ayarlamalarıyla bu sene Doğru üniversitede matematik öğrenmeye bile başlamıştı. Diğer öğrenciler gibi sınavlara girmiyordu ama ödevlerini hazırlıyordu, bir sürü arkadaşı olmuştu, sınıfın en başarılısı oydu.

Doğru'nun kapısını aralık bırakıp kendi odasına yürüdü. Yalın ayakları ahşap tahtanın üstünde huzur buldu. Ev bitmek üzereydi. Yaşadıkları onca yokluktan, yalnızlıktan sonra böyle bir yuvaları olması sanki bir mucizeydi. Can'dı bu mucizenin merkezi. Sadece eş değildi, dosttu ama onu ne kadar tanıyordu? Katman katmandı Can'ın karakteri, derinlere indikçe altından çıkan katmanları daha çok sevmişti Bilge, ama şimdi öyle derine inmek üzereydi ki, tedirgindi, sevdiği katmanların en dipte, sevilemez bir ilkelliği, benmerkezciliği, her oluşun merkezine kendisini koyan bir narsisti saklayabileceğini fark etmişti. Daha en dibe inmemişti, inmek istediğinden de emin değildi. O derinlerdeki basınca dayanabilir miydi?! Tedirgindi.

Can hâlâ duştaydı. Sakince beyaz, uzun geceliğini giydi, tereddütle, dişlerini fırçalamak için banyoya girdi. Can duştan çıkmak üzereydi.

Dişlerini fırçalayan Bilge'nin tertemiz haline baktı Can duştan çıkarken, kendisine uzattığı bornozu giyip ona sarıldı arkasından. Sonsuza kadar yanında olmasını istiyordu onun ama nasıl?! Duru'ya tekrar kavuştuğunda nasıl tutacaktı Bilge'yi yanında? İkisine de nasıl yer bulacaktı bu kısıtlı hayatta? Ama bu koku, bu huzur, yanına her uzandığında daldığı o uykunun güveni...

Ağzındaki diş fırçasıyla aynadaki yansımalarına baktı Bilge, Can'ın ıslak saçları boynuna sokulmuş yüzünden geceliğine damlamaya başlamıştı ve boynunun solunmasından iyice huylanmıştı. Hafifçe çekti kendini, "Dişlerimi fırçalıyorum!" diye kıkırdadı. Can yanağından ıslak bir öpücük alıp odadan çıktı. Dişlerini fırçalaması bitince Can'ın peşinden gitti, nereden başlayacağını bilmiyordu ama içindekileri onunla paylaşmaya karar vermişti. ama Can odada değildi. Aşağıya inmişti.

Ormanın içindeki ahşap evin büyük cam cephesinden dışarıya baktı Can, yer yer azıcık ışıklandırılmış ağaçlar çevrelemişti evin etrafını çepeçevre saran çimenliği, çok güzeldi. Dönüp salona baktı, kocaman salon ortasında tavandan inen şöminesiyle ve bir basamak yukarıdaki büyük mutfağa açılan yemek bölümüyle Fi'den uzakta bir tertiple tamamen Bilge'nin kullanıma önem veren zevkindeydi, tuhaf bir şekilde güzeldi. Belki de huzurdu o güzelliğin adı. Daha önce hiçbir evinde bulamadığı huzur bu evin her köşesinden fışkırıyordu. İnşaat tamamen bitince burası daha da huzurlu olacaktı. Koltuğun köşesinde bırakılmış battaniyeye baktı, Bilge'yle hayat ne kadar doğaldı.

Bilge "İyi misin?" diye mırıldandığında Can dönüp ona baktı, merdiven basamağındaydı. Ona hissettiği sevgi ummadığı bir şekilde sapasağlam yerindeydi. Ama aklı karışıktı, Duru'yla olmak Bilge'yle yaşamak arasında ihtirasın huzurla çarpıştığı yerde köşeye sıkışmıştı. "Sen uzan hayatım ben birazdan gelirim, biraz evi yalnız gezmek istiyorum" dedi.

Haftalardır görmüyordu onu ve Can şimdi evi yalnız gezmek istiyordu... samimiyetle "İyi geceler..." diye mırıldanıp yukarı çıkacaktı Bilge. Ama Can uzandı onu kendine çekti. Sadece iyi geceler öpücüğü verecekti.

Bilge'nin kenetlenmiş dudaklarını öptü sıkıca, kafasını çekip suratına baktı, birbirlerine şefkatle gülümsediler. Bilge iyi geceler deyip dönmüştü ki, Can yine çekti onu kendine bir daha öptü, kenetlenmiş dudaklarından bu sefer dilini bir kilidi açar gibi dudaklarının arasına sokarak. Bilge hafifçe aralamasa dudaklarını, Can'ın dili sıcacık kavramasa o yumuşaklığı, Bilge'den çıkan o küçük, sade nefes incecik bir sese dönüşmese, o ses Can'ın bedende gezinip erkekliğini harekete geçirmese onunla sevişmeyi düşünmeyecekti Can. Uyumayı, sohbet etmeyi, gezmeyi, yaşamayı istiyordu, sevişmeyi değil.

Kendisinden bir basamak yukarıda duran Bilge'nin geceliğini sıyırdı ve yakasındaki düğmeleri açıp göğüslerine ulaştı. Bilge kendini çekti biraz, konuşamadıkları onca şey varken sevişmek istemiyordu ama Can tuttu onu, nefes nefese "Buraya gel" derken kendine çekti iyice ve ağzıyla yapıştı göğsüne. Parmakları kadınlığına masaja başladığında Bilge düşüncelerini toplamaya çalışarak "Bir dakika" demeye çalıştı ama Can çoktan girmişti içine, Bilge daha ıslanmamıştı bile. Can'ın ritimli hırıltıları arasında, merdiven başında, zihniyle bedeni arasında çelişkideydi Bilge. Elleri Can'ın aslan yelesi saçlarına geçip gözleri Can'ın suratına odaklandığında o da katıldı ritme. Hafifçe asıldı parmaklarını geçirdiği saça ve kafasını geriye çekip suratına bakarken mırıldandı.

"Adımı söyle." Can'ın inlemeleri arttı, ritmi hızlandı, Bilge'nin yukarıdan bakan gözlerine bakıp arsızca dudaklarına saldırdı, dudaklarını emip ağzının içine solurken "Bilge..." diye hırladı.

Bir deneyin, ikinci evresinde hiç beklenmeyen bir veriyi test edercesine Can'ın boşalırken çıkardığı sesleri izledi Bilge. Kendi adını söylerkenki hissini analiz etti. Duru'yu düşünerek sevişmediğinden emin oldu. Can boşaldığında çekti ağzını Bilge'nin ağzından ve gözlerine bakıp nefes nefese "Huzurumsun" dedi. Alnından öptü Bilge onu ve çıkardı içinden. Sonra iyi geceler deyip çıktı yukarı.

Merdivene otururken, Bilge'nin peşinden gidip, onunla duşa girip sonra da huzurla uyumak geçti aklından... kalktı. Aklından geçeni yapacaktı. İki basamak çıkmıştı ki telefonunu şarja takması gerektiğini hatırladı, geri döndü, girişe bıraktığı telefonunu aldı. Yine yukarı çıkarken durdu. Kendisine en çok keyif veren yaramazlığı yapmak üzere olan bir çocuk gibi heyecanlı, döndü ve giriş katındaki banyoya girdi, yavaşça kapıyı kapattı, kilitledi. Parmak izini bastırarak açtı telefonunu. Kahretsin! Kulaklıkları çantasında unutmuştu. Çantası soyunma odasındaydı. Sıkılarak iyice kıstı telefonun sesini ve onlarca dosyadan birinin içine sakladığı videoyu başlattı.

Cep telefonundan çekilen videoda, Duru sahnenin ortasında kızıl saçları ve kostümüyle rolünü oynuyordu. Sağ eliyle arkaya ve aşağıya doğru uzattığı tefe kıvırdığı sol ayağının ucuyla vuruyordu. Esmeralda olmuştu.

Önce klozetin üstüne oturdu Can, aynı videoyu yirmi kere seyrettikten sonra yere indi, sırtını kapıya dayayıp beş kere daha izledi. Sonra diğer videoya geçti.

Duru Winter Dream'de* uçuşan elbisesiyle dans ediyordu.

---

* *Kış Rüyası*, The Royal Ballet Covent Garden

Üst üste izledi Can ve sonraki videoya geçti. Mayerling'de* Duru yakalanmıştı ve onu yakalayan adam Duru'nun kendisini geriye atmış bedenini kavramıştı. Erkekliğindeki hareketlenmeyi hisseder hissetmez hemen kapattı videoyu Can, onu düşünüp mastürbasyon yapmayacaktı. O karanlığa bir kez girerse nasıl çıksındı! Ayağa fırladı, yüzünü yıkadı. Banyodan çıktı. Bir saat önce hissettiği huzurdan eser kalmamıştı şimdi, kendini bok gibi hissediyordu. Kendi huzursuzluğundan kaçarcasına yukarı koştu. Üzerindeki bornozu çıkardı ve sessizce girdi yatağa, Bilge'nin ısısıyla karşılaşan bedeni üşüdüğünü hatırlamıştı. Daha da sokuldu Bilge'ye. Isınmaya başladı. Kollarını ona uzatıp iyice kavradı onu, sıcacık, mis gibi, yumuşacıktı. Çareye sarılır gibi sarılmıştı. Uykuya daldı.

16. Eti

"Vücudun bağışıklık sistemi çok iyi çalışan bir mekanizma. Sinir sistemi üzerinden her hücreye, vücudun her köşesine yayılmış bir ağ. Hastalıkları ilaçlarla tedavi etmeye çalışırken bu ağı hiçe sayan tıp dünyası, böceklenmiş bir bahçeyi ilaçlarken böceklerle birlikte bitkileri de öldüren bir ilaçlama şirketine benziyor. İşte bu yüzden artık tıp ilerlemiyor. Halbuki, bedeni besleyip bağışıklık sisteminin görevini yapmasına destek vermek, dışarıdan takviye edilen bir sürü ilaçtan çok daha akıllıcadır. Çünkü aslında etkili olan tek şeydir. Grip olduğunuzda ateşlenirseniz, yani vücudunuz mikropla savaşıyorsa antibiyotik verirler ama antibiyotikler virüslerde etkili değildir, yine de verirler çünkü virüslerin çıkardığı savaşta bakterilerin de atağa geçmesini engellemek isterler. Ama

---

* *Mayerling*, The Royal Ballet

aslında iyi desteklenen bağışıklık sistemi eğer görevini yapabiliyorsa atom bombası patlatmadan da savaşı kazanabilir. Tek çare iyi beslenmek. Detaylı bir beslenme programı içine girmeli ve paketlenmiş hiçbir şeyi vücudunuza sokmamalısınız."

Eti'nin kaşları çatıldı. Dudaklarını ısırdı. Hanım, "Sorun" dedi.

Eti dile getireceği problemin hafifliğinden neredeyse utanmış, "Çerezleri saymazsak sağlıklı atıştırmalık yok. Gündelik yaşamda bir şeyler atıştırmadan yaşamak zorlayıcı. Psikolojiyle atıştırmanın bağlantısı o kadar güçlü ki, bağırsaklarımız ikinci beynimiz olduğu için, onları mutlu ettiğimizde mutlu oluyoruz" dedi.

"Hiç çilek kurusu yediniz mi?" dedi Hanım, sempatik bir gülümsemeyle arkalarında bekleyen kıza işaret etti. Kız Hanım'ın istediği şeyi getirmeye gittiğinde, odaya girdiler.

Eti, "Altın çilek?" diye sorguladı.

Hanım, "Hayır, altın olanından değil, bildiğimiz çilek ya da elma, armut, mango... İnce ince kesilmiş ve gece boyunca dihaydre edilmiş meyvelerden bahsediyorum. Meyve kurusu demedim çünkü herkesin aklına kuru kayısı ya da kuru üzüm geliyor ama seramik bıçakla doğranmış özel bir fırında suyu çekilmiş çileği ve diğer tüm meyveleri denemenizi tavsiye ederim. Çikolataya olan ihtiyacınızı sıfırlayacak, üstelik kurutulduğu için şekeri azalmış lezzetli meyvelerle besleneceksiniz" diye açıkladı. Eti'nin suratında oluşan gülümsemedeki minnete baktı.

"Ne güzel bir insansınız siz" dedi Eti.

Hanım tebessüm etti. "Ben bir aynayım. Bana bakınca kendinizi görürsünüz" dedikten sonra elini Eti'nin omzuna koydu. "Bu son seansımız, bundan sonra beslenmenize dikkat ettiğiniz sürece dengede olacaksınız. Şanslısınız. Çok azımız böylesine yakınız dengeye. Sağlıklı olmanız yeterli olacak sizin için" dedi.

Eti, dolan gözlerindeki yaşları bir hamlede silip sanki gözleri hiç ıslanmamış gibi tane tane, "Nasıl teşekkür edebilirim size? Minnetimi nasıl ödeyebilirim?" dedi.

Hanım, "İyiliğin geri ödemesi olmaz, çoğalması olur. Dengesini kaybetmiş ama dengede olsaydı fark yaratabileceğini bildiğiniz bir kişiyi tavsiye etmeye hakkınız var. Seçiminizi bilgece yapın. Ve dilerseniz, çalışmalarımızın daha da derinleşmesi, yaygınlaşması için bağış yapabilirsiniz" dedi.

Genelde konu paraya getirilince hissettiği o tırtıklanma duygusundan eser yoktu düşüncesinde. Hayatını kurtarmıştı bu kadın ve şimdi de canı isterse biraz bağış yapabileceğini söylüyordu ona. Hayatları kurtarılan insanların cömertliği vardı bu saklı cennette ve Hanım'ın ihtiyaçsızlığının, dikliğinin temellerini böylesine sağlam bir duygudan almış olması ne rahatlatıcıydı.

Dayanamayıp sordu Eti.

"Hiç hayatını kurtarmak istemediğiniz birine yardım etmek zorunda kaldınız mı?" Büyük paralara sahip olan kesimi düşününce çok azının hayatı kurtarılmaya değecek kadardı.

Hanım tebessümle, "Buraya gelen herkes yardım alır" dedi. "Benim ya da bir başkasının isteği önemli değildir. Aracıya saygı duyarız. Eğer aracı tek hakkını kullanıp o kişiyi buraya getirecek kadar değer verdiyse, o zaman bizim için de değerlidir. Ayrıca iyi ya da kötü dengede olma şansı verilen insanların iyiliğe yatkın olduklarını görüyoruz burada. İnsanın içindeki karanlık dengesizlikle birleşince insanlık için daha da tehlikeli oluyor."

Hanım, vedalaşıp Eti'yi dengenin kollarına bırakırken bir kız girdi içeri, gazı açmakta olan adamı durdurup elindeki küçük paketi Eti'ye gösterdi. "Seansınız bittikten yarım saat sonra denemenizi istedi Hanım" dedi, torbayı masanın üstüne koydu ve gitti.

17. Can

Hayat güzeldi, dengede olduğun sürece. Kendi içinde dengesini kaybetmek, fırtınada oradan oraya uçan bir yaprağa dönüştürüyordu insanı. Tutunmak için ne kadar çabalarsan çabala, ellerin olmadan nasıl tutunurdun ki hayata? Denge, hayatın çalkantısından çıkıp ahengine dahil olmanın ilk koşuluydu. Denge merkezinde indi aracından Can, şoförünü gönderdi, sonrasında biraz yürüyecek ve öyle dönecekti işe. İnsan dengedeyken etrafında akan hayatı izlemek, sıcacık bir şöminenin yanında keyifle ısınırken pencereden fırtınayı izlemek gibi bambaşka bir keyifti. Çocuğu aradı gözleri, ama yoktu. Bugün erken gelmişti. Aslında randevusuna iki saat vardı ama dengelenmeden onay vermek istemiyordu gösteri merkezinin çizimleri üzerindeki çalışmaya. Demir kapının önüne giderken oto yıkamada çalışanlara selam verdi. Nasıl da özlemişti burayı. Hislerinin, dengesizliğinin bir düğüm gibi çözüldüğü yerdi burası. Yatırım yapmayı teklif etmişti ama Hanım ilgilenmemişti, konuyu bir daha açmamasını rica etmişti. Çok tuhaf bir kadındı. Can aniden durdu. Olamaz diye mırıldandı, gördüğü şeyin karşısında!

Hiç aklına gelmemişti bunca zamandır, hiç düşünmemişti. Bilge'yi arayıp sormak istedi. Sabahın bu saatinde Eti'ye ne oldu, ne zaman öldü diye sormak pek de iyi bir fikir değildi. Temkinli adımlarla yaklaştı bir zamanlar Eti'ye ait olan arabaya, dikkatle baktı. El değiştirmiş olmalıydı. Ama Eti'nin güneş gözlükleri hâlâ oradaydı!

Tertemiz yıkanmış, cilalanmış arabanın kapısını yokladı, açıktı. Ön koltuğa eğildi. Eti'nin parfümü sinmişti. Konsolu kaldırıp içine baktı. Eti'nin her zaman kullandığı aynı marka ıslak mendilleri ve navigasyon cihazı oradaydı! Torpidoyu açtı. Eti'nin yedek okuma gözlüklerinin altından ruhsatı çıkardı. Baktı. Araba hâlâ

Eti'nin şirketine aitti. Satılmamıştı, içindeki eşyalar bile aynıydı. Bu Eti'nin arabasıydı!

Çökmek zorunda kaldı Can, Eti'nin arabasının ön koltuğuna otururken dizleri titriyordu, ritmi sarsılmış kalbi, bir hızlı bir yavaş atıyordu. Ne oluyordu! Eti gitmemişti! Nasıl gitmezdi! Neden kimse bunu kendisine söylememişti!

Telefonunu çıkardı, bir hışımla Bilge'yi aradı. Bilge cevapladığında Can sadece "Eti" dedi ve bekledi.

Önce bir an cıvıltılı "alo"su sessizliğe büründü Bilge'nin, sonra, "Hazır olmanı bekledik. Eti kendisi istedi, sen sorana kadar konunun açılmamasını..." derken Can sadede geldi.

"Yaşıyor mu?"

Bilge, "Evet, tabii" dedi, gülümseyen sesi pek sevinçliydi.

Can kızmak istedi, bağırıp çağırmak ama onun yerine "Nikâhımıza bile gelmedi!" dedi, karmaşası kelimelerine bulaşmıştı, saçmalamaya hakkı vardı.

Bilge, "O zaman tam iyileşmemişti" dedi. "Kesin değildi iyileşeceği, seni umutlandırıp sonra da yıkmak istemedi Eti, söz vermiştim sen sorana kadar söylemeyeceğime. Ona kalsa iyileşmesi garanti olmadan sen sorsan da istemedi söylememi ama ben sorarsan asla yalan söylemeyeceğimi söyledim. O zaman benden rica etti, senin iyiliğin için."

Benim iyiliğim için diye düşündü Can, defalarca manipüle edilmişti sözde iyiliği için, Eti'nin avucunun içinde, daima ondan bir adım... adımlarca gerideydi. Sürekli dönen bir çarkın içindeydi ve Eti o çarkın kendisiydi. Dişlerini sıktı, bağırmak, "Salak mısın sen!" diye haykırmak istedi ama sakin, kuru bir sesle, "Benden sakladığın başka bir şey var mı?" dedi.

Bilge'nin suçluluk duygusuyla titreyen samimi sesi "Asla sana zarar verecek bir şey yapmadım. Sevinmen lazım, kızgın mısın?"

diye sorguladı sanki Can'a rolüne geri dönmesi gerektiğini hatırlatırcasına.

Can, "Tamam canım. Sadece şoktayım. Çok rahatladım. İçimde bir yaraydı. Keşke daha önce bilseydim rahatlamama yararı olurdu" dediğinde, "Ama hiç sormadın" diye sanki hissettiği suçlulukla azıcık iğneledi Bilge ve Can, "Lütfen ben söyleyene kadar Eti bilmesin bildiğimi. Ben kendim söylemek istiyorum. Konuşuruz sonra" dedi.

Bilge söz verdi ama kapatmadı telefonu. "Bir şey var..." diye mırıldandı.

"Evet?" dedi Can, daha ne olabilirdi ki, Hitler de mi hayattaydı!

"Salı ve perşembeleri kitap kulübüne gitmiyorum" dedi Bilge, şimşekler çaktı Can'ın kafasının içinde ama sakince, "Eti'yi mi görüyorsun?" diye sordu.

Bilge, "Evet" dedi, ne terslik var ki bunda dercesine bir evetti.

Can hemen sempatikleşti, "Önemli değil hayatım, Eti'nin iyi olması benim için bir mucize" dedi.

Bilge bir daha hiçbir konuda yalan söylemeyeceğine dair tutamayacağı sözleri sıraladı, telefonu kapattığında Can'ın kendine gelmesi birkaç saniye sürdü. Hâlâ dişlerini sıkıyordu. Burnundan aldığı derin nefesi yine burnundan verdi. Bağırmak istedi ama yine derin bir nefesle susturdu kendini.

Ne kadar zamandır Eti yoktu?! Yakın geçmişinin bir kısmı bulanıktı, Duru'nun gidişinden sonraki bölümde, sanki o buhranın içinde kaybolmuştu Eti ve Can'ın fantezilerine yakışacak, mucizevi bir incelikle hayatından çıkıp gitmişti... ama bu sadece bir fanteziydi. Hayatının gardiyanından kolay kurtulmuyordu insan. Eti yaşıyordu ama daha da önemlisi buradaydı: Can'ın mahreminde, yine.

Sabah buraya gelirken sahip olduğu motivasyon resmen bir dirence dönüştü şimdi. Hafif midesi bulanıyordu. İçinde yükselmek için tetikteki öfkesi sanki sıktığı dişlerinin hemen gerisinde beklemekteydi. Kalkıp gitmeyi düşündü, Eti'yi bir daha görmese ne farkı vardı ölmesinden?!... Ama gitmeyecekti. Onu aklından çıkardığı bu sürede, o sinsi bir yılan gibi buraya kadar gelmişti. Arka koltuğa geçti. Onu bekleyecekti.

18. *Eti & Can*

On beş kat daha ağır bir yerçekiminin olduğu, her nefesin ciğerleri yakan etkisiyle insanı nefes nefes kavurduğu, açlık hissiyle yenen şeylerin sindirim sistemini tıraşlayıp vücuttan parçalar götürürcesine zorla çıktığı ve bedeni taşımak için var olan kemiklerin eklemlere uyguladığı basıncın acısının her adımda hissedildiği bir gezegenden nihayet çıkmıştı Eti ve bu son seanstan sonra cennet tanımına sığacak bir hissin gerçekliğine gelmişti.

Anahtarını oto yıkamadan aldı, sakince arabasına bindi. Aracı çalıştırdı, emniyet kemerini taktı, vitesi geri takıp çıkmak için arkasını döndüğünde uzandığı koltuktan o an doğruldu Can. Eti sıçradı, bastığı ani frenin etkisiyle araba da sarsılarak durdu.

Can dümdüz bir ifadeyle gözlerini Eti'ye dikip, "Neden söylemedin bana?" dedi.

Eti yaşadığı paniği atlatmak için derin nefes alıp, "Allah kahretsin Can!" dedi. Kalbi göğüs kafesinden fırlamak üzereydi!

Can sakince bekledi Eti'nin yatışmasını... Yirmi otuz saniye sonra arkaya döndü Eti, "Ne işin var burda!" dedi.

Can sanki vücudundan hayat çekilmiş kıpırtısız bir ifadeyle, "Kadınları almadıklarını sanıyordum" dedi.

Eti, "Bu yüzden mi aklına gelmedi hayatımı kurtarmak!" diye karşılık verdi. İfadesi sertti.

Can, "Nasıl iyileştin?" diye sordu. Cidden merak ediyordu. Eti önce cevap verecekti ama sonra vazgeçti, ne önemi vardı yaşadığı hastalığın nedenlerini, parazitlerin etkisini ona anlatmasının? Umursamıyordu! Resmen öldüğünü sanmıştı! Rahatlamış olmalıydı! "Ne zamandır nedenlerle ilgileniyorsun Umut?" dedi kendi bölgesinin onunkini tamamen kapsadığını hissettirerek.

Can koltuğa yasladığı kafasını kaldırdı. Boşalmış ifadesi milim milim doldu, gözlerine tehdit eden, baktığı kişiye dikkatli olmasını haykıran o bakış geldi. "Umut öldü. Unuttun galiba. Sen hazırlamıştın ölüm raporunu" dedi.

Eti önüne döndü, geriye bakmaktan boynu ağrımıştı. Dikiz aynasının merkezine, onun suratına bakıp tane tane kelimeleri ekledi.

"Ben de öyle sanmıştım ama hayır. Ölmedi. Şekil değiştirdi. Olmak zorunda kaldığı o iğrenç halden sıyrılıp kendini yeniden var edeceğini düşünmüştüm... naiflikle. Bir hak verilse, bir şans... biri inansa, desteklese farklı olacağını düşünmüştüm. Tam tersi, olduğu şeyde ustalaştı, iyice karardı, koyulaştı. Kendini hayatın merkezine koyduğu o ruh halinin içinde, narsisizmin doruklarında, etrafındaki her şeyin kendisinden kaynaklandığını ya da kendisine vardığını hesaplayan çekilmez bir hal aldı."

Can dişlerini sıkmaya başlamıştı. Yıllardır boyunduruğu altında hissettiği Eti, şimdi, içi dikenli tasmasının ipini çekiyordu ve dilediği gibi çekiştirebileceğini sanıyordu. "Ne istiyorsun!" diye diklendi.

Emniyet kemerini açtı Eti ve sakince geri döndü. Dikkatle baktı onun suratına ve "Sen ne istiyorsun Umut? Arabana binip pusuya yatan ben değilim, neden burdasın!?" dedi.

Can sıktığı dişlerinin arasından, "Nasıl buldun burayı?!" diye hırladı.

Eti tane tane yineledi. "Ne istiyorsun!" Bakışında en ufak bir sevgi yoktu artık.

Can maskesini tamamen indirdi, "Hayatımdan çıkmanı istiyorum!" dedi.

Eti, "Hayatın sandığın o hayali ben verdim sana! Aldığın hayatlara rağmen bir şansın oldu. Can'ın o çatıdan düştüğüne inandığımı mı sanıyorsun! Ne kadar hasta olduğunu seni akıl hastanesine tıktıklarında görememiştim ama şimdi o kadar ortadasın ki! Etrafındaki herkesin hayatı senin için bir oyun aracı. Zekâsıyla hastalığını kamufle etmiş bir hastasın sen!" dedi, çok sakindi. Acıma duygusuyla beslediği, etrafına acı veren lanetli bir şeye dönüşmüş bu hali tiksinti vericiydi. Yıllarca kendini kandırmıştı, onun zekâsını düşünüp onu topluma kazandırdığını söylemişti kendine ve bu mahlukat toplumları yok edecek bencilliği, sevgisizliği ve saygısızlığıyla artık Eti'nin kendini kandıramayacağı kadar karanlık, umursamazlıktan gelemeyeceği kadar tehlikeli karşısında durmaktaydı şimdi. Dengede olmak her şeyi ne kadar da çıplaklaştırmıştı.

Can hesaplamadan vurabileceği en derin darbeyi isabet alıp, "Altımda inleyip sana Atacan'ı vermem için bana yalvarırken nasıl da seviyordun beni!" dedi. Sonra öne doğru yaklaştı. "Bir DNA testine bakar hayatını altüst etmem. Tek bir hamlede Atacan'a babasının kim olduğunu gösteririm. Oğlum o benim! Bana bulaşırsan kolay kurtulacağını mı sanıyorsun! Ve düşün Eti! Benden öncesini düşün! Annesinin nasıl da kendi öz babasının tecavüzüyle hamile kaldığını, o sapık ilişkiden doğan çocuğun nasıl da delirdiğini, o çocuğa annelik yapmak yerine doktorluğunu kullanıp zavallı Can Manay'ı nasıl da hastaneye kapattığını bilse Atacan... anne der mi sana?" dedi.

Eti'nin gözlerinde fırtınalar yükseldi, denizden sularını alıp dağlara çarpan hortumlar gibi kabardılar. Can'ın kelimelerinin kendisinde yarattığı etkiden değil, ihmal edilmiş, sevilmemiş, her bakıldığında tiksinti hissettirmiş, sonunda bir çatıdan ittirilip kimliği çalınacak kadar lanetlenmiş gerçek Can Manay'a yapılan haksızlıktandı Eti'nin gözlerinde beliren fırtına.

Can yükselen ve aniden dinen o bakışın kaynağını bilemedi. Sadece çok net fark etti, Eti dengedeydi. Gözlerinin içinde, suratında dokunulmaz olduğunu bağıran o ifadede görülüyordu dengesi. Hastalığından önce de zaten hep dengede değil miydi?! Kronikleşen hastalığı durumu biraz eşitlemişti. Ve Eti hastayken Can'ın dengeyi keşfetmesi onu öne geçirmişti ama şimdi hastalığı gitmiş, üzerine de denge merkezini keşfetmişti Eti. Eşitlik tamamen bitmişti. Can hafifçe öne doğru geldi, Eti'ye mırıldanıp af dileyecekti... ama sustu. Eti'nin bakışı onu susturdu.

Hayatında başına gelen her kötülük, katlandığı her şey, karşısında durmuş ona "Ben hâlâ buradayım!" diyordu şimdi. Üstelik hayatında değer verdiği her şeyi lanetlercesine geçmişten çıkıp gelmişlerdi. Hiç yardım etmemeliydi Umut'a! "Hayır" dedi.

Can'ın ifadesi karıştı, neyin "hayır"ıydı bu şimdi!

"Kolay kurtulacağımı sanmıyorum" diye devam etti Eti, çok sakindi. Can'ın suratına yayılan tebessümün yerleşmesini bekledi. Can öne doğru yaklaştığında, gözlerindeki af dilemeyi görmüştü ama artık af dilenmek istemiyordu. Geriye yaslanmasını izledi. Sakince, "Eminim, biliyorum" dedi.

Can'ın kaşları çatıldı, barış ilan edeceklerini sandığı düşmanı tarafından, buluştukları kanlı köprünün üstünden atılmış gibi hissetti kendini. Sıkılı dişleri arasından "Can'ı çatıdan atmam için beni nasıl işlediğini bilse... Senin kendi yavrusunu öldürten bir cani olduğunu... Konuşamam sanıyorsun, karşında blöf yapan biri var sanıyorsun" dedi.

Eti'nin ifadesiz suratında yanağının kenarındaki o incecik çizgi ve sağ gözünün kenarındaki o kısılma, sanki sinir sistemine saldıran biyolojik bir silah gibi saldırdılar Can'ın aklına. Eti eğleniyordu!

"Karşımda sadece yalan söyleyen biri var" dedi ama Can'ın söyleyecekleri henüz bitmemişti. "Benden daha hastasın sen! Sen olmasan Can düşer miydi o çatıdan! Her bana gelişinde, Can'ın sana saldırılarını bana her anlatışında, adım adım manipüle ettin beni! Senin suçun!"

Eti'nin yanağındaki o çizgi belirginleşti, gözünün kenarındaki kısılma arttı, gülümsedi.

"Doğru değil bu, biliyorsun. Manipülasyon senin ustalık alanın Umut, ben sadece motivasyonda güçlüyüm. Ve evet benim suçum. Hayatın elinden kurtarmaya kalktım seni, hayatın vermesi gereken şansı ben verdim sana ve halime bak, buradayım. Her konuyu çekip çevirebilecek kapasitede bir manipülatörle laf dalaşındayım" derken güldü, Can lafa girecekti ama Eti izin vermedi. "Sadece meraktan soruyorum, Çiçek'i öldürmene kim izin verdi Umut?! O zaman kim manipüle etmişti seni?"

Eti'ye haykıracağı milyonlarca kelimesi vardı ama Çiçek'in anısı o kelimelerin arasında her şeyi altüst edercesine gezinmekteydi şimdi, nefretle baktı Eti'ye.

Can'da büyüyen öfkeyi gördü, patlamasına izin vermeden ona yaklaştı ve tane tane, "Ağzından çıkacak her kelimeye çok dikkat et Umut. Hayatın üfleyeceğim bir mum gibi, benim kendi alevimle yaktığım ama maalesef kendini yangın sanan küçük, titrek bir pasta mumu" dedi ve Can'ın suratına incecik üfledi.

Öldürmek istedi onu Can, boğazına yapışıp sıkmak, parmaklarıyla gözlerini oymak, dişleriyle şahdamarını koparıp atmak! Bir hamlede indi arabadan. Denge merkezine doğru yürürken arkasına dönüp bakmamak için savaştı kendiyle. Hayatında en güvendiği, en ihtiyaç duyduğu kişinin ilk defa öldüğünü hissetti.

Gözleri doldu Can'ın, hissettiği şeyi hissetmemek için yumruklarını sıktı. Annesiyle sürekli kavga eden, her kavga sonrasında kendini iğrenç hisseden bir çocuğun annesine el kaldırmasının ilk pişmanlığı gibiydi hissettiği pişmanlık. Geri dönülmez bir yere sokmuştu kendisini ve Eti'yi, onu ve onun varlığının getireceği tüm avantajları da kaybetmişti.

Eti, kafasını bir an geriye yaslayıp derin bir nefes aldı... Uzaklaşan Can'ın, sıktığı yumruklarına baktı, gözlerini kapadı. Hayat bir şans verse ve parçası olduğu bu yanlışlığı düzeltebilseydi keşke. Açtı gözlerini. Emniyet kemerini bağladı. Arabayı çalıştırdı. Yan koltuğa bıraktığı torbayı aldı. Açıp içindeki kurutulmuş kırmızı bir gülün yapraklarına benzeyen incecik çilek dilimlerinden bir tanesini ağzına attı... Önce tatsız geldi, tatlı ince bir plastik çiğnemek gibiydi, bir tane daha attı... sonra bir avuç. Otoparktan çıkarken keyfi yerine geldi. Ne kadar üzgün ya da karmaşık olursak olalım, yerken keyif ve sağlık veren bir şeyin etkisi küçümsenemezdi.

Otobana çıkmıştı ki Can'dan mesaj geldi:

"Birbirimizin canını yakmak istiyorsak emin olalım ki, ikimiz de çok etkili olabiliriz. Sadece sen değilsin, ben de varım! Beni kontrol edebildiğin yanılgısından çıkmak zorundasın, benden üstün değilsin. Benden daha iyi hiç değilsin! Senin izninle yapıldı ne yapıldıysa. Belki söylediğin için değil, ama izin verdiğin için oldu olanlar... Ne dersen de, bunu sen de biliyorsun."

17. BÖLÜM

2 Ay Sonra

1. *Göksel*

Restorana girdiğinde bir gece önceden biriktirilen torbalar hazırdı. Torbaları alıp çıktı. Kendisine bakan kim varsa, bakışa karşılık verdiği anda kafaların önlerine dönmesine alışıktı. İkinci restoran biraz aşağıdaydı, garsonlardan biri torbalar elinde kapıda hazır bekliyordu. O torbaları da aldı. Bugünlük yeterdi bu kadar, köşeden dönüp yoluna yürüdü.

Her sabah geldiği arsaya vardı. Onu tanıyan tüm köpekler ve duvarın üstündeki birkaç kedi hemen ayaklandılar. Göksel torbalardaki artık yemekleri paylaştırarak önlerine döktü arsanın çeşitli yerlerine. Sonra birazını kedilerin yemesi için duvarın üstündeki alüminyum kapların içine paylaştırdı. 39 köpek ve saymadığı kadar kediyi besliyordu. Açlık, empati kurabildiği tek duyguydu. Hepsini kısırlaştırmış ve sokakta yaşayan hayvanları belediyeye şikâyet eden o herifi herkesin gözü önünde iyice pataklamıştı.

Nefret ediyordu insanlardan! Dünyanın sahibi sanıyorlardı kendilerini. Her yeri ele geçirdikleri yetmiyormuş gibi sokakta hayatta kalmaya çalışan hayvanlara bile katlanamıyorlardı. Lüks arabalarının içinde giderken çarpıp geçiyorlar, acı içinde bıraktıkları hayvana yardım için bile durmuyorlardı. Dünya iğrenç bir yerdi yaşamak için. "Aferin olum! Aferin!" diyen çığlığı duyduğunda yukarı kaldırmadı kafasını, şu garip teyze yine pencereden kendisine sesleniyordu. Bu kadın bir gün sussaydı! Bir de bunlar vardı: Kendi kıçlarını kaldırıp hiçbir bok yapmayıp habire alkış tutanlar! Yanlışı görüp sessiz kalan herkes gibi asıl bunlar yanlışı yapanlardan bile beterdi.

Çağrı geldiğinde elindeki torbaları çöpe atıyordu. Cihazı çıkarıp baktı, acil adliyeye çağrılıyordu. Yakındaki polislerin lokasyonlarını tespit edip onları olay yerine hemen yönlendirmek için çağrı cihazına yüklenmiş program, Amerika'dan alınmıştı. İşe yarıyordu ama her seferinde Göksel kendini yakalanmış gibi hissediyordu.

Adliye çevre yoluna bağlanan yolun sonundaydı, oraya yürüyerek varması on dakikasını aldı. Yaklaştığında binanın önüne yığılmış kalabalığı gördü. Gazeteciler falan, olay büyük olmalıydı. Yine hısımlar birbirini vurmuştur diye düşünürken sosyal medyaya girdi. Hısımlar değildi vurulan, bir savcı vurulmuştu, bu da aslında olağan bir şeydi ama bu sefer savcıyı vuran bir terörist grubuydu. Savcının kafasına dayadığı tabancayla çekilen ilk fotoğraf ve tetiği çektikten sonra savcının kafasından çıkan kanla flulaşmış ikinci fotoğraf sosyal medyaya dağılmıştı. Adliyeye kadar sızmış, onca güvenliği geçip silahla içeri girmeyi başarmışlardı. Bu imkânsız diye düşündü Göksel ama sorgulamadı. Kalabalığı geçip binaya girdi. Kimliğini gösterip güvenlikten geçti. Çağrıda verilen kodun sahibi amire gidip tanıttı kendini.

Katlara çıkması söylendi, koridorlarda sivil gezip video, fotoğraf çekimi yapanları tespit edecekti. Çekilen her şeye el koyulması şarttı.

İlk kattan başlayarak koridor koridor gezindi Göksel, şaşkınca bekleyenleri aşağı indirdi ve savcının vurulduğu kata geldi. Burayı da oda oda gezdi ve odalar bitince önünde polislerin beklediği odaya geldi. İçeri girmeyecekti ama kapı açıktı ve kimse girme demedi.

Yerde yatan üç çocuk ve bir adam vardı. Çocukların hepsi suratlarından vurulmuşlardı. Ama bir tanesi hâlâ tanıdıktı. Ayakkabılarını karakoldaki amir almıştı. Semtteki olayları polise rapor eden, gammazlıktan harçlık alan, arada esrar satan o salak çocuktu bu. Terörist olmayı bırak neredeyse karşıdan karşıya geçemezdi tek başına! Göksel düşüncesine sırıttı. Polislerden biri ona baktı... Neye sırıttığına bakmıştı. Göksel ciddileşip masanın üstündeki cevizlerden bir tanesini alıp ağzına attı. Karnı açtı.

İçeri giren adli tıptan iki kişi, yaka paça kaldırdı cesetlerden birini ama içeri sokamadıkları sedyenin üstüne taşıyamadılar. Yardım istediler. Herkes aralarındaki en iri olan Göksel'e döndüğünde, adamların zorla kaldırmaya çalıştığı cesetlerden birini ellerinden kaldırdı Göksel ve diğer ikisi ayaklardan tutup kapının önündeki sedyeye koydular bir çuval gibi. Sonra diğerini taşıdılar ama sadece iki sedye vardı, Göksel gitmek için dışarı çıktığında içerideki polis onu durdurdu. "Bekle de şuna da bir el atıver" demişti. Adli tıpçılar sedyeleri boşaltıp son cesedi de almak için geri gelene kadar Göksel, masanın üstündeki cevizleri bitirdi, odada bekleyen iki polise de vermek zorunda kalmıştı, hâlâ açtı. Beklerken telefonundan sosyal medyaya girdi, haberleri inceledi. Umursadığından değildi, yakınlarda çıkabilecek bir görev olup olmadığıydı ilgilendiği.

Nihayet geldi sedye. Son cesedi de kaldırdılar, bu hepsinden daha ağırdı. Şimdi ceset topluyordu, bu gece de göreve gidecekti. Bu polislik işi iyice canını sıkmaya başlamıştı. Maaşı iyiydi ama sahipli gibi hissettiriyordu kendini. Vücudu sedyeye koyarken gayriihtiyari, "Neden bunların hiçbirinin elinde kan yok!" dedi.

Adli tıpçılar dondu, koridordaki polisler bir anda dönüp Göksel'e baktı. Sanki uzaylı bir koloni tarafından ele geçirilmiş insan bedenindeki uzaylıların arasında onlardan biri olmadığını söylemişti Göksel, herkesin dikkati kendisindeydi. Önce niye baktıklarını sorup söylediği şeyin mantığını açıklamayı düşündü ama hemen ardından mantık değildi ilgilendikleri, Göksel'in söylediği şeyi zaten hepsi bilmekteydi. Amirler birbirlerine bakınca, bir tanesi "İndirin şunu da hadi!" diye seslendi. Herkes kendi işine dönmüştü ama hemen Göksel'in yanına diğer amir gelip kimliğini istedi. Göksel çıkarıp gösterdi.

"Senin ne işin var bu katta?" diye sordu amir.

Göksel, "Kodla çağrıdan çağrıldım, aşağıdan yukarı gönderdiler" dedi çağrıya gelen kodu göstererek.

Amir uzaklaşıp birilerine telefon etti. Konuşması bitince geri geldi. "Sana katı gez demişler, ne işin var senin bu odada! Odaya ne giriyon!" diye çıkıştı.

Göksel omuzlarını silkti, "Kimse bana odaya girme demedi, taşımam için yardım istediler" dedi, umurunda değildi, çağırmışlardı gelmişti. Üç ceset taşıtmışlardı şimdi de azarlıyorlardı! İşten kovarlarsa kovsunlardı, zaten bu polislik işi kesmiyordu artık. O sırada arkadan gelen iki polis Göksel'i aşağıya çağırdı. Göksel sorgulamaya alındı.

2. Bilge & Özge

Aniden sustu Özge ve doğrulup öne geldi. Kucağındaki yastık, dizleriyle bedeni arasında sıkışmıştı. Yastığa sardığı ellerinin üstüne dayadı çenesini ve ciddiyetle ama sakin bir şekilde sordu.

"Abarttığımı mı düşünüyorsunuz?"

Bilge kendisine aniden yöneltilen soruyu "Hayır..." diyerek cevaplarken kafasını da iki yana salladı. Bu ikinci seanslarıydı. İlk seansta televizyon ve magazin dünyasının çirkinliklerinden mustaripti Özge, bugünse nasıl yönetildiğimizden, eğitim sistemimizin nasıl da insanlığa değil köleliğe adam yetiştirdiğinden, siyasetin ve tüm bankaların birkaç ailenin elinde olduğundan ve bu durumun nasıl da Özge'nin canını yaktığından, kendini çaresiz hissettirdiğinden şikâyetçiydi. Sosyal medyada çok yaygındı, Özge'nin diğerlerine sahip çıkan, bencillikten uzak, aktivist eylemleri. Ülkede daha önce benzeri görülmemiş bir milletvekiliydi o. Pazarcıları polis dayağından kurtaran, eylem yaptıkları için içeri alınan öğrencilere avukat bulan, her okulda kütüphane olması için kampanyalar başlatan, atık suyunu nehirlere boşaltan üç büyük fabrikaya karşı halkla birlikte eylem yapan, hayvan hakları için savaşan iyi biriydi bu kadın, Bilge emindi iyiliğinden... hatta çılgınlık seviyesindeydi iyiliği. Ve onu dinlemesi de keyifliydi. O değişik bakış açısıyla olayları nasıl da birbirine bağlayabiliyordu, nasıl da zekiydi.

"O zaman paranoyak olduğumu düşünüyorsunuz?" dedi Özge kaldırdığı kaşlarının altından hafif bir tebessümle. Kurcalıyordu Bilge'yi, anlayış ve nezaketle. Çünkü maruz kaldığı sistem, kendisine ilk defa fark ettirilen biri, önce karşısındakinin saçmaladığını sanırdı. O ilk uyanış en zoruydu. İlk defa uyananların tüm noktaları birleştirmek için zamana ihtiyaçları olurdu ve onlara anlayış göstermek şarttı, tabii hafif kurcalamak da. Çünkü kurcalandıkça düşünüyordu, sorguluyordu insan. Tam bu aşamada gösterilen sabırsızlık ya da alaycılık öyle ters teperdi ki, uyandırılmaya çalışılan kişi aslında bir süre sonra kendiliğinden göreceği bütünü, algısıyla alay edildiği için inkâra geçerdi. Aslında haksızlığı gördükleri halde, sadece kabul gördükleri ve alay edilmedikleri için, bile bile hırsızların, hak yiyenlerin taraftarı olmuştu toplumun bir kısmı.

"Hayır! Paranoyak olduğunuzu düşünmüyorum" diye cevapladı Bilge, ifadesinde hayret vardı, ifadesini toplayıp ekledi.

"Ayrıca benim ne düşündüğümün ne önemi var? Önemli olan sizin ne düşündüğünüz."

Özge gülümseyip koltuğa geri yaslanırken, "Şimdi tam Can Manay gibi konuştunuz. Ama ben sizin düşüncenizi önemli bulduğum için buradayım" dedi. Attığı oltaya Bilge'nin geleceğinden emindi.

Bilge tereddüt etti ama konu kendiliğinden buraya gelmişti, sakince sordu.

"Nerden tanıyorsunuz Can Bey'i?"

Özge, "Bilmiyorsunuz?" dedi, suratında yumuşak bir tebessümle.

Bilge bilmediği için hissettiği mahcubiyeti kamufle edip başını sağa sola salladı.

Özge gardını indirdi, davet gecesi bu kızda ışık görüp onu aramaya karar vermişti. Terapi bahanesiyle buraya gelmek kolaydı ama iyi biri vardı karşısında. Böyle ajan oyunlarına girip diğer pisliklere davrandığı gibi davranmayacaktı. Kucağındaki yastığı kenara koyup, "Aslında terapiye ihtiyacım yok" dedi. "Kendi terapime çoktan başladım. Konuşmak yerine harekete geçince, problemleri çözmek için çabalarken yorulunca, sorunları da küçülüyor insanın" diye ekledi.

Bilge, yükseklik korkusu olabileceği şüphesinde olan birinin aniden bir kartal gibi kanatlarını açıp uçurumdan atlaması ve uçmaya başlaması gibi çelişkiliydi Özge'nin durumu diye düşünürken, Özge bir de üstüne, "Can Manay da aslında artık umurumda değil" demişti. Bilge'nin karışan aklı meraka bulanırken kaşları çatıldı, aklı "Yoksa bu kızın da mı ilişkisi olmuştu Can'la?" diye düşünecekti ki Özge açıkladı.

"Yıllar önce onunla bir röportaja gönderildim. Aylin Karasu'nun sorması planlanan ama ayağı kırıldığı için bana kalan o aptal sorular yüzünden gergin geçen bir röportajdı. O röportajdan sonra işten atıldım. Ve hiçbir yerde iş bulamadım. Aslında hiçbir yerde iş bulamayan tiplerin milletvekili olduğunu düşünürseniz durumum gayet mantıklı da."

Özge'nin esprisini fark etmedi bile Bilge, çatık kaşlarının baskısında sordu.

"Niye attırsın ki Can sizi işten?"

"Bilmiyorum" dedi Özge, Bilge'yle ne kadarını paylaşabileceğine emin değildi. "Ama Can Manay bir daha hiçbir dergide iş bulamayacağımı garantiledi" diye ekledi gözlerini Bilge'ninkilerden ayırmadan. Uzatmayacaktı, ayağa kalktı, çantasını ve ceketini alırken, "Size güvenmek isterdim ama güvenmiyorum, suratınıza bakıyorum, tertemiz biri var gibi karşımda ama sonra aklıma onun gibi biriyle evlendiğiniz geliyor... kafam karışıyor. Dikkat edin" dedi.

Bilge sarsılmıştı. Hani herkes Can Manay'a hayrandı!

Özge, "Onlar yüzünden 'sistem' çalışıyor" dedi kapıya doğru yürürken.

Bilge ayağa kalktı, içgüdüsel bir eğilimle arkasından seslendi.

"Özge Hanım!"

Özge kapıyı açmak üzereyken döndü, Bilge, "Bana güvenebilirsiniz!" dedi.

Özge gülümseyerek, "Ama siz sakın ona güvenmeyin. Koruyun kendinizi" dedikten sonra tam kapıyı açıp çıkacaktı ki durdu ve dönüp, "Bir gün size söyleyeceğim sebebini" diyerek çıkıp gitti.

Özge'nin ardından donup kaldı Bilge birkaç saniye... Sonra aniden çantasını aldı, cep telefonunu attı içine, ceketini giydi. Sonraki seanslarını iptal etmesini söyledi sekreterine, çıktı. Can'a gidecekti. İhtiyacı vardı onu görmeye... içinde büyüyen şeyi ona söylemeye. Şimdi!

Söz vermişlerdi birbirlerine, bir daha asla yalan yoktu, ama Özge'nin terapisini bile ondan gizlemişti... belki de konu Özge'ye hiç gelmediğindendi ya da konuyu bilerek buraya getirmediğinden. Çünkü eskisi gibi her saat birlikte değillerdi. Aylardır o gösteri merkezinin inşaatındaydı Can. Geceli gündüzlü orada olmaktan şikâyetçiydi ama Bilge görüyordu Can'daki saklı keyfi. Orada harcadığı zaman belki de onun terapisiydi diye düşünüyor kurcalamıyordu. Duru'yu sormuştu ona, "Asla!" diye karşılık vermişti Can, konuyu kapatmamış içindekileri iyice açmıştı. "Benim için sensin tek olan!" demişti, samimiydi. Biliyordu Bilge onun verdiği değeri ama bu tuhaf şüpheyi ona nasıl söylesindi? Şüphelendiği şey onun özüyken ve içinde bu şey büyürken...

3. *Sadık Murat Kolhan*

Şirketten çıktı. Her şeyin sahibi olup tanınmamak, yaşadığınız malikânede görünmez hizmetçilere sahip olmak gibiydi. Metroya kadar yürüdü. Metronun köşesinde telefon şarjı satan adama, ayakkabı boyacısına, merdivenlerin dibinde bekleyen çakmakçıya baktı, sivil polisti hepsi. Bunlar gibi onlarcası vardı her durakta. Gelişmiş ülkelerin huzuru korumak için kullandığı sivil polisler, üçüncü dünya ülkelerinde halkı gammazlamak için toplu taşıma istasyonlarının çevrelerine yerleştirilirlerdi. Artık yeraltındaki metro hattının duvarlarına resimler yapanların peşindeydi polis. Önce "Çatlama cesareti gösteren tohumlar adına!" yazmaya başlamıştı şehrin ücra köşelerinde, metroya bindiklerinde Özge göstermişti ilk defa Sadık'a ama şimdi adalet saraylarının duvarlarına taşınmıştı bu slogan, şehrin altında çatlayıp binaları yıkan bir tohumun ağacıydı her tarafta çizilen. O kadar yayılmıştı ki, gençler tişörtlerini giyer olmuştu. Bu sembol ve *Darbe*. İkisi de her yerdeydi.

Kalabalığın arasından geçip kapıları kapanmak üzere olan metroya bindi. Metro karanlık tünellere daldı, herkesin gözü telefonlarındaydı. Kararıp aydınlanan koridorlarda ilerlediler ve bir anda alkış koptu uzaklardan, ıslıklar duyuldu öndeki vagonlardan ve herkes kafalarını telefonlarından kaldırıp camlara yaklaştı, sırtları cama dönük oturanlar da döndüler ve o zaman gördü Sadık. Bindiği vagonun alkışlarla, ıslıklarla yankılanan kalabalığının içinde tünelin duvarında bir tohum vardı, art arda çizilmiş büyük resimler metronun hızıyla art arda aktı. Tohum çatladı önce, içinden ışık çıktı, ince dallarla yukarı uzandı, katman katman aydınlattı üstünde hapishaneye benzeyen siyah gölgelerle dolu şehri ve tohum şehrin parmaklıklı binalarının arasından sızıp küçük bir filizle adalet sarayını devirerek çıktı yeraltından, büyüdükçe şehri kapladı. Yarım dakika boyunca akmıştı resim ve şehir dev bir ağaç tarafından ele geçirildiğinde, ağacın dallarında insanlar giderek çoğaldı.

En sonda "Ulu ağaçların potansiyelinde tohumlarız!" yazıyordu. Sadık donup kalmıştı, ağaç ya da yazı yüzünden değil, Özge'nin yeşil gözlerinin ifadesine tıpatıp benzeyen yeşil iki gözün lafın bittiği yere resmedilmiş olmasındandı hayreti. Herkesin bahsettiği bu bir çift gözü görmek için binmişti metroya. Silindiği anda yenisi çiziliyordu metronun tünellerinden birine. Nasıl yapıyorlardı? Kaç kişiydiler? Herkes konuşuyordu, bilinen tek şey böylesine büyük ve uzun bir resmi yapmak için birçok ressamın gerektiğiydi.

Duvarlara resim çizen bu grup, her kimse, ülkenin en örgütlü çetesiydi! Özge'nin gözleri değildi resmettikleri, içindeki Çi'ydi.

Vagondan bir ıslık yükseldi, "Özge Egeli!" dedi hemen ardından biri ve sonra alkışlar dinmedi.

4. *Can Manay*

İmkânsız yoktu imkânı olanlar için. İmkânsızlık, adı üstünde, sadece imkânın yetersizliğiydi. Gösteri merkezi bir imkân mucizesi gibi şehrin en güzel tepelerinden birinde yükselmekteydi. Çatıdan şehre baktı Can... bölgedeki herkesin kafasını çevirdiğinde göreceği bir anıt gibiydi gösteri merkezi... Can'ın ihtirasının anıtı.

Henüz taşları döşenmemiş toprak yoldan seri bir şekilde virajları alarak yukarı çıkan arabayı görür görmez, Bilge'nin olduğunu anladı. Bu serilik ona aitti. Hemen bir adım geriledi. Şimdi onu görmek istemiyordu. Odaklandığı bir sürü duygudan çıkıp onu karşılamak ve ona her şeyin yolunda olduğunu hissettirmek zor geliyordu. Her iki günde bir karışan duygularını hizalamak gittikçe zorlaşıyordu. Hissediyor olmalıydı, çok kurcalamıyordu ama kurcalasa da hiçbir ipucu yoktu ortada. En büyük salona indi, buraya kendisinden ve görevli işçilerden başka kimse giremezdi. Bugün katlanamayacaktı Bilge'nin huzursuzluğuna çare olmaya, o huzursuzluğun nedeni olsa da.

5. *Bilge*

Arabadan indi Bilge. İnşaat alanına girer girmez hemen fark edildi. Herkes tanıyordu kendisini. Bakışların bulaşıcı bir telaşla işçilerde yayılması ve kendisine doğru koşan şantiye görevlisinin "Bilge Hanım! Buyrun. Ofise geçelim" demesi şaka gibiydi! Bu sefer ofiste tutamayacaklardı onu.

Adamın yanından geçip hızını kesmeden Can'ın karavanına yürüdü Bilge. "Can Bey nerde!?" dediğinde karavana varmıştı bile.

Adam heyecanla, "Bilge Hanım ofise geçelim, Can Bey de gelir şimdi" diye atıldı ama Bilge geçen seferki gibi bir saat Can'ı o ofiste beklemeyecekti! Karavanın kapısını açıp içeri girdi, hemen ardından dalan adam, "Bilge Hanım lütfen çıkın, Can Bey inşaatta, buraya girmemiz yasak" dedi.

Bilge üzerine hiç alınmadı. Eliyle hafifçe adamı bir adım geri iterek, "Siz girmeyin o zaman!" dedi ve kapıyı kapattı.

Adam ısrarla, "Lütfen Bilge Hanım, beni zor durumda bırakmayın, ofiste bekleyin Can Bey'i, on dakkada gelir" derken Bilge aradı Can'ı ama telefonunu masanın üstünde bırakmıştı. Geçen sefer buraya geldiğinde de aramışlar ve ulaşamamışlardı ona, telefonunu bırakmak ulaşılamamanın en kestirme yoluydu.

Masanın üzerinde duran telefondan ayıramadı gözlerini, eline alıp karıştırmak geçti aklından ama hemen arkasını döndü, kocasının telefonunu karıştıran biri olacak kadar küçültmeyecekti kendini, zaten açmak için Can'ın parmak izi de gerekti. Lüks karavanın koltuğuna oturdu, Can'ı beklemekten başka seçenek yoktu. Onunla konuşmaya ihtiyacı vardı ama içinde büyüyen şeyi ona söylese rahatlayacak mıydı?

On dakika geçmişti Can gelmemişti. Telefonla şantiyenin ofisini aradı, telefon cevap vermiyordu. Herkes neredeydi! Can'a not yazıp gitmeye karar verdi. "Ara beni lütfen" yazdı kâğıda ama her yer neden bu kadar kirliydi!

Tuvalete gidip ıslak mendil aldı. Can'ın masasının tozunu almaya başladı. Masanın üstündeki deriyi kaldırdı, sandalyenin üstüne koymak isterken bir şey döne döne sandalyenin üstüne düştü. Eline aldı düşen küçük kâğıdı, eski bir biletti bu. Londra'daki bir tiyatroya aitti. Bir yerlerden hatırlıyordu oyunun adını, kültür bakanının açılışa getirmek istediği oyun değil miydi bu! Galiba Can bahsetmişti. Nereden düşmüştü şimdi bu bilet? Deriyi kaldırdı, bir şey yoktu, bu sefer de yere düşen diğer bir kâğıdı fark etti. Nereden geliyordu bu kâğıtlar böyle? Kâğıtları eline aldı, diğer kâğıtla aynı tiyatroya ait aynı oyunun eski biletleriydi bunlar da.

Birinin üzerinde Esmeralda yazıyordu, diğer ikisinde Mayerling. Kâğıtları yerine koymak istedi, Can geldiğinde etrafı karıştırdığını düşünsün istemedi. Derinin arkasını çevirdi ve derinin alt kısmında incecik belli belirsiz bir çizgiyle ayrılmış cebi keşfetti. Biletleri içeri koyarken o kısımda bu biletlerden daha bir sürü olduğunu gördü. Birkaç tane çıkardı. Hepsi aynı tiyatroya aitti, sadece tarihleri farklıydı.

Derinin altına istiflenmiş 44 bilet buldu Bilge, topu topu üç gösteriye aitti hepsi de. Ve art arda tarihlerle alınmıştı her biri. Tarihlerin hepsi Can'ın konferanslarıyla denkti.

6. *Deniz*

Gençlerden biri iğneleyici bir şekilde "Kaderlerine küssünler" diye itiraz ettiğinde Deniz daha fazla dayanamadı, yine alevlenmek üzere olan tartışmayı kesmek için ayağa kalkıp "Yeter!" dedi.

"Mahalle kavgası izlemek için çağırmadım sizi buraya!... İnsanın kaderi karakteridir!"

Göksel istediği için kuzu kuzu gelmek zorunda kaldıkları Sokak'ın minderlerine çökmüş gençler Deniz'in ayağa kalkmasıyla, meydan okurcasına birbirlerine diktikleri gözlerini Deniz'e çevirdiler.

Sokak'ın üstündeki mahallede yaşayan ve sürekli çatışmada olan iki grubun arasındaki husumet bir kan davasına dönüşmüştü, öyle ki ağabeylerinden kendilerine bulaşan, çatışmanın nerede, neden başladığının unutulduğu ve artık pek de önemsenmediği bir kavgaydı bu. Her sene bir kayıp veriyorlar, ağır yaralanmalarla devam ediyorlardı bu mahalle kavgasına. Konunun derinine indiğinde her şeyin bu çocuklara aşılanmış ve aşılanmaya devam eden şekilcilikten kaynaklandığı çözmüştü Deniz. Direkt konuyu girdi.

"İnanç bir ihtiyaçtır, su içmek gibi. Ama insanlar bedenlerinin suya ihtiyacı olduğunu gözetmeksizin sadece bir şeyler içmek adına önlerine konan çay, gazoz artık ne varsa onu içerek susuzluklarını giderebiliyorlar, bu ne gibi biliyor musunuz?! İnanca ihtiyacı olan bir ruhun, imanını beslemek için önüne konan ne varsa sorgulamadan kabul etmesi gibi. Yani maalesef inananlar da her zaman imanlarını besleyecek şeyleri seçmeyebiliyorlar. Suya ihtiyaç duyan bir beden su yerine sürekli gazoz içip nasıl sonunda hasta olursa, imana ihtiyaç duyan bir ruh da, 'sorgulamazsa', düşünmeden, anlamadan sadece biat ederse sonunda hasta olur, çünkü insan biat etmek için değil, anlamak için yaratılmıştır, sorgulamamak yaradılışımıza aykırıdır. Eğer sizin inancınız, bir diğerinin var olmaması gerektiğini size söylüyorsa ve siz bunu bir Müslüman olarak kabul ediyorsanız dünyanın en büyük günahını işliyorsunuz! Sorgulamamak İslam'a hakarettir! Çünkü sorguladıkça seveceğiniz bir yoldur bu!"

Gençlerden biri, "Ümmetim yetmiş üç fırkaya ayrılır, yetmiş ikisi cehenneme gider, yalnız bir fırkası kurtulur..." derken Deniz dayanamadı, "Sen mi karar veriyorsun buna?!" dedi. Artık sakin değildi.

Genç, "Ama Deniz Abi, hadis-i şeriflerde..." derken Deniz bastırdı çocuğu, bu hurafelerden kurtulmanın zamanı gelmişti.

"Yusuf! Aklın alıyor mu oğlum, Allahü Teâlâ evrenleri, dünyayı yaratacak, insanı koyacak içine ve sonra da yarattığı insanları yaşadıkları bölgelere göre ayırıp, renklerini, dillerini, bir de dinlerini farklı farklı yapacak ki birbirlerini öldürsünler! Bu mudur yani! Senin dinden anladığın bu mudur!? Kim ne demiş olursa olsun, etrafında gördüğün can Allah'tan gelir. Sen şeytan mısın ki Allah'ın yarattığı canın değerini biçeceksin?! Ha! Cevap ver bana, sen mi karar vereceksin! Şeytanla Allah'ı nasıl böyle karıştırırsın, kendine gel oğlum!"

Yusuf ve grubun tamamı dondu kaldı ama yıllar boyunca insanlığı zehirleyen bu salaklığa bir gram tahammülü kalmamıştı Deniz'in, sesinin tonunu alçaltmadan devam etti:

"Çeşit çeşidiz, renk rengiz, hiçbirimiz birbirimize benzemiyoruz. Allah'ın kudretine bak! Trilyonlarca canlı yaratıyor hepsi birbirinden farklı olabilecek çeşitte! Yanlışlıkla mı böyle yarattı bizi? Ha! Cevap ver! Yanlışlıkla mı bu kadar çeşit çeşit olduk da sana fazla geldi?"

Yusuf, "Abi... sen sinirlendin ama ben bizim hocanın söylediğini söylüyorum sana" dedi, üzerindeki baskıdan kurtulmak istediği kesindi.

Derin bir nefes aldı Deniz, kimseyi hırpalayarak bir şey anlatamayacağını iyi biliyordu. Doğrulan Yusuf'a oturması için işaret ederken kendisi de çöktü mindere anlattı.

"Kuran kelimesinin anlamı 'okunan' demektir. Yorumlanan

demek değildir. Eğer Allah, kitabını başkasının yorumundan dinlemeni isteseydi o zaman adını Okunan koymazdı, dinlenen koyardı. Müslüman'ım diyorsan alacaksın kitabını eline, kelime kelime her kelimede ne demek istediğini anlayarak okuyacaksın. Irkçılık, ayrımcılık, cana saygısızlık yoktur kitabımızda! Ümmet ayrımcılığı hiç yoktur! Var diyen onu oraya kendisi koymuştur! Her akşam bir cümle okusan kâfidir. Zaten öyle yoğun bir kitap ki, bir kelimenin dokuz farklı anlamı olabiliyor. Üzerine çok düşünmen, düşündüğünü anlaman lazım. Yoksa ben hatmettim diyenler var, anlamadıkları bir dilde makine gibi okuyorlar, sence bunun bir değeri var mı?! Anlamadığın bir şeyi bin kere okusan anlamı var mı?"

Gençler düşünceliydi, kafalarını iki yana yavaşça salladılar.

"Yok! Çünkü anlamdan uzaklaşan her eylem kötülüğe yaklaşır. Eğer sen, anlamına dikkat etmeden, analiz etmeden, bir şeyi yapmış olmak için yapar hale gelirsen işte o zaman şeytanına yaklaşırsın. Sakın şeytan deyince karşınızda boynuzları olan, kırmızı suratlı birini beklemeyin, şeytan öyle şekilcidir ki bir kamufle ustasıdır. En beklemediğin yerde saklanır. Şekilciliğin ne kadar fazlaysa o kadar dibine girersin onun, gider dizinin dibine oturursun. Hak yemeni gerektiren her durumda gizlenmiştir ve seni çağırır, 'Gel, yap' der. 'Çünkü Allah böyle istiyor' der. 'Dışla onu, ez, sindir çünkü o senden değil' der. Eğer kanarsan, uyarsan o zaman demek ki daha uyanmamışsın. Daha kendine gelmemişsin. Niye yaşıyoruz sanıyorsunuz? Niye yaratıldık!? Her şeye rağmen, ne kadar usta saklanmış olursa olsun şeytanımıza yenilmemek için burada testteyiz. Seni, ne kadar güçlü olduğunu görmek için yaratmadı Allah, dayanıklılığını görmek için dünyaya gönderdi. İyiliğin dayanıklılığından, kötülüğünse güç kuşanma bağımlılığından gelir."

Gençlerden çıt çıkmıyordu, içlerindeki öfke Deniz'in kelimelerinin getirdiği merakın dalgalarıyla dinmişti. Merak doğru yönlendirilirse insana cenneti bulduracak güçteydi.

Deniz devam etti. "Kaç yıl oldu kavgadasınız?!" Sakinleşmiş gruptan bir uğultu yükselince bağırarak tahminde bulundu. "On beş?!"

Bazıları kabul etti, bazıları daha fazla dedi, bazıları hesaba devam etti ama Deniz itiraz etti.

"Hayır! İnsanlık dünyaya gönderildiğinden beri birbiriyle savaşta ve maalesef hep aynı nedenlerden. Nedir bu nedenler? İnsanlar neden savaşırlar?" Sustu Deniz, cevap gelmeyince, "Hadi bekliyorum cevabınızı!" dedi.

Gruptan bazıları "Para" dedi, bazıları "Karı kız" dedi, sonra biri "Politika" dedi, bir diğeri "Din" dedi... Sonra hepsi dinde karar kıldılar. Evet insanlık var edildiğinden beri, vücudu korumak için birbiriyle savaşan organlar gibi savaşan bir organizmaydı. Ruhumuzun hastalığıydı bu. Birbirimizle savaşırken varoluşa ihanet ettiğimizi fark edene kadar da hasta kalacaktık. Belki iyileşebilmek için buradaydık.

"Birlik bilincinin kapısıdır din. Allah'a duyulan sevgidir. Peki sevginin şekli olur mu? Sevginin emeği olur, şekli olmaz! Kimin Allah'a daha yakın olduğu asla bilinemez, etrafınızdakileri şekillerine göre yargılarsanız, yaftalarsanız sadece şeytanla işbirliği yaparsınız. Ve bir gün mutlaka siz de yaftalanıp yargılanırsınız çünkü hayatta yaptığımız her hareket mutlaka bize geri döner. Birbirinizi, dinlerinizden, mezheplerinizden dolayı yargılayıp aşağılarsanız, Allah'ın yarattığını aşağılamış olursunuz aynı şeytanın yaptığı gibi. Çeşitlilik arkadaşlar... çeşitliliğimiz kutsaldır. Çünkü tekâmülümüzün temelidir. Farklı farklı olmamız çok önemli ve değerlidir. Yanımda sadece benim gibi düşünen, inanan, benim gibi yargılayan insanlarla yaşasaydım ruhumun evrimi dururdu, hiçbir şey öğrenemez asla gelişemezdim. Kabul ettiğimiz, saygı duyduğumuz farklılıklarımızdır birbirimize katkımız. Dikkat edin, birbirimize kabul ettirdiğimiz değil, saygıyla kabul ettiğimiz diyorum çünkü insanlık tüm farklılıklarıyla birlikte bir bütündür. Bundan yüz yıl önce sadece rengi siyah olduğu için yani farklı olduğu için alınıp satılıyordu insanlar. Farklı oldukları için cezalandırılırcasına işkenceye maruz kalıyorlardı. Çocukları bir köpek yavrusu gibi pazarlarda en fazla parayı verene satılıyordu. Bu hak mıdır? Bir insanı satmak, köle yapmak hak mıdır?"

Gençler itiraz ettiler, nasıl hak olabilirdi canın köleliği!

"Nasıl bundan yüz yıl önce köleliği bitirmek isteyenlere karşı çıkılmış ve saldırılmışsa, bugün de din çatışmasını bitirmek isteyenlere saldırıyorlar çünkü o zaman kölelikten para kazananlar bugün din tüccarlığından para kazananlarla aynılar, aynı kaynaktan geliyorlar, aynı kötülüğe hizmet ediyorlar. Görmüyor musunuz Allah'ın yarattıklarına işkence, aşağılama, hor görme, yaftalama sadece şeytanın yöntemidir. Ya bunu anlayacaksınız ve insana dönüşeceksiniz ya da kafanızın karıştırılmasına izin verip şeytanınıza yenilecek ve insanlığınızdan olacaksınız! Yanınızda size sürekli neyin doğru olduğunu söyleyen biri olsaydı ve siz sürekli onu dinleseydiniz, o ne derse yapsaydınız o zaman sizin ne anlamınız olurdu? Ne değeriniz olurdu? Kendi başına doğruyu bulamayan biri kendi tuvaletini yapamayan bir bebek gibidir varoluş havuzunda. İnsanın öğrenmesi, öğrendiği üzerine uzun uzun düşünmesi, düşünceler üretmesi, ürettiği düşünceleri analiz etmesi, ayıklaması ve en sonunda anlaması gerekir çünkü ancak o zaman, tuvaletini tutamayan bir bebekten yeni doğan bebeklere sahip çıkan bir bireye dönüşür. Karar sizin! Seçmek için doğdunuz. Bakalım hangisini seçeceksiniz, şeytanın uşağı olmayı mı, Allah'ın kulu olmayı mı?!... Sorusu olan var mı?"

Gençlerin her biri kendi düşünce havuzlarında dalıştaydılar, aralarından biri dalgınlıkla sordu.

"Yani kötülüğe katılıp katılmayacağımızı ölçmek için mi yarattılar bizi?"

"Her can hayata saygı duyduğu kadar değerlidir. Eğer sen can alıyorsan o zaman senin canın cana karşıdır. Varoluşun katmanlarında yerimizi edinmek için önce, sürekli savaşan, birbirini ve çevresindeki her şeyi öldüren tuhaf yaratıklar olmadığımızı göstermeliyiz. Peki bunu nasıl yapacağız? Düşünerek. Çünkü kendi fikrimizin gezegeninde kendi öğrenebileceğimiz koşulları yaratıyoruz düşünerek. Anlamamız için ihtiyacımız olan ne gerekiyorsa hayat onu veriyor bize. Sadece acı çekince anlıyorsak acı çekiyoruz, canımız yanınca karşımızdakinin canını yakmamamız gerektiğini öğreniyorsak hayat canımızı yakıyor. Asla unutmayın bunu! Toplu olarak düşündüğümüz şeyler gerçekliğe, maddeye dönüşüyorlar. İşte buna kuantum diyorlar. İnsan organizması evren saatine göre sadece 6 saniyedir var evrende. Daha çok ilkeliz ama gelişeceğiz. Mutlak doğru gibi aslında çok ortada olan bir şeyi bir türlü bulamamamız, henüz bebek olmamızdan kaynaklanıyor, insanlık olarak büyüyeceğiz, anlayacağız ve hakiki insan olacağız. Temiz düşünüp, daima doğruda durarak."

Deniz ellerini birbirine vurup "Hadi bakalım! Sorusu olan yoksa işimize dönelim" dedi. Çocuklar yerlerinden kalktılar. Deniz minderleri toplamaya başladığında yardım istemese de hepsi ona yardım ettiler. Ve binadan çıkarken yıllardır nefretle baktıkları birbirlerine ilk defa iyi günler dilediler.

İnsan, diye düşündü Deniz, muazzam bir şekilde anlayabilen bu varlık nasıl olmuştu da bu kadar anlamdan uzaklaşabilmişti?

7. Eti & Bilge

"Akıl ve fikir. Hangisi daha değerli?" diye sordu Eti, oturdukları sıralarda öğretmenlerinin beklentisini karşılayacak cevabı vermek için sabırsızlıkla kıpraştı liseliler. Bazıları akıl, bazıları fikir dedi.

"İkisi de değil" diyerek tebessüm etti Eti ve yaslandığı masadan kalkıp sıraların arasında gezinirken açıkladı.

"Hani anneannelerinizin 'Allah akıl fikir versin' demesi var ya, işte o çok önemli bir dilek. Çünkü akılsız bir fikir uygarlıkları yok edebilirken, fikirsiz bir akıl da asla üretemez yani var olamaz. Dikkat ederseniz, tarihte ihtişamla yükselen tüm uygarlıklar aklın ve fikrin birleşmesiyle kurulmuştur ve yine tarihte dersini aldığımız her çöküş de akılsız fikirlerin egemenliğinde gerçekleşmiştir. Çünkü insanlık hep bu iki kanat üzerinde gelişmiştir, gelişecektir. Aklın fikirle doğduğu bir noktada yücelir insan. Peki bir düşünün, bugün ne durumdayız? Akıl ve fikir birlikte mi?"

Öğrencilerden birkaçı önce cevap vermenin acelesiyle başlarını sallayınca diğerleri de hemen takip ettiler bu düşünülmeden verilmiş eveti, ama bir çocuk kaykıldığı yerden doğrulurken itiraz etti. "Hayır!" derken sesi öyle net, ifadesi öyle emindi ki Eti döndü ona, dikkatle baktı. Çünkü çocuk kendisine verilecek tepki ne olursa olsun inandığı cevabı savunacaktı. Emin olmak böyle bir şeydi. Ancak bildiği şeyi anlayan insan emin olabilirdi.

Eti sakince sordu çocuğa.

"Neden hayır?"

Burun deliklerinden derin nefes alıp açıkladı çocuk.

"Paranın dağılımı yüzünden."

Beklemediği cevap karşısında masaya geri dönüp yaslandı Eti, "Açıkla bakalım" dedi.

Çocuk ayağa kalktı, diğerlerinin, onunla aynı fikirde mi olsalar, yoksa onu aşağılasalar mı diye karar vermek için Eti'nin tepkisine odaklanmış hallerine aldırmadan konuştu.

"Teknoloji akıllılar tarafından geliştiriliyor ve dikkat ederseniz genelde bulunan araçlar zor yetenek isteyen şeylerin yeteneksizler tarafından da yapılabilmesini kolaylaştırmak için. İnsanlar bilgisayarlarındaki programlar sayesinde Leonardo da Vinci gibi resim yapabiliyor, Kepler gibi gezegenlerin açılarını hesaplayabiliyor, Pisagor gibi problem çözebiliyorlar. Ne güzel değil mi! Aklı belirli bir seviyeye çıkarmak için bu durum belki bir avantaj gibi gözükebilir ama değil, çünkü eğer bir avantaj sadece bir kesim için geçerli hale geliyorsa o zaman insanlığı bölüyor, aslında bölücü bir dezavantaja dönüşüyor. Çünkü bu araçları sadece parası olanlar alabiliyor. Yani paranız varsa akla ihtiyacınız yok. Akıl artık paraya hizmet ediyor, akıllılar da işçi oldular, akılsız paralıların kendi fikirlerini uygulayabileceği araçlar geliştirmekle meşguller. Fikir üretmiyorlar, problemleri çözmüyorlar, parası olanlara hizmet edecek araçlar üretiyorlar. İşte bu yüzden artık etrafta akıllıların iyi fikirlerinin uygulamalarını değil, parası olanların fikirlerini akla ihtiyaç duymadan uygulayabilmeleri için yapılan buluşları görüyoruz. Buluşlar akıllı olmayı değil, akıllı gibi olmayı kolaylaştırıyor. Sadece parası olduğu için saçma fikirlerini uygulayabilenlerin dünyasındayız. Okulda bile öyle! Bize akıllı olup fikirle üretmemizi değil, araçlar geliştirip aklımızı satmamızı öğretiyorsunuz. Paraya sahip olanların ihtiyaçlarına cevap vermemizi istiyorsunuz."

"Adın ne senin?" dedi Eti.

"Uğur Murat" diye cevap verdi, on dört yıldır dünyada yaşamasına rağmen anlamsızlıklar içinde dışlanmaya alışmış ama yine de anlamlandırmak için çabalayan bir inatla.

"Uğur'la aynı fikirde olanlar kimler?" dedi Eti, ciddiydi.

Kimse el kaldırmadı başta, ama sonra iki kız çocuğu hafifçe kaldırdılar parmaklarını. Çoğunluğa karşı olmanın ezikliğindeydiler resmen. Eti baktı koca sınıfa ve haykırmak istedi "Çoğunluğa karşı olmak zorunda kalanların omuzlarında yükseldi insanlık!" diye ama sadece üç çocuk farkındaydı etraflarında ne olduğunun. Sustu Eti. Diğerleri sistemin içindeki yerlerini almaları için aileleri tarafından kim bilir nasıl da motive edilmişlerdi, nasıl da yarışıyorlardı birbirleriyle. Kim bilir nasıl da öğrendikleri o anlamsız şeylerin arasında kayıptılar. Etrafındaki kalabalığa rağmen hâlâ kendi fikrini oluşturabilmiş Uğur'a kaydı gözleri, ne güzel, tertemiz bir ruhtu bu! Dışlanmıştı, belliydi. İnsanlığa hizmet eden herkes dışlanmıyor muydu binlerce yıldır?... İyiyi dışlamak, akıllıyı ezmek, fark edeni aşağılamak, umursayanı aptal sanmak evrimsizliğin ilk tepkileriydi. Ve evet, evrimsizdi insan denen bu hayvan! Akbabadan daha leş sever, sırtlandan daha avanta peşinde, keneden bile daha parazitti.

Elini aniden iki kez birbirine vurdu Eti. Öğretmenlik yapmayı seçmek hayatında verdiği en iyi karardı. Eti'nin avuçlarından çıkan sesle irkildi öğrenciler. Ve Eti kendisine odaklanmış, puan almak için istenilen tepkiyi vermeye hazır olanların gözlerinin içinde bakıp konuştu.

"Şehrin bozuk yapılarında, alışveriş merkezine dönüştürülmüş parklarda, yalanla bezenmiş gazete köşe yazılarında, yüzlerce arabanın atmosfere yayılan zehirli gazında, kanserli birer hücre gibi ülkenin her yanına yapılmak istenen nükleer santrallerin yapımında... hep bir fikir var! Fikri olan biri yaptı bu yamuk inşaatları kendisi gibi diğer fikri ve parası olan akılsızlarla birlikte! Bir başka fikri olan bina dikelim buraya diye önerdi, parka ne gerek var çocuklar başka yerde oynasınlar dedi! Sonra bir fikir daha çıktı birilerinden, o yalanlarla dolu tarih kitaplarını yazarken doğruya ne gerek var karalayalım, saptıralım, tarihi silip kafamıza göre yazalımdı belki de önerisi! Ve yine bir fikirle normalize edildi doğanın dengesini bozan HES'lerin yapılması ve zehirli nükleer santrallerin kurulması... Uğur haklı!"

Uğur'a hak veren iki kıza bakıp, "Uğur'a hak veren herkes tahtaya kalksın!" dedi.

Kızlar hemen kalktılar tahtaya, Eti, "Sen de!" diye seslendi Uğur'a.

Üç çocuk tahtadaydılar, başlarının dertte olup olmadığından pek de emin olmadan öylece durdular. Tek bir şey belliydi öğretmenleri sinirlenmişti. Eti sesini yükseltti.

"Bugün artık fikri olanlar her yerde... Peki akıllılar nerde?... Akıllılar nerde?! Bozuk binaların yapılmasını engelleyen, yalan köşe yazılarına karşı çıkıp gerçekliği koruyan, parkları çocuklara bırakmak için kendi çıkarlarından olan, havanın temiz kalması gerektiğini, nükleer santrallerin öldürücü zehrini, HES'in doğanın dengesini bozan etkisini bilen akıllılar nerde! Sanki yok oldular ve meydanı sadece fikri olanlara bıraktılar. Aklını kullanmayanın fikrinden daha zehirli bir şey var mı?"

Çocuklar artık bakmıyorlardı kendilerine nerdeyse haykıran Eti'nin suratına, hemen hemen hepsinin başı önüne eğikti. Eti'nin öfkesi geçmedi ama sesi sakinleşti. "Düşünmeyi bıraktığınız ve sadece size söylenen üzerinden fikri onayladığınız anda kromozom eksikliğiyle doğmuş ve geri zekâlı olmak zorunda kalmış bir engelliden farkınız kalmaz! Hatta daha bile tehlikeli olursunuz. Düşünün! Milyonlarca çocuğu, sizi, yıllardır hidrojenle sıkıştırılmış yağlarla zehirleyen fastfood zincirleri de bir fikrin ürünü, dünyaya hayat veren güneş enerjisi yerine yerin derinlerindeki minerallere musallat olmak da en eski fikirlerden biri, peki akıl nerde? Milyonlarca aptal fikirle doldurulmuş bu dünyada akıl nerde? Aklın filtresinden geçirilmeden uygulanan fikirlerle mahvolmuş bir insanlık var önünüzde. Her şeyin yolunda olduğunu sanıyorsanız, anneleriniz size öyle söylüyorsa yalan söylüyorlar! Uygulama ölçüsünün akıl değil para olduğu akılsız fikirlerin dünyasındasınız! Uyanmak zorundasınız!"

Bir oğlan ve kız daha kalktılar yerlerinden ve tahtada Uğur'un yanına dikildiler. Eti şaşırdı bu harekete, ama ses çıkarmadı. Anlamak her an gerçekleşebilecek mucizede bir süreçti. Sonra iki oğlan daha kalktı ve iki öğrenci daha takip etti onları. İnsan doğası gereği kötü değildi. Harvard ve Yale üniversitelerinde yapılan deneylerle ispatlanmış bir gerçekti bu. Sadece fark etmesi gerekti, özünü fark etmeliydi. Sonrası kolaydı, zaten insan yolu bulmak için yaratılmıştı. Evrimleşerek bütüne ulaşacaktı.* Artık tüm sınıf tahtadaydı. Gülümseyip baktı çocuklara ve tek tek sıkmaya başladı ellerini. Elini sıktığı her çocuk yerine geçince, "Bu akşam dünyada değiştirmek istediğiniz bir şeyi seçmenizi istiyorum. Bir tek şeyi değiştirmeye gücünüz olsaydı ne olurdu değiştirmek istediniz şey?... Bunu yazın ve bu değişimin neden size huzur vereceğini mantıklı olarak açıklayın. Savaşlar bitsin, çocuklar ölmesin saçmalıkları istemiyorum. Mucizelere sığınmaya çalışmayın. Mantıklı olun. Ucu size değen bir değişim olmalı, küçük ya da büyük ama bulun onu. Bir şey sizi rahatsız ediyorsa şöyle düşünün: Belki de siz onu değiştirmek için geldiniz bu dünyaya. Çünkü rahatsız olmanızda bile bir bildiği var hayatın."

Eti dersten çıktığında yanından geçen öğrencilerine selam verirken düşündü, akıl aslında bir ölçüydü. Bir şeyin nelere sebep olacağını ölçmekte kullanılan bir ölçüydü. Akıl ölçüsünü kullanabilenler, başlattıkları bir hareketin, yaptıkları bir davranışın

---

* Araştırmacılar: Jashua Greene ve David Rand

uzanacağı yerleri belki birkaç nesil sonrasını dahi hesaplayabilenlerdi ama bu ölçünün yerini artık para almıştı.

Yapılan davranışın nelere sebep olacağı değil, ne kadar para kazandıracağıydı artık önemli olan. Amaç para kazanmaktı.

Bu her şeyi karıştıran, altüst eden bir amaçtı. O kadar ki, bu gezegene tekâmül için geldiği apaçık ortada olan insanlık, yaşamın yıllar süren bir histe olmasına rağmen, aslında seçtiğimiz kararların ölçülmesi için oluşturulmuş bir an olduğunu unutmuştu. Uzun yıllar gibi geçen yaşam aslında sadece test edildiğimiz kısacık bir andı.

Hazine avına çıkan Sinbad'ın girdiği o mağaranın içinde hissetti Eti kendini. Korkunç, sihirli canavarla dolu bir mağaraydı aslında hayat. Girmeden önce size ne kadar "Aman dikkat et!" denilmiş olunursa olunsun, içine girdiğinizde kim olduğunuzu, neden orada olduğunuzu unutuyor ve türlü şekillerde size yaklaşan, sizi parayla, güçle, sahip olma duygusuyla, diğerlerinin gözünde yücelme isteğinizden yakalayan canavarlara kanabiliyordunuz.

"Mağaraya girdiğinde zamanın nasıl geçtiğini anlamayacaksın hiç ve cadılar söyledikleri şarkılarıyla seni uyuşturacak, sevgilinin sesiyle sana seslenip, belki güvendiğin birinin kılığında seni oyalayacak, kafanı karıştıracak" dememişler miydi tüm o çocukluk filmlerinde mağaraya girmeden hemen önce! İşte mağaranın içindeydik! Tam da söylendiği gibi zamanın nasıl geçtiğini anlamadan yaşar haldeydik, sevdiğimiz şeyler kılığında canavarlar, hayatımızı elimizden alırken televizyon programları, sigara, uyuşturucu gibi kötü alışkanlıklar, alışveriş terapisi ve saçma sapan sağlıksız yemeklerle uyuşukluğun doruklarında, kesinlikle kendimizde değildik! Silkelenmeliydik! Amacımızdan koparılarak kaybolmuş dikkatimizi toplamalı, yaşam zannettiğimiz bu gerçekliğin aslında geçilmesi gereken bir mağaradan ibaret olduğunu hatırlamalıydık ve neden burada olduğumuza odaklanmalıydık. Ne için girmiştik bu mağaraya?! Cevabı hatırlamalıydık! Yoksa tekrar tekrar girdiğimiz ama bir türlü çıkamadığımız lanetli bir mağaraya dönüşecekti hayat.

"Eti!" diye seslendiğinde Bilge, Eti bahçedeydi.

Ona döner dönmez "Neyin var?" diye sorguladı Eti, Bilge'nin sancısı suratından bile belliydi.

"Çok aradım seni" dedi Bilge.

"Sessizdeydi telefonum. N'oldu?" diye karşılık verdi Eti.

Bilge sanki ağlayacaktı ama tutuyordu kendini. Eti başıyla küçücük bir hareket yaptı, o hareketle anlaşıldığını, her şeyin yoluna gireceğini, aşılmayacak hiçbir zorluğun olmadığını söylemiş ve aracına doğru yönelmişti. Bilge onun peşinden gitti. Eti'nin arabasına bindiler. Hemen Bilge'ye döndü, tek bir kelime etmeden bekledi.

Bilge telefonunu açtı, çektiği fotoğrafı Eti'ye uzattı. Masanın üstüne saçılmış onlarca küçük kâğıdın fotoğrafıydı bu. Ekrandaki resmi büyütüp bakmakta olduğu şeylerin bilet olduğunu anladı Eti. Tarihlerine baktı. Kafasını fotoğraftan kaldırdı, "Nedir bunlar?" dedi.

Bilge önce kendini kandırırcasına "Bilmiyorum..." diye mırıldandı ama Eti elindeki telefonda bir şeyler kurcalarken, Bilge'nin içinde yükselen ses, mırıltısının arkasından hemen çıktı. "Konferanslara gitmiyor Can, her Londra'ya gittiğinde bu üç oyuna gitmiş. Art arda, orada kaldığı her gece... Belki gündüz katılmıştır konferanslara çünkü yazışmaları ben yaptım, yalan söylemediğini biliyorum. Ama akşam hep bu gösterileri izlemiş."

Eti gözlerini telefondan ayırmadan, "Nerden buldun bunları?" dedi.

"İnşaatta gittim bugün. Can'ın karavanındaki masanın üstünde bir deri var, onun altındaki gizli cepteydi. Masayı sileyim derken önce biri düştü sonra gerisini buldum."

Kafasını telefondan kaldırıp, "Sence neden saklamış olsun bunları?" dedi Eti, Bilge'nin içindeki cevabı yüksek sesle söylemesi önemliydi.

Bilge, "Duru'yu bulmuş olabilir mi?" diye mırıldandı sancıyla kafasını eğerken. Eti biliyordu Can'ın Duru'yu bulduğunu. Bilge anlatırken, oyunları arama motoruna girmiş ve oyunların afişlerini incelemişti. Kızıl saçlarıyla Duru afişlerden birindeydi. Bilge'nin bu araştırmayı yapmamış olması bile, bulacağı şeyden ne kadar korktuğunu gösteriyordu.

"Bulmuşsa da bulmuş, en kötü hayatından çıkaracaksın onu" diye çıkıştı bir anne gibi Eti. Aslında rahatlamıştı. Zamanı da gelmişti bu uyanışın.

Ama Bilge daha da sancılandı, kafasını iki yana sallarken Eti'nin ifadesi karıştı, "Ben âşığım saçmalıklarına girmeyeceksin değil mi Bilge!" diye itiraz etti. Bilge daha çok salladı kafasını, gözünden akan yaşı sildi hemen ve yüzünü eliyle kapadı.

Eti anlamıyordu ne oluyordu! "Konuş!" diye fısıldadı Bilge'ye eğilirken.

Bilge elleriyle sakladığı yüzünü açmadan kafasını sallamaya başladı. Sonra aniden çekti ellerini, burnunu çekip, "Özge Egeli diye bir milletvekili var, tanıyor musun? Duydun mu hiç?" dedi.

Bunun konuyla ne ilgisi vardı diye düşünürken başını salladı Eti, tüm öğrencilerin sloganlar attığı kızdı bu. Sokaklarda duvar yazılarındaydı ismi. "Mecliste elini kesen kız değil mi!" dedi.

Bilge, "O geldi bugün terapiye, ikinci kez. Aylar önce Kültür Bakanlığı'nın davetinde tanışmıştık, bugün beni uyardı... Eti. Dikkat et dedi Can'la ilgili..." diye açıkladı.

Eti itiraz etmek, Bilge'yi rahatlatmak isterdi ama yapamadı, kendisi koymuştu Bilge'yi Can'ın önüne, onu girdiği karanlıktan çıkarmak için resmen yem gibi kullanmıştı Bilge'yi, saplantı eğilimini bildiği için manipüle etmişti Can'ın durumunu... İtiraz etmek istedi ama edemedi. Sadece "Neye dikkat edecekmişsin?" diyebildi.

Bilge, "Bilmiyorum, söylemedi sadece uyardı ama o an bir şey koptu içimde, kopmak değil aslında, açılmak gibi, fark etmemek için bir şeylerin altına sakladığım başka şeyler, sanki kendilerini göstermek için ortaya çıkıverdiler... Ben de Can'ı görmeye gittim, açık açık konuşmak istedim onunla, ihtiyaç duydum. Anlıyor musun? Ondan her şeyin yolunda olduğunu duymaya ihtiyacım var ama onun yerine bu biletleri buldum."

Eti, Bilge'ye doğru eğildi, "Ne önemi var! Ne olacaksa, hayat, olacak olan şeye varacak. Sen bağımsızsın Bilge, aklın seni kandırmasın. Kimseye ihtiyacın olmadı en ihtiyacın olacak zamanda bile, hele şimdi asla ihtiyaçta değilsin! Ne önemi var! Can hayatından çıksa ve bir daha onu..." derken Bilge kafasını sağa sola sallamaya başladı sancıyla, suratı ağlamanın etkisiyle sessizce buruşurken içinde büyüyen şeyi dudaklarına taşıdı.

"Hamileyim... Eti."

Nefesi tutuldu Eti'nin, ifadesine gelen şok, bakışlarından süzüldü. Bir an kalakaldı öylece.

Bilge kafasını iki yana sallarken, "Korkuyorum... kendim için değil, Can başka birine saplanacak diye hiç değil, sadece hissettiğim şeyin, içime gömdüğüm şeyin gerçek olmasından korkuyorum. O zaman nasıl korurum çocuğumu?... Eti..." dedi ve sessiz ağlayışına teslim oldu gözlerini Eti'den ayırmadan.

Eti şaşkınlığını silkeleyip atarken Bilge'nin telefonunu açtı yine, çektiği biletlerin resmini sildi hemen. "Nasıl bıraktın masayı, biletleri bulduğunu anlar mı?" dedi stresle.

Bilge iki yana salladı kafasını.

"Deriyi yerine yerleştirip, bir bardak su döktüm masaya ve tuvalet kâğıdıyla acele siliverdim. Yanlışlıkla döktüğümü sanacak, masanın tozunu aldığımı anlamaz. Deriyi kaldırmadım bile, etrafında su iz yapmıştır kaldırdığında görecek."

Eti tamam dercesine kafasını sallarken, "Çocuğu aldırabiliriz" dedi.

Bilge yine sancıyla sağa sola salladı kafasını, aldırmayacaktı, vermişti kararını. Ama kafasını kaldırıp, "Bu kadar mı kötü? Çözüm çocuğu aldırmak olacak kadar mı kötü?" diye sorguladı.

Hissettiği suçluluğu kamufleye çalışmayacaktı Eti, hiç tepki vermedi. Ne bir evet, ne bir hayır dedi. Hiçbir ses çıkmadı Eti'den, sadece çözüme yüklenmiş net bir tonda "Londra'ya gitmelisin" dedi, lafı uzatmanın anlamı yoktu. "Hamile olduğunu kimse bilmemeli... henüz..." diye ekledi.

Bilge merhamet diler gibi samimiyetle sordu.

"Nesi var Eti? Çocuğu olsa iyi olmaz mı? Toparlamaz mı? Geçmez mi bu saçmalıklar?"

Eti kafasını iki yana salladı, ona sokulup ısrarla fısıldadı.

"Bu çocuğu kimse bilmemeli... ve Duru asla buraya dönmemeli."

8. *Özge & Turgut*

"Cehennem kapısıdır bu coğrafya, bu topraklardan sonrasını bir düşün Özge Hanım. Organ mafyasının av alanıdır. Köle pazarlarını düşün. Alınıp satılan insanları bir tarafa bırak, alınıp satılmasa da o topraklarda yaşayanları bir düşün. Hastaneyi, ilacı bırak, elektriğin, suyun gitmediği, yolların bile olmadığı yerlerde kim bilir neler oluyor, bizim ruhumuz bile duymuyor. Bu toprakların düşmesini istemiyorlar çünkü cehenneme kapıyız biz! Düşersek Ortadoğu'nun pisliği üstlerine yığılacak. Yardım etmezlerse kendileri kapı olacaklar" dedi, yorgun ve düşünceli bir halde içini çekti Turgut. Muammer Bey'in eski bir avukat arkadaşıydı. Muammer'i içeri aldıklarında çıkarılmasına yardım etmeye çalışmıştı. Yardımları pek işe yaramamıştı ama en azından denediği için Muammer Bey ona minnettardı. Zor zamanlarında yanında olanlara duyulan saygıydı, iyi bir karakterin en temel ölçüsü.

Aslında Turgut'un tek bir hamlede bile bulunmadığını, sadece bulunuyormuş gibi yaptığını bilmeden ona yıllardır dua etmişti Muammer Bey.

Özge'nin aklı almıyordu. Her şey çok ani olmuştu. Ülkeyi karıştırmak için her kanatta hamleler yapanlar şimdi huzura yardım etmek, hakka, adalete sahip çıkılmasına destek olmak mı istiyorlardı! İtiraz etti Özge.

"O cehennemi onlar besliyorlar. Onca silahı, bombayı nereden bulsun yolun gitmediği, suyun, elektriğin olmadığı yerde yaşayan bu insanlar? Okuma yazma bile bilmezken nasıl öğrensinler otomatik bir silahı kullanmayı? Söylediklerinizdeki çelişkiyi görmüyor musunuz?"

Turgut, "Görmez olur muyum kızım!" dedi. "Silah tüccarlarının araladığı o kapıyı artık kapatmak istiyorlar, sadece onları suçlama, Rusya, Fransa, İsrail hatta en etkili olan İngiltere de var bu cümbüşün içinde. Herkesin parmağı var! Ama artık görünen o ki hatalarını düzeltmek istiyorlar çünkü biliyorlar ki eğer şimdi düzeltmezlerse yarın bir gün kapılarına kadar dayanacak bu hatalar. Sadece gidip bir dinleyelim. Bakalım ne diyecekler? Kabul etmek zorunda değiliz ama dinlemekten kimseye zarar gelmez."

Muammer Amca'ya baktı Özge, Turgut Bey'e dönüp, "Size

ayıp olmasın lütfen ama Muammer Amca'yla konuşmam gerekenler var" dedi.

Adam hemen ayağa kalkıp, "Estağfurullah, ne ayıbı! Tabii, buyrun!" deyip odadan çıktı.

Muammer Bey hemen uzandı, Özge'nin elini hafifçe sıkıp gözlerinin içine baktı, burada konuşmayalım demekti bu, Özge anladı. Başını salladı. Sonra rolüne uygun olarak, "Ya, arkadaşının önünde söyleyemedim, karnım aç, artık kalkalım mı?" dedi.

Muammer Bey de, "Tabii, tabii. Sen akşam biraz düşünürsün" diye karşılık verdi.

Muammer, Turgut'a seslendi. Turgut geri geldiğinde artık gitmeleri gerektiğini açıkladılar ama Turgut'un söyleyecekleri bitmemişti. Bu akşam yola çıkmak için bir uçak bekliyordu onları, eğer bu akşam gitmeyeceklerse, zaman kaybedilmeyecekti! Desteklemek için önerilen ikinci seçeneği alıp Washington'a götürmeliydi Turgut Bey. Çok önemliydi, sadece ülkenin huzuru değil bir dünya savaşını tetikleyecek herhangi bir şeyin engellenmesi için kaybedilecek zaman yoktu! Özge, geçmiş hataları düzeltmek için böylesine fedakâr bir desteği almak istemiyorsa zaten seçilmiş kişi olmayı da hak etmiyordu. Kelime kelime açıkladı Turgut Bey, şimdi kahramanlara ihtiyaç vardı. Hem ülkeyi hem de barışı korumak için. Eğer Özge gerçekten fark yaratmak istiyorsa bu akşam Washington'a uçmalıydı, kaybedecek zaman kalmamıştı.

9. *Göksel*

Göksel'in sorgulaması 12 saat sonra bitti. Bu zamanın sadece 3 saatinde sorgulanmış, geri kalanında oturduğu o kuru sandalyede bekletilmişti. Onu daha erken bırakabilirlerdi ama öyle disiplinli, öyle umursamaz, öyle dokunulmaz bir hali vardı ki bir yerlerde eğitilmiş gibiydi. Kafalarını karıştırmıştı Göksel'in bu hissetmez, heyecanlanmaz hali. Dersini hayattan almış birinden korku beklemek mümkün değildi ama bilemezlerdi.

Göksel sorgudan çıktığında gece yarısıydı. Şikâyet etmeden, suratındaki tek bir mimik bile değişmeden çıktı binadan. Düşünmeyecekti neden tutulduğunun, önemi yoktu. Sadece fark ettiği şeyi kendine saklaması gerektiğini öğrenmişti bugün, o kadar. Otobüslerin çalışma saatleri geçmişti, eve taksiyle gitmek zorunda kaldı. Köpeklerini çişe çıkaramamıştı, bu durum sorguda tutulmaktan daha fazla canını sıkmıştı. Çok sıkışmış olmalılardı.

Sokağın başında indi taksiden, eve giden ara yol araç girmeyecek kadar dardı. Eve yaklaştıkça sanki hissetti... Bahçeye elli metre varken aniden durdu. Bahçe kapısını kapalı bırakmıştı ancak şimdi kapı sonuna kadar açıktı. Bazen çocuklar girebiliyordu bahçeye ama asla kapıyı kullanmıyorlardı, duvardan atlıyorlardı. Adımları hızlandı Göksel'in kalbinin ritmiyle birlikte. Girdi bahçeye, evin kapısı açıktı, kapının kenarındaki ahşabın üzerindeki izlerden levye gibi bir demirle kanırtılarak kilidin kırıldığı belliydi.

Kapıyı itti Göksel, "İçeride olmasınlar!" diye bağırdı aklı kapı açılırken, bu kadar sessiz olmaları mümkün değildi ama. İçeridelerse bile kıpırdamıyorlardı!

İçeri girdiğinde ayağı hafif kaydı, yerler ıslaktı.

Işığı yaktı Göksel, yerdeki su değil, kandı.

Banyo ile salon arasındaki o arada nefessiz yatıyordu oğlanlardan biri, dokundu ona Göksel, kendi kanının içinde yitip gitmişti.

Bir diğeri banyodaydı, buraya kadar sürünerek gelmiş olmalıydı, salondan başlayan iz burada bitiyordu. Bedeninde hayat yoktu.

Ve salonda kafasını koltuğun altına soktuğu yerdeydi oğlanlardan en küçüğü. Hepsi ölmüştü... Kız yoktu!

Kalbinin hızlanan ritmi, olabilecek en kötü şeyin olduğunu anladığı anda yavaşlamış ve kendi doğasına dönmüştü. İçinde duygu olarak doğabilecek her şeyi baskılayacak kadar soğuktu, hem bedeni hem ruhu, bir yılan gibi buz kesti Göksel kızı ararken.

Kız salonda, banyoda, mutfakta yoktu... Yerdeki kan izini takip ederek yatak odasına gitti. Kan yatağın yanında bitmişti, yorganı kaldırdı, altında kızın kıvrılmış bedeni duruyordu. Küçücükken diğerleri yatağa çıkmamayı öğrendiğinde bile asiydi kız, Göksel uyandığında hep ayaklarının yanında bulurdu onu. Ölürken de buraya sığınmış olması doğaldı. Gövdesinden vurulmuştu.

Buz gibi, duygusuz, hissetmesiz baktı Göksel. Kızın bedeninde kurşunun girdiği yere dokundu, onları birlikte gömeceği yeri düşünürken tek hamlede kaldırdı attı yorganı.

İşte o an sanki bir mucize oldu! Kız ince, neredeyse duyulmaz bir hırıltıyla nefes aldı. O nefesi duymanın etkisi Göksel'in kulaklarından girip beynine ve vücudunun her hücresine yayıldı, kendi soğukluğunda huzur bulmaya çalışan kalbini sardı, kızın hayatta olup olmadığını anlamak için ona iyice yaklaştı... Hayattaydı!

Göksel'in kızı kucaklaması, hızla sokağa fırlaması, onun bedeninde tutunmaya çalışan hayata yardım etmek için tüm gücüyle sokakta koşmaya başlaması...

Gözlerinden akan yaşlar ruhundaki buzulların erimesi gibiydi... Hissetmeye başladığı duyguların şiddetinde eğer kızı kurtarmazsa önüne gelen her şeyi kurban edecekti...

18. BÖLÜM

1. *Duru*

Performansının sonundaki alkışlar kendisini yine sahneye çağırırken gerindi Duru, perdeler birazdan bir daha açılacak, kendisini çılgınca alkışlayan kalabalığa selamını sunup geceyi sonlandıracaktı. Avrupa'da olmak, bu sahnede böylesine alkışlanmak tek hayaliydi. Koca sahnenin ortasında kıvrak vücudunu verilebilecek en kıvrımlı selamla eğerken tek hayalini gerçekleştirmiş herkes gibi aslında istediğinin bu olmadığına karar vermek üzereydi.

Hayranlar, ün, para, güzellik, çekilen dikkat, etki, sağlık, eşsizlik... hepsi çok değerliydi ama hepsine birden sahip olan biri için pek de önemli değildi. Sahne arkasına geçtiğinde kopan alkış hâlâ dinmemişti, tekrar selam vermesi için kibarca yanına gelip gözünün içine "N'olur bir kez daha!" diyerek bakan yönetmenin yanından, hayır anlamına gelen bir tebessümle geçip gitti. Bu kadarı onlara yeterdi!

Odasına doğru yürürken gösterinin diğer dansçıları Duru'ya gereken saygıyı gösterircesine kenara çekilip yol verdiler. Herkesin yerinde olmak istediği, herkesin o olmak istediği biri olduğunun farkında, dimdikti.

Asma kattaki konforlu yatağı, alt girişteki banyosu ve küçük mutfağıyla yeni evli bir çiftin yaşayabileceği büyüklükteki kulisine girdi. Her gün gelen çiçeklere iliştirilmiş hediyeler hâlâ bitmek bilmemişti. Avrupa'nın zenginleri ciddi koleksiyoncuydu. Bir tanesinin dikkatini çeken bir kadın hemen diğerleri tarafından da istenir oluyordu, sonrasıysa zevkli bir yarışa dönüyordu. Kazananın ele geçirdiği kadınla tüm sosyete dergilerinde bir hafta boy gösterdiği ve mezbaha sahibinin vurduğu damga gibi kızın boynuna taktığı takı fiyatının her köşede konu olduğu bir yarıştı bu. Duru erken uyanmıştı bu yarışa. Can Manay olmasa şimdi çoktan boynunda bir takıyla gezdiriliyordu belki ortada. Ama anların bile koleksiyonunu yapan bir adamdan kaçıp gelmişti buraya. Özgürlüğün, sahip olunmamanın değerini anlamıştı. Sevgilileri olmuştu ama kimse onu heyecanlandıramamıştı. Erkeklerin parası arttığında sahip olmaya odaklandıklarını, ancak sahibi olacakları şeyi kendilerini unutacak kadar ve ne yazık ki birkaç saniye arzuladıklarını anlamıştı. Tanıştığı hiçbir erkek Can gibi ihtiraslı, Deniz gibi eşsiz değildi. İlk sevişmeden sonra hemen ilgisini kaybetmişti Duru.

Kostümünü çıkardı. Kapağı açık kavanozun içinden parmakladığı kremi yüzüne iyice bulayıp makyajını ovalarken banyoya girdi, duşun altına geçip akıttı üstünden gösterinin yorgunluğunu...

Banyodan çıktığında havlusuna sarıldı, saçını kuruladı, akşamki partiye hazır olmasına sadece on beş dakika vardı. İki yüz yıldır hizmet veren tiyatronun gecesi, büyük salonda düzenlenecekti. Yıllar boyunca bu sahnede yer almış oyuncular, dansçılar, herkes... dünyanın en iyileri, davete katılmak için gelmişlerdi. Eşsizliğini hissetmeye alışık, vücudunu kremledi ve çıplak tenine geçirdi, ip inceliğinde askılı ipekten elbisesini. Eline aldığı köpükle saçını geriye yapıştırdı, yüzünü kremleyip gözlerini belirginleştiren makyajını yaptı. Aynadaki yansımasında hallerine baktı... Nefes kesiciydi ama bu gece nefesini kesmek istediği biriyle tanışabilecek miydi?

2. *Özge & Sadık*

O ayağın sadeliği, pürüzsüz topuklardan tabana kayan çukurun ayak parmaklarının dibindeki yumuşak tepeyle buluşması, o yumuşak tepenin üstünde dizilmiş ayak parmaklarının ahengi, kısacık kesilmiş tırnakların süssüz temizliği...

Sakince dönüp pozisyon değiştirdi Özge, yorgandan çıkmış ayağını içeri çekti ama şimdi de yan devrilen bacağının dizkapağı kendini göstermişti... Perdeleri yarı kapatılmış odanın içine sızan ışık, sanki o dizkapağının kıvrımında kırılarak eridi. Tek kolunu başının üstüne kaldırıp kafasını yana yatırmıştı, güneşin ilk ışıklarından sanki yüzünü sakladı. Üzerindeki atletin açıkta bıraktığı omuzları, yukarı kaldırdığı kolunun pürüzsüz koltuk altı, kolunun kenarından ince bir çizgi şeklinde dirseğine uzanan o kas... aldığı nefesle yükselen bedeninin Çi'si... kıpırdamadan izledi Sadık Özge'nin üzerinde gezinen hayatı. Sabah dönmüştü Washington'dan, yorgundu, aradaki saat farkı onu fena vurmuş olmalıydı.

Uyandı Özge. Vücudundaki her hücreye uyandığını haber verircesine kollarını tavana uzattı, aslında daha uykusu vardı, elinin tersiyle gözlerini kapatmak engel olmamıştı gün ışığının kendini beyninin derinliklerinde hissettirmesine. Kollarını indirirken hissetti, odada yalnız değildi!

Fırlarcasına doğruldu yataktan, karşısındaki koltukta Sadık'ı görünce varlığını hissettiği kişi o olduğu için bir an rahatladı ama hemen sonra öfkeyle çatıldı kaşları, bu kadarı çok fazlaydı!

"Yolculuk nasıldı?" dedi Sadık yeni uyanan biriyle sohbete hazırlanan sakinlikte.

Özge'nin çatılan kaşları Sadık'ın tenine kayan bakışıyla daha da bir gerilirken örtüyü çekip kendini sakladı. "Ne işin var burada!?" dedi.

Onu küvete sokup yıkadığında hissettiği duygu geri geldi Sadık'a. Öylece baktı ona... Cevabı geciktirecek kadar uzun, bakışın ne anlama geldiğini anlatamayacak kadar kısa. "Seni almaya geldim" dedi, sanki bunu söylemeyi yıllardır beklemişti.

Çatılan kaşları şaşkınlıkla yumuşadı Özge'nin, içine yayılan tedirginlik korkuya dönüşürken, "N'oldu?" diye sordu.

Ne olmuştu?... Bir türlü hissedemediği duyguların hepsini harekete geçirebilen birini bulunca insana ne olurdu! Dünyanın merkezi giderek küçülür, o birinin bedenine kadar inerdi varoluşun sınırları. Etraftaki her şey gölgelere dönüşür, zevkler eskir, keyifler anlamsızlaşır, olaylar önemsizleşir, insanlar gereksizleşirdi... İnsan âşık olunca ne olurdu! Hiçbir şey olmamıştı aslında, Sadık'ın dünyasının her düşüncede altüst olması dışında. "Seni karşılamam söylendi" dedi ve hafifçe öne gelip elinde tuttuğu telefonu yatağın üstüne attı.

Daha önce hiç görmediği bir markada ve modeldeki telefonu aldı Özge. Sadık açıkladı.

"Bu senin, sana buradan ulaşacaklar."

Özge itiraz etti.

"Sen olamazsın!"

Sadık, "Ama benim" dedi kendinden emindi.

"Ne kadar katkın oldu beni çağırmalarında?" diye telaşla sorguladı, hissettiği satılmışlık duygusunun kaynağı neydi bilmiyordu ama Washington'da ona göndereceklerini söyledikleri kişinin Sadık olduğunu görmek yıkmıştı güvenini. *Darbe*'nin ilk sayısını çaldırıp buldurması gibi miydi bu Washington seyahati?!

Sadık, "Bir şans istiyordun, al işte, artık gerçek bir şansın var değişim için. Ne fark eder ki benim ya da bir başkasının katkısı, seni istiyorlar. Sana güveniyorlar, inanıyorlar! Başaracağına inanıyorlar" dedi ve ayağa kalktı, çekimine kapıldığın birinin yanından geçip gitmek ne kadar zordu. "Artık korumada olmalısın. Eşyalarını topla. Salonda bekliyorum" dedi ve kapıyı kapatarak yatak odasından çıktı.

Şoktaydı Özge, her şeyin bir zincir gibi birbirine bağlı olduğunu, harekete geçerse kendisine bağlı olan tüm mekanizmanın bir şekilde çalışmaya başlayacağını düşünmüştü yıllardır, hayal etmişti ve her şeyi göze alıp çıkmıştı yola. Hayallerini gerçekleştirmek için gerekirse ölecekti. Ve Washington'daki adamların kendisini karşılamadaki samimiyetleri, paylaştıkları fikirlerdeki anlayışları, bir bütün olarak gördükleri insanlığın bütün olabilmesi için bu ülkenin önemini anlayan yorumları, barışın korunmasında gösterdikleri hassasiyet... bir mucize gibiydi ta ki bu ana kadar. "Seni bizden biri karşılayacak" dedikleri kişi Sadık olamazdı! Üç günde her şey nasıl da tamamen değişmişti! Ne düşüneceğini şaşırmıştı Özge, tehlikenin her türlüsü sanki burnunun dibindeydi, ama bu değildi huzursuzluğun kaynağı... Neydi? Düşünmek istemedi. Elinde yeterince veri yoktu, önce Sadık'la konuşup onun nasıl bu harekete dahil olduğunu anlamalıydı! Ayağa kalktı, Sadık'a soracaklarını düşünürken giyinmeye başladı.

Salona giderken birden uzun koridorun derinliğinde durdu Sadık, sessizce döndü, Özge'nin odasından gelen ışığın kapının altından sızan etkisine baktı... Özge'nin ayağa kalkışını gördü kapının altından sızan ışığın içindeki gölgede... Bakışını o aralıktan almak için zorlandı, kaşları çatıldı. Salona yürürken banyonun açık kapısı önünde durdu. Hızlanan kalbine oksijen yetiştirmek için nefesleri arttı... ve hızla geçti koridoru, sokak kapısından çıkıp kapıyı kapattı. Eli hâlâ tokmaktaydı. Önce sırtını sonra başını kapıya yasladı. "Ne olmuştu?..."

Mahizar'la yediği yemek, yaptığı sohbet sarsmıştı Sadık'ı, içinde hafifletmek için çabaladığı Özge'ye iyice yaklaştırmıştı fikrini, saygısını artırmıştı. Diğer kadınlardan çok farklıydı Mahizar, kendisine saygısı olan, dik duran bir hali vardı. Sanki ona Özge'den bulaşmıştı... Peki bunca çabaya, içinde büyüyen duyguyu hafifletmek için verdiği savaşa rağmen ne olmuştu?... Dünyası Özge'nin varlığının sınırlarına kadar küçülmüştü sadece. Olan olmuştu... olmaya devam ediyordu.

3. *Duru & Bilge*

Tiyatronun arka kapısından çıktı Duru, davet tiyatronun büyük salonundaydı ama tek bir giriş yapılmıştı, binanın çevresinde dolanıp kırmızı halılı girişten girecekti. Biraz kendisini göstermenin sırası gelmişti.

"Duru" dedi biri, bir kadın... Adımları yavaşladı ama durmadı, bu ismi duymayalı çok olmuştu. Yine "Duru" diye yükseldi ses... Bilge'nin sesiydi. Durdu Duru.

Temkinli, sanki her an durduğu için, döndüğü için pişman olmaya hazır yavaşça döndü sese.

Bilge baktı Duru'ya, pelerinin altından parlayan soluk pembe elbisesi ve geriye yapıştırılarak güzel yüzünü tamamen açmış saçlarıyla her zamanki gibi çok güzeldi... Can da böyle mi görmüştü onu?! Sarsılmış mıydı? Bilge bile heyecanlanmışken Can kim bilir nasıl hissetmişti kendini Duru'nun karşısında? Her adımında artan soruların ağırlığında Duru'ya doğru yürüdü Bilge, Duru'nun yüzündeki ciddiyetin yaklaştıkça nasıl da gülümsemeye dönüştüğünü izledi, ama aynı içten gülümsemeyle cevap veremedi ona.

"İnanamıyorum sen olduğuna!" demiş ve son iki adımında o da Bilge'ye doğru gelerek sıkıca sarılmıştı Duru.

Geçmişinde, kendini en çaresiz hissettiğinde dürüstlüğüyle kendisine yakın olan tek kadındı, insandı Bilge. Arkadaş değillerdi ama o gece, o aptal davette, kendisini Deniz'in maketine götürmesi bu sarılmayı hak etmesine yeterdi.

Bilge beklemiyordu böyle bir karşılanma, o da doladı Duru'ya kollarını birkaç saniye gecikmeli de olsa. Duru bedenini geriye çekip Bilge'yi omuzlarından tutarken, "İnanamıyorum burda olduğuna! Ayrıldın mı o manyağın yanından!?" dedi heyecanla.

Bilge'nin yüzünde doğmak üzere olan tebessüm yarım yamalak kaldı, gözleri söylemek istediklerini anlatırcasına Duru'nunkilere baktı. Duru çekti ellerini ve hissettiği endişeyle sordu.

"Tesadüf değil bu!... Nasıl bildin burada olduğumu? Can burda mı?"

Bilge, "Hayır. Onunla daha önce karşılaşmadınız mı?" dedi, ortada olan durumu kamufle etmeye çalışmadan.

Duru başını iki yana salladı. "Biliyor mu burada olduğumu?!" dedi endişeyle. "Sen niye burdasın?" diye de ekledi şüpheyle.

Bilge, "Can'ı hiç görmedin mi?" dedi meraktan çok, tedirginlikle.

Duru, "Hayır! Burda olduğumu biliyor mu?!" diye tekrarlarken sesini yükseltti, şu kız artık bir sadede gelseydi!

Bilge, "Senden bir şey istemeye geldim" dediğinde dişlerini sıktı Duru, Can göndermişti bu kızı, onunla görüşmesini ayarlamak için burada olmalıydı, hemen etrafına bakındı, bu sokak çok ıssızdı. Hızlı adımlarla tiyatroya geri yürümeye başladı, biraz önce çıktığı kapıdan girecekti, bu ıssız sokakta her şey olabilirdi.

Aniden yürümeye başlayan Duru'nun peşinden hızlandı Bilge. "Konuşmamız lazım! Çok önemli!" derken kapıya varmışlardı bile.

Duru kapıyı açıp, "Beni onunla bir araya getirebileceğini mi sanıyorsun! Polis çağıracağım!" diye haykırdı, girdiği koridor boyunca hızla Bilge'den uzaklaşırken.

Bilge seslendi.

"Hayır! Anlamıyorsun! Geri dönme demek için burdayım!... Can burada olduğumu dahi bilmiyor."

Duru durdu, şüpheyle Bilge'ye döndü. Bilge ona yaklaşırken, "Ne olursa olsun, dönmemelisin" dedi, neredeyse yalvaran bir ifadeyle.

Duru şüpheyle sordu.

"Deli miyim ben, neden döneyim! Sen nasıl buldun beni!?"

Bilge tereddütle cevap verdi.

"Can'ın masasında bulduğum biletlerden... Burada olduğunu biliyor, oyunda izlemiş seni..."

Duru'nun aklı karıştı, Can kendisini bulmuştu, hatta izleyecek kadar yakınına gelmişti ama yanına gelmemişti! "Ne zaman?" diye sordu.

Bilge, "Emin değilim ama beş ay önce izlemiş seni, ilk bilet beş ay önceye ait" dedi.

Duru kafasını olamaz dercesine sallarken derin bir nefes alıp duvara yasladı bedenini, daracık koridorda yanlarından geçenlerin rahatsızlığında.

"Oturabilir miyiz?" dedi Bilge, iyi hissetmiyordu kendini, midesi bulanıyordu, tansiyonu çok düşmüştü ama kendini bırakamazdı.

Duru yaslandığı duvardan doğrularak, "Neyi konuşacağız? Delirmedim ben, asla dönmem. Konuşacak bir şey yok!" dedi tekrar arka kapıya yönelmeden. "Buraya kadar gelmek yerine arasan da olurdu" diye ekledi.

Kendisinden uzaklaşan Duru'nun peşinde yine ezilip büzüldü Bilge, söylemek isteyip de nasıl söyleyeceğini bilemediği onca şeyin altında. "Her ay seni izlemek için buraya geldiğini düşünüyorum. Geçen ay on bir kez izlemiş seni..." diyebildi. Durumun ciddiyetini ona fark ettirmeliydi.

Duru aniden durup döndü, ifadesine kızgınlık yerleşti. Ellerini yummuştu. Kurtulamayacak mıydı bu lanetten!

"Gösteri merkezini seni getirmek için yaptığını düşünüyorum..." dedi Bilge.

"Hangi gösteri merkezi?!"

"Büyük bir gösteri merkezi yapıyor şimdi, önemli değil. Ne olursa olsun asla gelmemelisin."

Aniden düşünceleri bölündü Duru'nun, tüm kulislerde konuşulan gösteri merkezi miydi bu? Avrupa basınında hayretlerle yer alan! Avrupa'nın en büyük gösteri merkezi olacak olan! Duru ısrarla sordu.

"Hangi gösteri merkezi? Tepedeki mi?"

Bilge Duru'daki ani meraka şaşkın cevapladı.

"Seni geri getirmek için onun bir tuzak olduğunu düşünüyorum. Asla geri dönmemelisin."

"Bakanlık yapmıyor muydu onu?" dedi Duru, yavaşça kendi kulisine doğru yürürken, merakı kaşınmıştı.

Bilge, Duru'nun merakla sakinleşen halini incelerken takip etti onu.

"Bakanlık destek veriyor" diye düzeltti.

"Can'ın adı yoktu hiçbir haberde" dedi Duru odasından içeri girerken.

Bilge, "Haberde?" diye sordu, hangi haberde!

Duru, "Avrupa'da çok konuşuldu. İkinci Dünya Savaşı'nda yakılan tiyatronun replikasını yapıyorlar, daha büyük olanını..." diye açıkladı, içeri aldığı Bilge'nin ardından kapıyı kapatıp ekledi. "Can'ın yaptığını bilmiyordum."

Bilge, Duru'nun gözlerine baktı ve parıldayan egosunu gördü, engelleyemediği bir telaşla kolunu tuttu ve "Senden sonra çok kötü şeyler yaşadık. Dinliyor musun beni! Çok kötüydü. Asla geri dönemezsin" dedi.

Duru dikkatini kendisi için yapılan Avrupa'nın en büyük, en çok konuşulan gösteri merkezinden alıp Bilge'ye verirken, "Can nasıl?" dedi.

Bilge anlamaya çalıştı Duru'daki hallerin neler ifade ettiğini. Bir kadın aynı anda nasıl hem öfkeyle saldırıya, hem de merakla sorgulamaya hazır olabilirdi? "Niye terk ettin onu?" dedi. Düşünmeden çıkmıştı ağzından bu soru.

Duru kaşlarını kaldırdı. "Terk ettiğimi mi sanıyorsun?"

Bilge sarsıldı, ne olduğunu bilmiyordu, sadece Duru'nun çatıdan kaçtığını biliyordu. Can anlatmıştı banyoda yattığı o gece, Bilge yargılamamak için hiç sorgulamamıştı. Can'la konuşmadıkları tek konuydu Duru'yla geçmişte yaşadıkları.

Duru, "Benim gidişimle ilgili ne konuşuldu?" diye sordu.

Bilge, "Bir şey anlatmadı Can..." dediğinde, Duru lafa girdi. "Gazetelerde ne çıktı?"

Bilge, "Hiçbir şey" dedi ve söylediği kelimenin Duru'da nasıl bir hayal kırıklığı yarattığını fark etti. "Geri dönmemelisin, istediğin her şeye ulaştığını görüyorum, buraya varmışken hayatına devam etmelisin. Senden bir söz almak için geldim" dedi keşke hiç gelmeseydim diye düşünürken.

Duru kırık bir gülümsemeyle, "O deliye dönmeyeceğim... Merak etme. Onu terk etmedim ben, kaçmak zorunda kaldım ondan. İsterse şehirler kursun benim için tuzağına düşmeyeceğim" dedi, bir anda aklındaki düşüncelerden çıkıp kapıyı açtı, artık gitmesi gerektiğini söyleyen net bir ifadeyle yüzüne baktı.

Bilge kapıdan çıkar çıkmaz kapattı kapıyı Duru. Eli tokmakta birkaç saniye dikildi öylece, aylardır gazetelerde gördüğü, etrafında konuşulan gösteri merkezini düşündü. Acaba adı ne olacaktı, ne koyacaktı Can adını?

4. *Özge & Sadık*

Salonda yoktu Sadık. Evden çıkmış olmalıydı. Aşağıya indiğinde sokakta bekleyen bir araç aradı ama sokak da bomboştu. Tekrar apartmana girdiğinde asansörün yanındaki merdivenlerde oturduğunu gördü. Sormak istedi, "Niye indin, beklemedin?" diye ama Sadık önce davrandı.

"Çantan nerde?"

Eşyalarını almamıştı Özge. "Konuşmamız lazım" dedi.

Sadık, "Eşyalarını al, konuşuruz yolda" diye karşılık verdi.

Özge başını iki yana salladı. Sorularına cevap almadan onunla yola çıkmayacaktı.

Sadık ayağa kalktı, dikildi Özge'nin karşısına, gücünü teslim etmeye ya da çekip gitmeye hazır tetikte bir bakışla yüzüne baktı. Al beni ya da azat et dercesine. Ve sakince mırıldandı. "İnsanlar uyanabilir... Doğruyu yapmak için harekete geçebilir... Sor ne istersen, ama cevabını bilmediğin sorular değil soracakların. Biraz düşünsen zaten anlayacaksın."

"*Darbe*'nin ilk sayısını neden yaktırdın? Destek verir gibi yapıp toprağı altımdan çekiyorsun!" demek istedi Özge ama o konu çıkmaz bir sokak gibiydi, soruları cevaplansa da yaşanmışlıklar anlamsızlaştırmıştı artık her şeyi. Belki Sadık sonra fikrini değiştirmişti, aynı şimdi taraf değiştirdiği gibi ama ne olursa olsun Özge emindi: Ona asla güvenemezdi. İçindeki soruları yutkunup sadede geldi.

"Ne kadar zamandır tanıyorsun onları?" Bu tanışıklık Sadık'ın yaptığı her şeyden daha önemliydi.

"Tanımıyorum. Senden önce beni buldular. Aramızdaki bağın farkında olmalılar" dedi kelimelerin üzerine, özellikle bağ kelimesinin üzerine basarak Sadık.

Özge'nin gözleri hafifçe kısılınca Sadık daha da açıkladı. "Bu adamların da kaynakları var, senin milletvekili olmanda benim etkimi biliyorlar. Benim ne zamandır kiminle, nasıl çalıştığımın da farkındalar, çok sıkılmış olduğumun da! Ve hatta değiştiğimin de."

Buraya kadar Sadık sayesinde gelebilmişti. İlk kapıyı Sadık açmıştı ona, bunu asla inkâr etmeyecekti. Değişebilir miydi ruhunu satabilmiş biri?... Özge mırıldandı. "Bana ihanet edersen öldürürüm seni."

Özge'nin nefesini soludu Sadık, göz kapakları ağırlaştı ama topladı bakışlarını, ona ihanet ederse yaşayabilir miydi! "Uçağı düşen milletvekilini hatırlıyor musun?" diye sordu Özge'ye.

Bir sürü uçağı düşen milletvekili vardı, hangisi bilemedi Özge ama Sadık, "Canlı kurtulduğu halde kurtarılamayan" diye açıkladı.

Özge kafasını salladı, uçak kazasından kurtulup da kurtarma ekiplerince icabına bakıldığı bilinen tek bir milletvekili vardı bu ülkede, hatta belki dünyada... ama bunun konuyla ne ilgisi vardı?

Sadık, "Washington'dan döndükten sonra memleketine ulaşmak için binmişti o uçağa..." dedi Özge'nin anlamasına zaman tanıyarak ve devam etti. "Asıl şimdi başlıyor her şey. Böyle bir destek alan biri en büyük tehlikedir baştakiler için, hayatını daha güvenli yapana kadar burada kalamazsın. Merak etme kısa sürecek" dediğinde Özge eğdi başını, Sadık'la birlikte, aynı tarafta, üstelik aynı amaç için yan yana durabilmek... mucize üstüne mucize diye düşünüyordu, başını sallarken.

Birlikte eve geri çıktılar. Özge eşyalarını toplarken, kafasını çevirdiğinde, Sadık'ın yatak odasının kapısında dikildiğini gördü. "Her şeyi almak zorunda değilsin. Eşyaların burada kalabilir evi kapatmayacaksın, sadece artık burada yaşamayacaksın" dedi Sadık.

Özge eşyalarını çantaya koymaya devam ederken, "Nerde kalacağım?" dediğinde Sadık hissettiği heyecanı göstermemek için arkasını dönüp odadan çıkarken cevap verdi.

"Benim evimde... bir süre."

5. Duru

Parti kalabalıktı. Durduğu köşeden, dünyanın dört bir yanından gelen yıldızları ve onlara gösterilen ilgiyi izledi Duru.

Birkaç saat önce sahnede kendini zirvede hissederken şimdi o zirvenin gerçek sahipleri gelmiş ve sanki kendisini indirmişlerdi oradan. Bu Hollywood kadınlarının hepsinden daha güzeldi, ama güzellik değildi onlara gösterilen ilginin nedeni. Kitleleri peşlerinden sürükleyebilecek güçte olmalarıydı. Yeterince tanınmıyordu Duru, geride bıraktığı ülkesindeki gibi değildi buradaki durumu. Dünyanın en önemli sahnesinde, çok önemli rollerdeydi ama sadece bir dansçıydı... Dünyanın merkezinde olup merkezde olmamak, olamamak sinir bozucuydu, yıpratıcıydı.

Birkaç saat önce kendini hissettiği değer şimdi, basit bir dansçı gibi hissetmesine neden olacak seviyeye inmişti. Kendi değerini diğerlerinin gözünden ölçen herkes gibi değersiz hissetti. Belki aylardır peşinde olan İngiliz soylusunun, kendisine bir an kaymayan bakışları ve bu sene Oscar alan şu kadına gösterdiği ilgiydi böyle hissetmesinin biraz da nedeni!

Elindeki içkiyi koyacak yer aradı, bulamayınca yere bırakıp, dimdik geçti insanların yanından, bir an fark edilse, biri ona seslense belki gitmeyecekti ama insanlar bakmadı bile Duru yanlarından geçtiğinde ya da salonu terk ettiğinde. Fark edilmeden gitmek çok eziciydi.

19. BÖLÜM

1 ay sonra Özge...

Uzandığı yerde gözlerini açtı Özge. Atın çıkardığı ses, yakından geliyordu. Bakmak için kafasını kaldırdığı an geri indirdi, çünkü gördüğü sadece at değildi.

Görülmemeye özen göstererek daha dikkatli bir şekilde uzattı kafasını, çalıların arasına saklanarak baktı, gözlerine akan görüntünün aklına kazınacağından habersiz.

Sadık eyersiz bindiği terlemiş atı yelelerine geçirdiği parmaklarıyla suyun derinliklerine doğru yönlendirirken, suratındaki ifadede sadece kontrol duygusu vardı.

Ormanın içinde koşturduğu için terlettiği at şimdi suyun serinliğine dalmamak için direnirken Sadık'ın kararlılığına, atın bedenini sıkan bacaklarının gerilimine ve yeleyi çeken ellerinin gücüne teslim oluverdi hayvan, sırtında Sadık'la, sadece kafası dışarıda kalacak şekilde suya girdi. Özge gözlerini ayırmadan izledi Sadık'ı... suratındaki o ifadeyi... suyun içine giren bedeninin her hareketini... Suratındaki kararlılık, sıkılan dişlerin gerdiği çene kaslarında kendini gösteren yenilmezlik... sudan çıkarken hâlâ yelelere geçen elleri... atın bedenini sıkıştıran bacaklarındaki ısrar... ama bunlar değildi. Sadık'ın iradesiydi atı teslim alan, ancak nefes aldığınızda hissedebileceğiniz kadar keskin, gerçek, yenilmemek için yemin etmişçesine gözlerine, gözlerinden evrene yayılan o iradeye baktı Özge. Bu insan bedenine gizlenmiş şey ne kadar tanrısaldı... ama Hades gibi günahlara hizmet eden bir Tanrı.

Sadık atı kendi çevresinde bir tur döndürdükten sonra adım adım kıyıya çıkardı, Özge'ye sırtı dönüktü... ama aniden ona çevirdi kafasını!

Sazlıkların arasında kıpırdarsa fark edileceğini hissetti Özge. Kıpırdamadı ama istem dışı bir şekilde sadece gözlerini kapadı. Bu kadar sık sazlığın arasında hiç kıpırdamazsa görülmesi imkânsızdı, bu düşünceyle rahatlayıp gözlerini araladı... aralanmış kirpiklerinin ışığı kesen gölgesine, sazlıkların sıklıkları arasından zor görünen görüntüye rağmen Sadık'ın kendisini hedefleyen bakışını gördü. Göz göze geldiler!

Kararlılıktan doğan o gözler Özge'nin yeşilin her tonuyla parlayan gözlerine saplanmışlardı sanki. Özge görülmesinin imkânsız olduğuna ama hissedildiğine emin tuttu nefesini.

Sadık hiç kıpırdamadı, üzerinden akan suya hiç aldırmadan, kafasını eğdiği o pozisyonda, gözlerini diktiği o noktadan hiç ayırmadı. Özge'nin orada olduğunu ve onun olduğu yerin dünyanın merkezi olduğunu biliyordu. Oluşmasına hizmet ettiği tüm karanlık, şimdi tüm gölgeleri de peşine takıp sanki karşısına getirmişti Özge'yi. Gölgenin cezasıydı ışık! O bedenin içindeki ışık, kendi samimiyetsizliğini, ikiyüzlülüğünü, güce ait olabilmek adına feda ettiği her şeyi dağlıyordu şimdi... Özge'nin asla sahip olunamaz, ikna edilemez bedeninde Sadık'ın feda ettiği her şey hayat bulmuştu. Sadık gözlerini ayırmadı...

Özge aniden dimdik ayağa kalktı. Çok uzakta olmasına rağmen yeşil gözlerindeki ateşin sıcaklığı oradaydı. Düşüncesinden ve saklandığı o yerde Sadık'ın kendisini hedefleyen her etkisinden silkelenmişti. Üzerindeki tüm etkinin ağırlığını kaldırırcasına ayağa kalkmış ve dimdik bakmıştı ona. Hiçbir bakışın, ilginin altında ezilmeyecek, etkiden sarsılmayacak kadar dikti.

Sadık çekmedi gözlerini, ışığa direnen bir gölge gibiydi... Kendisine yaklaşan her anlamı yutmak için tüm çekiciliğiyle sanki hep orada olacaktı.

Özge arkasını döndü sakince, attığı her adımın ayaklarının altındaki toprağa ben buradayım deyişini dinleyerek adım adım uzaklaştı. Bu gezegene bir şey yapmak için gönderilmişti ve bu şey Sadık değildi, kimse değildi. Evrene sığındı Özge, içindeki yalnızlıktan ve Sadık'tan sızan çekimden kaçarak.

1 ay sonra Ada...

"İstiyor musun, istemiyor musun!?" dedi Tugay elindeki küçük, beyaz tüpü sallarken.

Dişlerini sıktı Ada ve azı dişlerinden ikisinin sallandığını fark ederken tuttu kendini, mutfaktaki küçük televizyonda açık olan müzik kanalına çevirdi gözlerini. Her altı şarkıda bir kendi şarkılarından biri geliyordu ekrana.

Tugay sakince açtı küçük tüpün kapağını ve mutfak tezgahının mermerine bir çizgi döktü. Sonra sakince bir adım kenara çekildi, Ada'yı buyur edecekti ama Ada hemen atılmıştı, burun deliğinden birini kapatıp diğerini yapıştırmıştı tezgahın üzerine... Çizgiyi çekip tezgahın üstünü yaladı, dilini dişetlerine sürerken başını kaldırdı. İçinde bağıran açlık yine haykırmaya başladı. Artık sekiz kat daha fazlasına ihtiyacı vardı, kendini sadece normal hissedebilmek için. Tugay'a döndü, daha fazlasına ihtiyacı olduğunu söylemesine gerek var mıydı!

Tugay üç çizgi daha döktü tezgaha, Ada bir hamlede çekti hepsini... doymamıştı. Açlıkla beslenen bir şey nasıl doyardı! İki çizgi daha derken aniden tüpü havaya kaldırdı Tugay, "Her şey bu kadar zor olmak zorunda değil!" dedi. Sonra Ada'nın duymadığını anlayıp yüksek sesle yineledi. "Her şey bu kadar zor olmak zorunda değil! Duydun mu beni!"

"Nerden alıyorsun bunu!" diye çıkıştı Ada, her yeri aramıştı, internette araştırmıştı ama kokain nereden alınırdı? Bağlantı lazımdı!

Tugay karşısındaki salaklığa gülerek, "Delirdin mi sen! Sana verirler mi sanıyorsun!" diye çıkıştı.

Ada, "Ne istiyorsun?" dedi, köpeğe lokma lokma yemek verirmiş gibi Tugay'ın kendisiyle oynamasına daha fazla izin vermeyecekti ama bağımlılığı hemen itiraz etti, birazdan kokain seviyesi vücudunda düşüşe geçecek ve o zaman yoksunlukla kıvranırken zerresini bile bulabilmek için çılgına dönecekti.

Tugay, "Senin iyiliğini Ada" dedi, şeytanın yılanı, elmayı insana uzattığında da ifadesi böyle miydi?

Ada kahkahalarla gülüp, "Hadi ya?" dedi.

Tugay ciddileşti. "Son bir şans verecekler sana, Şadiye'ye yaptığın saygısızlıktan sonra buna dua etmelisin!"

Geçen haftalarda bir gece Şadiye'nin kapısına dayanmıştı Ada, Tugay'a ulaşamayınca ondan istemişti kokain, amfetamin, esrar... artık onda ne varsa. Ama Şadiye içeri aldırmamıştı davetsiz gelen Ada'yı ve Ada kapının önünde çıldırmıştı. Tugay engellemese manşetlere çıkacaktı.

"Neymiş bu harikulade değerli, eşsiz şans?" dedi.

Tugay, "Bir gösteride canlı çalmanı istiyorlar. Ama yapabilir misin?" diye karşılık verdi.

Ada hışımla merdivenlerin dibinde atılı kemana yürüdü ve kemanı eline aldı, şu lanet olası arşe neredeydi?! Mutfak masasının üstünde buldu arşeyi ve dayadı kemanı boynuna, ne çalsam diye düşünürken televizyonda akmaya başlayan klipten geldi fikir.* Gözlerini Tugay'ınkilerden ayırmadan televizyonda akan müziği baskılayacak kuvvette girdi notaya. Ne olursa olsun hâkimdi müziğe ve bu hâkimiyeti kimse alamazdı kendisinden! Notaların üstünde şahlandı Ada.

İnanılır gibi değildi, bu kadar antipatik bir varlığın bu kadar ilhamla dolması. Belki de ilhamdı onu çıldırtan diye düşünüp kendi yüklediği zehri hesaplamadan Ada'ya baktı Tugay. O kemanla çıkaramadığı bir ses var mıydı! Televizyondan gelen müzik kayboldu Ada'nın kemanının sesinde... Bu kızla arasını düzeltmek zorundaydı. Bağımlılığı, hesapladığı gibi onu kontrol edilebilir değil asi yapmıştı. Daha öncekilerden farklıydı. Ada'nın asiliğinin bağımlılıktan değil, Deniz'e ihanetiyle yüzleşmekten geldiğini bilmeden, "Bir gece için yirmi veriyorlar, üç gece çıkacaksın. Altmış çok iyi" dedi.

Ada kemanı indirip koltuğun üstüne atarken yaklaştı Tugay'a, kocaman bir sırıtmayla dibine kadar girip, iç cebine daldırdığı eliyle tüpü alırken, "Altmış demek?" dedi. Tugay izin verdi tüpü almasına. Ada tüpün içindeki son kokaini de aceleyle iki çizgi halinde tezgaha döküp çekti, yine yaladı ve dilini dişetlerine sürttü. Tugay'a dönüp, "Üç yüz isterim!" dedi. Kandırıldığını biliyordu artık, kendisine yüzde 8 verildiğini arabasına el konurken öğrenmişti.

Tugay sıktı dişlerini, ona üç yüz verirse bir şey kalmayacaktı

* Elastic Heart - Sia

geriye. Bu rakamı nereden bilebilirdi?! "Abartıyorsun, yüze zorlayayım ama üç yüz hayal" dedi.

"Hayal olarak kalır o zaman. En iyisini istiyorlarsa fiyatı bu, üç yüz! Bir kuruş aşağı değil."

Tugay tebessümle yaklaştı Ada'ya, saçını okşayıp yüzünü ona doğru eğdi, Ada kendini aniden geriye çekip, "Senin o pis ellerini bana sürmene izin vereceğimi sanıyorsan söyleyeyim: O da hayal sevgilim" dedi.

O sırada açılan kapının sesine döndüler ikisi de, Ada'nın anneannesi pazar arabasını zar zor taşıyarak girmişti içeri. Tugay selam verip çıktı evden. Anneannesi sordu. "Ne için gelmiş bu adam yine?"

"Alabileceği bir şey kalmış mı diye bakmaya gelmiş."

Ada odasına çıkarken geri döndü hızla, kemanını ve yayını aldı. Anneannesinin yüzündeki endişeyi gördü, kemanı boynuna dayadı, o sırada televizyonda akmakta olan müziği anneannesinin etrafında hoplaya zıplaya kemanıyla çalmaya başladı.*

1 ay sonra Bilge...

Elini kapının tokmağına attı. Ama açmadı.

İçeri girecekti, Can'a nasıl bir hain olduğunu haykıracak, değer verdiği birkaç şeyi kıracak ve onu bırakıp gidecekti... aynı filmlerdeki kandırılan kadınların yaptığı gibi. Ama o film sahneleri belki diğer kadınlar için geçerliydi, konu kendi hayatı olduğunda böyle olmayacağını öğretmişti hayat ona. Hayatı boyunca şanssızlıktan şanssızlığa koşmuş bir şanssızlık şampiyonuydu Bilge. Öfkesini boşaltıp, haklılığını haykırarak değil, stratejik olarak

* Happy - Pharrell Williams

hareket edip, anlamlandırarak çözmüştü hep hayatının düğümlerini. Sakin olmak en büyük kalkandı.

Tuttuğu tokmaktan çekti elini, yavaşça. İnsanın haksızlığı sindirmesi, anlaşılmaya en ihtiyaç duyduğunda bile anlamak zorunda hissetmesi, öfkesini sakinlikle dindirmesi resmen fiziksel bir acıya dönüşebilecek kadar keskindi. Eve dönecek, Doğru'yu ve eşyalarını alıp sakince, hissettirmeden çıkıp gidecekti Can Manay'ın hayatından tıpkı girdiği gibi. Saatte 240'lara çıkarak gelmişti buraya. Şehrin meydanlarına asılmaya başlanan oyunun afişini görmüştü, afişte Duru'dan eser yoktu ama ne fark ederdi ki! Artık konuşmanın anlamı yoktu! Can Manay'ın bir anlamı yoktu... ve görünen oydu ki, kendisinin de Can Manay için bir anlamı yoktu.

Ama hiçbir şey planlamaya çalıştığı gibi olmadı çünkü Can tam o sırada kapıyı açıp Bilge'nin karşısına dikilmişti.

Acelesi vardı ama Bilge'nin varlığı bunu önemsiz kıldı. Ne işi var burada diye sorgulayan zihni Bilge'nin durağan gözlerindeki ifadeyi fark eder etmez sorgusunu değiştirdi: Biliyor muydu? Anlamış mıydı? Nereden anlamış olabilirdi?... Mümkün değildi. Afişleri görmüş olsa da Duru yoktu afişlerde, adı bile farklıydı. "Hayatım ne işin var burada?" dedi yumuşacık tınılı, o derine işleyen sesiyle. Onu öpmek için Bilge'ye doğru hamle yaptı.

Bilge hemen çekti kendini. Dokundurmayacaktı, bir daha asla!

Can sabırsızlıkla, "Ne oldu?!" dedi.

Bilge bakışlarını çekmeden Can'ın sırlarla dolu o zihnine uzanan siyah gözlerine baktı... Can da Bilge'nin suratını hücre hücre ele geçiren ifadenin doğuşunu izledi, belki fark edilmeyecek kadar inceydi ama tiksintinin ifadesiydi.

Elini uzattı Can, ona dokunacak, kalbini bildiği, yanında kendisi olabildiği kadın üstü bu varlığa her şeyi, içinde savaşan her duyguyu anlatacaktı. Zamanı gelmişti. Onu kaybetmeyecekti.

Bilge hafifçe bileğinden yakaladı kendisine uzanan eli, usulca kendisinden uzaklaştırırken kafasını iki yana salladı.

Can "Neyin var?" dedi, değer verdiği bir şeyi... desteği kaybetmenin stresinde. "Lütfen gir." Odanın içine yürüdü Bilge'nin girmesini sağlamak için, ama dönmedi ona.

Bilge üç adım attı, kapıda durursa dönüp kaçacaktı, karar vermişçesine emin adımlarla ilerledi, ama aslında ne yapacağından, ne diyeceğinden emin değildi. Can'ı geçip pencerenin önüne gitti, şehre tepeden bakan manzaraya kilitledi gözlerini ama aslında camdaki yansımasında, kendindeydi dikkati... sanki daha önce kendini hiç görmemiş gibi. Ne kadar değişmişti... gözlükleri gitmiş, saçları diğerleri gibi olabileceğini göstermek için salınmış, görüntüsü konfordan uzaklaşmıştı. Ne zamandır durmuyordu, ne zamandır her şeyi olması gereken yerde tutmak için çabalıyordu... Ne zamandır işten işe koştururken hayatı, varoluşu düşünmez olmuştu... Ne zamandır sadece Can'ın hayatının çarkını döndüren biri olmuştu?

Can sesinin tınısıyla ona ulaşmak istercesine "Bilge" dediğinde Bilge kendi kendine mırıldanırcasına ama Can'ın dinlediğinden emin, bakışlarını camdaki yansımasından ayırmadan ve kendi yansımasının biraz gerisinde Can'ınkini de görerek, "Obsesif kompulsif bozukluk... tolere edilebilirdi... ama etrafındaki tüm samimiyeti yutan, ihtiyaç duyduğu şeyleri alabildiğinde seven, aksi halde acımasızca yargılayan, tüketen narsisistik kişilik bozukluğunla bir karakter zombisine dönüşmeseydin" dedi. Yorgunluğu kızgınlığını dindirmiş, umutsuzluğu hayal kırıklığını sindirmişti.

Can, ağzını açtı ama Bilge döndü ve susturdu onu. "Senden bir açıklama beklemiyorum. Cevaplarını bildiğin sorularını ya da gerçeği manipüle eden cümlelerini duymak istemiyorum artık. İkna gücün o kadar gelişmiş ki yardım alman imkânsız. Konuşmana izin versem tedaviye benim ihtiyacım olduğuna ikna edersin beni. Seni yaralamak istemiyorum, ama beni yaralamana da izin veremem" dedi ve gözlerini Can'ınkilerden ayırmadan avucundaki yüzüğü masanın üstüne koydu, sonra masanın üstündeki çerçeveye eğildi gözleri, Can'la birlikte çektikleri ilk selfie'ydi bu fotoğraf. Bilge'nin gözlükleri hâlâ gözündeydi, o zaman hâlâ kendisi gibiydi.

Can kare kare seyretti hayatının huzurunun kendinden çekilişini... Bilge'nin eli çerçevenin yanında duran gözlüğüne uzanırken, "Sakın..." dedi içinden, bir hatıra gibi masasında tutuyordu onu, Bilge bilmiyordu, kimse bilmiyordu ama daraldığında takıyordu o gözlüğü ve şekilleri yamuklaştıran ama varoluşun basıncını hafifleten bir etkiyle bakıyordu Can şehre, kendisine.

Bilge gözlüklerini aldı, Can'ın kalbinden, etinden bir parça koparırcasına.

Can, "Dinle beni" dedi, anlatmak istedi hissettiği duyguların karmaşasını, Bilge'nin anlayacağından emindi... Böyle bir kadın her şeyi anlayabilirdi, yeter ki anlamak istesindi.

Bilge, "Eğer böyle devam edersen ya intihar edeceksin ya da birilerini öldüreceksin" dediğinde onun anlamak istemediğini gördü Can. İçinde öfke büyüdü. Kaşları iyice çatıldı, burnunun üstündeki çizgiler hırlayan bir kaplanınki gibi belirdiler. Kimdi bu kız?! Ne değeri vardı! Oral seks bile yapmıyordu! Kadın yapmıştı onu, olduğu o şeye, kimsenin dokunmak istemediği o şeye dokunmuş ve güç vermişti ona, para, şan, statü, saygı, özellikle de diğerlerinin saygısını! Ona ihtiyacı yoktu! Eti'den kurtulmuştu, şimdi izin vermeyecekti Bilge'nin gardiyana dönüşmesine! Kendisine böyle hissettirmesine!

Bilge Can'ı geçip kapıya doğru yürürken Can'ın kahkahası o kadar gür, o kadar rahattı ki Bilge durakladı. Ama Can durmadı, bir hamlede Bilge'nin elinden çekti gözlüğü, gözüne yerleştirirken, "Beni yaralayabileceğini sanman çok şeker" dedi hayatının en büyük yarasını ondan alacağından habersiz. Sonra aniden ciddileşip bir hamlede çekti çıkardı gözlüğü, kırıp Bilge'nin ayaklarının dibine attı.

Şoktaydı Bilge, bunu beklemiyordu. Daha kötüsü olamaz derken hep daha kötüsüyle tanıştırıyordu hayat onu. Gözlerinde isyana çıkan yaşları durdururcasına burnundan aldığı derin nefeslerle doldurdu ciğerlerini ve eğilip gözlüğünü aldı, gözlerinde toplanan yaşlara "Dağıl!" diye bağırdı zihni ama yaşlar daha da toplandı, arkasını dönüp gidecekti, sakince Doğru'yu da alıp hayatından tamamen çıkacaktı Can'ın. Hiç yaşanmamış gibi olacaktı her şey. Şehir değiştirecek, bir daha onu hiç görmeyecekti. Ama Can'a döndü. Elindeki kırılmış gözlüğü ona uzatıp, "Bunu nasıl yaparsın?" dedi ve gözünden bir yaş süzülürken eliyle çabucak silip devam etti. "Nasıl bir anda sevgide, bir sonraki anda nefrette olabilirsin? Nasıl bu kadar saygısızlaşabilirsin?! Her şeyi yapmaya hakkın olduğunu düşünüyorsun! Bir hak gibi sürekli tolere edilmek istiyorsun! Ama şu kadarcık tolere etmiyorsun kimseyi! Asla anlayış göstermiyorsun ama hep anlayış istiyorsun! Nasıl çağırırsın Duru'yu! Bana, dostluğumuza nasıl böyle haince ihanet edersin! İçimde bitti demiştin, o koca binayı yaptın sadece onu buraya getirebilmek için..." dedi. Parmaklarının ucundaki kırık gözlüğü yere bırakırken, "Hiç yakalayamayacağın bir yalanın peşinde, kendinden kaçıyorsun. Seni senden korumak imkânsız" diye tamamladı sözünü ve döndü, çıktı odadan.

Söylediklerinin onu şimdi etkilemeyeceğini biliyordu ama o örümcek ağlarıyla kaplanmış zihninin düşünce girmemiş köşelerinden birine yerleşecekti bu an, bu söyledikleri. Can saplantısından arındığında, bu an, o bastırıldığı yerden çıkıp aklına gelecekti... belki aylar, belki yıllar sonra olacaktı ama bu an onun içine oturacaktı.

Gösteri için bilet satışına bugün başlanmıştı ve yarım saat önce görmüştü ilk afişi Bilge, geçirdiği şoku atlatmış, aradığı Eti'nin gitme demesini dinlemeden gelmişti buraya, onunla yüzleşmeye. Duru'nun geliyor olması, onun davetini kabul etmiş olması geri kalan her şeyi, herkesi önemsizleştirmişti. Aşk ne acımasızdı, dışarıda kalan herkesi aşağılayan, yalnızlıkla cezalandıran, acıtan, açlıkla kıvrandıran bir lanet gibiydi, diye düşündü Bilge aşk ile saplantı arasındaki farkı bilmeden.

Karnını tuttu, bebeğini bu adamdan uzaklaştırması artık hayati bir gereklilik olmuştu.

1 ay sonra Göksel...

Önce çıkışını vermişlerdi Göksel'e, sonra birkaç görevde ihtiyaç duyunca geri çağırmışlardı. Ya da onun hiçbir yere bağlı olmadığını anlamalarındandı bu geri çağırmaları. Paraya bu kadar ihtiyacı olmasa yaklaşmak dahi istemiyordu o adamlara! Korktuğundan falan değil, kendini tutması giderek daha da zorlaşmıştı.

Kız'ın hayatı kurtulmuştu, çişini uzun süre tutamıyordu, kurşunlardan biri kemiği sıyırdığı için sol bacağı topallıyordu, diğeri boynundan girip arkasından çıkmıştı, topallaması ve çişini uzun süre tutamaması dışında bir problem yoktu, tabii tüm kardeşlerinin gözünün önünde öldürülmüş olmasını, artık kuyruğunu hiç sallamıyor, hiç sevinçle zıplamıyor ve çiş yapmak dışında köşesinden kalkmıyor olmasını saymazsak! İçinden yaşama sevinci söküp alınmış bir candı o, sokakta yaşamak için mücadele veren, işkencelere maruz kalmış binlercesi gibi. Öğrenmişti çaresizliği.

Evden taşınmak zorunda kalmıştı Göksel. Kız'ın ameliyatları için girdiği borçtan sonra bir kümesin dahi kirasını ödeyebilmesine aylar vardı. Sokak'ta depo olarak kullandıkları odayı boşaltmış Deniz'le yaşamaya başlamışlardı. O olmasa ortada kalacaklardı.

Diğer köpeklerle oynasa iyi gelir demişti Deniz, Göksel de dinlemişti. Ama bırak oynamayı, kafasını dahi kaldırmamıştı topraktan, adımları daha da yavaşlamış, ilgisizliği her geçen dakika artmıştı. Öğrenilmiş bir çaresizlik varlığı hayattan koparırdı. Neredeyse sürükleyecekti Göksel Kız'ı tasmasından. Bir süre dinlensin diye oturup beklediler. Ama hava kararmak üzereydi. Göksel ayağa kalktı, gerekirse Kız'ı kucaklayıp taşıyacaktı. Gerekti de.

Tasmasından çekiştirmesi bir süre sonra yetmedi, Kız artık yürümekten de vazgeçmişti. Nefes almak bile istemeyen bir varlığın yürümesi zaten beklenemezdi. Daha önceki hallerini, oyunculuğunu bilmese oracıkta bırakacaktı Göksel, ama bir geçmiş vardı insanın aklından çıkmayan, kanlar içinde ölen annesinin götürdüğü o köhne yerde bulmuştu dördünü, şimdi Kız'ı böyle bırakamazdı. Kız'ı bırakırsa sanki kendisi olacaktı sokakta yine yalnız bırakılan, onu kucağına aldı. Yirmi beş kiloluk kocaman köpekle kucağında yürümeye başladı.

Kız, uykudan uyanmış gibi aniden kıpırdaşmasa, kucağından atlayıp topallayarak da olsa sokağın köşesine yanaşan arabaya havlamasa, ganyan bayiine girmek için arabadan inen adamı gördüğünde ense tüyleri kalkmasa, kendisini yakalayan Göksel'i bile az kalsın ısırmasa anlamayacaktı Göksel bu arabadan inen adamın geçen ay evine giren adamlardan biri olduğunu ve köpeklerin sevdiklerine zarar veren arabaları motorlarının sesinden tanıdığını.

Yaşam sanki aniden geri gelmişti Kız'a, alınması gereken o intikamla.

1 ay sonra Can...

Yatağa uzandı Can, bu gece eve gitmeyecekti. Otele getirdiği afişlerden biri yerde kocaman serilmişti. Afişte Duru'nun olmamasına bu kadar çabaladıktan sonra Bilge'nin her şeyi bir anda çözmüş olması sinir bozucuydu. Ama bekliyordu da bunu, bu kadar akıllı biriyle birlikte olmanın cezasıydı bu. Oyunun adını araştırıp videosunu seyretmiş olmalıydı. Daha bir ayı varken Bilge çekip gitmişti. Güvenlikten öğrenmişti eşyalarını toplayıp gittiğini. Elindeki kırık gözlüğe baktı, büyük salaklık yapmıştı. Huzuru çekip gitmişti sanki. Sadece karısı değil tüm işlerini organize eden muhteşem bir yardımcıydı Bilge. Kliniğin yönetimi, kanalın denetimi, her şey ondaydı. Ondan gelebilecek herhangi bir zarar için önlem almayı düşündü ama bu düşünce anında silindi çünkü Bilge asla zarar vermezdi. Böylesine huzur veren biri zarar vermeye tenezzül etmezdi. En büyük ceza zaten kendisini mahrum etmesiydi.

Şimdi her şeyi yeninden düzenlemek gerekecekti ama başka yolu da yoktu zaten, Bilge'nin bir gün gideceği belliydi, Duru'nun dönüşünden sonra kalacağını düşünmek delilik olurdu... ama keşke bir ay sonra gidebilecek şekilde idare edebilseydi durumu. O aptal gözlüğü kırmak yerine ikna etseydi, ama imkânsızdı, Bilge'nin gözlerinden belliydi, öyle bir varlık asla idare edilemezdi. Gözlerini sıkıca kapatıp beynini kaplayan Bilge'nin gidişini kovaladı kafasından ve çok uzun süredir kendini tutan bir bağımlı gibi heyecanla açtı gözlerini. Duru gelecekti! Geri kalan her şey gitsindi! Duru geldikten sonra hiçbir şey fark etmezdi!

Kalkıp telefonunu aldı eline, önce sakladığı videoları seyretti. Sonra koltuğa attığı ceketinin cebindeki hard diski çıkardı, bilgisayarını açıp hard diski bağladı. Mezuniyet töreninin çekimi ekranda akmaya başladı, hızla geçti diğerlerinin sahnesini ve Duru'ya geldi. İzlemeye başladı.

İşte buydu, ait olduğu kadın, taptığı kadın! Uğruna anıtlar yaptığı kadın! Hiç kimseye benzemiyordu! Dans eden Duru'yu izlerken kabaran erkekliğini tuttu ve hemen hızla açtı kemerini, pantolonunu indirdi, aceleyle başladı ritme. Uzun süredir yasaklıydı onu düşünmek, ona boşalmak ve bağımlılığını besleyen gözlerini Duru'ya bırakmak... boşalması otuz saniye sürmüştü.

Bir ay vardı hayatının yeniden başlamasına, Duru bir ay sonra gelecek ve yaşam yeniden başlayacaktı. Bedenini geriye bıraktı, gece yarısına kadar aklıyla cebelleşeceğini ve Bilge'siz uyumanın bu kadar zor olacağını bilmeden o an uykuya dalmaya hazırlandı.

1 ay sonra Deniz...

Bir hayvan vardı içimizde, her an kontrolden çıkmak için fırsat kollayan. Açlığını çektiğimiz duyguların yokluğuyla besleniyor, ruhumuzu doyurmazsak içimizde güçleniyor ve yeniyordu bizi, ele geçiriyordu hayatımızı. Hayvanımızın küçük, çelimsiz tasması haline geliyorduk. Ne kadar çekersek çekelim bir kez kontrolü kaybettiysek onu asla geri içeri, ait olduğu o en derinlere bastıramıyorduk. Onu etrafımızdakilerden, kimseyi de ondan saklayamıyorduk. Vücuttan yayılan adrenalinin kokusunu alan bir gece avcısı gibi açlığını çektiğimiz duyguya saldırıya geçiyordu. Şehvete susuyor, asla doymuyordu. Nasıl doysundu, şehvet sandığı şey koca bir yalanken? Şehvet... çok derinlerde birbirinin hayvanını görmeyenlerin ulaşamayacağı kadar derinlerde bir kaynaktı. Bir gecede tanıdığın, birkaç bakışta hoşlandığın, birkaç kelimeyle kendini anlattığın biriyle asla dalamayacağın derinlikteydi. Ona ulaşabilmek için karşındakinin ruhunu gözlerinden görmen gerekirdi.

Vücudunda gezinen el arsızca fermuarına ulaştığında düşüncelerinden sıyrıldı Deniz, küçük ama sert bir hareketle tuttu kızın elini. Ve erkekliğine doğru eğilen bedeni kaldırmak için yukarı çekti.

Kız kalktı ama hemen Deniz'in dudaklarına uzandı. Kafasını çekti Deniz, kızın hamlelerini durdurmak için birkaç kelime söylemek geldi aklına ama kelimeler işler miydi, kendi hayvanı tarafından ele geçirilmiş bir kadına?... "Kadın..." diye düşündü bedenini kızdan sıyırırken. Kadın... sanki artık kadın yoktu bu gezegende. Gözüne değen her kadın, orijinalliğin taklit edile edile silikleştiği, etkisinin yok denecek kadar azaldığı, hissinin kaybolduğu yüce bir varlığın ardından anlatılan kısa, doyumsuz bir hikâye gibiydi ve hepsinin sonu belliydi.

"Çok beğeniyorum seni" dedi kız.

Sosyal medyaya yayılan virallerdi bu açları buraya çeken. İçlerindeki boşluğu bir penisle doldurabileceklerini sanan zavallı kız çocuklarıydı çoğu. Onlar yüzünden Deniz kapanış sonunda aşağı inmez olmuştu. Ama bu sefer kapıların kilitlenmesi, etrafın toplanmasından sonra uyumak için odasına çıktığında karşılaşmıştı bu kızla. Buraya çıkılması bir ilkti. Kızdan bir adım daha uzaklaşıp, "Bizi acıktıran şeyle doyuran şey farklı olabilir. Benden tahrik oluyor olman seni doyurabileceğim anlamına gelmiyor" dedi.

Kız yine de hamle yapacaktı ama Deniz durdurdu onu. "Kendini küçük düşürme" derken iyice ciddileşti.

Deniz'in ciddiyeti kızın seksi olduğunu sandığı o adi gülümsemeyi nihayet söndürdü, Deniz'in her mimiğinde istenmediğini görünce yıkıldı ifadesi, stresle, "Gey misin sen?!" diye sordu.

Deniz kızmak istedi ama kızamadı, suratına yayılan tebessümün samimiyetinde kızı odadan çıkarırken, "Hayır... sadece hiçbir şey hissetmediğim birileriyle çiftleşmekten hoşlanmıyorum o kadar" dedi.

Kız, "Sohbet edelim o zaman" derken durdu. "Hep izledim seni, çok yalnızsın" dedi cilveli bir ısrarla. Göğüslerini boynuna kadar kaldırmış sutyeninden ve çatalına kadar sergileyen bluzundan belliydi bu kızın ihtiyacı olan ilgiyi zamanında görmediği, doğru düzgün sevilmediği. Çünkü sevilmemiş bir kadını kıyafetinden anlardınız, dolgulu sutyenden taşan dekoltesi bağırırdı "Sevilmeye değerim, bak bana, belki seversin" diye. Daracık, kısacık eteğin içindeki o sıkışmışlığı, köşeye sıkışmış birinin ilgiye açlığının kanıtıydı. Yaptığı abartılı makyajla, üzerinde zor tutunduğu o topuklu ayakkabılarıyla ve bir insan eline yakışmayacak uzunlukta ya da renkteki o tırnaklarıyla "Yardım edin bana, lütfen sevin beni!" diye bağırırdı aslında...

Sevgiye aç hayvanları tarafından parçalanmış ruhları, her şeyi yapmaya, her şeyi olmaya, zevk almasa da zevk vermek için aşağılanmaya hazır bedenlerinde kıvranırken insanlığın anneleri oluyordu bu kızlar... ve bu lanet sevilmeyen annelerden sevilmeyen çocuklara, sevemeyen kocalara ve karılara bulaşıyor, anlamı yutuyordu.

"Senden dinlemek istediğim hiçbir şey yok" dedi Deniz, insanlığa duyduğu kızgınlık sesine yansımıştı ama ifade ettiği şeklin henüz farkında bile değilken, henüz kendisiyle yüzleşmemişken bu kızın ne suçu vardı?

Kız, "Biraz tanışsaydık farklı olabilirdi" deyince, zoraki gülümsedi Deniz başıyla onaylayıp. "Evet keşke bunu üzerime atlamadan önce düşünseydin" dedi ve merdivenden inerken ona açıkladı. "Bir erkek üzerine atlayan kadına, onu tanımadan katılıyorsa katıldığı şey o kadın değildir, mastürbasyon yapan elleri yerine kullanmak istediği bir vücuttur. Bu nedenle, erkekler, böyle birlikte oldukları kadınları bir dahaki sefere kadar, görmek istemezler. Onlarla herhangi bir şey paylaşmak istemezler, onları sadece bir el gibi kullanmak isterler. Bir erkeği boşaltmaktan çok daha fazlası için doğduğunu düşünüyorum ama tabii benim ne düşündüğümün bir önemi yok, senin kendinle ilgili ne düşündüğünün önemi var."

Kelimeleri bittiğinde adımlarını hızlandırıp kızı geride bırakarak kapıya yürüdü Deniz ve açtı kapıyı. Kızın yavaş yavaş kendisine gelmesini bekledi, kız çıkar çıkmaz kapıyı kapattı. Odasına gitmek için yürüdü ama her adımda fark etmiş olduğu bir şeyi fark etmesi gereken birine fark ettirmemiş olmanın ağırlığı çöktü adımlarına ve hızla geri döndü.

Kapıyı açıp sokağın köşesine yürüyen kıza "Hey!" dedi. Adını bilmiyordu. Kız durunca, "Sana taksi çağıralım" dedi ve fark etti ki, yaklaştığı kız ağlıyordu. Yanına gidip sıkı sıkı sarıldı ona, "Sen kendi değerini bilmezsen diğerleri senin değerini nasıl bilecek?" diye mırıldandı. İçi parçalandı. Sokak'a doğru geri dönerlerken kızın sırtını sıvazlayıp, "Taksi çağıralım sana" dedi yine.

Kız, "Rahatsız etmek istememiştim..." derken sessiz hıçkırıkları kesti kelimelerini.

Deniz bir baba gibi omzunu sıvazlarken adını sordu, adı Gülçin'di. Anlattı ona.

"Bak Gülçin, kadınların seçtiği erkekler vardır, bir de kadınlarını seçen erkekler. Seçilen erkek için birtakım fiziksel özelliklerin kadında olması yeterliyken, seçen erkek kadının kim olduğuna odaklanır. Yani görür onu. Eğer sen sürekli, seçilen erkeklerle birlikte olmak için çaba harcarsan, o zaman asla görülmediğin, fark edilmediğin yıkıcı ilişkilerde kaybolursun."

"Ama olmuyor... hayatımın erkeğini unuttum, ben gitmezsem kimse gelmiyor" dedi Gülçin, gerçekten çaresizdi.

Varoluşun anlamını kadın ve erkek çiftleşmesine indirgemişti bugünün insanlığı. Kendimizi evrenin merkezine koymaya çalışmamız yetmezmiş gibi bir de aç hayvanlığımızın arayışıyla tetiklenen basit çiftleşmelerimizi de ilahi aşkla eşleştirmeye çalışmamız gerçekten trajikti. Olmuyordu, insanlar artık eşleşemiyordu. "Sen kendine emek verip, olabileceğin en tam şeye dönüşmek için yola çıkmadan hayatının o erkeği asla bulamayacak seni. Çünkü ancak o yolculukta karşılaşabileceksiniz" dedi Deniz. Anlasın ya da anlamasın gerçek buydu, sürekli başkasının eşleriyle eş olmaya çalışan insanların umutsuzluğunun, mutsuzluğunun kaynağıydı bu. Ne oturup beklemek, ne de barlarda ava çıkmak işe yarıyordu. İnsan kendine giden yola çıktığında, ancak o yolda karşılaşıyordu diğer yarısıyla...

Kızı taksiye bindirip Sokak'a geri döndüğünde, Göksel çıktı odasından, açılan kapının sesine kalkmış olmalıydı. Bu büyük ahşap kapılar ağırdı. Onu odasına gönderip kendi odasına çıktı Deniz, üşüyordu ama yatağa sırtüstü uzandı. Hissettiği yalnızlığı, üşüyen vücudunun rahatsızlığının sindirmesini bekledi... Dinmedi, üşüdükçe büyüdü yalnızlığı, yorganının içine girdi, kıvrıldı. Türünün tek örneği gibi hissetmenin paylaşılamaz yalnızlığında uykuya dalmak için kendini zorladı.

20. BÖLÜM

1 Ay Sonra

1. *Özge*

Yüzlerce insanın alkışı kulaklarında yankılanırken içinde bulunduğu gerçeklikten dışarı çıktı sanki Özge'nin bilinci, yükselip dışarıdan kendine ve etrafında olanlara baktı. Kendisini alkışlayan binlerce insanın düşüncesinde gezindi. Kurtarıcı bulmuşlardı, adaletsizliğe ve yağmaya karşı kendilerini, haklarını nihayet koruyacak bir kurtarıcıyı Özge'de bulmuşlardı. Bulmuşlar mıydı!?

Promter'dan akan yazıya kaydı gözleri, beş kez üzerinden geçmişlerdi bu yazının. "Halkım" diye başlıyordu yazı. Neden başta itiraz etmemişti? Hiçbir şeye itiraz etme demişti Sadık. İtiraz edenlerin çıkabileceği yer değildi bu meydan, onaylayıp ne olursa olsun sessizce kafa sallayanların, istenileni söyleyen, haykıran, istenilene kızan, istenileni bağrına basanların çıkarılmaya hak kazandığı bir oyun sahnesiydi.

Sahnenin köşesinden başlaması için kendisine işaret eden ekip başına baktı, ne kadar da telaşlı, sabırsızdı ve ne kadar da etrafındaki topluma yabancıydı. Amerika'dan gelmişti. Kendisi gibi işinin uzmanı sekiz kişiyle birlikte, parti başkanlığı için Özge'ye ekip kurmuşlardı. İmkânsız demişti Özge kendi kendine. Adı sokakta yaygındı, halk sahiplenmişti varlığını ama 1 milyon 290 bin üyenin vereceği oyun çoğunluğunu alıp nasıl geçecekti partinin başına, üstelik bu kadar kısa zamanda? Ülkenin en büyük ikinci partisiydi bu, ama en büyük partisinin 9 milyon 738 binlik üye sayısının yanında siyasi partiden çok ortaokul siyaset kulübü gibiydi başkanlık seçimlerini kazandığı bu parti.

Peki nasıl başkan seçilmişti? Aslında bir mucizenin sürekli tekrarlanmaya başlayınca sıradanlaşması gibiydi. Aynı kendisinden önceki başkanın seçildiği gibi gelişmişti her şey. Adamı ülkeye rezil eden bir telefon kaydı bir gecede çıkmıştı, başkanlık sekreteri olarak çalışan kadınla yaptığı telefon seksinin kaydıydı bu, rezaletti. Edepsizliğinden değil, bir erkeğin beceriksizce kendini o duruma düşürmüş olabilmesindendi rezilliği. Beceriksiz bir adamın, sürekli adını söyleyen ve kendisini edepsiz kelimelerle tahrik etmeye çalışan kadına ayak uydurmaya çalışmasının, üreme organlarının adını beceriksizce söyleyerek tahrik olmaya çalışmasının utanç verici ses kaydıydı. 60 yaşında evli ve torunları olan bir adam için yumurtalıklarından kurşunlanmak gibiydi. Çekip silahı erkekliğinden vursalar beceriksizce yapılmaya çalışılan telefon seksini basında yaymaktan çok merhametli olurlardı kaydı yayanlar. Herkes biraz direneceğini düşünürken, ertesi gün hemen bir kaset daha olduğu konuşulmaya başlanmıştı ve eski başkan bir gecede istifasını verip yok olmuştu. İşte bu sıradan mucizeyle, seçimlere giden partinin başkanı da Özge olmuştu.

Kendi başına gelmese ya da daha önceki başkanın da başına

gelmese, hayatta gerçek diyemezdi Özge. Gerçek neydi ki? Çoğunluğun aynı anda algıladığı bir tiyatro belki de.

Alkışlar dinerken ekrandaki "Halkım" yanıp sönmeye başladı. "Halkım!" İnsanlık birine halk olabilir miydi? Halkım, binlerce insana seslenmek için ne ayıp, ne çirkin bir kelimeydi. Benim diyen, sahibim diyen, severken ezen bir kelime. Halk birine ait olabilir miydi?

"Kardeşlerim!" diye seslendi Özge. Kardeş değil miydik yaratıldığımız andan beri? İnsanlık kocaman bir kardeşlikti. Unutmuştuk, ama hatırlayacaktık, zorundaydık.

"Ümit ediyorum ki, şimdi yüzleriniz gülse de aslında endişe var içinizde!" dedi Özge. Ekip başı ülkenin dilini bilmiyordu ama yardımcısı biliyordu, hemen yanına koşup uyardı. "Ne oluyor!?" dercesine ellerini açıp Özge'ye baktı, ama Özge akan yazıyı okumayacaktı. İçinde belki birkaç cümle vardı söylemek istediği ama promter'lardan yazılar okuyarak kendisine güvenen insanlara konuşan bir asalak asla olmayacaktı!

"Bu endişe çok değerli! Çünkü o, onlarca yıldır etrafınızdaki adaletsizliğe kafanızı çevirmek zorunda bırakılmış olmanın endişesidir! Etrafınızda sürüp giden yağmanın bugün artık size kadar ulaşmış olmasının endişesidir! Kurtulduğunuzu sandığınız cehaletin burnunuzun dibinde kök saldığını anlamış olmanın endişesidir! Ve çok değerlidir, çünkü değer verenlerin duygusudur endişe. Ama buraya sizin endişelerinizi dindirmek için gelmedim!... Size tutamayacağım sözler verip gönüllerinizi rahatlatmak için de burada değilim! Enflasyondan, ekonomiden, gelecekte yapmayı planladığımız bir sürü güzel projeden bahsedecek de değilim! Ve görüyorum ki hepiniz bekleyiştesiniz... Lider bekliyorsunuz! Bir lider çıksın ve taksın bizi peşine yüceltsin yine!"

Özge kendisine odaklanmış binlerce kişiye kafasını iki yana

sallayarak kürsüden inerken, ne yaptığını anlamayan yabancı danışmanlar telaşla sahne arkasında koşuşturmaya başlamışlardı bile. Ama promter'dan başkasının revize ettiği düşünceleri okumak için almamıştı bu riski. Ruhunu koymuştu ortaya, risklerin en büyüğüydü sınavı. Bana bir şans ver demişti hayata, tekrarlanan bir mucizenin lanetinde doğacağını hesaplamadan bu şansın. Ne olursa olsun, söylemesi gerekenler vardı, onları söylemek için buradaydı! Sahnenin ön kısmına doğru yürürken haykırdı.

"Size haber vermek için geldim! Beklediğiniz o lider gelmeyecek!" Halktan yükselen uğultuyu izledi kafasını iki yana sallarken. "Çünkü... artık liderler devri kapandı!"

Sahnenin bir ucundan diğer ucuna yürürken yumrukları sıkılıydı.

"Artık liderler devri kapandı! Şimdi birey olma zamanı! Liderleri takip eden sürüler değil, ne istediğini, niye istediğini bilen, sahip çıkan bireylerin devrindeyiz! Beklediğiniz o lider her birimizde hayat bulana kadar, bu yağmaya seyirci kalma cehennemindeyiz! Hakkın yenmesini, adaletin bir fahişe gibi pazarlanmasını izlemeye mahkum edileceğiz! Birlikte hareket etmeyi, sürü olmaktan çıkıp birey olmayı, kişi olmayı öğrenene kadar kişilik haklarımızdan mahrum bırakılacağız! Sürüler diğerlerini takip eder, bireylerse kimse olmasa da, tek başlarına olsalar da yapılması gerekeni yaparlar! Bu yolculukta peşimden gelecek bir sürü istemiyorum ben! Kişiler görmek istiyorum yanımda, her dinden, her ırktan, her dilden, her bölgeden gerçek kişiler! Gerçek bireyler! Yanımda olabilmek için inanıyormuş gibi yapan, özünü satan değil, inandığına, özüne, diline, dinine sahip çıkan kişiler! Farklılığından utanan değil, farklılığıyla BİZ'e güç katan gerçek kişiler görmek istiyorum! Kendisinden farklı olanı dışlayan korkak güçsüzler değil, farklılığa saygı duyan, her farklılıkta Allah'ın yarattıklarını bulan korkusuz kişiler istiyorum her adımda yanımda! Çeşitliliği kutlamak istiyorum artık bu topraklarda! Bir ormandaki ağaçlar gibi birbirimizden farklı farklı ama bir orman gibi tek olmak istiyorum! Biriz ama aynı değiliz kardeşlerim! Farklılıklarımızla BİZ olmak ve ölesiye BİZ'e sahip çıkmak istiyorum!"

Nefes nefeseydi Özge, inandığı her şeyi haykıran ruhunun suyuydu gözlerinden akan yaşlar.

"Sadakatle bağlılığınızı burada toplanarak sunduğunuz bu partinin başkanı olarak sizden beni takip etmenizi değil yanımda yürümenizi istiyorum!" dedi ve haykırdı. "Kim yürüyecek benimle birlikte!"

Dinleyenlerden yükselen coşkunun çığlığı o kadar yüksekti ki, miting alanından iki sokak aşağıdaki dönercinin dışında oturmuş Özge'nin konuşmasının çevrede yarattığı etkiyi izleyen Sadık bile duydu "Biz!" diye bağıran binlercesini. "Biz..." parayı görene kadar kulağa hoş gelen ama aslında ne de anlamsız bir kelimeydi! Parayı görünce hemen BEN oluveren bir döneklikteydi. Bir sürü insan vardı, biz diye nutuk atan ve ben diye nokta koyan diye düşünüyordu ki Özge'nin nasıl da farklı olduğunu itiraf etti her düşüncesi. Belki Biz, ancak biri her şeyi feda etmeye hazırsa hâl bulabilecek bir kelimeydi.

Telefonu çaldığında bu sefer hazırlıklıydı. Daha önce aranmayı bekliyordu, geç bile kalmışlardı. Telefonu açtı.

Rasim, "Özge Egeli'yi ve seni bekliyoruz bu akşam" deyip direkt konuya girdi.

"Tamam" dedi Sadık, bu saatten sonra oyalamaya çalışmak gereksizdi. Özge'yi başbakana götürecekti.

2. Bilge

Doğru'nun isteksizce arabaya yaklaşmasını şoför koltuğunda bekledi Bilge. Haftada bir Doğru'yu buraya getiriyor ve Ali'yle onun mekânında karşılaşma riskini sıfıra indirmek için aracını bir sonraki köye sürüp köy kahvesinde iki saat bekliyordu, sonra da gelip alıyordu Doğru'yu. Oyalanmadan da yola koyuluyordu. Buradan her uzaklaştığında nasıl Ali'nin suratına bakabileceğini soruyordu kendine. Sorular birikmiş üst üste binen ağırlıklarıyla yaraya dönüşmüştü kalbinde. Düşününce derinleşen, duyduğu utançla birleşen, görmezden geldiği, çaresiz bir yaraya... Değerini bilen birine yaptığın yanlıştan daha "cız" eden bir yara var mıydı insanın hayatında?

Can'ın şoförlerinden biri üstlenmişti daha önce bu getir götür işini ama artık Can yoktu, istese bir şoför ayarlayabilirdi onu getirip götürmesi için, nasılsa Doğru alışmıştı buraya başkası tarafından bırakılıp alınmaya ama Bilge'nin dünyanın bir yerinde huzurla yaşayan birilerini kendi gözleriyle görmeye ihtiyacı vardı... dahil olamayacağını bilse de. Hayallerinde Ali'yle konuşuyordu, zamanda yolculuk yapıp geriye gidiyordu, yıldızlara baktıkları o gece istifa ediyor ve bu çiftlikten ayrılmıyordu. Karnındaki onun çocuğu oluyordu... Can'la birlikte zamanını ele geçiren bir sürü işi de yok olmuştu. Ayrılığın acısı yerine özgürlüğü vardı kalbinde. Ama boş zamanlarında kurduğu bu hayaller ve hissettiği bu özgürlük Ali'ye yaptığı haksızlığın yanında bir uçurum gibi duruyordu. Aklına her geldiğinde, her gün, her saat, dibinde durduğu uçurumdan kafasını kaldırıp tepede duran Ali'ye bakıyordu sanki Bilge... bazen Ali çoktan gitmiş oluyordu.

Doğru arabaya bindiğinde, Bilge'ye hiç bakmadan pencereden Onur ve Leyla'ya el sallarken "Eve gitmek istiyorum" dedi.

Bilge çiftlikten uzaklaşırken önce evi özlediğini sandı Doğru'nun, "Yakında güzel bir ev bulacağız" dedi, ama Doğru Bilge'ye döndü. Konuşmadan öylece baktı. Duygularını ifade edebilecek mimiklerini kullanmayı bilse o ifadesiz suratta kızgınlık olduğuna emindi Bilge, görmediği ama hissettiği kızgınlığı yumuşatırcasına gülümseyerek, "Az kaldı, bulacağız güzel bir ev" diye yineledi ama Doğru konuşmadan öylece suratına bakmaya devam etti. Bilge gülümseyip "N'oldu?" derken Doğru aniden önüne döndü, konuşmadı ve yol boyunca da gözlerini yoldan ayırmadı.

Eti'nin evine geldiklerinde yorgundu Bilge, geleceğe hazır olmamaktan yorgundu. İlk defa şansızlığını suçlayamamaktan, yaptığı hatanın tek sorumlusunun kendisi olduğunu düşünmekten yorgundu. Göbeğine her dokunduğunda aklına Can'ın gelmesinden, aklına Can her geldiğinde Ali'yi seçmiş olsa hayatının nasıl olabileceğini düşünmekten, olasılıkların umudunu kurup, hayallerde mutluluk aramaktan, kendini soktuğu bu durumun içinde cehennemde olduğunu kabul etmemekten ve her hafta kahvede beklediği o iki saat boyunca mucize şeklinde Ali'yle karşılaşma fikrinden, karnında taşıdığı Can'ın bebeğine rağmen onunla yeniden bağ kuracağını hayal etmekten yorgundu. Kontağı kapattı, çantasını aldı, ağırlaşan bedenini arabadan çıkardı, eve doğru birkaç birkaç adım attı ama Doğru kapısını açıp inememişti araçtan. Bilge eğilip baktı ona ama Doğru gözünü yere dikmişti. Sakince arabanın etrafından dolanıp Doğru'nun kapısını açtı Bilge. Doğru kafasını kaldırıp aylar önce iki kez Can'ın önünde sorduğu soruyu dümdüz yine sordu: "Ali nerede?"

"Ali nerede?"

Bilge karın boşluğundaki basınca dayanarak yavaş yavaş dizlerinin üstüne çöktü ve gözlerini Doğru'nun gözlerinden ayırmadan "Bilmiyorum" dedi.

Doğru "Eve gitmek istiyorum" diye yineledi.

Bilge "Artık orada yaşamıyoruz. Yeni bir ev bulana kadar biraz daha buradayız. Bulduğumuz evi de seveceksin, söz" dedi.

Doğru "Ayçiçeklerini özledim, eve gitmek istiyorum" dediğinde sürekli tekrarlanan bu cümleyi ancak o zaman anladı Bilge, ev, Ali'nin çiftliğiydi.

Aklına aylardır ara ara Doğru'nun eve gitmek istiyorum dediği zamanlar geldi. Evlendikleri o gece nikâh salonunda eve gitmek istemişti, ormandaki evin inşaatında Can'ın kendisine sarıldığı o anda da Doğru eve gitmek istemişti, birlikte eşya almaya gittiklerinde de, eve taşındıkları o ilk gece uyku sersemi su içmek için kalkıp Bilge'yle karşılaştığında da, Can'la birlikte gittikleri tatilde de... Ev Ali'nin çiftliğiydi... Bilge'nin kaçıp terk ettiği yerdi ev. Ali'ydi ev.

Ayağa kalktı Bilge, arkasını dönüp Eti'nin evine yürüdü, dudakları titrerken dönemedi Doğru'ya. Ama Doğru bağırdı.

"Eve gitmek istiyorum."

Önce evinden koparmıştı Bilge onu, ilk defa evde hissettiği tek yerden ve şimdi de Can'dan kaçabilmek için üniversiteden alacaktı, aklının ciddiye alındığı tek yerden! Kendine o kadar kızdı ki arabadan tekrar bağıran Doğru'ya yöneldi kızgınlığı, çekti Doğru'yu çıkardı arabadan. Çarptı kapattı kapıyı. Doğru "Eve..." derken Bilge bağırdı: "Ben de Doğru!"

"Ben de! Ama gidemeyiz."

Ama Doğru susmadı, eve gitmek istediğini daha yüksek sesle bağırmaya başladı. Onca aydan, onca gelişimden sonra ilk krizini geçiriyordu, Bilge'nin çaresizliği Eti'nin dışarı çıkıp Doğru'yu girdiği döngüden çıkarmasıyla hafiflediyse de hayat bir cehennemdi ve Bilge sanki daha o cehennemin kapısında gibiydi, bebeğini doğurduğunda, işte o zaman içeri girecekti. Aslında Can'ın ne olduğunu bildiği halde zihnine sızmasına izin verdiği an, kendini Ali'nin öpücüğünden çektiği o an girmişti. Sadece şimdi ilk defa nerede olduğunu fark edebilecek kadar kendine gelmişti.

3. *Ada*

Sahnenin ortasındaki sandalyede oturmuş çellosunun akorduyla oynarken dayanamadı daha fazla, ayağa kalkıp boş salona bağırdı.

"Işığı kapatır mısınız!?"

Koltukların gerisinde, asma katın hemen altındaki ses ve ışık düzeneğinin yönetildiği odada birileri olmalıydı! Ama ışık kapanmadı, öbek şeklinde sandalyeyi çevreleyen ışığın hapsindeydi Ada hâlâ.

Elindeki çelloyu taşıdı önce, sonra geri dönüp sandalyesini çekerek ışık çemberinin dışına çıkarmıştı ki ışık o an kesildi. Tekrar sandalyesine oturup notaya girdi, ama elleri hafif titriyordu, boynu gergin, omurgasıysa gevşekti.

Çelloyu yere bırakıp hızla sahne arkasına geçti. Tuvalet nerede diye aranırken sahne arkasındaki kulislerden birine girdi. İçinde tuvalet vardı neyse ki. Kapıyı kilitleyip bir tutam döktü başparmağının köküne, çekti. Buraya gelmeden önce de yedi çizgi çekmişti, dördüncü çizgide durdurdu kendini, bu kadarı şimdilik yeterdi. Tugay'dan aldığı tüpün ikisi şimdiden bitmişti. Tugay'ın bağlantısına ulaşması şarttı!

Sahneye geri döndüğünde ışık yine yanmıştı, üstelik bu sefer zahmetle kenara taşıdığı sandalyenin üzerine kaydırılmıştı. Sinirle "Kapatın şu ışığı!" diye bağırırken sahnenin gerisinden çıkan işçiler şaşırdılar. Eğer on saniye içinde ışık kapanmazsa bu spotu söküp o odadaki ışıkçıya takacaktı, dişlerini sıktı. "Çalışmak için geldim! Akustiği ölçüyorum" dedi. "Yalnız kalmam şart!"

Taşıdıkları kumaşa sarılmış şeyi sahnenin ortasına bıraktı işçiler, biri sahnenin tepesine takılması gereken son parçanın bugün takılacağını, onlar işlerini bitirdikten sonra Ada'nın çalışmasına başlayıp başlayamayacağını sordu. Ayağa kalktı Ada, kızgın, dikti gözlerini, beden işi yapanları ezmek bu ülkede âdetti. Ezilmeye alışık işçi hemen geri çekildi, ne kadar zamana ihtiyacı olduğunu sordu işçilerden en öndeki. "Üç saat sonra gelin!" dedi Ada, aslında işi bir saatte bitecekti. Nihayet hepsi gitti.

Sahnenin sadece geri ışıklarının yumuşak sarılığında oturdu sandalyesine, aslında karanlıktaydı, çellosunu bacaklarının arasına alıp derin bir nefesle girdi notaya. Çellosuyla Franz Schubert'in *Serenade*'ını çalmaya başladı. Bedeni nihayet bütünleşti çelloyla, gözlerini kapadı ve Bach'ın Cello Suite No.1'ine geçti.

Ertesi gün olacak gösteriden önce çalışmak için ikinci gelişiydi bu sahneye. Avrupalı bir grupla sahneye çıkacağını bilmek bir yıl önce olsa onu heyecanlandırırdı ama artık içinde zerre kadar heyecan kalmamıştı. Yarın akşam sahneye Duru ile çıkacağını ve yerde kumaşa sarılı duran o heykelin Duru'ya ait olduğunu bilmeden provasını tamamladı.

4. Göksel

Yahya Kuçuroğlu, emniyet müdürünün şoförlüğünden, daha tek bir bina dikmemiş bir inşaat şirketinin şoförlüğüne uzanan bir hayatın sonunda olduğunu bilmeden, tıktı ağzına dürümünün son lokmasını. Para ödemeden kalktı masadan, Yahya'nın gelip gidişlerine, para ödemeyişlerine alışık garsonlar hürmetle selamladılar onu. Her akşam buraya geliyor, canı ne isterse yiyor ve iki sokak aşağıdaki evine yürüyordu. Bir aydır takipteydi Göksel, yakalanırsa ipinin çekileceğinden emindi. Belki adliyedeki hadisede araştırıp kimseyle bağlantısı olmadığını anladıkları için yol vermişlerdi, sadece evini basıp köpeklerini öldürerek. Ama bu adamı takip ettiği anlaşıldığı anda ipi çekilecekti. Topladığı çöpleri arabasına istiflerken, Yahya'nın sokağın köşesinden dönüp gitmesini bekledi. Onu takip etmeyecekti, zaten nereye gideceğini biliyordu, hatta eve nasıl gireceğini de.

Bölgedeki çöpleri toplamaya devam etti, parka vardığında marketin önündeki demire bağladığı Kız'ın etrafındaki dünyanın varlığına tepkisiz yatışına baktı. Hissedebilse üzülürdü ama duygu yoktu Göksel'de, sadece görev vardı. Adamla karşı karşıya geldiğinde Kız'ın verdiği tepkiden ne yapması gerektiğini anlamıştı. Terapi yapacaktı Kız'a ve eğer işe yaramazsa...

"Kız" diye seslenmek istedi eve her girdiğinde seslendiği gibi ama vazgeçti, yanına yürüdü, ipini çözerken kafasını kaldırdı Kız, ona baktı... Bu bakış bile hiç kafasını kaldırmamasından iyiydi. Sakince çöp arabasının yanına geri yürüdüler ve parkın kıyısından, Yahya'nın evine doğru ilerlediler.

Çöp arabasının içine koyduğu küçük torbadan köfte çıkardı Göksel, sokaktaki köfteciden almıştı ama Kız sadece koklayıp kafasını çevirdi. Göksel de ileride açlıktan bayılmak üzere olan köpeğe verdi köfteyi. Taksi durağına geldiğinde duraktaki adamdan karton arabasını köşeye koymak için şivesini değiştirerek izin istedi, adam suratına bakmadan, gözlerini izlediği maçtan ayırmadan kafasını salladı.

Göksel Kız'ı da alıp Yahya'nın sokağına vardı. Apartmanın kapısı her zaman kapalıydı ama yan apartmanın kapısı hep açıktı. Kız'ı kapının önündeki elektrik direğine bağladı ve yan apartmana girdi, alt kata inip kazan dairesinin penceresinden kapıcının bahçesine geçti. Maça dalmış kapıcının duvarından yan bahçeye atladı. Bahçe katının demir parmaklıklarına basıp kendini balkona çekti. Simsiyah giyinmişti, bir gölge gibi ilk katın balkon demirine çıkıp ikinci katın betonuna tutundu ve bedenini yukarı çekip ikinci kata tırmandı. Evde birileri... anne oğul kavgadaydı. Delirmiş bir şekilde birbirlerine bağırıyorlardı. Odada değil, koridordaydılar, karanlık odanın penceresinin derinliğinden baktı onlara, sonra bir sıçrayışta kendini üst kata çekip tırmandı. Üçüncü kattaydı. Arkadaki balkona açılan iki oda da karanlıktı. Balkon kapısı aralıktı. Daha önce iki kere çıkmıştı buraya, ilkinde kapının gıcırdamasını kontrol etmişti, ikincisinde de zeytinyağı getirip pamukla menteşelere sürmüştü. Cebinden çıkardığı plastik eldivenleri giydi. Ses çıkarmamak için ayakkabılarını ve adamı kovalarsa ayakları taş zeminde kaymasın diye çoraplarını çıkardı. Yavaşça geçti aralık kapıdan, ütü masası ve gardırobun bulunduğu boş bir odaydı burası. Salona uzanan koridora çıktı, karşıdaki yatak odası boştu. Salona doğru ilerlemeye başladı... kapı çaldı!

Sakince geri geri boş odaya yürüdü, birileri odaya yaklaşsa hemen balkona geri dönüp gizlenecekti. İçeride tetikte bekleyip gelenin kim olduğunu dinledi... Bir kadın... Rus aksanıyla konuşmaya başladı adamla. Ama içeri gelmediler.

İçeriden inlemelerin gelmesi ve sesin kesilmesi sekiz dakikadan az sürdü. İnsanların dakikalar içinde biten bu sevişme işini bu kadar önemsemesi insan hayatının en büyük anormalliğiydi. Bu kadar kısa süren bir duygunun nasıl bu kadar uzun süre peşine düşülüyordu. Bir ara Yahya yatak odasına yürüyünce Göksel geri çekildi balkona. Yahya salona geri döndükten birkaç dakika sonra kadın gitti. Kapının kapanmasının ardından biraz bekledi Göksel, sakince çıktı odadan, yalın ayaklarının üstünde emin adımlarla seri bir şekilde ilerledi.

Altı tamamen çıplak, üstünde gömleği, bir elinde cüzdanı, diğer elinde telefonuyla salondaki masanın yanında dikiliyordu Yahya, telefonunun ekranında bir şeye bakıyordu. Hemen geri mutfağa çekildi Göksel, telefonu bırakmasını bekleyecekti.

Kendini zorlayarak esnedi Yahya, yıkanmalıydı. Bu kadar yorgun hissedip hâlâ uyumak istememek nasıl bir lanetti! Yattığında saatler sürüyordu uykuya dalması, beyni bir türlü kapanmıyordu. Uykusunda bile düşünüyordu. Okuduğu bir haber, birilerinin anlattığı bir fıkra, aptal bir şarkı takılıyordu kafasına ve uyumaya çalışırken beyninde versiyonlara dönüşüyordu bu aptallıklar. Epifiz bezinin kireçlendiğini bilmeden boğuşuyordu uykuyla.

Telefonunu ve cüzdanını masaya bırakıp köşeye attığı kullanılmış prezervatifi aldı, koridordan banyoya doğru yürürken önünden geçtiği mutfakta bir şey olduğunu hissetti ama bu arada banyoya gelmişti, prezervatifi tuvalete atıp sifonu çekti. Geri döndü mutfağa, ışığı yaktı, kimse yoktu. Su doldurdu çeşmeden ve musluk suyunun içine yüklenmiş onlarca zehre, özellikle epifiz bezini kireçlendiren florüre aldırmadan bir bardak suyu içti. Bardağı yerine koydu. Koridora çıktığında telefonu çalıyordu, açmayacaktı, tereddüt etmeden banyoya yürümeye devam etti. Telefon sesi kesildiğinde banyoya girmişti bile, gömleğini çıkarırken fark etti: Niye duş perdesi kapalıydı? Kendisi asla perdeyi kapatmazdı.

Perdeyi açtı bir hamlede gardını alarak! Küvet boştu.

Arkadan sessizce yaklaşıp kolunu boynuna dolayarak sıktıkça sıktı Göksel... Yahya yere düştüğünde kendi bedenine bir kez doladığı koli bandını koparıp eline aldı, Yahya'nın önce ağzını bantladı, sonra ellerini arkadan sabitledi, ayaklarını çapraz yapıp bandı doladı. En son gözlerini de bantladı. Yahya, banyonun zemininde, uyansa bile hareket edemeyecek şekilde bırakılmıştı.

Balkona geri döndü, çoraplarını ve ayakkabılarını alıp sakince giydi ve balkon kapısını kapattı. Masanın üstündeki telefonu elindeki peçeteyle sessize aldı. Delikten bakıp apartmanda birisinin olup olmadığını kontrol etti ve anahtarı alıp yavaşça açtı kapıyı, ışıkları yakmadan merdivenlerden üç kat indi. Sokak kapısına yaklaşıp bekledi, sokak sessizdi. Kapıyı açtı. Kız kapının önünde öylece beklemekteydi, ipini çözmek için ona yaklaştığında Kız aniden kafasını kaldırdı sonra ayağa fırlayıp Göksel'in kolunu kokladı, hırladı, kokladı, hırladı, koklamaya devam ederken Göksel bir hamlede ağızlığı taktı. Onu kucağına almayı planlamıştı ama gerek kalmadı. Kız ayaklanmıştı.

Apartmanın zifiri karanlığına rağmen ikişer üçer çıktı Kız merdivenleri, peşinde kendisine yetişmek için acele eden Göksel'i beklemedi. Yahya'nın kapısına geldiklerinde kız hırlamaya başlamıştı ama neyse ki ağızlık vardı, hırlaması havlamaya dönüşemiyordu. Telefonun ışığını kullanarak açtı Göksel kapıyı, tam içeri girerlerken apartmanın ışığı yanmıştı. Birileri yukarı çıkmaya başlamıştı.

Göksel kapıyı kapatıp delikten gelenin kim olduğuna bakarken Kız evin içinde dört döndü. Merdivenleri çıkanlar katı geçip yukarı yönelince çekildi delikten Göksel ve koridorda dikilip Kız'ın yeri koklaya koklaya kapalı banyonun kapısına burnunu dayamasını izledi. Hırladı Kız, havlayamadığı için hırlamaları ittirse de bir türlü açılmayan kapının çaresizliğinde sızlanmalara, viyaklamalara dönüştü, kafasını kaldırıp Göksel'e baktı... gözlerini Göksel'den ayırmadı... Göksel kapıya doğru bir adım attı ve ilk defa kuyruğunu sallamaya başladı Kız, çaresizliğinden kurtulmanın umuduyla.

Açtı kapıyı Göksel ve saldı onu içeri, Kız'ın ağzındaki ağızlığa rağmen, ayılmış yerde yatan, her yanı bantlı çıplak Yahya'yı ısırmaya çalışmasını izledi.

5. *Özge & Şaban Meydanoğlu*

Susmak için daha fazla dişlerini sıkamayacaktı, Sadık'ın tembihlemelerinin de canı cehennemeydi, burada oturup Sadık tarafından bir parazit gibi suratına yapıştırılmak zorunda bırakılmış bu gülümsemenin altında kendisine söylenen saçmalıkları dinleyemeyecekti, kelimeler resmen sıkılı dişlerinin direncini kırıp çıktılar.

"Gelişmişlik! İnsan hayata en büyük zararı, başkasına söylediği yalana inanmaya başlayınca verir. Nasıl geliştik biz?! Hukukun bittiği, tek bir kişinin dahi hakkını arayamadığı, en basit davanın üç yıl sürdüğü ve sonunda takipsizlikle sonuçlandığı, hâkimlerin parayla satın alındığı, hakkın pazarlandığı bir ülkeyiz. Halk birbirinden nefret eder durumda! Kitle kitle bölündük ve..." derken elini masaya vurdu Şaban Meydanoğlu.

"Tüm bunların yeni mi olduğunu sanıyorsun! Şimdi mi görüyorsun! Yirmi yıl önce satılık değil miydi o hâkimler! Davalar sürmüyor muydu yıllarca! Hak pazarlanmıyor muydu! Yüzlerce yıldır burada yaşamış binlerce insanın bir gece içinde evlerini bırakıp kaçmak zorunda bırakıldığı bir ülke burası! Rumlara ne oldu sanıyorsun! Ama gücüne gitmiyor! Gece yarısı evin basılmadığı, baban dövülmediği, ablana tecavüz edilmediği için canın acımıyor, içinde bir yerde ne olmuşsa olsun diyorsun, evleri bize kaldı oh diyorsun! Başına bağladığı örtü yüzünden hastaneye alınmayanların ülkesiydi burası, devlet kurumlarına giremedikleri için hayvandan bile daha değersiz görülenlerin ülkesiydi burası! Asıl senin o naralarını atmak için sabırsızlandığın milliyetçiliğin bu ülkede kendisinden farklı ne varsa yıkıp geçti!"

"Abartıyorsunuz!" diye lafa girdi Özge, kendisine sus diye bağıran Sadık'ın bakışlarını yıkarcasına ve zihninde "konuşma" diye çalan alarmları susturucasına ama Şaban şakağında beliren damarının kan pompaladığı gözlerinin içindeki alevle devam etti.

"Abartmıyorum!"Abartmıyorum! Sana yaşadığımı anlatıyorum! Böylesinizdir siz, başınıza gelmeyince yok sayarsınız! Saçın açık diye alınma bakalım bir kuruma! Uğradığım haksızlığa sen uğramış olsaydın şimdi vücuduna bağladığın bombalarla basardın burayı! Sana 10 yıl önce olan ama şimdi olmayan şeyleri söyleyeyim Özge Hanım, onları da ekle listene. 10 yıl önce anasından öğrendiği dili konuşmakta ısrar etti diye biri kayboluyordu doğuda bir yerlerde! Gözaltına alınanlar pencereden düşüyor, gözaltındayken yok oluveriyorlardı! Sınırdaki ağanın eline silah verip kendi vatandaşını ona öldürtüyordun! On yıl önce cahillik, eğitimsizlik suç sayılıyordu bu ülkede, cahilsin diye dayak yiyordun polisten ve yine cahilsin diye konuşamadığın düzgün diline bakıp adam yerine asla konulmuyordun, savcıya bile gidip hakkını arayamıyordun! Kitle kitle bölünmüştük zaten! Sadece bir taraf o kadar bastırılmıştı ki bağırsa da sesi çıkmıyordu! Tüm bu olanlar senin başına gelmiyordu Özge Hanım, kayırılmıştın! Gittiğin o pahalı okulun bahçesinde, sokakta ayakkabı boyayarak yaşamak hatta ailesini yaşatmak zorunda olan çocuklardan, devlet kurumlarına girebilmek için başörtüsünü çıkarmak zorunda kalan teyzelerden haberin yoktu. Şimdi var! Nasıl haberin oldu?! Çünkü biz onlara, senin görmezden geldiğin, umursamadığın, bakınca burnunu kıvırdığın o canlara ses olduk! O yüzden buradayız! Bizim halkımız onlar. Seninkiyse kendi keyfi bozulmasın diye kanal değiştirir gibi fikir değiştiren, kafasını çeviren züppeler sürüsü! Gelişiyoruz tabii! Makyajın altına saklanmış tüm sivilceler yüzeye çıktı şimdi, ama hep oradaydılar, sadece sen daha yeni görüyorsun! Başkanı seçildiğin partinin oy verenlerini bir inceleseydin o zaman direniş dedikleri şeyin bilgisayar başında sadece parmaklarıyla yaptıkları bir saçmalık olduğunu anlardın!"

Susmak istiyordu, susması şarttı, Sadık'ın sıkı tembihlemelerinin, tüm planların dışına çıkmıştı siniriyle, söyledikleriyle. İltihabından besleniyorsun diye bağırmak istedi ama iltihapta yaşayan bir bakteriye doğasını haykırsan ne değişirdi ki! Yanlışlar yanlışları doğurmuş, doğru zayıflarken yanlışlardan beslenenler güç bulmuştu! Hakkı vardı söylediği şeylerde ama geçmişin haksızlığından beslenip yeni haksızlıklara yataklık etmek asla kabul edilemezdi! Sadık'a kaydı Özge'nin gözleri, yüzü nasıl da sancıyla çaresizdi. "Ne yapıyorsun sen! Niye konuşuyorsun, ne konuşuyorsun!" der gibiydi. "Sus artık" diye yalvarır gibiydi.

Özge Şaban'a baktı ve girdiği karanlık, çıkmaz sokaktan geri dönercesine "Ne istiyorsunuz benden?!" dedi. Bu gereksiz tartışmayı daha fazla uzatmayacaktı. Buraya uzlaşmaya gelmişlerdi ama bir çizginin farklı uçlarında duran iki kişi nasıl birleşsindi! O birleşmeye hayatın Pi'si gerekti.

Şaban böyle birini beklemiyordu, karşısında kibar kibar oturup kamufle oyunları oynayacak, hürmet gösterecek, yalancıktan tebessümlerle güven vermeye çalışacak, hatta yandaşmış gibi davranacak birini bekliyordu. Karşısına gelen herkes gibi olacağını düşünmüştü Özge'nin de, ama aynı seyrettiği o virallerdeki gibiydi Özge, deliydi. Akıllı bir deli. Düzeni değiştirecek delilikte biri.

"Sen ne istiyorsun?" dedi Özge'nin içinde yanan ateşin yıllar önce kendi bedeninde de alev aldığını bilmenin yorgunluğuyla. Keşke ona anlatabilseydi, keşke tüm dünyaya anlatabilseydi, doğruyu yapmak, hakkı korumak için çok çabalamıştı, doğruyu yapmak kolay olmuyordu, bazen yalanlar söylemek, bazen biraz olayı anlaşılır kılmak farz oluyordu. İnsanları kontrol etmek şart oluyordu. Yalanlar başka yalanları doğuruyor, kontrol eden insanlar karşılığında hep bir şey istiyorlardı. Adaletin olabilmesi için adil olmak yetmiyordu, biraz kurnazlık gerekiyordu. Herkesi aynı anda mutlu etmek bir sürü manevra gerektiriyordu, bazen hak için hak yemek gerekiyordu, ama sustu ve sorusunun cevabını bekledi Şaban, bunca yıldan, bunca ikiyüzlülükten, bunca ihanetten sonra anlatmaktan vazgeçmişti. Herkes kendisi yaşayıp görecekti.

Özge bir an durdu, gözlerini Şaban'ınkilerden ayırmadan. Sonra Sadık'a dönüp baktı, yıllar önce ona "Adalet" demişti bu soruyu kendisine sorduğunda. "Adalet dünyayı altüst edebilecek kadar güçlü, asla var olamayacak kadar da güçsüz bir duygudur. Gelmesiyse bir mucize kadar nadirdir" diye cevap vermişti Sadık. "Mucize" dedi Özge, Şaban'ın hiçbir şey anlamayacağını ama Sadık'ın anladığını bilerek ve sonra devam etti.

"Bir daha asla kimsenin kayırılmamasını istiyorum! Senin kayırdıklarını kayırmaktan vazgeçmeni istiyorum! Hukukun hakka adanmasını istiyorum! Kimin hakkı olursa olsun haklı olanın kazanmasını istiyorum! Hakkı yendiği için çaresizlik içinde yardım arayan insanlar olmasın istiyorum!" dedi elini yumruk yapıp masanın üstüne sakince koyarken. "Gözündeki o nefretin silinmesini ve getirildiğin göreve bu ülkede yaşayan milyarlarca insanın her birinin iyiliğini yapmak için, hizmet etmek için getirildiğini hatırlamanı istiyorum!"

Ağzını açtı bir kez ama konuşmadı, hemen kapattı. Gözlerini Özge'den ayırmadan öylece baktı ona. Masaya vurduğu yumruğu, kızın masaya koyduğu yumruğunun tam karşısındaydı. Sinirlenmek istedi. Ama insan böylesine samimi birine sinirlenemezdi. Söylediği şeyler için buradaydı, çok belliydi. Hesapsızdı. Bu yüzden sicilinde onca taramaya rağmen bir şey çıkmamıştı. Bu yüzden dinledikleri telefonlar da bomboştu çünkü kız gerçekti.

Buraya gönderilmemiş, adalet istediği için gelmişti... Bunlar en tehlikelileriydi, asla vazgeçmezlerdi.

Şaban aniden sakinleşip bir süre öylesine baktıktan sonra geriye yaslanırken, "Hangi uçakla gittin Washington'a? Jet miydi?" dedi.

Kontrolsüzce kaşları çatıldı Özge'nin, Sadık'a baktı ama Sadık önüne bakıyordu. Özge karar verdi, cevap vermeyecekti.

Şaban, "Jefferson Hotel'de mi kaldın?... Seni de kollarını açıp mı karşıladılar? Dünyaya yardım etmek istediklerini mi söylediler?" dedi.

Duyduğuna inanamadı Sadık! Kafasını yerden kaldırıp önce Şaban'a sonra Özge'ye baktı. Özge'nin hızlanan kalbi öyle atıyordu ki, göğüs kafesindeki ritim buradan bile belli oluyordu. Sadık hata yapmıştı onu buraya getirerek. Şaban'ın bu kadar açılacağını, Özge'nin de tembihlendiği gibi köşesinde oturup gülümsemeyeceğini tahmin etmeliydi. Kibriti aleve tutmuş ateş almamasını beklemişti. Ama maskeler düşmüştü. Dünyası sarsıntıdaydı.

Şaban son darbeyi indirdi.

"Bizim Murat Bey iyi tanır onları. Bizim yolculuğu anlatmadı mı size?"

Özge aniden ayağa kalktığında bir an bile bakmadı Sadık'a. Sadık yok olmak istedi. Şaban bunu ona nasıl söyleyebilmişti? Yıllardır sakladıkları sırrı nasıl böyle ifşa edebilmişti!

Ayağa kalkan Özge'den gözlerini ayırmayan Şaban çok sakindi. "Uzun süredir aklındakileri söyleyen biriyle konuşmamıştım. Hemen gidecek misin Özge Hanım? Söylemek istediklerim henüz bitmedi" dedi.

"Buyrun söyleyin" diye karşılık verdi Özge, zihni allak bullaktı, çaresizliği gizlemeye çalışmak ne zordu!

Şaban da ayağa kalktı, Rasim ve Sadık da hemen ayaklandılar. "Gel yürüyelim şöyle" dedi diğerlerine eliyle bekleyin işareti yaparken.

Odadan çıktılar. Saray'ın en alt kattaki büyük salonu gören asma kat şeklinde düzenlenmiş iç balkonunda yürümeye başladılar. Üçüncü kattaydılar. Şaban "İlk ne yapmayı düşünüyorsun başbakan olunca?" dedi, ani bir sakinlik ve mucizevi bir anlayış vardı sesinde.

Özge "Başbakan olmayı düşünmüyorum" diye cevap verdi.

Şaban hafifçe güldü, tam konuşacaktı ki Özge bakışlarını ona çevirmeden lafa girdi.

"Muhalifi olmayan bir otorite yoldan çıkar, görevini unutur" dedi ve durup Şaban'a döndü. "İlk yapmayı planladığım şey iyi bir muhalefet olabilmek." Çok ciddiydi. Şaban'ın gözlerine bakıp "Çok yalnızsınız" dedi..

Çok yalnızsınız. Uzun süredir kendisine söylenmiş en gerçek cümleydi. Yapayalnızdı Şaban, her saniye kendisine yalnız olmadığını, arkasında milyonlarca insan olduğunu söylese de çok yalnızdı. Her şeyi kontrol etmek, herkesi yanında tutmak için motive etmek, her sabah kalkıp savaşmak, hayatı savaşarak yaşamak, savaşı yaşamak, yaşamla savaşmak... diye düşünürken, "Savaşmak için doğmadık. Anlamak için buradayız. Tek başımıza kaldığımızda, karakteri bizden daha zayıf olanlardan akıl almaya başlayıp sürekli onaylandığımızda kendimizden uzaklaşırız... kendinden uzaklaşan herkes için savaşa döner hayat" demişti Özge.

İlk defa Sadık'ın gördüğü ve Özge'nin gözlerinin içine, onun samimiyetine bakan herkesin göreceği şeyi gördü Şaban: İyilik. Katıksız, karmaşasız iyilik. İnsanın tüm paranoyaklığını söküp alan bu iyilik, aç olan birini besleyen birinin iyiliği gibi romantik değildi, hak için kendini feda edebilecek birininki gibi kararlıydı. İyiliğin kararlılıkla hal bulması sık olur bir durum değildi. İyiler hep biraz ezikti, hep biraz fazla anlayışlı, hep biraz kabul etmeye, ikna edilmeye hazırlardı ama bu kız öyle değildi. Ya yapacak ya da uğrunda yok olacaktı.

Omuzları düştü Şaban'ın yüzü önüne dönerken. "Sizi geçireyim" dedi, yenilmiş gibiydi. Özge'nin kararlılığı değildi onu yenen ya da Amerika'dan aldığı destek de değildi, seçimleri kazanabilme olasılığı hiç değildi. Zaten kazanması mümkün değildi, yenilmişti çünkü kendisi vardı karşısında. Yola çıktığında halka ettiği yeminleri eden kişi şimdi Özge'nin bedeninde yanında yürümekteydi. Kendisinden uzaklaştığını hatırlatabilmek için hayat sanki ona kendisini göndermişti. Yenilmişti, Özge'nin gençliğinde kendini gördüğü için değil, Özge'nin yaşlılığında kendini göreceği için... Kararlı bir iyilikle yola çıksa da onun da yenileceğine emindi, kendine yenilecekti. Bir şeyleri değiştirmek için kontrol etmeye çalışacak, yapılması gereken şeyleri yapabilmek için küçük yalanlarla, örtbaslarla adım adım girecekti o bataklığa, kendisinin şimdi beline kadar saplanmış olduğu bu bataklığa. Sonra o da özünü hatırlatan bir gencin karşısında kendini böyle yenilmiş hissedecek ve susacaktı aynı şimdi kendisinin yaptığı gibi... aynı yıllar önce partisine girip her şeyi elinden aldığı adama yaptığı gibi.

Sessizce yürüdüler. Çıkışa geldiklerinde Sadık ve Rasim dışarıda beklemekteydiler. Rasim'in suratındaki nefret, Sadık'ın suratındaki sıkıntıyla eşleşince pek fark edilirdi. Gerçekliğe o an dönmüş gibi derin bir nefes aldı Özge, Şaban'a dönüp, "Allah hata yapmaz!" dedi aniden ve Şaban'ın karışan ifadesinden gözlerini ayırmadan devam etti.

"Her oluşun hizmet ettiği bir gelişim vardır. Benim bu topraklarda doğmam, sizin başbakan olmanız gibi... her şeyin bir nedeni, her nedenin hayata bir hizmeti var. Hiçbir şey gereksiz değil. BİZ'e giden yolda ne gerekiyorsa yaşayacağız. Uyanışımın... uyanışımızın, BİZ'in vesilesi olduğunuz için kabul etmek zorundayım ki size minnettarım."

Şaban kendisine duyulan minnetin iğneleyiciliğine, varlığını ağırlaştıran etkisine rağmen elini uzattığında, "Sana yardım için buradayım Özge Hanım. Kendini koru. Bugün dost olanlar yarın gardiyanın olacaklar" dedi. Tokalaştılar. Ayrıldılar... ait oldukları uçlara doğru.

Helikoptere doğru ilerlerken, Şaban'ın adamlarından biri yetişti, kâğıdın üzerine yazılmış bir telefon numarası verdi, Şaban Meydanoğlu'nun direkt hattı olduğunu belirtti ve gitti. Helikoptere bindi Özge birazdan çakılabileceklerini düşünerek ama önemli değildi, düşse de hiçbir şey değişmeyecekti, çünkü yalnız değildi. Kendisinin ve kendisi gibilerin neden bu topraklarda doğduğunu anlamıştı. Görevliydiler. Yıllar önce buraya indirilen değerlerin dünyaya yayılması için, insanlığın BİR olduğunun fark edilmesi için buradaydılar. Çabaya geçmek zorundaydılar. İnsanlığın BİZ'i anlamasının vakti gelmişti.

6. Deniz

Kitabın sayfasını çevirdi Deniz:

İzlemek zorunda bırakıldığı bu dehşetin etkisiyle bakışını kameranın objektifine çevirdi Sonje ve gözlerinden süzülen duygular sese dönüştü:

"Kendini herkesten daha akıllı gören, hayatın sana verdiği şansı üstünlük zanneden, senden daha azıyla yetinmek zorunda olanların gözüne gözüne fazlalıklarını sokan sen! Zavallı sen... Kendini koyduğun o en yüksekteki yerle, tepesine çıkıp ezdiğin o

*en alttaki arasında asla kopmayacak bir bağ olduğunu bilmeyecek kadar cahil, hep kendine isteyecek kadar da arsızsın. Bu kadar öğrenmişliğinin, sözde eğitilmişliğinin, bilmişliğinin yanında hiçbir şey yapmayarak, kendi türüne zırnık kadar katkıda bulunmayarak nasıl da ihanet seversin! BİR'in parçası olduğunu unutmuş, kaybolmuşsun! Ama artık ruhunu saran o kirlenmişlikle yüzleşmenin zamanı geldi, ya yüzleşeceksin ya da hayat seni asla affetmeyecek! Varlığın lanetlenecek!" Ülkenin tüm televizyon kanallarında yankılandı Sonje'nin söyledikleri. Artık uyanmanın vakti gelmişti. Çünkü kıyametti.***

Kitabı kapattı Deniz ve uzandığı yerden doğruldu, başını kaldırıp odasının tavanına dikti gözlerini. Hayat her an yüzleştiriyordu aslında bizi kendimizle. Yaşadığımız her sıkıntıda, her hayal kırıklığında, her köşeye sıkışmışlığımızda fark etmemiz gereken, düzeltmemiz gereken bir yönümüz yüzümüze vuruluyordu. Keşke öyle yapmasaydım dediğimiz anlar, iyi ki dediklerimizden fazlalaşınca dengemiz kalmıyordu. Hayatı yasını tutarcasına yaşamaya başlıyorduk. İşte bu yüzden her deneyimimiz kutsaldı çünkü o deneyimler aracılığıyla konuşuyordu hayat bizimle ve analizini yapabildiğimiz kadarını anlayabiliyorduk.

Ne yazık ki, bir sürü acı dolu deneyimin içinde travmalarla doluydu insanlık tarihi... Acı çekmeden kendimizle yüzleşmeyi hâlâ öğrenememiştik. Çekilen acı, öğrenilen bilgiden önce tutulduğu sürece de yüzleşemeyecektik. Eğlenceye saklanacak, oyalanacaktık, ta ki hayatımız yasını tuttuğumuz bir geçmiş olana kadar. Deneyim çok değerliydi ama seçilebildiği sürece.

Peki seçebiliyor muyduk deneyimlerimizi?

Evet, sonuçta istemediğimiz şeyler yaşamamız, isteyerek seçtiği-

---

* *Eden*, Azra Kohen (2016)

miz diğer deneyimlerin uzantısında oluyordu. Bir kapıdan giriyorduk ve girdiğimiz odanın içinde onlarca kapıdan bir tanesini yine seçiyorduk. Bazen seçme zorunda hissediyorduk ama o zorunluluk kendimizi kandırmışlığımızdan ya da diğerlerinin bizi kandırmasından gelmiyor muydu? Pes edenler, kendi seçimlerini diğerlerine teslim edenler sonunda hep o kendi yasını tutanlara dönüşmüyor muydu?

Zaman geçtikçe öğretiler çoğalıp deneyimler ağırlaştıkça her seçimimizin değeri daha da ortaya koyuyordu kendini. Aklına Duru geldi, can sıkıntısının merakla karıştığı o tuhaf duyguda Can'a gittiğini söylemişti ağlarken, fırtınalı bir okyanusta yüzmek gibiydi onun deneyimi... Ama onu değiştirmiş, ona öğretmiş ve kendiyle yüzleştirmişti, aynı kendi yaşadıklarının alışkanlıklarını silkelemesi gibi Duru da kendisine gösterilen ilgide var olmaya çalışmanın, o ilgiden beslenmeye çalışmanın tehlikesiyle yüzleşmişti... O da uyanmıştı, belki... Uzun süredir ilk defa geliyordu aklına, ayağa kalktı Deniz, Sokak'ın salonuna bakan penceresinden geceye hazırlanan müzisyenlere baktı. Koltuğa oturup yine kitabını açtı, okumak için biraz daha vakti vardı ama sayfası karışmıştı, açtığı sayfada parmağının ucundaki satırları okudu:

> *Babam hep insanın öğrenmek için yaratıldığını, öğrenerek bir gün evren mimarı bile olabileceğimizi, bazı ırklar kadar çok güçlü olmasak da potansiyelimizin sınırsız olduğunu söyler. Sınırın sadece aklımızda olduğunu, aklındaki sınırı aşan değil, açan varlığın Hakiki İnsan olacağını söyler. Aklımızı evrenin bize sunduklarını anlamaya, öğrenmeye hazırlamak için uyandıktan hemen sonra, güne başlamadan önce bir saat sadece düşünürüz. Limonlu ılık suyumuzu içer ve düşünürüz ama olayları değil sadece olguları düşünürüz, çünkü düşünmek var olmaktır.**

* Eden, Azra Kohen (2016)

7. Sadık & Özge

Yol boyunca kendisine bir kez kafasını çevirip bakmamıştı Özge. Cehennemde hissetmişti Sadık. Şaban'ın kendisinin de Washington'a gittiğini itiraf etmiş olması inanılır gibi değildi. Hem de otelin adına kadar detaya girmişti.

Uçuş boyunca Özge'nin sessizliği, kendisine bir kez dahi dönmeyen gözlerinin eksikliği, helikopter iner inmez kafasındaki kulaklığı atıp aşağı inmesi ve uzun adımlarla uzaklaşıp gitmesi... cehennem pişmanlıklarımızın cennetiydi.

Gölün kıyısında yürümüş, onunla karşılaşmak için sessizce her gölgeyi kovalamıştı Sadık ama yoktu Özge, belki çekip gitmişti ve bir daha geri gelmeyecekti. Buna asla izin veremezdi! Kurduğu her şeyi onun için yıkmaya hazırken izin veremezdi!

Evinin çatısında tünediği köşede gözlerini misafir evinden ayırmadan bekledi... saatler geçmişti ama Özge dönmemişti.

O inatçı kafası kabul etmeyecekti hayatın gerçeklerini. Bir almak için üç vermek gerektiğini, binlerce yıldır medeniyetlerin bu hesap üzerinde kurulduğunu, insanlığın hakkın yağmalanmasıyla insanlık olduğunu, insanlık için insanı kurban etmek gerektiğini anlamayacaktı... Peki nasıl koruyacaktı Sadık onu? Eğer destek almazlarsa, sistemin tam karşısında dimdik durmuş bir hedef gibi dikilirlerse nasıl koruyacaktı onu? Bunları düşünürken kendisini de Özge'nin dikildiği o tehlikeli yerde hemen onun yanı başında hatta önünde gördüğünü fark etti. Bugünkü toplantıda hükümete karşı maskesi düşmüştü, Özge Washington'un desteğinden çıkarsa ilk işi bitecek kişi kendisiydi. Ama Özge desteği alıp sisteme karşı olmaya devam ederse Sadık'ın işi yine bitecekti! Kendisini seçmişlerdi, Özge'yi kontrol edebildiğini düşündükleri için ama asıl kontrol edenin Özge olduğunu anlamaları an meselesiydi...

İçine dolan adrenalinle ayağa kalktı. Nasıl olmuştu da sıkışmıştı bu köşeye! Özge'nin güçle, parayla sisteme katılacağını, yumuşayacağını düşünmek ne büyük salaklıktı! Ateş üfledikçe güçlenirdi, Özge'nin vazgeçmesi hayaldi. Öleceğini düşündü onun, kesin öldürülecekti! Tekme attı biraz önce oturduğu sandalyeye ve sandalye uçup çatının yarım duvarına çarptı. O sırada misafir evinde yanan ışıkla kendi karanlığı da aydınlanmıştı.

Telaşla indi aşağıya, Özge'nin geri geldiğini niye kendisine haber vermediklerini anlamak için telefonuna bakarken, bir sürü arama gördü. Güvenlik aramıştı ama Rasim'in aramaları daha fazlaydı, telefonu sessizde, fikri Özge'de kaldığı için görmemişti aramaları.

Adım adım derin nefeslerle yaklaştı misafir evine, haftalardır girmiyordu bu eve, Özge'nin kendisine geleceğinin umuduyla bekliyordu ama şimdi girdi içeri çünkü emindi Özge gelmeyecekti!

Özge yatak odasında olmalıydı, attığı adımların bıraktığı çamurlu iz yatak odasına uzanmaktaydı. Öylece kapıda dikilip bekledi Sadık, sabırsızlığın suçlulukla karıştığı bir korku yayılırken içine burada beklediğini Özge'nin bildiğinden emindi. O da hissediyordu hissettiği her şeyi.

Özge çıldırmak üzereydi, anlamlı bir şekilde yaşamaya karşı bu iğrenç sistemin içinde var olmanın verdiği dayanılmaz ağırlıkla geri dönmüştü misafir evine. Ayakları çamur içindeydi. Helikopterden indikten sonra durmaksızın yürümüştü, biraz kaybolmuş, sonra yolunu bulmuş, ormandan yürüyerek çıkamayacağını anlayınca geri dönmesi zaman almıştı. Sadece yorgunlukla sakinleşen bir öfkeye sahip olmak, sürekli patlamak isteyen bir yanardağı soğutmak için çabalamaya benziyordu. Şimdi yine soğumuştu ama dumanlar tütüyordu zihninde. Başbakanlığa giderken helikopterde nasıl da isteksizdi, Sadık'ın temkinlerini dinlerken nasıl da onunla hemfikirdi, saçmalıklara dayanamayıp kontrolünü kaybettiğinde pişmanlık kaplamıştı içini ama iyi ki açmıştı ağzını. Yoksa nasıl öğrenebilirdi kendisine edilmiş davetin yıllar önce Şaban'a da edildiğini... Demek ki böyle seçiliyordu tüm üçüncü dünya ülkelerinin başkanları! Eşyalarını doldurdu valize, artık burada işi bitmişti!

Odadan çıktığında sokak kapısının önünden dikilen Sadık'a bakmadı, içeri girdiğini biliyordu. Çantasının sapına sıkıca geçirdi parmaklarını, masa lambasından başka ışık olmayan karanlığın içinde ilerledi içinde tüten yanardağın sancısında... Sadık'ı geçip gidecekti.

Karanlığın içinden ayaklarını yere vura vura kendisine yaklaşan Özge'nin varlığında kayboldu Sadık, hüzünle baktı ona. Kendisine bakmayan o gözlerin içindeki ateşe saplandı. Loş odada yaşayan tek şey, hatta çok uzun süredir gördüğü yaşayan tek şey sanki bu gözlerdi ve onları öldürmek için bekleyen bir dünyanın önünde hedef olmak üzerelerdi.

Özge hızını kesmeden Sadık'ı geçti, kapıyı açtı ama Sadık gitmesine izin veremezdi, kapıya yaslanarak kapattı.

Elinden kurtulup kapanan kapının sesi kulaklarında yankılanırken tereddüt etmeden kaldırdı elini ve tüm şiddetiyle Sadık'ın yüzüne tokadı indirdi. Sadık kıpırdamadı, konuşmadı, geçen her saniyede daha da kızaran yanağının renklendirdiği soluk suratında tek bir ifade yoktu. Öylece baktı Özge'ye.

"Nefret ediyorum!" diye fısıldarken Özge, pençeye dönüşen tırnakları resmen savaşıyordu Sadık'ın suratını yolmamak için. "Çekil!" diye bağırdı, Sadık çekilmeyecekti. Kıpırdamadı.

"Düşündüğün gibi değil!" diye mırıldandı.

Özge tükürdü Sadık'ın suratına! "Benden alabileceğin tek şey bu tükürük!" diye hırlarken itti onu ve açtı kapıyı. Hızlı adımlarla ama koşmadan çıktı misafir evinden ve ana evin önüne yaklaştığında köşelerden kendisine tuhaf tuhaf bakan güvenlikçilerin nasıl da Sadık'tan emir bekler halde olduklarını gördü, yavaşlamadı. İsterse bir ordu olsundu karşısında burada durmayacaktı! Aracı yoktu, ormanı yürüyerek geçmek zorundaydı ama ne olursa olsun artık burada durmayacaktı!

Kendisine tuzaklar kurup yalanlar söyleyerek kendi oyunlarına alet etmeye çalışan bu adamdan ölesiye uzak durmalıydı! Varmak istediği yere onunla gidilmeyeceğini anlamıştı.

8. *Duru & Can*

Ne kadar sevilebilirdi bir kadın?

Koltukların süet yumuşaklığına dokunurken sahneye uzanan salonun karanlığında sessizce ilerledi Duru, başı dönüyordu. Kendisi için inşa edilmiş bir tapınağın güzelliğinde kaybolan herkes gibi ve hayal ettiği her şeyin gerçeklikte hal bulduğunu görebilen herkes kadar.

Hafif bir eğimle sahneye yaklaşan koltukların arasındaki koridorda ilerledi. Sahneye düşen ışığın kaynağını görmek için kafasını kaldırdığında cam kubbeyi dilim dilim bezeyen bakırın parlaklığı camın ötesinde parlayan yıldızların beyazlığını sanki daha bir yumuşatmış, sarılaştırmıştı. Etrafına bakındı, başka ışık kaynağı olmadığını görünce daha fazla ilerleyemedi çünkü tam o sırada sahnenin perdelerine kanal olan o kemerin en tepesindeki yüzü görmüştü... Evrenin ışığının altında başka suni hiçbir şeye ihtiyaç duymadan parlayan o yüz kendisinindi.

Daha yakından görebilmek için otomatik adımlarla sahnenin dibine gitti ve başını dümdüz yukarı kaldırıp kemerin tepesinden kendine bakan yüzünü inceledi... çok güzeldi, gerçek gibi. Sahnenin derinliğine indirdi gözlerini, dünyanın en ünlü sahnelerinde çıktığı gösterilere rağmen böylesini hiç görmemişti. Kenarda toplanarak sahnenin tüm etkisini açıkta bırakan bakır renkli perdelerin parlaklığı, sahnenin bitimini bakırdan bir suyun dalgaları gibi gösteren kıvrımların ahengiyle birleşmişti... Bakır... Can unutmamıştı, Duru'nun en sevdiği renkti... ama bu rengi ilk Deniz'den öğrenmişti. Deniz'in düşüncesi aklına gelir gelmez çekti elini Duru ahşap oymanın bakır parlaklığından ve o an fark etti ki oymaların aralarında minyatür boyutlarda ancak çok yakından bakıldığında fark edilecek detayda küçük balerinler vardı, dalgaların eğimini sanki vücutlarıyla taşıyorlardı.

Deniz'in fikri Can'ın kendisine adadığı bu detaylarda tamamen kayboldu. Duru işlenmiş bu küçük dansçılara eğilip iyice baktı, her biri birbirlerinden farklı figürlerde küçücük balerinlerin hepsi aslında aynıydı, yine kendini gördü Duru, daha önce giydiği her değişik kıyafette, saçını topladığı her değişik halde birbirinden farklı küçük balerinler, birbirinin tıpatıp aynısı o yüze sahiptiler.

Sahne boyunca paterni bulmak için balerinlere dikkatle bakarak ilerledi, bir tekrar aradı. Hangi balerinle başlıyor ve kaç balerinden sonra bu sıra kendini tekrarlıyordu? Sahnenin soluna kadar balerinleri inceleyerek dikkatle yürüdü, sonra takibe başladığı ilk yere geri döndü çünkü balerinlerin hepsi birbirinden tamamen farklıydı. Hepsi Duru'ydu. Farklı kıyafet, saç ve hareketlerle ahşaba küçük küçük oyulmuştu... Kendisine verilen bu muazzam değerin etkisini, karın boşluğuna dolan havanın kalbine titreşim gönderen ritminde hissederken, kendi hallerinin üzerinde parmaklarını dolandırdı.

Avrupa'nın en güzel sahnelerinde dans etmişti, en güzel erkekleriyle flört etmiş, bir sürüsünü peşinden sürüklemişti ama hiçbir zaman bu kadar değerli hissetmemişti. Şimdi, yaratıcısı olduğu bir dünyayı ziyarette gibiydi, etrafındaki her şey kurduğu egemenliğin simgesiydi, yenilmezliğinin, eşsizliğinin, değerinin simgesi.

Birkaç adım geri attı kendini neredeyse zorlayarak, sahnenin ahşabının hissettirdiği dokudan uzaklaşmak zor gelmişti ama sahneyi daha detaylı görmek için uzaklaşması gerekti...

Koridorun iki yanında uzanan koltukların ortasında durup yine tepeden inen ışığın yarattığı o dayanılmaz etkiye dikkatle baktı... bakırın ahşapta parlayan renginin güzelliğine... Bir sahneye dönüşseydim tam da buna dönüşürdüm diye düşündü. Hissetmek istemediği, "sağlıksız" diye damgaladığı, içinde en derinlere gömdüğü duyguları, Can'ın fikri bastırıldığı yerden yükselirken salonun arkasından gelen sesin etkisi bedenini anında sardı. "Bu kadar değer verilirken nasıl gidebildin?" demişti ses.

Duru gözlerini sıkıca kapattı, yaşamak üzere olduğu yüzleşmenin yarattığı duygunun gözlerinden sızmasını istemediğinden mi, sesin sahibini bir an sonra görebilecek olma ihtimalinin dünyaları yıkan etkisinden mi... düşünmedi. Sımsıkı kapadı gözlerini.

Ne o duygunun damlalar halinde kirpiklerinin arasından kayıp gitmesini engelleyebildi ne de arkasından adım adım kendisine yaklaşan Can'ın varlığını.

Adımlar durduğunda onun tam arkasında, dibinde olduğunu biliyordu... kendisine odaklanmış gözlerini, düşüncesini, üzerine soluyan nefesini hissediyordu.

Can derin nefeslerle içine soludu yıllardır beklediği Duru'nun varlığını. Kafasının üstünde toplanan saçları, tüm acımasızlığıyla açıkta bırakmıştı ensesini, cehennem hangisiydi? Bu ensenin var olduğunu bilmek mi, yoksa ona dokunmaması gerektiğini mi?...

Cehennem neredeydi? Birkaç santim ötede atan o kalbin ritminde mi, o kalbi saran bu bedenin hissettirdiklerinde mi? Cehennem cenneti saklayan yerdi.

Dengesini bulmak için, sağ elinin parmaklarını tırnaklarıyla birlikte tutunduğu koltuğa geçirdi Can. Duru'nun uçağının havalandığını öğrendiği andan beri bu sahneye gelip beklemişti onu, saatler geçmişti ve o nihayet gelmişti. Geleceğine emindi. Kendisi için yapılan her şeyi görmesini, ona verdiği değeri nihayet bilmesini, hissettirdiği duygunun yoğunluğunu anlamasını beklemişti... cenneti saklandığı yerden çıkarıp bu cehennemden kurtulmak istemişti. Derin bir nefes daha aldı, parfümü değişmişti, daha önceki o çiçek kokusu yaşanmışlığı hatırlatan ince baharatlarla renklenmiş, Duru'nun narinliğine cila atmıştı sanki. İçine çektiği kokunun kıskançlığı saplandı beynine, kim bilir kaç kişi almıştı aldığı bu nefesi, aklına saldıran düşüncelerin kaynağını oluşturan bu hisleri kaç kişi hissetmişti... Kim bilir kaç kişi dokunmak istemişti Duru'ya, kaç kişi görmüştü bu enseyi... Acı hissetti Can, korumak istediği bir şeye sahip bile olamamanın acısını... Eli uzandı Duru'nun narin ensesine ama dokunmadı, gözlerini kaydırdı, elbisesinin incecik askısının tenine değdiği yere odaklandı. O incecik askıya sürdü parmaklarını tenine değmeden. İçinde hissettiği acı suratının her mimiğine yerleşirken gözlerine hücum etti duyguları. Kısılan siyah gözleri kıpkırmızı sulandı, biriken gözyaşları akmadı, içinde hissettiği karmaşaya eşlik edercesine görüşünü bulandırdı. Acıyla çatılan kaşlarının altındaki gözleri izlediği şeyin mahkûmuydular.

Duru eğdi kafasını önüne, aklı "kaç" diyordu ama duyguları aklına "sus" diye bağırıyordu. "SUS! Bir an olsun sus!"

İyice kapattı, sıktı gözlerini Can, biriken yaşların kaçarcasına akıp yanaklarından inmesine izin verdi. Damlalar hızla yuvarlanarak yıllardır gömüldükleri yerden nihayet çıkabilmiş bir ırmak gibi özgürlüğüne kavuşurken izledi Can.

Duru'nun hafifçe Can'a dönüp önce eğilmiş başının narinliği, kendini sunarcasına gözlerinin önünde duran kulağının kıvrımları, kulak memesinin boynuyla birleştiği o pürüzsüzlükte çenesinin incecik açısı...

Tırnaklarını geçirdiği koltuğa iyice yaslandı Can, onun yüzünü birazcık da olsun görebilmek için hafifçe öne eğildi. Kirpiklerinin uzantısını gördü tepeden inen ayın ışığında, ne kadar da sıkıca kapanmışlardı, sanki duygulardan saklanıyorlardı. Daha da sıkı kavradı koltuğu, Duru'nun kulağına yaklaşırken ve içinden çıkan her nefesin sesinin onun tenine değeceğini bilerek fısıldadı.

"Aç gözlerini."

Duru daha da sıktı göz kapaklarını, içinde hissettikleri dışarıya çıkmamalıydı, engellemeliydi duygularını, karantinada kalmalıydı! Görmemeli, tepki vermemeli, kapılmamalıydı.

Can burnunu kulak memesinin altına değdirip o nefesi içine çekmese, çektiği nefeste küçücük ama derin inlemese, burnunu teninde hafifçe dolandırıp verdiği nefesin dokunduğu her hücreye kendini hatırlatan etkisiyle "Lütfen" demese, geri verdiği nefesin zehrinde her türlü önyargıyı altüst etmese... belki kendi bedenini Can'ın parmaklarının ucundan kaçırabilirdi Duru, belki Can'ın parmaklarının ucuyla başlayan ve kolunun beline dolanmasıyla süren hareketini bir hamlede engeller, beline dolanan o kolun bedenini kendine çeken gücüne bir hamlede karşı koyar, kulağının kuytusuna sokulmuş o yüzün kendisini ensesine gömmesine engel olurdu... ama olmadı. İçinde soğuması için kışa gömdüğü tüm duyguları söndüğü sanılan bir yanardağın yeniden canlanması gibi yükseldiler ve karşılarına çıkan ne varsa eriterek yüzeye ulaştılar. Can'ın ensesindeki nefesine dayanamayıp boynunu geri attı Duru...

Yandan çevreleyerek açılan boyna kaydı Can'ın nefesi öpücüğe dönüşürken, iyice kavradı Duru'nun bedenini, sımsıkı kendine çekti... Bu koku, bu his, kollarında tuttuğu bu bedenin kıvrımları... nihayet... nihayet cenneti saklayan yere ulaşmıştı. Çektiği nefeste kendi cehenneminin cennetinde huzur buldu Can... bir an.

Tırnakları saplandıkları koltuktan bir bir açıldı, bedenin içindeki duygunun yoğunluğuyla savaşırcasına titreyen diğer eli Duru'ya yöneldi ve Duru'nun incecik, narin boynunu avuçlarının arasına alıp tamamen kavradı... tenine değen tende dindi, kendiyle savaşı, titremesi geçti, parmaklarının gerginliği gevşedi. Parmak uçlarının hissettiği pürüzlülüğe teslim oldu Can, Duru'nun boynunu okşarken... koklarken... Onu kucaklarken kaba duyguları inceldi, peşinden gittiği tarafından yakalanmış tutsak bir sırtlanın duygusundan sahibesine kavuşmuş bir aslanın mutluluğuna dönüştü...

Durdurmalıydı Duru! Bu dokunulmayı, bu hissettirilmeyi, bu kaybolmayı, bu daha fazlasını istemeyi, bu özlemeyi, bu teslim olmayı... hayatı durdurmalı ve onun kollarından kurtulup özgürlüğüne koşmalıydı. Ama ondan kaçtığı yer özgürlük değil kendiyle savaştığı bir muharebe meydanıydı. Düşünmemek, hissetmemek için sürekli bir savaşın olduğu yerdi Can'ın olmadığı o yer. Kendini doğru hissettiği ama başka hiçbir şey hissedemediği o yer. Kendisine her dokunulduğunda Can'ın dokunuşuyla kıyasladığı, arada gözlerini kapatıp nasıl bir yoğunlukta sevildiğini hatırladığında aklına doğan Can'ın düşüncesinden kaçmak için düşünemez olduğu, ne kadar sevişirse sevişsin onunla olduğu kadar doymadığı, asla doyamayacağı o yer nasıl özgürlük olabilirdi?! Can'ın kokusu hiç değişmemişti, erkekliğini hissettirirken çıkardığı o hırıltı hiç değişmemişti, onun nefesiyle içine çekildiği o duygu hiç geçmemişti, bedenini kavrayan bu eller kendisinden hiç vazgeçmemişti.

Can'ın dudaklarını bulurcasına çevirdi kafasını ona ve dudaklarına değen dudaklarından hafifçe geriye çekti yüzünü, Can durdu.

Duru hâlâ gözlerini açmamıştı. Kirpiklerinin ıslaklığı, dudaklarının karanlıkta bile belirgin kıvrımları... dikkatle nefesini tutarak bekledi Can Duru'nun gözlerini açmasını "Bana bak" diye fısıldarken. Duru önce iyice sıktı ama sonra gevşedi kirpikleri, saliselerin saatler gibi geçtiği bir zamanın akışında anbean açıldılar. Kendi evrenini gördü Can, Duru'nun ışıksızlıkta bile elası belli olan gözlerinin içinde... kendini gördü Duru, Can'ın suratına düşen ışıkta bile hâlâ karanlık olan gözlerinde.

Can'ın nefesini çekti içine, asla kapanmayan o gözlerin dudaklarına odaklanmasını izledi, daha önce yine sadece onunlayken böylesine heyecanlanabilmişti. Kalbinin artan ritminde, anbean kendisine yaklaşan Can'ın dudaklarına teslimdi.

Dudakların kıvrımına odaklandı Can, o kıvrımlarda doğacak, yeniden var olacak biri gibi yaklaşırken acele etmedi... Önce yavaşça dudağını onun dudağına sürttü, hissettiği yumuşaklıkta hayat buldu. Ağzını aralayıp yavaşça kavradı dudakları, yetmedi, daha fazla kendine çekti, kollarının arasındaki bedeni... yetmedi, ağzını hafifçe açıp tamamen aldı Duru'nun ağzını içeri... yetmedi, emmeye başladı... yetmedi, yavaş hareketleri ritim kazandı... yetmedi, boynunu tutan eli ensesini iyice kavradı, belini tutan eli kalçasına kaydı ve tamamen kendine çevirdi Duru'yu... yetmedi, vücudunu iyice sarıp dudaklarını dudaklarıyla kilitledi... yetmedi, erkekliğini dayayıp ona sertliğini hissettirdi... yetmedi, sürtünmeye başlayıp emdiği dudakların kendisine cevap vermesini beklercesine bekledi...

Duru nihayet aynı açlıkla cevap verdi öpüşüne, teslim değil sanki zaferdeydi... yetmedi, bir eliyle Duru'yu ensesinden kendine bastırırken diğer elini onun bedeninden çekip fermuarını açtı, Duru'nun eteğini kaldırıp külotunu buldu, külotu çekiştirirken bacağıyla Duru'nun bir bacağını araladı. Duru bir hamlede sanki sadece kendisinin yapabileceği bir doğallıkla ayırdı tek bacağını ve 145 derecelik bir açıyla havaya kaldırdı. Can o muhteşem bacağı tuttu, vücuduna dayadı... ve nihayet girdi Duru'nun cennetine.

Cehennemde geçen bunca mevsimden sonra her mevsimin en güzel hislerinin doruk noktasında hissedildiği o tek yerde, yaz güneşinin kemiklerine güç veren sıcaklığı, kış buzunun pürüzsüzlüğünde, bahar çiçeklerinin kokusunda, sonbaharın duygusundaydı Duru'nun kadınlığı... Ensesinden kaydı eli, göğsünü hedefledi ama Duru tuttu Can'ın elini. Parmaklarını Can'ın parmaklarına geçirirken, çekti dudaklarını Can'ın ağzından, gözlerini dikkatle onun karanlık gözlerine dikti. Kendisine hissettirilen her duyguya, yaratıcısı olduğu evreni izlercesine baktı.

Vücudunun ritmi Duru'nun kalçalarının ritmiyle birleşirken gözlerini ayırmadı Can Duru'dan ve o boşalırken boşalan bakışını izledi... yarattığı zevkin efendisiydi... ritmi kesmedi. Duru'nun zevkten kendini salan bedeninin kurtulmasına izin vermedi, daha sıkı kavradı onu gözlerinin içine bakarken, bir an önce hissettirdiği duyguyu çağırırcasına ritmi devam ettirdi, Duru nihayet daha fazlasını isteyip yine katıldı Can'a... Anların saatler gibi geçtiği o zaman diliminde arsızlığının doruklarında sevişti Can Duru'yla, soyunmadan, erkekliği dışında ona dokunmadan, gözlerini bir an bile ayırmadan... yetmedi, kendi cennetine nihayet kavuşmuş biri nasıl yetinebilirdi?

9. Göksel

Adalet dişe diş, göze göz değil miydi? Yahya'nın ölümünü izlerken en ilkel duyguları şahlanmış ve adalete hizmet ettiğini fısıldayıp durmuşlardı zihninde. Yahya yavrulara yaptığı gibi kan kaybından ölmeliydi.

Yahya'nın kanını akıtarak kan kaybından ölmesini izledi Göksel, aslında Kız'ın ağızlığını çıkarır ve onu parçalamasına izin verirdi ama bu çok riskliydi, ısırık izleri anlaşılır ve bu durum bir ay önce öldürdüğü üç köpeğe ve köpeklerin sahibine bağlanabilirdi. Bıçakla Yahya'nın bacağındaki ana damarı kesmişti ve banyoda yerde kan kaybından ölmesini izlemişlerdi Kız'la birlikte, sakince.

Hayat Yahya'nın bedeninden çıkarken Kız'ın ağızlığını çıkarmıştı Göksel. Tuhaf bir şekilde Kız sakinleşmiş, kanla dolmuş banyoya girmeye dahi çalışmamıştı. Gözlerini yerdeki bedenden ayırmadan dimdik izlemişti oturduğu kapının ağzından. Geldikleri gibi de sessizce ayrılmışlardı Yahya'nın biten hayatından.

10. Can & Duru

İkisinin elleri iyice kenetlenmiş yumruk olmuştu, Can'ın ritmi yükselmiş, içinde patlayan her duyguyu salıvermişti. Vajinal kaslarının sardığı erkekliğin, çevresine bir elektrik akımı gibi yaydığı o duygu vücudundan nihayet çıkıp gittiğinde, Duru, Can'dan çıkan nefesin tenine dokunduğunda uyandıran etkisiyle, kendine geldi nihayet.

Can başını göğsüne dayadığı için, derin solukları göğüs kafesine çarpmaya başladığında, bacağını yumuşak bir hamleyle aşağı indirirken boşalmasına rağmen sertliğini hâlâ kaybetmemiş Can'ı bir anda çıkardı içinden. Ve bir sonraki anda daha Can kafasını kaldırıp ona bakmadan kurtardı kendini onun kollarından Duru. Geriye çekilirken Can'ın şaşkın hamlesi sıyırdı kolunu, kendisini hedef alan dev bir fırtınayı geride bırakırcasına koşarak çıktı salondan.

Can peşinden fırladı Duru'nun, hâlâ sertliğini kaybetmemiş erkekliğini fermuarının içine sokmaya çalışırken koşmak zordu... Pantolonunu toplarken salondan çıktı, sallanan giriş kapısından çıkmış olmalıydı. Kapıyı geçip iki kanattan aşağı inen merdivene fırladı, etrafına bakınarak üçer beşer atladı basamakları, Duru'yu bulmalıydı. Sokağa çıktı, telaşla sokağın boşluğuna bakıp tekrar içeri girdi, tuvaletlere doğru koştu. Ne tuvaletlerde, ne kontrol odasında, ne temizlik odasında, ne soyunma odalarında, ne de otoparkta görebildi Duru'yu. Duru yine yoktu.

Tepinmek istedi Can! Neydi her şeyi bu kadar karmakarışık yapan? Ama tepinmeyecekti, derin bir nefes aldı. Buraya kadar gelmişti, onu görür görmez kendini ona vermişti. Bir dahaki karşılaşmalarında ne olursa olsun ona gitmemeli, onun gelmesini beklemeliydi. Kendini tutmayı başarabilirse her şey yoluna girecekti. Acaba evine mi gitmişti?

11. Sadık & Özge

Gözünü yoldan ayırmadan ama yola çıkmadan, yolun kıyısındaki ağaçlıktan ilerlemişti Özge. Medeniyete ulaşmasına daha çok vardı. Keşke yanına biraz su alsaydı.

Gözlerinden çıkan yaşları hâlâ kontrol edemiyordu, resmen fışkırıyorlardı. Çantasından çekip çıkardığı gömleğine burnunu sildi. Kendi içindeki ümitsizliğin derinliğinde ağlayarak yürümeye devam etti. Yapayalnızdı! Etrafı hainlikle sarılmıştı. Korumak istediği değerleri koruyabilmesi sanki imkânsızdı. Telefonuna baktı, nihayet çekmeye başlamıştı, Ömer'i arayıp lokasyonunu atacak ve kendisini ona bulduracaktı. Ama gerek kalmadı. Arkasından gelen sese döndüğünde yerinden sıçradı.

Özge'nin kendisini fark edişiyle durdu Sadık. Korkutmak istememişti ama bir saattir onu takip ediyordu, ağlamasını izlemek, çıkardığı narin sesleri duymak kahrediciydi. Telefon etmeden önce ona kendini fark ettirmekten başka çaresi kalmamıştı. "Lütfen" dedi, karanlığın içinde ağaçların arasından sızan ay ışığının Özge'yi sarmalayan etkisiyle.

Özge kafasını iki yana sallarken mırıltısı hesap sormaya dönüştü.

"Niye hâlâ burdasın!? Görmüyor musun benim derdim bambaşka!? Ben acı çekiyorum hayata yardımcı olamadığım için, sense hâlâ uçkurunun peşindesin! Benden sana kadın olmaz! Rahat bırak beni!"

"Bunun için mi burdayım sanıyorsun! Bu kadar aptal değilsin" diye itiraz etti Sadık. Ama Özge bağırmaya başladı.

"Ne için burdasın o zaman? Ne için! Bana yardım etmek için mi yalanlar söylüyordun! Beni kullanmaya çalışıyorsun. Hani tanımıyordun o adamları, Turgut'u da mı sen gönderdin bana!? Bu da başka bir plan mı? Sonra bana bakıp insanların kulağına 'Onu muhalefet mi sanıyorsunuz, ha ha ha merak etmeyin o bizden' mi diyeceksin!? Sana bunu dedirtir miyim sanıyorsun!?"

Hınçla, nefretle ve savaşarak arkasını döndü, daha hızlı yürümeye başladı. Bu adamdan uzaklaşmalıydı! Omzuna dokunan Sadık'ın elini sanki elektrik çarpmış gibi itti ve ona dönüp daha yüksek sesle bağırmaya başladı.

"Anlamıyor musun! Senin gibiler yüzünden bu gezegen yaşanılması imkânsız bir yer! Pisliğin hüküm sürdüğü, iyiliğin aşağılandığı, adilliğin cezalandırıldığı bir cehennem dünya! Sen ve senin gibiler yüzünden var olamıyoruz! Nasıl izin verirsin buna!? İyiliği engelleyip kötülüğün yayılmasına nasıl göz yumabilirsin? Bu insan bedeninde, insana nasıl bu kadar uzak olabilirsin? Neden? Niye?!" Eliyle burnundan akan sümükleri ve yanaklarına inen yaşları silip kendine geldi. Niye bu adama hâlâ laf anlatmaya çalışıyordu ki! Ama daha son bir lafı vardı. Bir adım atıp Sadık'ın dibine girdi. "Ne sanıyorsun... sana verilen her şey senin mi! Sana verildiler çünkü hayat benim geleceğimi biliyordu! Bana bakarken neden böyle hissediyorsun!? Şimdi karar ver, ya benim yanımdasın ya da karşımda! Düşmanım olmaya razı mısın! Ruhumu parçalamalarına seyirci kalabilecek misin!" dedi. Hızla dönüp gitti. "Beni takip etme, evine dön!" derken çoktan uzaklaşmıştı bile.

Sadık peşinden bir adım daha atamadı, olduğu yerde kaldı. Yediği darbe o kadar ağırdı ki kim olduğunu unutması artık imkânsızdı, bu andan itibaren kendini kandıramayacağını biliyordu. Yıllardır yaptığı her şey beyninde apaçık düşünülmeyi bekliyordu. Özge'nin gözlerinde görüp peşine düştüğü şey getirmişti onu buraya, hiç gelmek istemediği, gelmemek için sürekli kendine yalan söylediği, üzerine asla düşünmediği bu kapısız, sınırsız karanlığa.

Hayatın tuhaf yöntemleri vardı, aşk gibi, acı gibi, hepsi sırası geleni uyandırmak içindi. Ama uyanmanın şartları vardı. Uyanıldığında harekete geçiren, dönüştüren şartlardı. Kendi karanlığımızda kaybolmak, aydınlığa dönüşmenin şartıydı. Kayboldu Sadık, içindeki karanlıkta... daha önce birçok uyananın kaybolduğu gibi yitip kendi karanlığından, karanlıktan gitti.

21. BÖLÜM

1. *Bilge*

Sıra sıra dizilmiş reklam panolarının hepsinde "Avrupa'nın en büyük gösterisi, Avrupa'nın en büyük gösteri merkezi Tepe'de" yazıyordu. Gösteriden bir sahnenin fotoğraflandığı afiş bir aydır şehrin her köşesindeydi. Biletler satışa çıktıkları gibi bitmişti, biletlerin bitmesi bile haberlerdeydi. Gösteri üç gece sahnelenecekti ve bugün ilk gecesiydi. Duru şehre gelmiş olmalıydı. Aklını Duru'dan alıp, kafasını afişten çevirirken bir daha outdoor'lara bakmaması gerektiğini kendine söyleyerek yürüyüşüne devam etti Bilge.

Sahilde, eşyalı küçük bir eve taşınmışlardı. Evin tek kusuru 150 metre ilerideki bu panolara olan yakınlığıydı. Sahile her indiğinde afişi görmek zorunda kalıyordu. Afişi her gördüğünde aklına Can geliyor, aklına Can her geldiğinde de Ali'ye yaptığı haksızlıkla yüzleşiyordu. Zaten sürekli kulağının arkasından fısıldayan bir sancıydı Ali'nin düşüncesi... Bu yüzleşmeler artık fazla geliyordu.

Düşüncelerini Ali'den koparıp bebeğine mırıldandı.

"Her şey yolunda olacak. Hayat bizi yalnız bırakmayacak."

Ama her şeyin yolunda olması için bu şehirden gitmesi şarttı. Peki Doğru'nun okulunu nasıl ayarlayacaktı?! Okullar tatil olur olmaz, Doğru'yu da alıp gidecekti ama nereye? Can'ın ilişkilerinin Doğru'ya açtığı kapıları kapatıp matematik bölümünden onu alması büyük yıkım olacaktı... ama başka ne yapabilirdi? Gitmeyip burada Eti'nin teklifini kabul edebilirdi belki. Ama burada kalırsa doğacak bebeğini Can'ın yıkıcı etkisinden, zehirli varlığından nasıl koruyabilirdi? Doğru'yu kurtarmaya çalışırken kızını feda edemezdi. Bankada epey parası vardı, küçük bir kasabaya taşınsa, bölgedeki üniversiteye rüşvet verse, o kasabada huzurla kızını büyütse... Ama üniversitedekiler onu uyarmıştı "Yatay geçişini yapsanız da bir süre sonra özel durumu yüzünden kabulünü geri alabilirler" diye. Sorular soruları doğurdu, problemler yığıldıkça yığıldı. Adım adım panolardan uzaklaşırken nefesi daraldı, o sırada alarmı çaldı. Balıkyağı içme vakti gelmişti. Bebeğinin zekâsını Can'ın zehrinden korumak için küçük bir tedbirdi, ispatlanmıştı, hamileyken balıkyağı içen annelerin çocukları daha zeki oluyorlardı. Kendini rahatlatırken çantasından suyunu ve balıkyağını çıkarıp içti. Şişeyi indirdiğinde kendi adını duydu, çok uzun süre duymadığı birinin sesinden.

Kaya oltasını toplarken yüzünü Bilge'ye dönmüştü, elinde döndürdüğü oltayı kenara bırakırken "Hiç değişmemişsin" dedi ama Kaya çok değişmişti. Sakalla sarmalanan suratı, arkadan topladığı uzamış saçları, üzerindeki salaş kıyafetleri ve suratında daha önce bir kez bile görmediği o tebessümle... onu tanımakta zorlandı Bilge. Tereddütle, "Kaya?" dedi.

Kaya kahkahayla gülüp, "Bu kadar da olamaz! O kadar değişmedim" dedi ve Bilge'nin yanına yürüdü. "Ellerim çok kirli olmasa tokalaşırdım seninle."

Nasıl tepki vereceğini bilemedi Bilge, gülümseyemedi bile. Kaya'nın işine mâl olmuştu ve şimdi gördüğü yakınlığın anlamsız olduğunu düşünürken "Sana teşekkür etmem lazım" dedi Kaya. Bilge aklındaki karmaşayı gizlemeden, mesafeli "Neden?" diye sordu, samimi hissetmediği birine samimi davranamayacaktı.

Kaya "Ayrıldığınızı biliyorum" dedi. Bilge iyice gerildi, aşağılayan sözler şimdi gelebilirdi. "Can beni aradı, senin gidişinle epey sarsılmış olmalı." Bilge'den bir tepki bekledi... Tepki gelmedi.. Aynı donuk, tetikte ifade yerli yerindeydi.

Kaya'yı aramıştı Can... şaşıramadı Bilge. Utanmazca ihtiyaçlarını gideren birinden gelecek en doğal hareketti bu, bir köleyi kaybedince eskisini çağırmak.

Kaya öylece baktı Bilge'nin gözlerine, kendisini görmesini, aynı tarafta olduklarını fark etmesini istedi. Hâlâ ne kadar da oyunsuzdu, Can'la geçirdiği zaman saçları dışında hiçbir şeyini değiştirmemişti ama Bilge çoktan "İyi günler" demişti bile.

"Can'a bakışını hatırlıyorum. Ne kadar da dokunulmazdın onun karşısında, ona bağışıklığın olduğunu düşünmüştüm..." dedi Kaya, Bilge uzaklaşırken.

Adımları yavaşlasa da durmayacaktı Bilge, eğer Kaya "Hamile olduğunu biliyor mu?" demeseydi.

Durdu Bilge, dönmedi, ama gidemedi de... Bu sinsi adamın her şeyi karıştırmasına izin veremezdi. Karşısındakini yok etmeye hazır bir ifade ile döndü Kaya'ya, savaş istiyorsa savaşacaktı onunla!

Ama "Hayat ne tuhaf!" dedi Kaya anlayışlı bir tebessümle. "Kendimi dünyanın en şanslısı hissederken ne kadar da mutsuzmuşum aslında." Cebinden telefonunu çıkardı. Bilge Kaya'ya yaklaştı, Can'ı aramasına izin veremezdi! Kaya telefonu ona uzattı, "Bu da benimki..." derken.

Şaşkınca telefonu aldı Bilge, küçücük bir bebek vardı ekranda. Bilge düşüncenin akıntısına kapılırken Kaya, "Seni hep Ali'yle düşünmüştüm" dedi. Hormonlardan mıdır, Kaya'nın beklenmedik samimiyetinden mi, ekrandaki bebeğin pembe beyaz gülümsemesinin yüreğe işleyen sevgisinden mi yoksa Ali'nin adının yankılanmasından mı bilinmez, gözleri doldu Bilge'nin, kafasını yavaşça iki yana sallarken söylemek istediklerine yenildi, ağzından döküldü kelimeler.

"Can'ın fanatiği olarak uyanabilirsin demiştin bana..."

Ağlamamalıydı, bu adamı tanımıyordu bile ama Kaya sarıldı ona, sırtını sıvazlarken, "Kaç kişi var sanıyorsun ondan kendi isteğiyle uzaklaşabilen!" dedi neredeyse coşkuyla.

Kendi isteğiyle uzaklaşmamıştı Bilge, uzaklaşmak zorunda kalmıştı, Duru'yu geri almak için Can böylesine çabada olmasa onun yanında huzurla duracaktı, şimdi hissettiği duygular asla içinde doğamayacaktı. Ama bunları söyleyemezdi. Kimse yoktu Can Manay'dan kendi isteğiyle uzaklaşan, Duru dışında. Hıçkırıklara boğuldu Bilge... Ali'yi tamamen kaybetmişti!

Kaya "Şışşş... En doğrusunu yaptın sen ve ona söylemediğini biliyorum yoksa gitmene izin vermezdi. Bir süre iş bulmana izin vermeyecek ama sen geleceksin onun hakkından. Hayat izin verecek" dedi.

Bilge çekti kendini ama Kaya bırakmadı onu, omuzlarından tutup, "Hayat çok daha güzel olacak senin için, gerçekte neyin önemli olduğunu anlayacaksın. Varlığıyla kafanı karıştırıp sana rotanı şaşırtamayacak. Can'la birlikteyken her yol ona çıkar, şimdi özgürsün, artık kendine gidecek yolların. Göreceksin" dedi.

Bilge toparlanıp kendini hafifçe çekti. "Teşekkür ederim" dedi. Bu ani samimiyet fazla gelmişti, elini uzattı tokalaşmak için ama Kaya bir kahkaha atıp yine sarıldı ona.

"Gevşe artık" dedi. "Can fırtınasından sağ çıkan nadirlerdensin sen!" Gülüp kafasına bir öpücük kondurdu, döndü, tuttuğu balıkları koyduğu kovasını aldı. Gülümseyip uzaklaşırken "Hayat hepimizden daha akıllı!" diye bağırdı. Hayatın aklını keşfedenler ne kadar da rahattı.

Kaya'nın ardından baktı Bilge, o uzaklaşırken tüm önyargıları da eridi gitti. Kaya kendine gelmişti. İnsanın kendine gelmesi bir yolculuktu, çıkmaz sokakların tuzağında, kayboluşların yamacında doğruda durursan kısa, kısa yolu seçmeye kalkarsan upuzun bir yoldu bu. Bir zamanlar paparazzilerin gözdesi, magazinin prensi kayıp Kaya şimdi tanınmaz bir halde yürürken nihayet yolunu bulmuştu. Kendine gidiyordu.

2. *Can Manay*

Salona akan kalabalığın yerine oturmasını donuk bir sabırsızlıkla bekledi Can, müzikalin başlamasına dakikalar kalmıştı. Duru'nun adını fısıldadı zihni ve hemen gözlerini kapatıp onun ismini engelledi. Ona kavuşmadan adını düşünmeyecekti!

Dün onu her yerde ararken en sonunda yemin etmişti. Artık kendini kontrol edecekti.

Ekibin yerleştirildiği otele hiç gelmemişti. Evine de gitmemişti. Bilge gittiğinden beri kronikleşen ve insomniaya dönüşen uykusuzluğu, dün gece O'nun tenine dokunabilmiş olmanın duygusuyla iyice kamçılanmış, ona bir anlığına da olsa sahip olmanın etkisiyle dayanılmaz bir hal almıştı. İki mastürbasyona rağmen gözünü kırpmamıştı Can. Sabah denge seansına kabul edilmeme korkusu yüzünden uyku ilacı da alamamıştı. Sabaha karşı Bilge'ye gitmeyi düşünmüştü, ona sarılsa içindeki fırtınayı dindirebilecek, uyuyabilecek gibi hissediyordu. Ama tabii bu sadece bir hayaldi. Artık Bilge'ye gidemezdi... Zaten Duru gelmişti, uykunun canı cehennemeydi!

Onu görmeye bu kadar az kalmışken sanki artık vücudunu hissetmiyordu. Sanki sadece iki gözden ibaretti. Sahneye tepeden bakan kapısı kilitlenmiş locasında oturduğu koltuğa kenetlenmiş iki el ve sahneye odaklanmış iki gözle Can Manay, yerlerine yerleşen diğer izleyicilerin üstünde bir saatli bomba gibiydi. Kıpırdarsa kalkıp patlarcasına ona koşacaktı.

Kendinden daha büyük bir duygu teslim almıştı varoluşunu, o an yanında bomba patlasa sahneye odaklanmaktan vazgeçebilir miydi?... Hayır. Onu beklemekten vazgeçilemezdi. Sabırlı olmalıydı! Sabırlı olduğu için onu buraya getirebilmişti, sadece biraz daha sabır gerekti! Biraz daha sabırla o yine gelecekti.

Işıklar nihayet kararırken Can çene kaslarını sıkarak yutkundu, karanlıkta parlayan iki siyah gözüyle iyice odaklandı açılmak üzere olan sahnenin perdesine... Çıkan ilk kız o değildi, ikincisi de... ne de dördüncüsü! Ama emindi, gösteriyi bırakmamıştı. Bu gece kesin sahneye çıkacaktı, kulise gelmişti. Takibindeydi.

Kızlar kostümlerinin içinde dans etmeye başladığında gök gürüldedi, kızlar sempatik çığlıklarla kaçışırken sahne sisle doldu ve sislerin arasından beliren istiridyenin kabuğu müzikle açıldı... ama içinden çıkan kız da o değildi. Can nihayet derin bir nefes aldı, baktığı şeyi farklı görecek kadar özlem içindeydi... derken düşüncesini dinledi: "Baktığı şeyi farklı görecek kadar özlem içinde olmak..." Yasaklı düşüncelerin arasına sinsice gizlenmişti bu özlem, bağımlılık yaratan bir zehri özlemek gibiydi, karşı konulamaz ve huzurlu. Düşüncelerinin arasından sıyrılmak zorunda kaldı çünkü dönerek sahneye fırlayan kızıl saçlı bir kız vardı.

Kız o kadar hızlı dönüyordu ki yüzünü görmek imkânsızdı ama sahnede akan bu vücudun, her hareketiyle tanıdık gelmesi bir algı yanılsaması olamazdı.

Havaya kalkan o bacak, dalgalanarak kendini bir uçtan diğer uca savuran o beden, kendisini tutan ellerin arasından aniden sıyrılıp sahnenin ortasında yere çöken bu muhteşem yaratık... oydu.

Koltuğun kenarlarını elleriyle iyice sıkarken kalbinde hissettiği gerginlik, kırpmadığı gözlerine yansıdı. İzleyicilerden kahkahalar yükselirken oturduğu koltukta varoluşunun nedensizliği içinde kaybolmamak için her hücresiyle savaşırcasına tırnaklarını kumaşa geçirdi, gerilen boyun damarlarının içinde akan hayata ve çene kaslarının arasına sıkışan kendine yasakladığı o ismi içinde tutabilmek için... ama tutamadı.

Dansçı kız sahnenin ortasında kapaklandığı yerden ayağını uzatıp arkasından geçen diğer dansçıları düşürüp herkesi güldürürken nihayet doğruldu. Locaya saklanmış, kıpırtısız odaklanmış Can'ı fark etmeden bacaklarını yerde dümdüz açıp kollarını havaya kaldırıp meydan okurcasına izleyicilere baktı. Hayat gibi parlıyordu. Can'ın içinden küçük ama bir kara delik kadar sıkışmış bir nefes çıktı, isimle birlikte. Duru... gözünden kayan izinsiz, asi yaşla birlikte.

Avrupa'nın en büyük tiyatrosunda, sahnelenen en popüler oyunlardan birinde izleyenlerin keyifli kahkahaları arasında kıpırtısız, nefes almadan oturan biri vardı o gece ilk defa.

Can Manay kıpırdamamak için tüm gücüyle savaştı bedeniyle, kıpırdarsa, gözünü bile kırparsa koşup Duru'ya fırlayacaktı sanki ama kıpırdamadı, ona giderse o kaçacaktı, onu bir kere daha kaybetmeyi asla göze alamazdı.

3. O an Ada...

Ada sessizliğin içinde tek başınaydı. Önce elleri titremeye başladı, sonra tüm vücudu. Titremeyi durdurmak için bacaklarının arasındaki çelloyu baldırlarıyla neredeyse sıkıştırmak zorunda kaldı. Aldığı derin nefes yetmiyordu, tam tersine, içine çektiği oksijen içinde fırtınaya dönüşmek üzere olan duyguyu tutuşturan bir etki yaratıyor, sanki her yeni nefesle sinir sisteminin kontrolünü kaybediyordu. Kâbustaydı, Duru'yu kulis koridorunda gördüğünden beri. Öldürdüğü birinin dirildiğini görmek gibiydi. Onun yanından geçerken şoktan nefretle sıyrılırcasına sarsılmıştı Ada, yan yana geldikleri o son adımda ikisinin de nefret dolu gözlerinin içe işleyen hissiyle vurmuşlardı birbirlerini. Duru ne kadar yaralanmıştı kendi bakışlarından bilmiyordu Ada, ama kendisi ıstıraptaydı.

Duru'nun saçları kızıllaşmış, teni aklında kaldığından daha da parlaklaşmıştı. Afişlerde yoktu adı, nereden bilebilirdim diye düşündü Ada. Bilse asla kabul etmezdi! Acaba Deniz burada mıydı?! Kendisini affetmezken, görmek bile istemezken Duru'yu kabul etmiş miydi!? Gözlerini ahşap sahnenin zemininden kaldırıp ışıkların ardında oturanlara dikti ama kimseyi göremedi, yoğun sahne ışıkları herkesi gizlemişti. Belki aralarında Deniz de vardı.

Bacaklarıyla sabitlediği çelloyu çalmak için elindeki yayı kaldırdığında, eli öyle titredi ki yay havada neredeyse dans etmeye başladı. Hemen elini indirdi Ada. Çalamayacaktı. Derin nefes almayı kesip nefesini tuttu, yutkundu. Bakışlarını Deniz'i saklayan ışık duvarından ayırdı, kafasını öne eğdi, gözlerini yumdu. İçinde azalan oksijen içinde katlanarak çoğalan yıkıcı enerjisinin de dinmesine neden olmuştu.

Suratındaki pudrası tazelenirken dişlerini sıkarak gözlerini

Ada'dan ayırmadan onu izledi Duru. Hâlâ müziğe girememişti. İyice kurumuş, içindeki çirkinlik bedenine vurmuştu. Arkadaş olmak için nasıl da çabalamıştı onunla, hain diye düşündü. Bu hain bu çirkinlikle nasıl da ülkenin en popüler müzisyeni olmuştu!

Oksijensizlikle birlikte vücudundaki titremenin nihayet azaldığını hissetti Ada, tek bir hamleyle elindeki yayı kaldırıp aklına gelen ilk notayı bastı çelloya. Bu nota günlerce provasını yaptığı ve çalması planlanan müziğe ait değildi, hatta planladığı hiçbir müziğe ait değildi. Kalın, korku veren bir notaydı bu, aynı hissettiği duygular gibi. Notaya basabildiği kadar uzun bastı. Devam etmesi şarttı, bu tuhaf notanın kalın sesi atmosferde erirken yumuşak bir dönüşle başlayabilirdi ama başlayamadı, sanki bir şey eksikti... o yüzden giremiyordu müziğe. Gözlerini açtı. Kafasını perde arkasından sahneye girmek için bekleyen dansçılara çevirdi, en önde Duru'yu buldu. Orada olduğuna emindi zaten. Ayçiçeğinin kendisine enerji veren güneşe dönmesi gibi vücuduyla, salondaki herkesin fark edeceği kadar belirgin bir hareket yaparak perde arkasına, Duru'ya döndü. Bu kadın Ada'nın hem yok edicisi hem de yaratıcısı olmuştu. Sevdiği her şeyi yok etmiş, içindeki nefreti yaratmıştı. Her şeyin sorumlusuydu. Bakışlarını Duru'dan hiç ayırmadan ikinci notaya bastı ve yayını kaydırmaya başladı. Elleri aklının kontrolünden çıktı, düşünmeyi bıraktı ve aynı Deniz'in ona öğrettiği gibi müzikle kendi hikâyesini anlatmaya başladı. Planlanan müziği değil kendi hikâyesini çalıyordu Ada. Müziğin ritmi tüm dinleyenlere bulaşmaya başladığında sahne arkasında panik başlamıştı.

Daha önce hiç duyulmamış bu müzik dinleyenlerde kendi izini bırakırken, gösterinin organizatörleri, sahne yönetmenleri, ekipteki herkes ne olduğunu, çellocu kızın ne yaptığını anlamadan, şok içinde durumu nasıl kurtarabileceklerini hesaplamaya çalıştılar. Skandal kapılarına dayanmıştı ama izleyiciler henüz farkında değildi.

"O gece evren, Ada'nın çellosuyla adeta konuştu bizimle" diyecekti bir derginin editörü, yazdığı sanat eleştirisinde.

Konuşan aslında Ada'ydı. Bir paratoner gibi içindeki tüm şiddeti toplamış ve parmak uçlarından bacaklarının arasındaki çelloya aktarmıştı. Çello daha önce hiç böyle çalınmamış, böylesine ihtiyaçla kavranmamış ve böylesine yoğun zorlanmamış, böylesine bir nefrete tanık olmamış, dinleyenlerdeyse böylesine aşk yaratmamıştı. Duyguların, vücudun dışında başka bir formda şekil bulmasıydı. O geceden sonra, bu müzik asla unutulmayacaktı.

Uzun kemikli parmakları ustalıkla çellonun tellerine basarken elindeki yay sert ve kararlı bir hareketle tellerin üzerinde kaymakta, kolları, elleri ve parmakları dışında hiçbir hücresi oynamadan Duru'ya bakmaktaydı, içindeki öfkeyi bakışlarından dünyaya, Duru'ya saplamaktaydı. Ona mahvettiği dünyanın mahvedilmeden önce ne kadar korumaya değer, uğruna ölmeye değer bir yer olduğunu müziğiyle anlatıyordu. Deniz'in intikamını alıyordu, hem ondan hem kendinden.

Sahne yönetmeni aldığı direktifle dansçılara bir sonraki sahneye hazırlanmalarını buyururken, perdeyi kapatmaya karar vermişlerdi. Ada'nın gösteriyi ele geçirmesine izin verilmeyecekti. Dansçılar aceleyle söyleneni yapmaya yönelirken Duru yumruklarını sıktı. Bu meydan okuma çok fazlaydı, sahneye fırlayacak ve o çelloyu parçalayacaktı! Ama silkelendi, izleyenlere baktı, Ada herkesin ruhunu teslim almıştı.

Tekrar Ada'ya döndüğünde artık kendisine bakmadığını fark etti. O nefret dolu parmaklarından notalara yansıyan duygu çok karmaşık bir hikâyenin tek taraflı anlatılması gibiydi, Duru'nun nefret olarak algıladığı bu his diğerlerine göre üstün bir yetenekti.

4. O an Özge...

Güneş doğuyor ve sonra aniden gece oluyordu. Hayat öyle hızlanmıştı ki anlar yoktu artık, sadece anılar vardı. Bir saat öncesi bile anıydı.

Dün gece Sadık'ın karanlıktaki hali, kendisini ormandan alan Ömer'in yüzündeki endişe, bu sabah kendisini Başbakanlık'tan arayan adamın selam ileten davetkâr sesi, parti binasındaki genel toplantının düzensiz çaresizliği, sonra öğlen tekrar Washington'a gitmesi gerektiğini anlatan Turgut'un ısrarlı kelimeleri, Muammer Bey'in olanları değerlendirmesi... hepsi anıydı. Hayat bir anıydı. Sürekli akan, zamanın içinde asla yakalanamayan, durduramadığı bir koşu bandındaydı Özge.

Ama şimdi çellonun müziğinde, çalan kızın parmaklarının hareketinde, yana çevrilmiş başının ortaya çıkardığı şahdamarının ritminde anları durdurabilecek gücü buldu, anda var olurken düşündü, ne kadar yalnızdı. Korumasızdı... Savunmasızdı...

Öldürülecekti. Helikopteri düşürülen milletvekili gibi öldürülecekti. O adam da birlik istemişti, BİZ demişti... ve nasıl kaza süsü verilmişti. Sessizce işi bitirilmişti.

Ama korkmuyordu... Ölse de yeniden doğacaktı. Biliyordu. Neden böyle hissediyordu? Bilmiyordu ama zamanı gelen bir düşünce zamanı gelen mevsim gibi güçlüydü. Mutlaka var olacaktı. O ilk papatyadaydı baharın gücü, koparılsa da yüzlerce doğacak kadar güçlüydü. Zamanı gelen baharın o ilk papatyası gibi hissetti Özge, gözünden sızan hüznün kirpiğinde tutunduğunu hissederken ellerini birleştirdi, dudağını yaslayıp gözlerini çellodan ayırmadan evrenlerin mimarına seslendi.

"Yardım et doğru olanı yapayım... izin ver fark ettireyim... güç ver örnek olayım... şans ver sahip çıkayım."

5. O an Sadık...

Koltuğunda doğrulmuştu Özge birçokları gibi. Gözlerini ondan ayırmıyordu, ayıramıyordu Sadık, yankılanan müziğin etkisiyle her şey daha bir anlamlı, anlamlar daha bir değerli, değerler daha bir belirgindi sanki. Özge'nin aldığı nefesle yükselip inen göğüs kafesini daha iyi görmek için hafifçe öne eğildi. Yüzüne kaydı gözleri, Özge'nin kirpiğine tutunmuş yaş... çellocu kızdan ayrılmayan bakışları... dudaklarını dayadığı birbirine kenetlenmiş ellerinin sıkılığı...

Gözlerini ondan ayırmadan her şeyi yaratan o güçle konuştu Sadık.

"Layık olayım ... İzin ver layık olayım ona. İzin ver onun yanında olayım."

Tüm salonun gözleri Ada'ya kilitlemişken Sadık'ınkiler Özge'deydi. Kararı kesindi, onun ruhunu parçalamalarına izin vermeyecekti! Gerekirse kendininkini feda edecekti.

6. O an Can...

Ne yapıyordu bu kız! Her şey altüst olmuştu. Yirmi kere izlemişti bu gösteriyi ve burada çalınması gereken müzik bu değildi!

Dişlerini sıktı Can, didinerek dikmişti bu binayı buraya, Duru neredeydi! Bu sahneye çıkmalı, diğer dansçılarla dansına başlamalıydı! Sabah gittiği denge seansını vücudundan atarcasına salgılanan adrenaline kapılmak üzereydi. Ayağa fırladı, sahne arkasına gidip hesabını soracaktı!... Ama nihayet Duru aniden sahneye fırladı.

7. O an Duru...

"Dai, cosa stai aspettando?!"* diye seslenmişti sahne yönetmeni, gözlerini Ada'dan ayıramayan, yumrukları sımsıkı Duru'ya. Perdeleri kapatıp bir sonraki sahneye geçeceklerdi. Arkasına baktı Duru, diğer dansçılar bir sonraki sahne için kostümlerini değiştirmeye gitmişlerdi.

Sahne yönetmeniyle göz göze geldi, ama kulağı hâlâ kendisinden hesap soran o lanet olası müzikteydi. Döndü ve bir sıçrayışta sahnedeydi.

8. *Ada & Duru*

Duru öyle hızlı ve durmaksızın dönerek girdi ki sahneye Ada'nın notası tekledi ama sahneyi ona bırakmayacaktı, toparladı hemen kendini.

Duru'nun bedeninin tutunamayacağı bir ritme geçti, tangoya. Suratındaki tebessüm Duru'ya kilitlenmişti. İki kişilik bu dansta Duru tek başına ne yapabilirdi ki!

Değişen ritimle birlikte dönüşü aniden durdu Duru'nun, bedeni dikleşti ve tangonun ritminde kendine eş oldu sahnenin ahşabına düşen gölgesi. Daha önce hiç böyle bir şey görülmemişti. Müziği bozmadan çalmaya devam etti Ada, her notada Duru'ya kurduğu tuzaklarla... ama Duru ustaydı, her usta gibi tuzakları alkışa çevirmeyi başardı.

Bu ilk alkışla ayağa fırladı Ada, ritmi hızlandırdı, Duru dansı yine de yakaladı, yavaşlattı, ritmi kaçırmadı. Her hareketiyle bir parazit gibi müziğe yapışmasını izlemek Ada'yı çıldırttı. Silkele-

* Hadi, ne bekliyorsun!

mek istedi onu müziğinden ama çelloyla mümkün değildi. Çelloyu fırlatıp attı.

Duru ayaklarının önüne fırlayan çellodan bir sıçrayışta uzaklaştı. Ada'nın çıldırmışcasına gidişine baktı, sahneyi resmen ondan teslim almıştı.

İzledikleri şeyi gösterinin parçası sanan yüzlerce kişi ayağa fırlamıştı ellerini parçalarcasına alkışlarken. Müziğin dansla yaptığı düellodan daha izlenmeye değer bir şey var mıydı! Çok ünlü iki kişinin kavgası gibiydi bu gösteri. Duru alkışlara dönmüştü, selamını verecekti ki Ada'nın müziği yine başladı...* Ada elinde bu sefer kemanla, gözlerini düşmanından ayırmadan, dönüşümünü tamamlamış bir tırtıl gibi attığı her adımda kanatlanırcasına yürüdü sahnenin ortasına.

Bir an sahne arkasına baktı Duru, stüdyo yönetmeni eliyle müziğe katılmasını işaret ediyordu. Aldıkları alkışlardan cesaretle durumu kurtarabileceklerine karar vermiş olmalılardı. Umurunda değildi Duru'nun, vermişti ona dersini, kendisi için konu kapanmıştı. Ada elindeki keman ve ifadesindeki nefretle üzerine yürürken Duru arkasını dönüp son bir selam verdi, bedenine yakışacak adımlarla parmak uçlarını önce basarak sahne arkasına ilerledi asil bir springbok** gibi.

Kaçıyordu Duru, ama buna izin vermeyecekti. Gösterinin canı cehennemeydi. Aldatılmıştı! Bu tezgâhı Duru yapmış olmalıydı, Tugay'ı kendisine gönderip ikna etmesini o sağlamış olmalıydı. Hatta buraya bu yüzden dönmüş olmalıydı! Kendisini rezil etmeye çalışıyor olmalıydı! Tacize uğramış hissediyordu kendini Ada, kandırılmış, hayatında nefret ettiği, ölmesini istediği bu kadınla yine müziğini paylaşması için aldatılmıştı. Duru'nun peşinden ye-

---

* Müzik önerisi: İnverno Porteno

** Dünyanın en hızlı antilobu

tişti, ona uzanıp durdurmak istedi ama müziği kesemezdi, önüne geçti ve gözlerini suratından ayırmadan usta bir hızda bastı notalara, sıkıysa şimdi dans etsindi! Kimse bu ritimde tek başına dans edemezdi!

Duru geçip gitti Ada'yı ve Ada zaferini duyururcasına geri geri sahnenin ortasına yürüdü müziği bırakmadan. Bu parçayı bitirecek ve gidecekti. Nihayet gözlerini kapattı, fikrini çaldığı notalara bıraktı.

İzleyenlerden aniden yükselen uğultuya gözlerini açmak zorunda kalmasa, müziği hafifletip sonlandıracaktı ama Duru, sahneye geri dönmüş ve herkeste hayreti sese dönüştürecek bir hareket yapmıştı.

9. Eti

Ne kadar uzun sürmüştü Can'ın bu kızda ne gördüğünü görmesi? Kendini ilk defa ışığı gören bir kör gibi hissetti. Duru sahneye geri dönmüş ve koşup sıçrayarak birkaç saniye havada asılı kalırcasına açmıştı bacaklarını ve havada kendi etrafında dönüp yumuşacık, sessizce inivermişti parmak uçlarına, sonra fırtınaya kapılmış gibi kendi bedeni çevresinde dönüp ortaya gelmişti. Yerçekimi ayrı işliyordu Duru'nun bedeninde… ve bu gece o kemandan çıkan ses ayrı akıyordu herkesin bedenine.

Duru keman çalan kızın önüne sıçradı, gözlerini ondan ayırmadan, ayakları kemandan çıkan ritme uyumlu kızın etrafında dolandı. Kız birkaç adım geri atıp çaldığı ritme daha da yüklenirken sanki güç topladı ve Duru'nun üstüne yürüdü. Geriye doğru iki salto attı Duru ama sonra kızın etrafında dansına devam etti. Nefesini tuttu Eti, muhteşemdi! Aklına Can geldi. Gözlerini ona çevirdi.

Can locasında tek başına ayakta dikilmiş, ellerini locanın balkonuna geçirmiş, bedenini hafifçe öne eğmişti... acı içindeydi. İzlediği şeye teslimdi.

Zavallı diye düşündü Eti, ne kadar çaresiz görünüyordu, bir gezegenin güneşe daha da yaklaşmak istemesi gibiydi hali.

*10. Duru & Ada**

Sıçrayışını tamamladığında yüzüne doğan tebessümle kendine itiraf etti Duru, varlığının etkisini Ada'nın gözlerinde görmek iyi gelmişti. Onda yarattığı kızgınlık, o nefretin ateşi olabilmek güç vermişti. Dans ettiği onca sahneye, aldığı onca alkışa rağmen kendini hiç bu kadar başarılı hissetmemişti. Başarısı, düşmanının yenilgisi olan herkes gibi kendini yenilmez hissetti, gerçek başarının insanın kendiyle yarışı olduğunu unutan herkes gibi. Geçmişin duygusunu içinden kazırcasına, veda gecesinin intikamını alırcasına ayırmadı gözlerini Ada'nınkinden. Bacağını tepeye dikti ve bacağı yukarıda kendi etrafında döndü hızla, sonra kollarını iki yana açarken gerilmiş bir ok gibi sıçradı, havada döndü üç kere ve yere bir tüy gibi indi. İner inmez kemanın ritminde dizlerinin üstüne çöktü ve yüzüstü bıraktı bedenini, kıvrılarak süründü, kendi etrafında döndü, sırtüstü dönüp bacaklarını ayırdı, sonra kafasını önüne koyup tek hamlede ayağa kalktı. Ama adım atamadı, ayakları yere yapışmış gibi yaptı, kendini yana devirdi, kendi etrafında dönerek yuvarlandı, bacaklarını yüz seksen derece ayırıp vücudunu ortaya aldı, ellerinin üstüne kalktı, geriye takla atıp ayağa kalktı. Sağ ayağını uzattı, yerde daire çizip kollarıyla gözlerini kapatarak üç büyük adımla Ada'ya yanaştı, dibine

* Müzik önerisi: Soul of the Tango - Sur Regreso Al Amor - Yo Yo Ma

kadar girdi, bu sahne kendi bölgesiydi! Gerekirse onun tepesine de çıkabilirdi!

Ada geri çekilmedi, notalara yüklenirken bedeniyle Duru'yu itti ama Duru elini onun beline dolayıp bir anda tek bacağını kaldırırken bedenini eğdi, kemanın altından kayıp Ada'nın arkasına geçti, kollarıyla onun bedenini sardı, her hareketi tuhaf bir şekilde ritme uygundu, Ada, Duru'nun varlığını kendinden uzaklaştırırcasına silkelendi, ama bir adım dahi uzaklaşmadan Duru da onunla silkelenmişti.

11. O an Deniz...

Ada ve Duru... Umudun battığı iki güneş gibiydiler.

Duru'yu bu sahnede bulmanın dehşet veren yıkımı, Ada'yla kapışmasını sanat sanan, Duru ya da Ada hangisini tutuyorlarsa tuttukları tarafın kazanması için gözlerini ayırmadan bakan bu anlamaz kalabalığın alkışları, dikildiği kapının ağzında hareketsiz bırakmıştı Deniz'i.

Ada'yı görmek için gelmişti buraya. Yaptığı bestelerden birini duymuştu bir gün yolda ve onu geri almanın zamanı geldiğini anlamıştı, arınması yakındı. Akşamları Sokak'a gelen çocuklardan biri işe başlamıştı burada, dikkat çekmeden içeri alınmış, insanlar yerlerine otururken salonu incelemişti kırgın bir huzurla.

Kendisinden çalınan düşüncelerin aklına doğduğu andaki tazelikte uygulanmış olmasının huzuru, her detayda, özellikle kullanılan o bakırın tonunda, kendi zevkini ve Duru'nun izini görmenin kırgınlığıyla birleşmişti Ada'nın sahneye çıkmasını beklerken. Ama kızamamıştı Deniz, çünkü fikir birine ait olabilir miydi? Doğmak için kendine akıl arayan bir düşünceye sahip olunabilir miydi? Uygulayanlar dünyayı değiştirmeye hakkı olanlar değil miydi?

Hissettiği kırgın huzur, önce Ada'nın sancılı kıvranışıyla bölünmüştü, kelimeleri yoktu Ada'nın notaları vardı ve sahnede intikam diye bağırmaya başlamışlardı. Sonra Duru çıkagelmişti, yaşanmış her hatırayı asitle yıkarcasına, benzinle yakarcasına, dinamitle patlatırcasına... vefasızca.

Neden buradaydı Duru?! Buranın Can Manay'a ait olduğunu bilmiyor olamazdı! Dünya bilirken onun bilmemesi mümkün müydü?! Üstelik sahnenin tepesine kendi heykeli konmuşken... Sorular, görmezden gelmek istediği, aklına çağırmadığı gerçekleri açığa çıkarırken mantığını daha fazla susturamadı Deniz, gözleri sahnedeki savaştaydı.

Sanatı intikam alırcasına kullanan, müziği dansa düşman eden, dansı müzikle yarıştıran Duru ve Ada... Nasıl olmuştu da böylesine yoğun duyguları gösteriye çevirebilecek kadar kaybolmuşlardı? Yoksa hep kayıp mıydılar?

İzlediği şeyin acısıyla yüzü kasıldı, ince, yürekten gelen ağlamasının iniltisi, alkışların arasında kaynadı. Omuzları titredi, bedeni kalbinin ağrısıyla öne bükülürken Deniz dönüp gitti.

Kabul etmemişti Duru'yu kaybettiğini, Ada'nın tamamen gittiğini. Hayatının bir köşesinde bir yerlerde sanki beklemedeydi ikisi de, zamanı gelince, ihanetleri hafifleyince geri döneceklerdi ama bekledikleri o yerin sadece anıları olduğunu şimdi anlamıştı Deniz. Geriye dönüş yoktu, geçmiş adı üstünde geçip gitmişti. Giderek hızlanan adımlarla çıktı Can Manay'ın, sahnesinde müziğin dansla dövüştüğü, izleyenlerin taraf olduğu lanetli, samimiyetsiz binasından.

Kocaman bir mezar taşıydı burası, üzerinde Duru ve Ada yazıyordu.

12. *Duru & Ada*

Daha ne kadar sürebilirdi bu! Ne yaparsa yapsın, ne çalarsa çalsın Duru'nun bedenini müzikle besliyordu.

Ritmi düşürdü Ada ve Duru yavaşça çözüldü Ada'dan, adım adım parmak uçlarına basarak uzaklaşırken izleyenler ayağa fırlamış çılgın gibi alkışlıyorlardı. Sahne arkası da bu alkışa katılmıştı.

Kemanını indirdi Ada, şaşkınlıkla alkışa baktı, bu insanlar ne kadar salaktı!

13. *Özge & Sadık*

"Yalnız değilsin. Asla izin vermeyeceğim sana dokunmalarına" diyordu telefonuna gelen mesaj, Özge numarayı tanımasa da Sadık'tan geldiğini biliyordu.

Aniden ayağa kalkmıştı herkes ve alkış koptuğu zaman ancak kendine gelmişti Özge, yoksa dalıp gidecekti kendi içine.

Yüzünü sildi ve ayağa kalktı, neyi alkışladığını bilmeden alkışa katıldı birkaç saniye ve yavaşça çekti çıkardı kendini kalabalıktan, koridorda ilerlerken kendini kamufle etmek için eline telefonunu alıp yüzünü eğdi... Korumasızdı... Savunmasızdı...

Çok az zamanı kalan biri gibi hissederek yürüdü koridoru. Ama ölse de yeniden doğacaktı. Biliyordu. Baharın gücünü taşıyan bir papatyanın savunmasızlığında ama bir mevsimin gücündeydi, hissediyordu.

Geniş hole açılan kapılar kapandığında salondan gelen alkış sesi kesildi, kendi ayak sesinin eşliğinde merdivenlere yürüdü ve merdiven başına geldiğinde aşağıda Sadık'ı fark etti. Dört adım sağa yürüyüp sonra aninden üç adım sola atmasını ve tekrar sağa dönüp iki adım sonra durmasını izledi. Düşünceliydi.

Özge merdivenlerden inerken Sadık ona dönmedi, kendisine yaklaşan ayak sesinin ritminde gözlerini kapayıp bekledi. Birazdan hayatının yüzleşmesini yaşayacaktı.

Merdivenin en son basamağına indiğinde dikkatle baktı Özge, Sadık ceketini çıkarmış, smokin gömleği ve belindeki kalın smokin kemeriyle kıpırdamadan, arkası dönük bekliyordu. Üzerindeki gömleğin omuzlarına oturan etkisi sırtında iyice gerilmişti.

Özge'nin kendisine kilitlenmiş gözlerini hissederek döndü ve dümdüz ona yürüdü. Dimdik durdu karşısında. Elini uzattı Özge'ye ama dokunmadı, sadece uzandı... Uzanan parmakları yumruğa dönüşürken elini indirdi, çekip gidebilirdi, feda ettikleri üzerine kurduğu imparatorluğun başına geçip son bir feda edişle her şeye sahip olabilirdi... artık hiçbir anlamı olmayan her şeye... Asla feda edemeyeceği tek şeyi, aşkı, takas edebilir miydi ruh?

Burnunun içine çektiği nefes bir elektrik akımı gibi titreyerek, dokunduğu her hücreyi uyandırıp gözlerine ulaşarak duyguya dönüştü. Gözlerinden sızan bu duygu, onu durdurdu. Artık hiçbir anlamı olmayan her şeye, her anlamı taşıyan tek şeyi takas edebilir miydi ruh?...

Kendiyle savaşan bir insandan daha yaralı, daha yarım, daha sahipsiz hiçbir şey görmemişti Özge. Kendiyle savaşan birini görmeyenler bunu asla bilemezdi ama insanın kendiyle savaşına tanıklık etmek evrimi saniyelerde izlemek gibiydi, geri kalan her şeyden daha etkiliydi. Sadık'ın savaşını izledi onun gözlerinde, ifadesinde, suratındaki belli belirsiz çizgilerde, yapacağı her hareketin, ağzından çıkacak her kelimenin onun dünyasında depremlere neden olacağını bilerek kıpırtısız dikildi Özge... ama gözlerinde toplanan duyguyu daha fazla biriktiremedi. Keşke her şey daha farklı olsaydı, keşke onu daha önce, bu kadar kirlenmeden önce tanımış olsaydı, keşke başka bir gezegende, başka bir deneyimde karşılaşmış olsalardı.

Özge, savaştığı her şeyin var olmasına yardım eden birini nasıl kabul edebilirdi? Sadık, var olmasına yardım ettiği her şeyden nefret eden birine nasıl sığınabilirdi?

Özge'nin gözünden sızan duyguyu sildi eliyle, sonra ıslanan eline bakıp bu duygunun nasıl bir zehir olduğunu, Özge'den kendisine bulaşıp onu nasıl ele geçirdiğini düşündü ama sadece birkaç saniye, çünkü ne yaparsa yapsın biliyordu aslında bu duygu sadece panzehirdi... Her hücresinde kendine yuva bulmuş bu karanlığın panzehiri Özge'nin bedeninden sızıyordu. Aşktı bu panzehirin beslediği şey, kendimizle yüzleşmemiz için vardı aşk, değersizleşen anlamların yeniden hayat bulması için vardı, insan gelişsin, kendiyle savaşabilsin diye yaratılmış en büyük ilaçtı aşk! İnsanın umursamazlığının ve merhametsizliğinin tek ilacıydı... aşk.

Sadık ıslanan parmağını uzattı ona. Onun vereceği her tepkinin bildiği hayatın, geçmişinin sonu olacağını bilerek ve sürekli geciktirdiği bu yüzleşmeye tüm ruhunu teslim ederek baktı ona. Fısıldadı.

"Hissediyorsun... benim gibi... sen de."

Özge nefessiz, kıpırtısız, hatta düşüncesiz durdu kendi alevlerinde yanan bir ejderhanın karşısında duruyormuşçasına. Sadık milim milim, her milimde biterek, yiterek yaklaştı Özge'ye, sanki ilk defa kendisiydi, yıllar önce güce feda ettiği o küçük çocuk gibi.

Özge'nin yutkunurken oynayan gırtlak kaslarına baktı, gözleri boynundan kayıp mühürlenmiş dudaklarının sessizliğine odaklandı. Yeşil gözlerine ulaştı... ilk defa çıplaktılar. Birbirlerinin gözlerinde, dudaklarında dolandı düşünceleri ikisinin de. Üzerlerindeki tüm kıyafetlere, yaşadıkları deneyimlere, hissettikleri her şeye hatta içinde can buldukları bedenlerine rağmen ilk defa ikisi de çıplaktı. Özge ilk defa gördü Sadık'ın çıplaklığını, kendisinin de görüldüğünü bilerek ilk defa baktı ona... huzurla ama bir anlığına. Sadık'ın parçası olmak için yalvarırcasına kendisine yaklaşan bedenine, dudaklarını hedef alan nefesine dayandı Özge, güçlü bir fırtınaya dayanır gibi... Nefes alsa, gözünü kırpsa Sadık onu öpecekti... Ama seçimlerin değiştirdiği ruhun özünü çırılçıplak görmek ruhu bilmek değildi ki... Özünden uzaklaşıp kendi ışığında gölgeye dönüşen milyonlarca ruhun gezegeniydi burası. Işığa rağmen gölgeye dönüşmüş biriydi o, kendine hatırlattı Özge.

Ve o an ilk defa o yeşil gözlerdeki ateşin geri çekildiğini gördü Sadık, Özge bir adımda kendini ondan çekerken.

Yıllardır, anbean öldürdüğünü sandığı tüm duygular Sadık'ın içinden bir yumruk gibi yükselirken bedeni kasıldı, kasları bu kadar güçlü olmasa iki büklüm olabilirdi. Eli düşünmeden kavradı Özge'nin bileğini, ait olduğu ve kendisini istemeyen kutsal bir şeyi kavrıyor gibi. Ağabeyi Murat vardı avucunun içindeki bu tenin sıcaklığında, kurtaramadığı o köpeğin solan gözlerindeki hayat vardı... bırakmayacaktı. Kendisini yok etmek üzere olan bu duyguları onunla paylaşmadan onu bırakmayacaktı. Farklı iki yöne gidiyorlardı ama şimdi yan yana durmuşlardı işte. Çırılçıplak hem de.

İlk defa Özge ona bakmaya cesaret edemedi... Güç için feda ettiği her şeyi şimdi kendini bulmak için fark etme cesareti gösterebilen bir erkeğin gözlerine nasıl bakabilirdi ki?...

Sadık gözlerinden sızan duyguların tenini bir asit gibi yaktığını anlatan bir ifadeyle mırıldandı.

"Beni sevdiğini söyle."

Özge gözlerini kapadı, seviyordu bu adamı, kendine asla itiraf edemediği bir derinlikte, tuhaflıkta ama iki kişinin bedeninde aynı anda kök salan bir tohumdu sevgi, izin verirse büyüyecekti... Özge izin veremezdi. Sadık'la paylaştığı tek şey bu savaş cephesiydi. Kendini onun sevgisine açıp cepheyi ona bırakamazdı, etrafındakilerin hayatlarından beslenerek yaşamış biriyle aynı tohumu paylaşamazdı. Gözlerini açtı, görüntüsü böyle olmasa, baktığında böyle hissettirmese durabilirler miydi böyle yan yana? Ne tuhaftı, gözlerimiz aklımızı kör edebiliyordu. İnsan baktığının ötesini görmek istemediği sürece körden beterdi hali, çünkü körler görmediklerini bilerek hayata hazırlanırken, baktığının ötesini göremeyenler gördüklerini sandıkları için hep hazırlıksızdı.

Gözlerini kapattı Özge, onun görüntüsünün aklını zehirlemesine izin veremezdi... içine çekilmek istendiği bu fırtınaya kapılmamalıydı. Çırılçıplaktı. Elini ondan kurtarmalıydı...

Sadık ona dönüp mırıldandı.

"Beni sevdiğini söyle... söyle. Bana yalan söyle."

Gözlerini açmamalıydı! Bu fırtınadan sıyrılmalıydı! Teninde hissettiği nefese yenilmemeliydi ama asıl hissettiği onun acısıydı. O nefesten tenine değiyordu, içine sızmak için öyle ısrarlı ve öyle güçlüydü ki dişlerini sıktı Özge, konuşmayacaktı, içine çekilmek istendiği bu fırtınaya kapılmamalıydı. Yalnız hissettiği için anlamlı geliyordu Sadık'ın kelimeleri, bu hali. Savunmasız olduğu için çekemiyordu elini, korunmasızlıktandı ona gösterdiği sabır.

Sadık kafasını Özge'nin kafasına dayayıp onun bileğini sıkarken içinden gelen sancıyla yükseltti sesini.

"Bana yalan söyle! Beni sevdiğini söyle!"

Özge gözlerini iyice sıktı, kafasını diğer tarafa çevirip dudaklarını kilitledi, onun ellerinden kurtulabileceğini bilse koşup gidecekti ama biliyordu, o bırakmadan gidemezdi! Sadık'ın savaşı bulaştı Özge'ye, sıkıca kapalı gözlerinden yaşlar sızarken.

Haykırmak istediği kelimeleri yutkundu Sadık, diğer elini de ona geçirdi. Özge'nin küçük, narin ama kendisi için tüm anlamları ifade eden bedenine iyice yaklaştı, "Bana n'apıyorsun böyle?..." diye fısıldadı.

Özge açmadı gözlerini, içine çekilmek istendiği bu fırtınaya kapılmamalıydı!

"Beni sevdiğini söyle..." dedi Sadık bir kez daha yalvarırcasına. Özge bileğini saran elin sıkılığında gevşedi, çattığı kaşlarının arasında sıkışan gözlerinden akmak üzere olan yaşı derin bir nefesle son bir kez engelleyebildi. Sadık "Bir kez..." derken kolundaki eli kaydı, Özge'nin boynuna ulaştı.

Parmaklarının değdiği narin, incecik boynun hayat dolu şahdamarını avucunun içinde hissetti Sadık. Hafifçe kavradı, Özge'nin narinliği kendi kaba ellerinin arasında ne kadar da çaresizdi... sıksa kırılacak kadar inceydi. "Niye?..." dedi, çıkan ses bir kelimeden çok bir inlemeydi.

Özge gözlerini açmadı, boynuna kenetlenmiş ele teslim olurcasına hafifçe boynunu geriye attı. Bu fırtınadan sıyrılamıyorsa Sadık ne yapacaksa yapsındı. Ama Sadık'ın eli kaydı boynundan, parmakları yüzüne ulaştı ve dudaklarında gezinirken, Özge derin bir nefes aldı. Sadık, "Böylesine alev alevken nasıl bu kadar soğuk olabilirsin?..." diye mırıldandı.

Teninde hissettiği duygudan sıyrılmak için zorladı kendini Özge, niye bu gezegende olduğunu kendine hatırlattı. Karşısında dikilmiş savaşmak için ölmeye hazır olduğu tüm anlamları yıllar boyunca yağmalamış bu gölgenin, şimdi bir çatlaktan sızmak için kendisine odaklandığını hatırladı. İçine çekilmek istendiği bu fırtınaya ASLA kapılmayacaktı! Duygularını yutkundu. Sakince gözlerini açtı. Sadık'a dönüp gözlerinin içine bakarken mırıldandı.

"Varlığı lanete dönüşmüş birini nasıl sevebilirim?"

Şimşekler çaktı önce Sadık'ın gözlerinde ve tereddütün titremeye dönüştüğü bir hareketle kaydı teninden, Özge hayatının sınavını geçtiğini bilerek adım adım ondan uzaklaşırken Sadık Murat Kolhan yaptığı her yanlışın yüzleşmesindeydi.

Ne garipti aşk... Biri için tekâmüle en büyük araç olabilirken, diğeri için en büyük tuzaktı.

14. Ada & Duru

Devam eden, coşkulu alkışların şaşkınlığında Duru'nun eli kendi elini almasa, gözleri gözlerine ciddiyetle bakıp onu beklemese, Ada içindeki fırtınadan sıyrılıp kendine gelemeyecek, alkışların içine işlemesine fırsat vermeyecekti. Bu alkışı Duru gibi eşsiz biriyle paylaşmanın gururunu hissetmeyecekti... En büyük düşmanımız belki de en büyük kıskançlığımızdı.

Elini tutan Duru'nun eğilişini takip edip onunla birlikte selam vermek için eğildi. Birlikte selamladılar alkışı, sonra sahne arkasına yürüdüler, el ele.

Ada şokta gibiydi, içindeki tüm duygular sanki bir anda boşalıp gitmişler bomboş bırakmışlardı bedenini, Duru tamamen kontroldeydi, hissettiği her şey zaferle hafiflemişti. Alkışlarla beslenen herkes gibi hissettiklerine değil aldığı alkışa, çektiği dikkate odaklıydı, daha fazlası için de gerekeni yapmaya hazırdı.

Sahnenin arkasında kendilerini bekleyen ekip onları heyecanla karşıladığında elleri birbirinden ayrıldı. Bir sonraki sahneye hazırlamak için Duru'yu çekiştirerek soyarken Ada'nın elinden kemanını aldılar.

Tamam, sahneledikleri şey, her neyse, çok beğenilmişti ama gösterinin geri kalanında Ada'yı sahneye çıkarma riskine girmeyeceklerdi, güvenlik beklemekteydi.

Kemanı elinden bırakırken fırtınadan kurtulmuş ama ne olduğunu hatırlamayan biri gibi hissediyordu Ada, Duru gözlerini ondan ayırmadan, üzerindeki kıyafeti soyarlarken, "Senin burada olduğunu bilmiyordum" dedi. Samimiydi.

Ada sadece "Ben de" diyebildi. "Deniz'le misin?" diye sordu, cevabı beklerken nefesini tuttuğunu fark etmedi. Duru başını iki yana salladı ve onun gözlerini yuva yapmış o düşünceyi gördü Ada, o da terk edilmişti... kendisi gibi. Bir daha konuşmadılar. Duru başıyla hafifçe onu selamladı, Ada da minicik bir hareketle onu anladı. Ayrıldılar.

Kendisine refakat edecek güvenlikçilere huzurla döndü Ada, zaten milyonları verseler de yaşadığı bu duygu yoğunluğundan sonra çıkamazdı o sahneye bir daha. Ada güvenlikçileri gönüllü takip ederken, Duru sahneye hazırdı.

15. Deniz & Özge

Şehrin en yüksek ve o zamana kadar yapısız kalabilmiş tek tepesine dikildiği için "Tepe" diyorlardı buraya. Özge nihayet dışarı çıktığında, Sadık'ın zehirli etkisini üzerinden atarcasına derin bir nefes aldı tepenin 360 derece kucakladığı şehrin yarısına bakarken. Gözlerini sildi. Sadık'ın peşinden gelmeyeceğine emindi, ilk defa. Hüzün hissetmek istedi, kaybettiği bir duygunun hüznünü ama doğruda durabilmiş olmanın huzuru o hüznü silip geçti. Çünkü birlikte olmayı seçtiğimiz insan, derinliğimizin, temizliğimizin ölçüsü, kimliğimizin özüydü.

Şükürler olsun ki bahçe bomboştu, herkesin arabası binanın altındaki otoparktaydı. Tuhaf bir güzelliği vardı bahçenin. Binanın etrafını dolanan küçük ırmak bahçede menderesler çizerek aşağıya doğru inmekteydi. Güzelliğinin tuhaflığı doğal taştan yapılmış bu bahçenin, mermer sütunlu, kubbeli binaya zıtlığıydı ama zıtlıklar sadece böylesine birlikteyken bütünü oluşturmuyorlar mıydı?

Kimse gösteriden bu kadar erken çıkmayacağı için bahçenin bittiği yolda bekleyen ambulans dışında araç yoktu. Merdivenlerden inip bahçedeki güvenliğe taksi çağırmak istediğini söylediğinde numarasını verdiler. Taksinin numarasını çevirirken bahçeyi sınırlandıran kısa, antik duvara yürüdü Özge. Küçük tepeleriyle sanki hayatın dalgalandığı şehrin ışıklarına baktı... Arama tuşuna basıp taksiyi arayacaktı ama gözleri uzaklara daldı. İçine akan huzura aklını açarcasına şehrin üzerinde gezdirdi bakışlarını... Hayatının bir devri kapanmış, sınavlarından başarıyla çıkmış gibiydi. İnandığı şeylerden vazgeçmemiş, yenilmemişti.

Kafasını eğip, uçurum dikliğine ulaşamamış ama dik kalmayı da başarmış yamaca baktı. Bedeninin ağırlığını duvarın üstüne bıraktı, artık dinlenmeye ihtiyacım var diye düşünürken duvarın dışında dik yamacın hemen başında, ağırlığını bıraktığı duvara sırtını dayamış yerde oturan adamı fark etti. Duvarın üstünden atlayıp sırtını böyle dayayarak oturması, bu manzaraya bakmak için ne iyi fikirdi! Adamın tanıdık gelen profilinin etkisiyle iyice öne eğildi... nereden tanıyordu bu adamı?

Deniz sırtını dayadığı duvardan öne sarkan şeye bakmak için kafasını kaldırdı... yemyeşil gözleri vardı.

Özge'nin suratına yayılan hayret Deniz'e odaklanmışken, ayağa kalktı Deniz, yalnız kalmak için gelmişti buraya, kimseyle konuşacak halde değildi, gücünü toplayıp gitmeden önce burada dinlenmişti ama karşısındakinin de kimseyle konuşacak halde olmadığını gördü. Sanki aynı enlemin aynı düzleminde olmalarına rağmen ilk defa birbirlerini fark etmiş iki kişi gibi şaşkındılar birbirlerine bakarken. Tuhaftı. İkisi de ağlamıştı. Deniz duvarı atlayıp uzaklaşacaktı ama bakmaya devam etti daha önce kendisine hiç bakılmamış gibi hissettiren bu tuhaf yeşil gözlere, aklına söyleyecek tek bir kelime gelmeden.

Hafızasının kıvrımlarından çıkan bilgiyle hatırladı Özge: Kağan'ın davetinde* Can Manay'ın karşısına oturmak istemediği o gece, kapıda dikilen keş adamdı bu. Ve o gece bu suratta eksik olan her şey şimdi fazlasıyla yerindeydi. Kendini ona hatırlatmayı düşündü, ama kendini o seviyede uyuşturan birine o geceyi hatırlatmasına imkân yoktu. Derin bir düşünceden nefesini tutarak çıkmış gibi bedenini birkaç milim geriye çekip gözlerini ayırdı Deniz'den ve onun geçişini engellediğini hissederek kenara çekildi, ama bedeni değildi Deniz'i durduran, kızın hissettirdiği bu tuhaf enerjiydi.

Bir hamlede çeviklikle atladı duvarı Deniz, topraklanmış ellerini birbirine vurup silkelerken gözlerini ayırmadan ona bakmaya devam etti. Çok uzun bir süre bakmaya niyetliydi ama Özge "İyi akşamlar" dedi ve elindeki telefonun tuşuna basıp arkasını döndü, gitti.

Deniz, "Nerden tanıyorum seni?" diye seslendi ardından, onun kalçalarına kayan gözlerini hemen yukarı kaldırarak. O düz, sade döpiyesin altında bile kadınsı olmayı becerebilen kalçaları ne kadar güzeldi.

Özge durdu, hemen dönmedi ama, kendi kendine kaşlarını kaldırırken suratına yayılan küçük tebessümü de durdurdu, onca esrara rağmen hatırlanması imkânsızdı. Hatırlatmakta kararsız Deniz'e döndü.

Deniz, "Kozmik olarak tanıştığımıza yemin edebilirim" dedi dikildiği yerden, iltifat eden birinden çok duruma hayret eden bir hali vardı.

---

* *Fi*, 1. Bölüm, 26. sahne.

"Kozmik!" diye düşündü Özge. Niye etmişti şimdi bu kelimeyi! Ani bir heyecan yükseldi içinde, boyun kaslarının omuzlarına inen kısmını ortada bırakan yakası yırtık tişörtü ve altındaki eşofmanla gerçekte kimdi bu adam? Ne işi vardı burada!? Niye kırmızıydı gözleri?

Deniz, anbean kızın suratındaki duyguyu gördü, o küçücük tebessüm tamamen silinmiş, kozmik ya da değil kendisini tanıyan bir ifade gelmişti, gelirken yanında çok zor kendini gösteren o merakı da getirmişti. Bu yüz, kendi hissettiği merakın aynası gibiydi. "Kimsin sen?" dedi.

"Özge" diye cevap verdi Özge, adını söylemesinin asla yetmeyeceğini hissederek.

"Özge" diye düşündü Deniz kıza yaklaşırken, gözlerini kıvrımlarında heyecan bulduğu yüzünden ayırmadı, nasıl da adı gibiydi kızın hissi, gözü pek, başka, yabancı, yürekli, kimse gibi olmayan, derenin başlangıcı olan kaynaktı anlamı. Kızına koyardı bu ismi, eğer kollarının arasına alma ihtimali olmasaydı karşısındaki kadını. Bir kadına verilecek en güzel isimlerden biri, tüm anlamını bedene indirmişcesine karşısındaydı. Elini uzattı Deniz konuşmadan.

Kendisine uzatılan ele bir an baktı Özge, elini uzatırken kafasını kaldırıp karşısındaki erkeğin ifadesine odaklandı, Deniz'in suratında sosyal yaşamın tüm yapmacıklığını geride bırakan bir ifade vardı. İkisi de tuhaflığın anbean farkındaydı.

Sımsıkı, kararlı, birbirlerine kim olduklarını hissettirerek tokalaştılar.

Özge'nin ince kemikli parmakları, kendi uzun parmaklarının baskısına aynı baskıyla karşılık verirken, Deniz o an karar verdi, elini çekmeyecekti!

Özge elini gevşetti, Deniz'in parmaklarının gevşemediğini fark etse de elini çekecekti... Ama Deniz daha sıkı tuttu onun çekilen elini ve gözlerinde yüzlerce soruyla başını hafifçe yaklaştırıp "Tanıyorum seni" dedi, ciddiyeti sarsıcı, gözleri ışıktı.

Kıpkırmızı oldu Özge, dudaklarına hücum eden kanın ağzından çıkan nefesi ısıttığını hissetti... Elini bırakmayan bu adam da kesin hissetmişti, belliydi çünkü gözleri dudaklarına inmiş ve kenetlenmişti. Ve birden elini çekti Deniz! Yoksa kızı öpecekti.

Tuhaflığın tam ortasında, daha da tuhaf hissedemeyeceğine neredeyse yemin edeceği bir duygunun içinde, her şey her an daha da tuhaflaşırken bakışlarını kaçırdı Özge, "İyi akşamlar" deyip döndü, nefes nefese yükseldi göğüs kafesi. Ne zaman bu kadar heyecanlanmıştı?... Sorusuna cevap bulamadı.

Telefonunu cebine koydu. Taksiyi aramayacaktı, yürümeye ihtiyacı vardı, geride bıraktığı bu varlık kendisine ulaşana kadar yürüyecek, gerekirse yürüyerek dolanacaktı dünyayı.

"Deniz" diye kendi adını seslendi Deniz. Özge birkaç adım daha atıp gecikmeli de olsa ona döndü ve geri geri yürümeye devam ederken sadece baktı, ciddi, oyunsuz bir bakıştı. Tekrar önüne döndüğünde kalbi yerinden fırlayacak gibi atıyordu. "Deniz" diye düşündü, içinde barındırdığı milyonlarca hayatla ne kadar güzel bir isimdi. Acaba hâlâ keş miydi?! Kaşları çatıldı, böyle hissettirebilen bir erkeğin keş olması ne yazıktı! Katliamdı! Haksızlıktı!

Heyecanı hüzünle karışırken tekrar dönüp Deniz'e bakmamak için kendini tuttu Özge, gözlerini kapattı sıkıca bir ya da üç saniye, açtığında Deniz yanı başındaydı.

On adım kadar kafasını ona çevirmedi Özge ve on adım kadar gözlerini Özge'den ayırmadı Deniz.

Kısa saçlarının inatçı dalgası, açıkta bıraktığı ensesinin kadınsı narinliğiyle nasıl da çelişkideydi. Gömleğinin geriye düşen kalkık yakasından koparmak zorunda kaldı gözlerini, bu tene sanki daha kimse dokunmamış gibi hissetti. Dokunulmazlık yayıldı Özge'nin bedeninden ve nefes nefes Deniz'e işledi.

Konuşmadan, kalplerinin ritmine ters yavaş adımlarla yan yana yürümeye başladılar. İkisi de çok ciddiydi. Birbirlerinde fark ettikleri duyguların daha önce hissedilmemiş ciddiyeti ikisine de yerleşmişti.

On adım sonra yavaşça başını ona çevirdi Özge, Deniz'in kendi üzerindeki bakışını karşıladı, bir an birbirlerine bakıp önlerine döndüklerinde derin bir nefes aldılar, aynı anda. Komikti ama hissettikleri duyguların yoğunluğu komikliği ezip geçmişti.

Tesadüf yoktu bu evrende, insan yaşaması gereken her şeyi yaşamalı, hissetmesi gereken her şeyi hissetmeli ve hayatının analizini yapmalıydı, ancak o zaman hayatın onu buluşturmak istediklerine hazır olabilirdi.

Caddeye indiklerinde doğal bir hamleyle dirseğinin üstünden tuttu Deniz Özge'yi. Karşıya geçeceklerdi ve sağdan gelen boş taksinin yoldan geçip gitmesini beklediler. Deniz'in varlığını, tuttuğu kolunda hissederken çekilmedi Özge. Deniz onu karşıya geçirdi. Karşıya geçtikten sonra elini çekecekti... ama çekemedi.

Deniz bırakamadı Özge'nin kolunu, uzun süredir akıntısına kapılıp sürüklendiği okyanusta sanki bir ada bulmuş, ilk defa tutunmuştu. Eliyle tuttuğu bu kol sanki bir parçasıydı... bırakamazdı. Bırakmayacaktı. Gözleri yine o enseye kaydı. Özge kafasını hafifçe öne eğmiş sessizce yürüyordu. Deniz gözlerini ondan çekmiyordu.

Nefesler yetmedi yürürken iyice alevlenen bu heyecanı dindirmesine ama savaşmayacaktı Özge, kolunda hissettiği o elin varlığı kendisini bildi bileli hissetmek istediği tek şeydi sanki. Çok tuhaftı... her şey daha da tuhaflaşamaz derken kendini tamamen bu tuhaflığa bıraktı. Belki de keşti, belki de önüne gelen her kıza asılan bir serseriydi ama o elin varlığına ihtiyacı vardı, çünkü tek bir dokunuşta içindeki yalnızlığı almış, savunmasızlığı silmişti sanki. Caddenin kıyısında otobanın ağzına yaklaştıklarında soldaki sokağa döndü Deniz elini Özge'den çekmeden ve onu çekiştirmeden. Özge takip etti... sanki tek bir beden gibi.

Ara sokaklardan geçtiler, adım adım Deniz yaklaştırdı Özge'nin bedenini kendininkine, Özge kafasını hiç kaldırmamıştı adımlarından. Elini hiç çekmeden ve gözlerini ondan ayırmadan böyle yürüyebilirdi... sonsuza kadar.

16. *Ada*

Kendisi için çağrılan taksiye bindirilmiş ve Tepe'den gönderilmişti. Yolda dayanamadı, çellosunun arkasına sakladı suratını ve içine çekti kokainin geri kalanını. Biraz burnu kanadı ama aldırmadı, çekildiği dipten anca yüzeye çıkmıştı. O dibe tekrar çekilmeden önce en fazla yarım saati vardı... yarım saat sonra yüzeye çıkmak için elinde hiçbir şey kalmamıştı.

Eve varmak üzereydi ki adresi değiştirdi. Sahildeki eski tersaneye gidecekti. Bu geceyi geçirebilmek için orada bir şeyler bulacağı kesindi.

17. *Deniz & Özge*

Ne nereye geldiklerini, ne de nerelerden geçtiklerini biliyordu Özge. Kafasını adımlarından kaldırmamıştı bir an bile ama Deniz durduğunda, artık büyü bozulmadan, bu tuhaflığı bitirmenin, hoşça kal demenin vakti geldiğini düşünüp başını kaldırdı. Kısa kesip gidecekti. "Teşek..." derken "Şışşş..." diye susturdu Deniz onu gözlerini bir an onunkilerden ayırmadan, şimdi daha da ciddiydi.

Hissettiği duyguyu hafifletmek için gözlerini kaçırmak istedi Özge ama Deniz'in gözlerinden koparamadı kendini, ondaki yoğun kararlılık sonsuza kadar bakılacak güçteydi. Suratı kıpkırmızı olurken dudaklarına hücum eden ateşi kovalarcasına yine açtı ağzını ama yine "Şışşş..." diyerek susturdu onu Deniz. Tebessüm ya da sempati yoktu ifadesinde, sadece kararlılık vardı ve şimdi karşı karşıya durdukları halde elini hâlâ çekmemişti.

Deniz yüzünü ona doğru yaklaştırdı... Özge'nin nabzı daha önce hiç çıkmadığı tepelere tırmandı, Deniz'in Özge'den ayrılmayan gözleri ve burnundan çektiği derin nefesleri Özge'ninkilerden aldı, aralarında kalan birkaç santimde havayı paylaştılar nefes nefes... ve Deniz ciddiyetin kurallar koyduğu o tuhaf tonda, "Konuşursan... seni öpeceğimi biliyorsun... Seni öpersem buna izin vermeyeceğini biliyorum. Seninle savaşamam ve benimle savaşmana izin veremem... Özge..." dedi. Elini Özge'nin kolundan kaydırıp parmaklarına ulaştı, gözlerini onunkilerden ayırmadan, suratını onunkinden uzaklaştırmadan parmaklarını parmaklarına kenetledi. Ve Özge'yi elinden tuttuğu gibi yürüdüğü yere götürdü.

Deniz'in akıntısına kapılmıştı. Adımları doğal bir istekle onu takip ederken mantığını uyandırmaya çalıştı Özge, ama mantığına baypas gerekliydi! Elini kavrayan güce teslim olmasını engellemek istedi ama kapılıp gitme isteği daha kuvvetliydi. Suratından, özellikle dudaklarından çıkan ateşli basınçla vücudunun alev aldığını hissetti, hava diğerleri için sıcak olmalıydı ama Özge için değildi, sanki dışarıdaki her şey buz kesmişti. Çünkü resmen ateşi yükselmişti.

Utanmanın doruklarında, elini çekmedi utanmazca. Erkek diye düşündü, etrafta binlerce ihtirassız iktidarsız varken gerçek erkek kadını böylesine saygıyla utandırabilen değil miydi? Saygıdan ödün vermeden kadını alabilen gerçek erkekti! Tüm bedeninin varlığı sanki elinde toplanmıştı, Deniz'in güçlü parmaklarının arasında kesinlikle dokunulmazdı, ulaşılamazdı. Girdikleri sokağın içinde müziğin aktığı kaynağa ilerlediler.

Sokak'ın kapısına geldiklerinde Özge daha önce hiç hissetmediği duyguların doruğundaydı. Bir el nasıl bu kadar hissettirebilirdi! Bir dokunuş aklı tamamen ele geçirebilir miydi!?

Deniz girişte insanları selamlarken durdular, elini sıkı sıkı tutan Deniz'in ne konuştuğuna, ne de konuştuğu kişilerin kim olduğuna dikkat etti Özge, önemli değildi çünkü kapının üstünde okuduğu şey çok daha önemliydi: "Bu sahne herkes için tasarlanmamıştır. Anlamın ancak sanatla doğduğunu bilenlere adanmıştır. Bu Sokak kendini bilenlerindir."

Sosyal medyada gösterilerini izlediği, buraya gitmek lazım dediği yerdi burası. İçeri girdiler. Kalabalığın arasından geçerlerken kafasını kaldırdı, o an tavandan sarkan beyaz iplere asılı dansçıların aşağı inişine baktı, şaşkınlıkla açılan gözleri asma kattaki orkestraya kayınca müziğin canlı olduğunu anladı, aklı şaşkınlığa teslim olurken dudakları aralandı. İzlediği viraller ne kadar da eksikti, hissettiği bu his garipti. Deniz'in kendini çeken eline ilk defa direndi bedeni, çünkü kalabalığın içinde dans eden dansçıların bir sıçrayışta sahneye çıkmalarını izlemek zorunda hissetti.

Deniz karşı koyamadı Özge'nin direncine, durdu, Özge etrafında fark edilmesi gereken onlarca şeye hayretle odaklanmışken o da Özge'ye odaklandı. Kocaman yeşil gözlerinin nasıl da izlediği her şeyi analiz ettiğini, aralanan kırmızı dudaklarından içine çektiği havanın göğüs kafesini heyecanla indirip kaldırmasını, bedeninin yavaşça ama tamamen farkında müziğin ayinine küçük ritimlerle katılmasını izledi... Yıllardır izlediği onca dansa, onca şova rağmen, kendisine en heyecan veren şey, çalan müziğin bu alev içindeki bedene bulaşması ve dokunulmak için önce sabırla kazanılması gereken bu muhteşem bedenin o küçücük hareketleriydi...* Yavaşça gevşetti parmaklarını Deniz, avucunun içindeki şahini salarcasına...

Deniz'e döndü Özge. Dans eden kalabalığın içinde durup birbirlerini gördüler. Kaç kişi vardı bakınca birbirini görebilen?

18. *Sadık*

Ormandan evine giden yola girmek üzereyken daldığı düşünceden uyandı Sadık, "Mall'a dön!" dedi şoförüne. Gittiği yeri kimse bilmemeliydi, gücünü kaybetmek üzere olan biri için kimin kim olduğu belli değildi, çünkü mıknatıs gibiydi güç, sizde olduğu sürece etrafınızda ne kadar ruhu satılmış varsa çekerdiniz ve gücü kaybetmeye başladığınızda artık size yapışamadıklarından, sizi satmak için yarışırdı etrafınızdakiler.

Avlusundaki lüks restoranlarla şehrin en nezih alışveriş merkezinin meydanında arabasından inerken "Bir saate çıkarım, ayrılma burdan" diye buyurdu şoförüne ve kapıda kendisini karşılayan restoran müdürüyle içeri girdi. Burası kendisinindi, kimse bilmezdi ama onlarca restoranı vardı ve burası müdürü en güvenilir olanıydı. Adamı yirmi yıldır tanırdı.

Smokinli bu yakışıklı adamın Murat Kolhan olduğunu bilmeden gözlerini ona dikti restoranın müşterileri. Kendinden emin adımları, etrafındaki kimseye görmeyen hali ve içeri girdiği anda sanki havaya bulaştırdığı çekimle, gece hayatının ümitsiz kalaba-

---

* Müzik Önerisi: Behind the Wheel - Depeche Mode

lığının arasından bir hayal gibi geçip müdürün odasına girmişti. Yalnız bırakıldı odada, aynı planlandığı gibi.

Üzerini değiştirmesi, alışveriş merkezinin otoparkına inen kapıdan geçip aracına ulaşması on beş dakikasını almıştı.

Eski bir Volkswagen'in içinde yola çıktı Sadık. Marinaya vardığında, içeri girmeden arabayı yolun kenarında bıraktı, kendisini bekleyen tekneye yürüdü, her şey hazırdı.

Tekneyle yarım saatlik uzaklıktaki adaya gitmesi, orada hazır bekleyen uçakla ülkeyi terk etmesi yıllar önce planladığı bir olasılığın gerçekleşmesiydi. İnsan ancak hazırlıklı olabildiği sürece hayatta kalabilecek kadar âcizdi.

Bu sabahtan beri biliyordu ipini çektiklerini. Bildiğine uyanmamaları için günlük programına devam etmişti, bu geceki baskınla evde yakalayacaklardı onu, tabii bulabilirlerse.

Özge darbeyi yapana kadar dönemezdi.

19. *Duru*

Arabanın koltuğuna yasladı başını, geçtikleri caddeleri izledi. Gösterinin afişleri 500 metrede bir şehrin her köşesine yerleştirilmişti. Kendi yüzü yoktu afişte, sahnenin genel bir resmi koyulmuştu. İki gün daha vardı gösterinin bitmesine, peki sonra ne olacaktı, İngiltere'nin yapmacıklığına, devlerin arasındaki küçüklüğüne geri mi dönecekti? Bakışını aldı şehirden, gözlerini arabanın tavanına dikip düşündü.

Kaçtığı şehrin anahtarını vermişlerdi sanki eline. Buradan giderken nasıl da âcizdi ve şimdi nasıl da güçlü dönmüştü geri... Adına Avrupa'nın en büyük tiyatrosu yapılmıştı, binanın her köşesinde, karesinde resmen izi vardı. Gelecekte onu konuşacaklar mıydı?... Uğruna saraylar yapılan kadın diye mi anacaklardı? Dünyanın en yetenekli balerini ya da dünyanın en güzel kadını, dünyanın taptığı kadın... hangisi olacaktı Duru? Belki de hepsi... Can'ın aşkı sayesinde dünya onu görecekti. Bu afişler kesinlikle değişmeliydi, kendi resmi olmalıydı şehrin her köşesinde. Hak etmişti! Bugün sahneye çıkmasa Ada'nın yol açacağı felaket kim bilir nelere mâl olacaktı? Hak etmişti, sadece gösteriyi kurtarmamış aynı zamanda izleyenlere daha önce hiç izlemedikleri, gerçeğin çığlığında bir performans vermişti. Bunu Avrupa'da da yapabilirlerdi. İzleyici bayılırdı. Ada kabul eder miydi?

Otelin avlusuna girdiklerinde, kapısının açılmasını bekledi Duru, arabadan inerken dimdik yavaş adımlarla girdi içeri. O an o şehirde kendisinden daha güçlü kimse yoktu, emindi!

Lobiyi adım adım geçti, her an durdurulacağından, Can'ın karşısına çıkıp kendini ona çaresizce sunacağından da emindi. Ama asansöre geldiğinde karşısına çıkmadı kimse, Can Manay'dı bu, belki odasına almışlardı.

Resepsiyona geri döndü, bir işaretle çağırdığı görevliye kendini arayan birinin olup olmadığını sordu, ama sorar sormaz aranamaz olduğu geldi aklına. Sahne yönetmeninin adına yapılmıştı rezervasyon, kimse bilmiyordu burada olduğunu. Belki kendisini şimdi buraya getiren şoför bildirirdi adresi, Can koşarak gelirdi. Asansöre geri döndü. Odasına çıkarken her şeyin yeni başlamak üzere olduğunu düşündü ama aniden kendini yapayalnız hissetti.

Kuliste Can'ın kendisini ziyarete geleceğinden de emindi ama gelmemişti, otele girdiğinde lobide karşılanacağından da emindi ama burada da yoktu. Kendi katına çıktı, hızlı adımlarla odasına ilerledi. Kartla kapıyı açarken içeri girdi, topuzundaki tokayı çıkardı, görüntüsünün gücünden emindi. Ama süitin salonunda kimse yoktu, yatak odasında da, banyoda da... Can gelmemişti!

Geleceğinden emindi Duru, onu nasıl reddedeceğini bile düşünmüştü, kullanacağı kelimeleri bile seçmişti! Ama gelmemişti! Uğruna saraylar yapacak kadar taptığı birinin peşinden nasıl olur da gelmezdi?!

20. Göksel & Kız

Deniz tek kişilik orkestrasının başına geçtiğinde ve dansla geçen geceyi sonlandıran parçalarını çalmaya başladığında arka bahçeyi kapattı Göksel, Kız tüm gece peşinden hiç ayrılmamıştı. Sahneye çıktığında da hızla asma kata koşup köşeden başını çıkarmış ve onu seyretmişti, gösteri bitene kadar asma kattan inmesi yasaktı. Dans biter bitmez yine peşine takılmıştı. Ama şimdi Göksel ışıkları kısıp ipleri toplarken Kız'ın dikkati aniden çalan müziğe kaydı. Sonra Göksel'e döndü, heyecanla ön bacaklarını onun dizine dayayıp Göksel'in bakışıyla indirdi ama gözlerini Göksel'den ayırmadı. İpleri torbasına koyan Göksel "Peki" dedi. Onun ne istediğini anlamıştı.

Arkadan bir minder aldı ve yerdeki minderlerde oturmuş Deniz'in müziğini dinleyenlerin arkasına attı, sırtını sahnenin köşesine dayayarak oturdu, Kız hemen yer buldu kucağında, çenesini dizine koyup yukarıdaki Deniz'e, müziğin kaynağına odaklandı. Müzik dinleyen bir köpek diye düşündü Göksel, kendi köpeğiydi. Suratına yansımasa da gülümsedi.

Özge bakışını zorla aldı müziği dinleyen köpekten, aşağıda minderlere oturmuş ruhlarını müzikle dinlendiren kitlede gezdirdi zihnini. Ne kadar gençlerdi ve ne kadar şanslı. Böyle bir yerin var olduğunu bilmek bile büyük bir şanstı. Saatlerce dans etmişti, etrafında ne olduğuna dikkat etmeden, izlenmediğine emin, belki de ilk defa kendini sürekli dışarıdan izleyen biri gibi değil, bedeninin içine girmiş kendi olabilmiş biri gibi hissetmişti... Tanımadığı insanlara katılmış, dönmüş, zıplamış, bedenini dansa bırakmıştı. Tacizsiz, tereddütsüz, düşüncenin olmadığı, müziğe teslim bir danstı bu. Ayin gibi. Tam bedeni dinlenmeye ihtiyaç duyacağını fısıldadığında müzik incelmiş, ışık kısılmış, asma kattaki tuhaf alete odaklanan ışık doğuvermişti. Ne olduğunu anlamamıştı Özge ama etrafındakiler hemen köşeye istif edilmiş minderleri taşıyıp lezzetli bir yemeğe hazırlanan gurmeler gibi yerleşmişlerdi yerlerine. Etrafında ne olduğunun şaşkınlığındayken koluna dokunmuştu Deniz, elini kaydırıp parmaklarına kenetlemiş ve kendine çekmiş, gittiği yere götürmüştü onu. Herkes aşağı yerleşirken asma kata çıkmışlardı. Kendisi için hazırlanan mindere oturtulmuştu Özge ve aletinin başına geçip başlamıştı Deniz müziğine.

Hayatın kendini sunmasını izledi Özge Deniz'in tuşlara basan parmaklarında ve "Ben buradayım" dercesine kendini sarmasını dinledi. Cennetteydi.

Bir dehaydı Deniz... adı gibi hayata ev sahipliği yapan anlamlara beden olmuştu. O parmakların bastığı notalar, o aklın bestelediği müzik, o gözlerin anlaşılmayı bekleyen sabrı, o bedenin hal bulmuşluğu... Gözleri doldu Özge'nin, aklındaki paranoyak sorular kendilerini ortaya koymak için kıvranırken susturdu tüm sesleri, soruya gerek yoktu. Keş olsun ya da olmasın bu varlık kirlenmemişti, tertemizdi. Aşkın kendisiydi.

Deniz dikkatini kendi parmaklarından alıp Özge'ye döndü. Yeşilin içindeki dalgalanmayı, ıslaklığı gördü... göz gözeydiler. Kimdi bu kız? En sevdiği yemek neydi? Annesinin gözleri de böyle yeşil miydi? Kardeşleri var mıydı? Daha önce neredeydi?... Bilmek istedi onunla ilgili her şeyi, onu.

Ne kadar sürdü bilmiyordu ama saatler sanki anlara dönüşmüştü. Deniz gözlerini kendisinden ayırmadan müziği bitirdi. Aşağıdakilerden yükselen hafif itiraz bile çok sempatikti, kimse bitsin istemiyordu. Deniz ayağa kalktı, Özge'ye gidip elini uzattı.

Tüm gece gözlerini bir an ayırmamıştı Deniz bu kızdan, kızsa tüm gece hoplaya zıplaya bir çocuk gibi dans etmişti. Böylesine mutlusunu uzun süredir görmemişti Göksel. Anlayabiliyordu Deniz'in ondan ayrılmayan gözlerinin esaretini. Çünkü ikisi denkti ve daha önce Deniz'e denk kimseyi görmemişti. Deniz'le kızın asma katın merdivenlerinden inip Sokak'tan çıkmalarını izledi Göksel. Ayağa kalkıp gecenin bittiğini duyurdu, suratına yansımayan gülümsemesi içinde büyürken.

21. Can Manay

Ayağa kalktığında dünyaya ait olmadığını bilen bir cisim gibiydi Can, etrafındaki her şey ona yabancıydı, locadan çıkmamak için yasakladığı bedenine nihayet izin vermişti. Ayağa kalkıp locadan çıktı, temkinle etrafına baktı, insanlar gideli epey olmuştu. Merdivenler bomboştu. Salonun boşalmasını seyretmişti oturduğu yerden, kıpırdamadan, dışarı çıkarsa kendini tutamayacağını Duru'ya gideceğini bilerek... beklemişti.

Duru'nun çıktığını biliyordu, onu takibe koyduğu adamdan raporunu almıştı. Tepe'yi çoktan terk etmiş, saklandığı otele varmıştı. Hangi otel olduğunu bilmiyordu, adamın söylemesini istememişti. Çünkü gitmeyecekti ona, bekleyecekti. Beklemeliydi! Onun kendisine gelmesini beklemeliydi.

Aşağıya indiğinde çıkış ile kulislere giden koridorun tam ortasında durdu. Çıkışa yöneldi… ama sonra aniden karar değiştirdi, hızla kulislerin koridoruna girdi. Duru'nun odasına yöneldi. Onun için özel hazırlatmıştı burayı. Anahtarı bile ayrıydı. Cebinde çıkardığı anahtarla açtı kapıyı ve içeri girdi.

Derin bir nefesle içine çekti Duru'nun geride bıraktığı tüm nefesi. İncecik parfümünün kokusu sinmişti odaya. Aynanın önünde, o narin tokalarından vardı, yaklaşıp parmağının ucuyla tokayı aldı, dikkatle baktı, bir tel saç tokada takılı kalmıştı. Diğer parmağının ucuyla dokundu Duru'dan kopan o tele… sonra yumruğa dönüştü parmakları, sımsıkı kitlendiler. Ne yapıyordu burada?! Neden kendine işkence çektiriyordu?! Tokayı bileğine taktı ve etrafında incelemek istediği onlarca şey olmasına rağmen odadan çıktı. Kapıyı kapatıp burnundan aldığı nefesten güç alarak yürüdü koridor boyunca. Otoparka indi, aracı çoktan hazırdı. Kendini arka koltuğu bıraktı. Şoförüne "Eve" derken oturmak yetmedi uzandı.

Aslında eve gitmek istemiyordu, hiçbir yere gitmek istemiyordu çünkü evde Bilge'nin alıp gittiği huzurun, dünyanın geri kalanındaysa Duru'nun kendisinden kaçırdığı cennetin izleri vardı. Gözlerini kapadı. Keşke Eti'ye gidebilseydi. Başını onun dizilerine koyup aklındakileri ona boşaltabilseydi.

Telefon çaldığında gözlerini açtı, hemen cebinden çıkardı. Eti arasa diye düşünürken, Bilge arasa diye gülümsedi ya da Duru arasa dediğinde derin bir nefes aldı, hızlanan kalbi göğüs kafesinde resmen danstaydı. Gecenin bu saatinde kendini arayacak kimse olmadığından kalbinde yükselen heyecan ense köküne saplanmış bir iğneye dönüştü. Ekrandaki lokal numara tanıdık değildi. Açtı, konuşmadan bekledi…

"Can…" dedi Duru.

22. Deniz & Özge

Deniz ne sıkı ne gevşek tutuyordu Özge'nin elini ama önden gittiği için sanki yol açıyordu ona. Özge bırakmıştı kendini, gözlerini Deniz'den ayırmadan bir adım geride onu takipteydi. Yine sokaklardaydılar, bu sefer nereye gidiyorlardı?

Alınması şarttı gerçek kadının! Israrsızca ama kararlılıkla, vazgeçmemecesine alınmalıydı kadın. Deniz'in güçlü, kapsamayan ama yol açan bedeninde gezdirdi Özge gözlerini, kısa kollu tişörtünün sunduğu kaslarına baktı, kolundan ellerine indi bakışları, kendi elini tutan elin sağlamlığında dinlendi zihni, o eşsiz müziği çıkarmak için beyniyle senkronize olmuş parmakların kendi parmaklarına dokunan hissinde bekledi, bir adım geride bıraktığı bedeninin onunkiyle nasıl da uyum içinde olduğunu izledi... Acaba kaç kadının elini tutmuştu böyle? Kaçına hissettirmişti aynı duyguyu? Deniz'in herhangi bir kadını alması an meselesiydi, istemesi, küçücük bir bakışla davet etmesi yeterdi. Kendini herkesten bu kadar sakınmışken en sakınması gereken kişiye teslim olabileceğini düşünmek ağır geldi Özge'ye. Ve içinden gelen soru davranışa dönüştü, Deniz'in elini çekti, döndürdü onu ve sordu.

"Kimsin sen?"

Özge'nin çatılmış kaşlarının altında yeşil yeşil kısılmış gözlerine ve sıkıca kapanmış ama kırmızılığından bir ton kaybetmemiş dudaklarına aniden dönmek, bu kadar yakında durup ona dokunmamak, sadece parmaklarının arasındaki ince kemikli elini tutabilmek fazla geldi Deniz'e, Özge'den yükselen koku, gözlerine odaklanmış gözlerinin kendinden emin, sınırlarını bilen ve karşısındakine de sınırlarını bildiren hali çok fazlaydı! Gözleri dudaklarına kaydı.

Doğallıkla sorduğu sorunun kafese dönüşmesi gibi köşeye

sıkıştı Özge, Deniz'in dudaklarına kayan bakışlarında. Ama sokağın ortasında, böyle düşüncesizce öpülemezdi, buna izin vermeyecekti. Kendine saygısı olan bir kadın, etkisi ne olursa olsun henüz tanımadığı bir erkeğe dokundurmamalıydı kendini! Ama nedendir geri çekemedi bedenini!

Nasıl bir istekti bu! Nasıl bir arzulama! Baktıkça daha da alevlere bulanan o dudakların kırmızı ateşini söndürmek istercesine yaklaştı Deniz ama öpmeyecekti Özge'yi. Ne o izin verirdi, ne de kendisi izin isterdi. Gözlerini Özge'nin dudaklarından ayırmadan, nefesinin ona değdiğinin farkında mırıldandı.

"Soyadım Sarızeybek. Küçük bir köyde doğdum. Ortaöğrenimimi imam hatipte yaptım. Hiçbir şeyin anlatıldığı gibi olmadığını fark ettiğimde müzik indi bedenime. Aracı oldum. Her şeyi geride bırakıp konservatuvara gittim, müzikle konuşmayı öğrendim. Kaybolduğum zamanlar oldu ama şimdi görevdeyim ve seninle tanıştığıma bir mucizeye tanıklık edercesine memnun oldum. Sürekli elini tutmak istiyorum çünkü kaybolmandan korkuyorum."

Deniz'in sözleri bittiğinde gözleri yine buluştu, Özge'nin gözleri dolmuştu. Gözünden bir damla süzüldü. Deniz yavaşça eğilip yanağına inen o damlayı öptü. Özge gözlerini kapatırken Deniz sordu.

"Sen kimsin?"

Özge ağlamak istemiyordu, neden ağlamak üzere olduğunu da bilmiyordu. Ama Deniz'in gözlerindeki o sabit, değişmez, dalgalanmaz huzura teslim oldu, gözlerini açtı, ciddiydi.

"Soyadım Egeli. Viyana'da doğdum. Avusturya'da okudum. Lanetli bir sistemin içinde olduğumuzu fark ettiğimde uyandım. Sanırım savaşçı oldum. Her şeyi geride bırakıp buraya geldim çünkü geleceğe örnek olacak şeyin her neyse bu topraklarda hal bulacağına eminim... Nasıl eminsin diye sorarsan sana sadece kozmik bir his diyebilirim. Sürekli elimi tutmanı istiyorum çünkü kaybolmaktan korkuyorum."

Deniz sımsıcak gülümsedi, alevini hissettiği dudakların çekimine dayanarak burnunun ucuna bir öpücük daha kondurdu, döndü ve götürdü Özge'yi, ona güneşi gösterecekti.

Haftada birkaç kez geldiği binaya girdiler, merdivenleri çıktılar. Deniz "En tepeye çıkacağız" dediğinde Özge öne geçti. Çeviklikle adımladı merdivenleri. Onun kalçalarına kayan bakışlarını zorla çekti Deniz, bilekleri ne kadar da inceydi, bir varlığın hem bu kadar gerçek, hem bu kadar güzel, hem bu kadar fetheden, hem bu kadar fethetmek isteten, hem bu kadar narin, hem bu kadar güçlü, hem bu kadar harekete geçiren, hem bu kadar saygıyla bekleten olabilmesini izledi. Özge'nin üstünde gezdirdiği gözlerinin değdiği her karede, bulmak için dünyayı aradığı şeyler vardı.

Çatıya vardıklarında, kıyıya koştu Özge, güneş daha doğmamıştı. Onu izlemenin mesafesinde kaldı, yaklaşmadı Deniz, Özge dönüp heyecanın endişeyle harmanlandığı tonda "Düşünsene uyanması gereken koca bir dünya var! İnsanlar güneşin doğuşuyla köleliklerine gitmek için kalkacaklar yataktan ve hiç yaşayamadıkları hayatlarından bir günü daha verecekler sisteme" dedi ve Deniz'in yüzünde sanki var olduğu andan beri hiç kimseyle paylaşılmamış o tuhaf ifadenin belirmesini izledi. Yavaşça yaklaşıp "N'oldu?" diye mırıldandı. Yaptığı ya da söylediği bir şey Deniz'i bu ifadeye sürüklemişti.

Koşup ona sarılmamak, onu kucağına alıp alev alev yanan o dudakları söndürmemek, o dudaklardan çıkan kelimelerin, kendi içinde dindirdiği yalnızlığın bedenini terk edişini onunla paylaşmamak için tuttu kendini Deniz. Özge beynine girmiş, hayatı boyunca diğerlerine anlatmaya çalıştığı anlamı, bir nefesi dışarı bırakır gibi doğallıkla bırakmıştı. Özge yine "N'oldu?" diye sorduğunda, rüyadan uyanmış gibi uyandı Deniz, etrafında buğulanan ve sadece Özge'nin olduğu o tuhaf gerçeklikten çekti kendini.

"Hiçbir şey" dedi.

Ona nasıl anlatabilirdi varlığına duyduğu özlemi? "Bana daha önce hiç duymadığım bir şey anlatsana" diye ekledi, binlerce kez duyduğu bir şarkı söyleyecek bile olsa onun ağzından çıkması yeterdi.

Özge'nin hoşuna gitti bu teklif, gülümseyip sordu.

"Beş maymun deneyini biliyor musun?"

Deniz biliyordu ama Özge hep konuşsun istiyordu. Hayır dercesine kafasını salladı. İzlediği, dinlediği ve düşündüğü şey tekti. Aşk odaklanabilmek, etrafında olanı teke indirebilmekti. Her şey teke inmişti o an, dünya Özge'deydi.

Özge heyecanla anlattı.

"Bir odaya beş maymun koyuyorlar. Ortalarında bir merdiven, merdivenin tepesinde de bir hevenk muz var. Ve tavanda da soğuk su fışkırtan bir duş. Maymunlardan biri muza erişmek için merdiveni tırmanıp yukarı ulaştığında tam muza erişecekken tüm maymunlara duştan soğuk su fışkırtılıyor ve merdivendeki dahil hepsi ıslanıp kaçışıyorlar. Aradan biraz zaman geçiyor, sonra bir diğeri muza ulaşmak için merdivene tırmanınca yine aynı soğuk su ile ıslatılıyorlar. Tabii bir süre sonra merdivene yaklaşılması bile hemen diğerleri tarafından engellenmeye başlanıyor çünkü kimse ıslanmak istemiyor. Ertesi gün duşu kaldırıyorlar ve bu beş maymundan birini alıp yerine yenisini koyuyorlar. Yeni gelen maymun merdivenin tepesindeki muz hevengini görünce hevesle tırmanmak istiyor ama merdivene yaklaşması diğerleri tarafından dayakla engelleniyor. Bir gün sonra bir maymunu daha yenisiyle değiştiriyorlar, hayatlarında hiç suyla ıslatılmamış iki maymun oluyor kafeste. Ve tabii yeni gelen maymun da muzlara ulaşmak için merdivene tırmanmaya kalkınca diğerlerinden dayak yiyor yine, işin ilginç yanı kendisinden bir önce gelen maymun da gruba katılıp ona saldırıyor. Ertesi gün bir maymun daha yenisiyle değiştiriliyor, yine yeni gelen muzlara ulaşmak isterken diğerlerinden dayak yiyor ve bir önceki gün gelen maymun da yine dayak atanlar arasına katılıyor. Derken birer gün arayla dördüncü ve beşinci maymunlar da değiştiriliyor yeni maymunlarla, yani kafeste daha önce suyla ıslatılmış tek bir maymun kalmıyor. Duş da yok, yani izin verseler biri çıksa muzu yiyecekler aslında ama merdivene tırmanıp muza ulaşmak isteyen yeni, yine de dayakla cezalandırılıyor. Peki neden? Maymunlar merdivene yaklaşanı neden dövdüklerini bilmiyorlar ama yine de dövüyorlar, diğerlerinden öğrendikleri deli saçması bir davranışı devam ettiriyorlar çünkü sorgulamıyorlar. Kafese girdiklerinden beri öyle gördükleri için birbirlerini engellemek doğal geliyor. Normalleşiyor. İşte biz de böyle yaşıyoruz bu gezegende, aynı o maymunlar gibi nedenini bilmediğimiz bir sürü korkuyla birbirimizi engellediğimiz bir yaşam bu! Yaratıcımızın bile bizi cezalandırmak için cehennemler yarattığına inandırılmışız, aslında tek cehennem sorgulanmadan yaşanmış bir hayatken. Maymunlar gibiyiz, tırmanıp ulaşmamız gerekense potansiyelimiz. Düşünsene Deniz, çoğumuz, sürekli bir korkuyla beslenen, öğretilmiş o kıskançlıkla kösteklenen, sorgulanması yasaklandığı için sürekli engellenen potansiyelimizin cenazesine gidiyor gibi gidiyoruz her sabah işe."

Sustu, Deniz'in gözlerindeki hayret onu susturmuştu. Anlatmak istiyordu onu daha önce nerede gördüğünü, hâlâ bağımlı olup olmadığını sormak istiyordu ama Deniz'in bakışı o kadar yoğundu ki sessizliğin huzurlu tuhaflığında sustu Özge. Kendi üzerine yoğunlaşmış bu ilgiden utanırken yine dudakları kıpkırmızıydı. Atmosferi ince ince aydınlatan güneşe döndü yüzünü, güneşin doğuşunu izledi. Deniz ise Özge'nin varlığını.

Bu an cennetti. Cehennemi geçip gelmişti buraya Deniz, adım adım vazgeçmeden tırmanmıştı. Sahtelikte hayat bulmuş, keyifte kaybolmuş, alkışa muhtaç olmuş ve "ol"mayı unutmuşların arasından çıkıp nihayet bulmuştu Özge'yi. Tuhaftı ama emindi, aklının yansıyarak gelişeceği bir zihin vardı karşısında ve dokunulmak için özenle yaratılmış, verimli bir toprak gibi kendi tohumlarına rahim olacak benzersiz bir beden.

Üzerindeki bakışın bedeninde yarattığı etki o kadar büyüktü ki derin nefeslerini küçültemedi Özge, hızlanan kalbine nefes yetiştirmesi gerekti. Bakışları güneşten kayıp yere indi, sonra ürkekçe Deniz'e dönüp "N'oldu?" diye sordu, beyninin içinde fısıldayan düşünce "Sor… Bağımlı mıymış sor!" diye fısıldarken ve sorarsa alacağı cevapta hayatı boyunca ilk kez hissettiği bu duyguyu tamamen kaybedebileceğini bilirken.

Deniz "Sen oldun" dedi mırıltıyla ve alevi içine çekercesine yaklaştı onun dudaklarına…

Özge kendini ona bırakmak istedi, bedenindeki akış yavaşladı, yaşam saniyelere, saniyeler anlara, anlar kendisine yaklaşan Deniz'in varlığına dönüştü… ama geri çekti bedenini Özge. Tanımadığı, emin olmadığı birine izin veremezdi! Geri geri küçük ve yavaş adımlarla uzaklaşırken oyuncu bir gülümseme doğdu yüzünde, Deniz'in kaşları aynı tebessümle çatıldı. Özge kapıya vardığında "Görüşürüz!" dedi. Sonra aniden dönüp koşarak gitti.

Bir an peşinden gitmeyi istedi Deniz ama tuttu kendini, her şey olması gerektiği gibiydi. Bir erkek daha fazlasını istiyorsa emek vermeye hazır olmalıydı, emek vermeden yaklaşılabilenler sadece sahte kadınlardı.

Özge onun peşinden gelmemesi için evrenin tüm güzel enerjilerine dua ederek hızla indi merdivenleri, kapıdan çıktığında nefes nefeseydi, karşıya geçti ve kafasını kaldırıp çatıya baktı. Çatının ucundaydı Deniz, kendinden emin bir gülümsemeyle "Özge Egeli" diye seslendi. Özge kraliyet ailesine savaş açmış ve dünyayı krallıktan kurtarmış onurlu bir şövalyenin endamında hafifçe eğilip selam verdi, sonra fırlayıp gitti.

23. *Duru & Can*

499... 500... 501... 502 numaralı kapının önüne geldi Can, kapının tokmağına elini uzattı ve hemen durdu. Düşüncelerini düzenlercesine gözlerini kapattı, burun deliklerinden derin bir nefes aldı ve dudaklarından çıkardı nefesi, gözlerini açıp kapıyı çaldı.

Kapı yavaşça açıldı, belki açılması hızlıydı ama Can'ın aklı anlardaydı. Duru'nun ciddi ama incecik bir tebessümle süslenmiş ifadesi, toplu saçlarının doğallığı, içeri buyur eden elinin narinliği, üzerindeki elbisenin rüzgârdan gelen yumuşacık etkisi, çıplak ayakları... girdi içeri Can, tek kelime etmedi. Salona yürüyüp dikildiği yerde Duru'nun yanına gelmesini bekledi. Servis arabasındaki meyve tabağına henüz dokunulmamıştı. Bu gece kesinlikle hiçbir şeyi o başlatmayacaktı! Sabırsızlığıydı hayatının hatası. Beklemeye kararlıydı. Yapabileceği her şeyi yapmıştı ve şimdi kontrolü Duru'ya bırakacaktı, onu istiyorsa bunu yapmak zorundaydı çünkü bir tek bu kalmıştı.

Tekli koltuğa oturdu Duru, üst üste koydu bacaklarını. Can'ın gözü bir an ayaklarına kaydı, incecik bileklerinde dolandı ve çekti bakışını, ayakta dikildiği yerde odaya yöneltti gözlerini.

"Oturmak istemiyor musun?" dedi Duru. Varlığının onun üzerinde yarattığı etkiden emindi ama Can'ın bu mesafeli tavrına hiç alışık değildi.

Can hemen yanındaki masadan bir sandalye çekti, Duru'ya döndürüp oturdu, gözlerini odada gezdirdi. Keşke bu kadar heyecanlanmasaydı. Bu oda neden bu kadar sıcaktı! Alnında biriken teri silse Duru anlar mıydı?!

"Nasılsın?" dedi Duru, kendisi için saraylar yaptırmıştı bu adam. Neler yaşamışlardı birlikte, ondan nefret etmiş ama nefret ettiği yoğunlukta da özlemişti onu bazı anlar. Şimdi Can, karşısında sakince otururken ondan tiksindiği anlarla, onu düşünüp kendine dokunduğu anlar birbirine karışmıştı.

"İyiyim" dedi Can, sustu ve sonra hemen hatırlamış gibi sordu. "Sen nasılsın?... Memnun kaldın mı gösteriden?"

Duru gülümseyip, "Bilmem, insan sahnede olunca pek bir şey anlamıyor. Dışarıdan nasıl görünüyordu?" diye sordu, Can'daki mesafenin kendini kontrolden kaynaklandığını görmek rahatlatıcıydı ama emin olamadı, belki de ciddi olarak burada olmak istemiyordu. Bilge'yi sormak geçti aklından, belki de her şey çok değişmişti... ama sahnenin çerçevesindeydi kendi figürleri, her şey değişse de onun aklındaki yeri sabitti. Silkelendi Duru, hemen attı üstünden bu ezik kuşkuyu.

"Güzeldi, hepsini izleyemedim ama başı iyiydi" diyerek yalan söyledi Can ve söylediği ilgisiz yalandan güç alarak "Neden çağırdın beni?" dedi, dediği anda da hissetti.

Duru'nun gülümsemesi asılı kaldı suratında... Can'ın meydan okuyan cümlelerinden değil, o cümleleri söylerken aldığı haldendi çelişkisi. Kelimelerin ötesinde, terleyen halindeki heyecanda, sıkışmış kaşlarının altında aslında yalvaran gözlerinde... görüyordu onu, daha doğrusu kendi etkisini. Ayağa kalktı aniden ve dimdik. "Haklısın! Vaktini alıyorum boşu boşuna" deyip gözlerini Can'dan ayırmadan onu geçerek kapıya yöneldi.

Can oturduğu yerde "Hayır! Kapıyı açmasın! Hayır beni göndermesin!" diyen kalbinin "Ayağa kalk ve çık!" diye bağıran mantığıyla savaşında sıkıştı, gözlerini kapattı, alnındaki teri sildi, silerken titreyen elini hemen indirdi. Ayağa kalktı. Duru şimdi açtığı kapıda onun gitmesi için bekliyordu. Ağlamak istedi Can, bağıra bağıra ağlayıp haykırmak istedi: "Ne istersen onu yapacağım, nasıl olmamı istersen o olacağım!" Ama sustu. Duru'ya hiç bakmadan kendisine açılmış kapıdan çıktı. "Neden çağırdın beni!" Niye böyle demişti! Niye orada oturup huzurla onu izlememişti! Kendinden nefret etti! Resmen ayaklarını sürüyordu, dönüp umutsuzlukla son bir cümle söyleyecekti ama kapı kapanmıştı bile.

Tüm dünyayı kendisinden ayıran ahşap kapıyla baş başaydı yine. Elini kaldırdı, yumruğunu kapıya vuracak, açtıracaktı ama daha önce denemişti, bu kapı öyle vurmakla açılmıyordu. Havadaki yumruğu açıldı, bileğinde Duru'nun ince tokası vardı, avucu kapıya yapıştı, alnını dayadı. Ne yaparsa yapsın ulaşamadığı, nasıl çabalarsa çabalasın yakalayamadığı Duru, aslında sadece bir adım ötede duruyordu. "Neden çağırdın beni!" Niye böyle demişti! Alnını dayadığı kapıdan aldığı destekle ayakta durabilirken gözlerinden yaşlar akmaya başladı.

Kapının diğer tarafında bekledi Duru. Can kapıyı yumruklamaya başlarsa hemen resepsiyonu arayacaktı. Bir an içinde yükselen endişe hafızasında unutmak için kendine söylediği tüm yalanları serdi önüne, hastaneye kapatıldığını, Can'ın nasıl da kendisine hükmetmeye çalıştığını hatırladı ama sonra hatırladığı her şey beynindeki fısıltıyla ezildiler. "Kimse seni böyle sevemez" demişti fısıltı. "Onun gibi kimse sevemez..." Uğruna saray yapmıştı, ona değerini veren tek erkek Can'dı.

Eğilip kapının altına baktı, Can hâlâ orada durmaktaydı... sakin, sessiz beklemekteydi. Salona yürüdü Duru, iki gün sonra gösteri bitecekti. Başka kimseyle yaşamadığı her şeyi onunla yaşamıştı. Kendine itiraf etti, onunla ihtirasın doruklarında olmayı özlemişti. Son bir geceyle bu işi tamamen bitirecekti. Tekrar kapıya yürüdü... ama açamazdı kapıyı. Onu kovmuştu şimdi içeri alamazdı! Kendine kızarken alnını kapıya dayadı, neden onu göndermişti, neden sakince sormamıştı, konuşmamıştı onunla?... Avucunu da dayadı kapıya, onun acısını hissetmek istedi. En son onu gördüğünde yine böyle kapının dışında içeri alınmayı beklemişti. Yaşadıklarının tek suçlusu Can değildi, onu yönetebilirdi Duru ama yönetmek yerine cezalandırmayı tercih etmişti.

Alnını kaldırmaya gücü yetse, gözlerindeki yaşları dindirmeye gücü yetse, şu kapıyı açtırmaya varlığı yetse... diye düşünürken kapı açıldı. Duru karşısında duruyordu, konuşmadan, dümdüz bakıyordu.

Açılan kapının kendisine kaybettirdiği desteği, Duru'nun yüzünde buldu Can, akan gözyaşlarını sildi kolunun bir hamlesiyle ve attığı büyük bir adımla Duru'ya yaklaşırken kapıyı itip kapattı, Duru'nun ağzını ağzına alırken kalçasından kavradı ve bacaklarını ayırıp kucağına aldı onu. Dümdüz ilerleyip biraz önce oturduğu sandalyeyi tekmeleyip yolunu açtı, Duru'yu masaya dayadı, dudaklarını emerken eliyle ensesini kavradı. O istemeden içine girmeyecekti, içeri alınmayı bekleyecekti. Sabretmeyi beceremediği için her şeyi mahvetmişti, bu sefer sabredecekti.

Ne kadar uzun olmuştu, karşısındakinin ne düşündüğünü umursamadan kendisi olmayalı, karşısındaki erkeğin ne düşündüğünü umursamadan istediğini yapmayalı? Dudaklarını emdi Can'ın iştahla, bu kadar isteniyor olmanın verdiği rahatlıkla. Ensesindeki elin birini aldı göğsüne kaydırdı, daha önce Can ne yaptıysa kendisine aynısını yapsındı! Onun o sabırsız, arsız iştahını uyandırmak için kalçasını oynatmaya başladı, kadınlığını erkekliğine dayadı. Erkekliği zirvesinde, hazırdı.

Duru'nun tüm kıvranmalarına rağmen sadece onu öpmeye ve avucundaki memesini okşamaya devam etti Can. Duru bir anda itti onu geri ve kemerini telaşla açıp pantolonunu indirdi. Göz göze geldiler. Duru fısıldadı. "Al beni." Ve bacağını ayırdı.

Can bir an bile kapamadı gözlerini, Duru'yu izledi. İlk orgazmı neredeyse içine girdiği birkaç saniyede gelmişti. Can durmadı devam etti, Duru ancak açtı gözlerini ve Can'a bir an bakıp dudaklarına yapıştı. Zevkle donanmış inlemeleri yükselirken, Can da bıraktı kendini boşaldı. İkisi birlikte çıktılar zirveye, Duru'nun inlemeleri Can'ın hırıltılarına karıştı, gözlerini kapatmamak için her an kendiyle savaştı Can. Boşalmalarının son ritminde "Can" dedi Duru, daha çok bir inleme gibi ve Can boşalsa da ritmini kesmeden devam etti, erkekliği yine ateşlendi. Duru geriye attığı kafasını kaldırdı, gözlerini Can'ınkilerden ayırmadan "Çok istiyorum seni" dedi. Can çıldırdı! Ritmi arttı, Duru arkasını dönmek istedi ama Can onu çekip arkasını dönmesine izin vermedi, gözlerini görecekti. Ritme devam ederken bir hamlede kucağına aldı, "Duru..." diye hırladı. Ama Duru'nun gözleri kapanmış, başı yana bırakmıştı ağırlığını, orgazmın doruklarındaydı, inlemesi kazındı Can'ın aklına ve yine boşaldı gözlerini Duru'dan ayırmadan. Duru zevkin zirvesinde inlerken "Kimseyle böyle olmuyor" demişti.

Üst üste yaşadıkları boşalmalardan sonra bedenleri ayrılırken Duru dudaklarına yapışmış, daha önce binlerce kez hayal ettiği şekilde öpmüştü kendisini ve terli vücudundaki elbiseyi çıkarırken Can'ın şoktaki halini bırakıp duşa gitmişti. Sakince, baktığı yerde bir şey göremeden beyninin takılı kaldığı cümleyi tekrar tekrar zihninde dinlerken bedenini koltuğa bıraktı Can… "Kimseyle böyle olmuyor"du duygularının atom bombası! Kızmak istedi ama vücudunu terk etmek üzere olan duygunun geride bıraktığı boşlukta kayboldu siniri. Nasıl kimseyle böyle olmuyordu?! Duru bunu şimdi mi anlıyordu! Hayatının merkezine koymuştu onu ve o şimdi mi anlamıştı aralarındaki bu şeyin kimseyle olmayacağını! Anlamak için kimlerle olmuştu? Ama kıskançlık değildi, Can'ın içindeki boşluk o duyguyu da yutmuştu, kiminle olmuşsa olmuştu ama bunca yaşadıkları şeyin, hissedilen tüm bu duyguların kimseyle olmayacağını şimdi mi anlamıştı?! Hiç mi görmemişti birlikte dönüştükleri o eşsiz şeyi. "Kimseyle böyle olmuyor." Kocaman bir yalandı! Deniz'le nasıldı?! Kaçıp ona gittiğinde Deniz'e de böyle mi demişti?! Kimseyle böyle olmuyorsa neden bu kadar beklemişti? Neden daha önce gelmemişti? Aslında hiç gelmemişti? Milyonlarca euro harcamıştı Can, küçük büyük yemler koyup onu getirmişti. Kimseyle böyle olmuyorduysa neden gelmemişti! Yaklaştıkça uzaklaşan bir yalanın peşindeydi Can! Ne yaparsa yapsın aslında tek başınaydı bu ilişkide... İlişkide! Ne ilişkisinde! İlişki başka bir şeydi! İlişki Bilge'yle yaşadığı gibi kendisinin de önemsendiği bir şeydi! Aklına Bilge gelir gelmez, o son sözleri kapladı zihnini. **"Hiç yakalayamayacağın bir yalanın peşinde kendinden kaçıyorsun. Seni senden korumak imkânsız"** demişti.

Vücuduna giydiği küçük bornozla Duru geri geldi salona, "Sana sesleniyorum. Duymuyor musun?" dedi. Duştayken sürekli seslenmişti. Can şaşkınlıkla kafasını kaldırdı, resmen şoktaydı.

"İyi misin?" diye sordu Duru.

Can başını sallayarak onaylarken hemen sordu.

"Tek bir neden söyle bana, neden gittin?"

Duru'nun ifadesi sertleşti, bu hesaplaşmaya girmeyecekti. İtiraz etti.

"Geçmişi konuşmak istemiyorum."

Ama Can lafını kesti.

"Haklısın ama bilmek istiyorum. Beni terk etmen için tek bir neden söylesen hangisini seçerdin?"

Duru elindeki krem kavanozunu masanın üstüne koyarken, "Bir sürü neden vardı Can" dedi, her hecesinde kendi haklılığından eminlik yüklüydü.

Can sabırsızca "Biliyorum!" dedi. Sonra sakinleşip, "Tek bir nedene indirgesen, en büyük neden hangisi olurdu?" diyerek bekledi.

Yerden kaldırdığı sandalyeye oturdu Duru ve kavanozun kapağını açıp avucuna biraz krem aldı, ovuşturdu ellerini ve bir balerin edasında kaldırıp masanın üzerine koyduğu bacağını, ayak parmak ucundan başlayıp kremlerken "Tek bir neden?" dedi.

Can, Duru'nun kendini kremlemesine bakarken ne kadar güzel olduğunu düşündü... gerçekten de çok güzledi... Aklına Bilge geldi. Bir kez olsun onun kendini böyle kremlediğini görmemişti. O asla kendini böyle sergilemezdi. O tertemizdi. Kaşları çatıldı Can'ın, Duru üstündeki bornozu sıyırmış omuzlarından kaydırdığı kremi göğüslerine sürmeye başlamıştı. Tek göğsü açıktaydı.

Kremlenmeye devam etti Duru, uzun süredir mahrum kaldığı ilginin her zerresini Can'dan almanın keyfindeydi. Can iyi ki sormuştu bu soruyu. Cevabı bilerek geciktirmişti, önce ona kendini hatırlatmak istemişti. Bu kremleme ritüeli daha önce hiç bu kadar uzun sürmemişti, Can bir noktada kendini kaybeder ve hemen sevişmek isterdi ama şimdi gayet sakin izlemekteydi. Hatta şokta gibiydi... Can'a baktı, suratındaki ifadenin tuhaflığında kendini çıplak hissetti. Kaşları çatılmış, kafası eğilmiş dimdik bakıyordu kaşlarının altından kendisine, sanki çıplaklığını fark etmemişti bile... ya da çıplaklığını yargılıyordu! Açılan göğsünü kapattı. "Dans etmem... dans etmeme izin vermeyecektin" dedi. Can'ın bu ifadesi de neydi! "İyi misin?" diye ekledi.

Cansu'dan ne farkı vardı Duru'nun, daha güzeldi ama ne farkı vardı? Deniz gelse yan odada, hemen yanı başında onunla sevişmek istese ona hayır der miydi?! Sürekli hizmet bekler gibi aşk bekleyen şımarık bir kaltaktı. Bilge'yi bırakmıştı onun için... Hayatının huzurunu umarsızca aşağılayıp kenara atmıştı. Gözlüğünü bile kırmıştı. Bilge'yle paylaştığı onca şeye rağmen, çocukluğundan beri yaşadığı her şeyi bilmesine rağmen ona bunu nasıl yapmıştı?! Ona bunu, becerilmek için kendini kremleyen, alkışlanmak için her şeyi yapan bu salak karı için mi yapmıştı!? Kimseyle böyle olmuyormuş! Kimse onu böyle beceremediği için mi çağırmıştı kendisini buraya! Çiçek geldi aklına, o da böyle bir kaltaktı! İlgi için kadınlığını kullanan, sevginin değerini bilmeyen, şımarık, hak etmeyen bir orospu! İşte bu yüzden onun boynunu kırarken zerre kadar tereddüt etmemişti.

"Kaç kişiyle seviştin kimseyle böyle olmadığını anlamak için?!" dedi Can, suratındaki ifade sabitti.

Duru sarsıldı, bornozunun önünü iyice kapatıp ayağa fırladı. "Benimle böyle konuşamazsın!" dedi sıktığı dişlerinin arasından.

Can cevap vermedi, Duru'yla geçirmek için yok etmeye razı olduğu hayatı eğer onunla geçirirse nasıl bir şeye dönüşeceğini düşünmeye başlamıştı. Duru'nun kaprisleri, anlayışsızlığı, sürekli ilgi bekleyen ama zırnık kadar ilgi göstermeyen halleri arasında bir cehennem, Bilge'nin huzur vermek için elinden geleni yapmaya hazır cennetinin hemen yanındaydı. **Hiç yakalayamayacağı bir yalanın peşinden ne kadar zamandır koşuyordu?!**

Ayağa kalktı Can, pantolonunu aldı yerden.

Can'ın kendisine bakmadan pantolonunu giymesini izledi Duru, eliyle sıkı sıkı tuttuğu yakasını kapattı hissettiği çaresizlikle ve o çaresizlikten çıkmak için aklına gelenleri sıraladı.

"Beni hastaneye kapattın! Unuttun mu yaptıklarını? Hangi

birisini söyleyeyim! Beni kendine saklamak için yaptığın numaraları, içkime, suyuma kattığın ilaçlarla beni uyuşturmanı mı anlatayım! Bana tecavüz ettin sen! Ruh hastası!"

Kafasını kaldırdı Can suratında iğrenç bir gülümsemeyle. "Neden geri döndün? Neden burdasın! Neden aradın beni!" dedi, kendine sürekli söylediği bir yalanın nihayet sonundaki biri gibiydi.

Sorulan hesabın gerçekliğinde sarsıldı Duru, hızla telefona gitti, resepsiyonu aradı… ama kendi kendine iğrenç bir alaycılıkla gülen Can'ın kahkahası durdurdu onu, zaten gidiyordu. Aramayı kesip haykırdı ona.

"Bir daha yalvarsan da ölsen de bulamayacaksın beni! Dokunamayacaksın bana!"

Can duymuyordu söylenen hiçbir kelimeyi, sinir bozukluğundan hallenmiş gülümsemesi devam etti, onun için milyonlarca euro harcamıştı. Ne salaktı! Nasıl böylesine kendini kandırmıştı! Kimseyle böyle olmadığı için geri dönen bir kadını kim isterdi! Deniz belli ki onu kabul etmemişti. Çoraplarını bıraktı yerde, ayakkabılarının üstüne basıp giydi, kapıdan çıkıp gidecek bir daha da onu düşünmeyecekti. Huzur istiyordu hayatında, kimseyle böyle olmadığı için kendisini yedekte tutan birini değil! Bilge'yi istiyordu, hak ettiği ilgiyi istiyordu, sevgi istiyordu, uyumak istiyordu! Bu pahalı kremin yapıştığı yerde iz bırakan kokusunu değil, Bilge'nin lavanta kokusunu istiyordu!

Kapıya varmak üzereyken atılan o telefon kafasına çarpmasa, "Kapımda ağlıyordun biraz önce aşağılık herif!" diye haykırarak kendisine koşup vurmasa Can çıkacaktı bu odadan ve geride bırakacaktı her şeyi…

"Hayvan! Ruh hastası!" Çığlıklarının arasında kendisine vuran Duru'nun yüzündeki nefreti izledi birkaç salise, nasıl da sabırla beklemişti onun gelişini. Duru vurmaya devam etti. Nasıl da özenle hazırlamıştı her şeyi, her şey onun içindi... koca bir yalan için. Hapsedilip tecavüz edildiği için değil, dans etmesine izin verilmediği için giden salak bir karı için! Kendini sahnelerde gösterememekti onun derdi! Daha fazla dayanamadı Can, ilk yumruğunu çaktı Duru'nun o güzeller güzeli, narin, özenle yaratılmış yüzüne...

Sonra ikincisi geldi gözünün üstüne... Durmadı Can, duramadı, çünkü bu kendisinden daha üstün bir şeydi. Yumrukları Duru'nun bedenini yere yıktığında, tekmelerle devam etti kendinden geçmişliği. Kendisinden uzaklaşmak için hamle yapan Duru'nun saçına geçirdi ellerini onu salona sürükledi. Duru bir an kurtardı kendini, kapıya gitmek için hamle yaptı ama Can peşinden atıldı, kolundan yakaladı, eli kaydı, Duru tekme attı. İlk tekme Can'ın suratına geldi ama ikinci tekmede Can Duru'yu ayak bileğinden yakaladı. Onu geri geri çekerken arkasında devrilmiş sandalyeye takıldı, yere düşerken Duru'nun bileğini biraz geç bırakmıştı. Can'ın düşen bedeni servis arabasına çarptı, servis arabası devrildi, Duru'nun bileği altında kaldı...

Duru'dan yükselen çığlık o kadar güçlüydü ki, dondu Can... "Bileğim!" Bağıran Duru'nun haykırışlarında kendine geldi, yine, hiç gelmek istemediği o lanetli yerdeydi.

24. Özge

İçindeki heyecanı kontrol edebilse, ayaklarını durdurabilecek, ayaklarını durdurabilse durup bir taksi çevirebilecek, taksi çevirebilse binip eve gidecekti. Ama yürümeye devam etti Özge, arada zıplayarak, kaldırımların kenarlarına bırakılmış çöpleri atlayarak. Yeni yeni hareketlenen caddeden karşıya geçti. İleride taksi durağından bir taksiye binecekti. "Özge Hanım!" diye bağırdı yeni açılan bakkalın önünde dikilen biri. Özge tanıdık mıydı diye bakarken adam el sallayıp sonra elini yumruk yaptı. Özge önce gülümsedi, aldığı her destek çok kıymetliydi ama hemen sonra gerçekliğin bataklık gibi insanı içine çeken detayları zihnine hücum etti. Muhalefet partisinin başkanıydı, böyle sokaklarda hoplayıp zıplayarak gezmeye devam ederse helikopterin düşmesine falan gerek kalmayacaktı! Bir anda kendini tehlikede hissetti ve taksi durağına koşup en öndeki araca bindi.

Şoför gazete okuyordu, aheste aheste okuduğu gazeteyi katlayıp "Günaydın" der demez adresi verdi Özge. Yeni taşındığı, çok gelişmiş güvenlik önlemleri yüzünden aidatının neredeyse kirası kadar olduğu rezidanstaki dairesine doğru yola çıktılar. Ülkenin en genç parti başkanıydı! Bu yaşta ciddiye alınması bile mucizeydi ama sosyal medyada yayılan viraller ve yardım ettiği insanların kulaktan kulağa dolanan hikâyeleri kalkan olmuştu gençliğine, tüm dezavantajları avantaja çeviren bir kalkan. Aslında Özge'nin yükselişi normaldi de çünkü yüzde 70'i 35 yaşın altına olan bir ülkede 50 yaş üstü halden anlamayan adamların susturulmasının da zamanı gelmişti.

Arkasına yaslandı Özge, kalbinin gülümsediğini hissetti, aklına Deniz gelmişti, daha doğrusu hep oradaydı da şimdi eve gidene kadar, gece boyunca yaşadığı anları kafasından geçirmenin heyecanını hissederken iyice belirginleşmişti.

İnanılmaz bir gece geçirmişti, Sinderella bile kıskanırdı bu geceyi diye düşündü, kendi kendine kıkırdayarak. O sürekli pembe giyen, dudaklarını uzatarak şapşal selfie'ler çeken salak kızlara dönüşüyor gibi olduğunu hissettiği anda kesti kıkırdamayı. Ama aklını ondan alamadı. Sokak bu akşam da açık mıydı? Deniz nasıl bir dehaydı!?

Önündeki koltuğun sırtına konulan gazeteye gözü kaymasa,

katlanmaktan ucu gözüken gazetenin o köşesinde tanıdığı o iki gözü görmese, hissettiği tuhaf bir endişeyle uzanıp gazeteyi açmasa ve manşette "Murat Kolhan'ın Ödeme Günü!" yazısının hemen yanında Sadık'ın belki de ilk defa gazeteye çıkan dev fotoğrafını görmese aklından çıkaramayacaktı Deniz'i.

Ama, vergi borcu yüzünden hesapları dondurulan Sadık'ın tüm mal varlığına el konulmasının ve kara para akladığı suçlamasını ispatlarcasına sunulan birkaç delilin fotoğraflarının haberi kopardı Özge'yi Deniz'den.

Hissettiği suçluluk içine iyice yerleşti, sisteme hizmet eden herkesin layığını bulması için yıllardır ettiği dualar belki de adrese ulaşmaya başlamıştı diye düşünerek hafifletmeye çalıştığı sancının, gözlerine ulaşan yaşını engelleyemedi. Sadık gerçekten ona kalkan olmuştu ve şimdi cezalandırılıyordu.

Ne olursa olsun adalet düşmandan gelmemeliydi. Bu adalet değildi, sistemin kendisine başkaldıran birini, yedek parçayı değiştirir gibi koyduğu yerden söküp atmasıydı.

25. Bilge

Ev küçüktü ama henüz yerleşememişlerdi. Hepsi açılmamış kutuların arasından, büyüyen göbeğini sakınarak pencereye ulaştı Bilge ve Doğru'nun kendini almaya gelen araca binmesini izledi... Doğru uzaklaşırken karnındaki kıpırdamada gezindi elleri. Hafta sonu olmasına rağmen İsveç Federal Teknoloji Enstitüsü tarafından gönderilen matematik problemini çözmek için üniversitede oluşturulan ekibe alınmıştı Doğru. Sabah her zamankinden iki saat önce kalkmış arabanın gelmesini beklemişti. Matematikle konuşan insanlarla ekip olmak büyük motivasyon olmuştu

Doğru'ya. Uluslararası haber bile olmuşlardı. Doğru kendi resmini gazetede görünce nasıl da gururlanmıştı. Geçen haftalarda yaşadığı krizleri, taşındıkları evi sevmemesini bile hafifletmişti bu gurur. "Eve gitmek istiyorum" deyişleri kesilmişti, diğer kelimeleriyle birlikte. Hiç konuşmuyor, sadece verilen denklemler üzerine hesaplar yapıyordu, artık Bilge'yle göz göze bile gelmiyordu. Okul bitince, onu buradan kopardığında ne yapacağını bilmiyordu Bilge. Karnını okşarken iyice daraldı.

Doğru'yu okuldan ayırmak zorunda kalması ona yapacağı en büyük kötülük olacaktı. "Neden insan en çok sevdiğine zarar veriyordu? En iyiyi yapmaya çalışırken nasıl olur da cezalandırır gibi hayatlarını etkiliyorduk en değerlilerimizin?" diye düşünürken bunun kendi kronik şanssızlığından kaynaklandığını düşündü. Sadece şanssızların maruz kaldığı bir şeydi bu, değerlilerini kurban etmek. Doğru'yu kurban edecekti, Tansel'i korumak için...

Can'la evleneceğini duyduğunda Eti'nin söyledikleri hâlâ aklındaydı. "Bunu yaşamaya ihtiyacın var sanıyorsun ama sakın unutma Can'ın bin hali vardır ve her hali geçicidir. Asla ona alışma" demişti ve çocuk için en az üç yıl beklemesi gerektiğini eklemişti. Karnına baktı Bilge, iki yıl bile geçmemişti. Üzülmek istedi, ama içinde büyüyen bu cana duyduğu sevgi, hüznünü ezdi. Gülümseme belirdi suratında, pencereden uzaklaşıp koltuğu otururken kızıyla konuştu.

"Her şey yolunda olacak. Hayat bizi yalnız bırakmayacak."

Asla ama asla Can'ın kızına yaklaşmasına izin vermemeliydi. Eti çok net söylemişti... kendisi de asla izin vermemişti! Atacan diye düşündü, Can'a ne kadar benziyor olursa olsun huyu Eti'nindi. Akıllı, tertemiz bir çocuktu. Bir gün Eti'ye, Atacan'ın Can'a ne kadar benzediğini söylediğinde, Eti elindeki dosyadan kafasını kaldırmadan, heyecansız "Allah korusun" demişti. Yıllar sonra kendisi de böyle tepkisiz örtbas mı edecekti? Bu kadar yakın olup nasıl bu kadar uzak tutabilmişti Eti Can'ı? Aralarında bir anlaşma olmalıydı. Keşke Eti kadar güçlü olabilseydim... diye düşünürken onu aramaya karar verdi. Masanın üzerinde şarjda bıraktığı telefonunu almak için yavaşça kalktı. En çok da bu oturup kalkmalardı zor olan, bebek büyüdükçe her oturuş her kalkış büyük bir harekete dönüşüyordu. Kendisi koltuktan kalkmakta bile zorlanırken bundan binlerce yıl önce doğada hayatta kalmaya çalışan anneler hamile halleriyle nasıl kaçabilmişti vahşi hayvanlardan?!

Telefonunu şarjdan çıkarırken ekrandaki kalabalığı fark etti. Telefonu sessizdeydi. İçinde yükselen bir telaşla açtı ekranı... Can aramıştı, onlarca kere... ve dokuz tane mesaj atmıştı!

Arama saatlerine baktı önce, gece yarısından başlamıştı aramalar ve sonuncusu 21 dakika önceydi. İlk mesajdan okumaya başladı, bu da gece yarısı yazılmıştı.

"*Lütfen aç telefonu*" yazıyordu. Sonraki mesajlar artan bir sevgiyle devam ediyordu. Sonuncu mesaja geldiğinde durum buydu: "*Yaptığım hainliğin farkındayım. Ama kendimle yüzleşmek zorundaydım. Seni kaybettiğimi düşününce ölmek istiyorum! Hiç böyle hissetmemiştim, kimse için. Lütfen aç.*"

Bilge şoktaydı, bu aramalar, mesajlar çok fazlaydı... kaldırabileceğinden, anlayabileceğinden fazlaydı. Oynayan tansiyonunu dengelemek için masaya tutundu ve o sırada telefon çalmaya başladı... Can arıyordu.

Bilge aniden masanın üzerine bıraktı telefonu, her köşesiyle yüzleştiği hayatının bir anda karışmasından uzaklaşır gibi uzaklaştı telefondan. Sessizde vızıldayan telefonun çalmaya devam etmesini dikildiği yerden izledi. Her olasılığı düşünmüştü ama işte bunu asla tahmin edememişti. Hemen Eti'yi aramalıydı! Hemen Eti'ye gitmeliydi! Telefonu açamazdı.

26. Deniz

Özge Egeli... Özge... Egeli... Aklından düşmüyordu ne ismi, ne alev alan dudakları, ne de baktığında kaynağını gördüğü gözleri. Sokak'a yaklaştığında Göksel'i gördü, Kız'la arsada top oynuyordu.

"Nöbetçi değil misin sen?" diye seslendi.

"Bir saate çıkıcam" diye cevap verdi Göksel, Deniz'in elinde fırından yeni çıkmış sıcak ekmekleri fark edince topu son kez attı, Deniz'in ardından Sokak'a girdi. Kız da topu ağzına alıp peşlerinden geldi. O da kokuyu almış olmalıydı.

Ekmeklere uzanmak isteyen Göksel'in elini itti Deniz, bir babanın oğluna buyurması gibi "Önce elini yıka" dedi. Göksel ellerini yıkamaya gittiğinde, sahne arkasında mutfağa dönüştürdükleri yere girdi Deniz, aklındaki müziği ıslıkla çalarken ellerini yıkadı, yumurtaları kırmaya başladı.

Göksel geldiğinde önceden hazırladığı domates ve biberleri dolaptan çıkardı. Kesilip doğranacak her şey onun işiydi, bu işte becerikliydi.

Kahvaltının hazırlanması bittiğinde yiyecekleri bahçedeki masaya taşıdılar ama Deniz sofraya oturmak yerine yine içeri gitti. Masada yemeğe tek başına başlamamasıyla ilgili Deniz tarafından sıkı eğitilen Göksel önünde duran yumurtadan gözlerini ayırmadan onu bekledi. Ancak sırtlanlar kimseyi beklemeden yemeğe başlarlardı. Deniz'in bilgisayarını getirdiğini görünce ne olduğunu soran bir ifadeyle kafasını salladı. Deniz gülümseyip "Özge Egeli" dedi, pek keyifliydi.

Bilgisayarı açarken yumurtasından bir lokma aldı Deniz ve Göksel Kız'a bir lokma verdiğinde "Masadan beslemeye alıştırma Kız'ı!" diye uyardı onu. Göksel iştahla yemeğe başladığında "Ben çıkıcam birazdan, çişe çıkarır mısın öğlen?" diye sordu Deniz'e. Deniz kafasını sallarken bir yandan da internete girdi. Özge Egeli yazdı, Facebook sayfasını bulacak ve o geri gelene kadar onunla ilgili ne öğrenebilirse öğrenecekti... Ama karşısına çıkan onlarca sayfayla karşılaşınca lokması ağzında kaldı. Bunu beklemiyordu. Listede bir sürü video da vardı.

Özge'nin yemin videosuna tıklaması, elini keserken ettiği yemini izlemesi, onun milletvekili olduğunu anlaması, kısa bir zaman önce parti genel başkanı seçildiğini kavraması umutla açılan kapılardan sızan cehennemin harareti gibiydi. Bu kadar pırıl pırıl bir varlık nasıl olmuştu da ruhlarını satanların yalanlarıyla var olabilen siyasete alet olabilmişti!

27. Bilge

Hızla indi araçtan, mesajları Eti'ye de göndermişti. Valizini hazırlamış, Doğru'nun değer verdiği her şeyi bagaja, arka koltuğa doldurmuştu. Koltuktan kalkmakta zorlanırken mesajları alınca eşyaları toplamakta gösterdiği performans inanılır gibi değildi! Binlerce yıl önce doğada sağ kalan hamilelerin neden sağ kaldığını anladı Bilge, insan mecbur kaldığında zorlukları aşabildiği için var olabilmişti. Can kendisine ulaşmadan Doğru'yu alıp bugün gidecekti şehirden. Eti'yi dinleyecekti.

Can asla bilmemeliydi, asla görmemeliydi bu halini. Eti'nin merdivenlerine geldiğinde tırabzana tutundu, nefes alıp ilk basamağı çıktı, yumurtalıklarına uygulanan şu basınç olmasa koşacaktı. Telefonuna baktı, Can yarım saattir aramıyordu. Diğer basamağı çıkacaktı ki elini tuttu Can.

Bilge'nin bedenine sabitlediği gözleri, bir an olsun baktıkları yerden ayrılamadı… Şoktaydı Can Manay. Daha önce hiç girmediği bir şokta! Ne düşüneceğini, ne hissedeceğini bilemez, düşünemez, hissedemez bir şokun tam ortasında!

Sıkıca kavranan elini çekmedi Bilge, zaman kazanırcasına Can'ın şoktaki haline izin verdi. Beyni ne yapacaksın şimdi diye tekrar tekrar sorarken öylece dikildi.

Pencereden sakince izledi Eti, Can'ın yavaşça dizlerinin üstüne eğilmesini, Bilge'nin göbeğine uzanan elinin titremesini… Bilge'nin ifadesindeki ne yapacağını bilmez dehşeti… Duygularını çok büyük yaşadığı için farklıydı bu adam, herkesten daha zor çekilen ilgisi, kendine çekmekten vazgeçmeyen bir bataklığa dönüşüyordu. O ilgiye saplandıklarının farkında olmadan daha fazlasını isteyerek yaklaşıyorlardı kurbanları ona. Ta ki en dibe çekilene, o ilgide boğulana ya da posaları dışarı atılana kadar. Herkesten daha zor seviyor ve sevdiğinde her şeyi göze alıyordu. Bunca sıradanlığın arasında nasıl da parlıyordu her hali… Çünkü deliliği sanata dönüştürmüştü.

Can'ın karnına uzanan elinin titremesinde, kendisi için her şeyi göze almaya hazır halini gördü Bilge, gözleri doldu. Ama Can'ın unutulamaz kusurunu unutamazdı! Her hali geçiciydi. Tam alıştığında, tam teslim olduğunda, tam kendini güvende hissettiğinde o ilgi, o sevgi altından çekilecekti. O titreyen ellerinin verdiği his ne kadar sürecekti? Ne zaman bir anda kaybolup başka bir şeye dönüşecekti?

Narsisizmin birinci kuralıydı bu, karşısında yarattığı ihtiyaçta huzur bulduğu anda kendisini çekmesi. Yeni avların peşine düşmesi. Sınırdaydı Can'ın karakteri, kırılmıştı, neden kırıktı bilmiyordu, kırıldığı yerden kaynamıştı ama izlerini görüyordu Bilge, iyileşmemişti. İyileşemezdi, fevriydi sevgisi. Pervasızdı tepkileri. Her şeyiyle dağın tepesindeki o zirvedeydi Can. Sanki düşmek için beklemekteydi. Gözlerinden yaşlar süzülürken keşke onu çekip alabilsem tepeden diye düşündü Bilge ve penceredeki perdenin kıpırtısı ilişti gözüne. Eti vardı o oynayan perdenin gerisinde.

Can elinin hissine bıraktı kendini. Sıcacıktı Bilge'nin göbeği, gergin, yaşamla dolu... gözlerini kapadı... sanki o rahmin içinde kendisi vardı.

Telefonun çalmasıyla Bilge elini çekti Can'ın elinden yavaşça ama Can fark etmedi bile, gözleri kapalı diğer elinin hissindeydi tüm varlığı... tanımadığı numarayı açtı Bilge, arayan Duru'ydu, sesi titriyordu...

28. Özge

Elinde 11 gazeteyle indi Özge araçtan, yolda bir bayide durup ne varsa almıştı ve yol boyunca internet dahil tüm mecralara girmiş, Ömer'i, Muammer Bey'i arayıp haberi takip etmişti. Dün gece yarısı yapılan operasyonda bir sürü kaçak eserin yanında, aklanan paraların saklandığı kasalar çıkmıştı ortaya. Mümkün değildi, Sadık asla parasını kasada tutacak kadar salak değildi. Hepsi İsviçre'de bir bankanın kasasında istiflenmiş olmalıydı ama bu işler böyle oluyordu, birinin ipi çekildiğinde alttaki kölelere deliller sunulması için her şey dikkatle hazırlanıyordu. Sonuçta sistem ne kadar güçlü olursa olsun, kölelerin rızası olmadan bir hiçti aslında. Halk inandırılmalıydı yapılan her haksızlığa.

Sadık'ın kendi gazetesinin manşeti de ilginçti, başbakanın beynindeki urdan bahsediyordu. Saklanmaya çalışılan bu sağlık sorununun gelecekte nasıl da büyük politik problemlerin habercisi olduğu vurgulanmıştı. Ve bu tür bir urun kişiyi nasıl da acımasız, mantıksız yaptığı doktorların bilgisiyle açıklanmıştı.

Sadık gideceğini bilmese, emin olmasa, kesinlikle böyle bir başlık attırmazdı.

Kendini ejderha sanan bir kertenkelenin gerçeği yeni kavramış şaşkınlığıyla girdi siteye Özge. Ana kapıda onu karşılayan güvenlik "Özge Hanım paketiniz var" diye durdurmasa belki 20 katı yürüyerek çıkacaktı bu şaşkınlıkla.

Önüne koyulan kutuya kuşkuyla baktı, Sadık'ın ipi çekilmişti, şimdi sıra kendisindeydi diye düşünürken Sadık'ın noter kâtibi oturduğu yerden kalkıp yanına geldi. Başıyla onu selamlayıp, paketi açmasına yardım etti. İçinde sadece evraklar vardı, hepsi ağzı mühürlü şeffaf dosyaların içindeydi. Adam cebinden çıkardığı flash belleği de ona verip sessizce gitti.

Elindeki 11 gazeteyi de kutunun içine sokup evine çıktı Özge. Girer girmez kutuyu boşalttı. Kutudan Özge'nin adına düzenlenmiş dört tapu ve henüz ne anlama geldiğini anlamadığı bir tomar kağıt çıktı. Flash bellekte başkanı olduğu partinin içindeki casusların listesi vardı. Hepsi hükümetin adamlarıydı ve sayıları geri kalanlardan çok daha fazlaydı. Bunları kovsa herhalde parti kapanırdı. Muhalefet yoktu, her şey bir tiyatroydu.

Ofisi aradı, bu öğlen iki toplantısı vardı, ikisini de iptal ettirdi. O sırada Muammer Bey aradı, sesi telaşlıydı. Turgut Özge'yi çok aramış ama ona ulaşamamıştı, ulaşsa hemen Washington'a gitmesi gerektiğini söyleyecekti, uçak hazırdı.

Her şey yine değişmişti, değişim ne kadar hızlı ve köklü olursa olsun hızla taraf değiştirme dönekliğine sahip olanların tutunabildiği bir düzendi bu. Tek merkez vardı: güç. Güç kimdeyse ona hizmet etmek esastı. Ama şimdi güç Özge'yi seçmek üzereydi, bakalım Özge kendi merkezinde durabilecek miydi?

29. Göksel

Ekip otosu daha tam durmamıştı ki indi Göksel, parkın içine dalıp koşmaya başladı. Ne kadar hızlansa da bacakları, daha hızlı koşmalıydı, daha da hızlı! Demir kapıyı açmışlardı, yön değiştirip ilk defa açık gördüğü kapıya yaklaştı. Daha hızlı koşamam diye bağırırken zihni, bedeni daha da hızlı koşabilmişti. Demir kapılardan geçerken kendini durdurmak isteyen polisi iterek içeri daldı. Neyse ki onu bilen bir polis "Bizden o, Göksel" diyerek durdurdu peşinden gideni. Koşarken etrafına baktı, polisler yıkıntının yanında toplanmıştı. Yıkıntıya yaklaştı, bu kadar hızlı koşarken durmak zordu ama durdu ve tırmandı tersanenin kızağında terk edilmiş gemiye bir hamlede.

Yatık güvertesine çıktığında telefonlarıyla fotoğraf çeken iki polisi ittirip geçti. Bir hamlede geri döndü, birinin elindeki telefonu çekip fırlattı. Gemiden atılan telefonuna koştu polis, sinirlendi ama hesabını soramayacağı belliydi, çünkü zaten deliliğiyle ünlü Göksel iyice delirmiş gibiydi! Nefes nefese dikilmiş bakıyordu, gördüğü şeyin gerçekliğinde mahvolmuştu!

Bir heykel gibi oturduğu yerde, uzaklara dikmişti gözlerini Ada, kıpırtısız vücudunda artık dolaşmayan kanın mor beyazlığında duruyordu, güneşin doğuşunu kucaklayan güvertenin o koltuğunda. Kollarını kenetlediği kemanı belli ki elinden alınmaya çalışılmıştı, ölümle sertleşen bedeni kemana yapışmıştı. Burnundan ince bir çizgi şeklinde akan kan çenesinden hâlâ damlamaktaydı.

Nefes nefese dikildiği yerde Ada'ya bakmaya devam etti Göksel, baktığı şeyin gerçekliğine hayır dercesine salladığı kafasıyla itiraz ederek... ama gerçekti.

Hâlâ nefes nefeseydi. Tuttu Ada'yı omuzlarından, "Ada!

Ada!" diye sallamaya başladı, polisler hemen atılıp dokunması yasak olan cesetten, onu zorla uzaklaştırdı.

Birkaç polis tarafından çekiştirilerek Ada'dan uzaklaştırılırken, onun kemanına sarılmış, donuk, sert bedeninin yavaşça yana devrilmesini izledi Göksel ve kendisini tutan üç belki de beş polisi bir hamlede fırlattı. Bedenini kurtararak kendisine uzanan bir kolu çekip karşıdaki kapıya çarptı, diğerleri hemen kaçıştı. Gözünden yaşamsızlığın sessizliğinde süzülen yaşları sildi, adım adım Ada'ya yaklaştı, onu devrildiği yerden özenle kaldırdı. Vücudu semsertti, açık gözlerinden hayat tamamen gitmişti ama yine de Göksel elini onun omzundan çekemedi. Yüzüne düşen bir tutam saçı yavaşça geriye attı. Doğruldu, kendisine şok olmuş ifadelerle bakan polislere dönüp ölümden sızan bir sesle sordu.

"Bunu ona kim yaptı?"

Cevap gelmedi. Polislerden biri karşılarında dikilen dehşet içindeki Göksel'e cevap verebilse "Kendisi" derdi.

Gösteri sonrası hapsolduğu dipten çıkmak için son bir umutla gelmişti bu tersaneye Ada, ama kokain bulamamıştı sadece esrar ve eroin vardı. "Saçmalama!" demişti adam. "Eroin varken o boka bir sürü para mı veriyosun! Bak bu da burundan çekilir, kafası çok daha iyidir."

22. BÖLÜM

1. Can Manay

Rüzgâr hafifçe yüzünü okşadığında, yanağında hissettiği esintiyle uyandı Can. Burun kanatlarını genişleten derin bir nefes alırken açtı gözlerini dünyaya... Pamuktan dokunmuş organik perdeleri okşarcasına ormanın havasını taşıyan esinti, aralık bırakılan pencereden girmişti içeri.

Yatakta yalnızdı, hemen doğruldu, odada da kimse yoktu. Çeviklikle kalktı ayağa, pencereyi biraz daha araladı, perdeyi çekti, ormanın havasını tamamen içeri aldı. Vadide doğan güneş sanki saati fısıldar gibiydi. Hemen yatağın başına gitti, çalmadan durdurdu en ilkel teknolojiden, kurularak çalışan ama manyetik alan oluşturmayan saati sekiz olmak üzereydi.

Koridora doğru ilerlerken müziğini açmayı düşündü ama gerek kalmadı, uzun süredir hayatında, yapsam ne iyi olur dediği şeyler doğallıkla yapılmaktaydı. Fonda "Petite Fleur" çalmaya başladığında Can artık salondaydı.

Sokak kapısı açıktı, ilerleyip uzaktan dışarıya baktı. Beyaz geceliği içinde hayatının huzuru, bedeninde taşıdığı en değerlisiyle Doğru'yu uğurlamaktaydı. Bilge'nin Doğru'yu Ali'ye teslim etmesini bekledi. Kendisini her gördüğünde, bu çocuğun Bilge'ye dönüp sürekli "Eve gidelim" demesi artık yetmişti. Zaten evde değil miydi!

Bilge bahçeden geldiğinde kollarına aldı onu, bedenine yerleşmiş o lavantanın papatyalarla birleştiği taptaze huzuru içine çekti. Hayatla dolan göbeğinin gerginliğini, dolgunlaşan göğüslerinin yumuşaklığını hissetti. Doğuma beş hafta kalmıştı. Bu sefer her şeyi doğru yapacaktı.

"Hadi duşunu al" dedi Bilge, "Gitmek istediğine emin misin?" derken Can'ın dudaklarından boynunu kurtarıp ona baktı.

Can kafasını tekrar Bilge'nin koynuna sokmaya çalışırken "Hem de çok!" dedi ve kurtulmak isteyen Bilge'yi kendine çekip bir aslan gibi "Gel buraya!" diye hırladı.

Bilge kollarından sıyrıldı. "Doğuruveririm şimdi, uğraşma benimle" derken keyifliydi, giyinme odasına giderken de "Eşyalarımız hazır. 10'da çıkacağız" diye ekledi.

Can pijamasının üstünü çıkarıp banyoya ilerlerken "Sekiz dakikada kapıdayım" dedi. Pijamasının altını da çıkarıp soyunma odasının kapısında Bilge'ye hınzırca gülümsedi. Bilge "Geri kalan 97 dakikada kapıda bekleyeceksin yani?" diye seslendi dalga geçerek. Ardından, "Anneyim ben, önümde böyle çıplak gezme" deyip çattı kaşlarını, sonra gülerek kafasını çevirdi.

Bilge dokundurmuyordu hiç kendine, uyurken sarılmak dışında. Başta bu duruma karşı çıksa da aslında Bilge'nin bu halinde huzur bulmuştu. Önceliklerini bilen bir kadından daha iyi bir anne ve rahminde çocuk taşıyan bir kadının kendini elletmemesinden daha saygı duyulacak bir durum yoktu. Çocuğunun önceliğiydi aslolan, annesinin kendisine hiç vermediği bu önceliği Bilge'nin kızına veriyor olması huzurdu.

Kendi cinselliğini yaşamak isterken yavrularını kurban eden annelerle doluydu dünya. Kadınlıkları uğruna yavrularından vazgeçerken asıl kadınlığın, yavrusuna ölümüne sahip çıkmak olduğunu unutanlar lanetlenmişlerdi. Yavrusunu geride bırakıp vajinasını doldurma peşinde koşan hiçbir kadının mutlu olduğunu görmemişti Can... hepsinin sonu lanetti, aynı kendi annesi gibi.

Banyonun penceresinden vadiyi seyrederken duşunu yaptı, bir ara mastürbasyon yapmak geçti aklından, gözü, askıları küçük balerinden olan askılığa kaymıştı, ama vazgeçti, bakışını yine vadiye çevirdi.

2. *Özge Egeli*

Özge Egeli'ydi artık, Özge gitmişti. Her hitapta soyadının adına yapıştırılmış bu hali, hayatını mahremiyetten sıyırmıştı. Saatlerdir oturuyordu bu yatağın ayak ucunda. Kafası öyle karışıktı ki uyku çok uzaklara kaçmıştı.

Kalktı. Üstüne sweatshirt'ünü geçirdi, ayağına spor ayakkabılarını giydi. Gri pijaması zaten eşofman gibiydi, onu değiştirmeyecekti. Çıktı misafir evinden.

Buradan her çıktığında, bir zamanlar Sadık Murat Kolhan'a ait olan evi görmek hayatla yüzleşmek gibiydi. İnşaatı bitmek üzere olan evde işçiler işlerine erkenden başlamışlardı. Okula çeviriyordu burayı Özge, kurdukları derneğin okulu olacaktı. Sadık'tan kalan bu anı, sahip olmak için değerlerini feda etmeye hazır olanların bir gün her şeyi feda etmek zorunda kalacaklarının anıtıydı.

Kimse anlayamazdı Özge'nin buradan gitmek için hissettiği

sabırsızlığı. Herkes doğanın baharında cennet bir yapı görürken, Özge fakirlik görüyordu bu evde. Evin bu kadar lüks, konforlu ve güzel olabilmesi için fakirleşmek, çirkinleşmek, yaşamlarını rahatsız sürdürmek zorunda bırakılmışların hissi vardı evin her köşesinde.

Tapusunu eline aldığında buraya ait olduğunu anlamamıştı. Geniş balkonunda durup manzaraya baktığı o ilk günü hatırlamış, bu eve sahip olduğuna, yıktırdığı o ilk duvar yıkılana kadar inanamamıştı. Sanki birileri köşeden çıkıp "Dur! Burası senin değil!" diyecekti. Bu ev, bu arsa ve etrafındaki dönümlerce orman Özge'nindi.

Korumalar Özge'yi görür görmez ayaklandılar. Selam verirken harekete hazır küçük bir ordu gibiydiler. Kendi canlarını feda edecek kadar seviyorlardı bu yüreği büyük kadını. Çünkü dünyalarını o kurtaracaktı.

Özge bir yere gitmediklerini anlatan el hareketiyle dindirdi heyecanlarını ve aşağıdaki göle doğru yürümeye başladı.

Gölün kıyısına ulaştığında adımları bir an yavaşladı, kıyıda durmalıydı ama duramadı... Birkaç saat sonra yapacağı darbenin, hayatın akışını değiştirecek etkisinin hissi durmasını engelledi, suya bir adım attı... duramadı. Adımları suyun ağırlığını yararak devam etti.

Su bileklerine gelene kadar yürümeye devam etti, duramazdı... Darbeyi yapmak zorundaydı. Arkasında dünya vardı, halk vardı. Su baldırlarına değdi... artık durması şarttı. Ne yapacaktı, yürüyüp gölün içinden başka bir hayata mı akacaktı?! Darbelerin olmadığı, yapılmak zorunda kalmadığı bir hayata... Ama durmadı, adımları devam ederken su dizlerine kadar tırmandı. Turgut Bey haklıydı, birilerinin bir şeyler yapması şarttı. Herkesin eli bağlanmıştı. Seçim sistemi çalışmıyordu, bu sadece bir dedikodu değildi. Ölçtürmüştü Özge, her 7 muhalefet oyuna karşı 2 oy ekleniyordu. Sonsuza kadar seçilmek için her şey ayarlanmıştı. Şimdi kalçalarına kadar sudaydı, durmadı. Adımlarını atarken aklı çığlık çığlığaydı. Birkaç saat sonra o meydana çıkmalı, o konuşmayı okumalı ve ardından o darbeyi yapmalıydı. Çünkü birisi bir şeyler yapmalıydı! Herkes konuşuyordu zaten, ama o bir şeyler yapmalıydı.

Muammer Bey'in itirazları, Turgut'un ısrarlarına karıştı aklında, Deniz'in gözlerindeki hayal kırıklığı, meydanlardan yuhalattırılan çocuğun küçücük tabutunda anlamsızlaştı. "Peace is in your hands" demişti Washington'daki adamlardan biri, acaba daha önce kaç kişiye bunu söylemişlerdi? Barış birinin elinde yaşayabilir miydi?

"Özge!"

Boynuna kadar batmıştı, onca zamandır kendi adını duymayı beklediği ses olmasa batmaya devam edecekti, suyun ağırlığını yararak sese döndü. Deniz kıyıdaydı!

Onu ne kadar beklemişti! Son konuşmalarından sonra çekip gitmesini izlemek ruhunun darbesiydi.

Deniz tekrar seslenirken dizlerine kadar suya girdi. Gerçek bir dost daima değerlisinin peşinden giderdi.

Adım adım çıktı Özge sudan. Deniz'e gitmezse onun kendisine geleceğini görmek hayat vermişti. Son tartışmalarından beri bu yüzleşmeyi beklemişti. Ona yaklaşırken Deniz kollarını açtı, Özge sırılsıklamdı ama ikisi de umursamadı, ne Özge'nin ıslaklığını ne de farklı görüşlerde karşı karşıya olmalarını...

Deniz Özge'yi kollarıyla sardı. Daha önce hiç bu kadar birbirlerine yaklaşmamışlardı.

3. Bilge & Can Manay

Karnındaki yaşam, hayatının merkeziydi. Gördüğü her çocukta görüyor gibiydi henüz doğurmadığı bebeğini. Annelik inmişti bedenine. Bazı kadınlarda krizlere neden olan bu duyguda huzur bulmuştu Bilge. Çünkü odaklanmıştı. Her şeyi dışarıda bırakıp tüm etkilerden arınarak sadece kızına odaklanmıştı. Tabii bir de Doğru vardı. Ama dünyanın en iyi annesi babasızlığa çare olabilir miydi? Gözleri doldu aklına gelen soruyla... Üzerinde hissettiği bakışa döndü Bilge, gözyaşlarını sildi usta bir gülüşle, çünkü Can hazırlanmış, kapıda durduğu yerden onu izliyordu.

En doğru yerdeydi Can, hayatının en doğru yerinde. Manipülasyonların, krizlerin, hırsların arındırıldığı bir yaşamdan sıyrılarak varmıştı buraya... bahçede oturmuş kendisini bekleyen Bilge'nin huzuruna. Böyle ara ara, köşesine çekilip ağlaması hormonlardan olmalıydı. "Hazır mısın?" demişti ona yaklaşırken. Evet diye kafasını salladı Bilge, saçlarını okşayan Can'a.

Kendilerini bekleyen arabaya binerken "Ali daha dönmedi mi?" diye sordu Can. "Doğru'yu bıraktıktan sonra geri dönmesin dedim. Öğlen ofisten alacak bizi" diye açıkladı Bilge.

Üç haftayı ülkenin kuzeyindeki köyde geçireceklerdi. Gidecekleri yer aslında hiç de köy değildi, çok lüks bir spa'nın şehriydi. Sadece zenginlerin kalabilmesi için özel tasarlanmış bir spa. Oraya gitme fikri nereden aklına gelmişti hatırlamıyordu ama ona söylediğinde, Bilge'nin nasıl sevindiğini unutamazdı.

Arabaya yerleştiklerinde Zeynep'i arayıp bugünkü seansı iptal etmesini söyledi ama Bilge hemen itiraz etti. Oğlunu yeni kaybetmiş bir babayı görmeden hiçbir yere gidemezlerdi! Can seansına girecek, sonra da tatillerine gideceklerdi. Aksi mümkün değildi!

Can telefonu kapattı, Bilge'yi dinleyecekti ama "Hayatım

benim, bizi görse ne fark edecek ki?!" diye itiraz ettiğinde Bilge "Nasıl ne fark edecek! Veli'yi* herkesten iyi tanırsın sen, babası seninle konuşmak istiyorsa konuşabilmeli Can, oğlunu kaybetmiş babayı reddetmek olmaz" dedi, tavrı keskindi.

"Tamam patron!" dedi Can. Keyifliydi.

4. *Özge & Deniz*

"Ne istiyorsan, nasıl istiyorsan, sonuna kadar seninleyim ama binlerce yıldır yapılan bir şeyin işe yaramadığını artık anlamak zorundayız. Hakkı korumak için gerekirse yalan söylemeye, konuları saptırmaya hatta öldürmeye hak bulan herkes, savaştıkları kötülükten çok daha büyük bir kötülüğe sebep olmuşlardır. Bir düşün, bu ülkede eğitim almak isteyen başörtülü kızların üniversiteye girmesi engellenmeseydi..."

Özge bıkmıştı bu cümleden! Kendisi de başörtülü arkadaşı sınıfa alınmadı diye okuldaki bir sürü eyleme katılmıştı ama arkadaşlarını okula aldırmak, inanç özgürlüğü sağlamak için yapılan o gösteriler bugünlere zemin olmuştu. İtiraz etti.

"Ben de isteyen herkes istediği şekilde eğitim alsın diye bir sürü eyleme katıldım zamanında ama salak gibi kullanıldım. Tüm iyi niyetimle, adalet olsun diye yaptığım o eylemler şu an içinde bulunduğumuz cehennem kapılarını açtı..."

Deniz'in sesi yükseldi.

"Nasıl böyle düşünebilirsin! Bugünlere nasıl geldiğimizi düşün lütfen Özge! İyi insanların halkın yönetimini, demokrasiyi padişahlık denilen illetten korumak için, din tüccarlarından korktukları için cehalete uyguladıkları baskıyla geldik. Adalet

---

* *Fi*, 2. Bölüm, 4. Sahne. Can Manay'ın müşterisi.

olsun diye yaptığın o eylemler değil o kapıları açan! Ne biliyor musun? Sebebi ne olmuş olursa olsun başına bağladığı örtü yüzünden insanın eğitimden dışlanmasıdır! Görmüyor musun! O cehennem kapıları, o kızların okula alınmamasına karar verildiği gün aralanmaya başlamıştı zaten. Bilgiye aç olanı dışlamak! Onu karanlığa gömmek! Kişiyi, bilgiyle tanıştırıp sorgulayan, anlayan gerçek bir insana dönüşmesi için ona yardım etmek yerine, onu yok saymayı seçip karanlığa itmek! O her şeyin saptırıldığı, bilgiden, eğitimden uzak din tüccarlarına, onu muhtaç etmek! İnsan olma potansiyelindeki o canlıyı yalnız bırakmak! Hele bunu bir de adaleti korumak için yapmak! Adaleti korumak istiyorsan yapman gereken ilk şey daima, ama daima adil olmaktır! Kötülüğü yenmek için yapmayı kabul ettiğin her yanlış bir çığ gibi büyüyerek yığılır üstüne çünkü iyiliği bilen birinin iyilik yapabilmek için, yalan gibi, bilgiyi saptırmak gibi kötülüğün araçlarını kullanması en büyük kötülüktür, günahtır! En büyük yanlıştır! Çünkü yanlış, yanlışı tanıyan birinden çıktığında ikiye katlanır, ağırlaşır! Yanlışla doğruyu ayıramayacak bilinç düzeyinde birinin yaptığıyla, o ayrımı yapabilen birinin yaptığı yanlış arasında dağlar kadar fark vardır! Bilen, anlayan, umursayan biri bildiği halde, anlayıp umursadığı halde kötülüğe alet oluyorsa hayat tarafından en ağır şekilde cezalandırılır! Hele kendini, inandığı bir ideolojiyi korumak için karşısındakinin hakkını ezen bir kişi ya da bir oluşum, fikri ne kadar temiz olursa olsun, mutlaka cezalandırılacaktır! Evrenin kanunudur bu! Bu yüzden tüm diktatörler parçalanarak ölürler ve o diktatörleri parçalayanlar da başka kötülüklere zemin olurlar. Senin yapacağın darbenin sadece bir temizlik olacağını sanıyorsan kendini kandırıyorsun. O darbeyle belki kokuşmuş, yapış yapış birbirine bağlanmış bir suç yumağını yıkayıp atacaksın ama hareket senden geldiği için, binlerce kişinin tepkisi bir tek kişiden geldiği için hayat o temizliği kabul etmeyecek."

Özge, "Peki neyi kabul edecek hayat? Sahte bir seçim sisteminde milyonlarcasının oyunun hiçe sayılmasını mı? Her 7 oyda 2 oy karşı tarafa yazılırken düzenlenen sahte seçim kampanyalarında meydanlarda verilen umut tuzaklarını mı? İtiraz eden polisin, hâkimin, kim varsa hapse atılmasını ya da rüşvetle sisteme bağlanmasını mı?! Bunları kabul edecek ve erdemli birkaç kişinin inisiyatif kullanarak doğruyu yapmaya çalışmasını mı kabul etmeyecek!?" dedi sancıyla.

Özge'nin acısını görüyordu Deniz, gözlerinin yeşilinde, teninin sıcaklığında, dudaklarının kıvrımında. Özge'nin bu haliydi Deniz'in çaresizliği. Aniden ortadan kaybolduktan üç gün sonra tekrar Sokak'a geldiği o gece yarısı, onu görür görmez müziği yarım bırakıp ona gitmesinin nedeniydi gözlerindeki bu acı. Ona Washington'dan bulaşmıştı. Sanki Özge'ye bir şey bulaştırmış ve onu geri göndermişlerdi. Kafası karmakarışıktı. İyice eğildi ona, "Tekâmül için buradayız Özge, başkasının ayağa kalkıp sahip çıkması gereken hakları sen tek başına milyonlarca kişi adına koruyamazsın, korumamalısın. Herkesin sahip çıkmayı öğrenmesi gereken şeye sen tek başına sahip çıkamazsın. Bu erdem değil, hayata ihanet olur çünkü onlar parmaklarını oynatmazken, sen yaptığın her fazla hareketle haklarını korumaya çalıştıklarının tekâmüllerini geciktirirsin. İyi niyetli insanlar bir pisliği yıkamak için milyonlarcasının harekete geçmesine örnek olmak yerine, kendileri milyonların yerine karar verdiklerinde iyilik yapmış olmaz, sadece o milyonlarcasının ruhsal evrimini geciktirirler. Yanlışı yanlışla düzeltemiyoruz. Bırak herkes dersini alıp gelişsin, sürekli birileri çıkıp da diğerlerinin dersini üstüne alırsa o zaman hayat neyi, nasıl öğretir her birimize? İnsanı tekâmülden koruyamazsın! Korumamalısın! Sadece gelişmek için yaşıyoruz ve sen elinde baltayla laboratuvara girip tüm dersi kırıp geçmek istiyorsun. Laboratuvarın kapısını açıp içerideki öğrencilere hadi hemen çıkın kurtarın kendinizi evrimden, tekâmülden, bilgiden diyorsun! Herkes dersini alana kadar huzur yok hiçbirimize!"

Özge kafasını hızla sağa sola sallarken "Bir köşede durup bu seyirci kalma cehenneminde yaşayamam!" diye itiraz etti.

"Umursayanların sayısı artmadan, umursayan herkes sahip çıkmak için sokaklara çıkıp adalet için keyiflerini feda etmeden olmaz bu iş! Sen hayata göster, milyonlarcasının adalete evrimleşmiş olduğunu, adalet için hazır olduğunu. Onlar da çıksın sokaklara, bırak bakalım kalksınlar önce televizyonun karşısından ve şu öldürülen çocuğun katil zanlılarının peşine düşecek kadar insanlaşsınlar, o zaman gerekirse hayat tufanlar çıkarır kötülüğü engellemek için, çarpışan dalgaların tuzlu suyuyla tatlı suyunu birbirinden ayırır, gerekirse okyanusu ikiye yarar Özge. Hayat ne gerekiyorsa yapar ama tek bir şartı vardır, insan çabada olmalıdır. Oturduğun yerde seyrettiğin televizyon programına ettiğin laf değildir direniş."

Dişlerini sıktı Özge, itiraz etmek istiyordu, bağırıp karşı çıkmak istiyordu ama neye karşı çıkacaktı? Deniz'in her kelimesi doğruydu. Karanlığa mecbur ettiğimiz, okula almadığımız o kızlar anneleri olmuştu bu nefretin.

Dışarıda bıraktıklarımızın insan olduğunu unutmuşluğumuz değil miydi bugün aynı haksızlığa bizi maruz bırakan?!

Bir zamanlar omuz omuza ülke sınırlarımızı koruduklarımızın bebekken annesinden öğrendiği dili yasaklayıp, onları eğitmeden, anlatmadan, hırpalayarak, isimler takarak sürekli onlardan anlayış beklememiz değil miydi bu ülkeyi asıl bölen?!

Ulusumuz direncini kaybetmiş bir beden gibiydi, zayıf düşmüşlüğüne bir virüs gelip yerleşmişti sanki. Ama zayıf değildik biz, sinsice zayıflatılmış, güçsüzleştirilmiştik... ama kimseyi suçlayamazdık çünkü izin vermiştik. İzlediğimiz TV programları, diziler ve gece çıktığımız barlar arasında organlarımızı çalar olmuşlardı. Ama biz keyfimize bakıyorduk. Deniz'in kelimeleri başladığında zorlukla bakışını, sıktığı yumruğundan ona kaldırdı Özge.

"Tüm bunlar olurken BİZ neredeydik Özge?!... Farkında bile değildik, sahipsiz bıraktığımız insanların acılarını hiç bilmedik. O gözlerimizi ayırmadığımız televizyonların bize sunduğu saçmalıkları haber sandık! Ama şimdi biliyoruz. Yok sayılan her varlık intikam alır. Nefretle dolar kalbi. Hiç yok sayıldın mı Özge? Önyargıyla aşağılandın mı?"

Aklına gelen görüntüyle birlikte kaşları iyice çatıldı Özge'nin, yok sayılmaya çalışılmıştı. İzin verseydi kesin yok sayılacaktı. Ve evet aşağılanmıştı da. Can Manay'ın görüntüsü ve o kısacık röportaj boyunca aşağılayan o gülümsemesi şimdi gözlerinin önündeydi. Kendini yok saydırmamıştı, şanslıydı ama nefretle dolmuştu yine de, intikam almak için yemin etmişti. Tüyleri diken diken olurken sesini çıkarmadı Özge, Deniz karşısında yarattığı etkinin farkında devam etti.

"Kimsenin kimseye kötülük yapmaya hakkı yok! Kötülüğe izin vermek varoluşa, Yaradan'a, hayata, evrene, iyi olan her şeye ihanettir... Şimdi sen o koltuğa çıkacaksın, üstelik darbeyle oturacaksın ve sanıyor musun ki milyonlarca dolar harcayarak, darbe yaparak seni oturttukları o makamdan, senden bir şey almadan duracaklarını? Ya onlara istediklerini vereceksin ya da seni bir saat içinde zehirleyecekler. Karar senin. Sadece, ruhunu satmazsan öldürüleceğini bilerek otur oraya. İnatla kahramanlığı karıştırma! Onların istediğini yapmazsan yok edileceğini bilerek çık yola. Savaştığın sistemin kölesi olacağını anla. Ya kölesi ya da kurbanı olacaksın."

Özge'nin zihni allak bullak olmuştu, içinde öfke vardı, kafasını çevirdi bir an geçtikleri yola. Meydana varmak üzereydiler. Ellerinde bayraklarla meydana yürüyenleri gördü Özge ve hiddetle Deniz'e döndü.

"Bana hem diyorsun ki, seni pasifize etmek istemiyorum hem de bana nasıl öldürüleceğimi anlatıyorsun. İçime korku yerleştiriyorsun. Ne yapmamı istiyorsun? Ha? Hem elimi kolumu bağlıyorsun hem de bana tut diyorsun? Peki ben ne yapacağım! Etrafta peygamber gibi gezip, şu salak spiritüalciler gibi yapmacık yapmacık önüme gelene sarılayım mı! Sevin birbirinizi mi diyeyim! Ha?! Bir köşeye oturup seyretmemi, anlayış gösterip insanların sevgi böceği şeklinde aşka gelip hakkımızın yenmemesine dua etmemi mi istiyorsun?! Ne istiyorsun! Ne yapmamı istiyorsun!"

Deniz, Özge'nin gözlerinin içine bakarak, yapabileceği hiçbir şey kalmayan birinin son çırpınışında, "Darbeden vazgeç!" dedi. "Seçimlere katıl. Bırak oy sistemi yine de onlara çalışsın! Savaşma, sadece fark ettir. Bir olmak demek, diğerleri adına bir kişinin karar vermesi demek değil, bir olmak demek aynı anda harekete geçebilmek demek. Yardıma değil, insanların fark etmeye ihtiyaçları var."

Özge itiraz etti.

"Adaletsizliğin içinde nasıl fark edecekler? Çocuklarımız sadece suç işleyenlerin egemen olabildiği bir toplumda nasıl doğru olmaya özensinler? Birbirlerinin ayıplarını bildikleri için ordu olmuşlarla nasıl savaşsın yapayalnız bir doğru?!"

Deniz, "Köşemizde oturmuş bir kurtarıcı ya da lider beklemekten vazgeçtiğimizde tekâmüldeki en büyük adımı atacağız. Birey olacağız!" dedi. "Sen kendin demiyor musun peşimden gelecek sürüler değil yanımda yürüyecek bireyler istiyorum diye! Eğer sen ya da başkaları bu insanlara habire kurtarıcı olursanız bunlar nasıl öğrenecekler tek başlarına ayağa kalkmaları gerektiğini?"

Özge ağzını açtı, konuşacaktı ama Deniz susturdu onu.

"Bitmedi! Çocuklar dedin. Nasıl doğru olmaya özensinler? Takip edecekleri bir örnek ver onlara, silah değil. Öyle örnekler ver ki, doğrudan hiç şaşmayan, ne olursa olsun doğruda durmaya çalışan, çabalayan, emek veren. Doğruda durmayı başarmış bir örnek bile bin tane zengin suçludan daha etkilidir. Niye kahramanlık hikâyelerini seviyoruz sanıyorsun? Çünkü her birimizin içinde doğruda durmaya aç ama nasıl yapacağını bilmeyen kahramanlar var! Karşındaki haksızlığı başka bir haksızlıkla bastırmaya çalışmak yerine, sen sadece örnek ol ve örnek olacaklara yol aç yeter!"

Düşündü Özge, tek bir doğru örnek, bin tane yanlışa ilaç olabilir miydi? Ama zaten binlerce yıldır insanlık dediğimiz bu hal sadece, birkaç tane doğru örnekten aldığımız ilhamla, motivasyonla gelişmemiş miydi? Hazreti Muhammed Arap yarımadasının çöllerinde birbirini öldüren, Afrika'daki gelişmemiş kabileler gibi çırılçıplak gezen, yıkanmayı dahi bilmeyen o ilkel kabilelere örnek olmamış mıydı? Nelson Mandela'nın savaşsız direnişi Afrika'da birbirini kesen kabilelere örnek olmamış mıydı? Martin Luther King'in şiddet karşıtı savaşı ırkçılığa vurulan asıl darbenin en iyi örneği değil miydi? Birkaç örnek... sayıları önemli değildi ama o birkaç örnekti insanın insanlığını besleyen! Her biri çok değerliydi. Evet örnekler lazımdı BİZ'e. Tepkiselliğin kolaylığını değil, sürekli bir çabada olmanın zorluğunu seçebilen örnekler.

Araba durdu ama Özge ancak kapısı açıldığında vardıklarını anladı. Deniz'e baktı konuşmadan... Deniz'in hayal kırklığıyla bezenmiş umut dolu tebessümüne bakmak ağırdı, birazdan meydana çıkacak ve halka seslenecekti. Sonrasında yapacakları darbeyle bu konuşma tarihe geçecekti. Gülümsemek istedi Deniz'e ama gülümseyemedi, ani bir hareketle arabadan inmek için döndüğünde Deniz yakaladı onu kolundan, "Örnek olmanı istiyorum! Hakkın yerini bulmasını istiyorsan, mutlak adaletin bu gezegende gerçekten var olmasını istiyorsan, cezalandırmak için harcadığın zamanı ve emeği, insana örnek olmak için harca!" dedi ve bıraktı onu. Özge'den daha hızlı bir hamlede, ondan önce, indi arabadan.

Özge indiğinde başı önünde bir an bekledi, sonra başını kaldırıp Deniz'e döndü. Sadece baktı. Nasıl da zamansız tanışmışlardı. Bundan üç yıl önce tanımış olsaydı onu... Sadık'tan önce... yaşadıklarından önce... verdiği kararlardan önce... o zaman hayatı belki de huzurlu olacaktı ama şimdi cehenneme girmiş, cehennemi temizlemeye yemin etmiş biriydi. Konuşmak istedi Özge ama Deniz başını iki yana yavaşça salladı, o gözlerindeki hayal kırıklığı olmasaydı... Deniz dönüp giderken Özge dikleşti. Deniz'le konuşmasından sonra aklında çarpışan fikirler haklı çıkmak için yarıştaydılar. Deniz'in ardından bakıp "Birileri bir şeyler yapmalı!" diye uyandırdı kendini. Döndü ve korumalarının eşliğinde protokole ilerledi.

Özge'nin gelişine bakarken gözleri parladı Turgut'un. Takım elbiseli güvenlik ekibinin arasında giydiği er üniformasıyla yarın, tüm dünyanın basınında yer alacaktı birazdan yapacağı konuşmayla. Asker olarak çıkacaktı sahneye ve başbakan olarak bitirecekti bugünü. Darbe yapmak zor işti. Öyle uzun uzun üzerinde tartışmak mümkün değildi. Planlama zaten dışarıdan gelmişti ama orduyu, en azından bir taburu ikna etmek gerekti. Orduyla kurmuştu bağlantıyı ama mitinge gelip Özge'yi dinlemeden, ondan onay almadan katılmayacakları kesinleşmişti. Aslında tabur saraya girmeyecekti, yabancı danışmanlar ustaca her şeyi halledeceklerdi ama bunu kimse bilmemeliydi, sonrasında ordu yapmış gibi her şey tıkırında işlemeliydi.

Muammer Bey ve Ömer'e protokole girmemelerini söylemişti Özge. Yapacağı bu hamleler ters giderse pisliğin onlara bulaşmasını istemiyordu ama kafasını çevirdiği anda köşede ikisinin de bekliyor olduğunu gördü. Küçük bir selamla önlerinden geçti. Muammer Bey ve Ömer onu yalnız bırakmaları gerektiğini ona bakar bakmaz anlamışlardı. Uzakta kaldılar.

O sırada Turgut alkışlayarak Özge'ye doğru yürüdü ama Özge'nin bir bakışı yetti Turgut'un alkışını kesmeye.

"Bu bir sirk gösterisi değil!" diye düşündü Özge, protokole yaklaşırken gözlerini Turgut'tan ayırmadan. Turgut'un laubali alkışı bardağı taşıran son damlaydı! Muammer Bey'in minneti olmasa bu adamın aralarında ne işi vardı ama aslında tüm iş de ona bağlıydı. Bu topluluğun köprüsüydü Turgut. Washington'la, orduyla, işçi birlikleriyle... herkesle ilişkisi vardı. Durdu Özge. Nasıl olurdu da bir kişinin kolları böyle herkese uzanırdı? Sorgularken protokole varmıştı. Darbenin başrolleri, hepsi protokoldeydi. Sakince onlara yaklaşırken sürekli içinden "Birileri bir şeyler yapmalı" diyordu. Protokolü selamlayıp geçti. Bir tek Turgut peşine takıldı.

Meydana kurulan sahnenin arkasına çıktı Özge, adımlarını ne kadar hızlı atarsa atsın, hayatının en büyük kararını geride bırakamıyordu, o karar sonuçları ne olursa olsun önüne konulmuş alınmayı bekliyordu. Eline mikrofonu verdiler, daha bir saat vardı ama ses kontrolü yapılacaktı. Turgut, "Konuşmamız lazım, gündemdeki olaylardan girmen..." derken yine gözlerini bir silah gibi Turgut'a çevirdi Özge. Turgut susması gerektiğini anladı, ama dönüp gitmeden önce yine de "Sana yardım etmek için buradayım Özge Hanım" dedi.

Tüyleri diken diken oldu Özge'nin, ense kökü çığlıklar attı

kendisine söylenen bu cümleyle. Çünkü en son Şaban Meydanoğlu demişti bunu Özge'ye ve bir an sonra bindiği helikopterde Özge kendini hiç bu kadar ölüme yakın hissetmemişti. Ama ölüm değildi korktuğu, kendisine güvenenlerin yaşayacağı hayal kırıklığı her ölümden beterdi. Asistanlardan birine seslenip kâğıt ve kalem istedi.

5. *Eti*

Televizyonun sesini kısıp Bilge'ye döndü Eti.

"En iyi partner kendi eksikliğimizin fazlalığını onda bulabildiğimiz kişidir. Laf olsun diye söylemiyorum, atom bazında geçerli bir konu bu! Sadece mıknatıslar değil, fizik kanunları öyle buyurduğu için zıt kutuplar birbirini gerçekten de çekiyor."

Bilge "Psikolojik bir şey..." derken Eti kafasını hayır anlamında sallayarak sözünü kesti.

"Psikolojik değil, tamamen fizik bilimiyle ilgili, varoluşun yapısıyla alakalı bir durum bu. Bak şimdi. Etrafında gördüğün her şey, atomlardan meydana geliyor. Şimdiye kadar bulunan 118 element var element tablosunda ve etrafımızdaki dünya bu 118 elementin atomlarının birbirleriyle kombinasyonundan oluşuyor. Yani suyu düşün. İki tane hidrojen atomu bir tane oksijen atomuyla milyarlarca atomun içinde birbirlerini buluyor, bir araya gelip birleşiyor ve sonra da ayrılmıyorlar, bu ayrılmaz birliktelikleri bir su molekülünü oluşturuyor. Su molekülleri birleşiyor ve damlaya dönüşüyorlar. Neden ayrılmıyorlar? Nedir iki hidrojen ve bir oksijeni bir arada tutan şey?"

Ortaokulda aldığı sıkıcı fizik derslerinden oluşan bilgilerin eskimiş dosyalarını açtı Bilge zihninde, çekirdekle ilgili bir şeyler geldi aklına ama hatırlayamadı, bilmiyorum dercesine kafasını salladı.

Eti gülümseyerek devam etti.

"Bir zamanlar her şeyi oluşturan en küçük parçanın atom olduğu sanılıyordu. Ama değil, hatta atom en küçük birim bile değil. Anlaşıldı ki atom ortada birbirine yapışmış proton, nötron ve onları çevreleyen bir alan içinde etraflarında dönen elektronlardan meydana geliyor. Etrafında gördüğün her şey bu üç parçacıktan oluşuyor. Üç proton, üç nötron ve üç elektronun birleşiminden oluşan atom varoluşuna sıfır değerde başlıyor. Adı üstünde nötronlar nötr elektrik yüklü olduklarından sıfır yüklüler, protonlar artı elektrik yüklü olduklarından her biri +1 ve yörüngedeki elektronlar negatif yüklü olduklarından her biri -1 ile şarj edilmiş haldeler. Doğaları bu. Atomun içindeki bu üç parçacığın tüm değerlerini toplarsan geriye sıfır kalıyor. Ama atomun amacı daima sekiz elektrona sahip olmak. Çünkü bir atomun dengede olabilmesi için, ki buna fizikte Oktet Kuralı deniyor, kendisini sekiz tane elektronla çevrelemesi lazım. Bazı atomlar berilyum gibi sekiz elektronun yanında fazladan iki elektrona sahipler ve element tablosunda bu yüzden berilyum, Be^{2+} olarak gösterilir. Yani iki fazla elektronu var. Bazı atomlarsa elektronlarını sekize tamamlayamaz, iki elektron eksiktirler. Mesela oksijen. Bu yüzden element tablosunda O^{2-} şeklinde gösterilirler. Evren dengeyi hedeflediği için berilyum kendisinde fazla olan iki elektronu vermeye ve oksijen de kendisinde eksik olan iki elektronu diğerinden almaya meyillidir. Bu yüzden birleşirler. Her şey denge için sürekli bir alışveriştedir. Yani atomlar dengeye olan ihtiyaçları yüzünden birleşip etrafımızdaki her şeyi oluşturuyorlar. Daha basite indirgersek etrafımızdaki her şey elektron ve protonların zıt elektrik yüklü yani zıt kutuplarda olması sonucu varlar!"

Bilge düşündü, +1 yüklü protonlar ve -1 yüklü elektronlardan oluşan atomda elektrik vardı... Fark ettiği şey hayretle kelimelere dönüştü.

"Atomlarımız elektrik yüklü! Yani etrafımızda gördüğümüz her şeyin içinde elektrik var!"

Tatminkâr bir gülümsemeyle başını salladı Eti.

"Bu yüzden evren elektrikten oluşuyor diyorlar. Senin bedenin başta olmak üzere etrafında gördüğün her şey artı ya da eksi elektrikle şarj edilmiş atom parçacıklarından oluşuyor. Ve elektrik, daima manyetik alan oluşturur. Her maddenin bir manyetik alanı var! Peki nedir manyetik alan?"

Bilge itiraz etti.

"Bir dakika, atomların bir arada durmasının nedenini söylemedin."

"Manyetik alanı anladığında onu da anlayacaksın."

Bilge'nin kaşları çatıldı. Emin olamamaktan nefret ediyordu! Elektromanyetik güç her gün duyduğu bir kelimeydi ama bilemedi.

Eti açıkladı.

"Mesela bastığın toprağın içine geçmeni engelleyen şeydir elektromanyetik güç. Atomları bir arada tutan şeydir. Biraz önce atom çekirdeğini anlattım, elektromanyetik güç ise bir atomun çekirdeğindeki elektronun, diğer atomun çekirdeğindeki protonu çekmesidir. O yüzden farklı atomların protonları ve elektronları arasındaki zıt kutupların çekimi sayesinde atomlar birleşip molekülleri, moleküller de etrafımızda gördüğümüz her şeyi, maddeyi oluşturuyorlar. Buna 'residual electromagnetic force'* deniyor. Yani varoluşun maddeselliği zıt kutupların birbirini çekmesinden geliyor. Şimdi bir düşün, hepimiz bizde olmayanın açlığındayız aynı atomlarımız gibi. Ve kendimizi dengeleyebilmek için ara-

* Artan elektromanyetik güç

yıştayız, bizi dengeleyecek olanın arayışındayız, yine aynı atomlarımız gibi. Biz de birleşerek ilişkileri oluşturuyoruz, atomların molekülleri oluşturması gibi. Ve ilişkiler de birleşerek toplumları oluşturuyor, aynı moleküllerin de birleşerek maddeyi oluşturması gibi. Ve oluşturulan maddenin sağlamlığı moleküllerin merkezindeki atom çekirdeğinin 'kararlı' olmasından geliyor. Yani atom parçacıkları dengeliyse, çekirdek istediği kadar elektrona sahipse, o atoma 'kararlı atom' adı veriliyor ve kararlı atomlar o kadar güçlü bir nükleer kuvvete sahipler ki parçalanamıyorlar. Aynı insan iradesi gibi, eğer insan dengedeyse iradesi de ezilmeyecek güçlülükte oluyor. Makrodan mikroya her şey ne kadar birbiriyle bağlantılı değil mi? İster toplama, çarpma gibi rakamların ilişkisi olsun ister kimyadaki maddelerin, fizikteki atomların ancak ilişkinin felsefesine inebiliyorsan bilgiyi gerçekten anlayabiliyorsun."

Zihnindeki fark edişlerin hesabıyla dalgınlaşan Bilge, kafasıyla Eti'yi onaylarken düşündü, atomlar da insanlar gibiydi, dengelenmek için birbirlerine ihtiyaçları vardı, eğer doğru kişilerle ilişkiye girerlerse kendilerini buluyorlardı aynı kararlı atomlar gibi, kimseden beklentisi olmayan kararlı kişilere dönüşüyorlardı. Ve kararlı kişilerden oluşan bir toplum aynı demir gibi parçalanması zor, sapasağlam oluyordu. Eti konuşmasaydı, makroyla mikronun bağlandığı evrenin bilgisinde sonsuza giden düşünceye bırakacaktı Bilge kendini. Eti, "Ama bir sorun var" demişti.

Neydi sorun? Bilge düşüncelerinden sıyrılıp Eti'ye odaklandı. Eti, "Bir de 'kararsız atomlar' var" dedi, gözlerindeki hüznü Bilge'ye bulaştırırcasına devam etti: "Dengelenemeyen, elektron dengesizliğinde olan ve bu yüzden kolayca parçalanabilen atomlar ve dengelenene kadar yani kararlı bir atoma dönüşene kadar radyoaktif olurlar.... Aynı dengesini bulamayan ve bulmak için çabalarken etrafından yardım almazsa yaşadığı topluma zarar veren bireyler gibi. Teröristler, hırsızlar, katiller, tacizciler... dengesizliğin varlıkları. 'Denge' evrenin en temel kanunu... anlasalar da anlamasalar da insanlığın varoluş nedeni Bilge. Denge Yaradan, dengesizlikse şeytan."

Can içeri girdiğinde, Bilge ve Eti'nin hipnozdaki haline bakıp "N'oldu?" dedi, Veli'nin babasıyla görüşmesi nihayet bitmişti.

Eti ve Bilge aynı anda çıktılar daldıkları düşüncelerden. Can öpmek için Eti'ye doğru yürürken Eti kalkıp selamladı onu. "Nasıl geçti?" dedi. Öpüştüler.

"Her zamanki gibi. Gazını aldım gönderdim" diye cevap verdi Can. Bilge'nin çatılan kaşlarına bakıp gülerek ona yaklaşırken "Tamam kızma" dedi ve Eti'ye dönüp saygıdeğer bir psikoloğa yakışacak şekilde tane tane robotik bir dilde açıkladı.

"Bir yakınını kaybetmekten kaynaklı depresyonun etkilerini azaltmak için alması gereken psikolojik desteği en iyi şekilde vererek gönderdim onu... Ne konuşuyordunuz ben geldiğimde?

"Atomlardan bahsediyorduk" dedi Bilge.

Can masanın üstündeki çerezden avuçlarken, "Atomun kelime anlamını biliyor musun?" dedi. Ve hemen Eti'ye dönüp "Kopya verme!" diye uyardı.

Bilge sırıtarak, "Seni hayal kırıklığına uğratacağım ama biliyorum" dedi, Can'la sürekli oynadıkları bir oyuna dönüşmüştü bu bilgi yarışı ve Bilge hâlâ epey öndeydi. Açıklarken iyice sırıttı.

"'Tom' Yunancada 'bölünebilir', 'A-tom' ise olumsuzluk ekiyle 'bölünemez' demek. Adını filozof Demokritos koymuş. Ta o zamandan bilinmesi ne tuhaf değil mi!?"

Eti geriye yaslandı, yüzünde gururlu bir gülümsemeyle Can'a baktı, Bilge'nin soruyu karşılaması hoşuna gitmişti, her zamanki gibi.

Can ağzına tıktığı çerezleri çiğnerken "Kolay bir soruydu" dedi.

Bilge "Aaaa!" diye itiraz etti ve "Benim sıram" diyerek ekledi. Masasına dayandı Can ve kollarını önünde bağlayıp bekledi.

Bilge kaşlarını kaldırıp, eliyle göbeğini ovalarken sordu.

"Einstein niye Nobel ödülü aldı?"

Gözlerini kısıp kafasını hafifçe yana eğdi Can, Bilge'nin ifadesine baktı, kolay bir soruydu bu... Bilge neden bu kadar kolay sormuştu! Emin olsa da temkinli bir şekilde cevapladı.

"İzafiyet teorisi yüzünden, $e = mc^2$."

Bilge göbeğini ovalarken iyice keyiflendi, kafasını geriye atıp "A ha ha!" dedi. Can cevabının yanlış olduğunu anladı ama pes etmedi. "Eminim, izafiyet teorisi!"

Bilge cevapladı.

"Hayır. Einstein 1905 yılında, 24 yaşındayken yaptığı bir deneyle ilgili yazdığı bir makale sayesinde 1921 yılında aldı Nobel ödülünü."

Can atıldı.

"Evet, $e = mc^2$."

Bilge kafasını sağa sola sallarken açıkladı.

" 'Photoelectric effect experiment', izafiyet teorisi değil. Einstein, ışığın dalgalar halinde yayılan bir gaz gibi olduğu sanırlırken, aslında ışığın sıraya girmiş küçük parçacıklardan oluşan, ki bu parçalara foton deniyor, bir akım olduğunu fark ettirdi. Yani bizim uzun bir çizgi şeklinde gördüğümüz ışık aslında foton adı verilen küçük parçalardan oluşuyor. Işık bir bütün halinde değil parça parça yol alıyor ve fotonlar o kadar seri ki tek parça olarak algılanıyor. Keşfettiği şeyse, fotonların taşıdığı enerjinin ışığın yoğunluğuna göre değil rengine göre değiştiğiydi."

Can sırıtarak Bilge'nin yanına gitti, arkasından dolanıp sarıldı ona. "Kızım da böyle akıllı olacak mı?" dedi.

Bilge gülümserken gözleri içlerindeki tereddüdü taşırcasına

Eti'ye kaydı ve Eti saatine bakıp, "Epey geç olmuş, kaçta gidiyorsunuz bakalım siz?" diye sordu.

Can, "Ali geldi mi?" diyerek doğruldu.

Bilge başını sallarken, "Bir saatimiz var daha" dedi.

Can itiraz etti.

"Neden şimdi değil?"

Zeynep elinde getirdiği tepsiyle içeri girerken; "Yemek yemeden çıkmak istemiyorum" diye açıkladı. Bilge'nin ev yemeği hazırdı. Yemekte balık vardı.

Can "Yine mi balık!" dedi hayretle.

Bilge Eti'ye dönüp, "Gerçekten bir öğrenme zorluğu olduğunu düşünüyorum, bunun için bir ilaç var mı Eti Hanım?" dedi. Bin kere anlatmıştı Can'a: Hamileyken yenen balığın, içilen balıkyağının çocuğun beyin gelişimindeki ispatlanmış etkisini, ama sadece civa ve diğer ağır metalleri içermeyen balıklar yenmeliydi. Can pes etti, "Balık kokan bir kızımız olacak. Olsun belki denizkızı olur" deyip Bilge'yi öptü başından. Eti ve Bilge göz göze geldiler o an... bir sırrı paylaşan iki kişi gibi.

Sesi kısık televizyon canlı bağlantıyla meydanda biriken kalabalığı göstermeye başladığında Can'ın gözleri kaydı televizyona, ekranda "Özge Egeli Dağlarca Mitingi" yazıyordu. Kumandaya uzandı, televizyonu kapatacaktı ama Bilge önce davranıp kumandayı aldı. Lokmasını yutup "İzlemek istiyorum" dedi. Can itiraz etmek istedi, Bilge'nin habire bu kızı takip ediyor olması inanılır gibi değildi. Ama daha önceki itirazları daha da büyük bir ilgiye yol açmış olmalıydı, omuzlarını silkip, "Kızımızın bu politik saçmalıkları ana rahminde dinlemeye başlamasını sağlıklı buluyorsan, buyur izle. Ama içtiğin balık yağları kadar bu izlediğin saçmalıklarında kızımızı etkilediğini bil" dedi ama oradan da yakalayamadı çünkü Bilge televizyonun sesini çoktan açmıştı.

6. Özge

Dikildiği yerden meydanı dolduran insanlara baktı, gülümseyemedi... Şehrin en büyük meydanını doldurmanın tebessümü yoktu ifadesinde. Olamazdı çünkü halk umutsuzluğun doruklarında olunca meydanlar kalabalıklaşırdı. Meydana çıkan siyasetçileri dinlemek için toplanan kişilerin kalabalığı, ülkenin çaresizliğiyle doğru orantılıydı. Çaresizdiler. Yüz binlerce kişi umut aramaya gelmişlerdi.

Özge'nin kaşları iyice çatıldı, artan kalabalığın ağırlığı fazlaydı. İki elini kürsünün kenarlarına geçirdiğinde promter'a bakmadan konuşmaya başladı.

"Bir çağrım var!... Sadece bu meydanda beni dinleyenlere ya da televizyonlarının başında beni duyanlara değil bu çağrı! Sadece bu partiye oy verenlere değil! Herkese! Bugün buraya, sizi, her birinizi CİHADA ÇAĞIRMAK İÇİN GELDİM! HEPİNİZİ CİHADA ÇAĞRIYORUM!"

7. Şaban Meydanoğlu

Yayıldığı koltukta birden öne doğru geldi Şaban, kumandayla televizyonun sesini daha da fazla açarken, odanın içindeki kalabalığı susturdu. Televizyonda Özge'nin konuşmasını canlı yayından dinliyordu. Ve kız "Cihat" demişti! Herkesi cihada çağırmıştı! Ne düşüneceğini bilemedi, bu nasıl bir taktikti? Cumhuriyetçilerin başkanı şimdi kendi kitlesine mi oynuyordu? Ama nasıl olurdu, yıllardır dilinin ucunda zorla tuttuğu o kelimeyi nasıl olur da bu kız böyle meydanlara salardı! Kız konuşmaya devam etti.

"Müslüman dünyasının tamamı... Hıristiyanlar, Yahudiler,

Şamanlar, Budistler! Herkesi, ayrım yapmadan herkesi cihada çağırıyorum! Bugün cihat zamanıdır!..."

Ayağa kalktı Şaban, televizyonun sesini iyice açtı. Özge Egeli'nin ne yapmaya çalıştığını anlayabiliyordu da nasıl yapmaya çalıştığını anlayamıyordu. Bu ne saçmalıktı! Biri meydanlardan cihat çağrısı yapacak ve orduları toplayacaksa bu kendisi olmalıydı!

8. *Özge Egeli*

"Hatırlayın! Bu gezegene, yaratılmaya değer olduğumuzu ispatlamak için gönderilmedik mi! Bizi selamlamayan şeytanın varoluşumuza yaptığı hakaretin nasıl da haksızca olduğunu evrene göstermek için, yaratılmaya değer olduğumuzu göstermek için gönderilmedik mi dünyaya?!

Burada, bugün, binlerce yıldır süren bir savaşın tam ortasındayız! Bu savaş Yaradan'ın şeytanla savaşı değil, insanın şeytanla savaşıdır! Ve bu savaşı bir tek cihatla kazanabiliriz! Ama bir sorun var! Çünkü iki cihat var! Ve BİZ doğrusunu seçmek zorundayız!

Ya şeytanın sahte cihadına kanıp elimizde silahlarla bizimle aynı fikirde olmayanları kovalayacağız ya da Yaradan'ın cihadına katılıp kendi nefsimizle savaşacağız... Çünkü cihat Arapçada 'cehd' kökünden gelir, 'çabalamak', 'çalışmak', 'gayret etmek' demektir!"

9. *Can Manay*

Can refleksle dönüp Bilge'ye baktı. Bu bilgiyi daha önce duymuştu ondan, şimdi Özge Egeli'nin meydanlardan aynı bilgiyi bağırarak tekrarlıyor olmasının tuhaflığını Bilge'nin suratında ölçmeye çalıştı.

Eti sakin bir keyifle geriye yaslanıp Can'ı izledi, hiçbir şey artık onun kontrolünde değildi.

Bilge Can'ı umursamadan yemeğini yemeye devam etti ve hayretini belirtmek isteyen Can'ı televizyonun sesini biraz daha açıp "Şışşş!" diyerek susturdu, belli ki konuşma ilginçleşecekti.

10. Özge Egeli

"Ve İslam seni cihada çağırdığında sana kendi nefsinle mücadele etmeni, nefsini yenmek için çabalamanı, ne olursa olsun içinde yayılabilecek kötülüğe karşı çıkmanı ve her zaman gayret etmeni buyurur! Bu buyruk Allah'ın emridir! Sana nefsinle savaş der! Eline silah al ve seninle aynı şekilden olmayanları öldür demez! Onu diyen şeytandır! Allah'ın yarattıklarına savaş açan ve seni bu kanlı savaşa dahil etmeye çalışan şeytandır! Senin ne kadar aklı çelinir, kötülüğe meyilli olduğunu ispatlamak için kurmuştur düzenini. Adına 'kutsal savaş' da dedikleri bu sahte cihada Kuran-ı Kerim'de bir kez bile yer verilmemiştir! Kitabımızın içinde bir kez bile geçmez bu şeytanın sözde kutsal (!) savaşı! Çünkü cehenneme aittir.

Düşünün! Allah! Evrenlerin mimarı! Yaratılmış her şeyin sahibi! Kuldan kendisi için adalet dilenmez! Kendisi için öldürmesini, yıkmasını, yakmasını asla beklemez! Aynı bir annenin yeni doğmuş bebeğinden korunma beklemeyeceği gibi Allah da yarattıklarından yardım istemez! Bunun aksini söylemek Allah'a hakarettir. Onun kudretini inkar etmektir. "Allah için öldür." Yaradan'a en büyük lanettir! Sizden nefret etmenizi, savaşmanızı, yakıp yıkmanızı isteyecek tek bir varlık vardır o da şeytandır. Ve onun en büyük marifeti bu dünyada Allah'ı taklit etmesidir. Allah'mış gibi yaparak kötülüğün etrafa yayılması için nefret tohumlarını insanların içine ekmesidir. Kim Yaradan'ın kitabında inanç için öldürmek olduğunu savunursa o şeytanın elçisidir! Eskiden Haçlı Seferleri adı altında Hıristiyanlığa dadanmış bu illet şimdi de sahte cihatla İslam'a dadanmıştır! Bugün aramızda şeytanlar var."

11. *Şaban Meydanoğlu*

"Yaradan'ın yolundan sapıp şeytanın emrine girmiş bu kişiler, kul hakkı yiyerek ancak doyabilen, kulu kula öldürterek doğru yapılabileceğini söyleyip duran ve etraflarındakilere korkuyla saygı uyandıran kişilerdir. Onlardan ve onların şeytani fikirlerinden koruyun kalbinizi! Çünkü hayat sadece rüyada bir andır ve uyandığınızda bu anda yaptığınız her şeyin hesabı sizden sorulacaktır. Amaç sizi cehennemde yakmak değil, var olmaya değer olup olmadığınızı ölçerek Yaradan'ın yarattıklarıyla ahenk içinde yaşayıp yaşayamayacağınızı ölçmektir. İşte bu yüzden en büyük savaş insanın kendisiyledir! Asıl cihat kalptedir! Nefsimizle mücadelemizdir! Etrafınızdaki şeytanlarsa, onlara rağmen doğruda durup duramayacağınızı ölçmek için gönderilmiştir! Hepsi BİZ'im testimizdir.

Düşünün! Sürekli savaşan, birbirini öldüren, yavrusunu ezen, birbirinin kanıyla beslenen bir varlığın evrende yeri var mıdır? Sorun kendinize, Yaradan buna izin verir mi? Sorun kendinize, yaşam buna izin verir mi?

Sizi cihada çağırıyorum! Nefsimizle, korkularımızla, kıskançlıklarımızla, kendimizle savaşarak yeneceğiz her şeytanı ve evrene göstereceğiz: İnsanın yaratılmaya değer bir varlık olduğunu!"

Yerine otururken televizyonun sesini kıstı Şaban, alkışlara, gerçek cihat diye bağıran meydandaki insanların coşkusuna dayanamadı.

Doktoru televizyonu kapattı, kimse konuşmadı bir süre, herkes yanlış öğretilmiş bir anlamın binlerce yıllık sahteliğiyle yüzleşmekteydi. Ama Şaban bu yüzleşemeye izin veremezdi! İzin verirse yaptığı tüm yanlışlar üstüne gelecek, varlığını ezecekti. Belki hayat gerçekten de bir andı, belki testteydik ama öyleyse zaten testi geçememişti. Böylesine kendine yenilmiş, diğerlerinin şeytanı olmuş biri, kendi içine dönebilir miydi? Dönebilirdi, çünkü gerçek Yol onu seçen herkesindi.

Ama Şaban kafasını kaldırıp "Amma saçmaladı bu karı!" diyerek gülümsedi, etrafındakilerden ses gelmedi. Yalaka danışmanı bile elindeki dosyaya dikmişti gözlerini.

Elini masaya vurup, sahte bir neşeyle, "Karnım acıktı, ne yemek var?" dedi. Hizmetçi hemen menüyü söylerken danışmanı, elindeki dosyayı koydu önüne. İmzalanması gerekenler vardı. İçindeki sıkıntı giderek büyürken dosyaları imzaladı Şaban, etrafındaki dünyanın çözüldüğünü hissetti. Sımsıkı avuçladığı taştan o dünya sanki kuma dönüşmüş, parmaklarının arasından sızmaya başlamıştı. İmzası bitince dosyayı kenara attı, telefonunu aldı. Morali bozulduğunda kendisine ne kadar muhteşem bir lider olduğunu söyleyen şu yalaka iş adamı ortaklarından birini arayacaktı. Ama ekranda bir mesaj vardı, açtı. El yazısıyla yazılmış bir mektubun fotoğrafıydı bu. Fotoğrafı büyüttü ve okumaya başladı:

"Sayın Şaban Bey,

Uyanışıma, insanın kendi merkezinden uzaklaşırsa nasıl da kaybolacağını anlamama yardım ettiğiniz için teşekkür ederim. Bir millete, belki de dünyaya ilham oldunuz.

Ama bunun için yazmıyorum. Söyleyecek daha önemli sözlerim var.

Sorunun iyi bir muhalefet olmadığı için büyüdüğünü, tüm olanların çığırından çıktığını düşünmüştüm, iyi bir muhalefet olursa durumun düzeleceğine inanmıştım ama şimdi biliyorum ki iyi bir muhalefete izin verilmiyor.

Muhalefet bir ülke için, bedenin bağışıklık sistemi gibidir. İktidarın fark etmediklerini ona fark ettirmek, iktidarın etrafını saran yalakalara hayır diyebilmesini kolaylaştırmak için önemli bir merkezdir. İyi bir yönetim için iyi bir muhalefet şarttır! Hataların hasıraltı edilmemesi için varlığı önemlidir çünkü hasıraltı edilip biriken hatalardır iktidarların sonunu getirip hükümetleri diktatörlüğe zorlayan.

Bu lanetli sisteme kendini kullandıran herkese, kendi çıkarı için bir başkasınınkini feda edebilen herkese, hayatın, en büyük cevabı verdiğini artık biliyorum. Gerekirse, kimsenin bilemeyeceği mahremimizden vurur bizi hayat. Dışarıda gövde gösterisi olsun diye dik durup gülerken cehennemi yanımızda taşırız. Böylesine muhteşem bir zekânın eseri olan hayatın vereceği cezayı BİZ veremeyiz, vermemeliyiz. BİZ, sadece doğruda durup, hakkını korumak isteyenin üşenmeden, sanki bizim başımıza gelmiş gibi yanında olmalıyız. Bir gün, herkes gibi sizi de aramızda görmek isteriz.

Farklılıklarımızın bizi nasıl da güzelleştirdiğini, farklı olduğumuz için rengârenk olduğumuzu, bu renklerimizin Yaradan'ın çeşitliliği olduğunu anlayacağımız ve değiştiremediğimiz şeyleri yok etmeye çalışmak yerine hayatın zekâsına inanacağımız yaşam mucizesine birlikte tanıklık etmek dileğiyle...

Not: Teğet geçtiğim hatalar oldu, son anda yapmaktan vazgeçtiğim ve üzülerek ifade etmek isterim ki teğetlerimde, sizin merkezden vurduğunuz hataların katkısı çok oldu. İnsan, hatalarının milyonlarcasını nasıl da üzebildiğini umursayınca o zaman Allah'a yaklaşıyor.

Allah'a yakın olmanızı dilerim.

Ö. Egeli."

12. Özge Egeli & Özen

Alkışlar öyle yükselmişti ki, kulaklarındaki basıncın etkisiyle gözlerini kısarak indi Özge sahneden. Arka tarafa geçti. Yanına öfkeyle gelen Turgut'un yaklaşmasını bekledi. Turgut "Bu nasıl bir rezalet! Oyun mu oynuyoruz!" diye bağırmaya başlamıştı ki protokolü geçen iki paşayı fark eder etmez aniden sustu.

Özge resmiyetin temkinlilikle harmanlandığı bir şekilde tokalaştı ikisiyle de. Hissettiği mahcubiyet, fark ettiği bir anlamın çelişkisiyle ifadesine yansıdı. Mahcubiyeti, darbeye zemin hazırlayacak, birilerinin bir şeyler yapmasıyla ilgili o konuşmayı yapmamış olmasından, anlayışıysa herkes bir şeyler yapmadıkça birilerinin yaptıklarının anlamı olmayacağından geliyordu. Darbeye katılmayacağı artık ortadaydı.

Paşalardan biri "Güzel konuştunuz" derken gergindi Özge ve "Akşam size katılmayacağım" deyivermişti ağzından çıkan ilk cümlede.

Gözlerini kendisine dikmiş diğer paşanın ifadesiz suratında küçük bir tebessüm belirdi ve sakince "Sahip çıkmak için gelmek zorundaydık ama görüyorum ki siz kontrollüsünüz ve lütfen unutmayın Özge Hanım sizin için her zaman buradayız. Doğru olanı yapıyorsunuz... hepimiz için" dedi. Özge şok geçirdi, adam çok samimiydi.

Milyonlarca kişi Özge'ye inandığı için, onu ve bu milyonları, ele geçirilmiş bu oy sisteminde yalnız bırakmamak için ne gerekiyorsa yapmaya hazırdı paşalar, zaten o yüzden paşaydılar ama Özge'nin bu "hayır"ı onları da rahatlatmıştı. Çünkü aslında halkın yapamadığını başka hiçbir hareketin yapamayacağını da biliyorlardı. Hareket en alt tabandan gelmiyorsa tavan asla değişmiyordu. Tencerenin kapağını değiştirmek o pis tencerede pişen yemeği temizlemiyordu. Özge'ye asker selamı verip gittiler, peşlerine takılmış konuşmaya çalışan Turgut'un yüzüne bile bakmadan.

Meydandan gelen sloganlar sokakları inletirken arka çıkışa yürüdü Özge, Muammer Bey ve Ömer bekliyordu... ama Deniz yoktu. Yine çekmişti kendini. Yüzlerce canlının yaşadığı bir okyanusun ortasında, kendi türünden o tek kişiyi bulduğu anda yok oluvermesi gibiydi Deniz'in hissi. Daha önce hissedilmemiş türde bir yalnızlık yayıldı Özge'nin içine, Muammer Bey ve Ömer'e doğru yürürken Deniz'in yüzünü aradı kalabalıkta... yoktu ama Özen'inki oradaydı!

Kültür Bakanlığı'nın davetinde gördüğü ve hâlâ nereden tanıdığını bilemediği o yüz güvenlik bandının hemen dışında, dümdüz kendisine bakıyordu, hafif bir tebessümle. Durdu Özge, kendi üzerine dikilmiş bakışa dikti gözlerini. Ona gitmeyecekti, çünkü ona giderse adam yine kaybolabilirdi. Dikildiği yerde başıyla hafif bir selam verdi. Özen'in tebessümü biraz daha belirginleşti ve adım adım protokol bandına yaklaştı. Bandı çevreleyen güvenlik yolunu kesti. Özen'i protokolün içine aldırmak için etrafını çevreleyen güvenlikten birini gönderdi Özge. Dikildiği yerden bir santim bile oynamadı bedeni, Özen üstü arandıktan sonra yanına gelene kadar burada böyle dikilecekti. Nereden tanıyordu bu adamı?! Tanıyor muydu? Özen yaklaşırken huzursuz bir tehlikede olup olmadığını düşündü... ama bu tanışıklık duygusu nedense içine sinmişti.

Özen sakin adımlarla ve dingin bir gülümsemeyle yaklaştı. Tokalaştılar. "Konuşabilir miyiz?" dedi.

"Tabii" dedi Özge, sabırla beklediği bir şeyin nihayet gerçekleşiyor olmasının heyecanını gizleyerek ve neyi beklediğini bilmeyerek.

Geride park etmiş parti otobüsüne doğru ilerlediler, meydanı boşaltıp sokaklara dağılan kalabalığın attığı sloganlar yankılanırken Muammer Bey ve Ömer de vardı yanlarına. Özge'nin bir önceki mitinginde söylediği cümle artık herkesin ağzındaydı, ağza bulaşan bir düşünce nihayet davranışa da taşınacaktı: "Umursa yoksa umursanmazsın!"

Boş otobüse bindiler. Güvenlik kapıda beklerken Muammer Bey ve Ömer de koridorun başındaydı, Özen koridorun ortasına yürüdü Özge'yle ve Özge yüzünü koridora dönerek koltuğa oturdu. Açıklama bekliyordu.

"Kolunuz nasıl?" dedi Özen.

Özge bu alakasız soruyu düzeltti.

"Kolum değil, elim. İyi." Yemin töreninde elini kesmişti, kolunu değil!

Özen, "Kırılan kolunuzu sordum" dedi.

Özge'nin kaşları çatıldı, kolu yıllar önce kırılmıştı. Ne alakası vardı! Kırılan kolunun dosyası zihninde açılırken içinden çıkan görüntülerden birinde Özen'in sesini buldu Özge. Nefesini tutup, gözlerini Özen'den ayırmadan, aklındaki bir ipin ucunu çekercesine depolanmış bir yığın bilginin içinden düşüncesini çekti. Düşüncenin ucu gözlerini açtığı o caminin içinde başlıyor, çektikçe, kafasında sarı işçi kaskı, çenesine indirdiği dalgıç gözlükleri, boynuna dolanmış çiçekli başörtüsüyle ve kulaklarında yankılanan Özen'in sesiyle devam ediyordu. "Şimdi uyanıyoruz" deyip kalkıp gidişiyle sonlanıyordu. Uyanışının başladığı o camide Özge'ye ilkyardımı veren doktordu Özen!

Ayağa fırladı Özge, nedeni bilinmeyen bir hüzün ve sevinçle gözlerine hücum etti yaşlar ama akmadılar. Çaresizliğine çare bulmuş bir çaresizin tebessümü doğdu yüzüne.

Özge'nin gözlerinde kim olduğunun anlayışını gördü Özen,

elini omzuna uzatıp kolunu sıktı, *"Ben de buradayım ve sonsuza kadar burada olacağım"* dercesine söz veren bir eminlikte desteğini verip çekti elini. "Seni ilk gördüğümde o kadar kaybolmuştun ki, kendini bu kadar bulabilmen mucize. İtiraf etmeliyim, önce saçmalıyorsun sandık, kanla yemin etmen falan gösteri gibiydi ama sonra sana gönderdiğimiz herkese yardım ettin..." dedi.

Özge yoğunlaşan duygularını bir nefeste çekti içeri, çoğul konuşan, kişi olmaktan kaçıp ideolojilere, gruplara sığınan insanların mahvettiği bir dünyaydı burası. Tüm bu gruplar, ideolojiler, taraf tutmalar olmasa sadece cana ve hakka sahip çıkılsa yeterdi aslında. "Çoğul konuşuyorsunuz, 'siz' kimsiniz?" dedi endişeyle. Bıkmıştı kaldırdığı her taşın altından planlanmış bir senaryonun çıkmasından.

Gülümsedi Özen, "Ahlaklı bir inisiyatif kullanarak yaşama katkı sağlamaya karar vermişler..." dedi.

Cevap şiirseldi ama yeterli değildi, kafasını salladı Özge. "Yani?"

Özen, "Umarım bir gün 'herkes' olacağız" diye ekledi ve devam etti. "Şimdilik birkaç yüz kişiyiz. Aslında bir araya gelişimiz pek de planlanmış bir şey değildi. Mecbur kaldık desem daha doğru olur. Ve işin komik yanı birkaç ortak nokta dışında birbirimizden çok farklıyız. Etnik kökenimiz, yetiştirildiğimiz kültür, hatta dinimiz ve yaşadığımız bölgeler bile. Uzun süredir sana kendimizi tanıtmayı düşünüyorduk ama açık konuşmak gerekirse neye dahil olduğunu anlamamız uzun sürdü. Kültür Bakanlığı'nın gecesinde seninle konuşmayı düşündüm ama Murat Kolhan'la yakınlığın tedirgin ediciydi. Askeriyeden aldığımız haberin doğru olup olmadığını beklemeye karar verdik. Bir halkın uyanışını tek bir kişinin başarabileceğini düşünecek çılgınlıkta olsaydın sana gelmeyecektik."

Özge koltuğa çöktü, Özen'in söylediklerini düşünmek uzun süredir kırışık duran bir kumaşın ütülenmesi gibiydi, yakıcı bir sıcaklıkta ama net. Kafasını kaldırıp ayaktaki Özen'e soracaktı ki soru Muammer Bey'den geldi.

"Birkaç ortak noktamız var dedin? Nedir?"

Özen de çöktü karşı koltuğa. "Hepimiz hakka sahip çıkılması konusunda hemfikiriz, kimin hakkı olursa olsun. Ve bunu yapmanın tek bir yolla mümkün olacağını düşünüyoruz. Tamamen hemfikir olduğumuz bir planımız var" diye açıkladı.

Özge konuşmadı, gözleri kocaman açılmış, anlat dercesine bakıyordu, yeşilin içindeki ateş sanki alev almıştı. Ömer iyice Özen'e yaklaştı, yanındaki koltuğa oturdu. Özen devam etti.

"İnsanlık en fakirinden en zenginine, en akıllısından en aptalına görünmez halkalarla birbirine bağlanmış durumda. Tüm zıtlıklar arasında kopartılamaz bir bağ var. Dünyadaki bütün büyük imparatorlukların, yönetim biçimlerinin niye çöktüğü incelendiğinde ortaya çıkan net resim bize şunu söylüyor: Uygarlıklar, en yukarıdaki en aşağıdakini unuttuğunda çöküyor. Bunu kendi fikrim olarak söylemiyorum, NASA Goddard Uzay Merkezi* tarafından finanse edilen ve Ulusal Sosyo-Çevresel Sentez Merkezi** tarafından yürütülen, Safa Motesharrei'nin 'İnsan ve Doğa Dinamiği'*** adlı modeli net bir şekilde ortaya koyuyor ki 'elit' adını verdiğimiz zenginlerle dünya fakirlerini, bugün ki gibi, birbirinden büyük bir farkla ayıran ekonomik tabakalaşma ya da Fukuşima Nükleer Santrali'nin patlaması gibi sonrasında oluşacak büyük ekolojik bir buhran uygarlıkların çöküşüne mutlak bir zemin hazırlıyor. Uygarlık derken ülkelerden bahsetmiyorum,

* Nasa's Goddard Space Flight Center

** National Socio-Environmental Synthesis Center

*** http://www.sciencedirect.com/science/article/pii/S0921800914000615

aynı dönemde dünyada yaşayan insanların hayatlarından bahsediyorum. Yani insanlık adını verdiğimiz 2000'li yılların insanlığı. Bugün ülkemizde ve üçüncü dünya ülkeleri gibi geride bırakılmış ülkelerde iyice belirginleşen bu ekonomik kutuplaşma, göç eden insanların vasıtasıyla artık, gelişmiş Avrupa ve Amerika ülkelerine de bir hastalık gibi sıçramıştır. İnsanlar ekonomik tabakalaşmanın getirdiği yoksulluktan kaçarken artık kaçacak yerin kalmayacağı bir gelecek bizi bekliyor. Hayat sanki gelişmiş bir evrim projesi gibi, para gibi hayatta kalmayı ve gelişmeyi kolaylaştıran değerlerin zenginliğindeki insanlar, aldıkları eğitime ve fark ettikleri gerçeklere rağmen paylaşmayı öğrenemediklerinde insanlık bir adım öteye gidemiyor. Bazı ülkeler belki daha fazla gelişiyor ve lider oluyorlar ama sadece birkaç yüzyıl sürüyor liderlikleri ve sonra mutlaka çöküş geliyor. İnsanlığı bu döngüden çıkarmak için geliştirilmiş tüm politikalar, bu 'elit' dediğimiz güç sahibi kişilerin onları ele geçirmesiyle etkinliklerini kaybettiler, insanlığı sona daha hızlı yaklaştıran bir araca dönüştüler. Denenmeyen tek bir yöntem kaldı ve BİZ bu yöntemin işe yarayacağını düşünüyoruz. Ekibimizde birçok mühendis, ekonomist, sosyolog, psikolog, biyolog, fizikçi ve araştırmacı var. Oluşturduğumuz planı gerçekleştirebilirsek devamının zaten doğallıkla geleceğine inanıyoruz."

Ömer heyecanla kafasını sallıyordu, Muammer Bey'in kaşları çatılmıştı. Özen susup saatine bakarken Özge sordu.

"Nedir planınız?"

"Çok uzatmak istemiyorum" dedi Özen, ayağa kalktı. "Hayal kurduğumuzu düşünmeni de istemiyorum. Ciddi şekilde üzerine düşünüp bu problemin en derinine indiğimizde şunu fark ettik ki aslında her şey petrol kullanımıyla tetiklenmiş ve reklamlarla beslenerek tüketmek üzerine kurulmuş. İşte buna reklam ekonomisi deniyor. Her ekonomi kendi toplumsal yapısını da yaratıyor, bu yüzden bugün ihtiyaçlarını değil sürekli kendilerine sunulanı almaya başlamış ve özdeki ihtiyacının ne olduğu konusunda kafası karıştırılmış depresyonda bir toplum var."

Özge lafa girdi.

"Tamam ama yöntem ne?"

Özen, "Dünyayı petrolden kurtarmak ya da petrol mineralini insandan kurtarmak desek daha doğru olur" diye açıkladı.

Muammer Bey itiraz etti.

"Petrolün kullanımını nasıl engelleyebiliriz?"

Özen cevap verecekti ama Ömer lafa girdi.

"Güneşin enerjisi çok güçlü olmasına rağmen güneş enerjisini depolayacak şekilde gelişmiş ve yeterli depolamayı yapabilen pil üretimi mümkün değil."

Özge, "Rüzgâr için de aynısı geçerli. Tamam muazzam bir enerji var güneşte de rüzgârda da ama depolayamadığımız bir enerjiyi kullanmaya kalkmamız hayal!" dedi.

Her ağzını açtığında lafının kesilmesine tebessüm eden Özen, üçünün kendi aralarındaki beyin fırtınasına dönüşmek üzere olan konuşmasını kesercesine ve konuşmasının bir daha kesilmesini engelleyecek bir tonda itiraz etti.

"Değil! Çünkü artık depolayabiliyoruz. Ocağından fırına, klimasından ısıtıcısına kadar, dört kişilik bir ailenin günlük ortalama elektrik tüketimi maksimum 16 kilovat saattir. Elon Musk'ı biliyor musunuz?"

Özge biliyordu Elon Musk'ı, yaptığı uzay roketleriyle duymuştu adını, internet üzerinden alışverişi başlatan paypal'ın kurucusuydu ama konuyla ne ilgisi vardı? Muammer Amca "Kimi!?" derken Ömer açıkladı.

"Şu deha adam, sana anlatmıştım ya, Tesla Motor'un da sahibi, elektrikle çalışan arabalar yapıyor, uzay mekikleri falan... Al Gore ve Bill Gates'in arkadaşı."

Muammer Bey hatırladığını belli etmek için kafasını sallarken Özen açıkladı.

"Elon Musk'ın kurduğu Tesla Motor şirketi bu sene Powerwall adıyla güneş enerjisini depolayabilen piller ürettiler ve 1 Mayıs işçi bayramında Powerwall'u dünyaya tanıttılar. Yani artık güneş enerjisi depolanabiliyor. Üstelik sadece evler için değil, Powerwall'un fabrikalar için de modelleri var. Tanesi 3000 dolara geliyor ama bir daha elektrik faturası ödemeyeceğin bir mekanizmayı bu depolama teknolojisi sayesinde istediğin her yere kurabiliyorsun. Tüketim toplumunu yıkmanın ve üretim toplumuna dönüştürmenin ilk koşulu, petrol kullanımını durdurup dünyadaki tüm petrolün sahibi ve aynı zamanda bankacılık sisteminin de kurucusu olan üç beş ailenin musluğunu kesmek. Powerwall güneş enerjisini depolayabileceğimiz ilk örnek ve göreceksiniz devamı da gelecek. Nasıl ilk otomobil üretildiğinde otomobil üreten sadece tek bir firma vardı ve bugün otomobil nasıl da en yaygın araç haline geldi, aynı şey bu depolama teknolojisi için de geçerli olacak, tabii eğer biz üzerimize düşeni yaparsak. Önce insanları bir parazit gibi dünyanın özsuyuyla beslenmekten vazgeçirmeli ve tertemiz güneşe döndürmeliyiz. Köylerden başlayacağız. Tabandan tavana ilerleyecek bu hareket, eminiz! Bir köyle başlayacağız, bir köye özgürlüğünü verdiğimizde diğerleri de fark edecek. İlk adım mutlaka bu olmalı! Dünyanın kanını emmeyi bırakmalıyız! Evrenin bilinen en büyük enerji kaynağında, bir tencere yemeği pişirmemize ya da üç beş odayı ısıtmamıza yetecek kadar enerji vardır sanırım."

Özen konuşmasını gülerek sonlandırırken Özge espriye cevap veremedi. Ömer, Muammer Bey ve Özen heyecanla Tesla Motor ve Powerwall üzerine konuşmaya başladıklarında, Özge kendisine sunulan hayale dalmıştı. Soruları vardı. Endişeyle hemen bir tanesini sordu.

"Peki bunu nasıl yapacağız? Benzinden haraç alırcasına üzerine yüzde 250 vergi koyan, 8 milyara mal ettiği doğalgazı 55 milyara halkına satan bir devlet var karşında, en tehlikeli mafyadan bile daha tehlikeli!" Özen'in yapmaktan bahsettiği şey imkânsızdı. Özge itirazla devam etti: "17 milyar değerindeki petrole beş buçuk kat kâr koyup 93 milyara halkına veren bir devleti nasıl durduracağız? Sadece petrolden 76 milyar kâr ediyorlar. Hele elektrik! 16 milyara mal edilirken 77 milyara satılıyor bize. Dünyanın en pahalı elektriğini alan tek halkız biz! Güneş enerjisini devreye soktuğun anda bir düşün, devletin, hatta tüm devletlerin doğalgazdan, elektrikten, petrolden, halktan aldıkları haracı milyarları keseceksin. Bizimkisi gibi küçük bir ülkenin halkı bile yılda 185 milyar kazandırıyor hükümetine ve bunu okul, yol, baraj yapmak için de kullanmıyorlar. Bu para halktan toplanıyor ve örtülü ödenek adı altında yok oluyor, bu lanetli sistemde köşe tutmuşlara, halkın gardiyanlarına gidiyor. Hesabını bile soramıyoruz! Okulu, yolu, barajı yaptırmak için ayrıca parasını zaten başka vergilerle veriyoruz. Dünyanın en kârlı şirketi Vatikan'dı bir zamanlar, şimdiyse devletler oldu ve tüm devletlerin sahipleri bu üç beş aile. Petrolün sahipleri devletlerin de sahipleri. Başbakanlar, cumhurbaşkanları halka değil o ailelere çalışıyor, halkları o aileler için çalıştırıyorlar! İnanın bana Özen Bey, darbe yapsak bundan daha az tepki alırız! Daha az düşmanımız olur! Büyük resmi görmek zorundasınız, zaten böylesine büyük paraları haraç gibi halktan toplayıp aralarında paylaştıkları için kurabildiler bu sistemi. Kendi paramızla kurulmuş ve her ay parasını vererek beslediğimiz bir hapishanedeyiz!.." Özen'in suratındaki tuhaf tebessümle kaşları iyice çatıldı Özge'nin, ancak konuşurken adım adım fark ettiği bir düşüncenin doğum sancısı belirdi yüzünde, kelimeleri yavaşladı. "Eğer bir köye... ülkenin en fakir köyüne... elektrikten, doğalgazdan, benzinden bağımsız yaşamayı öğretirsen..." Sustu Özge.

Bir küçücük hareketin nasıl da büyük bir devrime neden olabileceğini hesaplamıştı beyni. İşte buydu sistemin ebolası! Dalgınlıkla yere dikilmiş gözleri, fikrinin inşası biter bitmez Özen'e baktı. Birkaç saniye kalakaldı ama sonra aniden ayağa fırladı, fark ettiği... Özen'in ona fark ettirdiği fikrin zihnindeki şekli iyice belirginleşmişti. "Bir köy... tek bir örnek! Evet! Gerisi çorap söküğü gibi gelecek!" diye mırıldandı Özen'e bakarken sanki kendi kendine konuşur gibi.

Tek bir köyle başlayan ve şehirlere sıçrayan, insanlığın en gerekli devriminin hayalini gördü Özge. Bitkilerin enerjilerini güneşten almaları gibi insan da doğayı taklit ederek güneşin muazzam enerjisiyle evini ısıtsa, yine aynı enerjiyle havayı zerre kadar kirletmeyen arabalar kullansa, güneşin az bulunduğu yerlerde yetmezse rüzgârı da katsa, temiz enerjiyle çalışan dev fabrikalarda ne istiyorsa üretse, her yıl binlerce işçiye mezar olan madenlere gerek kalmasa, petrolle işimiz bittiğinde petrol için yapılan savaşlarda çocuklar ölmese, Ortadoğu artık rahat bir nefes alsa, enerji üretmek için kurulan zehirli nükleer santraller kapansa, tüm teknoloji temiz enerjiye dönüşse ve kimse kanser olmasa, insanlar elektrik, doğalgaz faturalarından sonsuza kadar kurtulsa... Uyandı Özge!

Bugün dünyada olan her pisliğe, her kötülüğe, her adaletsizliğe temiz enerjiye geçildiği anda en büyük darbe vurulacaktı. Asıl darbe kuklaların oturtulduğu bir koltuğu ele geçirmek değil, temiz enerjiye geçip sistemin musluğunu kapatmaktı!

Her şey doğru bir örnekle, tek bir köyle başlayacaktı. Aynı ana rahminde gelişen hücrelerden bir tanesinin atmaya karar vermesi ve diğer hücrelere de örnek olarak bebeğin kalbinin oluşmaya başlaması gibi olacaktı o köy. İnsanın parazitlikten vazgeçip insan olmaya karar verdiği *devrim* temiz enerjiden gelecekti! Beslendiği şeye dönüşecekti insan, güneş gibi, rüzgâr gibi tertemiz temizlenecekti. Ve gelecek, tükettiğini üreten hakiki insanındı!

Özen'in "BİZ'e katılmanızı istiyoruz" demesiyle düşüncelerinden sıyrıldı Özge. Gözleri öyle dolmuştu ki, suratında beliren o büyük gülümseme gözyaşlarını sıkıştırıp akıttı.

"Nereden başlıyoruz?" dedi Muammer Bey elini tokalaşmak için Özen'e uzatırken. "BİZ!" dedi Ömer sevinçle!

Ölümüne hazırdı Özge, nihayet yolunu bulmuş biri gibi. Hissettiği duygu o kadar yoğundu ki hoplayıp zıplayabilirdi. Niçin gönderildiğini nihayet anlamış meraklı bir soru gibiydi, cevabını bulmuştu sanki.

Bir sonraki görüşmelerinin tarihini belirleyip otobüsten indiler. Vedalaştılar, Özen gidiyordu ki seslenip onu durdurdu Özge, yanına gidip sordu.

"Fark etmeseydim çok büyük bir hata yapabilirdim, seyirci mi kalacaktınız?"

Özen gülümsedi, bir kardeşin gülümsemesiyle "Evet" dedi. "Çok büyük bir hata yapabilirdin... Deniz'e rağmen o hatayı yapsaydın zaten yapacak pek bir şey yoktu senin için."

Özge'nin aklı durdu bir an... sonra sorular yağmaya başladı. "Deniz..." dedi dudakları. "Deniz'i tanıyor musun?"

Özen omzunu sıktı Özge'nin. "BİZ olduğumuzu gören ilk kişiydi o. İlk fark edenimiz. Senden şüpheleniyorduk ama onun sayesinde tanıyabildik seni. Yoksa dediğim gibi Murat Kolhan'a yakınlığın çok tuhaftı. Yapmamız gerekeni anlıyorsun değil mi?" dedi.

Özge kafasını sallarken, "Örnek olacağız. Kavga ederek değil, örnekler oluşturarak çalışacağız" diye karşılık verdi.

Özen, "Deniz'in her zaman söylediği gibi iyi bir örnek doğru zamanda doğru tohuma ulaşan ışık gibidir, her şeyden daha fazla besler ve güç verir. Bizi gömdüler ama tohum olduğumuzu bilmiyorlardı" dedi.

Elini uzattı Özge, Özen'in kendisine uzanan elinin başparmağını avucunun içine alarak güvenle tokalaştı onunla.

Özen uzaklaşırken kendisine seslenen Ömer'in sesi çok uzaklardan gelen bir fısıltı gibiydi çünkü Deniz'in fikri sarmıştı tüm düşüncesini. Ömer'e döndüğünde Deniz hemen dibindeydi. Gözleri Özge'nin gözlerine kenetlenmiş beklemekteydi.

Kendisine uzatılan şeyi fark edince kendine geldi Özge. Bu bir kasktı. Kendisi için alınmıştı.

Deniz'in eli eline uzanıp kenetlendiğinde, dokunuşuyla huzur buldu Özge, parmaklarını kavrayan parmakların hissine bıraktı bedenini. Deniz onu götürüyordu, yine.

Motora binmeleri, Deniz'in onun ellerini alıp sıkıca kendi bedenine dolaması, bacaklarının yanında duran bacaklarını kavrayıp arkasındaki Özge'yi kendine çekmesi, motoru çalıştırıp onu götürmesi... sanki bir mucizeydi. Daha önce bedenleri hiç bu kadar yakın olmamıştı.

Kendi kalbinin tam üstünde hissediyordu Özge'nin atan kalbini... ilk defa bu kadar derininde hissettiği bu duygunun kaynağı onun göğsünün yumuşaklığından sırtına sızan bu ince ritimdi. Çünkü ritimleri birdi. Bilinçleri denkti.

13. *Göksel & Tugay*

Kızları gönderip kapıyı kapattığında kollarını açıp iyice gerindi Tugay, üzerindeki sabahlığın önü açıldı, çıplaktı. Büyüyen göbeği sarkmaya başlamıştı. Üç gün önce alınan iki yeni müşterinin kutlaması ancak bu akşam bitmişti. İktidarın reklam ajansı olarak devlet şirketlerinin hesabına da uzanmıştı artık eli. Havayolları, bankalar, televizyon kanalları... her şeyin merkezindeydi. İnsanlar tükettikçe, insanlık tükendikçe kazananların kıskanacağı o yerdeydi, kapmak için yarışılan o köşelerden birinde.

Müzik aniden başladığında tuvaletini yapıyordu Tugay. İki kere salladıktan sonra çıktı tuvaletten, yatağa geri dönecekti ama durdu çünkü Ada'nın bestelediği şarkılardan biri çalıyordu. Tüyleri diken diken oldu, müzik sistemini çalıştırmadığına, hele Ada'dan bir parçayı kesinlikle çalmadığına emindi! Hayaletler gerçek olabilir miydi? Yavaşça salona yürürken Ada'nın şarkısını dinledi:

"Kelimelerin kurşun olsa çarpsalar bana... ne yazar!
Bakışların asitlerle yıkasa bedenimi... ne yazar!
O ifaden bir bakışta yok etse sevdiğim her şeyi... ne yazar!
Bir tek sensizlik bana zarar.
Dağları kaldırırken yerinden
Taşıyamıyorum ruhumun ağırlığını
Sensiz her nefeste ölüyorum azar azar..."

Salona vardığında nefesini tuttu Tugay, çünkü salondaki sehpanın üstüne onlarca çizgi kokain dizilmişti. Etrafına bakınırken hissettiği korku suratına yansıdı, göremese de sanki Ada oradaydı...

Omzuna konan ele sıçrayıp çığlık atarak döndü Tugay, karşısında Ada'nın hayaleti yerine ifadesiz Göksel'i görünce bir an rahatladı, sararan suratına kan geri gelirken "Kimsin sen!?" diye çıkıştı. Kapıya kaydı gözleri ama kapı kapalıydı. "Ne işin var burda?" diye sordu ama Göksel konuşmadı. İşte o zaman anladı, başı dertteydi. Önce bağırmaya çalıştı ama bir hamlede yakalandı. Kurtulmaya çalıştı fakat Göksel her şeyi hazırlamıştı.

Tugay'ın boynunu koluyla kavrayıp sıkması, onu bayıltması, çıplak vücudunu selofanla sıkıca sarıp onu oturur pozisyonda kıpırtısız hale getirmesi, bileklerini önde sabitlemesi ve ayılması için ona amonyak koklatması yarım saat sürdü. Aslında herşey daha hızlı da olabilirdi ama Ada'nın müziği fonda sanki hayatın akışını yavaşlatmıştı.

Tugay kendine geldiğinde ağzı dahil her yanı sarılmıştı. Kıpırdamaya çalıştı, ayak ucundan omuzlarına kadar sarılmış selofan kıpırdarsa sanki gevşeyecek gibi görünüyordu ama ne kadar debelense de gevşemedi. Karşısında dikilmiş kendisini izleyen adamın sakinliği gibi hiçbir şey göründüğü gibi değildi. Kendini koltuktan attığında yerinden kalktı Göksel, sakince ona ilerledi, Tugay sürünerek kapıya ulaşabileceği umudundaydı, başında dikildi, kapıya kadar ilerlemesini bekledi, kapalı ağzıyla boğuk boğuk bağırmaya çalışmasını izledi ve eğilip elindeki elektroşoku sakince topuğunun altına değdirdi. 10 bin volt çarptı Tugay'ı, sarıldığı plastiğin içinde terden ıslanan bedeni elektriğe direncini iyice kaybetti, normalde 10 saniye sürmesi gereken kasılma 18 saniyede ancak geçti. Kaslarında dolanan elektrik vücudunu terk etiğinde gözlerini açtı, yine koltuktaydı. Başında dikilen sakin adam, sehpanın üzerine dizdiği kokaini çekmesi için bir silindir uzattı. Fransa'da bir antikacıdan aldığı altın silindirdi bu.

"Çek" dedi Göksel ve bekledi.

İlk çizgiyi çekti Tugay ve sonra ikinci çizgiyi, aldığı şoktan sonra rahatlamaya ihtiyacı vardı. Tüpü sehpanın üstüne bırakıp geriye yaslandı, burnundan nefes aldı, iki kez hapşırdı, konuşmak istiyordu ama ağzı kapalıydı. "Dört çizgi sonra açacağım ağzını" dedi Göksel.

Hemen sehpaya eğildi Tugay, ama silindiri alamadı, Göksel sakince alıp ona uzattı, çekmesini izledi.

Beyninde sinyaller çalmaya başladığında ne kadar çektiğini hesaplıyordu Tugay, önceki iki çizgiyle altı etmişti ama neden böyle tuhaf hissediyordu kendini, kusmak istiyordu. Oturduğu yerde kendinden geçerken ağzındaki selofanı açtı Göksel, kendini iyice geriye bırakmış, leş gibi terlemişti. Katatonik bir halde üzerindeki selofanın kesilmesini izlerken "Ada'nın kullandığının aynısı... otopsiye giderken üstünden çıktı. Senin için sakladım" diye mırıldandı Göksel.

Selofanları Tugay'ın bedeninden toplayıp cebinden çıkardığı torbanın içine koydu. Etrafı toparladı. Ada'nın müziğini başa aldı. Koltuğa döndüğünde Tugay'ın burnundan sızan ince ama akarken beraberinde getirdiği parçalarla yoğunlaşan kana baktı, acaba beyninden gelen bu kanın rengi damarlarınınkinden farklı mıydı?

Gözleri açık kalmıştı...

Derin bir nefes aldı ve sessizce açtığı kapıyı aynı sessizlikte kapatarak çıktı. Rahatlamıştı, Tugay öldüğü için değil, Ada'nın en az Tugay kadar huzurlu gittiğini artık bildiği içindi rahatlaması.

14. Deniz & Özge

Motorla dört saat yolculuktan sonra, araç değiştirmişler, arabayla yaylaya çıkmışlar, yolun bittiği yerde inip eve çıkan yamaçtan el ele tırmanmışlar ve nihayet eve varmışlardı. Yol boyunca motorda kollarını ona dolamak, arabada ona sokulmak dışında tek bir kelime etmemişti Özge, Deniz'in sessizliğinde, hissinde dinlenircesine. Nihayet yaklaşmasına izin verdikleri bedenlerinin hissi konuşulacak her şeyi gereksiz kılmıştı. Bedenleri keşfin arifesinde birbirini hisseden iki kişinin kelimelere ihtiyacı olmazdı.

Taş evin kapısını açan teyze onları coşkuyla karşılayıp hazırladığı yemeklerin listesini sıralamış, gece yaylanın ne kadar soğuk olduğunu anlatmış, sönerse sobanın nasıl yakılacağını göstermiş ve nihayet gitmişti.

Teyzenin ardından kapıyı kapattı Deniz, derin bir nefes aldı, Özge'ye döndü.

Duvarları taş, tavanı ahşap olan salonun ortasındaki sobadan çıkan sarı ışığın duvarlardaki dansını izliyordu Özge. Dudaklarının kıvrımı yüzüne vuran ateşin gölgelendirmesiyle iyice belirginleşmişti. Omuzlarından sarkan o büyük ceketin içinde bir çocuk gibiydi.

Üzerindeki bakışı hissedip Deniz'e döndü. Döner dönmez ateş bastı dudaklarını yine. Yol boyunca kendisini bir an bırakmamıştı Deniz. Motorda kollarını gevşetmesine izin vermemiş, araç değiştirdikleri kasabada pazardan geçerken onu önüne alıp resmen sarmalamıştı. Kıyafet getirmediği için pazardan almışlardı bu tuhaf ceketi, büyüktü ama hayatında giydiği en rahat ceketti. Yol boyunca sokulduğu Deniz'in kokusu sinmişti. Gülümsemek istedi Özge, hissettiği bu tuhaf duyguyu hafifletmek istedi.

Özge'nin tebessüme zorladığı dudaklarının pembeliğinde kayboldu Deniz. Gözlerini o dudaklardan çekebilse, belki o da gülümserdi ama çekemedi.

Deniz'in bakışı o kadar yoğundu ki sanki gözleri dudaklarına saplanmıştı, Özge'nin tebessümü kayboldu. Hissettiği bu tuhaf heyecanın içinde korkuya benzer ama kaynağı korkudan çok uzak o tuhaf duyguyu yutkundu. Neydi bu duygu?... Daha önce varlığına tanık olmadığı bir erkeğin kendisine odaklanmış bu eşsiz dikkatinin sahibi olmanın duygusu... karşındakinin gözlerinde kendini görmenin duygusu... hissedilen açlığın bedeni ele geçiren duygusu... Aşk?

Özge'nin gülümsemesinin gerginliği kaybolduğunda dudaklarının etli çizgileri çıktı ortaya... incecik boynunda, yutkunmasıyla oynayan gırtlağına kaydı Deniz'in gözleri... ışığın oluşturduğu titreyen gölgelerde belli belirsiz kendini gösteren boynu... teni. Dişlerini sıktı Deniz, Özge'nin her nefeste yükselip alçalan göğüs kafesinin ritminden çekti gözlerini. Uzun süredir hiçbir şey istemeyen bir erkeğin ilk defa hissettiği açlıkla gerildi mimikleri. Hızlanan kalp atışı bir alevle sararken bedenini, gözlerini Özge'ye kaldırdı.

Deniz'in yüzünde tek bir mimik oynamadı, her türlü duyguyu binle çarpıp büyütecek kadar net, ne istediğini çırılçıplak söyleyecek kadar sadeydi bakışı. Suratında dans eden sobanın alevinde ne kadar parlaktı gözleri, renklerin karanlıkta bile var olmaya devam ettiği, ışıklarını ortamdan değil yürekten aldıkları, sarının yeşille buluşan her tonunun var olduğu gözleri... Ciddiliğinin âcizlikle birleştiği o bakışta "Üstünü çıkar" dedi Deniz, bir nefesi dışarı verir gibi vurgusuz, mutlaka olması gereken bir şey söyler gibi oyunsuz.

Özge'nin dudakları iyice kenetlenirken gözleri sorularla doldu, burnundan aldığı derin nefesi ağzından salarken "Ne?.." diyebildi, sersemlemişti. Çünkü Deniz'in o yumuşak sesinden gelen bir fısıltı bile olsa "Üstünü çıkar" bir emirdi... Bir erkek nasıl bu kadar şefkatli ve aynı zamanda nasıl bu kadar sert olabilirdi? Hissettiği duygunun esaretinde kaşları ezdi Özge'nin gözlerini. Ama bir an sonra sesindeki emrin gözlerinden yansıyan ihtiyaçtan geldiğini gördü Özge. Ve o bakıştaki açlığı gördü, "Üstünü çıkar" bir emir değil, ısrarlı bir ricaydı. İhtiyaçtan gelen bir açlıkla kelimelere dönüşmüş, çaresizlikle çıkmıştı.

Ama yine de itiraz etmek istedi Özge çünkü sürekli kendi kurallarını koymanın alışkanlığında, itiraz etmek en çok tekrarladığı alışkanlığıydı. Adını koymadığı bu tuhaf duygunun sarsıntısında, üzerindeki ceketi yavaşça çıkardı. Burnundan aldığı nefes içini iyice titretince, nefesi vermek için hemen dudaklarını araladı. Özge'nin aralanan dudaklarından ayıramadı Deniz gözlerini. Ona bir adım atsa onu alacaktı ama bekledi çünkü onu seyretmek benzersizdi.

Duyguların böylesine cesaretle dans ettiği yaşamla dolmuş bir beden hayatın en muhteşem gösterisi değil miydi? Yavaş ama büyük hareketlerle inip kalkan göğüs kafesi ve yeşil gözlerinin içinde titreyen ışık ne kadar utandığını anlatıyordu. Bir kadın nasıl bu kadar utangaç ve aynı zamanda nasıl bu kadar vahşi olabilirdi? Deniz'in her şeyden, her duygudan daha keskin bakışına dayanamadı Özge, gözlerini kapadı. Kahretsin! Utanıyordu! Neden utanıyordu! Daha önce hiç utanmamıştı, şimdi neden utanıyordu!? Gözlerini açtı çünkü kapanan göz kapaklarının basıncında gözyaşları sıkışmıştı.

Erkekliğine toplanan basıncın sancısı, Özge'yi izleyen gözlerinin keyfiyle birleşti... Aylardır onu beklemişti... Yoksa bir hayat mıydı, bilemedi. Ona bir adım atsa onu alacaktı ama bekledi... Özge o küçük, tedirgin adımı atmasa, attığı adımı hemen geri almasa, incecik eli bir an kalkıp inmese beklerdi Deniz ama bir mıknatısın ancak birleştiğinde kendini bulduğu diğer yarısına çekilmesi gibi çekildi Özge'ye... onu kollarına alması, onunla bir olması sadece bir andı, hayat gibi.

23. BÖLÜM

3 gün sonra Can & Bilge...

"Hayatım istemiyorum böyle şeyler okumanı! Bu aptal gazeteyi nerden buldun yine!" diye itiraz etti Can Bilge'nin hazırladığı vitaminin dibini de içip bahçedeki jakuziden çırılçıplak çıkarken.

Bilge Can'ın çıplak vücudundan suyun akmasını izledi birkaç saniye, gözleri bacağındaki o küçük ama derin ize indiğinde izin derinlerinde kemiğe saplandığı için ucu kırılmış çatalı* hatırlattı kendine yapmak zorunda hissettiği onlarca şeyle birlikte. Gözlerini onun varlığından çekip gazetenin manşetini ona kaldırdı. "Altıncı iskeleti de bulmuşlar. Resmen seri katil!" dedi, yüzündeki hüznün haberden değil kendisinin ona ifade ettiği duygulardan olduğunu bilemedi Can. Bornozunu giyip Bilge'nin yanına gitti. Başında dikildi. Islak saçlarından ona damlayan sudan geri çekilircesine çekti bedenini Bilge, Can kafasını sallayarak daha fazla ıslattı onu ve arkasından sokulup boynundan kokladı, elleriyle göbeğini okşadı, elleri göğüslerine kaydı, biliyordu Bilge'nin kendini elletmeyeceğini ama bu hareketi onu gafil avlamak içindi ve

---

* *Çi*, 1.Bölüm, 3.Sahne.

bir hamlede gazeteyi çekip, "Tamam, bitti artık. Hakkını kaybettin. Sıkıyönetim ilan ediyorum. Gazete okumak yasak" derken buruşturdu gazeteyi, fırlatıp bahçeye attı.

Bilge, "N'apıyorsun Can! Atılır mı bahçeye!" diye itiraz ederken, Can önünde çöktü, "Şışşş..." dedi o dinlemesi doyulmaz sesiyle ve ayaklarını aldı eline, okşadı. Bilge geriye yaslandı, gözleri doldu, ona bakmak direnmesi gereken her duyguyla yüzleşmesine neden oluyordu. Gözyaşlarını yutkunurken, "Ülke çalkalanıyor Can. Bizim de çocuğumuz olacak. Bunu yapanı bulmalılar!" dedi, Can Bilge'nin ölen çocuklar için üzüldüğünü zannetti.

Üç gün olmuştu buraya geleli, resmen cennetteydiler, hava harikaydı, yemekler muhteşemdi, oteldeki herkes emirlerine âmâdeydi ve bir mucize gibi oteldeki tek müşteri kendileriydi ama Bilge takmıştı kafayı şu seri katile! Huzur bulmak için gelmişlerdi buraya ama Bilge'nin yükselen ve yükseldikçe duygusallaşan hormonları rahat vermiyordu. Elinde bir gazete, dilinde sürekli ölen çocuklar ve gözlerindeyse hep hüzün vardı. Kendisinden çıkıp katili bulmasını istese Can şaşırmayacaktı. Okşadığı ayağı öptü Can, tertemiz, nasırsız ayaklarda gezdirdi dudaklarını, bileğe kaydırdı... Bilge Can'ın dokunuşlarının etkisiyle gevşeyen vücudunu toplayıp ayağını çekti. "Acıktım" derken burnunu sildi. Elinden aniden çekilen ayağın boşluğuna baktı Can, gözlerini kocaman açıp boşta kalan avuçlarını kapamadan "Çabuk geri koy onları buraya!" diye krize girmek üzere olan bir çılgın gibi komik hırladı.

Bilge'nin sulu gözleri gülümseyen ifadesiyle karmakarışıktı "Caaan!" dedi, Can her yaramazlık yaptığında söylediği gibi. Can da ellerini indirip, "Biliyorum duyguların zirvede ama kızımızın ihtiyacı olan bu hormonların seni bir duygu fırtınasına çevirmesine izin veremezsin" dedi, sürekli üzülmesini istemiyordu. Bilge ona haklı olduğunu söyleyen küçük bir baş hareketi yapıp "Hadi giyin çıkalım, gerçekten çok acıktım" dedi.

Kalktı Can, hafifçe başı döndü, ama hemen toparlandı, Bilge'yi alnından öpmek için eğilirken dengesini korumak için koltuğa tutundu. "Yine balık mı?" dedi.

Bilge tebessümle salladı kafasını. Can giyinmek için içeri girerken, "Bu çocuk doğsa iyi olacak yoksa balıksız kalacak ülke!" dedi kinayeyle gülerek.

Bilge sehpanın üstünde duran hasır şapkayı attı ona, ama ıskaladı. Can, bir istihbarat ajanı edasında dönüp, "Beni cezalandırmak mı istiyorsun?" dedi, kaşlarını kaldırıp siyah, derin gözlerinin en derininden Bilge'ye bakıp, "O zaman önce yakalaman lazım küçükhanım!" diye ekledi. Komikti. Bilge gülerken ona fırlatacak bir şeyler arandı ama Can bornozunu bırakıp kaçmıştı, başının döndüğü yürüyüşünden anlaşılıyordu, sodyum tiyopental kokteylinden sonra bu hali normaldi. Öne doğru eğilip gözleriyle onu takip etti Bilge, keyifle mırıldandığı şarkının tınısında vücuduna parfüm sıkışını izledi.

Suratındaki gülümseme dondu Bilge'nin. Onu daha fazla izlemek istemedi ama gözlerini de çekemedi... Gözleri dolduğunda aklında tek bir düşünce vardı: Onu özleyecekti... ne olursa olsun, ne olmuş olursa olsun.

Bakışı Can'da ama düşüncesi yerin derinliklerinden yükselip insanlığın kurduğu yolları yırtarcasına çıkan volkandaydı. Kapattı gözlerini, yer çekirdeğinde olan bir patlamanın derinliklerdeki sıcak magmayı harekete geçirdiğini düşündü, çatlakların, yarıkların arasından dışarı fışkıran lavın her şeye bulaştığını, bulaştığı her şeyi erittiğini düşündü... Okyanusun tsunamileri gitmiş, yerine cehennemin lavı gelmişti... Duyguları nihayet dindi. Gözlerini açtı.

Burnunu çekti, gözlerini sildi. Kocaman göbeğiyle zorlanarak kalktı, saatine baktı. 12 dakika kalmıştı. Salona geçtiğinde telefonu çaldı. Acele etmeden gitti telefona, birazdan her şey başlayacaktı. Telefonu açarken kumandayı aldı eline. Kulağında telefonla öylece bekledi ve televizyonu açtı. Ekranda haberler vardı.

2. Umut

Yükselen televizyonun sesinde kendi adını mı duymuştu?! Emin olamadı Can, ama önemsemedi de, televizyonda olmak normaldi. Donla salona yürüdü, suratında gevşek bir gülümsemeyle elindeki tişörtünü sallarken "Böyle çıksam?!" diye sordu Bilge'ye. Cevap gelmedi.

Bilge televizyonun karşısında dikilmiş izlemekteydi... Bir daha seslendi ama Bilge kıpırdamadı... Tuhaf bir şekilde iyice hafifleyen bedeninin özgürlüğünde ona yaklaştı, Bilge kulağında telefon, kıpırtısız bir şokta gibi televizyona bakmaktaydı. Duruşu ne komikti! Can gülmeye başladı, neden güldüğünü kendine sorarken beynindeki sesler azaldı. Çıkartılan son cesetlerin üzerinde yapılan DNA incelemesinden bahsediliyordu haberlerde... Can "Bilge, kapatsana şunu. Kızımız psikopat olacak senin yüzünden!" dedi, neden sarhoş gibi hissediyordu, alt tarafı birkaç saat önce bir duble viski içmişti! Bilge'nin elinden kumandayı almak için ona doğru sendeledi, Bilge şokta bir ifadeyle ona baktı ve televizyondaki spiker "Can Manay her yerde aranıyor" dedi... Can hissettiği sarhoşluktan vücuduna yayılan adrenalinle irkildi. Ve o an otel odasınınki dahil, tüm telefonlar çalmaya başladı.

Bilge "Zeynep" dedi elindeki telefonu ona uzatırken ama Can

telefonu almadı, ne oluyordu anlamalıydı! Televizyona yaklaştı, şu telefonlar bir sussaydı! Televizyonda akan habere odaklandı, neden Can Manay'ı arıyorlardı? O Can Manay kendisi olamazdı! Öldürülen bu çocuklarla ne alakası vardı! Şu kafasını bir toplasaydı! Gülmek geldi içinden, başlamak üzere olan kahkahası Bilge'nin dolan gözleriyle kesişince durdu, "Bilge" diye mırıldandı, bu saçma habere inanıyor olamazdı! "Hayatım saçmalama!" diye itiraz etti Bilge'nin dolan gözlerine.

Ama yaşlar Bilge'nin yanaklarından süzülürken anlamadı Can o yaşların kendisine edilen vedanın yaşları olduğunu, her şey planlandığı gibi akmaktaydı... Ama bu kadar acıtacağını Bilge planlayamazdı.

Televizyonu, haberleri unuttu Can, karnında bebeğiyle hayatının değerlisinin çektiği acı kapladı yüreğini, boşu boşuna üzülüyordu, itiraz etti, "Hayatım saçmalama bir sürü Can Manay var bu ülkede! Böyle saçmalık olamaz. Benimle alakalı olduğunu nasıl düşünürsün!" diyerek.

Bilge gözlerini silerken onun kendisine yaklaşmasına izin vermedi, izin verirse planlanan her şey çökecekti emindi, "Sarhoş musun sen!" dedi kendi bedenini geri çekerken.

"Hayır!" dedi Can, değildi ama neden kendini böyle sarhoş gibi hissetmekteydi! Neden sesi bu kadar yüksek çıkmıştı, aniden attığı çığlığa gülmeye başladı.

Bilge bağırdı.

"Kendine gel Can!"

Bilge'nin "Kendine gel!" diyen sesi susmak bilmeyen telefonlarınkiyle birlikte yankılanıyordu zihninde ve haberlerin köşesindeki kendi resmi katılmıştı bu trafiğe. Aklına hücum eden soruların saldırısında savaşta kayboldu Can, Bilge telefonunu açmış ve ıslak gözlerle ona uzatırken, çaresizce "Eti!" diyordu, Can kötü bir şeyler olduğunu, en kötüsü olduğunu işte şimdi biliyordu ama neden Bilge gibi üzülemiyordu, neden gülmek istiyordu?

Telefonu alırken gözleri televizyondaki kendi resmine kaydı yine, gerçekten de kendisini arıyorlardı! "Nedir bu!?" dedi, kocaman açtığı gözlerini ekrandan ayırmadan şaşkın, sakin, rüyada Can Manay...

"Merak etme Umut, senin o çocukları öldürmediğini ispatlayacağız! Merak etme, yanındayım..." demişti Eti... Bu ne demekti! Algılayamadı, anlayamadı. "Umut" zihninde yankılandı.

Eli aşağı indi Can'ın, telefon elinden kayıp düştü, başı döndü... o lanet olası psikopat mı öldürmüştü bu çocukları! Hastaneden çıkarken adını üzerine aldığı o ruh hastası! Yeniden doğduğunu sandığı anda, o ismi aldığı anda aslında daha büyük bir lanete bulanmıştı! Hepsi Eti'nin suçuydu! O bulaştırmıştı bu laneti! Can kahkahalarla gülmeye başladı aslında ağlamak isterken.

Bilge yere düşen telefonu alıp "Can!... Can!" diye seslendi ama Can'ın kahkahası dinmedi, tokadı indirdi Bilge, Can'ın kahkahası bıçakla kesildi. Sodyum tiyopentalin dozu fazla mı gelmişti! Hemen koşup bir bardak su koydu, gözlerinden inen yaşlar önünü görmesini engelliyordu, titreyen eliyle suyu içirdi Can'a ve telefonu geri verdi eline.

Eti'nin, "Ben sebep oldum buna ama korkma, temizleyeceğiz, senin Can Manay olmadığını ispatlayacağız Umut, girmeyeceksin hapse" diyen sesi cehennemin etkisindeydi! Elindeki telefonu karşı duvara çarpıp parçaladı Can. Umut! Çok geride kalmış, bitip tükenmiş bir kâbusken şimdi Can Manay olmak da yasaklanmıştı! Ağlamaya başladı. Gözlerinden yaşlar çıkmıyordu ama Can sızlanıyordu.

"Herkes arıyor Can!" demişti sonra çaresizlikle "Ne oluyor!" diye sormuştu Bilge kendi telefonunu ona uzatırken, bu sefer de arayan kültür bakanıydı! Bilge'nin telefonundan bakanların aramasını izledi Can, herkes ne olduğunu anlamak için sıraya girmişti. Yanında cevap bekleyen Bilge'nin ıslak gözlerine bakıp bağırdı.

"Bir yanlışlık var! Ağzına sıçacağım kim yaptıysa bu karışıklığı! Kimseyi öldürmedim ben Çiçek dışında!" Ne demişti! Sustu! Neden Çiçek'i söylemişti ki! Bilge odanın telefonunu açtı, Can "Açma!" demişti ama Bilge telefonu Can'a verdi.

Eti "Çıkmalısın hemen otelden. Emniyetten Ahmet aradı, seni almaya geliyorlar. Hemen çık, araç ayarladım seni limana götürecek, seni oradan aldıracağım. Oyalanma, kimseye gözükme, otelin arka garaj kapısında araç bekliyor, koş, az sonra ekipler gelmiş olur!" dedi.

Can elindeki tişörtü üstüne geçirirken koşup pantolonunu aldı ama giyemedi, hem dengesi hem de vakit yoktu, terlikleri geçirdi ayağına, kükrercesine bağırdı kendisini şaşkınlıkla seyreden Bilge'ye.

"Cüzdanım nerde!"

Cüzdanını ve Bilge'nin telefonunu aldı, altında donu ve terlikleriyle koşup bahçeden çıktı.

Hızla ama dönen başının sarhoşuğunda dengesiz koştu bahçeyi, ilerde elinde servisle geçen hizmetçiye görünmemek için yolunu değiştirdi, yan bahçeye atladı. Nasılsa otelde kendilerinden başka kimse yoktu ve arka kapıya uzanan servis koridorunun kapısını açtı, koridorda birileri var mı diye temkinli baktı. Kimse yoktu. İçeri girdi. Koridorun sonunda çıkışa doğru yürürken uzaktaki kapı açıldı, polis telsizinin sesi duyuldu, köşeyi döndükleri anda kendisini göreceklerdi. Almaya geliyorlardı. Nefes nefese koşmaya başladı, aslan yelesi saçları darmadağınıktı. Kapıdan çıktı...

Fotoğraf makinelerinin flaşları akşamüstünün sarılığını keskin mavi bir beyaza çevirerek suratında patladılar. Beyninde otomatikleşen tepkiler yavaşlayan nöronlarının boş bıraktığı hareketlerini kapladılar, yarım, kırık bir gülümsemeyle bağırdı Can.

"Mahkemeye vericem hepinizi!" Doğruyu söylüyordu, verecekti!

Kaç kişi vardı bilemedi, geçmesini engelleyen kalabalıkla sırtını dayadığı kapının arasında kalmıştı. Sorular üst üste geldi. "Neyiniz var?" demişti biri. "Açıklama bekliyoruz!" diye bağırmıştı diğeri.

Kendisine uzatılan mikrofonları ittirdi ve hırlarcasına "Rahat bırakın beni!" diye bağırdı. Gülmeyle ağlama arasında sıkışmıştı. Sesi neden her zamanki gibi çıkmamıştı! Kulaklarında problem mi vardı!

"Cesetlerin bulunmasıyla ilgili ne diyeceksiniz?" demişti biri... Ses çok tanıdıktı ama kimdi göremedi. Ağzını açtı Can, insanları yarıp geçerken, bu duruma düşerse söylemeyi planladığı şeyi söyleyecekti ama ne düşünmüştü... bilemedi çünkü sodyum tiyopental kısa zamanlı hafızasını, beyninin yalanları da depoladığı kısmı tamamen bloklamıştı. Yalanların hepsi şimdi kilitli bir kasadaydı, açılan ağzına koyacak kelime aradı zihninde, söyleyebileceği tek bir şey kalmıştı. Tek bir gerçek! Beyninin uyuyan nörotransmitterlerinin karanlığında tek bir cümle vardı.

"Ben Can Manay değilim!"

Can'ın bu haykırışı birkaç saat içinde tüm ekranlardaydı.

24. BÖLÜM

Can Manay...

Gözlerini açtığında, boynundan bedenine yayılan beyninin ağrısıyla kasıldı suratı. Boynunu tutmak istedi ama ellerini kaldıramadı. Beyaz odanın gözlerini dağlayan ışığına rağmen araladı gözlerini, kendine baktı, yatırıldığı sedyeye bağlanmıştı. Doğrulmaya çalıştı, ama bant engel oldu. Örtünün altındaki bedeni çıplaktı. Odayı inceledi, hastanedeydi, kolundaki serum bitmek üzereydi ve bulunduğu yer hiç tanıdık değildi.

Bağırmak için ağzını açtı ama vazgeçti, gözlerini kapatıp kafasını geriye bıraktı. En son hatırladığı şey Bilge'nin ıslak gözleriydi. Hayır! Gittikleri otelin koridorundaki polis telsizinin sesiydi. Hayır! Suratında patlayan flaşların soğuk mavisiydi.

Gözlerini açtı Can, beyaz ışığın beynine saplanan etkisini umursayamadı çünkü ne olduğunu hatırlamıştı. Kafasını kaldırdı, ellerini kurtarmaya çalıştı ama debelenmesi anlamsızdı, daha önce onlarca hastasını yatırtmıştı buna benzer sedyelere ve en çok debelenenlerin en geç salındığını biliyordu. Sakince bekleyecekti. Bıraktı kendini, kapadı gözlerini hesaplamaya başladı.

Acaba ne kadar saçmalamıştı? Neler söylemişti? O çocukları öldürmemişti, DNA varsa ellerinde o DNA kendisinin değildi... diye düşünürken biten serum sinyal verdi. İki erkek hemşire odaya geldi. Can gözlerini aralayıp içinde kopan fırtınaya tamamen zıt bir sakinlikte baktı onlara, konuşmadı. Çocuk katili bir manyak olduğunu düşünüyor olmalılardı, aksini ispatlayana kadar sakin olması şarttı.

Hemşirelerden biri "İyi misiniz Can Bey?" dedi, pek sempatikti.

Can cevap vermek istedi ama diğeri dik dik baktı kendisine halini soran hemşireye, Can konuşmaktan vazgeçti. Suratsız hemşirenin serumu yenisiyle değiştirmesini izledi ve tırtıklanmış sesini temizleyip usulca "Doktoru görebilir miyim?" dedi.

Antipatik hemşire ani bir sempatiyle ona gülümseyip, "Tabii, şimdi doktor bey sizi görmeye gelecek" diye cevap verdi.

Hemşirenin kendisine gösterdiği sempatinin hayranlıktan, diğer hemşireye attığı ters bakışınsa diğerinin kendisini inkar eden krizdeki birine ısrarla "Can Bey" demiş olmasından kaynaklandığını anlayamadı. Çocuklar için yargılandığını sandı.

Hemşireler çıkarken doktor geldi, yüzü tanıdıktı ama Can kim olduğunu bilemedi. Sorup kendini iyice sersem gösterme riskine de girmedi. Adam sakin bir tebessümle "Merhaba" demişti. "Nasılsınız?" diye de eklemişti ardından.

Ne olduğunu hatırlamadığını ve boynundaki ağrının vücuduna yayılan basıncını anlattı Can, sakinliğini bozmadan ve kibarlığının doruklarında sordu.

"Niye bağlıyım? Eşim burda mı?"

Doktor, hemşire çağıran düğmeye basarken, "Sizi birazdan çözüp içeri alacağız. Buraya geldiğinizde pek de sakin değildiniz o yüzden bağlısınız" diye açıkladı.

Hemşireler geldiler, yavaşça Can'ı çözdüler, önce giyinmesine sonra getirilen tekerlekli sandalyeye oturmasına yardım ettiler. Kollarını bağlarken bunun kendi iyiliği için olduğunu hatırlattılar, sakince sandalyeye otururken aklına Veli geldi, onu ölüme gönderirken, aynen kendisine şimdi söylendiği gibi, ona "Senin iyiliğin için" demişti.

Koridora çıktılar, etrafta kimse yoktu, önünden geçtikleri odaların ışıklarının hepsi suniydi, yerin altında olmalıydılar. Demir parmaklıkları görene kadar sakindi ama parmaklıkların açılmasını beklerken adrenalini yükseldi. "Eşimi görmek istiyorum" dedi doktora. Sonra sandalyesini iten hemşireye döndü. "Bi dakka lütfen." Artık sakin değildi.

Doktor cevap verecekti ama Can hemen "Eti nerde?" diye çıkıştı. "Beni burda tutmaya hakkınız var mı? O çocukları ben öldürmedim, ispatlayacağım. Mahkemeye bile çıkmadım!" dedi ama yaratmak istediği etkinin tam tersi bir etki belirdi doktorun yüzünde hafif, acıyan bir empatiyle. Dişlerini sıktı Can. "DNA testi yapıldığında göreceksiniz zaten, benim hiçbir alakam yok!"

Doktorun suratındaki o ifade büyümese, sandalyeyi itti- ren hemşire hızlanmasa, kafasını çevirdiğinde diğer koridorda Eti'yi görmese sakinliğini korumak için kendiyle savaşırdı ama Eti'yi görünce seslendi ona, Eti'nin adı ağzından bir yakarış gibi çıktı. Koridorun derinliğinde iki doktorla konuşan Eti, kafasını uzatıp baktı, eliyle bir dakika beklemesini söyleyen bir işaret yapıp doktorlarla konuşmaya devam etti. Derin bir nefes alıp gerilmiş vücudunu sandalyeye yerleştirdi Can, doktora dönüp, "Eti gelicek şimdi" dedi, orada Eti'yi bekleyeceklerinden emindi ama hemşire yine itmeye başladı sandalyesini ve Can bağlı kollarına rağmen boynunu arkasındaki hemşireye çevirip "Nereye gidiyorsun! Beklesene!" diye çıkıştı. Eti'ye seslendi... Eti yine baktı ona ama bu sefer çok daha kısaydı bakışı... Hemşire Can'ın itirazlarına rağmen sandalyeyi itmeye devam ederken yanındaki doktor da Eti'nin yanına yürüdü. Can o an hatırladı, bu adam Eti'nin öğrencisiydi, aynı konuştuğu diğer iki doktor gibi. Hepsi Eti'ye hürmetteydi, görünen o ki durum birazdan düzelecekti ama neden bu hemşire sandalyeyi itmeye devam ediyordu!

Eti'ye seslenişlerine rağmen kendisine verilmeyen tepkiye iyice sinirlendi Can ama itilen sandalyenin nihayet görmesini sağladığı koridorun köşesinde, Eti'nin gerisinde duvara yaslanmış Bilge'yi gördü, "Bilge!" diye seslendi. Bilge sadece baktı ona, ifadesiz, mesafeli...

Paranoyakça fikirler zihninde çarpışmaya başladığında, "Ben yapmadım! Öldürmedim o çocukları! Bilge!" diye feryat etti Can, oturduğu sandalyeden kalkmaya çalıştı, kendisini tutmaya çalışan hemşirenin elini ısırmaya kalktı, kendini devirmeye çalıştı. "Bilge!" diye bağırırken o kadar sallandı ki serum takılı olduğu yerden neredeyse çıkacaktı. Can feryattaydı: "Ben yapmadım! Yardım et bana!"

Ama kelimeleri aniden havada asılı kaldı çünkü Bilge'nin karşısında sırtını duvara yaslamış elmasını yiyen biri daha vardı, Bilge'ye doğru yürürken ona gülümsüyordu...

Özge Egeli!

Can'ın feryatları dindi, aklındaki paranoyaklığın noktaları birleşti, büyük resmi görmeye başladı. Elinde iğneyle kendisine doğru gelen hemşireye gecikmiş bir yalvarmayla "Lütfen! Bir dakka. Lütfen!" dedi ama her halinden belliydi, hemşire o iğneyi seruma verecekti. Can sakinleşti, umutsuz bir şekilde "Lütfen!" dedi yine ve sordu:

"Aranıyor muyum ben? Çocuklar... çocuklar öldürüldü mü? Seri katil olduğumu mu sanıyorsunuz?"

Daha onlarca soru sorabilirdi ama iğnesi serumun hortumunda yol almaya başlamıştı. Sinirleri uyuşurken bağırmak istedi Can ama bilinci kapanırken koridora dikilmişti gözleri, kapanmadan önce hayatının sonuna kadar unutmayacağı o fotoğrafı çekti zihni: Özge, Bilge'nin yanına gitmiş bir eliyle omzunu tutarken, diğeriyle onun karnına dokunmuştu. Hepsi Eti'yi dinliyordu.

25. BÖLÜM

1. Göksel

Ekipten aldığı motorla tepeye çıkan yolun ağzına vardığında yavaşlayıp kaskını çıkardı Göksel, ne zaman buraya gelse burada duruyor, bu manzarayı sınırsız görmek istiyordu. Kulağına tekrar müziğini taktı. Tepeyi çıkmaya başladı. Yaklaştıkça önce rüzgârgüllerinin dönen dev pervanelerini görmeye başladı ve tepeye vardığında tüm ova, üç tarafını çevreleyen tepeye yerleştirilmiş rüzgârgülleriyle karşısındaydı.

Güneş panelleriyle bezenmiş taş evlerin parlak siyah çatıları, köyün girişindeki dev taş kapılarla zıtlıktaydı. Köy yine kalabalıktı. Tarlalarda ekim başlamış, köyün içinde dolanıp tekrar göle dönen suyun kanalları tamamlanmıştı. Aşağı inip, taş sütunlarla dikilmiş kapıya vardı. "Cennet ancak emek verenlerin girmeye hak kazanacağı yerdir" yazıyordu. "Cennete, onu ancak kendimiz yaratabilirsek gireceğiz" derdi hep Deniz, ancak hak edersek gerçekleşecek bir haldi cennet. Motorundan inip sürükleyerek içeri girdi.

Çalışan insanların yanından geçip motoru park etti. Güneş

enerjisiyle çalışan golf arabalarından birine bindi. Tanımadığı bir sürü insanın selamını almak, bunca zamandan sonra bile garipti. Ama ilk defa kızgın hissetmiyordu kendini, belki toprakta çalışmanın yoğunluğundandı bu rahatlama belki de bu tanımadığı ama bildiği insanlardan... Hepsi karın tokluğuna buradaydılar ama doğanın katkısız tadıyla yetiştirilmiş o yiyecekleri yemek, tarlada çalışırken nasıl yetiştirildiğini öğrenmek karın tokluğundan çok daha kıymetliydi.

Ana binaya doğru giderken çalışan insanları inceledi. Ana binanın, okulun, ambarın inşaatı bitmişti, evlerden bazılarıysa tamamlanmak üzereydi. Binaya varmak üzereydi ki Nihan'ı gördü, peşine taktığı çocuklara köyün içindeki kapalı devre ekolojik döngüyü, aquaponics'i* anlatıyordu. Yavaşlamadı, 20 kilometre hızla giden bir araç yavaşlarsa dururdu zaten, elini kaldırıp selam verdi. Ancak Nihan "Deniz kütüphanede!" diye seslenince durdu, kütüphaneye gitmek için geri gidip sağa döndü. Gölün yanından geçerken balık yetiştiriciliği için Japonya'dan gelen uzmanları gördü. Yanlarında, upuzun boyuyla Özen üzerindeki lekeli işçi tulumuyla karikatür gibiydi. Dünyanın en karma noktasıydı burası, her yerden konusunda bilgili kişiler bilgilerini paylaşmak için toplanmıştı. Galiba gerçekten cennet bir tek emek verilince yaratılacaktı diye düşünürken vardı kütüphaneye.

2. *Muammer Bey & Ömer*

Muammer Bey elindeki kitap listesini onaylarken Ömer'i uyardı.

"Denemeler ve bilimsel makaleler aynı odada bile bulunmamalı. İnsanın düşünceleri tabii ki değerli ama buluşlar üzerine

---

* Sebze ve balığı bir arada yetiştirmek için kullanılan kapalı devre bir tarım şekli.

yazılmış araştırma makaleleri çok daha önemli. Değer ve önemi karıştırmamak lazım."

Başını sallayıp deneme kitaplarını servis arabasının üstüne istifledi Ömer ve diğer bölüme taşıdı. Bağışlanan kitapların çoğu deneme ve roman türündeydi çünkü bu devirde anlaşılır bilimsel kitap bulmak neredeyse imkânsızdı. Bilim, ne konuştuğu anlaşılmayan insanların arasındaki gizli bir dil gibi olmuştu. Arabadaki kutuyu kaydırıp indirdiğinde Muammer Bey seslendi.

"Bak şimdi, İskenderiye Kütüphanesi önce bir ibadethane olarak yapıldı ama zamanla inançlarını sorgulayarak, analiz ederek anlayışlarını geliştiren insanlar varoluşla ilgili düşüncelerini, topladıkları bilgileri depolama ihtiyacı duydular, işte böyle doğdu İskenderiye Kütüphanesi. Önce inanç için yaratılmış sonra da varoluşun bilgilerine adanmış bir depoydu. Bilgi deposu. Ve insanın insanlığının başladığı yerlerden biriydi orası. Hayvanlar gibi savaşmayı bırakıp doğayı, evreni, birbirimizi, kendimizi incelemeye başladığımız ve analizlerimizi depoladığımız, dünyanın en büyük bilgi ve düşünce deposuydu iki bin yıl önce. Mısır'ın Mısır olduğu, piramitlerin elektrik üreten dev santraller olarak kullanıldığı o yıllarda, yani bugün bile inşa edemediğimiz o mucizelerin yıllarında, İskenderiye Kütüphanesi bilginin merkeziydi. Matematiğin, astronominin, fiziğin, kimyanın temellerinin atıldığı, hatta bugün bildiğimizden çok daha fazla geliştirildiği dönemlerden bahsediyorum Ömer, eski zamanlar dediysem ilkel insanların zamanını kastetmiyorum. Bizden bile daha gelişmişlerdi büyük ihtimalle, çünkü onların yaptıklarını bugün geliştirdiğimiz makinelere rağmen yapamıyoruz hâlâ. O zamanlarda, bir ibadethanedeki analiz, düşün ki nasıl büyümüş, gelişmiş ve ibadethane bir bilim merkezine dönüşmüş. Sonrasında İskenderiye Müzesi'nin yakılması o muhteşem çağın sonu olmuş, insanın bilimden uzaklaşıp tüketime yaklaşmasının da başı. O eski insanların üzerinde en çok çalıştıkları bilim neydi biliyor musun?"

"Matematik?" dedi Ömer ama emin değildi.

Hayır anlamında kafasını salladı Muammer Amca ve gülümserken sanki bilimkurgu bir filmden bahsediyor gibi gözlerini açıp hevesle, bilgiye duyulan iştahla konuştu.

"İskenderiye'nin içinde deney yapılan laboratuvarlar, tıp üniteleri, konunun uzmanlarını getirerek insana her alanda eğitim veren okullar vardı, hem de her yaş için, üstelik okula gidebilmenin ölçüsü de para değil zekâydı. Kafası bilgiyi alan herkese açıktı eğitim. Ve en çok ilgilendikleri bilimse astronomiydi. Çünkü ancak evrene bakan insanın kendini gerçekten göreceğini ta o zamandan biliyorlardı. Güneş nasıl dünyadaki yaşamın merkeziyse, yani güneş söndüğü anda dünya üzerinde yaşam tamamen bitecekse ve ay nasıl dünyadaki suların yöneticisiyse, dünyaya yaklaştığında ya da uzaklaştığında dünyadaki tüm suları, okyanusları, nehirleri ve en önemlisi vücudunun üçte ikisi sulardan oluşan biz insanların hormonlarını dahi etkiliyorsa...o zaman bu etkileri bir incelemek, anlamak lazım. Tüm diğer gezegenlerin, her birimizin üzerindeki etkisi o kadar büyük ki aslında sadece cahilliğimizden öğrenmiyoruz bu etkilerin derinliklerini. Bilge Hanım geçen gün anlattı, şizofreni denilen hastalık çocuğun doğum saatindeki gezegenlerinin konumuna bakıldığında belirli açılarla kendini gösterebiliyormuş, yani gökyüzündeki gezegenlerin birbirleriyle yaptıkları açılar burada yeryüzünde o an doğan bir insanı etkiliyor! Ama illa da şizofren olmuyormuş, büyük yeteneği olan insanlar eğer o yeteneklerini ortaya koyabilecekleri verimli ortamlarda değillerse o zaman yetenek içlerinde sıkışıp çılgınlığa dönüşebiliyormuş. İnanılır gibi değil. Gerçi o kadar inanılmaz şeyleri normalize etmişiz ki inanılır olanlar inanılamaz geliyor artık bize. Pes!"

Göksel içeri girdiğinde, Deniz'in burada olmadığını görünce Muammer Amca'ya yakalanmadan çıkmak istedi ama varlığı çoktan fark edilmişti. Muammer Amca hemen ona seslenip yaşlı bir sincabın genç bir pumaya gösterdiği yakınlık kadar tuhaf bir samimiyetle kollarını açtı, ona sarılıp sırtını sıvazladı.

"Gel oğlum, gel bakalım! Koca oğlum! Bitirdiniz mi amfiyi?!"

"Az kaldı Muammer Amca" dedi Göksel, Muammer Amca'nın ısrarla kabul ettirdiği bu babacan tavrına artık alışmıştı.

Muammer Bey, "Ben de tam ibadethaneden bir bilim merkezine dönüşmüş İskenderiye Kütüphanesi'nden bahsediyordum... Niye anlatmıştım ben bunu sana?" deyip Ömer'e döndü, düşündü. "Yaşlandım artık, B vitamini kullanmazsam hafızam tekliyor. Hah!" dedi, hatırladı. "Din adamıyım diyen her kimse, fizikten, kimyadan, matematikten, biyolojiden anlamıyorsa olmaz! Bunu söyleyecektim. Fizikten, kimyadan, matematikten, astronomiden, biyolojiden anlamayan adamın Allah'ın bilimine, dinine aklı erer mi?! Mümkün mü bu! Hayatın bu bilimleri Allah'ın lisanıdır. Biyolojiyle konuşur bizimle, matematikle, fizikle. Hepsi, her bilim yaratılışın lisanıdır. Bu lisanları bilmeden kimse Allah'ın adını ağzına almasın! Bu yüzden, bir gün ibadethaneler araştırma ve bilim merkezleriyle birlik içinde varoluşun felsefesine odaklanabildiklerinde, işte o zaman biz de dini gerçekten yaşamaya başlayacağız." Lafı bittiğinde elini Göksel'in sırtından çekip, "Ee sen neden geldin bakalım?!" dedi.

Göksel'den Deniz'i aradığı cevabını alınca, "Söylesene be oğlum, okula gitti onlar" dedi.

Dönüp gidecekti ama Muammer Amca giderken iki alçı çuvalını da yüklenmesini istedi. Sırtlandı Göksel, arabaya yükledi çuvalları, amfiye doğru yola koyuldu. Az kalsın Bilge'nin golf arabasıyla çarpışıyordu. Neydi bu kızın hıza olan takıntısı! Bilge selam verip geçerken seslendi.

"Geç kaldın! Seni bekliyorlar!"

"Ali?!" dedi Göksel, Ali'yle buluşmayacaklar mıydı? Bilge uzaklaşırken cevap verdi.

"Ali serada! Ona sonra gidersin, önce amfiye git!"

"Okul mu amfi mi?!" diye bağırdı Göksel.

Uzaklaşırken "Amfi!" diye cevap verdi Bilge. Göksel bastı gaza ama Bilge'ninki en az 40'la giderken kendi arabası 20 kilometre hızı geçmiyordu, Bilge'ninkinin ayarını Ali değiştirmiş olmalıydı. Okulun yolu yerine amfiye yönelirken Ali'yi bulduğunda kendisininkine de bir ayar çektirmeye karar verdi.

3. *Deniz & Özge & Kız*

Ses sisteminin testiyle birlikte Deniz de bitmişti. Amfinin ortasında, kabloları bağladığı yerden ayağa kalkıp gerindi. Deniz'in doğrulmasıyla birlikte Kız da yattığı yerden doğruldu, başka bir yere mi gideceklerdi?! Deniz'den komut bekledi... ama komut gelmedi.

Etrafına bakındı Deniz, amfi tam istediği gibi şekillenmişti. Yukarı çıkan basamaklar akustiği kucaklayan bir açıdaydı. Anlamın kelimelere, müziğe, hareketlere dönüştürüldüğü yer olacaktı burası. Her köşesi önemliydi. Bu topraklara gelenler gün boyunca aldıkları görevlerle tarımın her çeşidini, doğayı bozmadan yaşamanın yollarını, doğru beslenmenin püf noktalarını adım adım öğrenecekler ve gün sonunda bu anfitiyatroda izledikleri gösterilerden, filmlerden, belgesellerden aldıkları ilhamla hakiki insan olma yolunda serpileceklerdi. Cinsellikte, beslenmede, eğlencede... yaşamın her alanındaki deformasyonun normalize edilerek insanın insanlığının kurban edildiği bu parazit halden çıkmanın zamanı gelmişti. Özge'yi görünce düşüncelerinden sıyrıldı, yerinden fırlayan Kız'ı seven Özge'yi ve sonrasında da kendisine doğru gelişini izlerken güneşten iyice bronzlaşmış eşsiz teninde gözlerini dinlendirdi.

Deniz'in bakışında, başka kimsede görmediği ve görmeyeceğini de bildiği o tanıma, bilme, anlama hali vardı yine. Durdu Özge, o anı hafızasının her köşesine kazırcasına baktı ona... Kelimelerin önemsizleştiği ve aralarına başka hiçbir şeyin giremeyeceği o andaydılar... Aşkta.

Doğru insanla aşkın delilik değil, dengenin salimliği olduğunu öğrenmişti Deniz Özge'nin bedeninden ve asla gölgeleri öldüremeyeceğini sadece ışık tutabileceğini öğrenmişti Özge Deniz'le birlikteliğinden. Birbirlerinin dengilerdi, bu yüzden de birlikte dengedelerdi.

"Düşün..." dedi Deniz. "Okyanustan bir bardak suya inebilmek... Sonsuzluktan çıkıp anı algılayabilmek... işte bu en zoru."

Özge ona yaklaşırken, "Belki de zaman bu yüzden var. Bizim gibi gelişmekte olan, evren saatine göre genç olan varlıklar öğrenebilsin diye" dedi ve ona vardığında yüzünü boynuna sürdü, küçük öpücüklerle öptü onu boynundan.

Deniz, Özge'nin saçlarını okşarken, "İnsanlığı düşün..." dedi. "Bir arada yaşıyoruz, sürekli birbirimizle ilgiliyiz. Sürekli birbirimizin düşüncelerini etkilemek için çalışıyoruz çünkü sadece hemfikir olduğumuz düşünceler geleceğimizi oluşturuyor. Muazzam bir sosyal zekâmız var, birbirinin ne düşündüğünü bu kadar önemseyen bir organizma daha yok yaşadığımız dünyada. Yapılan hareketlerin altındaki imaları, anlamları çözmekte, konuşmadan anlaşmakta ne kadar zaman ve emek harcıyorsak, yaşadığımız çevreyi önemseyip koruma konusunda aynı oranda duyarsızız. Çünkü asıl önemli olanı hâlâ anlayamadık! Hatta tek önemli olanı!"

Özge kollarını onun bedenine dolayıp başını onun yüzüne kaldırdı "Yaşamın kendisinden daha değerli hiçbir şey yok" dedi. Deniz alnından öptü onu, saçlarını kokladı. Özge devam etti:

"Gezegende yaşayan 80 milyondan fazla farklı canlı türü varken biz hâlâ çok abartılı ve hatta takıntılı bir şekilde kendi aramızdaki ilişkilerde kaybolmuş durumdayız. Etrafımızdaki kişilerin bizimle ilgili düşüncelerinde kendimizi buluşturmaya ya da oluşturmaya çalışıyoruz. Saplantı derecesinde birbirimize verdiğimiz bu dikkat politikaları, ekonomileri oluşturuyor, hayat kalitemizi, sahip olduklarımızı birebir etkiliyor. Ama öte yandan, insanın dünyada var olan diğer 80 milyon türle olan ilişkisi de insanlığın hayatta kalıp kalmayacağını belirleyecek. Yaşama saygımız, yaşamı hak edip etmediğimizi ortaya koyacak."

Başıyla onayladı Deniz, Özge'nin dağılmış saçını kulağının arkasına aldı, ona dokunmak ne kadar rahatlatıcıydı. "İnsan her deneyimiyle şuur biriktirir, her birimizin şuuru birleşir ve insanlığın ortak şuurunu oluşturur. Bir gün bu ortak şuurda gerçek insanlığımıza ulaşacağız. İnsana, insanın tüketmeden de yaşayabileceğini gösterdiğimizde, tükettiğini üretebilen bir varlık olduğunu kanıtladığımızda varoluşumuz için en büyük adımı atmış olacağız. Çünkü hayat bizim için yapılmadı, hayat yaşam için yapıldı. Ve bu hayatın içinde, sadece bütünü görebilenler yaşama hak kazanabilecekler ve bir sonraki gelişim boyutuna kabul edilecekler."

Özge âşıktı bu adama, bir kadının bir erkeğe âşık olmasından daha öteydi hissettiği, bir varlığın diğer bir varlığa duyduğu saygıydı, gülümseyerek mırıldandı.

"Bir gün beni senin gezegenine götürür müsün?"

Deniz, bu cümleyi her duyduğunda yaptığı gibi kısa ama keskin bir kahkaha attı. Aralarında sürekli geçen bir şakaydı bu,

Özge onda gördüğü güzelliklerin ancak dünya dışı olabileceğine takmıştı kafayı.

"Kavga çıkartırsın!" diye ititraz etti Deniz.

Özge'nin kaşları çatıldı, tamam, biraz inatçı ve bazen de kavgacı olabiliyordu ama Deniz'lerle dolu bir gezegene gidip kavga çıkartacak kadar da değil! "Neden kavga çıkartayım!?" dedi hayretle, "Zaten çıkartsam ne olur, senin türün kavga etmez ki!"

Deniz'in gözlerindeki sarının içindeki yeşil adacıklar parlarken, "Ederler!" dedi, cevabı net ve kesindi, sonra ekledi.

"Ama sadece senin için."

Nihayet amfiye varmıştı Göksel, çuvalları sırtlandı, aşağı inerken amfinin tabanında birbirlerine sarılmış Özge ve Deniz'i gördü, Kız huzurla gölgede uzanmıştı. Sırıttı. Huzur dedikleri şey galiba buydu… Merdivenlerden inmeye başladığında, "Sen bir yanardağsın" demişti Özge, amfinin dibindeki sesi bağırmasa da her yerdeydi, akustik muhteşemdi. "Kimsenin bilmediği bir volkan" diye eklemişti.

Deniz, "Dikkat et patlamayayım" diye karşılık verdi ve öptü Özge'yi.

Dudakları ayrıldığında Özge hınzırca, "Bense magma, içindeyim… her yerindeyim. Benle dolusun, patlarsan patla" dedi.

Göksel sahneye vardığında yerinden fırlayan Kız'ın coşkulu selamına karşılık vermek için çuvalları yere attı ve dizlerinin üstüne çöküp Kız'ı severken bir robotun teşhis koyan edasıyla, "Konuştuğunuz her şey ta tepeden duyuluyor" dedi, doğrulduğunda ikisine bakarak ekledi. "Sen yanardağsın sense magma. Bunun içinden fışkırıyorsun." Cebinden çıkardığı küçük kemiği Kız'a verip, "Ali'ye gitmem lazım, Tesla'dan gelen adamlarla Powerwall'ları yerleştirmelerini izleyeceğim. Eğitim verecekler bu gece" diye ekledi.

Özge, "Eğitim burada yapılacak" dedi.

Deniz, "Törenden sonra herkes burada toplanacak" diye ekledi.

Herkes! On kişi için amfide mi verilecekti ders! Göksel kaşlarını çatıp sordu.

"Kaç kişi katılacak ki?"

"Herkes" dedi Özge, insanların gösterdiği ilgi yüzünden gururlu bir anne gibi.

"Herkes!" diye hayret etti Göksel, bu köyde en sonunda şaşırmayı da öğrenmişti.

Özge ve Deniz aynı anda "Evet!" diyerek yukarı çıkmaya başladılar. Deniz komutla Kız'ı takarken peşlerine, Özge "Aç mısın?" diye sordu Göksel'e, kafasını iki yana salladı Göksel.

"Aç olmasa da yer o!" dedi Deniz. "Çuvalları niye aşağı indirdin? Yukarısı için onlar" diye ekledi.

Geri dönüp çuvalları sırtlanırken kendi kendine güldü Göksel ve mırıldandı. "Bunları eve götüreceğim en sonunda."

4. BİZ

Güneşin eksikliğini hissettikleri anda yanan solar panelli sokak lambalarının sarı ışıklarıyla çevrelenmiş taş girişin önünde toplanmıştı insanlar. Tören, çocuklar hazır olur olmaz başlayacaktı. Orkestra hazırdı.

Önce trombonlar törenin başlamak üzere olduğunu haber verdi, sonra davullar katıldı coşkuya. BİZ'in şarkısı çalmaya başladığında, küçük bir çocuğun sesi "Zamanı gelmiş o düşünceyiz BİZ" derken alkışlar yükseldi. Şarkı devam etti:

"Silahımız akıl, kalkanımız inanç, gücümüz evrendir!
Savaşın pisliğine çekilemez, ilkelliğe yenilmeyiz!
BİZ! Evrendeki en güçlü şeyin temsilcisiyiz!
Tekâmüle hizmet eder, çabadan vazgeçmeyiz.
Biz düşünceyiz, gerçeğiz, geleceğin ta kendisiyiz!
Zamanı gelmiş o düşünceyiz..."

Başlarında kaskları, üzerlerinde işçi tulumlarıyla okulun ilk öğrencileri ittikleri bir makineyle çıktılar girişe. Büyük ağaçların kesilip bir yöne yatırılabilmesi için yapılmış bir makineydi bu. Dev kapının dışına itip yolun kıyısına getirdiler makineyi. Ve gözlerini çiftliğe inen yolun tepesine dikip işaret beklediler.

Fondaki şarkı, "Unutma. Ancak birlikte tek ve hepiz, yoksa bir hiçiz/ Hepimiz hakiki insanın doğumuna hizmetteyiz/ Emekteyiz, vazgeçmeyeceğiz!" deyip biterken herkesin gözü rüzgârgülleri boyunca yukarı uzanan yolun en tepesindeydi. 500 metre aralıklarla yol boyunca sıralanmış ve çiftlik kapısının önüne kadar gelen sokak lambalarının ışığı aniden kesildiğinde çocuklar dönüp Bilge'ye baktılar. Bilge başıyla onayladığında makineyi çalıştırdılar.

Hayatının ilk hatırasını Ali'nin omuzlarında, makineden çıkan sesin tedirginliğinde, sıkı sıkı tuttuğu Atacan'ın elinden ve sırtını okşayan Eti'den aldığı destekle izledi Tansel, koca direğin bir kürdan gibi kesilip devrilmesi en geçmişinde hatırlayacağı ilk şeydi.

Çocukların ittiği makine, tükettiği enerjinin pisliğiyle kirlenmiş eski elektrik direğini keserken insanlar alkışlamaya başladı. İşte bu alkışlanacak bir olaydı! Makinenin bir direği kesmesi sadece 9 dakika sürüyordu. Yarım saat içinde yaşları

9 ile 11 arasında değişen geleceğin insanları, yol kenarındaki tüm elektrik direklerini kesecekler ve yolu geleceğin insanlığına açacaklardı.

Herkes oradaydı... BİZ, hepimiz.

SON

Bu hikâye burada bitti ve şimdi sen başlamalısın!

π

Ense köküne yapılan basıncın bedenine yayılan rahatlamasında derin bir nefes aldı Can, her sabah uyandığında yaptığı iki saatlik sporun ardından bu masajın pahası biçilemezdi. Hayatının hiçbir döneminde bu kadar dinçleşmemişti. Akıl hastanesi epey yaramıştı.

Genzini temizleyen hastane müdürünün iğreti bedeni yanı başında dikilmese keyfi yerindeydi ama adama bakmak için başını masaj koltuğundan kaldırmak zorunda kaldı, "Ne istiyorsun ve çabuk ol!" diye bağıran bir bakışla baktı ona.

"Ziyaretçiniz var Can Bey" dedi adam heyecanla.

Dümdüz bir ifadeyle "Kim?" dedi Can. Mali müşavir ve banka danışmanları dışında bir yıldır kimse gelmemişti.

Adam endişenin doruklarında bir eziklikle, "Bakanlıktan geldiği için kimliğini vermedi, dokunulmazlığı var" diye açıkladı.

"Kadın mı?!" dedi Can sırtında gezinen elleri üstünden atıp doğrulurken.

"Evet" dedi adam.

Can hızla indi masaj koltuğundan, çırılçıplaktı, adam Can'ın çıplaklığından duyduğu mahcubiyeti arkasını dönerek gizlemeye çalışırken "Tipini tarif etsene!" diye çıkıştı Can. Tüm çıplaklığıyla yine adamın karşısına dikilirken kaşları çatılmıştı. Nefret ediyordu aptal insanlardan!

Adam bakışını Can'ın erkekliğinden diğer taraf çevirip "Genç bir hanım, size çorba getirmiş..." dedi ki Can eline bir havlu alıp fırladı çıktı odadan.

Yarım yamalak beline sarıp yürüdü koridorda. Buraya ilk getirildiğinde önünde endişeyle sarsıldığı parmaklıklı kapılar sanki sahiplerine yol veriyormuş gibi, o daha yaklaşmadan açıldılar.

Telaşla daldı odasına ve doğru duşa girdi, üzerindeki yağı akıttı hızlıca. Kendisine hazırlanan komployu anladığından beri bu kadar heyecanlanmamıştı! Üzerinden akan suyun altında gözlerini fayansa dikti... Bilge nihayet gelmişti... Musluğu soğuğa çevirip buz gibi suyun bedenindeki Çi'yi uyarmasını bekledi. Çıktı duştan. Tüyleri diken diken olmuş vücudunu ve ıslak saçlarını kuruladı, acele etmeliydi ama edemedi, çünkü onu görmek için çok beklemişti, o beklemişlik ve yazdığı her mektubun geri dönmesinin verdiği umutsuzluk vardı bedeninde, ağırlaşmıştı, umutsuzlukla ağırlaşan bir beden artık acele edemezdi. Beklediği her anın ağırlığı bir yük gibiydi.

Dolabına yürüdü, bir an düşündü bunca zaman sonra Bilge gelmişti ve onun karşısına çıkmak için ne giymeliydi? Nasıl görünmeliydi?... Ama düşüncesi hemen silindi, görüntüsü değildi Bilge'nin göreceği, gözlerinin içindeki sevgiydi. Geceler boyunca zihninin içinde konuşmuştu onunla... anlatmıştı kendi gerçeğini... Bir tomar mektubu çıkardı kutudan ve jujitsu antrenmanlarında giydiği beyaz pantolonlarından birini ve beyaz bir atlet geçirdi.

Spor ayakkabılarını giyerken artık bodyguard olarak kullandığı gardiyanlardan biri çaldı kapısını. "Ne?" dedi Can, acelesi vardı.

"Hocam seni bekliyorlar" dedi gardiyan. Can kalktı, mektuplarını aldı. Bilge'ye doğru yola çıktı.

Koridordan geçerken hürmetle selamlandı. Adım adım ele geçirmişti bu sözde rehabilitasyon merkezini. Yapılması için para bağışladığı iki lüks ek binanın ve maaşa bağladığı hastane yöneticilerinin ve şu ezik müdüre haftada bir gönderdiği fahişelerin büyük etkisi olmuştu sözünü dinletmesinde ama birkaç hamle sonra zaten dışarı çıkacaktı. Her şey ayarlanmıştı. Kendisine iki oda bir salon kıvamında yaptırdığı özel koğuş gardiyanlara kalacaktı, üçüncü dünya ülkesinde yaşamanın avantajlarıydı bunlar. Madem cehenneme tıkmışlardı onu, o zaman efendisi olurdu, asla kölesi değil! Hayat sadece bir an değil miydi?!

Asansörü beklemedi Can, iki kat koşup çıktı üst kata, beyaz kıyafetlerinin içinde gelişmiş ince kaslarıyla olimpiyatlara katılmak üzere gibiydi. Dikildi kendi ziyaretçi odasının kapısına, burasını da özel yaptırmıştı, mali müşavir ve banka danışmanlarına durumunun kötü olmadığını, gücün hâlâ kendisinde olduğunu gösterdiği yerdi burası. Kapıyı açmadı, bekledi, konuşacaklarını kafasında son bir kez topladı. Can kapıda düşünürken anca yetişmişti bodyguard, pardon gardiyan! Ve nefes nefese kapıyı açmak için uzandığında durdurdu onu Can, o kapıyı kendisi açacaktı! Gardiyan geri çekildi. Can sordu kendine, böyle bir karşılaşmaya hazır mıydı?... Hazırlandı. Açtı kapıyı ve girdi içeri.

Bembeyaz odanın derinliğinde camın önünde dikilen kadının ince bedeni camdan gelen ışığın kamuflesindeydi. Dikildiği yerde kadının kendisine dönmesini bekledi Can, ona "Bilge..." diye mırıldanmak üzereydi ki kadın döndü, yaklaştı... yaklaştıkça Can'ın mektupları tutan parmakları kasıldı, iyice sıktı mektupları. Kadın güneş gözlüklerini çıkardı, Bilge değildi.

"Merhaba" dedi Özge, sonra Can'ın suratına sinen şoku yumuşatırcasına masanın üstüne koyduğu tencereyi işaret ederek "Afiyet olsun" diye ekledi.

Şoktaydı Can, dünyada en son beklediği ziyaretçi neden karşısındaydı? Kıza saldırıp boğazını sıkmakla şok geçirmek arasındayken tencereye kaydı gözleri, kendini topladı... Birkaç hamle sonra zaten buradan kurtulacaktı, o zaman bu salak karının da icabına bakacaktı! Uzanıp tencerenin kapağını açtı. İstediği anda mutfaktaki aşçısına yaptırdığı ama tadı asla aynı olmayan çorbaydı bu, Bilge'nin her gün gelip ısıttığı o çorba ama tenceredekinde bol maydanoz vardı, Bilge bu bol maydanozlu halini ormandaki evlerine taşındıklarında yapmaya başlamıştı. Bakışları titredi... Eğilip çorbayı koklamak istedi. O kokuda Bilge'nin varlığı vardı, kızı vardı... Eti vardı. Karşısında kendini narin hissettiği herkes o kokudaydı... ama hemen kapağını geri kapadı.

Yüzüne yayılan küçümsemenin ifadesine yerleşmesini bekleyip bakışını karşısında dikilen Özge'ye çevirdi. Yeşilin her tonunda parlayan gözleriyle ona böyle bakmak zordu ama aşağılayan bir tebessümle, "Özge'ydi değil mi?... Ne işin var burda?" dedi.

Can'ın parlayan gözlerinin içindeki o iğneleyici bakış, aynı, stüdyoda o ilk karşılaşmalarındaki gibiydi ama bu sefer gerilmedi Özge, gülümsedi. O gözlerdeki parlaklığın hissedilen narinlikten kaynaklandığı belliydi. "Senin yerinde olsam bu tavrın artık işe yaramadığını anlamış olurdum" dedi. Sonra eliyle etrafını gösteren küçük bir hareket yaparak, "Baksana seni nereye getirdi bu tavırların" diye ekledi, çekti sandalyeyi ve yerleşti, sanki dokunduğu herşey kendisinindi.

Suratındaki hafif tebessümün uçup gitmemesi için zorladı kendini Can. "Senin planın mıydı?" dedi önemsemediğini bağıran gülümsemesini yerinde tutmak için zorlanırken.

"Ne fark eder?..." dedi Özge, ciddiydi.

"Ne demek ne fark eder! Beni buraya koyan o muhteşem beyni alkışlamak istiyorum! Ben, Can Manay değilim, öldürmedim o çocukları diye zırvalarken çok eğlenmiş olmalısınız! Ödül vereceğim ona" diye çıkıştı Can, parçalanmış gülümsemesinden sadece dudağının kenarındaki o kısa, eski yarım gülümsemesi kalmıştı.

Can'ın duygularını gizlemeye çalışırken büründüğü sahteliğe bakıp, "O zaman kendini alkışla... çünkü seni buraya koyan sensin!" dedi Özge.

Komployla akıl hastanesine tıkılmış olmanın öfkesi büyüdü içinde, o öfke ezdi geçti tebessümünün son parçasını da ve ölümcül bir ciddiyette, "Yaptığınız komplonun nasıl işe yaradığını görmeye mi geldin buraya?" dedi ve ekledi. "Adalet naraları atan birinin böylesine namussuz olabilmesi ilginç gelmiyor mu sana?"

Özge hafifçe kaykılıp kollarını önünde bağlarken, "Veli'yi ölüme gönderdiğin o seansın kaydını dinlediğimde senin hapishaneye ait olduğunu düşünmüştüm, buranın sana az geleceğine emindim" dedi ve Can'a otur dercesine baktı.

Can oturmadı, dişlerini sıktı, Veli'ye yaptığı seansın kaydı yoktu ki! Olmamasına özellikle dikkat etmişti. Kimse bilemezdi ona ne söylediğini. Buz gibi bir tonda, "Neden bahsettiğini bilmiyorum" dedi.

Özge, "Hadi ama! Bilge'nin zekâsını küçümseme!" deyip Can'ın o son seansında Veli'ye söylediği o cümleyi söyledi.

"Onlara gerçekten bir ders vermek istiyor musun?! Seni tasmaya alınmış bir köpek gibi bağladıkları için unutulmaz bir ders! Sana yaptıkları bu haksızlığa bir cevap vermek istiyor musun! Sonsuza kadar seni hatırlayacaklar! Bu gece, hadi Veli bu gece!"

Gerçeğin Özge'nin ağzından çıkan cümleye dönüşecek kadar bilinir olmasının içini döven sancısıyla, burada olmasının nedeninin Eti olmamasının rahatlaması arasında yine zıtlıkta hal buldu Can. Aldığı derin nefesler ve vücudunda yükselen adrenalinin şiddeti gözlerine yansıdı, burnu sızladı. Eti'den nefret ederek geçirdiği bu bir yıl boyunca üst üste eklediği fikirlerin hepsi yıkıldı. Gözleri hafifçe dolarken kendi kendine güldü Can, dünyayı hamile bir kadınla bile dalga geçecek kadar aşağılık bir pislikten kurtarmıştı ve yaptığı tek iyiliğin cezasıydı burada olması. Gülümsemesi durdu, dişleri sıkıldı. Bu haksızlıktı! Sıkılan dişleri çene kaslarını iyice gerdi. Gözlerini Özge'ninkilerden kaçırmamak için neredeyse titredi bedeni. Oturdu Can, elindeki mektupları kucağına koydu ve Özge devam etti.

"Ama itiraf etmeliyim, Veli sadece o son damlaydı diğerleri için... senin durdurulmazsan nasıl daha da ileri gideceğinin küçük bir işareti, benim içinse sen zaten çoktan bitmiştin."

"Saçmalık bunlar!" diye lafa girdi Can, içinde büyüyen gerginliği saklamak için boyun kaslarını oynatıp esnedi.

Bağlı kollarını açtı Özge ve öne doğru yaklaşıp, "Büyük saçmalık!" dedi kafasını sallarken ve ekledi. "Bilge'nin hamileliğiyle dalga geçti diye zaten psikolojik olarak rahatsız olan birini böylesine manipüle etmen, bana, Deniz'e yaptıkların... elindeki gücü böylesine bencilce, böylesine umursamazca kullanıp kendi küçük çıkarların, keyiflerin için diğerlerinin dünyalarını yıkabilmen haklısın, büyük saçmalık!" Can hâlâ boyun hareketlerine devam ediyordu, köşeye sıkışan biri için umursamaz görünmek tek kalkandı.

Özge, parmakları masaya geçerken bir hamle daha yaklaşıp, "Seni ya buraya koyacaktık ya da hapishaneye! Hapishaneye konmalıydın bence, hele elde etmek için dünyaları yok ettiğin o Duru'ya yaptıklarından sonra burası fazla sana, nasıl yaşıyorsun kendinle!" dedi.

Bakışları Özge'ninkilerle çarpışırcasına baktı ona Can, bir hamlede ellerini mektuplarla birlikte masaya vurup kavgaya girişen bir timsah gibi öne geldi ama Can'ın atağına karşı Özge'nin kılı kıpırdamadı, çünkü biliyordu dokunulamazdı.

"O bir kazaydı! Kendimi kaybettim" dedi, Duru'yu gerçekten de incitmek istememişti.

Özge, "Kendini kaybettin ha?! Kimsin sen?!" dedi. "Her kendini kaybettiğinde başkasını çiğneyip geçen biri, bir buldozer? Sürekli kendini kaybedip başkasına verdiğin zararda mı bulabiliyorsun kendini! Başkasına çektirdiğin acıda mı gelebiliyorsun kendine. Nesin sen!"

Ayağa kalktı Can, pencereye gitti, çünkü o yeşil gözlerin kendisini böyle yargılamasına tahammül edemeyecekti.

Odadaki sessizlik delilik gibiydi, sanki her an her şeye gebeydi.

Düşüncelerini aklında toplayıp Özge'ye döndü, Özge ayaktaydı, kendisine dönmüştü. Daha önce çok az hissettiği bir samimiyetle, "Belki bu söylediklerim seni eğlendirecek ve benden nefret eden ruhuna besin olacak ama gerçekten bilmek istiyorum. Bilge... neden gelmiyor? Geceler boyunca konuşuyorum onunla. Kendimi anlatıyorum. Bir gün kollarımdaydı, ertesi gün tam karşımda... Lütfen bu mektupları..." derken "Şışşş..." deyip susturdu onu Özge. "Senin için gelmedim buraya. Bırak Bilge'ye mesajlarını ulaştırmayı, o buraya gelmeye kalksa bu hastaneyi yakarım, içinde seninle birlikte. Ona bulaşmana izin vermem."

Can'ın ani samimiyeti yavaşça geri çekildi, ifadesi sertleşti. Dişlerini sıktı, yutkundu. Hissetmesiz sordu.

"Neden burdasın?"

Kapıya doğru yöneldi Özge ama açmadı, Can'a dönüp, "Buraya gelip senin karşına oturup sana yıllar önce 'İşte bu!' dediğim o anı anlatmak isterdim, seni ilk gördüğüm o gün o kadar toydum ki, 'İşte böyle olmalı insan, kendinden emin, ne istediğini bilen ve asla vazgeçmeyen!' diye düşünmüştüm sana bakarken. Seni adam yerine koyacak kadar tecrübesizdim. Akıl hastanesinde yattığını biliyordum o zaman, Eti'nin senin doktorun olduğunu, gerçek adının Umut olduğunu öğrenmemse zor olmadı. Ucundan çektim, bekledim ve gerisi geldi."

Can'ın gardı tamamen inmişti, kızı ilk gördüğünde suratındaki aşağılayıcı tebessümün duygusu içinde patladı. Can'ın gözlerinde o patlamanın kıvılcımlarını gördü Özge. "Fark ettim ki insana en büyük katkı ya yüreğini besleyenlerden ya da yüreğini dağlayanlardan geliyor. Arası yok. Çünkü arada bizi oyalayan her şey zarar. Beni sen doğurdun... Çok büyük bir kelime gibi geliyor kulağa ama sen beni işten çıkarmasaydın, ancak sıkıntısını çekerken üzerine düşündüğüm onlarca düşünce inmeseydi aklıma ve Sadık merak edip beni bulmasaydı... ne olurdu? İş bulamamam için o gün ettiğin bir telefon, bir küçük rica ya da görüşme, her neyse, bugün aslında ikimizi de buraya getirdi. Ara sıra düşünüyorum, acaba o gün bana öyle tepki vermemiş olsaydın hayatım bugün nasıl olurdu diye ama sonra hatırlıyorum ki etkinin tepkisidir hayat... Verdiğim her etkiye dikkat ediyorum çünkü tepkisinin dönüp dolaşıp beni bulacağını biliyorum... Ama sen bambaşka biri olabilirdin... pırıl pırıl zekâsını hayat daha güzel aksın diye kullanan, ele geçirmek yerine beslemeye çabalayan biri... Sen başka olsaydın hayatın da bambaşka olabilirdi... ama değilsin. O yüzden işte tam da bu köşedesin. Alamadın derslerini ve olamadın" dedikten sonra kapıyı açtı, kapının önünde iki gardiyan vardı, Can tanımıyordu bu adamları. Özge koridorda uzaklaşırken Can kendi gardiyanı nerede diye kapıya yaklaştı, baktı, yoktu.

Merdivenlerin başında bir hamlede geri döndü Özge, "Az kalsın buraya neden geldiğimi söylemeyi unutuyordum" dedi küçücük bir tebessümle. "Çıkmak için yaptığın ayarlamalarından haberim var" diye devam etti büyüyen bir gülümsemeyle. "Verilen izinleri benden aldığını bilmek seni ne kadar şaşırtırdı?" dedikten sonra daha da bir dikkatle baktı Can'ın yüzüne, sanki istediği cevabı aldı onun ifadesinde ve "Epey" dedi sakince ve saatine baktı. "Hımmm..." diyerek bakışını Can'a kaldırıp "Burayı bu kadar konforlu yapmana izin verdik, çünkü oyun alanın olmazsa rahat durmayacaktın ama her zamanki gibi hak etmediğin halde daha fazlasının peşindesin. Bakalım yeni kadroyu beğenecek misin? Birazdan tanışırsın."

Döndü ve merdivenlerden inerken Can'a bakmadan, "Sağlık bakanının selamı var, istifasını verirken aranızdaki anlaşmayı yerine getiremeyeceği için üzgün olduğunu sana iletmemi istedi" dedi, sesindeki gülümseme kelimelerinin ifade ettiği kinayeden çok daha iğneleyiciydi.

Her şey çökmüştü... Özge'nin birkaç cümlesiyle aylardır kurduğu hayal yok olmuş ve yükseldiği o yerden dibe vurmuştu Can. Kendisini bekleyen iki gardiyanın arasında Özge'nin gidişini izledi, öfkesi büyüdü içinde ama adamlar onu aşağı indirirken tepki vermedi, önce durum değerlendirmesi yapacaktı. Buradan çıkacaktı! Vazgeçmediği sürece insanın daima bir şansı vardı!

Alt kat çok kalabalıktı, hastalar salonda toplanmıştı, koridorlarda tanımadığı hasta bakıcılar vardı... her taraf karışmıştı, personel telaşlıydı. Kimse bakmadı, bakamadı Can'ın suratına, hepsi yaptıkları işbirliğinin ortaya çıkmasından tedirgin olmalıydı. Onu da diğer hastalarla birlikte salona koydular. Bu dördüncü girişiydi bu salona, nerede olduğunu hatırlatan tek yer burasıydı, aklında kaybolmuşların bir arada toplandığı bu salon gençliğinde, Umut olduğu zamanlarda Can'la kâğıt oynadığı salona benziyordu, belki de o yüzden buradan nefret ediyordu. Kaçmıştı oradan, çok uzaklaşmıştı, dünyanın zirvesine çıkmıştı ama şimdi yine buradaydı... hayattan kaçılır mıydı? Pencereye yakın, geri kalan herkese uzak köşeye geçti.

Dikkatlerini, salonun dört köşesinde aynı anda açılan televizyonlara veren zavallı kayıpları izledi. Hayatları kendi kontrollerinden çıkmış, başkasının verdiği kararla buraya kapatılmışlardı. Toplumun delileriydi bunlar, belli ki diğerlerinin arasında var olamamışlardı. Hepsi gözlerini dikmişti televizyona, güneş enerjisinden alınan elektriğin nasıl da dünyayı değiştireceğini anlatıyordu bir haber. "Hadi" diyordu sokaktaki insanlar, yıktıkları elektrik direklerinin etrafında gösteri yapan çevreciler "Hadi!" diye bağırıyordu, bu sefer polis bile onları alkışlıyordu. Bir senede bu insanlığa ne olmuştu?

Biraz önünde durmuş katatonik bir şekilde pencereden dışarı bakan adama kaydı gözleri ve adam aniden kafasını çevirip onunla göz göze geldiğinde Can kaçırdı gözlerini. Kahretsin! Adam şimdi de o tuhaf yürüyüşüyle kendisine doğru gelmekteydi! Hasta bakıcılara baktı, bir tanesi kapının yanında, diğeri sandalyeye oturamayan adama yardımda, bir diğeri seslenilse yardıma koşacak uzaklıktaydı. Paytak yürüyüşlü tuhaf adam bir metre uzakta durup dikti gözlerini Can'a, bir süre konuşmadı. "Eski bir Tibet hikâyesi var, çok hoşuma gider" diyene kadar Can özellikle bakmamıştı ona.

Tibet hikâyesi! Sanki bir dağın tepesinde anlatılınca daha bir anlamlı oluyordu kelimeler diye kendi uydurduğu hikâyelere Tibet hikâyesi adını vermişti Can. Kendi hikâyelerinden birini duyacağını sandı. Gözleri kısıldı, kafasını yavaşça adama çevirirken alaycıydı bakışları. Ama adam ona bakmıyordu, gözlerini pencereye dikmiş hikâyeyi anlatmaya başladı:

"İki köy varmış. Biri kuzeydeymiş biri güneyde, birinde sürekli siyah giyerlermiş birinde sürekli beyaz. Bu iki köyde yaşayanlar öyle birbirine zıtmış ki, biri toprağa inanırmış, diğeri havaya, biri güneşten kaçarmış diğeri aydan. Ve iki köy maalesef bu zıt inançları yüzünden tam bin yıldır savaştaymış. Ve savaşları o kadar uzun sürmüş ki iki köyün nüfusu da verdikleri kayıplar yüzünden küçülmüş de küçülmüş. Sayıları bir elin parmaklarını geçmeyecek kadar azaldığında nihayet uzlaşmak zorunda kalmışlar ve haklılıklarında taraf bulmak için hep birlikte o diyarın en bilge kişisini görmek için bölgenin en yüksek dağına çıkmışlar.

39 gün süren zorlu bir tırmanıştan sonra bilge kişinin mabedine nihayet varmışlar. Bilge kişinin karşısına geçip sırayla kendi inançlarının haklılıklarını, üstünlüklerini ona anlatmışlar. Her iki tarafın da anlatacakları bittiğinde bilge kişi biraz düşünmüş ve demiş ki:

'Eski bir inanışa göre, kişi dünyadaki yolculuğunu tamamladığında cennet ve cehennem arasında kendini bir ayna karşısında bulurmuş. Bu ayna o kişinin, dünyada geçirdiği süre boyunca, her konuda olabileceği, ulaşabileceği en yüksek potansiyeli sunarmış ona ve ruh, olabileceği o en iyi versiyonuyla, olmayı seçtiği versiyonu arasındaki farkı öyle netlikle görürmüş ki aynada, olabilecekken olmadığı şeylerin, yani doldurmadığı potansiyelinin pişmanlığı içine işlermiş. İşte o pişmanlık ruhun cehennemiymiş...

Kendi versiyonunu tamamlamaya yaklaşanlarsa cennetin huzuruna kavuşurlarmış çünkü o huzur dünyada yarattıkları iyilikten beslenenlerin onlara ettikleri dualardan toplanırmış. İnsan ancak diğerine yol açınca yolu açılırmış.'

İki köyün insanları birbirlerine bakmışlar, haklılıklarını bulmak için günlerce tırmandıkları bu dağda, bilge yerine koydukları bu adamın ne saçmaladığını anlamaya çalışmışlar... ama anlayamamışlar ve aralarından biri nihayet sormuş.

'İyi de bu hikâyenin bizim aramızdaki husumetle ne alakası var?'

Bilge kişi sakin bir tebessümle açıklamış.

'Neye inanırsanız inanın, tüm inançlar, tüm felsefeler, ideolojiler, düşünceler, fikirler kişiye olabileceği en iyi versiyonu bulabilmesinde yardım etsin diye dünyaya yerleştirilmiş araçlardır. Siz olabileceğiniz en iyi halinize dönüşmeyi bir kenara bırakıp hanginizin aracı daha iyi diye kavgaya girişirseniz bırakın potansiyelinizi doldurmayı, kişi bile olamazsınız. Pişmanlığınız hayatınız olur ve potansiyelinizin aynasında görünmez olursunuz. Artık kavga etmeyi bırakın, en iyi araç, elindeki her ne olursa olsun daima elindekini ustaca kullanmaya çabalayanlarındır.'"

Hikâyesi bitmişti. Geldiği tuhaflıkla sessizce döndü arkasını gitti adam.

O aynayı düşündü Can, şimdi karşısında dikilse acaba kendisine gösterilen en iyi versiyonundan ne kadar farklıydı hali?...

Herkesin tanıdığı, alkışladığı, kıskanılan biri olmayı başarmıştı ama fark yaratmış mıydı? Kendisine dua eden var mıydı?

Tanınmak, alkışlanmak, kıskanılmak başarı mıydı?...

Gözleri doldu, deli bir adamın anlattığı aptal bir hikâyede kendini bulmak zordu. Ama hayat her an, milyarlarca aracıyla, araçla bizimle konuşuyordu. Söylediklerine kulaklarımızı tıkasak, gösterdiklerine kafamızı çevirsek, hissettirdikleriyle savaşsak...: ne yaparsak yapalım düşündürdükleriyle giriyordu aklımıza eninde sonunda. Her ihanetimizin cevabını veriyordu bize, ancak doğruda duranlar dimdik, gururla durabiliyordu o aynanın önünde.

Bir insanın tüm dünyaya sahip olup kendi ruhunu kaybetmesinin kendi varoluşuna ne yararı var?

Bir sürü saçmalığa sahip olmak için
kendi ruhunu kaybedenlerin mezarlığındayız.
Ne olursa olsun her an doğruyu seçmemiz,
korkmadan, tereddüt etmeden varoluşun katmanlarında
yolculuğumuza devam etmemiz dileğiyle,
bir başka hikâyede belki bir yerlerde, belki de başka bir
gerçeklikte, herhangi bir zaman diliminde
ya da gezegende karşılaşmak üzere…

Akilah

-1. KİTAP-
Fİ
BU HİKÂYENİN SADECE
İNANILAMAZ TARAFLARI GERÇEKTİR.
84. BASKI
AKİLAH
azra kohen
DESTEK yayınları
DESTEK @ EDEBİYAT

-2. KİTAP-
Ci
İYİ BİR HİKÂYE
ASIL BİTTİĞİNDE BAŞLAR.
AKİLAH
azra kohen
62. BASKI
DESTEK
DESTEK @ EDEBİYAT